어둠의 자식들

대한민국 스토리DNA 009
어둠의 자식들

초판 1쇄 발행 | 2015년 11월 25일

지은이 이철용
발행인 이대식

편집 김종숙 나은심 손성원
마케팅 김혜진 배성진 박중혁 **관리** 홍필례
디자인 모리스

주소 서울시 종로구 평창길 329(우편번호 03003)
문의전화 02-394-1037(편집) 02-394-1047(마케팅)
팩스 02-394-1029
전자우편 saeum98@hanmail.net
블로그 blog.naver.com/saeumpub
페이스북 facebook.com/saeumbooks

발행처 (주)새움출판사
출판등록 1998년 8월 28일(제10-1633호)

ⓒ 이철용, 2015
ISBN 979-11-956326-3-3 04810
    978-89-93964-94-3 (세트)

이 도서의 국립중앙도서관 출판예정도서목록(CIP)은 서지정보유통지원시스템
홈페이지(http://seoji.nl.go.kr)와 국가자료공동목록시스템(http://www.nl.go.kr/kolisnet)에서
이용하실 수 있습니다. (CIP제어번호 : CIP2015030972)

대한민국
스토리DNA
009

어둠의
자식들

이철용 장편소설

새롬

차례

일러두기

1. 원본 : 1980년 현암사에서 '황석영 작'으로 출간된 『어둠의 자식들』 초판을 원본으로 삼아 실제 저작권자인 이철용 작가의 최종 교정을 거쳤다.
2. 표기는 작품의 원형을 해치지 않는 선에서 2015년 현재의 원칙에 따랐다. 다만 속어나 은어, 사투리 등은 작품의 분위기를 유지하기 위해 가능한 한 원본을 살렸다.
3. 뜻을 바로 알기 어려운 은어와 속어는 ( ) 안에 간략한 뜻을 밝혔다.

제1장
들개

나는 소설이나 책에 관해서는 좆도 모르는 사람이다. 도대체가 책하고는 담을 쌓고 살았으니까. 어쩌다가 시간이라도 뽀개려고 책장을 두어 장 들추다 보면 이건 순 저희들끼리 해처먹는 구라판이 아닌가. 아무리 시시껄렁한 구라를 풀고 있어도 저는 아예 인품이나 잡고 뒤에 숨어 있는 것이다. 뱃도 꼴리고 골치도 아파서 그만 던져 버리고 만다.

사람에게는 누구나 자기의 얘기를 할 권리가 있다. 인품(여기서는 학식과 덕망 있는 신사를 말한다)뿐만 아니라 우리 발싸개 같은 천하의 양아치도 인생살이에 관하여 몇 마디 할 말은 있으리라. 나는 인품이 만든 세상과 그들이 말하는 도덕 질서에 관하여는 귀에 굳은살이 박일 정도로 들어 왔다. 그러나 이제 그런 따위를 참으로 좆으로 뭉개면서 우리들의 얘기를 까놓을 자신이 생긴 것은 얼마 되지 않는다. 이건 솔직히, 내 친구들에게 하고 싶은 얘기다. 이제부터 지껄이는 얘기는 나와 내 친구들의 인생살이에 대한 삼국지(길고 재미있는 이야기)인데, 사실 나는 새사람 되어서 어쩌구저쩌구 지껄일 생각은 없다. 새사람은커녕 예전의 내가 잔인무도한 악의 화신인 헌 사람도 아니었다. 다만 나는 삶을 조금 아는 양아치일 뿐이다. 이제부터 어디서 무얼 어떻게 하겠다는 것을 알아차렸다고나 할까.

나는 개비(아버지)의 얼굴도 못 보고 태어났다. 그러니까 유복자인 셈이다. 성은 틀림없이 이씨니까, 우리 개비짱이 한세상 밥 먹고 살려고 잡상, 행상 별별짓으로 시큰둥하게 살다 식어 버린 이 아무개라는 것은 안다. 사변 나고 경기도 동두천에서 살았다. 우리 뭉치(어머니)의 고생하던 얘기는 차마 말할 수 없다. 전쟁은 터지고 시골 여편네가 형제를 데리고 어찌하겠는가. 나는 다섯 살 때 왼쪽 다리에 결핵성 관절염을 앓았다. 지금도 돈 없는 집 아이들은 멀쩡하게 병신이 되거나 죽어 자빠지는 세상인데, 오죽했을까. 나는 기지촌에서 음울한 유년 시절을 보냈다. 벌거벗은 깜둥이와 양갈보들의 수세미 같은 뽁(여자의 성기)을 코앞에 들여다보면서 컸다. 아침에 나가면 미군부대 주변에서 펨푸(호객)도 하고 뚜룩(좀도둑질)도 치다가 밤이 되어 돌아간들 우리 뭉치는 먹고 사느라고 우리 형제의 단칸방에는 나타나지도 않았다. 내 국어 공책을 북 찢어서 거기에다 '동철아, 밥은 솥 안에 있고 국은 데워 먹어라'라고 그려 놓은 쪽지가 늘 툇마루에 놓여 있었다.

나는 왼쪽 다리를 절름거리는 찐따가 되어 있었다. 커서 외칼이라고 불린 것 외에는 내 별명은 언제나 찐따, 절름발이, 찔뚝발이, 씰룩이, 비빠빠 룰라, 트위스트, 육갑, 미운놈 등등의 신체적 불구를 빗댄 것들이다. 기지촌에는 워낙에 코쟁이, 노랭이 새끼들도 많으니까 서로 어울려 놀았지만, 학교에 가면 버젓한 집 아이들이 내 걸음걸이를 흉내 내면서 놀려 대어 풀이 팍 죽었다.

"니뇨니 다꾸 지꾸 다꾸 지꾸……."

아이들이 내 걸음걸이에 붙였던 리듬 노래다. 국민학교 5학년 때의 일이다. 같은 반 아이가 내 걸음걸이를 흉내 내면서 놀려 댔다.

"나 잡아 봐라. 띠따 띠따."

화가 나서 나는 그 애를 당장 잡아 죽이고 싶은 생각뿐이었다. 잡아 보라면서 도망 다니는 놈을 옷자락도 만질 수가 없었다. 아이들이 사방에서 깔깔대며 웃었다. 선생이 들어오고 수업이 시작되어서야 그 아이는 자리에 앉았고 나도 헐떡이며 주저앉았다. 수업이 시작되어 선생이 한참 흑판에 분필로 뭐라고 써 갈겼다. 나는 자리에서 슬그머니 일어나 난롯가로 갔다. 조개탄 때는 난로라 기다란 쇠부지깽이가 있었는데 나는 잽싸게 그것을 집어 들어 아까 놀리고 도망 다니던 아이의 머리를 후려쳤다. 머리를 얻어맞은 아이는 죽는다고 소리를 지르면서 교실 바닥에 넘어졌다. 넘어진 아이를 또 한 번 내려쳤다.

선생이 달려와 쇠를 빼앗고 앞으로 끌고 가서 무릎을 꿇게 했다. 얻어맞은 아이는 넘어져서 소리도 지르지 않았고, 선생이 아이를 업고 나갔다. 나는 선생이 시키는 대로 교탁 아래 무릎을 꿇고 앉아 있었다. 반 아이들은 저희끼리 웅성웅성 수군거렸다.

나는 혼자였다. 내 편은 아무도 없었다. 무릎을 꿇고 오래 앉았으려니까 아픈 다리가 저려서 견딜 수가 없었다. 그래서 한쪽 다리를 뻗은 채로 앉아 있었다. 선생이 들어오더니 얻어맞은 아이의 가방을 챙겨 들고 다시 나갔다. 다리를 뻗고 앉았던 나는 선생이 들어오는 문소리에 놀라 다리를 얼른 구부렸다. 얼마 후 가방을 들고 나갔던 선생이 교실로 들어왔다. 나는 재빨리 뻗었던 다리를 구부렸다. 선생이 교실로 들어오자마자 시계를 풀었다. 반 아이들 중의 하나가 선생에게 고자질을 했다.

"선생님 나가신 뒤에 동철이가 다리를 뻗고 있었어요."

선생은 내 귀가 떨어져 나갈 정도로 잡아 일으켰다.

"짜식, 쇠꼬챙이로 때리다 죽으면 어쩔 셈이야. 너 짜식 기지촌 살지? 가정교육이 덜돼먹은 짜식 같으니. 무릎 꿇고 반성하라니까 다리를 죽 뻗구. 대들 셈이야, 반항하는 거야?"

선생이 내 귀를 잡아 비틀며, 뺨을 복더위에 모기 잡듯 찰싹찰싹 때렸다. 나는 매를 헤었다. 열다섯 대였다. 선생에게 얻어터진 뒤에도 수업이 모두 끝날 때까지 무릎을 꿇고 앉아 있었다. 관절이 결딴난 몸이라 이런 자세는 무리였지만 성한 녀석처럼 이를 악물고 참았다. 마지막 시간은 너무도 길고 지루했다. 수업이 끝난 뒤에도 직원실로 끌려가서 여러 선생들에게 볼때기도 맞고 군밤도 쥐어박혔다.

"환경이 나빠서 큰일입니다. 이런 아이들은 분리시켜야 합니다."

누군가 한 말을 나는 한 마디도 잊지 않는다. 나는 마치 기지촌에서 옮아온 한 점의 병균과도 같았다.

　　　　　　　　　　　　　어둠의 자식들

어쨌든 그 소동이 벌어지고 나서 아이들은 감히 나를 놀리지 못했다. 그때부터 나는 다리 하나가 약한 대신에 방어할 무기가 있어야 되겠다고 생각했다. 내게 무기란 다른 게 아니라 날이 선 짧은 필(칼)과 끈질긴 곤조통(독기를 부리는 일)뿐이었다.

집에 돌아가면 사방에서 미군과 양갈보가 뽕하는 소리뿐이었다.

"헤이 싸진 홀하우스 오케이, 오부데 넘바원 획."

나는 코쟁이를 끌어다 주고 용돈을 타서 곧잘 빠방(극장)에 가거나 쪼이(노름)도 붙고 담배도 피웠다.

"15전을 휘날리면서 홀하우스로 달린다. 영자야 손님 왔다 네 방으로 모셔라. 앉으세요 벗으세요 세우세요 하세요 찌꺽 찌 꺽 찌꺽……."

우리는 여럿이 모여서 이런 노래를 악창 나게 부르곤 했다.

학교에서는 이제 나를 놀려 대는 아이들도 없었다. 내가 영영 학교를 그만두게 된 것은 6학년 초의 일이다. 밖에서 정신없이 놀다가 종이 쳐서 복도로 뛰어드는데 그냥 신발을 신고 있었다. 담임선생이 나와 마주쳤다. 송 뭣인가 하는 선생이었다.

"어, 이놈 봐라."

송 선생이 나를 몇 대 쥐어박고는 정수리의 머리카락을 뽑을 듯이 위로 쳐드니 자연히 두 발이 동동 들린 채로 되었다.

"너 이름 뭐야, 몇 반이야?"

"6학년 11반 이동철이에요."

"너 임마, 너 우리 반이란 말야?"

나는 저를 진작 아는데 송 선생은 한 달이 넘도록 나를 몰랐던 것 같았다. 내려놓더니 다시 자세히 들여다보았다.

"응, 너 다리 저는 놈이지? 병신 육갑한다구 신발은 어디서 신 구 뛰어다녀."

송 선생은 아무 생각 없이 그렇게 지껄였다. 담임선생만 아니었다면 그냥 두지 않았을 것이다. 허벅지라도 물어뜯어 주고 싶었다. 그가 기합을 주는데 복도 끝을 뛰어서 한 바퀴 돌아오라는 것이었다. 교실 창문마다 문 앞쪽마다 많은 아이들이 내다보며 구경하고 있었다. 나는 고개를 숙이고 뛰었다. 그 많은 아이들의 눈이 내 동작 하나하나를 지켜본다 생각하니 발을 내딛기도 힘들었다. 담임이 시키는 짓이라 복도 끝까지 뛰어서 돌아왔다. 송 선생은 뒷짐을 지고 빙글대며 서 있었다.

"한 번 더 갔다 와."

다시 뛰었다. 이상하게도 처음에는 조용하던 아이들이 두 번째에는 좋다고 웃기 시작했다. 두 번째로 복도 끝을 돌아오는데 송 선생이 내 걸음걸이를 흉내 내면서 제자리걸음을 걷고 있는 게 아닌가. 구경하던 아이들은 더욱 큰 소리로 웃었다. 나는 복도의 나무 판장이 꺼지는 것 같았다. 그의 이름을 잊지 않고 있다. 송원식이라는 목석같은 녀석이었다. 거기서 내가 되찾았던 위엄과 가오(체면)는 쑥밭이 되고 말았다. 나는 회복할 수 없게 묵사발이 되어 버린 것이다. 학교에는 가지 않고 땡땡이를 쳤다. 또한 내가 학교엘 나가지 않더라도 원통해할 사람은 아무도 없었다. 그때 이래로 지금까지 내가 배운 것은 학교에서가 아니다. 학교에서 배운 것이라고는 국문을 깨치고 산수 셈이나 익힌 것

정도다. 내가 학삐리(순진한 공부벌레)가 되지 않은 것을 얼마나 다행스럽게 여기는지 아무도 이해하지 못할 것이다.

그해에 형이 담배 장사를 나가서 밤늦게 돌아오다가 미군 작전차량에 치여 죽었다. 어머니는 넋이 빠진 사람 같았다. 우리는 그만 만정이 뚝 떨어져서 동두천을 떠나기로 했다. 어머니는 아직도 남의 집 식모로 전전하고 계신데 머리가 하얗게 세셨다. 하여튼 이 세상에 뭉치와 나 단둘의 모자가 유일한 혈육이다. 두 모자는 서울로 왔다. 서울로 왔어도 우리가 갈 데라고는 전에 살던 동네 비슷한 곳밖에 없었다. 신설동으로 기어들어 갔다. 어머니는 동대문으로 노점 장사를 하러 나다녔고 나는 창녀촌에서 어슬렁거리며 김밥을 팔았다. 낮에는 동네에서 꼬마들과 늘 같이 놀았다. 국민학교 저학년 아이들은 내가 시키는 대로 고분고분 말도 잘 들었고 걸음걸이도 흉내 내려고 하지 않았다. 어쩌다 흉내 내는 꼬마가 있어도 야단을 치거나 타이르면 곧 말을 들었다. 그때는 왜 그렇게 병신인 내가 지겹도록 싫었는지 모르겠다. 아마 버젓한 집의 아이였다면 안 그랬겠지. 나는 다리 때문에 세상에서 가난한 자로 내쫓겼다는 사실을 일찍부터 깨닫게 되었던 것 같다.

수없이 악착을 떨면서 놀리지 못하도록 막아도 놀려 대는 사람이 계속 있어서 늘 싸움이 일어났다. 동네 사람들도 내 악착이 지겨운 모양이었다. 어느 날 집 앞 골목에서 놀고 있는데 같은 동네에 살고 있는 행상 청년이 지나가다 괜히 웃으면서 걸음을 흉내 내는 것이었다. 청년의 쩔뚝이는 몸짓에 나와 함께 놀던 아이들이 낄낄 웃어 댔다. 내가 먼저 잘못한 것도 없고 그냥 아이들과 놀고 있는데 지나가다 놀리는 것이다. 약이 오른 나는 집으로 쫓아 들어가 부엌칼을 가지고 나왔다. 놀려 대던 청년은 내가 뭉치나 부르러 들어가는 줄 알고 빠른 걸음으로 윗길로 올라가고 있었다. 나는 부엌칼을 들고 놀렸던 청년을 쫓아가 등을 찍었다. 나는 그때 열네 살이었고 청년은 스물하나였다.

등을 찍힌 청년이 부모를 데리고 나 혼자만 있는 집으로 찾아왔다. 집이래야 사람 두엇 들어서면 움직이기도 곤란한 부엌 한 칸에 루핑 덮은 낮은 지붕의, 컴컴한 판잣집이다. 어머니는 언제나 새벽에 리어카를 끌고 동대문으로 나가기 때문에 낮에는 나 혼자 있고 저녁에는 내가 김밥을 말아 들고 나가니까 잠든 어머니를 볼 수밖에 없는 형편이었다. 청년 부모들이 달려 들어와서 나는 방문 고리를 꽉 움켜쥐고 버텼다. 청년이 화풀이를 하느라고 내 김밥 목판을 발로 차 버렸다. 식은 밥이며 단무지, 나물 등속이 부엌 바닥에 너저분하게 깔렸다. 나는 내 재산을 지키기 위해서 소리를 지르며 뛰쳐나왔지만, 어른 셋을 당할 수가 없었다.

청년의 아버지가 파출소로 가자면서 질질 끌어냈다. 동네 사람들은 구경났다고 골목마다 하얗게 몰려 나와 있었다. 칼로 찔린 청년은 질질 끌려 나오는 나를 발길로 몇 번 걷어찼다. 나는 코피가 터졌다. 그렇지만 절대로 울지 않고 도끼눈을 뜨고 노려보며 씨근거렸다. 모여든 동네 사람들도 제각기 한마디씩 하는 것이었다. 어린것이 벌써부터 칼을 휘둘러 대는 꼴을 보니 이담

어둠의 자식들

에 크면 사람 여럿 잡겠다는 것이다. 이번 기회에 혼을 내서 버릇을 단단히 고쳐 줘야 한다고 떠들었다. 동네에서 쫓아내든가 해야지 자식 키우는 우리가 불안해서 도저히 안 되겠다. 철없는 아이들이 같이 놀다가 서로 놀려 대는 수도 있을 텐데, 놀림을 받을 적마다 저렇게 극성을 떠니 이번 기회에 뿌리를 뽑아야 한다는 둥 중구난방이었다. 내게 한 번씩 저희 자식들이 당했던 부모들이 분풀이를 하느라고 떠드는 소리였다.

나는 어른들에게 끌려서 파출소로 갔다. 파출소에 들어서자마자 청년의 상처를 보이며 부모들이 떠들었고, 순경은 마치 포로를 잡은 병사처럼 금방 적개심을 돋웠다. 따귀도 얻어맞고 발길에도 차였다.

"너 이 새끼, 칼로 찌르다가 사람을 죽이면 어떡헐려구 그래. 병신 육갑한다더니 쬐그만 놈이 악만 남았어."

"가만히 있는데 괜히 놀리잖아요."

"이놈의 새끼, 놀린다구 사람을 막 찔러? 너 이 새끼, 우리 구역서 김밥 팔지? 너 장사 다해 처먹었다."

청년의 아버지가 말했다.

"동네 사람들도 저놈 때문에 불안해서 못 살겠다는 거예요. 이번 기회에 다시는 못하도록 혼을 내줘야 되겠습니다."

파출소에서 조사를 마친 뒤 나는 수갑을 차고 의자에 앉아 있었다. 밤늦게서야 집으로 돌아온 어머니는 이 못돼먹은 빼새끼(자식, 아들)의 소식을 듣고 부랴사랴 파출소로 달려왔다. 파출소 문을 열고 들어온 어머니는 수갑을 차고 앉아 있는 나를 보더니 급히 달려들어 손을 어루만지며 금방 눈물을 흘렸다. 내 꼴은 생각도 안 되고 그저 뭉치가 가엾고 애처로워서 나는 하마터면 울 뻔했다.

"사람을 칼로 찌르면 어떡허니 이놈아, 이 에미 간장을 그렇게 태우냐."

파출소 직원이 나와 함께 있는 어머니를 보더니 짜증을 냈다.

"이봐요 아주머니, 누구 허락 받고 함부로 그놈하구 말하는 거요. 어서 나가쇼."

"에미 되는 사람입니다. 용서해 주십시오, 선생님."

"나가 있어요. 애새끼를 저따위로 교육시켜 놓고 뭐가 잘났다고 여기 나타나는 거요. 빨리 나가란 말요."

"선생님, 그저 모두 제 잘못입니다. 혼자서 벌어먹고 살려고 늘 집을 비운 탓입니다. 앞으로 주의해서 조심시키겠습니다. 한번만 용서해 주세요."

"나가 있으라니까 이 여자가 왜 이러지. 정말 못 나가?"

소리를 버럭 지르면서 파출소장이 으름장을 놓았다. 어머니가 쫓겨 나가면서 내게 돈을 쥐어 주었다.

"선생님한테 잘 말씀 드리구 무조건 잘못했다구 빌어. 이 돈 갖구 있다가 밥 사먹고."

어머니는 파출소 밖으로 나가 유리창 사이로 나를 바라보면서 서성거리고 있었다. 내가 어서 가시라고 턱짓을 해 보이면 고개를 끄덕거리면서도 거기 서 있는 것이었다. 통금 시간이 넘도록 밖에서 몇 시간이나 기다리다가 어머니가 머뭇거리면서 파출

어둠의 자식들

소 문을 밀고 들어왔다. 순경들도 이제는 수그러진 눈치였다. 어머니가 순경들에게 여러 번씩 허리를 굽히면서 사정을 했다.

"선생님, 저희 모자를 살려 주는 셈치고 한 번만 용서해 주십시오."

"우리 마음대로 할 수 없어요. 바쁘니까 말 시키지 말고 저 의자에 앉아 있으쇼."

파출소 안은 차츰 시끌벅적해지기 시작했다. 술이 취해서 고래고래 소리 지르는 사람, 당장 목을 자르겠다고 순경을 얼러 대는 사람, 통금에 걸려 잡혀 온 사람들로 붐볐고 호통을 치며 윽박지르는 순경들의 고함 소리와 경비 전화 받는 소리며 들락날락하며 문 여닫는 소리로 소란했다. 나는 수갑을 찬 채로 고개를 푹 숙이고 앉아 있으면서도, 다리가 저리고 아파서 몸을 자주 뒤틀면서 자세를 바로잡곤 하였다. 뭉치는 곁에 앉아서 치마로 코를 풀며 얘기를 걸었다.

"동철아, 많이 맞았니?"

"아뇨, 괜찮아요."

"그런데 왜 옷이 흙투성이구 얼굴이 부었니. 누구한테 맞았니?"

"안 맞았어요, 걱정 마세요."

"뭘 먹었니?"

"먹기 싫어 안 먹었어."

한숨을 쉬고는 내 수갑 찬 손을 감싸 주면서 계속 말을 이었다.

"밥은 왜 굶어, 배고프지?"

"괜찮아."

"찔린 사람 상처가 많이 났는데?"

"몰라요."

"왜 어리석은 짓을 했니. 내가 뭐라구 하데. 그저 참으라고 했 잖냐. 그딴 놈들이 아무리 놀려 대두 너만 떳떳하게 살면 되는 거야."

"아니에요, 그런 새끼들은 가만 놔두면 더 놀려."

"그저 못 들은 척해 둬라. 놀려 대는 놈들한테 화가 돌아가면 갔지, 놀림 받은 사람한테는 안 돌아온단다."

"그 자식이 내 장사 목판 다 부쉈어. 밥도 깻박쳐 버리고."

"장사 그만두고 집이나 보라구 했잖아."

새벽 1시 반이 지나자 큰 차가 오더니 사람들을 싣고는 가버 렸다. 통금 위반자들과 주정꾼들이 차에 실려 가니까 파출소 안 은 다시 조용해졌다. 파출소 순경들은 야경꾼들과 함께 빵과 사 이다를 사다 놓고 야식을 먹고 있었다. 내가 굶었다는 말을 들 은 어머니는 야식을 먹고 있는 순경들에게 가서 사정했다.

"염치없지만 저놈이 밥을 안 먹었다구 하는데 빵이라두 살 수 없을까요?"

"지금이 몇 신데 빵을 사요. 짜식, 아까 밥을 먹으라구 했는데 안 먹더니…… 우선 이거라두 먹이슈."

순경이 빵 두 개를 주었다.

"고맙습니다, 선생님."

뭉치가 얻어다 준 빵을 먹느라고 내가 손을 올렸다 내렸다 할 때마다 수갑이 철거덕거리는 쇳소리를 냈다. 파출소라는 데는 큰 죄인만 들어오는 곳인 줄 알고 있던 뭉치라 수갑 소리가 끔찍한 듯 얼굴을 찡그렸다. 어머니는 내가 목이 멜 것이 걱정인지 물을 얻어 연신 내 입에다 대주었다. 나는 단숨에 물을 삼켰다.

새벽 3시쯤 되어서 순경 한 사람이 자다가 나오는지 눈을 부비면서 나왔다. 엊저녁에 어머니에게 나가라고 고함쳤던 자였다. 근무 교대로 나온 모양인데 어머니를 보자 또 투덜거렸다.

"저 아줌마 말 되게 안 듣네. 나가라고 그렇게 말했는데 또 들어왔어. 여기가 댁의 안방인 줄 아슈, 맘대루 들어오게."

그자는 입이 찢어지도록 하품을 하면서 계속 말했다.

"좋게 말할 때 나가쇼. 사람을 칼로 찌른 놈을 자식이라고 찾아다니면 버릇만 나쁘게 드니까 어서 댁으루 가요."

"선생님, 제발 한 번만 용서해 주세요. 다시는 이런 짓 못하도록 단속을 잘 하겠습니다."

"나한테 봐달라구 하지 말구 피해자한테 가서 약값이라도 주면서 사정을 하시오. 우리가 봐주고 싶어도 피해자가 형무소로 보내라면 어쩔 수 없는 거니까, 빨리 나가서 피해자를 만나 사정을 해요. 파출소에서 백날 사정해 봤자 아무 소용 없어요."

뭉치는 귀가 번쩍 뜨이는 모양이었다.

"피해자가 봐주면 형무소로 안 넘어가나요?"

"사람을 칼로 찔렀는데 형무소로 안 가게 되다니요. 피해자가 봐주면 참작이 된다는 그 말이지. 그만큼 알려 주었으면 어서 나가서 피해자나 만나 보슈."

뭉치는 처음 당하는 일이라 어떻게 수습할지를 몰라 쩔쩔맸다. 뭉치는 집으로 돌아가 내게 들여 줄 밥을 준비했다. 계란을 사다 부치고 꽁치를 굽고 해서는 내 장사 목판에 주섬주섬 담아서 파출소로 다시 왔다. 밥을 먹는 동안에는 순경들도 수갑을 풀어 주었지만, 식사를 마치기가 무섭게 수갑은 다시 채워졌다. 수갑이 채워졌던 손목에 뻘건 핏줄이 섰고 두 가닥으로 피부가 부풀어 있었다. 어머니는 식사를 끝내자 그릇들을 주섬주섬 챙겨 들고 파출소를 나갔다. 피해자의 집을 찾아갔던 것이다.

"제가 에미 되는 사람입니다. 죽을죄를 졌으니 대신 벌을 받겠습니다."

"뻔뻔스럽게 어딜 와요. 생각만 해두 끔찍하구 소름이 끼쳐요. 도대체 어떻게 가르쳤길래 칼을 함부로 휘둘러요?"

"모두 이 에미 죄입니다."

"여긴 뭐허러 왔어요?"

"에미를 보시구 한 번만 용서해 주세요."

"아니, 남의 아들을 칼로 찔러 놓고 용서해 달라고만 하면 그만인가요?"

"상처가 얼마나 났는지 모르지만 책임지고 치료해 드릴게요. 한 번만 봐주세요."

"치료야 당연히 해줘야지요. 나두 내 맘대루 못하니까 우리 집주인 양반께 말하세요."

"쥔어른께서는 집에 안 계신가요?"

"장사 나갈라구 식사하구 계셔요."

"아주머니께서 쥔양반한테 잘 말씀 드려서 용서를 받을 수 있도록 도와주세요."

"하여튼 들어와 보세요."

"다친 총각은 어디 있어요?"

"몸을 움직이지 못할 정도로 아픈지 장사도 못 나가고 저 방에서 누워 있어요."

"저두 장사를 못 나갔는데, 얼마나 손해시겠어요."

"글쎄 말예요. 없는 사람들끼리 이게 무슨 짓이야."

방으로 들어간 피해자의 어머니가 남편에게 뭉치를 소개한다.

"여보, 이 아줌마가 우리 애를 칼로 찌른 아이의 어머니래요."

아침 식사를 막 마친 총각의 아버지는 담배를 한 대 붙여 물고 몇 모금 빨더니 조언을 하듯 부드럽게 말한다.

"아주머니가 무슨 죄가 있겠습니까마는 조그만 아이놈이 벌써부터 칼을 휘두르는 것은 커서 문제가 있는 겁니다. 나도 자식 키우는 놈이라 웬만하면 파출소까지는 알리려고 하지 않았는데, 동네 사람들이 한두 번이 아니니까 잡아 처넣어서 따끔한 맛을 보여 주어야 한다고들 하니 어쩌겠소. 기왕에 일이 벌어진 것이니까 완치될 때까지 치료는 해주는 걸로 하고, 제가 나가는 길에 파출소에 들러서 잘 말해 줄 테니까 그렇게 아시고 양심껏 치료나 해주시오."

"선생님 정말 고맙습니다. 치료는 빚을 내서라도 해드리겠습니다. 이 은혜는 잊지 않겠습니다."

그 사람들도 가난한 사람들로 우리 사정을 아는지라 예상 밖에 합의가 쉽게 이루어졌다. 동대문 부근에서 뭉치가 노점상을 하면서 푼푼이 모은 돈과 물건 구입할 돈을 합쳐서 치료비로 주었다. 뭉치는 합의서를 받아 가지고 파출소로 다시 찾아왔다.

"이건 합의서가 아니오."

순경이 대충 읽어 보고 나서 집어 던지며 말했다.

"제가 치료비 물어 주고 받아 왔는데요."

"합의서 받아 왔다고 나갈 수 있는 건 아니에요. 재판 받을 때 참작 정도는 될 수 있지요."

피해자의 아버지가 약속대로 장사 나가는 길에 파출소에 들러 주었다. 파출소에 들른 피해자의 아버지는 파출소 직원들에게 인사를 했다. 평소 안면이 있는 사이인지 다정하게 이야기를 주고받기 시작했다.

"저희 때문에 말썽을 일으켜 죄송합니다. 어제 같으면 혼을 내려고 했지만 오늘 저 아이 어머니가 찾아와서 사정하는 통에 봐 줄려고 합니다. 잘 부탁합니다. 저는 먹고 살아야 하니까 이만 가보겠습니다."

피해자의 아버지가 부탁을 하고 나간 뒤에 파출소 주임이 우리 뭉치를 불렀다.

"피해자가 아무리 봐주라고 해도 법으론 봐줄 수가 없어요. 다만 우리들도 자식을 키우는 같은 처지이고 피해자 측에서 사정을 하니, 가능한 대로 구제받을 수 있는 길을 찾아봅시다."

"면목 없습니다. 한 번만 용서해 주신다면 다시는 나쁜 짓 못하도록 주의하겠습니다. 그저 유치장에만 넘어가지 않도록 도와

어둠의 자식들

주십시오."

그때 파출소 주임이 수갑을 풀어 주라고 말했다. 순경이 내 손목의 수갑을 풀어 주고는 각서를 쓰라고 했다. 이를 지켜보고 섰던 어머니는 파출소 주임에게 고맙다고 연신 머리를 꾸벅였다. 야단칠 줄 알았던 어머니는 오히려 따뜻하게 대해 주면서 나를 껴안았다.

"몸 아픈 데 없니?"

"예."

"다신 이런 짓 하지 마라."

나는 고개를 푹 숙인 채 앉아 있었다.

"각서를 쓰고 나가 피해자 집에 가서 용서를 빌어라. 다음부터는 절대루 싸움하지 마, 알겠어?"

순경이 내게 따끔하게 말했다.

나는 뭉치가 허덕거리며 뛰어다닌 덕분에 간신히 넘어가지는 않고 나왔다. 어머니는 합의를 보랴, 인사치레를 하랴, 돈을 구하랴 며칠 동안 장사도 나갈 수 없었다. 내가 이런 얘기를 장황하게 늘어놓는 것은 그 일로 해서 내가 영영 뭉치에게서 떨어져 나오게 되었던 까닭이다. 나는 어린 생각에도 내가 영 글러서 망조가 들지언정 훌륭한 사회인으로 자라나기는 틀린 일인 것을 알고 있었다. 그러노라면 나는 뭉치에게 한없는 고통과 한없는 눈물이며 짐 덩어리가 아닌가. 차라리 나는 혼자 달려서(붙잡혀서) 넘어가기를 바랐지 뭉치가 그렇게 넋이 빠져서 동분서주하는 꼴은 볼 수가 없었다. 나는 밖에서 노점을 벌이다 돌아와 잠든 어머니가 끙끙하면서 이리저리 몸을 뒤채며 힘들어하는 소리를 듣고는 저 뭉치를 홀가분하게 해줘야겠다고 결심하게 되었다. 나는 뭉치가 홀쩍일 것을 생각하며 일부러 취직을 해서 돈을 벌어 오겠다는 쪽지를 단칸방에 남겨 두고 집을 나왔다. 열네 살에 다리를 저는 내가 어디 가서 무엇을 해서 돈을 벌 것인가마는.

나는 멀찍이 도동 쪽으로 나가기로 작정했다. 역시 창녀촌이 내게는 편한 곳이었다. 계단 밑이나 시장 좌판 밑에서 웅크리고 자고는 동냥을 다니기도 했다. 창녀들을 모두 누나라고 불렀다. 손님을 모셔다 주고 한 끼니 시다이(밥) 값을 얻기도 했다. 창녀, 오입쟁이들, 주정꾼들, 쪽쟁이(아편쟁이)들, 골목마다 돈 따먹기 하는 사람들, 쌍욕을 하면서 팬티 바람으로 설치는 여자들, 모두가 내게는 어릴 적부터 정답고 낯설지 않은 광경이었다.

나는 발랑 까진 후진 동네의 꼬마라 도동 꼬마들에게 금방 받아들여졌다. 아무도 나를 괄시하지 않았다. 나는 꼬마들 몇 명과 어울려 다니면서 남대문시장을 사는 터전으로 삼았다. 시장의 좌판 사이로 이리저리 다니다가 픽치기(느닷없이 달려들어 한 대 픽 치고 돈이나 물건 따위를 훔쳐 달아나기)를 하는 것이었다. 앞에 가는 꼬마가 먼저 주인이 한눈을 팔거나 분주한 가게 앞을 지나다가 적당한 곳이면 뒷짐 진 손으로 신호를 보낸다. 첫눈에 척 봐서 픽칠 물건을 찍어 둔다. 하나는 주인이 나올 통로쯤에 서고 다른 하나가 물건을 슬쩍 뚜룩친다. 주인이 못 보면 다행

　　　　　　　　　　　　　　어둠의 자식들

이지만 보고 쫓아 나오면 훔친 물건을 앞사람에게 휙 던져 주고 양쪽으로 갈라져서 뛴다. 통로를 막아선 꼬마는 주인이 빨리 길 위로 나오는 것을 방해한다. 나중에 넌 뭐냐고 물으면 물건을 사러 왔노라고 하면서 간단한 물건을 사 가지고 꺼진다. 또는 두엇이 들어가 흥정을 하면서 이것 고르고 저것 물으면서 공연히 번거롭게 할 동안에 밖에서 픽치기도 한다. 언젠가는 작은 쇠금고를 들고 토긴 적도 있다. 여느라고 애는 먹었지만 좀처럼 만질 수 없는 대금을 만지기도 했다.

우리 꼬마들은 단짝 식구가 되어 하루에도 몇 건씩 픽치기를 밥 먹듯 해치웠다. 노획한 물건들은 멀리 동대문시장이나 시내 구멍가게에다 싼 값으로 팔고 현금을 몸 구석구석에 꼬불쳐 두었다. 물건 판 돈과 꼬불쳐 두었던 돈을 합쳐서 가운데 모아 놓고 꼬마들은 빙 둘러앉는다. 그러고는 돈을 한 장 한 장씩 돌아가면서 나눠 갖는다. 분빠이(분배)할 때 돈 액수의 아구가 딱 맞아떨어지면 다행이지만, 우수리가 남으면 함께 공동으로 빠방을 가거나 짱깨집에 가서 먹어 조진다. 우리는 궁짜가 끼면 으레 시장으로 나가서 사냥을 했다. 꿀림방(숙소)까지 구해 놓고 함께 뒹굴었다.

그러나 남의 물건을 생짜로 훔치는 짓이라 매일 수입이 보장되는 것도 아니어서 밥을 굶을 때도 있었다. 그러면 우리는 각자 흩어져서 동냥을 나갔다. 가게마다 돌아다니기도 하고 버스 정류소에서 검정 묻힌 손을 벌리고 치근덕거리면 대개는 몇 푼씩 내던지고 달아났다. 어느 날 내가 시장 입구 정류장에 서서 손을 벌리며 곤조를 죽이고 있는데 내 또래의 꼬마들이 "개비(여기 서는 무서운 어른) 떴다!" 하면서 후다닥 달아나기 시작했다. 나도 영문을 모르고 뛰는데 어느 어른이 목덜미를 후려잡았다. 토끼 는 일에는 내가 절뚝이느라고 가장 불리했다. 서울시청에서 나 온 단속반들에게 잡힌 것이다. 차 안에는 내 또래의 꼬마들이 우글거렸다. 나는 아동보호소로 넘겨졌다. 아동보호소에서는 부모들이 있으면 금방 인계하여 내보내지만 홀몸이면 계속 보호 하게 된다. 나는 뭉치가 있었지만 그전에 애를 태우던 모습이 떠 올라서 절대로 집 주소를 대지 않았다.

녹번리 고갯마루에 있는 아동보호소 안에는 구걸하던 아이 들, 고아원에서 탈출하여 돌아다니다 잡힌 아이들, 시장 주변에 서 노숙하던 아이들 등등의, 수많은 어린애들이 수용되어 있었 다. 나는 먼저 잡혀 온 고참들에게 일광대(몰매 맞는 것)부터 당 하고 매일 얻어맞으면서 별의별 기합을 다 받았다. 나는 거기서 처음 용두질을 배웠다. 노래를 부르면서 여럿 앞에서 용두질을 치면서 선을 보이는 것이다.

거기서 내 친구 두꺼비를 만나게 되었던 것이다. 우리는 금방 친해졌다. 두꺼비는 청량리에 있는 고아원에서 자랐다는데 배 도 고픈 데다가 일요일에 가기도 싫고 졸립기만 한 교회에 나가 라고 성화를 부리고, 교회를 나가지 않으면 밥도 안 주면서 들 들 볶아 대어 못 견디고 몰래 빠져나왔다고 했다. 막상 고아원에 서 빠져나왔지만 당장 먹고 잘 데가 없어서 중앙시장에서 구걸 을 했단다. 두꺼비는 중앙시장 터줏대감인 왕초에게 붙들려 같은 식구로 일하게 되면서 여러 가지 일을 했다. 두꺼비는 뒤밀이 (시장에서 리어카나 짐차를 밀어 주고 푼돈을 얻는 것), 앵벌이, 퍽치기 등 닥치는 대로 벌이를 했는데 왕초에게 거의 다 빼앗기고 두꺼비는 겨우 밥이나 얻어먹었다. 어느 날 두꺼비는 같은 식구인 삥코와 저녁을 사먹고 시계 골목을 지나가는데 갑자기 나타난 단속반들에게 잡혀 아동보호소로 오게 되었다.

두꺼비는 부모들이 살아 있는지 죽었는지도 모르고 어렸을 때부터 고아원에서 자랐다. 부모 없이 고아원에서만 자란 두꺼비지만 얼굴이 별명에 어울리지 않게 예쁘장했다. 다만 어린 녀석이 소주를 넙죽넙죽 잘 마신다고 두꺼비라는 것이다.

취침나팔이 지나간 뒤에 우리는 나란히 누워서 다른 아이들이 듣지 못하게 속닥이를 맞추고는 했다. 고아원에는 대개 외국에서 구호양곡이 나오는데, 더 타먹으려고. 시찰단이 오면 각 고아원마다 머릿수를 맞추기 위해 이리저리 아이들을 꾸어 가고 꾸어 온다는 것이다. 그리고 그 사람들 오기 전 일주일 동안은 살이 좀 오르라고 밥을 잘 먹이고 구호물자 옷도 깨끗이 입혀 놓지만, 그들이 지나가고 나면 옷도 벗기고 옥수수죽이나 밀가루로 끼니를 때워 결손을 맞춘다는 것이다. 그러면서도 원장은 하나님께 기도할 적에는 눈물을 철철 흘린다고 했다.

나와 두꺼비는 아동보호소에서 도망갈 궁리만 짜고 있었다. 보호소에는 직원들이 임명한 통장이 있었다. 통장이란 같은 처지의 아동 중에서 힘깨나 쓰고 깡다구가 있는 아이로서 한 통을 통솔하는 책임자였다. 직원들의 허가를 얻은 통장들은 인정

사정 보지 않고 아이들을 때리고 못살게 굴었다. 보호소에 수용된 많은 아이들은 직원과 통장만 보면 설설 기며 눈치만 보았다. 식사 시간만 되면 아이들은 조금이라도 더 얻어먹으려고 눈망울이 이리저리 굴러다녔다. 기운깨나 쓰는 녀석에게는 평소부터 안마도 해주고 부채도 부쳐 주면서 아양을 떨어 두어야 범치기(감방에서 규칙을 위반하는 것)로 얻은 밥덩이를 조금이라도 더 얻어먹을 수가 있다.

우리는 날마다 도망갈 궁리만 하면서 계속해서 기회를 엿보았다. 취침할 때는 더욱 도망하기가 어려워서 두꺼비와 나는 오히려 훤한 대낮에 도망칠 것을 계획했다. 도망치다 잡히든가 아니면 탈출에 성공은 했지만 몇 달 뒤에 다시 단속반에게 잡혀 들어온 아이들을 보호소 직원들은 여럿 앞에서 본보기로 벌을 주었다. 아이들은 반주검이 되도록 가죽 혁대나 방망이로 맞으면서 연신 손을 싹싹 비비고 애걸했다. 제아무리 벌이 무섭고 규칙이 엄해도 아이들은 기회만 있으면 달아나기는 하지만, 도망갔던 아이들은 이상하게도 얼마 못 가서 금방 잡혀 오는 것이다. 낮에 도망칠 것을 계획했던 나와 두꺼비 사이에 의견이 엇갈렸다. 도망해 봤자 얼마 못 가서 다시 잡혀 올 게 뻔한데 그냥 남아 있겠다고 두꺼비가 마음을 바꾸었던 것이다.

나는 생각이 달랐다. 여기서 달아나 도동에 가서 있을 수도 있고 어머니도 있으니까 안전해질 때까지 얌전히 엎어져 있을 수가 있었다. 서로의 조건이 다르기 때문에 의견이 갈라졌다. 나는 두꺼비를 포기하고 혼자 달아나기로 작정했다. 그런데 어느

　　　　　　　　　　　　　　어둠의 자식들

날 우리 통에서 지내는 꼴통이란 아이가 내게 다가와 함께 도망 가자고 제의했다. 두꺼비와 의논한 걸 다 안다는 것이었다. 우리 가 수군거리기 시작하니까 두꺼비는 제외되는 게 섭섭했던지 다 시 내게 행동을 같이하겠다고 말해 왔다. 나, 두꺼비, 꼴통 셋이 서 의견을 같이하고 운동장에서 운동시킬 적에 빈틈을 보아 탈 출하기로 짰다.

어느 날 아침에 일어나 보니 눈이 강산같이 많이 내려 쌓였 다. 아침 식사를 마치자마자 직원들이 아이들에게 운동장에 나 가 눈을 치우라고 지시했다.

"얘들아, 기회는 이때다. 인왕산을 타고 도망하는 거야."

우리는 눈을 치우는 척하면서 속닥이를 맞추었다. 우리는 직 원들 눈치를 슬슬 보면서 산 쪽을 향해서 눈을 밀어붙이며 멀어 져 갔다. 잠깐 경비가 한눈파는 사이에 우리는 서로 어깨를 탁 탁 치고는 동시에 인왕산 쪽으로 튀기 시작했다. 숨이 차는지, 다리가 휘청거리는지도 모르고 우리는 앞만 바라보며 죽을힘을 다해서 인왕산을 바라고 뛰었다. 한참 뛰다가 산등성이를 넘어 골짜기를 여러 굽이 돌고 나서야 우리는 뒤를 돌아본 후 멈추었 다. 셋 다 얼굴이 파랗게 질려 있었고 심장이 터질 것 같아서 혀 가 움직이지도 않았다. 나는 두 손을 들어 주먹을 쥐고는 시원스 럽게 뒤쪽에다 대고 쑥떡을 먹였다.

"에이 씨팔놈들아, 이거나 먹어라."

두꺼비와 꼴통도 보호소 쪽을 향하여 같이 쑥떡을 먹였다. 우 리는 인왕산 줄기를 타고 서울여상 뒤편을 돌아 관상대까지 걸어와서는 앞으로 살아갈 문제를 의논해 보았다. 내가 그 애들에게 도동으로 가자고 제의했고 두 녀석도 나를 따라왔다. 보호소에서의 인연으로 두꺼비와 꼴통은 내 불알친구가 되었다. 그동안 나와 두꺼비는 여러 번 소년원을 출입했고 꼴통은 아예 교도소에 오래 들어가 있었다.

나는 픽치기나 꼬지(거지) 노릇은 위험이 많고 사는 게 안정이 안 되어 시라이(폐품 수집)를 하기로 했다. 남대문 근처의 공터에 우리 작업장이 있었는데 폐품을 주워다가 분류해서 넘기는 일을 각자 분담해서 해나가고 있었다. 그 무렵에는 돈도 생기고 일을 한다는 보람도 있어서 어머니에게 가끔 들러서 고기를 사다 드리곤 했다. 우리 작업장은 생긴 지가 5년쯤 되는 중간 정도 급이었다. 조마리(작업장의 주인)는 마산 박씨라는 사람이었는데 작업장을 창설하기 전에는 신설동에 있는 재건대에서 소대장을 봤던 사람이었다. 신설동 재건대에서 소대장을 오래 맡아 본 경험이 있었기 때문에 자본주를 끌어들여 독자적으로 양동에다 작업장을 만들었던 것이다. 조마리 마산 박씨는 나보다도 훨씬 어려서부터 넝마주이 생활을 해온 사람이었다. 그래서 열일곱으로 나이도 어리고 다리까지 저는 나를 많이 봐주었고 저울도 후하게 달아 주었다. 모두들 산전수전을 다 겪은 왕고참들이었지만, 나도 서울 바닥의 발랑이여서 대원들도 나를 괄시하지 못했다. 보름마다 간조(급료)를 타는데 간조를 탈 때마다 옷도 사주고 신발도 사주었다.

그때만 하더라도 종이 값이 똥값이라 하루 종일 뒤적이며 돌아다녀 봤자 입에 풀칠하기도 바빴다. 우리는 정당하게 작업해서는 먹고 살기가 아주 힘들었다. 나는 일당을 올리기 위해서 적당한 물건만 눈에 띄면 사방을 살펴보다가 사람이 없으면 얼른 가고(바구니)에 담고는 하이방(도망)을 놓곤 했다. 나는 눈치가 빠르고 어려서부터 미군부대 앞에서 달리는 차량에 기어 붙어 넉치기(자동차, 기차로부터 물건을 훔쳐 달아나는 것)를 해온 경험이 있어서 정말 식은 죽 먹기였다. 어떤 때에는 하다못해 한약방 앞에서 말리는 감초, 약재 등을 집어 오기도 했고, 설거지하려고 내놓은 그릇이나 좌우간 푼돈이라도 될 만한 것은 마구잡이로 집어 왔다. 나이 들고 너구리가 다 된 고참들보다도 오히려 내 수입이 훨씬 좋았다.

겨울에는 사흘이 멀다 하고 고기를 실컷 먹게 되는데 기쟁이(개의 시체)가 걸리기 때문이다. 약 먹고 죽은 개나 병들어 죽은 개를 우리 담당 구역의 쓰레기 하치장이나 임집(중산층의 주택) 앞의 쓰레기통에서 주워다 푹 삶아 먹었다. 우리는 그것을 점잖게 눈 설 자, 설구탕이라고 불렀다. 조마리 마산 박씨가 옛날에는 그렇게 말했다고 했다. 어떤 때엔 고기복이 터지느라고 하루에 서너 마리씩 나올 때도 있었다.

어느 날 내가 가고를 들쳐 메고 임집 앞의 쓰레기통을 뒤지는데 깨끗한 종이뭉치로 싸놓은 물건이 보였다. 우선 얼른 집어서 가고에 던져 넣고는 한적한 곳으로 가서 남의 눈을 피해 펼쳐 보니까 금반지와 목걸이를 겹겹이 싼 것이었다. 코끝이 싸아했다. 호주머니에 쑤셔 넣고는 넝마 줍기고 뭐고 다 그만두고 막사로 돌아왔다. 막사에 도착하자마자 조마리 박씨에게는 말하지 않고 소대장 학용이 형에게 가만히 보여 주었다. 조마리가 보면 책임 상 신고를 하거나 혼자서 적당히 해버릴지도 모르기 때문이다.

"학용이 형, 노랭이(금) 몇 돈이나 나가겠수?"

"글쎄 꽤 나가겠는걸. 이따가 저녁에 우리 둘이 시내에 나가서 떵기자(팔자)."

"분빠이는 넘치게(3:2로) 하는 거요."

저녁이 되자 학용이 형과 같이 팔러 나갔다. 금방 주인이 우리를 한번 쓱 쳐다보더니 물건을 살피고는 잠깐만 기다리라는 것이었다. 주인 옆에 섰던 점원이 돈이 모자라서 옆 가게로 가지러 간다더니 잠시 후에 곰(형사)과 함께 왔다. 학용이 형과 나는 경찰서로 대번에 끌려갔다. 들어서자마자 곰은 우리의 아구창을 두어 방씩 돌리며 다짜고짜 캐기 시작했다.

"이 새끼들, 이거 어디서 뚜룩친 거야?"

"우리 꼬마가 쓰레기통에서 줏었다구 하면서 갖구 왔습니다."

"어라, 새끼들 계속 오리발 내밀어. 야, 너 일루 와봐, 니가 줏었다구?"

"네, 정말이에요."

"어디서 줏었어?"

"쓰레기통에서요."

"좆만 한 새끼가 누굴 약 올리나, 누가 임마 금반지 목걸이를 쓰레기통에다 버리겠니. 이 새끼, 말루 해서는 안 되겠는데, 너 이리 따라와 봐."

어둠의 자식들

형사는 나를 데리고 어두컴컴한 취조실로 데리고 들어갔다. 안에 들어서자마자 뒤따라 들어온 두어 명의 형사들이 달려들어 밧줄로 손을 묶더니 묶인 두 손목 가운데로 다리를 끼워 넣었다. 다리와 손 사이로 각목을 끼우더니 양쪽 책상 사이에 걸쳐 놓았다. 뼈가 마디마다 빠지고 부러지는 것 같았다.

"이 새끼, 비행기(위와 같은 고문) 하루 종일 태우기 전에 빨리 불어. 어디서 뚜룩쳤어?"

"아저씨, 정말 줏은 거예요."

"이 새끼가 요거 정신 못 차리는데."

곰들은 책상 사이에 굴비 두름처럼 끼워 매달린 나를 구둣발로 올려 차는 것이었다. 아무리 때려 봤자, 줏은 것을 훔쳤다고 말하진 않았다. 계속 줏었다고 우겼다.

"요 새끼 이제 보니 초짜(초범)가 아니라구. 공사를 시작할까."

공사는 코에다 설렁탕을 먹이는 것인데, 물을 먹이는 짓을 말한다. 설렁탕 공사는 꽁꽁 묶어서 반듯하게 눕혀 놓고는 머리를 움직이지 못하도록 해놓고 입에다 수건을 덮씌운다. 그러고는 그 위에다 주전자의 물을 줄줄 내리붓는 것이었다. 나는 그들이 내 머리 위에서 주전자를 쳐들고 있는 것을 올려다보았다.

"너 괜히 물 먹구 고생한 다음에 불지 말구 지금 속 편하게 말해라."

"아저씨, 정말 줏었어요. 줏은 장소엘 가보면 알 거 아녜요?"

"요거 분명히 초짜가 아니야. 기왕 짜는 김에 다 짜내지."

나를 달아온 곰이 말하니까 다른 곰이 내 머리털을 잡고 물었다.

"너 오늘 금반지 뚜룩친 것 외에 다른 짓 한 게 있으면 솔직히 말해. 그러면 오늘 훔친 건 눈감아 줄 테니까. 니가 알아서 해."

"아저씨, 목걸이 반지는 줏은 게 틀림없구요…… 먼젓번에 라디오 한 대 훔친 적 있어요."

"어디서 훔쳤어?"

"동대문에서요."

"다른 거 또 말해 봐."

"라디오 훔친 것뿐예요."

"요 새끼, 누굴 약 올려. 어이 김 형사, 공사 시작하지."

물주전자를 들고 있던 곰이 내 코에다 물을 붓기 시작했다. 숨이 막히고 정신이 아찔, 몽롱해져 갔다. 내가 늘어지려니까 물 붓는 일을 중단하고 입에 덮어 둔 수건을 벗기고는 다시 묻는 것이었다.

"맛이 어떠냐. 설렁탕 먹을 만하지? 어디 바른대루 말해 봐."

"바른대루…… 다 말할게요. 라디오, 밥솥, 빨랫줄에 걸려 있는 옷, 수없이 훔쳤습니다."

"임마, 진작에 그렇게 나왔어야지. 그럼 금반지 금목걸이는 어디서 훔쳤어?"

"아저씨, 정말 그건 훔친 게 아니라 쓰레기통에서 줏었어요. 그 집에 가서 물어보면 되잖아요."

"짜식이 아직 정신을 못 차렸구나. 그러면…… 같이 있는 놈들 중에서 뚜룩친 놈이 있으면 두 명만 찍어 줘. 순순히 말할 때

들어."

"아저씨, 제발 좀 봐주세요."

"자아, 공사 시작하세."

다시 내 입에다 수건을 덮었다. 나는 바른대로 불겠으니 그만 두어 달라고 애원했다.

"임마, 인간적으로 대해 줄 때 순순히 자백해."

"우리 대원 중에 두 사람이 신쭈를 훔쳐다 팔았어요."

"지금 가면 만날 수 있어?"

"네, 막사에 있어요."

"그리고 에또, 금목걸이 금반지는 어디서 훔쳤나?"

"정말 제 말을 믿어 주십쇼. 가보면 되잖아요?"

"좋아, 너 이 새끼 만약 그 집에서 도난당했다는 말만 나오면 골루 가는 줄 알아라."

나는 비행기 타기와 설렁탕 마시기 등의 고문을 당하고 취조 실에서 나와 형사 대기실로 떠밀려 들어갔다. 머리가 아프고 사 지에 힘이 없고 정신을 차릴 수가 없었다. 학용이 형이 많이 당 했느냐고 걱정스럽게 물었다.

"어지러워 죽겠어요. 그런데…… 소대장 형, 내가 죄를 저질렀 어요. 하두 비틀어 짜길래 대원 두 사람을 코 풀었어요."

학용이 형이 성을 버럭 냈다.

"아무리 참기 어려워두 그렇지, 남까지 물고 들어가면 어떡해, 이 좆만 한 새끼야. 의리 없이 같은 식구를 코 풀었어? 너 나가면 어디 두고 보자. 이 새끼 묵사발 될 줄 알어."

형사 한 사람이 나더러 나오라고 하더니 양동 막사로 데리고 가는 것이었다.

"꼬마야, 니가 아까 코 발른 놈들 있지? 막사에 들어가면 찍어 줘야 된다. 혹시 딴 수작 부리면 공사 한판 크게 벌일 거야."

나는 형사에게 뒷덜미를 잡힌 채 막사 안을 들여다보며 자고 있는 두 사람을 가리켜 주었다. 형사들이 그들에게 범처럼 덮치 더니 수갑을 철컥철컥 채우고는 밖으로 끌어냈다. 나는 내가 저 지른 짓이 분해서 소리 없이 울었다. 곰들이야 대가리 숫자를 채 워 두려는 거지만, 너무도 야속하고 억울했다. 영문 모르고 잡혀 가는 그들을 경찰서로 보내 놓고 나서 나와 담당 형사는 물건 주운 곳으로 갔다. 형사가 집 대문을 두드리자 임집 뭉치(여기서 는 중년 여자)가 나타났다.

"실례합니다. 경찰에서 나왔는데요. 혹시 금반지 금목걸이 잃 어버린 적 있습니까?"

뭉치가 반색을 보였다.

"예, 있어요. 그렇잖아도 쓰레기통을 뒤지고 온통 법석을 했는 데, 누가 주웠나요?"

"도둑맞은 게 아닙니까?"

"예, 부끄러운 말씀입니다만 제 아들 녀석이 팔아먹으려구 종 이에 싸서 자기 방에 감춰 두었었는데, 식모아이가 방을 치우다 가 모르고 쓰레기통에 함께 버렸다지 뭐예요. 처음에는 우리두 몰랐는데 아들놈이 식모아이에게 종이뭉치를 못 봤느냐고 호들 갑을 떨길래 알았어요. 정말 죄송합니다."

어둠의 자식들

형사는 약간 김이 새는 모양이었다.

"그럼 잃은 물건을 찾으러 서로 나오세요."

애매하게 당하고 코까지 풀었던 나는 힘만 있으면 그 곰을 죽여 버리고 싶었다. 차에 실려 경찰서로 오는 도중에 형사가 나를 발로 툭 치면서 말했다.

"꼬마, 너 오늘 운이 좋았다. 만약에 물건 주인이 도난당했다구 한마디만 했더라면 넌 오늘 작살나는 거야."

나는 증오에 찬 눈을 뜨고 그를 노려보기만 했다. 정말 이제는 시라이에 점점 요령도 생겨서 돈을 모을 수가 있었는데, 다 글러 버린 것이다.

경찰서에 도착해서 정식 피의자 조서를 받았다.

"꼬마 너 말야, 금반지 금목걸이만 가지고도 충분히 겡꼬(구속) 보낼 수 있었는데 두 사람 코 발른 덕으로 분실물 습득 죄명은 뺄 테니까 그렇게 알아. 그리고 니가 훔친 횟수를 모조리 꽁꽁 엮어서 상습으로 보낼 수도 있지만, 나이도 어리고 우리 일에 협조해 줬기 때문에 라디오 한 건으로만 보내 줄 테니 고맙게 생각해, 알았어?"

"네, 알았습니다."

대답은 그렇게 하면서도 나는 뭐가 유리하고 고마운 것인지 영문을 알 수가 없었다. 그 일로 학용이 형은 협조하겠다는 조건으로 나갔고, 대원 두 사람은 말타기(자기 대신 다른 사람을 밀고 하고 빠지기)로 했다가 몇 사람만 찍어 주고 결국에는 형무소로 갔다. 이용만 당한 것이다. 나는 소년원으로 넘어갔다. 불광동

들개

소년원으로 넘겨져 가위탁에 떨어졌다. 가위탁은 이를테면 미결감으로 재판을 받기 전에 임시 수용되는 보호소였다. 말이 가위탁 보호소지 염라국보다 더 진저리 나는 곳이었다. 직원들에게는 선생님이라고 불러야만 했다. 가위탁에 들어간 첫날 같은 소년수들에게서 신입식을 당했다. 직원들은 뒷전에서 구경만 했다. 가위탁실은 동쪽 몇 방, 서쪽 몇 방 하는 식으로 배방이 되었다. 내가 들어가자마자 다섯 명의 소년수들이 동쪽 5방 문 앞에 우뚝 섰다. 가운데 덩치 큰 녀석이 두 발쯤 앞으로 나서더니 거만하게 말했다. 선생들은 마치 자치회라도 참관하는 것처럼 팔짱을 끼고 구경하고 있었다.

"내가 가위탁에 있는 도둑놈들 중에서 최고 대빵인 오장 필리핀이다. 너희들은 할랑하게 기합이 빠져 있어 지금부터 신입식을 할 텐데, 카바하거나 엉까는 놈이 있으면 묵사발을 만들 테니까 알아서 기어라, 알겠나? 이 새끼들, 죽만 먹구 왔나? 왜 대답이 파리 좆만 하게 들리나, 알겠나?"

20여 명의 신입들이 일제히 악을 써서 대답했다.

"자, 그럼 시작한다. 대가리 바닥에다 짱박아. 짱박았으면 후장통 위로 올려."

우리는 머리를 꼬라박고 씨근거리며 버텼고, 누군가 쿠당탕거리며 넘어지는 아이도 있었다.

"어쭈, 거기 넘어진 새끼 이리 나와. 씨팔 새끼 죽을래면 대통령 불알을 못 잡아. 여기가 어디라구 댄스하나. 이리 와."

그 녀석이 앞으로 엉거주춤 나서자 필리핀은 사정없이 발길로 배를 걷어찼다. 쿵 하면서 넘어지니까, 이 새끼 뼉다구는 어디서 다 빼놓고 왔느냐면서 다섯 명이 함께 달려들어 짓밟는 것이었다.

"잘 들어라. 어떤 새끼건 빌빌대면 좆 빠질 줄 알아라."

머리를 바닥에다 처박고 궁둥이는 위로 치켜들고 있어서 좆은커녕 눈알이 빠져나올 지경이었다.

"자, 이제 그 상태로 손을 떼어서 뒷짐을 져라."

아니나 다를까, 손을 떼자마자 여기저기서 넘어지며 난리였다.

"이 새끼들 반성 안 했구나. 다들 엎드려."

모두 엎드리자 우리의 몸 위로 고참 다섯이 뛰어다니기 시작했다. 개구리 잡기라는 기합이었다. 등을 밟히고, 허리를 밟히고. 다리 머리 궁둥이 손 할 것 없이 닥치는 대로 밟혔다.

"일어섯. 다시 시작한다. 대가리 짱박아. 후장통 위로 올려."

명령이 떨어지기가 바쁘게 이제는 기계처럼 움직여졌다.

"손 떼고 뒷짐 져."

두세 명이 어쩔 수 없이 또 넘어졌다.

"넘어진 새끼들 이리 와서 아구창 반납해라."

다섯 명이 번갈아 달려들어 양 주먹으로 번개 돌리기를 했다.

"얼른 가서 다시 해봐."

터지고 나니까 역시 동작이 빨라지고 곧 중심이 잡히는 모양이었다.

"이제부터 한 놈이라도 넘어지면 전체가 다시 한다. 다음 동작 준비해라. 대가리 짱박은 그대로 좌우로 왔다리갔다리 하면서 육떡(몸)을 이동한다. 전체…… 움직여."

한 녀석이 쿠당탕 소리를 내면서 넘어지고 말았다.

"그 넘어진 씹새끼 이리 나와."

그 애가 나가자마자 다섯은 좌우로 둘러서서 발길로 걷어찼다.

"좆만 한 새끼 때문에 처음부터 다시 한다."

신입수들은 넘어진 녀석에게 궁시렁궁시렁 욕을 퍼부었다.

"저 새끼 때문에 또 하잖아."

"병신 새끼."

"너 있다가 신입식 끝나고 초상날 줄 알아."

함께 기합을 받는 처지이면서도 서로 원망하고 욕설을 했다.

"시끄럿! 조용해. 좆만 한 새끼들이 오늘 야마 돌게 만드네."

담당 직원은 뒤에서 구경만 하다가 빨리 신입식 끝내라고 말
하고는 모른 체하며 나가 버렸다. 나는 이제 슬슬 시작할 때가
되었다고 느끼고 벌떡 일어섰다.

"야, 씹새끼들아. 니들두 똑같은 도둑놈들인데 왜 게거품이야
짜식들아."

필리핀이 자못 놀란 모양이었다.

"허, 이 새끼 봐. 꼬장 죽이네. 너 죽을라구 사자 수염 뽑는 거
야?"

"그래 씨팔놈아. 다구리(몰매) 깔래면 까봐."

다섯이 우르르 달려들어 차고 때리고 수라장이 벌어졌다. 다
른 소년수들은 벽으로 비켜났고, 나는 맞으면서도 허우적거리며
악을 바락바락 썼다.

어둠의 자식들

"응 좋아, 깔래면 까봐 개새끼들아. 날이 오늘만 날이 아니야. 느이들은 밤에 눈 뜨구 자니?"

고참들은 내가 악을 쓰니까 차츰 어이가 없는지 매가 덜해졌고, 담당 직원이 뛰어왔다.

"왜 그래, 누가 꼬장 죽이는 거야?"

필리핀이란 총 대빵이 손을 털면서 직원에게 말했다.

"저 개뻑다구 같은 새끼가 겁두 없이 기어오르잖아요."

나는 다시 벌떡 일어나서 고래고래 소리 지르며 소란을 피웠다.

"저 새끼 데리고 중앙으로 나와."

직원이 나를 가리키며 말하자 고참들 다섯이 달려들어 돼지 끌고 가듯이 사지를 질질 끌어다가 중앙에다 던졌다.

"이 새끼 묶어."

담당 직원이 밧줄을 내주었고 그들은 내 손을 뒤로 젖히고는 꽁꽁 묶었다. 묶여 있는 나를 직원은 이리저리 발길로 차서 넘어뜨렸다.

"너 이 새끼, 쥐새끼만 한 놈이, 여기가 니 집 안방인 줄 알아? 왜 악장을 쳐 임마."

직원이 나를 발길로 차 던지는 동안 고참들은 신입방에 가서 계속 기합을 넣고 있었다. 원산폭격, 아리랑 고개, 게리 쿠퍼 빵빵, 홍콩 맥주, 뒷덜미 가라테, 식구통 후이구찌, 피 뽑아 먹기, 안면 떡가래 등의 헤아릴 수도 없는 기합이 쏟아져 나왔다. 우리는 이미 기가 팍 죽어 있었고, 기합이 끝나고는 저절로 구령 한 마디에 몸이 잽싸게 움직여졌다.

그다음에는 머리를 깎일 차례였다. 이발사도 소년수에서 차출된 녀석인데 심심한 징역을 쪼개느라고 재미로 머리털을 뽑는 놈이었다. 머리 깎는 바리캉을 움직이며 뒤통수의 중간쯤으로 깎아 올라가다가 모른 척하면서 쑥 잡아 올리면, 누구든지 가죽이 찢어지는 듯해서 비명을 지르게 되는 것이었다.

"이 새끼야, 너 지금부터 아퍼두 안 아퍼요 해야 된다. 오래 참는 놈은 내가 기똥차게 봐줄 테니까. 나는 봐줬다 하면 끝내준다구."

이발사가 낄낄거리면서 구라를 풀더니 슬슬 깎아 나가다가 사정없이 위로 쑥 잡아당겼다. 나는 하마터면 소리를 지를 뻔했다.

"임마, 계속 안 아퍼요 그래라."

머리가 기계에 물린 채로 뽑혀 나갔다.

"안 아퍼요. 안 아퍼요. 안…… 아, 아퍼요. 아…… 안 아프다니까……요. 휴우."

"됐어. 너는 내가 기똥차게 봐주지."

신입식이 끝나고 방 배정을 하는데 담당 직원들은 손끝 하나 까딱 않고 같은 소년수들이 배정을 했다. 누구는 동쪽 3방, 아무개 서쪽 7방, 누구누구 서쪽 2방 하는 식으로 호명을 하면서 방 배정을 했다. 방 배정이 끝나자 호명받은 신입들은 제각기 자기 방 앞으로 가서 쭈그리고 앉아 있었다. 담당 직원이 내 묶인 밧줄을 풀어 주었다. 실컷 얻어터지고 밧줄로 묶인 채 발로 온몸을 짓밟혔기 때문에 몸을 움직일 수가 없었다. 소년원뿐 아니라 형무소건 수용소건 간에 곤조를 대차게 부리는 사람은 처음에

어둠의 자식들

는 죽도록 얻어맞지만, 맞은 뒤부터는 편하게 지낼 수 있는 것이 일반적인 일로 되어 있었다. 담당들도 소년수를 때릴 때는 입소증에 기재된 가족사항을 살펴봐서 집안이 괜찮으면 대우해 주고 그렇지 않은 놈은 개 잡듯 하는 것이다. 집안이 후지면 나처럼 깡다구라도 부려야 했다. 밧줄을 풀어 주던 담당 직원이 나를 흘깃 보더니 말을 붙였다.

"니가 미워서 때린 게 아냐. 짜샤, 수백 명이 있는데 니가 꼬장을 죽이면 규율이 흔들리잖아. 앞으로 내가 끝내주게 잘해 줄 테니까 애로사항이 있으면 언제라두 얘기해라, 알겠어?"

"네, 좀 봐주십시오."

"가만있거라. 너는 동쪽 1방에서 자라."

내가 배정받은 방은 중앙 바로 앞쪽인데 담당 직원들이 봐주는 소년수들만 넣어 두는 특별방이었다. 담당이 방문을 열어 주면서 들어가라고 했다. 나는 잠시 우두커니 서 있었다. 우선 변소 있는 곳으로 가서 앉았다. 소년원은 처음 들어와 봤지만 막사에서 생활할 때 소년원에 대해서 많이 들어 왔으므로 변소 옆으로 갔던 것이다. 들어가면 신입은 무조건 뺑끼통 옆으로 찌그러지게 마련이었다. 그 방에는 아까 나를 다루던 고참 다섯과 이발사 두 명이 있었다. 나는 아무 말 없이 묵묵히 앉았다가 자리에 누웠다. 필리핀이라는 대빵이 누웠다가 반쯤 몸을 일으키더니 나를 불렀다.

"야 꼬마야 일루 와봐. 너 오늘 용코 잡은 줄 알아 임마. 성질 같으면 죽사발을 만들려구 했는데, 너두 보아하니 눈칫밥 먹구 산 놈 같아서 특별히 봐주는 거야. 너 이리 와서 내 다리 좀 주물러 주다 자라."

나는 아니꼽지만 다리를 주물러 주었다. 그런데 알 수 없는 것은 소년수 모두 취침을 시킬 때 실오라기 하나 안 걸친 알몸으로 재우는 것이었다. 나도 방으로 들어오기 전에 옷을 다 벗어서 복도에다 놓아두고 알몸으로 들어왔었다. 다른 아이들도 모두 발가벗은 채였다. 나는 궁금해서 대빵의 다리를 주물러 주면서 물어보았다.

"필리핀 형, 잠을 자는데 싹 벗기구 재우?"

"응 얼마 전에…… 한 20일쯤 됐을 거야. 내가 대빵 하기 전에 서울역 꼬마가 대빵으로 있었는데, 지붕을 뚫고 집단 탈출을 했었지. 그 사건 이후 못 도망가게 하느라구 싹 벗기구 꿀리게(잠자게) 하는 거야."

필리핀은 살갗이 가무잡잡하고 깡마른 놈이었다. 그 애는 철봉으로 사람을 후려 깨뜨리고 폭사(폭행치사)로 찍힌 녀석이었다. 필리핀이 빵과 건빵을 주면서 먹으라고 했는데, 그것은 내가 당당히 고참 패거리의 일원임을 승인하는 행동이었다. 나는 소년원에 들어간 지 하루 만에 왈왈구찌(세도 부리는 자)가 되어 버렸다. 매일 10여 명씩 신입생이 들어올 적마다 나도 신입식에 참가하곤 했다.

그럭저럭 한 달가량을 가위탁으로 지내다가 재판을 받게 되었다. 소년원 가위탁에서는 부모만 확실하면 재판을 끝내고 거의 나갈 수가 있었다. 나는 도동에서 마구 자란 양아치라고 스스로 내세웠으므로 오초(소년원에서 재판받을 때 면제받지 못하는 것. 일 초에서 오초까지 있는데 일초는 석방됨)로 찍혀 원생으로 넘어가게 되었다. 가위탁에서는 미결수였지만 오초로 판결이 나면 원생이 되어 보다 엄격한 통제를 받았다. 이를테면 기결수인 셈이었다. 나는 1년 6개월 동안 원생 생활을 보내고 나서 출소했다.

막상 나왔으나 찾아갈 곳이 없었다. 재건대 막사에 가볼까 했지만 그 당시에 두 사람이나 코 발른 것이 마음에 걸렸다. 중심 가는 여전히 으리으리하고 잘 차려입은 사람들로 붐비고 있었다. 나는 초라하게 다리를 절름거리며 천천히 인파를 거슬러 갔다. 거기서는 내가 들어가 쉴 곳은커녕 오줌 한 줄기 싸갈길 곳도 없었다. 불광동에서 죽 걸어서 내가 언제나 기가 죽는 광화문의 드높은 빌딩가를 지나서 종로로 올라갔다. 나는 어느 결에 어머니를 찾아가고 있는 자신을 발견하고 스스로 놀랐다. 신설동의 어머니가 있는 판자촌 동네로 기어들면서 별로 기대는 안 했지만 가슴이 그렇게 뻥하니 뚫려 버릴 줄은 몰랐다. 우리가 세 들어 살던 집 앞에는 웬 꼰대가 통을 가지고 얼음을 으깨 넣으며 아이스구리를 만들고 있었다. 얼음에다 소금을 뿌려 넣고 그 한기로 가운데 함석통에 들어 있는 구정물 같은 우윳물을 얼리는 것이다. 학교 앞이나 운동장 앞에 가면 조무래기들이 침을 삼키게 마련이었다. 그 사람이 너무도 당당하게 버티고 있었으므로 나는 주춤주춤 다가갔다.

"저어…… 이게 우리…… 집인가. 어머니는 어디 가셨나."

꼰대가 문을 막아서며 물었다.

"니가 누구냐?"

"그전에 여기 살았음다."

"그전에……?"

꼰대가 내 아래위를 훑어보더니 눈을 가늘게 뜨고 물어 왔다.

"너 혹시 집 나갔다는…… 동철이 아니냐?"

"네 그런데요. 아저씨는 누구요?"

그 사람은 픽 웃더니 말했다.

"나두 이 집에 사는 사람이다. 니 엄마는 먼저 장사 나갔다."

나도 눈치라면 빠삭한 놈이라서 문을 열고 부엌을 들여다보았다. 석유곤로도 있고 플라스틱 함지가 둘이나 걸려 있었다. 꼰대는 바로 뭉치가 혼자 견디다 못해 울타리로 얻은 놈씨가 분명했다. 뒤통수를 바라보니 목덜미는 새카맣고 머리가 바랜 것이 괴롭게 세월 죽인 티가 났다.

"밥 먹었냐? 우리는 찬밥 안 남긴다. 야, 받어."

뒷주머니에서 사내가 500원짜리 한 장을 꺼내 주었다.

"가서 곱빼기 짜장이나 사먹어라."

"괜찮습니다. 넣어 두슈."

나는 점잖게 말했다. 그가 부엌에 들어와 손을 씻더니 바지에다 아무렇게나 닦고는 담배를 꺼내 물다가 내게도 담뱃갑을 내밀었다.

"담배 피냐?"

고개를 저었다. 그는 내 앞에 쪼그리고 앉아서 중얼중얼 얘기했다.

어둠의 자식들

"나두 서울운동장 앞서 장사한다. 시골서 올라온 지 얼마 안 되었다. 목 잡느라고 혼나고 요리 깨치느라고 혼났다. 느이 엄마는 아주 좋은 사람이야. 내가 보통 덕을 본 게 아니다. 보관소도 소개해 주고 자리도 잡게 방범하구 인사두 시켜 주더라."

지금 같았으면, 오갈 데 없는 뭉치하구 꼰대가 서로 정 붙여 살게 되었으니, 그렇게 콧날이 시큰하도록 좋은 일이 없다며 콩팔이 새삼육을 풀고(자세하고 구수하게 이야기하고) 의젓하게 악수나 할 텐데, 아직 좆밥이 덜 떨어져서 인생살이를 몰랐다.

"여기서 살 거유?"

툭, 그렇게 대거리했던 것이다. 아마도 아니꼽고 더러워서 나 같았으면 멱살을 잡아 동댕이를 쳤을 것이다.

"나 빵깐서 한 바퀴 반 돌고 나오는데…… 씨팔 이거 야마가 돌아서, 집구석이라구 들어오니까……."

그러나 꼰대는 미안하다는 듯이 담배를 피우며 땅만 내려다보고 있었다. 나는 벌떡 일어났다.

"하여튼 잘 사슈. 내가 나가겠시다."

꼰대는 천하 무골인지 대꾸도 못하고 잡지도 못하고 우두커니 바라보기만 했다. 나는 골목을 나오면서 소매로 눈을 씻었다. 씨팔…… 소리만 나왔다. 동대문시장으로 들어가 옛날 안면 있던 아이들을 찾아보고 밥도 얻어먹었다. 저녁에 뭉치가 장사하는 목을 찾아가서 먼발치로 보니까, 아까 그 꼰대가 냉차 아이스구리 구루마를 옆에 대놓고 나란히 장사를 하고 있었다. 나는 그다음부터는 절대로 그쪽은 피해서 다니기로 마음먹었다.

퍽치기나 뚜룩은 달려갈 위험이 많아서 다시 자주 저지를 수는 없었다. 어느 날 의팔이라는 아이가 저희들 패에 끼워 주겠다고 해서 따라갔다. 시장 안에는 나처럼 가볍게 다리를 저는 녀석 외에도 두 다리가 없거나 팔 없는 녀석들이 20여 명이나 되었다. 노인네도 있었고 열두어 살짜리 꼬마도 있었다. 모두들 네 것 내 것 없이 지내면서 패를 나누어 술값 밥값을 벌었다. 초상집을 찾아다니면서 구걸 행각을 하는 짬짬이 생활에서부터 가게나 식당, 다방을 돌아다니는 꼬지 생활도 했다.

나는 얼굴이 많이 팔리지 않았기 때문에 주로 꼬지 행각을 했는데, 밥을 사먹고 용돈도 쓸 만했다. 짬짬이 생활이나 꼬지 생활을 해본 사람치고 유치장에 열 번 이상 드나들지 않은 사람이 드물었다. 초상집에 찾아가서 치근덕거리면 술과 밥이 나왔고, 돈도 몇 푼씩 얻었으며, 장례식 날에 시체가 안치되었던 방을 치워 주고 돈을 요구하면 조금씩 얻을 수 있었다. 시체를 덮었던 천과 옷가지를 얻어다 싸게 팔기도 했다. 짬짬이 세계에도 구역이 있어서 남의 구역에는 절대로 침범하지 않았다. 재수 없으면 장례하는 집에서 파출소에다 신고하는 바람에 술을 얻어 마시기는커녕 유치장에서 닷새씩 살고 나오기 일쑤였다. 요즈음은 짬짬이패도 사람이 바뀌어, 늙어서 별 볼일 없는 사람이나 구제불능인 사람들로 구성되어 몰려다닌다. 비록 구걸을 다닐 적에는 비굴하고 남의 눈치를 살피게 되지만, 일단 시장 안에 모여들면 그날 하루 겪은 얘기로 꽃을 피워 시간 가는 줄을 몰랐다.

아침이면 동대문시장 주변에서 일단 모였다. 넝마주이들이 초

어둠의 자식들

상집이 생겼다고 알려 주면 조를 편성해서 파견하고 초상집이 없으면 제각기 벌이를 찾아 나서는 것이다. 목발을 짚고 또는 외팔이에 갈쿠리를 내밀며 볼펜, 껌, 신문 따위를 다방, 술집 등을 찾아다니며 대꼬지하는 사람, 지하도나 육교, 번화가 등지에서 상처를 내보이며 앵벌이하는 사람, 가게나 집집마다 찾아다니면서 구걸하는 꼬지, 외상값 받아 주고 빚돈 찾아 와리제로 먹는 대리장사꾼, 유흥가를 배회하며 치근덕거려서 벌어먹는 독고다이 찐드기, 동대문시장 주변을 돌면서 꼬마 걸꾼들이 못 오도록 막아 주며 장사꾼들에게 얻어먹는 다찌꾼 등등으로 제각기 적성에 맞는 종류를 찾아서 일을 하러 나간다. 이런 생활은 늘 위험이 따랐다. 언제 형무소나 유치장이나 거지수용소에 잡혀 들어갈지 예측할 수가 없었다.

처음에는 어리벙벙해서 어설프게 벌였던 나도 차츰 그들 판에서 알아주는 사람으로 익숙해져 갔다. 나는 목발까지는 필요 없었지만 그게 있어야 남들이 불구자로 알아주므로 목발 하나를 만들어 가졌다. 끝에서 한 자가량 되는 높이에다 면도칼을 꽂고 다니면서 유흥가나 사창가를 무대로 벌이를 했다. 동대문시장 주변뿐만 아니라 청량리, 종로 쪽까지 범위를 넓혀서 나다녔기 때문에 건달들에게도 많이 알려졌다. 나는 보통 꼬지와는 달라서 여러 패를 만나도 기죽지 않고 필을 그으며 달려들곤 했다.

내가 몸담고 있던 걸꾼 세계는 뒷골목에서 노는 건달 세계와는 서로 달랐다. 건달들은 걸꾼들을 굽실거린다고 무시했고, 걸꾼들은 건달로 노는 놈들을 별 볼일 없이 깡다구만 부린다고 무시했다. 가끔 충돌을 했지만 서로가 큰 패거리싸움은 피했다. 서로 이해관계로 얽힐 일이 없었기 때문이다. 나는 꼬마 시절부터 아예 후진 골목에서 살았으므로, 두 세계를 다 깊이 알고 있어서 건달들 사이에서도 무시 못하는 존재로 양다리를 걸치고 생활했다.

한번은 이런 일도 있었다. 어느 태권도장 앞을 지나는데 시비가 붙었다. 먼저 쎈팅(갑자기 선빵을 날리는 것)을 맞은 나는 혼자였으므로 목발을 휘두르다가 넘어져서 무수하게 발로 짓밟혔다. 비틀거리며 일어나 보니 다 달아나고 아무도 없었다. 나는 무조건 도장 안으로 들어가 사범에게 수련자들을 모두 찾아내라고 찐드기를 붙었다. 사범은 거만하게, 나가지 않으면 경찰에 신고하겠다고 얼러 댔다. 나는 좋다고, 옷을 활활 벗어부치고 자지를 덜렁 내놓은 채 누워 버렸다. 사범이 나를 대수롭지 않게 잘못 보고는 경찰에 신고했고, 나는 파출소에 연행당했다가 먼저 맞았으므로 훈방이 되었다. 다시 도장으로 찾아가 누워 버렸다. 사범이 달래고 사정했지만 나는 꼼짝도 하지 않았다. 사범은 급히 나가더니 드디어 수련자들을 모아 가지고 나타났다. 나는 그들을 엎드려뻗치게 하고는 목발로 빠따를 치며 꾸짖었다.

"짜샤, 내가 아무리 성질이 있지만 보다시피 찐따 아냐. 그런데 여러 놈이서 패구 달아나? 느이들이 운동한 놈들이냐. 솔직히 맞짱 뜨구 싶은 놈 나와. 물어 죽여 버릴 테니까……"

사범과 술 한잔 먹고 나왔다. 나는 언제나 뿌리를 뽑고야 마는 성미였다.

어둠의 자식들

기어코 올 것이 왔다. 내가 언제는 편하고 자유로운 생활을 해 보았던가. 시청 단속반에 잡혀서 역촌동 거지수용소로 직행하게 된 것이다. 수용소에 성냥갑차가 도착하자 건물 안으로 몰아넣었다. 건물 앞에는 커다란 간판에다 "이곳은 살 곳 없는 여러분들을 보호해 주는 곳입니다"라고 써놓았다.

넓은 마루가 있었고 마루를 중심으로 여러 칸의 방이 있었는데, 유치장은 여기 비하면 휴양소일 정도로 더 지저분하고 퀴퀴한 냄새가 났다. 마룻바닥에 벌거벗겨서 앉혀 두고는 방 배정을 해주었다. 여기서도 수용소에 종사하는 직원들에게는 선생님이라고 불러야 했다. 그래서 나는 지금도 선생님이란 말을 혀끝에 올리기를 싫어한다. 누가 내게 무엇을 가르쳐 주었단 말인가.

선생님이 지명한 거지 중의 한 사람을 통장이라고 불렀다. 선생님이라는 사람도 잡혀 온 걸인들을 개 패듯 때리지만, 통장이라는 작자는 같은 처지인 거지 출신인데도 무섭게 두들겨 패는 것이다. 그자는 안에 들어와서 사람대접이나 받는 줄 여기는 모양이었다. 일단 잡혀 온 거지들에게 공포심을 주기 위해서 꾸물대고 있는 신입 거지를 불러 세워 놓고 죽지 않을 만큼 두들겨 패고는 어디서나 그랬듯이 연설을 시작했다.

"나는 니네들을 보호해야 할 책임이 있는 직원이다. 이곳은 사회에서 버림을 받고, 냉대를 받으면서 있을 곳이 없어 방황하는 니네들을 먹여 주고 재워 주는 곳이다. 니네들이 말을 안 들으면 그만큼 대가를 치러 주면서 거지의 습성을 고쳐 주겠다. 너희들이 도착한 이곳은 인생 종착역이라는 것을 명심해라. 인생 종착역인 이 수용소에서 쫓겨나면 갈 곳이라곤 밥숟갈 놓는 길뿐이다. 관 들어갈 땅도 없고 기름 한 깡이면 끝난다. 각자 배정받은 대로 방 앞에서 대기하고 있어라."

나는 3번이 적힌 방문 앞에서 기다렸다. 직원이 오더니 발로 툭 차며 말했다.

"소지품 있는 거 마룻바닥에 다 내려놔. 먼지 한 알갱이라도 다 털어놔."

나는 호주머니를 털어 냈다. 소지품에는 꼴에 그래도 지갑이 들어 있었는데 지갑 안에는 금옥이 사진 한 장, 몇백 원의 돈과 세브란스병원 진찰권이 들어 있었다. 금옥이 얘기는 빼놓았는데, 신설동 있을 때 집 나왔던 홀렁 까진 계집애였다. 나는 그 애를 정말 순진하게 좋아했다. 한 번도 그 짓을 한 적은 없다. 고년이 꼬마들한테 막 벌리구 다녔어도 나는 절대로 건드리지 않았다. 지갑을 뒤지던 직원 선생님께서 금옥이 사진을 꺼내 보더니 비웃는 소리를 했다.

"찐따가 임마 기집애 사진은 좆 빤다구 가지구 다녀? 이년두 꼬지 보러 다니는 년이야?"

나는 못마땅한 얼굴로 상을 북 쓰면서 대꾸했다.

"옛날 깔치(애인)요. 씨팔, 어엿한 가정집 푼(여자)이란 말예요."

"어, 이 새끼가 누구한테 해롱대."

하고는 자식이 발길로 몇 번 내 등을 걷어찼다.

"이 돈은 뭐야, 꼬지 벌이 한 거야? 이건 사무실에다 맡겨 놔."

숫제 여기서는 돈을 영치했다는 증서도 없이 직원이 돈을 호주머니에다 구겨 넣었다.

"어라, 이건 진찰권 아냐. 꼬지 볼라구 진찰받으러 간 거지? 야 찐따, 너 어디가 아퍼서 병원엘 다 갔어?"

"짜배기(공짜)루 목발 하나 얻으려구 친구 소개루 갔었수."

"마, 진찰권에 적힌 주소는 짜가(가짜) 아냐?"

"짜가 아녜요. 집 주소요."

"근데 임마 왜 꼬지 보러 다녀, 집까지 멀쩡하게 있는 놈이. 이 주소에다 연락하면 찾아올 사람 있어?"

나는 잠시 생각해 보았다. 얼른 머릿속에는 아이스구리를 얼리고 서 있던 꼰대의 얼굴이며, 장삿목에 나란히 서서 손님을 부르고 섰던 뭉치와 그 꼰대가 떠올랐다. 나는 그들의 무사한 생활을 훼방 놓고 싶지가 않았다.

"찾아올 사람 없시다."

"이 새끼가 누굴 놀려. 마, 주소는 니 집 주소라면서 찾아올 사람이 없다는 게 말이나 돼? 니 맘대루 해, 너를 보호할 사람이 있으면 각서 받구 너를 내보내려구 하는데 찾아올 사람이 없다면 좆 빠지게 사는 수밖에 없지, 들어가 임마."

목발을 가지고 들어가려고 하니까 선생이 빼앗아 버렸다. 방에 들어가 보니 숨이 콱 막힐 것 같았다. 방 안은 어두침침했고 썩은 냄새 때문에 코가 문드러질 것만 같았다. 몇 시간을 지내니까 냄새가 만성이 되어서 그런지 그런대로 지낼 만했다. 그 냄새는 발가락 사이의 때와 후장 냄새가 섞인 듯한 냄새였다.

두 평 남짓한 방에 열 명 정도가 살고 있었다. 내가 있던 3방에는 열일고여덟짜리 애들 네 명과, 내 또래 하나, 오십이 다 된 사내 둘, 영감 하나, 나까지 정확하게 모두 아홉이었다. 저녁밥이 나왔는데, 처음에는 도무지 먹을 수가 없었다. 형무소 밥보다도 훨씬 못했고 반찬이라는 것도 소금에 절인 무 조각을 밥그릇에 두세 조각 올려놓은 것뿐이었다. 밖에서 빌어먹는다 할지라도 가끔은 왕거니(고기)가 나오는 법인데 수용소에서는 씨알머리도 없었다. 간혹 사람이 죽으면 반찬이 좋아졌는데, 알고 보니 죽은 사람이 생기면 높은 사람들이 조사를 나오기 때문에 반찬이 좋아진다는 것이다. 사람이 죽으면 시체가 운반되는데, 수용소에서 오래 산 영감들의 말로는 병원이나 대학에 해부용으로 팔려 간다는 것이다. 운동 시간은 점심 먹고 나서 20분 정도 뜰에 나가 햇볕을 쬐는 것뿐이었다.

수용소 생활 속에서 기반을 닦는다는 것은 쉬운 문제가 아니었다. 인생 종착역인 수용소에서 밖으로 나갈 수 있는 길은 죽는 것과, 담당에게 잘 보여서 밖으로 노동 다니는 두 가지 길이 있었다. 출역은 여러 명이 한 조가 되어서 밖으로 일을 나갔다가 끝나면 수용소로 돌아와서 잤다. 밖으로 일 다니는 사람들은 수용소 생활이 비교적 자유롭고 편했다. 그들은 수용소 생활을 정작 안 해도 될 사람들이었고 결국은 합숙소 대용인 셈이었다. 노동 능력이 있고 믿을 만한 사람은 해당이 되지만 나처럼 불구자에다 알양아치에게는 어림도 없는 노릇이었다.

나는 언제나처럼 이런 사회의 급소를 찌르는 재주가 있었다. 그 재주란 다른 게 아니었다. 몸으로 때우는 것이다. 하루는 점심을 먹고 뜰에 나가 햇볕을 쪼이면서 같은 방에 있는 나이가 제일 많은 좌상과 이야기를 주고받는데, 이유 없이 떠든다고 통장이 발길질을 했다. 나는 소싯적부터 남한테 맞은 것을 갚지 않고는 눈을 감고 잠들지 못하는 성미다. 수저를 몰래 빼돌려서 시멘트 벽에다 며칠이고 갈아 댔다. 칼처럼 뾰족하게 갈아 놓은 수저를 품고 지내면서 기회만 노리고 있었다. 어느 날 통장과 같이 들에 나가게 되자, 품고 있던 수저칼을 빼들고는 통장의 어깨를 내리찍었다. 칼에 찔린 통장이 소리를 지르며 달아났다. 이왕 내친김이라 나는 웃통을 벗어 던지고 내 배에다 대고 열댓 번을 그어 버렸다. 배에서 피가 범벅이 되어 흘러내렸다. 피투성이가 된 채로 나는 사무실로 뛰어 들어갔다. 나는 수용소 직원들에게 모조리 쑤셔 버리겠다고 위협했다. 느닷없이 당하는 일이라서 수용소 직원들은 몸을 피하며 계속 달래기 시작했다.

"야, 동철아. 뭐가 못마땅해서 그러냐. 말을 해봐, 들어주께."

"개소리하지 마, 새끼들아. 나는 버젓하게 집도 있고 부모도 있어. 니들, 거지두 아닌 나를 잡아 온 거야. 잡혀 와서 사는 것두 억울한데 통장 새끼를 시켜서 툭하면 사람을 패, 씨팔놈들아!"

"동철아, 통장을 니 원대로 조치할 테니까 진정해라. 그리구 집에 부모 있으면 연락해서 보내 줄게. 제발 그 칼 놓구 좋게 얘기하자."

사무실에서 난동을 부리면서 한 시간 이상이나 버티는데, 같은 처지에 직원들에게 잘 보이려고 늘 알짱거리던 놈들이 작당을 해서, 칼에 찔린 통장과 함께 들어와서는 나를 덮쳤다. 칼을 빼앗긴 나는 죽지 않을 정도로 작신 나게 얻어맞고는 우리 방에 내던져졌다. 조금 전에 내가 난동을 부릴 때는 연신 사정을 하던 수용소 직원들이 대번에 표독스러운 맹수로 둔갑해서 나를 돌려 가며 쳤다. 난동 부린 죄로 운동도 금지시켰고 행동도 감시를 받는 등 많은 제약을 받았다. 같은 방에 있던 좌상 영감이 나를 여러모로 보살펴 주었다.

"동철아, 니 몸만 상한다. 어떻게 해서라도 여길 빠져나가야지. 여기서 죽으면 너만 서럽다."

"좌상 영감님, 집에다 연락할 수 있는 방법은 없을까요?"

나는 도저히 수용소의 나날을 견딜 수가 없었다. 그야말로 사람을 맥 빠지게 만들어 저절로 낙오자로 만드는 공장이었다. 나는 체면이고 무엇이고 다 버리고 뭉치와 그 어수룩한 꼰대에게라도 연락을 하고 싶었다.

"그야 있지. 밖으로 일 다니는 사람들 중에 누구를 꼬여서 전하면 된다."

"저 새끼들, 집이 분명히 있대두 안 내보내 주잖아요!"

"집에 보내 주었다가 저희들이 다칠까 봐 그러지. 입을 벌려 씹을까 봐."

칼로 그은 상처는 치료를 못 받아서 그어진 줄마다 고름이 맺혀 있었다.

"내가 기절하는 척할 테니까 좌상 영감이 옆에서 설레발을 좀 까주슈."

"알았네."

어둠의 자식들

"도대체 우리를 이런 데에다 잡아 가두어 놓고 죽일려구 그러는지, 툭하면 사람을 때리고 발로 차서 이젠 온몸이 성한 데가 없수. 씨팔놈들이 거지가 안 되도록 밥벌이를 시켜 주든지……"

"전에는 여기 수용되어서도 이렇게 심하지는 않았는데, 단속반들도 개중에는 인정이 있는 사람들도 많았다구. 갑자기 독한 사람들로 바뀌어졌는지 도무지 정신을 차릴 수가 없단 말이야."

나는 언제나 주눅이 드는 광화문 부근의 고층 빌딩가를 생각했다. 하긴 그런 거리에 내가 손을 벌리고 서 있으면 흰옷에 가래침 붙은 모양 같겠지.

"우리들 꼴이 누추해서 그러는 모양이지. 하긴 이런 몰골이 썩 기분 좋은 꼴은 아닐 테지."

"좌상 영감은 언제부터 걸달았수(동냥했수)?"

"젊어서부터 계속했지. 이 짓 하기 전에 안동 와룡에서 반평생은 머슴 살았는데, 서울 올라가면 머슴짓 하는 것보다야 낫겠지 하구 올라왔어. 막상 올라와 보니 있을 데가 있어야지. 남대문시장에서 빌빌 싸구 다니다가 장물 운반으로 덜커덕해서 형무소엘 다녀왔어. 뭐, 짐 질 일거리라두 없나 하구 지게를 털털거리구 내려오는데, 어떤 젊은 놈이 부르더니 저어기 저 물건을 좀 들어다 주면 품삯을 주겠다는 게야. 궁짜 낀 김에 얼씨구나 하구 들었지. 푸대자루였는데 제법 무겁더만. 그래 지게를 지고 한 50보나 갔을까, 누가 뒤에서 쫓아오더니 다짜고짜로 멱살을 잡는 게야. 당신 도대체 누군데 멱살을 잡느냐니까 대뜸 이번에는 귀싸대기를 갈기잖아. 귀때기를 맞으면서도 보따리 임자를 찾아보는데 안 보이는 게야. 간다 못 간다 하면서 싸우고 있다가 결국 시장 경비원하구 순경이 오더니 나를 잡아갔지. 지금 알고 보니 그 푸대자루 임자는 픽치기야. 내가 어리숙하게 생겼으니까 나를 시켜서 물건을 들어내게 하고 안전한 곳에 가서 다시 찾을 모양이었던가 봐. 자루 속에는 양키 물건이 왕창 들었더라. 나는 죄가 없으니 쉬이 나오겠거니 여겼는데 웬걸, 형무소까지 기어들어 갔지. 일심에서 절도로 8개월을 받았지. 나가 봤자 밥도 못 먹고 고생하는 것보담 차라리 형무소가 낫겠다구 생각해서 그냥 포기할려구 그랬어. 그런데 한 감방에 있는 녀석들이 항소를 하라는 게야. 아무것두 모르고 항소를 했지만 항소이유서를 쓸 줄 알아야지. 그때 같은 방에 있던 사람에게 대필해 달라구 그래서 냈는데, 이심에서 장물 운반으루 죄명이 바뀐 게지. 하여튼 1년에 8개월 집행유예를 받구 나왔어. 막상 나왔지만 갈 데가 있어야지. 괜히 항소했다 싶어지더군. 항소한 걸 후회해 봤자 소용없구 해서 여기저기 다니며 난장꿀림(노숙)을 했지. 그때 만난 놈들이 걸달아 먹는 놈이었는데, 같이 지내다 보니까 지금까지 이 짓 못 면하는 거지 뭐. 그동안 수용소에 두서너 번 다녀봤는데 요즘같이 심하진 않았어. 옛날에는 밖에 많았는데 지금은 모두들 이런 데서 세월을 보내는 모양이야. 길거리에 꼬지가 없어진 게 발전인가 몰라두. 보라구, 수용소 방마다 빈틈없이 꽉 꽉 차 있잖아."

우리는 밤이 깊을 때까지 속닥이를 맞추며 잠들지 않고 기다렸다. 배에 입은 상처 때문에 몸을 뒤척일 수가 없어서 나는 상을 찡그리고 가까스로 일어나 바깥 동정을 살폈다. 가끔 직원들이 마루를 지나다니는 발걸음 소리만 들릴 뿐이었다.

"좌상 영감님, 내가 내숭을 깔 테니 남수(거짓극)나 좀 쳐주슈."

"지금 남수 칠려구?"

나는 눈을 감고 드러누우며 고개를 끄덕였다.

"알았어. 시작하라구."

좌상 영감은 슬그머니 일어나더니 문 사이로 바깥을 내다보고 나서 문짝을 주먹으로 두드리며 큰 소리로 떠들었다.

"여기 사람 죽어가…… 사람 죽어."

나도 찔끔해질 정도의 소란이었다. 과연 영감의 남수는 그럴듯했다. 직원들이 우르르 몰려오더니 좌상 영감에게 마루로 끌어내라고 지시했다. 좌상 영감과 같이 있는 동료들이 조심해서 나를 안고 마룻바닥에 눕혔다. 좌상 영감이야 꿀꺽 하고는 시치미를 떼고 있지만, 같은 방 사람들은 전혀 눈치채지 못했다. 직원들이 제각기 마룻바닥에 누워 있는 나를 자세히 살펴보았다.

"젠장, 죽진 않았어. 숨 쉬는 걸 보니까."

그들은 죽은 듯이 누워 있는 나를 발로 툭툭 건드려 보았다. 나는 입을 조금 벌리고 꼼짝도 않고 누워 있었다. 건드리면 뻣뻣해지는 벌레라도 된 기분이었다. 그들은 저희끼리 수군거렸다.

"어떡허지, 병원에 연락해 볼까?"

"나 참 드러워서…… 나중엔 먹이구 개 값까지 물어 주게 생겼네."

"에이, 그 새끼 귀찮게 구네. 개놈의 새끼, 잠잘 때나 속 썩이지 말아야지."

그가 투덜대면서 나갔다. 그들은 방 사람들을 시켜 나를 사무실로 운반해 갔다. 한참 뒤에 의사가 왔다. 여기저기 주물러 보기도 하고 청진기를 대고 이리저리 들어 보는 모양이었다. 눈을 깔 때에 나는 일부러 눈알을 치켜떴다. 진찰을 마친 의사는 일어서면서 직원에게 말했다.

"몸이 많이 쇠약해져 있어서 저런 증상이 나오는데, 정확한 진찰은 어려울 것 같고 내일쯤 다시 검사해 봐야겠소."

직원 중의 하나가 겁을 먹고 물었다.

"오늘쯤 죽거나 그러진 않겠습니까?"

"괜찮을 겁니다. 지금 주사 놓고 배 위 상처나 치료하면 되겠습니다."

나는 눈을 천천히 뜨고 움직였다. 의사가 바라보면서 머리가 아프냐고 물었고, 나는 기어들어 가는 소리로 배도 쑤시고 두통도 나고 온몸이 나른하다고 내숭을 깠다. 배의 상처를 치료하고 주사를 놓고 나서 의사는 가버렸다. 사무실 긴 의자에 누워 있던 나는 시치미를 떼고 가느다란 목소리로 직원에게 미안하다고 말했다. 난동 사건 뒤부터 직원들은 겉으로는 내색을 않고 있었지만 내가 꺼림칙한 것이 사실이었다. 우는 놈에게 떡 준다고, 그래서 치료를 받은 것이다.

좌상의 부축을 받으며 돌아온 나는 기분이 좋아져서 자리에 누웠다. 좌상 영감이 나를 툭 치면서 웃었다.

"이 사람아, 자네 배우 나가두 밥 먹구 살겠네. 진짜 기절한 사람 같던데."

"직원 새끼들 꼬락서니 보니까 아까 좀 야시를 먹는 것 같습니다."

"사나운 개 한 번 더 뒤돌아보랬다구. 꼴통 죽이는 놈 봐주는 법이야."

"하긴 그러우. 우리야 빽이 있수, 가진 게 있수. 만신창이 몸밖에 안 남았는데 모조리 투자해 버리는 거지."

"우린 어려서부터 눌려만 살아서 그런지 용기가 안 나서 꼴통두 못 죽이겠어."

"나두 처음엔 그랬는데 하두 여기저기서 시달리다 보니 이렇게 됩디다."

"예미랄, 동냥짓 해먹을 권리두 못 갖구 태어났으니 다된 인생이지."

"우리가 어디 이 세상 사람이오? 개 섶에 보리알같이 귀찮은 존재지요."

"자네두 동냥 다녀봐서 알지만 부자놈들 집은 어디 얼씬이나 할 수 있나. 마이크로 누구야? 하면 거기다 대구 한 푼 줍쇼 할 건가. 철문에다 통나무문에다. 그뿐인가 호랑이처럼 큰 개두 봤지. 그래두 우리에게 밥 한 술, 돈 한 푼이라두 주는 사람은 못 사는 사람들뿐이야."

가끔 직원들은 마루에다 수용자 전원을 집합시켜 놓고 노래 자랑을 시키고는 했다. 마루에 모인 100여 명이 넘는 수용자들은 그저 노래가 나와도 재미가 없는지 눈망울이 멍하고 매가리가 없었다. 그들은 세상의 모든 것을 포기하고 쥐어짠 걸레 조각처럼 되어 버렸기 때문이었다. 담당 직원들은 의자에 앉아서 저만 성한 사람이라고 껄껄대며 강제로 노래를 시켰다.

"이 새끼들이 사흘에 피죽 한 그릇 못 먹은 새끼들처럼 비실대, 박력 있게 놀아 봐."

수용자들은 신명도 나지 않아 억지 춘향이 격으로 오락회를 하다가 다시 방으로 비실비실 몰려 들어가곤 했다. 사실 반 이상이 숨을 쉬니까 살아 있는 것이지 산송장들이었다. 인생의 패배자인 데다가 사회로부터 격리까지 당해 오랫동안 수용되어 있는 동안 모든 감정이 말라붙어 버린 것이다.

나는 난동을 부린 덕인지 전보다 조금 편해질 수가 있었다. 새로 임명된 통장이라는 자도 매우 친절하게 대해 주었고 먹을 것도 가끔 갖다주곤 했다. 특별 부식이 나오는 금요일은 통장이 직접 한 그릇 퍼서 갖다주는 것이었다. 처음에는 통장을 통해서 수용소를 빠져나갈까도 생각했지만, 잘못 말했다가 담당 직원들에게 찔러바칠 경우 아예 안 하느니만 못하다고 생각했다. 오히려 직접 담당과 쇼부 치기로 했다. 나는 생각해 둔 줄거리가 있었다. 내가 어려서부터 잘 드나들던 동대문시장의 싸구려 밥집이 있었는데 영천서 왔다고 영천 아줌마라고 불렀고 픽치기를 할 때에는 그 집에 돈을 맡겨 놓고 쓰기도 했었다. 내가 가기만 하면 사투리 섞인 말로, 이놈의 자슥 낯도 안 씻었나 하면서 슬쩍 꽁치 토막을 더 얹어 주던 아줌마였다. 그 아줌마는 내가 집도 있고 버젓이 장사하는 뭉치도 있는 줄 모르고, 의자나 식기

나부랭이를 밤늦게 치워 주면 군대 간 아들 생각이 나서 눈물 짓곤 했다. 나는 동대문시장 어느 골목 영천 아줌마라는 식의 엉터리 주소밖에는 읊을 재간이 달리 없었다. 나는 담당과 부딪칠 적마다 사정 얘기를 털어놓았다.

"선생님, 제가 밖에 나가면 거지 생활 안 해도 충분히 살 만큼 여유가 있습니다. 지금, 우리 어머니는 동대문시장 안에서 밥장사합니다. 우리 어머니한테 연락만 하면 울고불고하면서 득달같이 데리러 올 겁니다. 편지 좀 쓰게 해주세요. 찾아가시면 아마 차비는 후히 드릴 겁니다."

담당 중에 인정이 있는 사람이 있어서 수용소 소장에게 보고했는지 호출하라는 연락이 내렸다. 담당의 안내로 소장실로 갔다. 소장은 뚱뚱한 사람인데 얼굴이 시커멓고 험상궂게 생겼으며 목소리도 질그릇 깨지는 소리였다.

"너는 집두 있는 놈이 뭐 해먹을 게 없어서 동냥질이야. 밖에 내보내면 동냥질 또 하겠어?"

"다시는 안 하겠습니다."

"만약 나가서 동냥질하다가 다시 잡혀 오면 그땐 죽어서 나갈 수밖에 없어. 자, 그럼 이제 보호자한테 연락해 봐. 그리구 이건 규칙인데, 밖에 나가서 수용소에서 생활한 이야기 떠들고 다니면 안 돼."

"네, 명심하겠습니다."

나는 소장실을 나오자마자 그들이 내준 편지지에다 편지를 썼다. 그들이 안 본다면 영천 아줌마에게 한 번만 어머니 노릇을 해달라고, 지금 갇혀서 나갈 수가 없어 그런다고 쓰겠지만, 꼼짝없이 그쪽에서 보면 영문 모를 소리나 지껄이는 수밖에 별도리가 없었다. 그렇지만 어쨌든 눈치껏 해볼 참이었다. 편지를 쓰면서 우리 뭉치 생각도 났다. 사실은 내가 뭉치에게 편지를 직접 못하는 것은 뭐 그 꼰대 때문에 오기가 뻗쳐서도 아니고 원망스러워서도 아니었다. 다만 이렇게 병신 자식을 둔 것도 슬픈 일일 텐데 소년원이다 보호소다 수용소다. 후지고 종점 같은 데로만 돌아다니며 어머니를 모시지도 못하니 그게 부끄러울 뿐이었다. 나는 어머니께는 아픈 혹이 될 것이니 차라리 떼어 드려서 편하게 하는 게 상책이라고 생각했던 것이다.

엎드려서 끙끙거리는데 좌상 영감이 들여다보았다.

"뭘 하는 게야?"

"우리집에 연락하게 해준대요."

"어이쿠, 잘됐구먼. 어서 나가야지."

나는 영천 아줌마에 대해 사실을 얘기해 줄까 하다가 단 한 번의 기회이므로 끝까지 꼬불치기로 했다.

"영감은 찾아볼 만한 사람이 없수?"

"천지간에 나 혼자야. 올 사람이 있으면 여태 이러구 앉았겠어?"

"그렇다구 여기서만 죽을 때까지 살 수는 없는 거 아녜요."

"나가면 뭘 하나. 동냥질하다가 다시 잡혀 들어올걸."

"취직자리라두 있으면 괜찮을 텐데요."

"글쎄, 어디 청소부라두…… 에이, 나를 보증해서 수용소에서

어둠의 자식들

빼내 줄 만한 사람두 없는데 취직 좋아한다."

나는 건성으로 중얼거렸다.

"내가 나가면 알아볼게요."

나는 나가게 되면 이런 데서 만난 사이란 저 먹고 살기에 급급하느라고 새까맣게 잊어버린다는 것을 잘 알고 있었다. 좌상영감은 나를 붙들고 꼭 그렇게 해달라고 몇 번이나 당부했다. 수용소에서는 자주 잡혀 들어오는 사람에 대해서는 아예 사람 취급도 하지 않았다. 잡혀 들어온 사람들은 노동 능력만 있고 일자리만 주어지면 밖으로 나가 일하기를 원했다. 그러나 반 이상이 이미 노동력을 잃어버린 사람들이었다. 사지가 멀쩡한 사람들 중에도 노동을 안 하는 이들이 있는데, 게을러서 그런 게 아니라 사는 애착이 모두 없어져 버려서 그런지 말도 없고 표정도 없었다. 그런 사람은 우선 정신병원에 가서 치료를 받아야 할 것이다. 수용소에 오래 갇혀 있는 몇 사람 중에는 막상 밖으로 나가라고 해도 안 나간다고 울며 버티는 사람들도 있었다. 수용소에서 깡밥이나마 주는 것을 먹고 매일 멍하니 드러누워서만 생활한 버릇 탓인지, 밥 먹는 시간 외에는 늘 아무 데서나 드러누우려고 했다. 운동 시간에 뜰로 나가는 것도 귀찮은지 나가기만 하면 벽에 기대서 꾸벅꾸벅 졸고 있었다.

나는 영천 아줌마에게 편지를 썼다.

엄마, 저 동철입니다. 제가 다리를 절어서 벌이를 못해 죄송합니다. 지금도 시장에서 고생하고 계시겠지요. 지금 저는 역촌동 걸인수용소에 보호되어 있습니다. 그동안 제가 나타나지 않아서 얼마나 걱정하셨습니까. 여기서는 보호자가 있으면 내보내주고 없으면 언제까지고 수용을 해둔답니다. 그냥 오셔서 저를 확인하고 데려가 주시기만 하면 됩니다. 제가 주소를 몰라서 편지를 인편으로 보내니 엄마가 차비를 좀 드리십시오. 나가서 은공을 다 갚겠습니다.

나는 다리 저는 동철이라면 영천 아줌마도 퍼뜩 생각이 나리라고 여겼다. 또한 은공을 갚는다고 했고 내가 나가면 또 시장 속이 내 밥벌이 터가 될 것이니 아줌마가 야박하게 나오지는 않을 거라고 믿었다. 세상에 인정이란 도처에 숨어 있기 마련이다. 어긋나면 까짓것 당해 보고 그때 가서 다시 탈출할 준비라도 해 볼 작정이었다. 나는 직원에게 약도를 그려 내밀며 사정했다.

"번지도 없는 산동네라 시장에 가는 게 제일 찾기 쉽습니다. 한 번만 봐주십쇼."

직원은 대충 읽어 보고 나서 끝 대목이 좀 아니꼬운지 픽픽거리며 말했다.

"야 임마. 내가 네 덕 보구 살겠니, 문둥이 콧구멍에서 마늘을 빼먹지. 마, 너두 느이 엄마 생각해서 생활 태도 바꿔."

직원은 기분이 나쁘지는 않은 모양이었다.

이튿날 아침이 되어 직원이 다가오더니 어제보다 훨씬 존중하는 태도가 되어 말했다.

어둠의 자식들

"너 고향이 경상도 쪽이냐? 짜식, 느이 엄마 고생하더라. 나 같으면 마음잡고 공부라두 하겠더라. 오늘 오기루 됐다. 너 담배 피지? 아직 스무 살두 안 된 놈이…… 일루 와, 한 대 피워라."

직원은 편지에 쓴 대로 차비라도 받아 썼는지 훨씬 나긋나긋했다. 아니나 다를까, 10시 조금 넘어 사무실에서 호출이 떨어졌다. 영천 아줌마가 올 시간이었다. 대개 새벽에 해장국을 말아 주고 다시 우리들 또래에게 아침을 팔고 나서 점심때까지는 한산한 시간인 것이다. 사무실에 들어갔더니 아줌마가 몸뻬에 수건을 쓴 채로 서 있었다.

"이노무 자슥아, 니 이기 무슨 꼴이고. 아이고, 몸을 천하게 굴리고 다녀도 정도가 있다."

영천 아줌마는 남수 치는 게 아니라 자기 말을 실제로 그렇게 하는 듯이 보였다. 나는 그냥 꾸뻑해 보였다. 또 우리 뭉치 생각이 났다. 소장은 우리 모자의 어색한 해후를 눈치채지 못했는지 회전의자에 기대앉은 채로 구라를 풀었다.

"아주머니는 아들이 거지 노릇을 하는데도 말리지 않구 그냥 내버려 둡니까?"

"아이고, 고마 먹고 살라꼬 허덕이다 보이 저 자슥이 무슨 지랄뱅을 하고 다니는지 알겠심니꺼. 데리고 나가서 단다이 주의를 시키겠심더."

"내가 이번 한 번은 특별히 생각해서 내보내 주지만 다음에 다시 잡혀 오면 죽을 때까지 못 나갑니다. 남들은 국가 재건에 종사해서 고생들 하구 있는데, 빈들빈들 놀면서 편안하게 얻어먹는 행위는 국가에서 용납할 수 없어요. 조금만 부지런하게 일하면 잘살 수 있는데 게을러서 그래요. 앞으로 주의시켜서 기생충처럼 살지 못하게 하쇼. 신변인수서와 각서를 쓰고 데리구 가요."

소장에게 갖은 구라를 듣고 영천 아줌마와 나는 사무실을 나왔다. 직원들이 내준 서류에다 도장을 찍고는 직원들에게 고맙다는 인사를 하고 우리는 무사히 수용소 밖으로 빠져나왔다.

"도대체 어떻게 된 일이고?"

영천 아줌마는 짜증도 내지 않고 연신 웃는 얼굴이었다. 나는 허리를 깊이 숙여서 절하면서 말했다.

"아주머니, 이 은혜는 절대로 잊지 않겠습니다. 어제 직원이 찾아갔었지요?"

"말도 마라. 내사 이기 무슨 편진고 해서 한참 골머리를 앓았구마. 차근차근 물었더이 그 젊은이가 설명을 해주는기라. 마, 두말할 필요 있겠나. 이런 지옥에서 오죽 고생이 되었겠노. 편지대로 돈 5천 원 안 줬나."

"아줌마, 내가 일주일 내로 한 장으루 갚아 드리리다."

"치워뿌라. 어디 그냥 가겠나, 양말이고 바지고 샤쓰 하나는 입어야제."

영천 아줌마가 오히려 돈 만 원을 내밀었다.

"이거 얼마 안 되지마는 너 해라."

"시장 가서 곧 벌어서 갚겠수다."

"그래, 슬슬 갚아 도고."

영천 아줌마가 시원스럽게 말하더니 먼저 버스 정류장으로 가며 말했다.

"좌판 때문에 안 되겠다. 내사 먼저 갈란다."

나는 두어 달 만에 밟아 보는 거리라서 마냥 걸어가고만 싶었다. 그러나 내 주제꼴은 말이 아니었다. 아무리 꼬지를 보러 다녔어도 나는 깨끗한 편이었는데 지금은 전쟁고아보다도 더했다. 나는 시장에 가서 바지와 러닝, 팬티, 셔츠와 양말을 사가지고 근처의 목욕탕을 찾아갔다. 심부름하는 꼬마가 거지인 줄 알고 코를 싸쥐며 나가라는 것이었다.

"야 임마, 거지가 아니라 손님이야."

"어휴 냄새야. 나가쇼 나가."

"야, 좀 봐주라. 금방 들어갔다 비누질만 하구 탕 속에는 안 들어갈게."

"청소비가 더 먹겠수다. 에라, 얼른 들어가슈. 주인 보면 야단쳐요."

"고맙다, 꼬마야."

나는 오랜만에 매로 길들여진 몸을 씻고 새 옷으로 갈아입었다. 헌 옷은 신문지에 싸서 남의 집 쓰레기통에 버렸다. 우선 짱깨집으로 들어가서 짜장 곱빼기를 시켜 놓고 느긋하게 먹었다. 입에서 슬슬 녹는 것만 같았다.

동대문시장에 도착하니 친구들이 달려와서 나를 껴안고 야단들이었다. 우리는 대폿집으로 가서 그동안 있었던 일들을 이야기하면서 술을 나누었다. 벌써 내가 거지수용소에서 칼을 갈아 난동을 부린 일들이 시장 안에 쫙 퍼져 있었다. 소문을 낸 사람은 수용소에 있다가 얼마 전에 먼저 나온 꼴뚜기라는 별명을 가진 독고다이 찐드기였다. 꼴뚜기가 수용소에서 내가 무서운 꼴통이었다고 만나는 사람마다 전해 주었던 것이다. 그 통에 걸 꾼 세계에서는 동철이라고 이름만 대면 모르는 사람이 없었다.

언젠가는 답십리를 지나다가 청량리 건달들에게 몰매를 맞은 일이 있었다. 나는 청량리 건달들이 자주 모이는 곳을 알아내어 죽기살기로 끝장을 내려고 했다. 나를 몰매 준 녀석은 모두 여섯 명이었는데 일일이 집까지 알아내서 찾아다니며 석 달 동안이나 못살게 굴었다. 때린 사람 집에 찾아가서는 옷을 홀러덩 벗고 팬티 바람으로 안방에 드러누운 다음에 치료비 갖고 와서 사과하면 봐주겠다며 밥도 먹지 않은 채로 계속 버텼다. 처음에는 세차게 대들기도 하고 파출소에다 신고도 했지만, 나는 이 고깃덩이 뜯어 먹든 삶아 먹든 마음대로 하거라 하는 식으로 나갔다. 파출소에 가면 몰매를 맞은 피해자라고 주장하면서 찐드기를 부렸고, 나중에는 순경들도 신고를 받기는커녕 귀찮아했다. 몰매 때린 녀석들은 피해 다니려니 죽을 지경이고 그의 부모들은 들볶이느라고 학을 뗀 나머지 치료비를 배상해 주고 사과를 했다. 찐드기와 꼴통에는 당할 사람이 없다고, 동철이 건드리면 아예 이민 가야 된다고 소문이 돌자 뒷골목에서도 건드리려고 하는 녀석들이 없었다.

나는 그동안 시장에서 다찌 봐주는 일로 밥을 먹다가 어떻게나 되었나 보려고 어머니의 장사 길목을 찾아갔다. 뭉치는 다시 눈물 바람이었다. 꼰대는 보이지 않았다. 우리는 돈암동 산동

어둠의 자식들

네에 방 두 개짜리를 장만해서 다시 함께 살기로 했다. 그동안에 나는 사창가와 시장을 오락가락하면서 스무 살을 넘겼다. 사창가에서 둥기(기둥서방) 노릇도 했고, 탕치기(여자 꾀어서 팔아먹기)도 했으며 뚜룩질도 했다. 요리조리 빠져서 유치장 드나들기는 수십 번 했지만 크게 겡꼬 가지는 않았다. 어쨌든 나는 요행히 먹고 잠자고 이 골목 저 골목을 쩔룩이며 쓸고 다녔다.

언젠가 나는 비 오는 날 번화가에서 털이 흠뻑 젖은 채로 어딘가를 향해 헐떡거리며 달려가는 집 잃은 개와 마주쳤는데, 꼭 그때의 나같이 여겨져서 잡아다가 된장 바를 생각도 잊고 한참이나 돌아다보았다.

제2장
기둥서방

　폭건(폭행 입건)으로 몇 개월 살다가 나와서 나는 한 달쯤 창신동에만 틀어박혀 있었다. 어느 날 양동에 나가 있던 두꺼비에게서 연락이 왔다. 시다이 쏠려(배고파) 갈 데가 없으면 자기와 태봉이가 밀어주겠다는 것이다. 두꺼비는 아동보호소에서 만나 함께 탈출하고 나서 한동안 나와 같이 남대문시장에서 픽치기 다니던 옛날 친구였다. 태봉이는 강원도서 올라와 서울에 정착했을 때 창신동에서 우리 옆집에 살았다. 시골서 오랫동안 농사를 짓던 태봉이는 덩치도 크고 힘도 좋았다. 마음도 넓었기 때문에 여러 친구나 후배들에게 인기가 좋았다.

　창신동 건달들과 함께 지내던 태봉이가 양동으로 가게 되었던 것은 나하고는 길이 달랐기 때문이었다. 나는 싸움도 하고 공갈도 치면서 먹고 살았지만 태봉이는 스무 살이 넘도록 농촌에서 자란 탓인지 싸움에는 자신 없어 했다. 태봉이는 우리와 같은 생활을 할 수 없음을 스스로 알고는 뚜룩잽이(도둑)들과 어울

72　　　　　　　　　　　　　　　　　　　　　어둠의 자식들

렸다. 처음에는 슬슬 돌아다니며 독고로(혼자) 낮티(낮 도둑)만 보다가 다른 뚜룩잽이들과 많이 사귀게 되고부터는 식구를 만들어 초티(초저녁 도둑), 밤티(늦은밤 도둑)도 보았으며 노깡(노상 강도)도 서슴없이 해냈었다. 나와 밥벌이는 달랐지만 태봉이는 나를 좋아했다. 창신동이 철거되는 바람에 우리는 신설동으로 이사를 했고 태봉이네는 성남으로 가게 되었었다. 같이 일하는 식구 중에 코 발른 놈이 있어서 태봉이는 들어가 살았으며, 그동안에 내가 뒷바라지를 해주었던 것이다.

태봉이는 큰집에 사는 동안 사귀었던 수창이를 따라서 양동으로 흘러가게 되었다. 두꺼비하고는 내가 동대문에서 인사를 시켜 주었었다. 옛말에 늦게 배운 도둑질에 날 새는 줄 모른다는 말이 있고, 선무당이 사람 잡는다는 말이 있듯이, 농촌에서 순진하게만 자란 태봉이가 형무소에 들어갔다가 나온 이후로 무서우리만큼 배짱이 커졌던 것이다. 양동에 간 지 2년이 채 못 되어서 왈왈구찌로 등장했던 태봉이었다. 그는 형무소에 있을 때 내게서 약간 신세 진 것을 잊지 못해서 돈이 생길 때마다 나를 찾아와 술잔이나마 나누었다. 예전에는 주먹 좀 쓰고 곤조나 부리는 건달이 도둑질하는 뚜룩잽이보다 수입이 좋았다. 그런데 요즈음은 형편이 바뀐 것이다. 태봉이는 뚜룩에다 논다리(깡패)까지 겸해서 나보다 생활 형편이 훨씬 좋았다. 두꺼비는 어찌 된 것인지 그만 기가 죽어서 빈둥거리면서 티상(매춘부)들 뒤나 보며 그럭저럭 밥 먹고 지내는 중이었다.

나도 요즈음은 창신동이며 동대문 일대에 쪽(얼굴)이 많이 팔려서 옴치고 뛸 수가 없었다. 한동안 나들이라도 다녀와야 할 판이었다. 저쪽에서 말도 꺼냈겠다. 나는 양동 도동 쪽에 가서 당분간 살아갈 생각을 하고 어스름해져서 버스를 탔다. 이 골목, 저 술집, 당구장, 그전에 내가 잘 드나들었고 건달들이 모이던 곳에는 낯선 얼굴들뿐이었다. 찾아다니다가 귀찮은 생각이 들어서 아무 데나 티상골목으로 기어들어 가 뽁이나 할 마음이 생겼다. 한 년을 골랐는데 이게 사람을 잘못 보고 헛바퀴(눈속임)를 돌리느라고 손님을 둘이나 더 받아 놓고는 2층 3층으로 오르락 내리락하는 것이었다. 나는 그럴 줄을 미리 알고서 포주의 길이나 들일 참이었던 것이다. 새벽 한 두어 시쯤이면 맞춤한 시간이라, 나는 문짝을 발길로 걷어차고 악을 쓰며 난리를 부렸다.

"어이, 이 집 포주 좀 오라구 그래. 니미 씨팔 짜식들이 나를 호구로 보는 거야 뭐야. 모처럼 짝숭이(남자 성기)에 풀칠 좀 할려구 세워 들구 왔더니 새씹 같은 년이 뿌리(돈만 받고 동침하지 않는 것. 또는 겹치기 상대하기)를 뽑아. 야, 이거 환장하겠네. 왕년에 둥기 안 해본 놈 있는 줄 알아. 빨리 포주 오라구 그래. 니미 씨팔, 오늘 여기서 깨져 보자."

내가 고함을 지르면서 악을 버럭버럭 쓰니까 고년이 3층에서 재빨리 내려와서는 아양을 떨며 내게 쫓아 들어왔다.

"야, 이 씨팔년아. 너 날 뭘루 보는 거야?"

경심이라는 고년도 보통내기가 아니었다.

"조용해요 손님. 잠깐 다녀왔는데 뭘 그렇게 흥분하구 그래."

"뭐가 잠깐이야. 잠깐이 몇 시간이냐? 너 오늘 손님 몇 명 받

어둠의 자식들

왔어?"

"몇 명이긴, 손님 혼자지."

"이런 오리발 봐. 잔소리 말구 바이 값(화대) 내놔."

경심이 년이 돈을 도로 내놓으라는 말에 발끈했다. 일단 한
코를 내게 먼저 주었던 것이다.

"손님도 너무해요. 잠깐 다녀올 수도 있지, 뭘 그걸 가지고 난
리야."

"헛, 이년 봐라. 너 정말 약 올릴래? 공연히 성질 죽이고 있는
사람 건드리지 말구 빨리 내놔. 좋은 말 할 때 내놔."

입성 첫날부터 인상 내놓으며 이 동네에서 호구 잡히면 앞으
로 일에 지장이 크겠어서 나는 물고 늘어졌다. 경심이도 약통이
올라서 악다구니였다.

"못 주겠다. 재미는 다 봐놓구 나서 돈을 도루 내놓으란 말이
야? 니가 무슨 통뼈라구 어디서 악을 쓰냐."

"이년 봐. 너 욕 다 했어?"

"다 했다. 어떡헐 테냐?"

"하, 이거 미치겠네. 오늘 이 집서 끝장내야 되겠구만."

"끝장을 내든지 막장을 내든지 맘대루 해봐라, 걸레 같은 새
끼야."

나는 머리를 몇 번 벽에다 맞부딪치고는 내의를 벗다가 손으
로 박박 찢었다. 찐드기의 시작인 셈이었다. 웃통은 벌거숭이고
찢어진 내의가 허리에 걸쳐서 너덜대고 있었다. 나는 맨발로 복
도로 뛰어나가서 악을 쓰며 경심이의 머리채를 잡아챘다. 머리

채를 잡혀서 이리 끌리고 저리 끌리는 경심이는 그래도 계속해서 대들었다. 임자끼리 만난 것이다.

"야 이 씨팔놈아, 이거 못 놔. 너 살기 싫으면 맘대루 해봐."

나는 씩씩거리면서 경심이의 머리채를 잡고 끌고 다니다가 옆방 문에다 힘껏 처박았다. 머리가 방문에 부딪히자 경심이는 뒤로 벌렁 자빠졌다가 일어나면서 내 귀물을 잡고 늘어졌다.

"이 개새끼, 맛 좀 봐라."

아차 하는 사이에 거기를 잡힌 나는 온몸에 힘이 빠지고 갑자기 아득해져서 소리 질렀다.

"아, 아이구, 너 이거 안 놔?"

경심이 년이 사정없이 귀물을 잡고 늘어졌고, 나는 주먹으로 고년의 옆구리를 냅다 쥐어박았다.

"아이구머니, 나 죽네."

옆구리를 맞은 경심이가 맥없이 손을 풀면서 복도에 쓰러졌다. 나는 진땀이 바짝 나서 잠시 서 있었다. 나와 경심이가 싸우는 동안에도 포주 자식은 모른 척하고 있다가 싸움이 커지니까 슬그머니 2층에 나타났다. 나중에 알았지만, 그치가 꼬마 강이었다. 둥기 녀석들도 이 방 저 방에서 나오며 우르르 몰려들었다. 싸우는 소리는 들리지만 보통 있는 일이라 나와 보지 않던 동료 아가씨들도 싸움이 커지면서 경심이 비명이 들리기 시작하자 제각기 이 방 저 방에서 나오며 한마디씩 했다. 나는 웃통을 벗어젖힌 채 내의가 너덜너덜 허리에 걸린 채로 문지방에 걸터앉아 있었고, 경심이는 복도에서 꿈틀거리며 신음하고 뻗어

어둠의 자식들

있었다. 아가씨들이 경심이를 일으켜 세워 빈방으로 부축해 갔다. 꼬마 강과 기둥서방들이 나를 에워쌌다. 나는 그 여럿을 쭉 훑어보고 나서 씩 웃으면서 문지방에서 일어났다. 꼬마 강이 점 잖게 뱉었다.

"도대체 지금 시간이 몇 신데 시끄럽게 싸우는 거야?"

"웃기지 마슈. 누가 먼저 약통을 올렸는데, 공갈치는 거요?"

"공갈이라니. 이 짜식이 뵈는 게 없나. 내가 누군지 알어?"

나는 침을 찍 내깔기며 히죽 웃었다.

"이리저리 웃기네, 난쟁이 좆자루만 한 게. 니가 누구긴 누구냐 짜샤. 포주 아니면 둥기지."

내가 말을 마치기가 무섭게 둥기 녀석들 몇이서 우르르 달려들더니 장작 패듯이 떡을 치는 것이었다. 연신 맞으면서도 나는 악장을 죽였다.

"응 좋아, 좆나게 때려 봐라. 신나게 맞아 줄 테니까."

"이 자식이 이래두 정신 못 차리구 주둥이를 놀려."

꼬마 강이 둥기들에게 그만 때리라고 말렸다. 둥기들은 손을 탈탈 털면서,

"개새끼 아예 죽여 버릴까 부다."

하며 얼러 댔다. 나는 얼굴이 터져 피투성이가 된 채로 기어 붙었다.

"죽여 봐라 이 자식아. 나 죽는 것 보구 살면 니네들 명 긴 거다. 어디 너 좆 꼴리는 대루 다구리 놔봐. 내가 니네들한테 다구리 맞구 청춘이 금 가는 거 아니야. 날이 오늘만 날이냐, 어디 두

고 보자."

꼬마 강이 둥기 하나에게 눈짓을 하더니 세숫대야에다 물을 떠온다. 수건을 가져온다 야단이었다. 이제는 어르고 좆 먹이자는 수작이다. 나는 대야를 발로 차 던지고는 피투성이가 된 얼굴을 손으로 쓱쓱 문지르면서 떠들었다.

"응 좋아. 싸움은 이제부터야. 내 인생 양동에다 던졌다. 지미 씨팔. 느이들 다구리 놓을 땐 신났지? 어디 한번 당해 봐라."

나는 아래층으로 뛰어 내려갔고. 꼬마 강네 집 대문 입구에 벌렁 드러누워 고함을 쳤다.

"야 씨팔 년놈들아. 다 모여라."

꼬마 강과 둥기들은 모두 따라 내려와 둘러서서 나를 내려다 보았다. 나는 그들에게 더욱 세차게 떠들었다.

"또 다구리 봐봐 자식들아. 니들이 나를 못 죽이면 내가 니들을 씹어 먹을 거야. 이 집 장사는 오늘부로 끝나는 거야."

내 꼴로 보아서는 하루 이틀 버틸 놈 같지 않았던 모양이다. 꼬마 강은 일을 수습하기 위해서 둥기들을 한쪽으로 끌고 가서 작전을 짜고 있었다. 처음에는 때리면 겁을 먹겠지 생각하고 몰매를 놨는데 맞을수록 깡다구를 부리니 방법을 달리하는 수밖에 없다고 그들은 의논이 되었다. 꼬마 강은 둥기들과 여러 가지로 해골을 모아 보더니 나를 절도범으로 몰기로 했던 것이다. 둥기 중의 하나가 2층으로 올라가 경심이에게로 갔다.

"경심아. 많이 아프니?"

"응 죽겠어. 아마 갈비뼈가 나갔나 봐."

"잘됐다. 그렇잖아도 너를 때린 손님이 얼마나 꼴통인지 때려 봤자 일만 커질 것 같다. 뚜룩잽이로 몰려고 하니 니가 통밥을 잘 맞춰 주라."

"알았어. 그러나저러나 도무지 움직일 수가 없으니 병원엘 가 봐야겠어. 씨팔 새끼 때문에 손님 받기가 어렵게 됐으니 큰일이 야, 속상해 죽겠네. 에이 씹어 먹을 새끼."

경심이 방에 있던 둥기가 경심이에게 대강 작전을 얘기하고는 경심이 시계를 받아 쥐고, 내가 빌려 들었던 방으로 들어간다. 그는 경심이 시계를 손수건으로 싹싹 닦아서 내가 방에다 그냥 두고 나온 잠바 주머니에다 슬쩍 집어넣는다. 나를 뚜룩잽이로 몰려는 작업을 대충 마친 둥기들과 꼬마 강은 문 앞에 태연하게 드러누운 나를 번쩍 들고는 파출소로 향했다. 그들은 경심이 시계가 든 내 잠바를 내밀면서 내가 도둑질을 했다고 신고를 했다. 꼬마 강은 파출소 직원들에게 미안하다고 하면서 기름칠을 한 다(뇌물을 준다). 경심이가 먼저 자술서를 쓴다.

……양동 꼬마 강 집에서 20대 남자와 같이 동침하게 됐는데, 새벽 3시쯤 머리맡에 풀어 놓은 시계가 없는 것을 확인하고 같 이 동침한 남자에게 시계를 못 보았느냐고 물으니 무조건 욕을 하면서 내가 도둑놈인 줄 알아 하면서 때리길래 안 맞으려고 멱살을 잡고 늘어졌더니 그 남자의 옷이 찢어졌습니다. 옷이 찢 기자 그 남자는 주먹으로 내 옆구리를 때리는 등 발길질로 무 수히 구타했습니다. 나는 무수히 구타를 당한 뒤에 정신을 잃

었으므로 그다음 일은 모르겠습니다. 위 자술서에 기재된 내용
은 사실임에 틀림없습니다.

둥기들 중의 하나가 덧붙여서 증인 진술서를 쓴다.

본인은 양동 꼬마 강 집에서 세를 들어 사는 사람인데, 갑자기
새벽 3시경 여자의 비명소리가 들려서 뛰쳐나가 보았더니, 20
대의 남자가 방문을 홱 제치면서 뛰어나오는 것을 보고는 이상
한 생각이 들어 확 끌어안으면서 같이 넘어졌습니다. 그때 이
방 저 방에서 사람들이 나와서 20대 남자를 붙들고 있었으며
그 남자에게 얻어맞았던 여자가 곧 정신을 차리고 내 시계 갖고
간다고 하며 저놈 잡아라 하면서 악을 썼습니다. 그제서야 도
둑놈인 줄 알고 파출소로 끌고 가려고 했더니 자기 머리를 벽
에다 부딪치면서 내가 형무소 간다고 못 나올 줄 알아, 갔다 오
면 나 잡은 놈하구 저 기집애는 뼈다귀를 부숴 버린다고 악을
쓰면서 나에게 달려들었습니다. 내가 피하자 옆에 있던 사람에
게 달려들었습니다.
나는 겁이 나서 아래층으로 피해 있었습니다. 한참 후에 2층으
로 올라가 보았더니 20대 남자는 여자가 있던 방에 누워 있고,
여자는 어디로 갔는지 몰랐는데, 나중에 알고 보니 여자는 병
원에 갔다는 것입니다. 도둑질한 남자는 다른 사람들과 싸웠는
지 얼굴이 피투성이가 되어 방에 누워 있었습니다. 그래서 집주
인과 나처럼 같은 집에서 사는 몇 사람과 함께 파출소로 데리

고 왔습니다. 자술서에 기록한 내용은 사실과 틀림없습니다.

두 자술서와 함께 나는 어처구니없게도 경찰서로 넘어가게 되었다. 일단 넘어가면 다구리 깬 것이나 시끄러운 문젯거리는 그만 흐지부지 끝나는 법이었다. 내가 혐의를 지고 형무소로 넘어가든 풀려 나오든 간에 우선 그들은 발등에 떨어진 불을 끈 것이다. 양동에서 유지 급인 꼬마 강의 입김으로 나 같은 손님은 실컷 두드려 맞고도 구류 아니면 형무소로 넘어간다. 뒷조사를 해봐서 집안이 괜찮으면 그들은 경심이 맞은 것을 진단 끊어서 위자료를 받든지 등기들 중 하나가 자해상을 만들어 진단을 끊고는 치료비를 받아 내는 것이다. 그런 통밥이라면 나도 여러 번 해봐서 그들의 머리 위에 타고 있는 거나 마찬가지였다. 담당 형사는 영장 신청을 위해 나를 짜기 시작했다. 피의자 심문조서의 형식과 순서는 자다가도 줄줄 외워 나갈 정도로 나는 형사의 꼭대기에 있었다.

"이름은?"

"이동철이오."

"직업은?"

"보다시피 실업자요."

"별명은 없나?"

"찐따라구두 하구, 큰깡다구라구 합니다."

"자식, 큰깡다구 좋아하네."

가족관계 얘기가 나오고 국민학교 중퇴 얘기가 나오고,

"너, 양동 꼬마 강 집에서 잔 사실 있지?"

"네."

"잠잘 때 경심이란 애와 같이 잤지?"

"네."

"경심이와 같이 자다가 새벽 3시쯤에 싸운 사실 있지?"

"있수다."

"경심이란 아가씨가 시계 없어졌다고 그랬다는데 사실이냐?"

"금시초문이오."

"짜식이 여기서부터 오리발 내밀어. 너 정말 신경 돋울 거야?"

형사는 펜대를 책상 위에 내던지면서 얼굴에다 험악한 표정을 지었다. 나는 상다구를 북 쓰면서 펄펄 뛰었다.

"아저씨 생사람 잡지 마슈. 하, 이거 환장하겠네."

"좋아, 몰랐다구 하자. 그러면 니가 경심이를 구타하고 욕한 사실은 있지?"

"있지만, 개 같은 년이 불알을 잡고 늘어지니까 때렸수다."

"경심이라는 아가씨가 니가 가만있는데 불알을 잡다?"

"그건 아니오. 내가 먼저 욕은 했수다. 욕한 것도 사실은 내가 모처럼 몸을 풀려구 그러는데 그년이 뿌리를 뽑잖소. 그래 야마가 돌아 몇 마디 했수다. 개 같은 년이 악장을 치길래 머리통을 문에다 쥐어박았더니 불알을 잡구 늘어집디다. 그래 어떡하우. 아직 씨두 못 받은 불알을 잡아 흔들면서 쥐어짜니 사람이 살수가 없어서, 한 방 놨지요."

"너 이 새끼, 접시 돌리지(말재주 부리지) 말어. 수사관 생활 하

어둠의 자식들

루 이틀 해먹은 사람 아냐. 까불지 말구 솔직히 뱉어."

"더 이상 어떻게 솔직하우. 생눈깔 뽑지 마슈. 내 비록 건달 밥 먹으면서 잔뼈가 굵었지만 지금까지 구라는 안 치구 살았수다."

"짜식아. 그러면 경심이라는 아가씨가 너하구 무슨 원수가 졌다구 너를 찍니?"

"그 소리는 내가 할 소리요. 개 같은 년이 나하구 무슨 원수가 졌다구 나를 뚜룩으로 몰아. 하아, 이거 환장하겠습니다. 피아노 (지문찍기) 돌려 보면 알 거요. 전과는 두어 개 있지만 폭력이지 뿌려진 칼(절도)은 없수다."

"근데 임마. 어떻게 니 호주머니에 시계가 들었냐 이 말야."

"그거야 뻔한 통밥 아니오. 내가 꼴통 죽이니까 몰아넬려구 등기들이 남수 친 거 아니겠소."

"하여튼 알았어. 대질시켜 보면 뽀록날 테니까. 대기실에 들어가 있어."

"야. 이거 답답해 죽겠네. 형님, 동대문 내방깐(경찰서)이나 성북, 청량리 내방깐에 날 한번 물어보슈. 나 그런 놈 아니오."

"임마 알았어. 들어가 있으라니까."

담당 취조관이 조서를 뒤로 미룬 것은 내가 워낙 빠꼼이(어떤 일이나 사정에 막힘없이 훤하거나 눈치 빠르고 약은 사람)라 잘못했다가는 오히려 다치겠다는 생각에서 발뺌할 준비를 하는 것이다. 그는 양동 꼬마 강에게 연락해서 오라고 했다. 꼬마 강이 경찰서로 왔고 형사는 그를 데리고 구내 다방으로 가서 타협을 한다.

"어이 꼬마 강, 이동철이 말야. 엮기가 곤란하겠는데 이거. 짜식이 워낙 까졌어."

"그럼 저걸 어떻게 한담?"

"이렇게 하지. 그냥 내보내구, 나가서는 다시 꼴통을 못 부리게 겁이나 주지."

"어떻게 엮어 보는 방법이 없을까?"

"도저히 안 돼. 보통 놈이 아니더라니까. 저렇게 넘어가더라두 검사 손이나 판사 손에서 벌통을 낼(떠벌릴) 놈이야."

"피아노는 돌려 봤수?"

"돌리지는 않았는데 보나마나 순전히 폭(폭력)이야."

"그럼 내보내더라두 내가 인심이나 쓰는 척합시다."

"그렇게 하는 수밖에 없겠는데. 그럼 한 시간 뒤에 사무실로 들어와서 남수나 쳐."

"알겠소."

담당 형사는 꼬마 강과 속닥이를 맞춘 뒤에 사무실로 돌아와서는 나를 대기실에서 불러냈다.

"거기 앉어. 너 말야, 만약 대질시켜서 피해자인 경심이와 목격자인 김현배가 '자술서 내용대로입니다' 하구 말하면 그땐 어떻게 하겠어?"

"내가 무슨 용·빼는 재주 있수? 아무리 막 돌아가는 세상이지만 생짜루야 형을 먹겠수. 내가 무슨 징역복이 터졌다구, 뚜룩치지두 않은 갯짱(시계)을 먹었다구 판사가 징역 살리겠소. 검찰에 송치되면 대질시켜 달라구 해놓고 무고죄로 씹지 뭐. 검사한테 후록꾸(엉터리) 피해자 신변 인수해 달라구 그래서 하이방 못하

어둠의 자식들

게 한 다음 씹는 거지 뭐. 별수 있소. 나두 살아야지."

"그건 네 마음이고. 나야 피해자 진술서 가지구 너를 엮는 거니까 나를 원망하지 마라."

"나는 누구한테든 원망 안 허우. 그러나 나를 생짜루 씹은 놈은 가만 놔두지 못하우. 나두 오기루 곤두선 밥알 씹어 먹구 살았수다."

우리가 티격태격하고 있는데 꼬마 강이 들어왔다. 꼬마 강이 들어와서는 담당 형사에게 인사를 꾸뻑 하더니 나 들으라고 일부러 큰 목소리로 말했다.

"담당 형사님, 저희 집에 있는 아가씨도 물건을 찾았고, 제 집에서 일어난 사건이니 저를 봐서 손님을 좀 봐주십시오."

"글쎄요, 저두 사람 잡아넣는 거 별루 좋아하지 않습니다. 그러나 피해자, 목격자 자술서가 일치되는 점이 분명하고 정식 신고해서 접수된 사건이라 좀 어렵겠습니다."

"제가 인사를 할 테니까 이럴 때 좀 부탁합시다."

"선생께서 직접 오셔서 부탁하는데 최선을 다해서 풀어 주는 방법으로 해보지요."

"고맙습니다. 꼭 부탁드리겠습니다."

꼬마 강과 형사가 그럴듯하게 접시 돌리는 소리를 들으며 나는 웃음이 나오려는 것을 가까스로 참았다. 꼬마 강이 위로 치켜뜨고 노려보는 내게 부드럽게 말을 걸었다.

"어이, 젊은 양반. 담당 형사한테 잘 말해서 나오도록 하슈. 나는 바빠서 이만 실례허우. 혹시 나오게 되면 우리집에 들르슈. 쓴 대포나 한잔 합시다."

나는 속으로 너는 이제부터 내 밥줄이야 짜샤, 라고 생각하고 있었다. 꼬마 강은 남수를 마치고는 담당 형사와 악수를 하고 나서 사무실을 나갔다. 조금 전보다 훨씬 부드러워진 형사는 내게 담배를 한 대 권했다. 적당히 조사를 해서 빨리 매듭을 짓자고 담당 형사는 서둘렀다.

"야, 임마. 너 때문에 이게 뭐니. 볼일도 못 보고 하루 종일 너 하구만 씨름하고 있으니."

"미안허우."

나는 다시 형사 대기실로 가서 기다렸다. 가서 쭈그리고 앉았으니 별의별 생각이 몰려왔다. 내가 아무리 건달 논다리로 꼴통이나 죽이면서 다니지만, 좋은 일이나 한번 하고 죽었으면 원이 없을 것 같았다. 매일 성난 개같이 싸움질이나 하면서 잔뼈가 굵었으니 죽기 전에 사람 구실이나 한번 해보았으면 싶었다. 그러나 막연한 생각일 뿐, 뭐가 사람 구실이고 어떻게 사는 게 사람답게 사는 길인지 나는 그때에는 알 수가 없었다. 지금까지 살아온 자신을 돌이켜 보니까 사람다운 생각을 가지고 생각도 하며 산 게 아니라, 남이 살아가니까 나도 살아간다는 흐리멍덩한 삶이었다. 아무리 싸움질이나 하고 주위 사람들로부터 저놈 버린 놈이라는 손가락질을 받는 녀석일지라도, 혼자 가만히 있을 때면 언제든 사람 구실을 하며 살고 싶다는 욕망은 다 갖고 있는 것이다. 그러나 아무리 해골을 썩이며 궁리해 봤자 사람답게 사는 것은 돈만 있으면, 환경만 좋으면 될 수 있다는 데서 한 걸음

어둠의 자식들

도 못 나갔다. 그래서 언제나 나는 오까네(돈)를 왕창 실려야(벌어야) 한다고 다짐하곤 했었다. 돈을 벌어서 우리 뭉치 호강도 시켜 주고 불쌍한 사람도 도와주고 억울한 사람도 도와주는 착한 일을 해야겠다는 것이었다. 다시 태어날 수만 있다면 공부를 많이 해서 높은 자리에 앉아, 많은 사람들에게 존경을 받으면서 인품 잡고 살고 싶었다. 그러나 배운 것도 없고 특별한 재간도 없이 아는 것이라곤 곤조통과 쌍소리뿐이니 돈을 벌 수도 없고, 어쩌다 돈푼이나 털어 봤자 시다이 값에 지나지 않았다. 그러니 환경도 더욱 그 꼴이었다.

시무룩해져 있는데 형사가 미소를 지으며 다가오더니 나를 불렀다.

"야, 이동철. 너 오늘 용꿈 꿨다. 얼른 나와라."

"이제 가도 되는 거요?"

"응, 나가도 좋아. 임마, 너 빼내려고 얼마나 애먹었는지 알아? 나가더라도 자주 놀러 와."

"그런 소리 말우. 놀러 올 데가 없어서 내방깐을 오우? 그렇잖아도 가끔 신세를 져서 미안헌데."

"짜식, 놀러 오는데 널 잡아먹을려구 그러는 줄 알어. 나하구 친해 보자 이거야."

"알겠수다."

"혹시 나가더라도 꼬마 강 집에 가서 꼴통 죽이지 마라."

"나가 봐야 알지요. 하여튼 조심하겠수다."

나는 창신동으로 가면 할랑했지만(편안했지만) 일부러 꼬마 강네 집으로 찾아들기로 했다. 닦아 놓은 길을 이제부터 편안하게 다지는 것이다. 나는 꼬마 강네 집으로 들어서며 주인을 찾았다. 꼬마 강네 집은 이 부근에 많이 있는 간이건물이었다. 블록으로 엉성하게 이삼 층 지어서 양쪽에 줄지어 방을 나누어 놓고 가운데는 비좁은 복도를 내놓은 창고 같은 창녀굴이었다. 둥기 하나가 나를 보더니 재빨리 꼬마 강에게 알리는 모양이었다. 꼬마 강이 슬리퍼를 찍찍 끌며 반가운 척 쫓아 나왔다.

"어, 잘됐구먼. 참 잘 나왔어."

"덕분에 내방깐서 신세 좀 졌시다. 이야기는 내일 하기로 하고 우선 꿀림방(잠자는 방)이나 하나 주슈."

"야, 이 사람아. 내 집 찾아온 손님인데 잠 안 재워 주겠나. 걱정 말구 올라가세."

나는 꼬마 강이 안내하는 대로 2층 끝방으로 따라갔다.

"오늘 이 방에서 꿀려요."

"고맙수다. 내일 얘기합시다."

나는 내일부터 아예 당분간 들어앉을 셈이었던 것이다.

"시다이는 쬈나(밥 먹었나)?"

"곰이 사줘서 쬈수다."

"푼 하나 보내 줄까?"

"오까네 강이오(돈 없소)."

"야, 이 사람. 언제 우리 돈 가지구 살았나. 골목대장 헛했구먼."

꼬마 강도 보통 능구렁이가 아니었다. 나는 못 이기는 체 응낙했다.

어둠의 자식들

"그럼 하나 보내 주슈."

꼬마 강은 푹 쉬라고 말하고는 문을 닫아 주었다. 잠시 후 꼬마 강이 올려 보낸 아가씨가 내 방을 노크했다.

"들어와라."

아가씨가 성큼 방 안으로 들어왔다. 비리비리한 말라깽이였다.

"야, 나 지금 피곤하니까 빨리 불 끄고 자자."

"성질도 급하시긴……."

"새삼 째지는 소리 하지 마라. 옷 후다닥 0.5초 내로 벗고 뽁을 앞세운 다음 잽싸게 와서 자자."

"알았어. 세워 놓고 기다려. 잽싸게 갈게."

"너 이름 뭐야?"

꼴통이 물으니까 일반 손님에게처럼 뺄 수가 없다.

"순자요."

"얼마나 됐어?"

"한 달. 그전에 청량리 오팔팔 있었거든."

"몇 살이냐?"

"스물다섯."

"쌍년 되게 늙었구나. 뽁 언제 나갔어?"

"열 살 때."

나는 고아원에서 자랐다는 순자의 궁둥이를 철썩 때렸다.

다음 날 11시가 넘도록 늦잠을 자고 일어난 나는 기지개를 쭉 펴면서 옆을 보았다. 순자는 없었다. 담배 생각이 나서 방바닥을 둘러보았으나 담배꽁초 하나 보이질 않았다. 재떨이에 있던 필터

끝에 조금 붙어 있는 담배 가루를 털어, 구겨진 담뱃갑을 찢고 침 발라 말아서는 성냥불을 그어 쭉 빨아 당겼다. 담배 싼 종이가 먼저 타버리는 바람에 서너 모금 빠니까 부서져 버렸다. 한심한 신세였다.

"씨팔, 궁짜 끼니까 강아지(담배)까지 몰리는구나(떨어지는구나)."

혼자서 궁시렁거리며 비 맞은 중 담 모퉁이 돌아가는 소리로 중얼거리고는 방을 나왔다. 손으로 눈을 비비면서 눈곱을 털어 버린 뒤에 아래층으로 내려갔다. 꼬마 강의 방문 앞을 기웃기웃했다.

"형 있수?"

방문이 열리면서 강의 아내가 쳐다보았다.

"난 또 누구시라구. 잘 잤어요? 우리 그이는 볼일 보러 나갔는데요. 총각 아저씨 일어나시면 밥 사먹으라구 이거 주라구 그러던데요."

꼬마 강의 아내가 천 원짜리 한 장을 내게 전해 주었다. 천 원을 받아 쥔 나는 다시 물었다.

"나하구 잠잔 푼 어디 갔수?"

"순자 말이지요? 조금 전에 만화 빌리러 간다구 하면서 나갔는데, 금방 들어올 거예요."

"그래요. 그럼 밥이나 먹구 올 테니 순자 오면 기다려 달라구 그래 주슈."

"왜요, 하룻밤 자더니 마음에 든 모양이지요."

"아, 아니요. 어디서 많이 본 놈 같아서."

나는 밖으로 나왔다. 골목의 위와 아래를 번갈아 쳐다보다가 아래쪽에 있는 식당을 발견하고 그쪽으로 내려갔다. 식당은 텅 비어 있었다. 나무 의자는 삐걱거렸고 연탄 냄새가 지독했다.

"아주머니, 제일 맛있는 게 뭐요?"

아주머니는 손을 앞치마에 문지르며 말했다.

"다 맛있지요. 백반하구 순댓국이 있어요."

"순댓국 하나 주슈. 고기 좀 많이 넣어 주슈."

"네, 알았습니다."

나는 문 바로 곁에 있는 탁자 앞에 앉아서 국솥과 국자만 바라보았다. 김이 무럭무럭 오르는 순댓국이 내 앞 탁자 위에 날라져 왔다.

"아주머니, 다대기 좀 주슈."

"여기 있어요. 매워요."

나는 숟갈로 다대기를 푹 떠서 순댓국 뚝배기에다 넣고는 수저로 휘휘 저어 고루 섞었다. 아침 굶고 허기져 먹으니 코에서 땀이 났다. 한참 먹고 있는데 손님 둘이 들어와 내가 앉은 안쪽에 가서 앉았다. 나는 수저를 들면서 곁눈질로 손님을 보다가 그들에게 고함을 질렀다.

"야, 태봉아 개새끼야."

"어, 이게 누구야. 동철이 아니냐."

"임마, 사람을 불러 놓구 어딜 생쥐처럼 쏘다니냐."

"정말 미안하게 됐다."

태봉이는 반가웠는지 단숨에 성큼성큼 오더니 내 어깨를 껴안고 흔들었다.

"근데 너두 그렇지만 두꺼비 그 새끼는 어디 가서 틀어박힌 거야. 당구장에두 없구, 횟집에두 안 보이던데?"

내가 투덜거리자 태봉이는 다시 미안하다고 사과했다.

"두꺼비는 여기서 달아난 살푼(여자)을 잡으러 지방 출장 갔어. 와리 먹는 거지."

태봉이가 같이 온 친구를 내게 소개해 주었다. 내가 먼저 인사를 땠겼다.

"나 창신동 있는 동철이라구 합니다."

"영등포 역전에 있는 돼지요."

"영등포에 계슈? 그럼 큰깜씨 알우?"

"내 친구요."

우리 식의 사교가 트고 있는 중이었다.

"큰깜씨 그놈 내가 징역 살 때 서대문에서 같이 있었는데, 내가 싸우는 바람에 안양으로 이감 갔지. 그 뒤로 한 번도 못 만났어요."

내가 그의 친구를 잘 안다니까 돼지도 기분이 좋은 모양이었다.

"그럼 영등포 놀러 갑시다."

"그렇게 합시다, 까짓것."

태봉이가 옆에서 김을 뺐다.

"야, 좆같은 새끼들 봐라. 나를 옆에 두구 니들끼리만 속닥이 맞추냐. 그리구 니들 말야, 언제부터 인품 됐다구 존댓말이냐 짜샤. 두 놈 다 말 트구 지내."

나는 큰 소리로 웃으면서 돼지에게 말 놓고 지내자고 말했다. 돼지도 좋다면서 내게 말을 놓기 시작했다.

"야, 동철아. 우리 처음 만났으니까 기수(술) 한잔 재자."

"거 좋지. 한 잔 채워라."

태봉이가 식당 아주머니에게 머릿고기로 한 접시 시키고는 순댓국 두 그릇을 시켰다. 술잔이 오가면서 나는 그동안 양동 와서 당했던 일을 얘기했고, 꼬마 강에 관해서도 얘기했다.

"야 임마, 진작 내 이름 팔면 괜찮았잖아. 두꺼비두 있구."

"임마, 난 곧 죽어두 이름 팔구 안 산다. 씨팔, 이 동네두 자주 안 오니까 많이 달라졌던데."

"너 그럼 꼬마 강을 어떻게 할래?"

"어떡허긴 뭘 어떻게 해, 본전이나 뽑는 거지."

"야, 그러지 말구 이따가 나하구 조용히 꼬마 강을 만나서 쇼부 치자."

"그래, 알았어."

우리는 소주를 두어 병 마시고는 술상을 끝냈다. 태봉이가 돈을 치르고 나오면서 돼지에게 물었다.

"돼지야, 너 어떻게 할래. 영등포 갈래, 여기서 하루 꿀릴래?"

"오늘 영등포로 갔다가 며칠 후에 또 오지."

"야, 그럼 여기서 헤어지자."

돼지는 내가 마음에 든 모양이었다.

"동철이 너두 영등포 한번 놀러 와라. 내가 까리한(예쁜) 푼 달아 주께."

"야, 영등포 놀러 갔다가 꼬마 강네 집에서처럼 당하라구?"

우리는 이렇게 뒷골목끼리 통해 두는 게 급할 때 유리했다.

태봉이와 나는 꼬마 강네 집으로 갔다. 안으로 들어가자마자 태봉이는 그래도 자기 구역이라고 폼을 잡고 꼬마 강의 방문을 노크했다. 방문이 열리더니 강의 아내가 호들갑을 떨었다.

"어머 이게 누구야, 태봉이 총각이구만. 그동안 왜 안 놀러 왔어."

태봉이는 약간 거만하게 말했다.

"먹구 살기 힘든데 놀러 다닐 시간 있겠수. 꼬마 강씨는 어디 갔어요?"

"몰라, 어디 다녀온다구 그랬는데 금방 들어오겠지 뭐."

태봉이는 비켜서 있는 나를 턱으로 가리켜 보였다.

"저 사람 우리 친군데 여기서 당했다며? 어떻게 된 거야?"

"어머나, 저 총각 아저씨가 태봉이 총각 친구유?"

"그럼, 옛날 친구지."

강의 아내는 깔깔 웃었다.

"진작 알았으면 소란하지 않았을 텐데, 깔깔."

"저 사람두 보통 곤조통이 아닌데, 강씨 인제 혼나야겠어."

태봉이가 은근히 야시를 먹이니까, 꼬마 강의 아내도 만만치 않게 받았다.

"다 그런 거 아뉴. 썩은 밥 먹구 사는 게 늘 어수선하지, 깔깔."

우리가 2층으로 올라가려는데 꼬마 강의 아내는 내게 사교성 있게 말을 건넸다.

어둠의 자식들

"총각 아저씨, 순자 말유. 2층에서 기다린다구 합디다."

"고맙시다."

이젠 완전히 내게 짱박아 주는구나 싶었다. 태봉이가 2층으로 오르면서 순자가 누구냐고 내게 물었다.

"응, 어제 나하구 빠구리 튼 년인데 괜찮더라."

태봉이 자식이 나를 쿡 찔렀다.

"그럼 궁짜 끼는데 홀쳐서(꾀어서) 까네나 치지(돈이나 울궈 내지)."

"나두 당분간 그럴 통밥이야."

"야, 내가 옆에서 남수 안 쳐줘두 괜찮겠니?"

"괜찮겠지 뭐. 내가 좋다는데야 지가 어쩔 거야."

"새꺄, 여자 너무 밝히지 마라. 뼈 녹는다."

우리는 순자가 있는 방으로 당당하게 밀고 들어갔다. 만화책을 열심히 보고 있던 순자가 우리를 힐끗 쪼개고는 종알거렸다.

"독서하는데 조용히 좀 해줘."

태봉이가 소리 내어 웃고는 내 대신 구라를 풀었다.

"너 고등고시 봐서 우리를 잡아넣으려구 독서하니? 아서라 아서, 딴 건 다 해먹어두 법 팔아먹는 직업은 아예 관둬라."

나는 옆에 가서 드러누우며 주인처럼 말했다.

"어이 피곤하다. 야, 만화 치워라."

순자는 새침해져서 순순히 만화를 한쪽으로 치우고는 엎드린 채로 담배를 입에 물었다. 나는 말없이 불을 켜서 대주었다. 순자가 담배를 맛있게 몇 모금 빨더니 나를 빤히 쳐다보았다.

"아까 왜 날 보자구 그랬어요?"

"임마. 니가 목래(내) 맘에 드니까 보자구 했지."

내가 의젓하게 뱉었는데 순자는 콧방귀를 핑 뀌는 것이었다.

"웃기지 말아요. 나 같은 년이 어디가 좋다구 맘에 들어."

태봉이가 또 내 대신 반주를 넣었다.

"정이라는 건 어디가 좋구 나쁘구가 없어. 그냥 끌리는 거야."

둘 사이에 태봉이가 끼어들어서 있는 구라 없는 접시 풀고 돌리면서 내 자랑을 늘어놓았다. 나는 지그시 눈을 감고 있었다. 태봉이는 한참을 떠들다가 수창이를 만나러 가겠다고 일어섰다.

"야. 수창이 지금 뭘 하니?"

"애기통(넝마주이의 작업장) 하나 사서 수입이 괜찮다."

"내일 들러라."

"아마 오늘 늦게나 내일은 두꺼비두 올 거다."

"두꺼비 오면 이리루 꼼사리 끼워서 같이 지내야겠는데."

"꼬마 강 난리 났네. 재미 많이 봐라. 또 봅시다 제수씨."

우리는 느긋하게 저녁이 될 때까지 나란히 누워서 짧게 산 평생에 관하여 미주알고주알 속닥이를 맞추기 시작했다. 내가 먼저 대충 엮었고 순자 차례였다.

순자는 어려서부터 부모의 얼굴도 모르고 자라났다. 그는 부산에 있는 어느 고아원에서 여섯 살 위의 오빠와 둘이서 살았었다. 순자가 두 살 때 엄마가 다른 남자와 눈이 맞아 도망가는 바람에, 아버지는 살아갈 자신이 없었는지 여덟 살 먹은 오빠와 순자를 버려두고 어디론가 가버렸다. 두 남매는 동네 사람들의 주선으로 고아원에 보내졌다. 순자가 너무 어려서 있었던 일이라 전혀 기억이 없었지만, 고아원에 있을 때 오빠에게서 들었던 기억과, 아버지라고 부르던 원장이 말해 주어서 어렴풋이나마 부모가 있기는 있었다고 알 정도였다.

순자가 여덟 살, 오빠가 열네 살 때 그들은 고아원을 몰래 빠져나와 서울로 올라왔다. 서울에 올라온 순자는 오빠와 함께 주린 배를 채우느라고 시장 주변을 돌아다니며 과일 상자 옆에 널려 있는 사과 껍질을 주워 먹기까지 했었다. 잠잘 때는 시장 주변에 널려 있는 나무 궤짝들을 주워 모아 바닥을 만들고 가마니나 천막을 덮고 길잠을 자곤 했었다.

어느 날 오빠와 같이 먹을 것을 훔치다가 들켜서 오빠는 달아나고 순자만 잡혔다. 순자는 가게 주인에게 귀싸대기를 몇 대 얻어맞고는 곧 풀려났다. 그렇지만 그 뒤부터 오빠를 찾으려고 시장 주변을 헤매었으나 끝내 찾지 못했다.

오빠를 잃어버린 순자는 혼자서 돌아다니다가 동대문시장을 중심으로 꼬지를 하는 아이들 패거리에 걸려들었다. 오빠 또래의 남자아이들이 순자를 끌고 옛날 기동차 종점이 있던 동대문 경전 부근으로 갔다. 거기에 그 아이들의 난장뚜룩(한뎃잠 자는 곳)이 있었다. 아무 데서나 난장꿀림만 하고 먹을 것도 제대로 못 먹은 순자는 오빠 또래의 남자아이들이 얻어다 준 걸(동냥한 음식)을 먹고 지냈다. 난장뚜룩이지만 땅을 깊숙이 파고 지어 놓은 움막집이라 아늑했다. 청계천이 복개되기 전이어서 하천 주변에는 판잣집과 움막집이 다닥다닥 붙어 있었다. 움막에서 같이 사는 아이들은 오빠 또래가 두 명 있고, 순자보다는 두서너 살 많은 남자아이들이 셋에다가, 스무 살 정도 먹은 딱부리가 살고 있었다. 남자들만 살던 움막집에 순자가 새 식구로 들어서자 일곱 식구가 되었다.

왕초인 딱부리는 성질이 난폭해서 벌이를 시원찮게 해오는 아이들을 사정없이 때렸고, 번 돈을 거의 다 빼앗았다. 술이라도 한잔 먹고 왔다 하면 온몸을 벗기고는 담뱃불로 마구 지져 댔다. 순자는 나이가 어린 탓으로 벌이가 제법 좋은 편이었다. 지나가는 사람이나 가게에 가서 한 푼 줍쇼, 하면 대개는 거절하지 않고 주었다. 작은 계집아이였기 때문이리라. 벌이를 잘하니까 딱부리도 순자를 귀여워했다. 순자는 벌이를 다닐 적마다 언제나 잊지 않고 거리를 살피고 다녔다. 행여나 오빠가 어디선가 눈에 띌까 해서였다. 한번은 시장 모퉁이에서 오빠 비슷한 어린 꼬지를 보고 뛰어 쫓아갔지만 곧 잃어버렸다. 오빠가 아닌 줄을 알면서도 서운해서 쪼그려 앉아 아무도 못 보게 혼자 찔끔거렸다.

난장뚜룩의 아이들이 벌어 온 돈을 뺏는 딱부리도 가끔 찾아오는 다른 건달에게 또 빼앗기는 눈치였다.

어느 날 여러 명의 건달들이 와서는 움막을 발길로 마구 내지르면서 딱부리를 불러내더니, 둥그렇게 선 가운데다 몰아넣고 닥치는 대로 발길로 차고 주먹으로 때렸다. 딱부리는 아이들이 보는 앞에서 사정하면서 며칠만 기다려 달라고 애원하는 것이었다. 건달들은 속는 셈치고 그냥 갈 테니까 약속대로 돈을 채우지 못하면 이 동네에서 밥 못 벌어먹을 줄 알라고 겁을 주면서 가버렸다. 모기 다리에서 골을 내먹는다고, 어린 꼬지들 움막에 와서 슈킹(돈 뜯기)을 해가는 놈들이 있고, 또 그 위에도 있고 끝이 없는 것 같았다. 한강에서 빰 맞고 종로에서 화풀이하는 식으로, 엉뚱한 건달들한테 얻어터진 딱부리는 만만한 꼬지 아이들만 달달 볶았다.

순자는 낮에는 꼬지 벌이를 하고 밤에는 술집이나 유흥가를 다니면서 대꼬지(물건을 팔면서 구걸하기, 껌팔이 등) 벌이를 했다. 벌이를 끝내고 움막으로 돌아가면 같이 있는 남자아이들이 못살게 굴면서 옷을 벗겼다. 순자는 열 살 때부터 남자아이들 여럿에게 희롱을 당했다. 순자는 그럭저럭 움막에서 몇 년을 생활했다. 그동안 같이 있던 아이들 중 도망간 아이도 있었고 새로 온 아이들도 있었다.

순자가 열두 살이 되자 왕초인 딱부리가 순자를 포주에게 팔아넘겼다. 꼬지 생활에서 티상 생활로 바뀐 순자는 오히려 고맙게 생각했다. 하루 종일 돌아다니며 동냥을 하는 것도 너무 피로하고 지겨웠던 것이다. 순자가 팔려 간 동네는 청량리였다. 골방에 감금된 채 주는 밥이나 먹고 남자 손님이 오면 몸을 주는 기계 같은 생활이 계속되었다. 가끔 돈 대신 군것질이나 시켜 주었는데 순자는 과자나 사탕을 얻어먹을 때 그것도 고마웠다. 청량리로 오기 전에 움막집에서 딱부리에게 맞고 시달림을 받던 때보다는 티상 생활이 훨씬 살 만했다. 삼시 세때 더운 밥 주지, 따뜻한 방에 등 지지며 매일 먹고 놀지, 가끔 남자 손님 받는 게 귀찮지만 그것도 늘 당하던 대로 사지를 던지고 누워서 멍하니 있으면 끝나는 일이었다.

순자가 청량리에 팔려 간 지 1년쯤 지났을 무렵이었다. 손님이 들어오는데 어디서 많이 본 것 같았다. 손님도 순자를 유심히 쳐다보면서 어디서 많이 봤다고 했다. 두 사람은 서로 유심히 쳐다보다가 손님 쪽에서 먼저, 혹시 부산에 살지 않았느냐고 물어 오는 것이었다. 순자는 번뜻 머리에 스쳐 가는 찡하는 기분을 느낀 순간 손님이 깜짝 놀라면서, 너 순자 아니냐? 나야 나, 문식이야! 하고 소리쳤다. 제 앞에 앉아 있는 손님이 오빠라는 것을 알고 순자는 저도 모르게 문식 오빠! 하면서 달려들어 몸을 부여잡았다. 오빠는 입을 벌리고 터지려는 울음 대신 숨을 내몰아 쉬었다. 두 남매는 껴안은 채로 얼마 있다가 떨어져 앉았다.

다시는 헤어질 수가 없었다. 두 남매는 밤새도록 뜬눈으로 새우면서 도망갈 계획을 세웠다. 새벽 4시가 조금 넘었을까, 문식이가 방문을 소리 안 나게 살며시 열고 밖으로 나갔다. 문식이는 집 밖에서 두리번거리며 도망길을 확인하고는 발소리를 죽이며 순자 방으로 다가와 손짓했다. 그들은 어두운 골목길을 빠른 걸음으로 빠져나왔다. 새벽녘이라 조금 쌀쌀했으나 긴장한 탓인지 등덜미에 땀이 솟았다. 남매는 골목길을 빠져나와 제기동을 지나면서 성동역을 향해 계속 걸어갔다. 그들은 성동역 역전 무허가 하숙집에 들어갔다. 하숙방으로 들어선 문식이와 순자는 서로 마주 보고 웃으면서 이불 속에다 발을 집어넣었다. 문식이도 열아홉 살이나 먹은 청년이 되어서 얼굴에는 여드름이 많이 나 있었다. 문식이는 동생의 얼굴을 볼수록 불쌍한 생각이 들었

어둠의 자식들

다. 햇빛을 못 봐서 그런지 얼굴이 누렇게 뜬 데다 부석부석 붓기가 있었고 몸은 바싹 여위어 있었다.

문식이는 순자와 동대문시장에서 헤어진 뒤에 소매치기하는 사람에게 붙들려 교육을 받은 뒤 돈벌이를 나가게 되었던 것이다. 순자를 찾아보려 했지만 그럴 틈이 없었다. 그 뒤로 문식이는 들통 나지 않고 눈부시게 해냈다. 나이는 어리지만 기술은 노장급이라는 평이 돌 정도였다. 문식이의 특기는 필을 손가락에다 끼워 주머니를 찢는 안방따기인데 기계(손재주)가 매우 좋았다. 문식이가 있던 회사는 점백이파로 사장(두목)이 전주 사람인데 별명이 점백이였다. 사장 역시 어렸을 때부터 기술을 익힌 사람이라 대단한 빠꼼이였다. 그런 점백이 밑에서 기술을 익힌 문식이인지라 둘째가라면 서러울 정도로 기술이 탁월했다. 다른 식구(패거리)들까지 문식이를 탐낼 정도였다. 기술이 좋은 덕분에 문식이도 돈을 많이 만질 수 있었다. 아침에 한 탕, 저녁에 한 탕, 하루에 두 탕 정도만 뛰면 수입이 괜찮았다. 아침저녁 출퇴근 시간 외에는 문식이는 한가한 편이었다. 동생 순자와 만난 것도 저녁 일을 마치고 수입이 좋아서 오입이나 하려고 청량리로 갔다가 우연히 마주친 것이다.

문식이 살던 데는 약수동인데 같은 식구인 짱구라는 사람 집에서 밥값을 주고 있었다. 문식이는 동생 순자에게 자기 직업이 소매치기라고 말하기가 곤란했다. 순자가 어떻게 먹고 살았느냐고 묻자, 문식이는 공장에서 일한다고 거짓말을 했다.

문식이와 순자는 성동역 하숙방에서 두 시간 정도 있다가 밖으로 나왔다. 동생을 데리고 약수동으로 온 문식이는 짱구 아저씨한테 잃어버렸던 동생인데 우연히 만났다고 말하고는 방을 얻을 때까지 데리고 있고 싶다고 허락을 얻어냈다. 문식이는 순자와 같이 지낼 방을 얻기 위하여 목돈을 모으기로 결심했다. 아침을 먹고는 순자에게 용돈을 주면서 사먹고 싶은 것이 있으면 나가서 까먹되 멀리 가지 말라고 신신당부하며 짱구 아저씨와 일을 나갔다. 다시 순자를 잃어버리게 될까 봐 오빠는 겁이 나는 모양이었다.

방을 얻을 돈은 마련이 되었지만 순자가 너무 몸이 약해서 밥도 할 수 없고 해서 약수동에 며칠 더 머물러 있기로 했다. 순자가 시름시름 앓아서 오빠와 같이 병원에 갔는데, 성병에 걸렸고 영양실조라는 것이었다. 문식이의 보살핌으로 순자는 건강을 되찾고 성병도 다 나았다. 순자가 보기에도 모를 것은 아침저녁으로만 잠시 나갔다 오는 오빠가 돈을 넣어 가지고 오는 걸 보면 꽤 많이 벌어 오는 것이었다. 순자가 신기해서 오빠에게 무슨 공장에 다니느냐고 물으면 너는 몰라도 된다고 말을 막아 버리곤 했다.

짱구 아저씨네 집에서 두 남매가 함께 산 지도 1년이 넘었다. 그동안 순자는 짱구 아저씨 아내에게 한글을 조금씩 배워 나갔다. 만화책에 있는 글자를 한 자씩 배우면서 순자는 만화 읽는 데 취미를 붙였다. 순자의 생활은 부잣집 딸 부럽지 않은 것이었다. 오빠가 용돈을 주면 군것질이나 하고 만화책이나 빌려다 보면서 자고 먹고 했다.

어둠의 자식들

그러던 어느 날, 순자에게 불행한 소식이 전해졌다. 오빠에게 무슨 일이 생겼다는 것이었다. 오빠가 며칠째 들어오지 않았고, 짱구 아저씨도 역시 들어오지 않았다. 순자는 오빠가 누구하고 다투었다니까 잠깐 보호실에 있다가 나오겠지 하면서 기다렸는데, 짱구 아저씨 부인은 매일 바쁘게 나다녔다. 나중에 알고 보니 오빠가 일하는 패의 식구들이 다 잡혀 들어갔다는 것이다. 아직도 나이 어린 순자는 뭐가 뭔지도 모른 채 오빠만 애타게 기다렸지만 한 달이 지나도록 소식이 없었다. 짱구 아저씨 부인은 나갔다가 들어오기만 하면 한숨을 내쉬면서 누구에게 하는 건지 악담을 냅다 퍼붓고는 했다.

두 달이 지나갔다. 순자는 더 이상 약수동에 있을 수가 없었다. 짱구 아저씨 부인이 바람이 났는지 화장을 하고는 매일 나가 자고 아침에 들어오는가 하면 자기 아이들에게까지 포악을 떨어서 집 안이 매일 소란스러웠다. 순자에게도 노골적으로 나가라고 하면서 구박을 주기가 일쑤였다. 순자는 약수동에서 무작정 나와 버렸다. 돈 한 푼 없이 나와 보니 당장 먹고 잘 데가 없었다. 순자는 약수동에서 장충단 가는 길로 마냥 걸어갔다. 장충단공원이 나오자 순자는 그저 막연하게 공원에 앉아 있었다. 저녁 먹을 때쯤이 되니까 서른 살이나 먹었을 아저씨가 다가오더니 이러쿵저러쿵 말을 걸면서 다정하게 대해 주었다. 비록 나이는 어리지만 세상을 눈치로만 살았던 순자는 말을 고분고분 들어 주면서 갈 데가 없다고 얘기했다.

순자를 꾀어낸 남자는 이발사였는데, 가끔 공원에 나와서 주로 나이 어린 여자아이만 골라 재미를 보는 묘한 작자였다. 이발사가 순자를 데리고 간 곳은 금호동에 있는 이발소 위의 작은 다락 비슷한 곳이었다. 방에 올라가 보니 순자 또래의 아이가 둘더 있었다. 이발사가 순자를 두 아이에게 인사시키고 친하게 놀라면서 이런 말 저런 말로 웃기다가 나갔다. 그는 빵이며 과일을 사가지고 와서는 나누어 먹고 나서 스스로 옷을 훌훌 벗어 던졌다. 알몸뚱이로 벌렁 드러눕더니 두 계집아이에게 주무르라고 했다. 순자가 희한한 광경을 보면서 앉아 있으려니까 이발사는 순자에게로 와서 다리를 주물러 보라는 것이었다. 순자 또래의 두 아이는 훈련이 잘 되었는지 열심히 주물러 주고 있었다. 세 명의 어린 여자애들에게 몸을 맡긴 이발사는 기분이 좋은지 눈을 지그시 감고 있었다. 얼마 동안 그러고 있다가 이발사가 너희도 벗으라고 명령했다. 두 계집아이는 순자 쪽을 힐끗 쳐다보더니 옷을 벗기 시작했다. 이발사가 인상을 쓰면서 순자에게 딱딱거렸다. "너는 안 벗을 거냐. 여기서 내 말 안 들으면 혼날 줄 알어." 옷을 이미 벗어 버린 두 벌거숭이 아이들을 번갈아 돌아보고 나서 순자도 옷을 벗었다. 이발사가 신이 났는지 연신 한 아이씩 번갈아 안아 보았다. 이발사가 순자를 끌어다가 "야, 다리 벌려 봐"라고 말했다. 그는 다리를 벌리고 있는 순자의 몸을 만지더니, "야 이놈 봐라, 벌써 많이 나갔구나" 하며 놀랐다.

이발사가 제 기분을 다 내고 나서 옷을 입기 시작하자 순자가 제일 먼저 옷을 입었고, 두 여자아이도 옷을 입었다. 이발사가 호주머니에서 돈을 꺼냈다. "내일 밥 사먹어라. 내일도 잘 데

어둠의 자식들

가 없으면 또 와라, 재워 줄 테니까. 아침에 일찍 일어나서 나가야 한다." 그는 돈 얼마를 던져 주고는 사다리를 타고 내려갔고, 두 여자아이는 안녕히 가시라고 인사까지 했다.

이발사가 나간 뒤 두 여자애 중 통통하게 생긴 아이가 순자에게 말을 걸면서 너는 뭐하는 애냐고 물었다. 순자는 오빠와 헤어진 것만 짤막하게 대답해 주었다. 그 애들도 집이 없이 껌을 팔러 다닌다는 것이었다. 잠잘 데가 없으면 매일 와도 된다는 얘기였다. 순자는 두 아이와 금방 친해질 수가 있었다. 이발사가 시키는 대로 밤에만 잠깐 말을 들어주면 잠잘 곳은 걱정이 없었다. 순자는 껌을 팔면서 얼마 동안 지냈다.

다방이나 술집으로 돌아다니며 껌을 팔던 순자는 우연히 취직이 되었다. 껌을 팔러 자주 갔던 술집에서 심부름할 아이를 구한다며 술집 주인아줌마가 순자에게 어떠냐는 것이었다. 순자는 다행이다 싶어서 아무 말 없이 주저앉았다. 광희동에 있던 술집인데 아가씨가 다섯 명이었고, 주방에서 일하는 아주머니가 있었다. 방이 넷이나 되는 제법 깨끗한 술집이었다. 주인아주머니는 인정은 있었지만 매우 사나웠다. 순자는 열일곱이 될 때까지 그럭저럭 3년을 보냈다. 나이만 열일곱이지 산전수전 다 겪은 순자는 아주 여자 꼴이 들어 보였다. 심부름하는 아이에서 어느덧 술집 아가씨로 탈바꿈을 했다. 기수푼(술집 색시)으로 두 해 이상을 보내다가 술좌석에서 알게 된 진한이라는 청년과 은근히 정이 들어 버렸다. 순자는 세상에 나와서 오빠 말고 처음 정을 준 사람이 그 녀석이었다. 자기 몸 위로 수많은 사내들이 거쳐

갔지만 모두 악몽같이 지나갔을 뿐이었다. 정에 굶주려 있던 순자는 어디서 솟구쳐 나오는지 걷잡을 수 없도록 진한이를 좋아하게 되었다.

그는 미혼의 운전사였다. 순자는 그동안 모아 두었던 돈을 찾아서 방을 얻는 데 보태 썼다. 두 사람은 신당동 근처에 방을 얻고 살림을 시작했다. 순자가 난생처음으로 가져 보는 자기 방이었다. 세상이 온통 그렇게 고마울 수가 없었다. 하루를 보내는 것이 얼마나 재미있는지 시간이 너무 빨리 가는 것 같았다. 손수 밥을 지어 진한이와 겸상해서 먹을 때는 날마다 신기했다. 순자는 이런 생활을 살게 해준 진한이에게 한없이 고마웠다. 속으로 다짐했다. 무슨 일이 있든지 죽을 때까지 그를 위해서 살겠노라고 백번 천번 다짐했다. 진한이는 일 나갔다가 들어오면 으레 먹을 것을 사왔고, 돈 벌어 온 것은 늘 순자에게 맡겼다. 시장에도 그들은 같이 갔다.

어느 틈에 수개월이 지나갔다. 진한이 집은 종암동인데 양친도 다 계시고 사남매 중 둘째라고 했다. 순자는 시부모 될 사람을 만나고 싶었지만 진한이가 꺼려했다. 순자에게 아직까지 술집 색시 티가 남아 있다는 것이었다. 그러니 시일이 한참 지난 뒤에 만나자는 것이었다. 진한이가 시키는 대로 순자는 따를 뿐이었다.

날이 갈수록 순자는 불안해졌다. 진한이가 잠자리에 들기만 하면 다른 남자와 잘 때 기분이 어땠냐는 둥, 지금까지 몇 명의 남자와 잤냐는 둥, 이상한 말만 묻기 시작했기 때문이었다. 처음

어둠의 자식들

에는 예사로 들었는데 날이 갈수록 심해졌다. 술을 한잔 먹고 들어오면 똥치 같은 년아, 술집 갈보년이 이놈 저놈 진 빨아먹다가 나까지 빨아먹으려고 왔느냐면서 손찌검까지 하는 것이었다. 순자는 그때마다 오히려 진한이에게 미안하다고 사과하곤 했다. 그에게 맞아 죽더라도 참아야 한다고 순자는 스스로 다짐했다. 하루가 멀다 하고 매일 맞고 욕을 먹었다. 순자가 잠깐만 집을 비우고 나갔다 와도 어느 놈씨를 만나고 왔냐면서 억지로 추궁하는 것이었다. 사실대로 가게 갔었다거나 시장 다녀온다거나 얘기해도 몸을 못 쓸 정도로 발로 차고 두들겨 팼다. 순자는 이를 악물고 참았다. 진한이는 일도 안 나가는 날이 많아졌다. 낮이나 밤이나 술에 취해서 때리고 욕하는 게 버릇이 되었다.

집주인 아주머니가 시끄러워서 도저히 같이 못 살겠다며 방을 비워 달라고 했다. 순자는 진한이에게 애원을 했다. 제발 사람 하나 살려 주는 셈치고 봐달라고 빌었다. "진한 씨, 다른 여자 얻으세요. 제가 식모처럼 뒷바라지해 드릴게요" 하면서 사정하면 "야 이년 봐라. 살기 싫으니까 다른 여자 얻어 살라구? 에이 이년" 하고는 두들겨 팼다. 동네에서도 순자가 술집 색시였다는 것을 다 알게 되었다.

집주인의 성화에 못 이겨 방을 다른 데로 옮기게 되었다. 통반만 다른 곳이었는데, 새로 이사한 집에서도 역시 얼마 못 가서 방을 비우라고 했다. 일도 안 나가고 매일 마셔 대는 술 때문에 살림 꼴은 엉망진창이었다. 먹을 식량도 떨어졌으며 돈 나갈 만한 물건은 다 팔아 버려서 살아갈 길이 막연하게 되었다. 진한이는 욕을 하고 때리면서도 순자가 달아날까 봐 감시가 여간 심하지 않았다. 도망갈까 겁을 내면서도 폭행을 하는 진한이를 순자는 도저히 이해할 수가 없었다. 순자는 몸이 성한 데가 없었다. 이가 부러졌고, 코뼈가 돌아갔고, 얼굴에는 멍자국이 가실 날이 없었으며, 팔다리도 성한 데가 없이 맞고 살기를 1년 이상이나 보냈다. 맞는 것도 지겨웠지만, 무엇보다도 진한이가 점점 폐인이 되어 가는 모습이 순자는 더욱 안타까웠다. 차라리 서로가 훌쩍 떠나 버리면 홀가분할 것 같았다.

순자는 떠날 결심을 하고 기회를 봤다. 그날도 어김없이 진한이는 술이 곤드레가 되어 들어와서는 욕을 하면서 두들겨 패기 시작했다. 그러고는 제풀에 지쳐서 쓰러져 자는 것이었다. 떠나기로 결심한 순자는 쓰러져서 자는 진한이를 한참이나 들여다보고는 이를 물고 소리 죽여 울었다. 도저히 떠날 수가 없었다. 교회라는 곳에는 한 번도 가보지 못한 순자였지만 마음속으로 빌었다. "하나님, 우리 진한 씨를 옛날과 같은 사람으로 만들어 주세요. 제발 그렇게 해주세요." 순자는 도망가기로 결심했지만 쓰러져서 정신없이 자고 있는 진한이를 본 순간에 도망갈 마음이 사라졌던 것이다. 그러나 진한이의 난폭한 행동은 그칠 줄 모르고 더욱 심해졌다.

순자는 도저히 견디기 어려워 결국 그에게 편지를 써놓고 나와 버렸다. 몇 달간은 견딜 수가 없었지만 차츰 가라앉고 잊혀져 갔다. 그 뒤 순자는 술을 심하게 마셨다. 술이 취하기만 하면 고래고래 소리치면서 주정을 해댔다. "세상 남자 새끼들은 가질려고만 하구…… 치사한 새끼들!" 순자의 술주정이 심해지자 술집 주인들도 꺼려했다. 순자는 청량리 오팔팔로 다시 갔다. 오팔팔에서 몇 년을 지내다가 포주와 마음이 맞지 않아 양동 꼬마 강네 집으로 오게 된 것이다.

  우리 같은 것들은 지나간 일에 깊게 애달캐달 매달리지 않는다. 그러다가는 하루도 못 살고 심장이 터져 버릴 것이다. 또한 콧날이 시큰한 얘기는 애써서 쌍소리를 섞어 얼버무려 버린다. 남의 슬픔과 고통에 대하여도 혼자서 속으로만 느꼈다가 뭉개 버려야지 겉으로 동정을 드러내서는 안 된다. 약한 꼴을 남에게 보여서는 안 되기 때문이다. 순자는 남자라면 신물 쓴물까지 날 법했지만 실상 그렇지가 않았다. 늘 사랑에 굶주리며 외로워했다. 대부분의 티상들이 마찬가지다. 그래서 나 같은 빠꿈이에 끌통인 건달이 좋아한다고 슬쩍 퉁기니까 순자는 거절 못하고 고분고분해졌다. 창신동 건달이었던 나는 큰집에서 나와 근신할 동안 거처가 필요했고 티상의 기둥서방만큼 안전한 자리가 없었다. 나는 자연스럽게 순자의 둥기가 되었다. 꼬마 강과도 잘 타협이 되었다. 그 자식도 눈치가 돌아가는 놈이라 건달들에게 나에 관해서 물었던 모양이었다.
  "애들 다찌나 봐주고, 가끔 탕도 쳐 주면서 같이 먹구 살지."
  며칠 후에 손님이 없는 오후 한때를 택해서 내 신입 축하 자리가 있었다. 꼬마 강네는 색시가 모두 여덟이었는데 둥기는 나까지 셋이었다. 나는 두꺼비도 다른 집에서 데려올 생각이었다.

두꺼비와 나는 저녁마다 만나서 다마도 치고 기수도 죽였다. 신입 축하 자리에는 경심이, 순자, 미경이, 두꺼비, 다른 둥기들이 참석했다. 경심이가 내 불알을 잡고 늘어졌던 얘기를 하자 모두들 한바탕 웃어 댔다. 경심이는 연신 웃으면서도 옆구리가 결리는지 몸을 움찔움찔했다. 나도 썰을 풀었다.

"내가 내방간에서 조사를 받는데 말야, 경심이 그리구 현배 저놈 자술서를 보니까 기절하겠더라야. 이건 사람을 생짜로 잡는데 미치겠더라."

경심이가 입을 비쭉거렸다.

"자술서 덕분에 살아난 줄 알아요. 자술서만 안 썼으면 내가 진단 끊어서 겟꼬 보낼려구 했어요."

"나두 건달 밥 몇 년 먹어 봤지만 동철이 형 같은 꼴통은 처음 봤어."

둥기 중의 하나인 현배가 한마디 했다. 순자가 손뼉을 치며 웃었다.

"경심 언니, 그때 싸울 때 말이우. 우리 동철이 서방 불알이나 좍 훑어 내지 왜 그냥 놔둬서 나를 못살게 굴우."

모인 사람들이 배를 쥐면서 웃었다. 나는 순자를 알밤 주며 말했다.

"이 자식이 까불긴…… 마 경심이가 큰마누라, 너는 작은마누라야."

경심이가 깔깔 웃으면서,

"맞어 맞어 애. 싸우는 날 동철이 아씨 하구 한 번 했거든. 한

어둠의 자식들

번 대주구 뿌리 뽑다 싸움이 났지."

순자가 내 다리를 꼬집었다.

"난 뭐야, 겨우 작은마누란가. 아니지, 경심이 언니하구 말뚝 동서지. 그러니까 경심이 언니는 큰동서, 나는 작은동서."

두꺼비가 년들의 오금을 박았다.

"말뚝동서, 구멍동서 따졌다가는 요즘 세상에 삼천만이 다 동 서 되겠다 이년들아."

꼬마 강의 아내가 2층으로 올라오더니 손님 받으라고, 빨리 내려오라고 재촉하는 바람에 술판이 끝났다. 순자, 미경이, 경심 이가 서로 머뭇거리다가 경심이가,

"내가 갈게. 옆구리 결리는 바람에 며칠 쉬었더니 궁짜가 껴서." 하고는 아래층으로 내려갔다. 나는 두꺼비와 같이 어두컴컴한 거리로 나왔다.

"얀마, 언제까지 둥기나 해먹을래?"

내가 묻자 두꺼비는 침을 내깔기며 중얼거렸다.

"가만있어 봐. 한땡 잡게 해줄 테니."

제3장
탕치기

　요즈음도 마찬가지지만, 나는 역전의 활기가 그럴 수 없이 편하고 내 세상 같다. 특히 삼등대합실에 가면 나는 언제나 어릴 적 동네에라도 돌아온 기분이 들었다. 왁자지껄한 행상들, 기차를 기다리는 피곤한 사람들, 보따리와 보따리의 물결, 벌써부터 귀향의 한잔 술에 취해 버린 사람, 동네와 친척을 따져 보는 시골 사람들, 군대 가는 친구 송별한다며 대합실이 좁다고 외치고 춤추는 젊은 사람들, 작별이 서운해서 기둥 뒤에 침울하게 마주 서 있는 공원 차림의 남녀, 인파를 헤치며 잘도 빠져 다니는 신문팔이 껌팔이들…… 여기야말로 모두 내 친구요 우리 동네 사람들이고 내 깔치들이 있는 장소가 아닌가.

　두꺼비와 나는 소매에 두 손을 찌르고 우리 식구들이 인파 사이를 왔다갔다 하면서 날파리(하릴없이 빈둥거리며 다니는 여자)를 후리는 꼴을 눈여겨보고 있었다. 폼 나게 청바지를 입고 궁둥이를 살살 돌리며 돌아다니고 있는 푼(여자)과 점잖게 보이는 뚱뚱

　　　　　　　　　　　　　어둠의 자식들

한 뭉치(중년 여자)와 마이(신사복)를 입고 깨꾸(구두)의 코에서 광이 번쩍거리게 닦아 신은 일류신사가 모두 그날의 한 식구였다.

"찍었다."

두꺼비가 속삭였다. 강원도 뚱뚱이라는 별명을 가진 탕치기 전문의 뭉치가 건너편에서 우리에게 손짓을 했던 것이다.

"저 날파리 말야, 마부지(잘생겼지)? 가꾸어 놓으면 제법 까리하겠어."

두꺼비도 끄덕였다.

"허지만 저게 쪼다인지 빠꼼인지 모르겠다."

"아무튼 건져 보는 거지 뭐."

강원도 뚱뚱이가 손짓하는 곳에는 열일고여덟이나 들어 보이는 어린 소녀가 조그마한 봇짐을 들고 두리번거리는 중이었다. 우리는 옷차림만 보고도 그 애의 집이 면인지 읍내인지 벽촌인지를 알아볼 수가 있었다. 보리 깡촌에서 올라온 날파리임에 틀림없었다. 그 애는 사람을 붙잡고는 손에 쥔 종이를 펴 보이며 물어보고 있었다.

"빠꼼은 분명히 아니야."

내가 고개를 끄덕여 보였고, 건너편에서 청바지 차림으로 알짱거리던 미경이가 샐쭉 쪼개고는 날파리에게 다가가서 뭐라고 접시를 돌렸다. 우리는 뒷전에서 누군가 다른 패가 김을 털지 않도록 다찌를 봐주고 있었다. 미경이의 다정하고 사근사근한 목소리가 들려왔다.

"얘, 너 누구를 찾는 거니?"

"예, 우리 친구가 서울에 올라와서 취직을 했는디 나보구 찾아오라구 혀서 올라왔구만이라우. 어디가 어딘지 통 모른게 가르쳐 줘두 아무 쓸데가 없지라우."

미경이는 눈을 크게 뜨고 호들갑을 떨었다.

"어머, 너 이런 데서 촌사람 티를 내며 왔다갔다 하면 큰일 나. 애. 여기가 어디라구, 남자들이 그냥 둘 줄 아니. 무턱대구 잡아다가 보따리 다 뺏구 나쁜 짓을 해."

날파리가 움츠리며 보따리를 부여안고 주위를 겁먹은 얼굴로 둘러보았다.

"오메, 몰라라우."

미경이가 상냥하게 웃으면서 날파리의 어깨를 툭툭 두들겨 주었다. 정말, 남들이 보면 시골서 올라온 동생을 만난 고향 언니처럼 보였다. 나는 두꺼비를 돌아다보며 시무룩하게 뱉었다.

"쌍년, 남수 잘 치는데."

"탕치기에는 미경만 한 도사가 없지."

두꺼비도 새삼 감탄을 하는 눈치였다.

"날 만났으니 넌 참 다행이로구나. 내가 가르쳐 줄게, 염려 마."

"오늘 운이 좋당께요. 찻간에서 같이 온 아주머니두 월매나 친절하게 해주던지……."

"너, 이름이 뭐지?"

"순임이요."

"응, 아주 이름이 이쁘구나. 이담에두 서울에서는 조심해, 여긴 나쁜 사람들이 쌔구 쌨어. 그러니까 조심해야지, 누가 따라오라구 해두 호락호락 넘어가면 안 된다. 눈 뜨구 코 베어 가는 곳이라는 말두 있잖니? 그래 어디, 주소는 가지구 왔어?"

"예, 여기 있어라우."

순임이가 꼬깃꼬깃 구겨지고 종이가 닳아빠진 헌 봉투를 내밀자, 미경이가 냉큼 낚아챘다.

"아 구로동! 여기서 가까워. 우리 동네지. 나두 그쪽으로 가는 길이니까 아주 잘됐구나. 나두 여기서 누굴 기다리던 참인데 그 사람 만나면 같이 가자. 한 5분만 기다리면 될 거야."

순임이는 활짝 웃었다.

"아까는 맥이 쪽 빠지더니 인제야 살 것 같어라우. 고맙구만이라우."

미경이가 시계를 쓱 살폈다.

"약속 시간이 벌써 10분이나 지났으니까 조금만 더 기다리면 된단다. 우리 고모가 오늘 오신다구 그랬어."

아무래도 젊은 처녀란 마음은 놓여도 완전히 믿기는 상대는 아니기 마련이었다. 역시 뭉치가 빈 데를 채우도록 되어 있었다. 뭉치 혼자면 의심은 더욱 커지지만 두 사람의 가족이 되면 대개의 날파리들은 완전히 믿어 버리는 법이다. 강원도 뚱뚱이가 제 차례를 알고 미경이의 시계 보던 동작을 신호 삼아서 슬슬 다가 갔다. 미경이가 달려가서 강원도 뚱뚱이가 준비해 간 비닐 가방을 받아 들며 호들갑을 떨었다.

"어머, 고모 언제 도착했어요? 나는 차가 도착했는데두 나오시질 않길래, 안 오시는 줄 알구 5분만 더 기다리다 그만 가려는 참이었어요."

강원도 뚱뚱이는 숨을 헐떡거리면서 땀을 씻었다.

"어유, 말두 마라. 차에서 내려서 너를 암만 찾아두 있어야 말이지. 그래서 느이 집에다 전활 했더니 니가 틀림없이 대합실에 나갔다구 엄마가 그러잖아. 그래서 내 찾아보구 못 찾으면 다시 전화하겠다구 그러고는 대합실을 여기저기 뒤지면서 돌아다녔구나. 아이구 힘들구나. 빨리 가자."

미경이가 순임이의 팔을 잡아끌면서 말했다.

"얘, 어서 가자."

"고마워요."

절하는 순임이를 그제사 보았다는 듯이 강원도 뚱뚱이가 어리둥절한 표정을 지었다.

"미경아, 갠 누구냐?"

"얘는요 친구 찾아서 시골서 왔다는데요. 집을 못 찾겠대요. 마침 집으루 가는 같은 방향이라 데려다 줄려구요."

"웅, 그래. 너는 어릴 적부터 마음이 착해서 남 어려울 때 잘 도와주더니 변함이 없구나. 잘했다. 방향이 같으니 다행이구나."

강원도 뚱뚱이는 정말 봄바람처럼 훈훈하게 웃었다. 나는 언제나 그랬지만 탕치기는 왜 그런지 기분이 나빴다. 둥기 노릇을 하면서도 티상골목(창녀촌)에서 탕치기한 년을 만나면 공연히 눈길을 피했다. 요즈음도 그 일은 가슴의 못처럼 아프게 박혀 있는 부분이다. 문어 제 팔 잘라 먹기요, 제 발가락을 찍는 격이 아닌가. 최근에도 지나가다가 예전 경험에 비추어 탕치기하는

어둠의 자식들

현장을 눈치채고서 훼방을 놓은 적이 있었다. 아…… 그러나 그들의 밥벌이를 망쳐 놓은 것이다. 세상이 이대로 굴러가도록 그냥 내버려 두어야만 하다니, 아무튼 남을 팔지 않으면 제 좆대가리라도 잘라 팔아먹을 시절이었다. 용서하소서…….

두꺼비와 나는 남수를 치며 앞서가고 있는 식구들의 뒤를 바짝 따라붙었다. 도동서 나온 다른 식구들이 멀리서 보고는 곁으로 지나쳐 가면서 똥탕을 튀겼다(심술을 부렸다).

"쪽이 마분데. 얘얘, 니 뽁두 오늘부터 하발통이다(구멍 넓어지겠다)."

나는 아직 쪽을 팔지 않아서 곁눈으로 꼬느며 인상을 썼고, 두꺼비가 나직하게 으르렁거렸다.

"야 맘보, 너 이 씹새끼 똥탕 치는 거야 뭐야. 다음번에 느이들 칠 때 아예 다구리 맞짱을 뜰래(패싸움할래)?"

"알았어 짜샤. 나중에 기수나 재자."

앞에서 강원도 뚱뚱이가 순임이의 신경을 잡아 놓느라고 연신 남수를 치고 있었다.

"그래, 얘는 혼자 올라왔대?"

"네, 혼자 왔대요. 마음씨가 착해 보이지요, 고모?"

"그래, 아주 착하게 생겼다."

그들은 장단을 척척 맞추면서 빠른 걸음으로 역전 광장을 빠져나갔다. 뒤에서 서성대던 말쑥한 신사도 우리와 나란히 걸었다. 그가 오늘 식구의 사장인 셈이었다. 경락이라는 마흔 가까운 꽈자(전과자)인데 바람 잡는 데는 양동서 그를 따를 사람이 없었다. 우선 허우대가 멀쩡해 안경 쓴 눈을 껌벅이며 점잖게 남수를 치면 누구든지 공부깨나 한 학삐리로 알았다.

경락이가 싱긋 웃으면서 한마디 했다.

"오늘은 작업이 수월했어."

두꺼비가 신이 나서 말했다.

"저거야 진양(신난다. 좋다)이지 뭐. 쪼다 중에두 상쪼단데. 말 마슈, 먼젓번 날파리 말이오, 아주 발랑(약다. 영리하다) 중에 대발랑이라 혼났수다. 식구가 총동원되어서 작업을 했는데, 아 그년이 얼마나 빠꼼인지 먹혀들어 가야지. 그저 있는 구라 없는 썰을 다 풀어서 통을 굴리는데, 그제서야 겨우 기알이 먹혀들어 갑디다. 동철아, 니가 얘기해 봐라. 먼젓번 정순이 년 말야."

"웅, 고년. 그때 경락이 형 있었으면 일이 쉽게 풀렸을 텐데, 첨부터 꼬마 강 형이 통을 잘못 굴렸어. 고런 발랑이는 뒤따라가다가 히니루(유혹하다)를 싹 먹인 후에 점잖게 생긴 경락이 형이 편을 들어서 말리고 우리를 꾸짖는 척하다가 사다리를 태워서(순서를 밟아서) 먹구 뗑기는 건데. 어쨌든 순 강짜루 했으니 성공했지 아니면 김 뺄 뻔했어."

우리는 앞선 여자 셋을 주시하면서 계속 따라붙었다. 지하도를 건너서 양동 쪽으로 계속 올라갔다. 양동 입구에 들어서니 빨간 벽돌의 삼사 층 건물들이 보이면서 지저분하고 비좁은 골목들이 이리저리 엇갈렸다. 왕래하는 사람들도 별 볼일이 없는지 걸음걸이가 배회하는 시늉이었다. 지린내와 오물 냄새에 섞여서 오뎅이며 떡볶이 냄새와 돼지비계 지지는 냄새가 코를 물

118   어둠의 자식들

씬 찔러 왔다. 골목길에는 바위에 붙은 굴 껍질같이 구멍가게나 만화가게들이 높은 건물 사이에 틀어박혔고 열 살 정도 되어 보이는 꼬마들이 더럽고 핏기 없는 얼굴로 모여 있었다. 아이들은 붕어풀빵 굽는 아줌마 앞에서 옆에 묻어 나오는 익은 밀가루를 떼어 먹느라고 까마귀 발 같은 손이 왔다갔다 하는 중이었다. 아줌마가 소리를 버럭 질렀다.

"육시랄 놈들, 사 처먹지는 않구 장사 안 되게 가로막고, 숯쟁이 좆대감지 같은 손으루 무얼 집냐, 뭘 집어? 이 오살할 놈의 새끼들아, 저리 비키지 못해. 어휴 지겨워라. 원 애새끼들이라구 어느 년의 구멍에서 내질렀는지 억척으루 말두 안 들어."

그리 화가 난 것 같지는 않고 씨부렁씨부렁 지껄이는 것이 무료함을 달래는 버릇인 모양이었다. 아이들은 무섭게 쏟아지는 욕설에도 별로 신경을 쓰지 않는 건지, 그저 몇 걸음 물러났다가는 다시 모이곤 하였다. 갓난애를 안고 쭈그리고 앉아 있는 젊은 부인네가 얼굴에 수심이 가득 차서 아이들과 빵 굽는 아줌마의 싸우는 광경을 넋 나간 사람처럼 쳐다보고 있었다. 두꺼비가 올라가다가 아줌마의 악창 지르는 소리를 듣고는 공연히 한마디 거들었다.

"아줌마, 빵을 구워서 뜨끈뜨끈한 걸루 그 애들 상다구를 비벼 보슈. 다시는 안 올 테니."

아니나 다를까, 애새끼들이 두꺼비 쪽을 돌아보다가 저희들끼리 수군대고는 후다닥 뛰면서 앙갚음을 했다.

"좆 짜구 있네 씹새끼, 너나 뜨끈뜨끈한 걸루 후장을 쑤셔라,

새끼!"

나와 경락이도 껄껄 웃었고 두꺼비도 멈칫 서서 낄낄거렸다.

"기차게 까졌구나, 자식들."

골목에서 왔다갔다 하는 사람들 중에 무슨 볼일이 있는지, 건물 안을 기웃거리다가 지나치는 시늉을 하다가는 또 기웃거리는 남자들이 보였다. 그러면 갑자기 안에서 중년의 뭉치가 툭 튀어나와 지나가는 남자를 붙잡고는 연신 뭐라고 콩팥이 새삼육을 풀면서 따라붙는 것이었다. 미경이와 뚱뚱이 그리고 순임이 들은 골목 안으로 쭉 들어갔다. 미리 찍어 둔 바이뚜룩(사창가, 창녀집) 앞에서 미경이가 뒤를 핼끔 돌아보았다. 미경이는 짧게 턱짓을 해 보였다. 경락이가 멀찌감치 비켜서고 나와 두꺼비가 걸음을 크게 내디뎌 뒤로 바싹 따라붙었다. 미경이의 신호는 좀 급하다는 것이었다. 순임이가 골목 안의 이러저러한 풍경을 이상하게 본 데다가, 음침한 골목 안의 건물 앞에서 중년의 뭉치들과 사내들이 숙덕거리는 것을 보고는 돌연 걸음을 멈추었던 까닭이었다. 순임이가 불안하게 미경이와 강원도 뚱뚱이를 번갈아 바라보았다.

"여기는 내가 가는 디가 아닌 것 같어라우."

바로 등 뒤에서 두꺼비와 내가 순임이와 미경이를 낚아챘다. 두꺼비가 미경이의 머리채를 잡아끌었고 나는 순임이의 뒷덜미를 잡고 등을 밀었다. 두꺼비가 미경이의 볼때기를 질렀다.

"이 개 같은 년, 이제야 잡았구나."

당황한 순임이도 얼떨결에 계단을 따라서 건물 안으로 끌려

어둠의 자식들

올라갔다. 우리는 2층과 3층을 오르면서 두 년에게 욕설을 퍼부었다.

"글쎄 어째 이래라우, 놓으쇼."

순임이가 겁에 질려서 나를 돌아보며 애원했지만 나는 위로 떠밀어 올렸다.

"올라가서 얘기해, 이년아."

우리는 그들을 3층의 가운뎃방으로 밀어 넣었다. 거기쯤이면 꽁꽁 닫힌 방 안에서 아무리 소리쳐 봤자 밖에 들리지도 않을 것이었다. 설사 들린다 할지라도 티상골목에서 어느 뽁이 찢어진다고 신경이나 쓰겠는가.

방에 들어서자마자 두꺼비가 순임이에게 버럭 소리를 질렀다.

"야, 이 머저리 같은 년아! 너 여기가 어딘 줄 알구 함부로 저런 도둑년하구 같이 다니는 거야?"

"난 몰라라우. 집 찾아 준다구 혀서 따라왔구만이라우. 참말 모르는 사람이구만요."

"닥쳐, 이년두 분명히 한패야."

나도 으름장을 놓았다. 우리는 계속 악다구니를 쓰면서 미경이를 발길로 내지르는 시늉을 하다가는 다시 순임이에게 달려들어 귀싸대기를 올려붙였다. 순임이가 무릎을 꿇고 두 손을 싹싹 맞비비면서 애걸했다.

"용서해 주시쇼. 암것두 모른께 제발 때리지 말어라우."

우리는 악장을 치면서 일부러 문짝을 내질렀다. 경락이더러 등장하라는 신호였다. 어김없이 노크 소리가 들렸다. 내가 씨부렸다.

"누구야 씨팔…… 김새게, 문 열어 봐."

경락이가 문을 열고는 안경 너머로 선량하게 웃어 보였다.

"실례합니다. 잠깐 들어가두 되겠습니까?"

인사를 굽실 하는 그에게 두꺼비와 내가 번갈아 쏘아붙였다.

"당신 도대체 누구요? 여기가 어떤 자린데 맘대루 들어오려구 하는 거요?"

"거 웃기는 양반 보겠구만. 빨리 문 닫구 당신 볼일이나 보슈."

"어허…… 젊은 사람들이 성미가 너무 급하시구려. 나는 옆방에 있는 사람인데 하도 시끄럽게 싸우는 소리가 들려서 싸움을 좀 말려 볼까 하구 왔시다. 너무들 흥분하지 마시오."

그는 천천히 들어와 안경을 벗더니 수건으로 닦고는 다시 썼다. 완전히 인품이다.

"어디, 무슨 일로 그렇게 요란하게 싸우는지 들어 보십시다."

두꺼비가 나를 쳐다보더니 한숨을 쉬었다.

"나 원 기가 맥혀서. 기왕 들어오셨으니 우리 애기나 좀 들어 보슈."

나도 남수를 쳤다.

"점잖으신 분 같은데, 이런 얘기를 하기가 쑥스럽지만…… 야, 얘기나 해보자."

방이래야 손바닥만 한 한 평 남짓한 방에, 경락이가 문 옆에 앉고 왼쪽으로 미경이가, 그 옆에 두꺼비, 순임이, 나의 순서로 둘러앉았다. 다섯 명이 앉으니 방이 꽉 찼고, 더구나 문을 닫으

니 어두침침해졌다. 숨이 막힐 정도의 비좁은 방에서 우리는 눈
알을 부라리며 순임이의 얼을 빼기 시작했다. 순임이는 호랑이
를 만난 토끼처럼 무릎을 꿇고 앉았고 미경이는 다리를 세워서
모아 잡고는 머리를 숙이고 내숭을 까고 앉아 있었다. 이제부터
가 내 차례였다.

"아저씨, 세상에 이럴 수가 있습니까?"

나는 이를 악문 표정으로 미경이를 쥐어박을 듯이 손을 쳐들
었고, 미경이는 두 손으로 머리를 가리며 흠칫했다. 경락이가 내
손을 잡아 내렸다.

"아아, 좋게 말루 해보시오."

"이런 순 사기꾼 도둑년 같으니라고. 이년이 내 친구에게 사기
를 쳤잖아요. 작년 가을이지 그게? 우리가 우이동에 놀러 갔었
는데, 이년이 얘한테 꼬리를 치면서 접근을 하지 않겠수? 나는
뭐 할 수 없이 자리를 피해 주었지요. 모처럼 친구가 푼을 하나
물게 됐구나 생각하구 집으로 그냥 먼저 왔죠. 그런데 밤이 늦
었는데두 얘가 들어오지 않더란 말이에요. 그날은 그냥 나 혼자
잤죠. 아침에 일어나 보니 그때까지도 이 자식이 돌아오지 않았
단 말이에요. 그래서 나는 짜식이 오랜만에 여자를 만나더니 폭
빠졌다 오겠구나 싶어서 혼자서 장사를 나갔지요. 장사를 끝내
구 저녁때 집에 돌아오니까 얘가 방에서 자구 있더군요. 어제 저
녁에 재미 많이 봤냐면서 일어나라구 이불을 젖혔더니 자식이
울고 있잖아요? 흔들어서 일으켜 앉히고 어떻게 된 거냐구 물었
더니 가지고 있던 장사 밑천을 다 털려 버렸다는 겁니다. 식당에

서 이년하구 식사를 하구 나서 호주머니에서 오까네를 지불할 때 이년이 돈을 보았다는 거지 뭡니까. 여관에 가서 쉬자구 이년이 먼저 꼬시더래요. 이 녀석이야 그런 속셈을 알았겠어요? 땡이 다 싫어 앞장서서 여관엘 갔대요. 요년이 꼬리를 치면서 밤새도록 빠구리를 트자구 그러더래요. 이 새끼는 오랜만에 걸린 거니까 본전 생각이 나서 일곱 번이나 텄답니다. 녹초가 되어서 잠이 들었는데 아침에 깨어 보니 이 씨팔년이 오까네를 훔치고 하이방 쳤다는 거예요. 이럴 수가 있수? 아저씨두 생각해 보슈. 이년을 그냥 놔둬야 되겠습니까? 그냥 작살을 내야죠."

내가 일어나서 미경이를 발길로 내지르려는 시늉을 했고 경락이가 가로막으며 내 허리춤을 당겨 앉혔다.

"아아 그만…… 어쨌든 본인을 만났으니 해결을 조용히 하는 게 어떻소?"

하고 나서 경락이는 그제야 순임이를 처음 본다는 듯이 안경 너머로 지그시 바라보았다.

"그런데 저 처녀는 누구요?"

두꺼비가 혀를 차며 내뱉었다.

"쳇, 뭐 뻔한 거 아니오? 이년하구 같이 이런 바이뚜룩이나 다니는 년이니 한통속이겠지요. 그러니 이 두 년을 돈 못 받을 셈 치고 작살을 내야 돼요."

순임이가 경락이만이 구세주려니 믿고는 애원하며 매달렸다.

"아저씨, 제 말을 좀 들어 보시랑게요. 저는요, 시골서 살구 있다가 친구가 서울 구로동의 공장에 취직혀 돈 벌고 있다고 혀서,

124   어둠의 자식들

나두 돈 좀 벌까 하구 올라왔는디라우. 막상 올라와 본께 지리
도 잘 모르겄고 혀서 서성거리다가 저이한테 집 좀 찾아 달라구
부탁을 했지라우. 자기가 가는 방향과 같다고 그래서 따라왔어
라우. 정말 암껏두 모른당께요. 그러니 저를 좋게 살려 주랑께요."

경락이가 안경의 코허리를 눌러 올리며 고개를 끄덕였다.

"젊은이들, 미경인가 하는 이 여자는 혼이 나두 싸지만, 이 어
린 처녀의 말이 사실이라면 죄가 없으니 보내 줘야 하지 않겠
소?"

두꺼비가 펄쩍 뛰었다.

"어휴 아저씨 웃기지 마슈. 저년두 다 똑같은 년이에요. 내숭을
까는 거라구요. 괜히 남의 일에 꼽사리 끼지 말구 얼른 빠지슈."

"어허 거참 딱하구먼. 젊은이들, 잘 판단해야 돼요. 직접 미경
이라는 사람한테 물어봅시다. 어디 미경 씨, 얘기해 봐요. 저 아
이와 상관없지요?"

미경이가 기어들어 가는 목소리로 대꾸했다.

"네, 저 애가 말한 대루 집을 가르쳐 줄려구 데려왔어요."

내가 그들의 대화를 가로막고 소리를 버럭 질렀다.

"야, 이 뻔뻔한 년아, 그럼 집이나 가르쳐 주지 왜 이런 바이뚜
룩으로 데리구 왔니? 안 되겠어, 저게 바른말 할 때까지 형무소
에 처넣어야 해."

"이년, 당장에 처넣어야지."

두꺼비가 미경이를 낚아채듯 일으켜 세워서는 문을 발로 내
지르고 밖으로 끌고 나갔다.

"여보쇼, 웬만하면 순리대루 돈을 찾을 방도를 생각하시오."

경락이가 문 밖에 대고 타이르지만 두꺼비는 못 들은 척하고 미경이를 끌고 내려가 버렸다. 순임이는 이제는 완전히 경락이에게 자기 문제를 일임했다는 듯이 그의 말하는 입만 쳐다보고 있었다. 경락이는 내 손을 잡았다.

"웬만하면 내가 따루 인사는 할 터이니 저 처녀를 집으루 돌려보내오."

"그런 말 마슈. 우리 친구가 사기당한 돈이 어떤 돈인 줄 아슈? 먹을 것 못 먹구 입을 것 못 입구 푼푼이 모았던 돈인데, 저년을 그냥 보내 줘요?"

"그렇지만 보아하니 저 처녀는 아무 잘못두 없잖소. 재수가 없어서 나쁜 여자에게 걸려들어 이런 봉변을 당하니 좀 봐주오. 처녀가 가엾어서 그냥 못 나가겠구 하니, 이 나이 먹은 놈이 다소 얼마라두 보태어 젊은이들 손해 본 것을 변상해 줄 테니…… 부탁이오. 처녀를 돌려보냅시다."

나는 한결 늦추어 주며 대답했다.

"원 아저씨두, 뭐가 답답해서 이래요? 저년두 사기꾼하구 같이 다녔으니까 한패가 틀림없다니까요."

"아저씨, 저는 정말 암껏두 몰라라우. 그저 집 가르켜 준대서 따라왔당게요."

그러는 중에 두꺼비가 다시 씩씩거리면서 들어왔다. 내가 그에게 물었다.

"야, 그년 어떻게 됐니?"

어둠의 자식들

"저 좆만 한 년하구 같이 썼다는 거야. 그런데 조년이 앙큼하게 내숭을 떨다니…… 저거 오늘 묵사발 만들어서 버릇을 고쳐야겠어."

경락이가 고개를 갸우뚱거렸다.

"허 참. 누구 말을 믿어야 할지 모르겠구만. 처녀, 지금 몇 살이야?"

"열일곱이어라우."

"너 정말 미경이란 저 여자 몰라?"

"오메, 몰라라우. 어떻게 했으면 좋당가요?"

순임이가 두 손으로 얼굴을 감싸며 울음을 터뜨렸다.

"야 개 같은 년아, 울지 마! 여기가 무슨 초상집이냐. 어쨌든 이년한테서라두 변상을 받아야 돼."

두꺼비가 생짜를 놓았고, 경락이가 한숨을 내쉬었다.

"그럼 이렇게 합시다. 젊은이들 손해 본 것이 모두 얼만가 얘기해 보구려."

"아저씨가 물어 주려구 그러우? 괜히 그러지 말구 나가슈."

"어쨌든 얘기해 보시게. 도대체 얼마나 사기를 당했다는 거요?"

두꺼비가 방바닥을 내리치며 말했다.

"좋시다, 18만 원이오. 물어 주겠소? 괜히 말 시키지 말구 나가슈."

그러면서 순임이의 봇짐을 집어다가 방구석에다 내동댕이쳤다.

"안 되라우. 그 봇짐 이리 주시요. 거그 주소도 있고 여비도 있당게요. 아저씨 살려 주시쇼."

"젊은이들, 그러면 내가 10만 원을 대신 변상해 줄 테니까 이 아이만은 봐주겠소?"

나는 떨떠름하게 경락이에게 대답했다.

"갚아 줄 수만 있다면야, 우리야 누구에게서든 변상만 받으면 되니까."

"좋소, 그러면 10만 원을 가지구 올 테니 약속대루 처녀는 돌려보내야 합니다."

"염려 마쇼."

경락이는 마치 친딸에게라도 하듯이 다정하게 당부했다.

"순임아, 염려 말구 조금만 기다려라. 내가 나가서 얼른 구해 가지구 올 테니까 마음 놓구 앉아 있거라."

경락이가 자리를 비운 동안에 두꺼비와 나는 순임이를 곁에 두고 그 계집애가 전혀 알아듣지 못할 말로 속닥이를 맞추었다.

"야 동철아, 오늘 날파리는 양이야. 살푼 중에 살푼이다."

"임마, 우리 남수 안 먹힌 적 있어? 그러나저러나 목래 옆 살푼 말이야, 가찌망(3만 원)은 충분하겠지?"

"글쎄, 뽁이 어려서 후리망(2만 원)에 쇼부될 것 같아. 어쨌든 공탕은 안 쳤으니 빠방 값에다 기수 잴 건 건졌다."

"야, 기알이 계속 먹히게 목래 옆 살푼에게 남수나 계속 치자."

내가 일러 주니까 두꺼비가 알았다고 눈을 찡긋해 보이고는 다시 순임이에게 다그쳤다.

"야 이년아, 너두 한심하다. 어쩔려구 고런 나쁜 년하구 다니

어둠의 자식들

니. 하여튼 너는 오늘 운이 좋았다. 점잖은 아저씨를 만났으니 넌 땡 잡았어."

나도 거들었다.

"저년을 니기미 경찰서에 잡아넣고 혼쭐을 낼까 보다. 개 같은 년, 그 쌍년만 생각하면 저것두 같이 넣구 싶다니까."

"요걸 오늘 작살을 낼까."

두꺼비가 순임이의 손을 홱 틀어잡고는 한 손으로 계집애의 사타구니 속 까칠한 부분을 손가락으로 뚝 찔렀다. 기겁을 한 순임이가 손을 뿌리치고 몸을 움츠리며 다리를 꼬아 조이면서 상반신을 숙이고 울먹였다.

"아저씨, 살려 주세요."

두꺼비는 순임이의 그런 가련함을 일부러 짓뭉개려는 듯이 피식 웃었다.

"어쭈, 이것두 푼이라구 쪼개긴. 야 동철아, 이게 그래두 뽁을 봤다구 똘똘이(남자 성기)가 슬슬 꿈틀거리는데."

나도 이런 썰렁하고 처량한 분위기가 싫어져서 떠들었다. 어차피 며칠 뒤면 우리는 한 식구가 될 테니까.

"얀마, 너 같은 짝승이는 파란 불이야(삽입이 잘돼) 짜샤. 후장을 봐라, 마부잖아. 자식, 괜히 살푼 뽁에 빠져서 헤엄치지 말구, 겉물 싸기 전에 아서라 아서."

우리의 괴상스러운 말씨와 거친 행동에 순임이는 겁에 질려서 얼굴을 무릎에 파묻고서 벌벌 떨고 있었다. 돈을 구한답시고 빠져나간 경락이는 강원도 뚱뚱이를 만나러 자금책 포주인 꼬마 강네 집으로 갔던 것이다.

"뚱뚱이……."

포주와 얘기를 나누고 있던 뚱뚱이가 방문을 열어 준다.

"들어오슈, 어떻게 됐수?"

"응, 우리 일은 잘돼 가는데 강씨하구 얘기가 잘됐소?"

"그야 여부가 있수. 강씨가 쪽이나 보구 가격을 놓겠다는데……."

그들의 얼굴을 보다가 꼬마 강이 끼어든다.

"몇 살이야?"

"열일곱쯤 되었지, 아마?"

"삐리구만. 하여튼 쪽이나 한번 보자구."

뚱뚱이가 호들갑을 떨며 대꾸한다.

"보나마나 가찌망은 돼요. 경락이 아저씨 오기 전에 얘기했지만, 촌티가 약간 흘러서 그렇지, 쪽은 마붑디다."

"몸매두 그만하면 튼튼하구. 때깔 좀 빼구 광 내주면 데부망(5만 원)은 되겠던데."

경락이도 값을 올린다.

"염려 말라니까. 애는 괜찮아요. 조금 있다가 쪽이나 보러 갑시다."

꼬마 강은 물건을 사는 편이라서 자꾸 흠을 잡으려 든다. 그는 심드렁하게 중얼거린다.

"먼젓번 뚱뚱이하구 쇼부 친 아이 말야. 장사는 할 생각 않구 매일 짜기나 하구 그래서 귀찮길래 오팔팔에다 본전에 떵겼어.

오늘 이놈두 먼젓번하구 같은 종류 아냐?"

꼬마 강은 짧은 목을 좌우로 돌려 가며 담배를 꺼내어 입에 물고는 불도 붙이지 않은 채 필터를 잘근잘근 씹는다. 그의 방에는 전축, 텔레비전, 전화기 등 여러 가지 가전제품에다 자개장롱이며 경대가 삐까번쩍한데, 역시 바이뚜룩의 유지답다. 꼬마 강은 티상 장사를 10년 이상이나 해오면서 큰돈을 벌었으며 집장사로도 재미를 봐서 제법 잘살고 있다. 경락이와 꼬마 강이 일어선다.

"자, 이젠 맞춤한 시간이 되었으니 가봅시다."

"뚱뚱이는 여기서 기다려……."

뚱뚱이가 꼬마 강에게 당부한다.

"강씨, 가격이나 댓금(좋은 가격)으로 놔주슈."

꼬마 강과 경락이는 순임이의 쪽을 보러 오면서 다시 속닥이를 맞춘다.

"아까 얘기했지만, 고년 작업할 때 강짜 수법이 아니고 능구렁이 담 넘어가듯 남수를 쳐왔으니 부드럽게 대해 주슈."

"염려 마쇼. 이 사람, 장사 한두 번 하나."

순임이를 맡겨 둔 바이뚜룩으로 들어가려는데 뒤에서 꼬마 강을 부르는 소리가 들린다. 경락이는 먼저 올라가고 꼬마 강은 뛰어오는 자기 집 둥기 현배를 기다린다.

"응 난 또 누구라구, 현배로구나. 어쩐 일이야?"

"그저 부른 거요. 푼짱(여자 꾀어 팔아먹는 사람)하구 같이 가길래, 뭐 하나 걸렸나 하구 재미나 좀 볼려구요."

"기다려 봐. 아직 쪽두 안 봤어. 일이 되구 나면 알려 주지."

"알았수다. 올라가 보슈."

"웅 그래라."

꼬마 강은 계단을 올라온다. 순임이가 있는 방 앞에서 기다리던 경락이는 꼬마 강이 올라오자, 자세를 바로잡은 후에 방문 앞에서 헛기침을 하더니 방문을 열어젖힌다. 순임이는 방문 앞에서 쭈그리고 얼굴을 파묻은 채 앉아 있었고, 우리는 계속 변(은어)을 써서 얘기를 나누고 있었다. 두꺼비가 경락이에게 눈짓을 찡긋 해 보였다. 꼬마 강이 방 안을 휘둘러보더니, 이내 내숭을 깠다.

"이 사람들은 누구요?"

경락이가 점잖게 대꾸했다.

"예, 아까 제가 말씀 드린 사람들입니다. 저 처녀가 딱한 처지에 있다는 그 애구요."

"아 예예, 그렇군요."

하고 나서 꼬마 강이 품 안에서 신문지에 돈처럼 싸두었던 뭉치를 꺼내어 경락이에게 건네주었다.

"10만 원이면 해결된다구 그랬지요? 자, 여깄수다. 이거 모레까지는 꼭 갚아야 됩니다."

순임이는 자기 문제로 돈이 오락가락하는 것을 알고, 고개를 살며시 들고서 관심 깊게 꼬마 강과 경락이를 번갈아 바라보았다. 돈뭉치를 받아 쥔 경락이가 우리에게 그대로 내밀어 주었다.

"자, 돈 여기 있수다. 풀어서 세어 보슈."

　　　　　　　　　　　　　　어둠의 자식들

내가 돈뭉치를 받아 쥐었고 경락이가 당당하게 말했다.

"순임아 고생했지, 이젠 나오너라."

순임이가 말이 떨어지기도 전에 재빨리 보따리를 챙겨 들고 뛰쳐나갔고, 우리는 복도에서 경락이에게 수없이 절을 하는 모양을 내다보았다. 꼬마 강은 순임이의 행동과 얼굴을 옆에서 지켜보고 섰더니 다짐을 주었다.

"난 이제 가봐야겠소. 모레 올 테니 돈이나 꼭 갚으슈."

꼬마 강은 먼저 계단 아래로 새어 버리고 경락이가 방 안을 들여다보며 마지막 남수를 쳤다.

"젊은이들, 웬만하면 경찰서에 집어넣은 미경이라는 아가씨두 빼어 내서 순리적으루 돈이나 마저 받으슈. 자 그럼 쉬시오."

"오늘 죄송함다. 뭐 같은 건물 안에 계시다니까 혹시 돈이 모자라면 또 연락하겠시다."

"이 양반들, 어디서 속아만 살아왔나. 그렇게 못 믿겠으면 나 보는 데서 세어 보시구려. 비록 나두 이런 건물에서 살지만 신용과 인정은 있다오. 모자라면 언제라두 오슈."

경락이가 우리에게 구라를 풀고는 순임이의 어깨를 다정히 잡는 것이었다.

"내 방으루 가자."

그는 순순히 따라가는 순임이를 데리고 우리가 있는 방의 다음다음 방으로 들어갔다.

경락이는 바람을 잡는다고 대뜸 설교조다.

"앉거라, 여기가 좀 따뜻하구나. 이젠 안심해라. 서울에 나쁜 사람이 얼마나 많은 줄 아니? 서울에 있는 동안은 늘 조심을 해야 한다. 가만있거라. 보자. 그나저나 지금 몇 시나 되었나. 어이구 벌써 8시가 다 돼가는구먼. 순임이 배고프겠는데…… 잠깐만 앉아 있어. 금방 나갔다 올 테니까."

방문을 열고 경락이가 나가자 혼자가 된 순임이는 서울에 온 것이 후회되고, 당장에라도 시골로 내려가 부모님을 붙잡고 엉엉 울고 싶은 심정이겠지. 세 시간 이상이나 두려움 속에서 무지막지한 녀석들에게 들볶이다 해방이 되었으니, 순임이는 경락이가 은인처럼 고맙고 좋은 아저씨라고 생각하겠지. 경락이의 점잖음과 부드러움은 그가 맡은 역할 때문임을, 또한 그런 신사가 사실은 도동 양동 일대에서 유명한 푼짱 네다바이인 줄은 꿈에라도 생각하지 못할 것이다.

아래층에서 뚱뚱이를 포함하여 오늘 탕치러 나갔던 식구들이 모두 한자리에 모였다. 뚱뚱이가 우리를 둘러보며 물었다.

"두껍아, 미경이는 어디루 갔니?"

"뺑뺑이하러(춤추러) 갔어요. 내일 아침에 분빠이하구 나면 나보구 맡았다 달랍디다."

뚱뚱이가 돈을 내놓았다.

"데부망이오. 그래두 꼬마 강이 댓금으로 준 거요."

"빨리 분빠이합시다."

내가 재촉했고 9천 원씩 다섯 몫으로 나눈 뒤에 미경이 몫은 두꺼비가 받아 쥐었다. 한 사람 앞에 천 원씩 제한 5천 원은 경락이의 끝마무리 작업 비용으로 남겨 둔 것이다.

"오늘은 늦었으니 낼 얘기합시다."

나와 두꺼비는 태봉이, 수창이와의 약속 때문에 서둘렀다. 우리는 저녁마다 모여서 여러 가지 의논을 했던 것이다.

"경락이 형, 오늘 재미나 많이 보슈. 아다라시 같던데……."

"야 임마, 허리 아파서 빠구리두 틀렸다."

두꺼비가 내 어깨를 툭 치면서 가자고 이끌었다. 그가 경락이에게 던졌다.

"낼은 우리 창신동으루 탕치기합시다. 그럼 2시경에 역 앞에서 만납시다."

두꺼비와 나는 양동 골목으로 슬슬 걸어 올라가며 얘기를 주고받았다.

"마, 내가 아무리 쪽이나 꼬불치러(얼굴을 감추러) 이 동네 얹히긴 했지만 드럽게 맨날 탕치기루 목구멍의 때를 벗기란 말이냐?"

내가 은근히 불평을 하자 두꺼비는 뭔가 깊은 생각에라도 잠긴 모양이었다.

"당분간은 탕치기루 소문이 나야지. 임마, 기수나 재러 가자."

나는 심드렁하게 뱉었다.

"낮에는 탕치기, 밤에는 둥기. 느이들 맘 약해진 거 아냐?"

두꺼비는 약간 신경을 곤두세웠다.

"거 씨팔놈, 드럽게 말 많네. 밥상 차려서 내밀 테니까 나중에 새지나 말어."

나는 두꺼비의 말 속에서 요즈음 태봉이와 그가 무슨 꿍꿍이

속을 감추고 있다는 것을 은근히 알아챘다. 사실은 나를 부른 이유도 거기에 있지 않았을까. 그러나 나는 모른 척하며 더 이상 묻지를 않았다.

여하튼 얘기가 나온 김에 우리 식구의 탕치기 마무리가 어떻게 되어 가는지 빼놓고 넘어갈 수는 없겠다. 경락이는 자기 몫의 9천 원과 마무리 비용 5천 원을 안주머니에 푹 구겨 넣고서, 집 옆의 감잣국 백반 집으로 들어간다.

"감잣국 백반 둘만 3층 네 번째 방으로 갖다주슈."

부탁하고는 순임이 있는 방으로 올라가니, 꼬마 강네 현배란 놈이 방문 앞에서 서성대고 있다.

"안녕하슈."

"웅, 니가 여기 웬일이냐?"

"예, 우리 꼬마 강 아씨가 경락이 아저씨는 꼰대라 마음이 안 놓인다구 자기 집에 와서 꿀리라구 그럽디다."

"그래, 그럼 그렇게 하지. 꿀림비 절약되구…… 가서 말해, 식사하구 금방 간다구."

"잘 데려오슈."

가려다가 현배가 머리를 긁적이며 말한다.

"경락이 아저씨, 오늘 오까네 실렸는데(돈 생겼는데) 데비학구(500원)만 주슈."

"자식, 알았어. 언제 경락이가 짜게 노는 거 봤냐? 자 받어."

경락이가 마무리 작업비 중에서 500원을 떼어 준다.

경락이가 방에 들어서니 순임이는 얼른 일어나는 시늉을 한다.

어둠의 자식들

"앉아 있어. 괜찮어. 많이 기다렸지? 밥 시키느라구 늦었다. 배고프겠다. 조금만 참아라. 오늘 혼났지? 이젠 걱정 말구. 밥 가지구 오거든 먹구 나서 다른 방으루 옮기자. 이 방은 좁아서 안 되겠다. 누워 있으려면 누웠거라."

"괜찮어라우. 아저씨. 괜히 저 땜시 돈도 많이 쓰고 너무나 폐가 많당게요."

노크 소리가 들리더니 감잣국 백반이 들어온다.

"순임아 일루 와라. 국 식기 전에 먹자. 이 감잣국 말야, 사람에게 좋단다."

뚝배기 위로 비죽하게 돼지 뼈다귀가 나와 있고 굵직한 감자 알 위에 기름과 고춧가루가 벌겋게 엉겨 있다. 순임이는 아까는 혼이 났지만, 점심을 기차 안에서 빵으로 때웠기 때문에 몹시 시장하다. 경락이는 정신없이 먹고 있는 순임이를 보면서 말을 계속한다.

"야, 너 양이 차지 않으면 밥 한 공기 더 시켜 줄 테니까 걱정 말구 많이 먹어라. 나는 말야, 인정이 너무 많아서 이 모양 이 꼴루 사는 거란다."

돼지 뼈다귀 하나를 움켜쥐고 뼈다귀 가운데 코딱지만큼 붙어 있는 살점을 젓가락으로 콕콕 찔러 떼어 먹으면서, 경락이는 순임이에게 묻는다.

"너희 부모들은 농사짓니?"

"네."

경락이도 얼결에 바른 소리를 한다.

"그럼 부모 일 도와서 농사나 짓지. 뭘 하러 서울엔 올라왔니."

"저희 마을에서는요, 늙은 사람덜만 있고 젊은 사람덜은 싹 도시로 빠져나갔당게요. 우리 친구들도 몇몇 있었는디 나 혼자 남고 다 도시로 나갔구면요. 마을 친구는 있지만 중학교 다니닝게 학교 안 다니는 저하구는요 잘 어울리지 않드면요. 원체가 가난혀서 논 몇 마지기, 밭뙈기 쪼끔 가지고 농사를 지었는디 식구가 여섯이어라우. 오빠가 날마다 싸움이나 하구 다니며 부모들 속을 썩이고 있당게요. 나두 농사짓기가 싫어라우, 밤낮 일해두 밥 먹구 살기가 힘들어라우……."

경락이가 귀찮아져서 말을 막는다.

"아, 국 식기 전에 어서 먹어라. 밥 더 먹을래?"

경락이는 뚝배기를 들고 국물을 훌훌 마신다. 순임이가 고개를 젓는다.

"괜찮어라우. 배부르구면요."

경락이는 건성으로 고개를 끄덕이고는 담배 한 대를 피우고 무료하게 앉았다가 중얼거린다.

"이거 왜 물을 안 가져와? 안 되겠다. 순임아 나가자. 나가서 물도 얻어먹고 방을 옮기자. 아까 그놈들이 한 건물에 있다구 생각하니까 기분이 나쁜걸. 내일은 내가 너 가고 싶은 데루 직접 데려다 줄 테니까."

"아저씨, 돈만 써서 미안하구만요. 저 땜시 손해가 많지라우?"

"나두 너 같은 딸이 있었는데……."

"그런데 아저씨는 왜 혼자 사셔요?"

어둠의 자식들

"응, 당분간 사업차 혼자 지내는 거야."

그들은 꼬마 강네 집으로 들어선다. 경락이가 순임이를 끌고 2층 복도 맨 끝의 후미진 방으로 들어간다. 경락이는 손을 휘저어 전기 스위치를 찾아 불을 켠다. 방에 들어서서 불 켜지기를 우두커니 기다리던 순임이에게 앉으라고 하고는 바람 잡느라고 억지로 매었던 싸구려 넥타이를 풀고 윗도리와 와이셔츠를 벗는다. 와이셔츠 칼라 안쪽에는 때가 꾀죄죄하다. 그는 내의 바람으로 방에 털썩 주저앉는다.

"순임아, 너두 윗도리를 벗어 걸구 편안히 쉬어라. 어떠냐, 아버지 같은 사람인데……."

순임이가 머뭇거리자 경락이는 일어나서 다정하게 순임이의 윗도리를 벗겨 준다. 순임이가 제 옷을 소중한 듯이 개어서 윗목에 있는 봇짐 위에 놓는다.

"순임아, 너두 피곤할 테니 일쩍 자거라."

"괜찮아요, 조금 있다 잘래요."

"자기 싫으면 내 옆에 나처럼 엎드려서 얘기나 하자꾸나."

하며 경락이는 순임이의 팔을 잡아당겨 안다시피 옆에 누인다. 순임이가 몸을 움츠리면서도 아무 저항도 없이 옆에 누워 버린다. 경락이는 잠시 눈을 감고 뜸을 들이다가 담배를 꺼내 물고 말한다.

"순임아, 성냥불 좀 켜서 담배에다 붙여 주려무나."

순임이는 성냥을 받아 쥐고는 불을 켜준다. 담배를 몇 모금 빨고 나서 경락이가 능청을 떤다.

"어허, 맛이 좋은걸. 오랜만에 딸에게 호강받는 것 같구나. 순임아, 니가 내 옆에 드러누우니 꼭 딸 같은 느낌이 드는구나. 그런데 말야, 이 아저씨는 지금 마음이 착잡하다. 오늘 그 부랑배 같은 놈들에게서 순임이를 빼오긴 했지만 당장 돈 10만 원은 갚기가 곤란해. 그래두 나는 말이다. 어린 네게 걱정이 될까 봐 말을 안 하려구 했는데 당장 이틀 후에 꾼 돈을 줘야 되니 정말 걱정이 되는구나."

"그러면 어떡하지라우? 괜히 나 땜시 아저씨만 걱정하게 되구, 큰일이네요."

"순임이한테는 아까 말을 안 했지만 밥 시키러 나갔을 때 돈을 꾸어 준 사람을 만났는데, 못 믿겠으니 자기 집에 와서 자라는 게야. 그래서 방을 옮겨 이 집에서 자는 거란다. 이 집 주인이 아까 돈을 꾸어 준 사람이야. 이 집 주인은 얼마나 지독한지 돈을 제 날짜에 갚지 않으면 당장 경찰서에 고발해서 집어 처넣는 사람인데, 정말 걱정이 태산 같구나."

경락이가 한숨을 푹푹 내쉬며 엄살을 떤다.

"……어떻게 되겠지."

체념 비슷하게 뇌까리고 나서 순임이를 슬며시 안아 본다.

"순임아, 자자."

경락이는 이불을 젖히고 바지를 벗는다. 벗은 바지를 벽에 걸고는 스위치를 내려 불을 끈다.

"순임아, 너두 벗구 자거라. 갑갑해서 어떻게 자니?"

그는 순임이를 더듬어 보면서 강제로 바지를 벗기는 시늉을

어둠의 자식들

한다.

"벗구 자라니까. 이놈이 아버지 같은 사람에게두 부끄러워하냐."

"괜찮아요, 그냥 잘게요."

"허허 그놈, 갑갑해서 어떻게 잘려구 그래. 벗구 자라면 벗구 자. 어른 말을 듣는 게 좋을 거야."

경락이는 다시 순임이의 바지를 잡아당긴다. 순임이가 일어나 앉는다.

"그럼 제가 벗지라우."

부스럭거리며 바지를 벗어서는 발밑에 놓고 순임이는 경락이에게서 좀 떨어져서 눕는다. 경락이가 침을 꿀꺽 삼킨다.

"순임아, 너는 시골에서 남자들하구 한방에서 잠잔 적이 없니?"

이번에는 순임이의 가슴 위로 팔을 슬쩍 얹어 놓으면서,

"그놈 살은 통통히 쪘구나. 우리 딸두 말야. 순임이 너처럼 이렇게 포동포동 살이 쪘단다."

"아저씨, 그나저나 내일 돈을 못 구하면 어떻게 하지라우? 실은 나두 내일 집으로 가려면 여비가 조금 부족한데 아저씨한테 부탁하려구 그랬고만이라우. 정말 염치두 없당게요."

순임이의 몸을 여기저기 만지고 있던 경락이는 관심이 없는지 점점 마음이 급해지기 시작한다.

"괜찮아, 너는 신경 쓰지 말어. 내가 알아서 할 테니까. 어이구, 순임아 아저씨 다리 좀 주물러 주렴. 신경을 너무 썼더니 온몸이 뻑적지근한데."

"예, 그러셔요."

"여기 좀 주물러라."

그는 순임이의 손을 잡아 허벅지에다 대준다.

"좀 꾹꾹 눌러 다우."

순임이가 두 손으로 열심히 주물러 대기 시작한다.

"아, 시원하다. 팔 아프면 고만 주물러라."

"괜찮어라우. 더 주물러 드리지라우. 나 땜시 손해 본 거를 따지면 이까짓 거는 암것도 아녀라우."

"됐다 됐어, 이젠 시원하니 그만두어라."

경락이가 순임이의 다리를 모아 반듯하게 누여 놓는다.

"순임이두 다리가 아프겠구나. 기차를 몇 시간을 탔으니. 아저씨가 다리 좀 주물러 줘야지."

"괜찮어라우. 아프지 않당게요."

"순임이두 나를 주물러 주었잖아."

경락이는 일어나서 다리에 손을 댔고, 이를 만류하려는 순임이의 허벅지를 강제로 잡고는 주물러 대기 시작한다.

"어허 그놈. 다리 하나 통통하구나."

조금씩 허벅지 위로 손이 올라가면서, 열심히 움직이면서 경락이는 슬슬 분위기를 돋운다.

"시원하지? 순임아……."

"이제 됐어라우. 그만하시랑게요."

"응 그러마."

"순임아, 너 아저씨 무섭지 않니?"

"무섭기는 뭐가 무서워라우."

"실은 아저씨가 말야. 순임이한테 어려운 부탁 하나 해야겠어. 나는 신경을 쓰면 말야 잠을 못 잔다. 그러니 마음이 가라앉게 순임이가 내 말 좀 들어줘야겠다."

"뭔데요?"

"나쁘다구 생각하면 안 된다. 그저 내가 시키는 대루만 하면 된다. 순임이는 눈 딱 감구 있는 거야."

경락이는 순임이의 손을 덥석 잡아다가 짝숭이 있는 데다 갖다 대고 꾹 누른다. 순임이가 소스라치게 놀라서 손을 움츠리며 빼내려고 한다.

"어허. 왜 이러지? 아저씨가 순임이 때문에 신경을 써가지구 몸이 피곤해서 그러는데……."

순임이는 기어들어 가는 목소리로 중얼거린다.

"그렇지만 어떻게 한당가요……."

"이게 뭐 나쁜 짓인가. 얘. 나쁜 사람 같으면 내가 순임이를 그 위험한 데서 돈까지 꾸어 가면서 구해 주었겠니? 생각 좀 해 봐라."

순임이는 아무 대꾸도 못하고, 불안해서인지 몸을 잔뜩 움츠리고 있다.

"바보같이 무서워하지 마라. 내가 시키는 대루 하기만 하면 된다구."

노골적으로 순임이의 몸을 더듬거리며 다시 순임이의 손을 잡고는 짝숭이 위에다 올려놓는다. 순임이는 손가락을 구부린 채 죽은 거미처럼 가만히 있다.

"좀 만져 보라니까."

되살아나는 거미같이 순임이가 손가락을 조금씩 움츠렸다가는 꼼지락거린다. 가벼운 한숨을 내쉬면서 순임이는 경락이의 겨드랑이 속에 얼굴을 파묻는다. 경락이는 옆으로 몸을 바꿔 돌리더니 한 손으로 순임이의 궁둥이를 슬슬 비벼 댄다.

"순임아, 너무 무서워하지 말어. 나두 이러기는 싫지만 워낙 신경을 썼더니 도저히 참을 수가 없어서 그래. 내일 아침 일찍 나가서 순임이의 여비나 마련해 가지구 올게."

경락이는 연신 구라를 풀면서도 한 손으로는 순임이의 머리 밑에 팔을 넣고, 다른 손으로는 여기저기를 쓰다듬기도 하고 쥐어 보기도 한다. 고양이에게 잡힌 쥐처럼 순임이는 몸을 맡기고 짝숭이를 만지작거린다. 시간이 지날수록 경락이의 손은 거침없이 뽁에까지 닿는다. 순임이도 숨이 높아지고 짝숭이 잡은 손은 더욱 힘이 가해져서 저도 모르게 움켜쥔다. 경락이가 순임이의 포장을 뜯으려고(팬티를 벗기려고) 슬슬 내리는데,

"순임아, 조금 들어 봐라. 어서, 옳지 옳지 착하다."

개봉이 된다. 경락이도 이제는 내숭 까는 구라도 풀지 않고 거침없이 수저를 댄다. 국 쏟고 뽁 데고 서방에게 소박맞는다는 말처럼 순임이는 이것저것 모두 짓밟혀 버린다. 경락이는 이젠 옆으로 누워 있다.

"아프지 않더냐?"

"예."

"너 말야, 나한테는 거짓말 못한다. 전에도 이런 짓 해봤지?

나는 한 번 해보면 금방 알 수 있다."

순임이는 머뭇거리다가 아까보다는 훨씬 숫기 있게 말한다.

"전에 동네 아저씨가 억지로 두 번 그랬어라우……."

"그러면 그렇지. 어쩐지 수월하게 들어가더라. 어서 옷 입어라."

경락이는 벌거숭이로 일어나 불을 켠다. 순임이는 아랫도리를 벗은 채로 이불 속에서 나오지 못한 채 겨우 상반신만 일으킨다. 순임이는 이불자락으로 아랫도리를 가리면서 궁둥이로 발밑까지 밀고 내려가 이불과 뒤엉켜 버린 속옷을 주섬주섬 입는다. 경락이도 엉거주춤 옷을 찾아 입고는 이불 위에 털썩 주저앉더니 담배를 한 대 피워 물고는 성냥불을 그어 댄다.

"순임아, 기왕 서울에 올라온 김에 돈이나 벌어 보지그래. 서울에서는 머리만 조금 써도 큰돈을 벌 수 있단다. 니 친구가 어디서 일하는지 몰라도 큰돈은 못 벌 거야. 공장에 나가서 한 달 동안 죽도록 일해 봐야 고작 이삼만 원 정도인데, 몇 년을 해봤자 먹고 입고 쓰다 보면 남는 건 한 푼두 없다더라."

이불을 가슴까지 가리고 머리를 숙인 채 앉아서 듣고 있던 순임이가 말한다.

"실은 저두 돈 벌러 올라왔지라우. 친구가 저보고 올라오기만 하면 일자리는 금방 얻을 수 있다고 해서 올라왔어라우. 그 애 말을 들어 봐도 많은 돈은 벌지 못한다고 그러드만요."

얘기를 주고받는 사이에 복도에서는 왔다갔다 하는 발걸음 소리, 골목에서 고함치는 소리, 여자들의 유행가 소리와 욕지거리 따위로 한창 시끄러워지기 시작한다. 옆방에서는 뭐가 그리

도 바쁜지 문을 열었다 닫았다 하며 분주하게 슬리퍼 끄는 소리
가 요란하다. 가끔 장사치들이 온다.

"김밥, 김밥."

"아씨 날계란 있으—."

"박카스."

순임이가 바지를 주섬주섬 입으며 일어선다.

"어디 갈려구?"

"변소에 좀 다녀와야겠구먼요."

경락이도 바지를 입고 따라나선다.

"같이 나가자. 화장실이 어딘지 모르지?"

그들이 아래층 계단으로 내려가는데 여자들이 분주하게 오
르내리면서 서로 뭐라고 욕지거리를 하고 낄낄대기도 한다. 화장
실 앞에는 오물이 번져서 벌써 지린내가 코를 찌른다. 빨간 전등
이 핏빛으로 번져 있다. 일이 층의 계단 밑을 이용해서 만든 화
장실은 창문도 없고 냄새가 나갈 만한 공기구멍조차 없어서 숨
이 막힐 듯하다. 시골의, 하늘이 툭 터져 보이고 벌레 소리가 고
즈넉한 그런 변소가 아니다. 순임이가 먼저 소변을 보고 나오고
경락이가 들어간다. 순임이가 문 앞에서 기다리는 동안 집의 입
구 앞에서는 현배와 펨푸(호객) 뭉치들이 순임이를 쳐다보며 뭐
라고 수군거린다. 모두 낯설고 거칠게만 보이는 순임이는 겁이
날 뿐 자기를 바라보며 수군대고 낄낄대는 사람들을 쳐다보기
도 두렵다. 경락이가 화장실을 나서서 2층으로 순임이를 앞장세
워 올라가려는데 현배가 큰 소리로 외친다.

"꼰대, 살푼 뽁이 마붑디까?"

경락이는 뒤돌아보며 그냥 씩 웃고는 엄지손가락을 내밀며 계단을 올라간다. 문 앞에는 현배, 티상들, 펨푸들이 어울려 노닥거리고 있다. 티상 하나가 픽픽 웃으면서 말한다.

"갈보 하나 또 생겼네."

"이래저래 국가 뽁들만 생기니 누군 좋겠다."

모두들 한바탕 웃는다. 펨푸 하나가 말을 받는다.

"누가 아니래. 서로들 자기 뽁을 국가 뽁으로 만들려구 환장을 해서 서울로 처올라오니, 싸지 뭐야."

"그 동네 오늘 날파리 하나 떴겠나?"

펨푸가 현배에게 묻자, 현배가 신이 나서 말한다.

"경락이 아씨네 식구가 남수 친 건데 아직 삐리요."

"몇 장에 떴겼대?"

"500장이라구 하데."

"그 정도면 쪽이 마부겠는데."

"진상두 아니구 마부두 아니구 그저 그럽디다."

"지금 누가 공부시키나?"

"경락이 꼰대가 통을 치구 있습디다. 조금 아까 삥끼통에 다녀갔는데 내가 뽁이 마부냐구 물으니까 데낄(제일 좋다)이라구 하며 올라가던데."

"어휴, 그저 치마만 둘렀다 하면 둥기들은 서루 밝히지. 돈들 내요, 돈."

다른 펨푸 뭉치가 통을 놓자 현배는 지껄인다.

"가만있어 보슈. 뭉치가 설레발은 되게 까네. 니미 국가 뽁을 현배라구 시식 못하란 법이 있수?"

펨푸 뭉치들은 학고(기차) 시간을 맞춘다며 일어나고 현배는 계속 지껄인다.

"나는 오늘 꼬마 강씨가 살푼 다찌를 보라구 해서 여기서 죽 칠라우. 강아지나 한 섬(갑) 대주구 가죠."

"알았어. 놈씨 하나 낚아 오면 강아지 봐주께."

이 동네서 국가 뽁이니 나라 뽁이니 하는 데엔 내력이 있다. 얘기는 강원도 철도 공사판에서 유래되었다. 어떤 과부가 새끼들과 혼자 먹고 살기가 힘들어서 막노동판에 자갈을 깨러 나갔다. 한 상자 깨봤자 8원에서 12원 정도 받는데 자갈을 하루 종일 깨봤자 20상자 정도밖에 못 깨니 일당이 고작해야 200원이라 도저히 살 수 없었다. 날마다 허겁지겁 사는데 자갈 십장이 계속 따라다니며 치근덕거리자 과부는 못 이기는 척하고 한코를 주었다. 그다음부터 십장이 인심을 쓰기 시작하는데, 자갈을 상자에 덜 채워도 확 붓고는 만표를 주더라는 것이다. 그래서 과부는 수월하게 생계를 잇게 되었는데, 소문이 공사장에 스멀스멀 번져 가자 여색에 굶주린 막노동꾼들이 그냥 내버려 둘 리가 없었다. 너나 할 것 없이 전표 한 장을 과부 손에 쥐여 주고 재미를 보자고 하니 치마폭 안에 전표가 그득히 쌓였다. 이 사람 저 사람 붙다 보니 재수 없게도 부인 있는 막일꾼과 재미를 보게 되고 간통으로 고발을 당했다는 것이다. 과부가 경찰서에 연행되어 조사를 받았는데 하도 많은 남자와 관계를 맺은 것이 밝혀지

　　　　　　　어둠의 자식들

자 형사 한 사람이 욕을 하면서 야단을 치더라는 것이었다. 수모를 당하고 욕까지 얻어먹은 과부가 울면서 막 대들었다. "야 이 새끼야, 이게 내 보지지 국가 보지냐. 내 꺼 내가 파는데 무슨 잔 말이 많아! 내가 국가 보지 빼내 팔아먹었으면 큰일 날 뻔했구나." 이런 기막히고 슬픈 얘기가 유래가 되어 국가 뽁이니 나라 뽁이니 하는 얘기가 퍼지게 되었다. 전국에 있는 윤락녀들이 툭 하면 잡혀 들어가서 수용소에 들어가 살기도 하고 창녀들은 해당 구역의 파출소에서 관리를 하다시피 하니까 이 국가 뽁이란 말이 유행어로 번져 갔다. 결국 탕치기란 국가 뽁 실습을 시키는 작업인 것이다.

"아저씨, 이 집은 뭘 하는 집인디 이렇게 시끄럽지라우. 색시들도 많고 남자들도 왔다갔다 하는디 도무지 정신이 없구먼요."

"이 집 돈 버는 집이야. 이 집엔 여자들이 열댓 명 있는데 아까 나한테 돈 꿔준 사람 있지? 그 사람이 사장이야. 이 집에 있는 여자들 중엔 순임이 또래의 아이도 둘이나 있는데, 하루에 최하 만 원씩은 번다구."

"오메, 그렇게 많이 벌어라우? 뭘 하는디 그렇게 많이 번다요."

경락이는 씩 웃고는 손가락으로 순임이의 아랫도리를 꾹 찌른다.

"순임아, 너 아까 나하구 뭘 했지?"

"오메……."

"아까 나하구 한 거 그런 거 한 번에 세 장, 자주면 일곱 장에서 큰 것 한 장이니라."

"아무리 그려도 생판 모르는 이와 어떻게 하지라우. 징그러운 거……."

"야 이놈아, 개같이 벌어서 정승같이 쓰라구 했다. 그렇지만 너는 그런 짓 못할 게다."

경락이는 슬슬 야마 돌게 접시를 돌린다.

"여기 있는 아가씨들은 그래두 한 달에 한 번씩 꼭꼭 고향에다 몇십만 원씩 송금하고 말야, 논밭두 사구 계두 든다더라. 명절 때만 돼봐라. 옷을 쫙 빼입고 고향에 다녀오더라. 누가 알아, 까짓것 어디서 몸을 파는지…… 고향 가서는 회사나 직장에 나간다구 그러거든."

경락이는 마무리 작업에 박차를 가한다. 순임이도 이 일 저 일 다 잊어버리고 호기심을 갖고 듣기 시작한다.

"아저씨, 나만 한 애들이 돈을 잘 번당가요?"

"그럼, 더 잘 벌지. 요즘 남자들은 나이 어린 여자를 더 좋아한다더라. 자, 이젠 자자. 순임아 불 꺼라."

순임이는 일어나서 불을 끄고 자리에 눕는다. 경락이 아저씨처럼 좋은 사람이라면 별로 무섭지는 않을 것 같다. 기왕에 서울까지 어려운 사정에 여비를 장만해서 올라왔으니 돈은 벌고 싶다. 한편으로는 그 무서운 불량 청년들에게 혼이 날까 봐 겁이 나서 빨리 시골로 내려가고 싶기도 하여 이 생각 저 궁리에 뒤척거리다가 잠이 든다.

양동의 골목길은 12시가 훨씬 넘어 새벽녘이 될 때까지도 여전히 소란스럽다. 술에 취한 여자의 악쓰는 소리도 들린다. 경락

        어둠의 자식들

이는 자다가도 슬그머니 순임이를 건드려서는 두어 번이나 더 녹초를 만든다. 경락이가 먼저 깼고 그가 담배를 피우느라고 부스럭거리는 소리에 순임이도 눈을 뜬다. 사방에서 살기 위해서 딸각거리고 투덜대고 웅성거리며 깨어나는 중이다.

"잘 주무셨어라우?"

"응, 실컷 잤지? 어서 정신 차리고 아침밥 먹을 준비나 하자."

"예, 피곤해서 세상 모르게 잘 잤고만이라우. 아저씨, 변소 갔다 올 테니께 기다리시우. 세수하는 데는 어디여요?"

"가만있어 봐, 나하구 같이 나가자."

경락이는 바지를 입으며 손에 들었던 담배를 복도에 휙 던져 버린다. 두 사람은 아래층으로 내려와 순임이는 화장실로 들어가고, 경락이는 문 앞에 섰던 경심이에게 식사 두 그릇을 올려 보내라고 부탁하고는 꼬마 강네 방문을 노크한다. 꼬마 강 부인이 문을 빼꼼히 열고 내다본다.

"들어오슈. 어젯밤 이 아저씨 재미 많이 봤나 봐."

"말 마슈, 죽겠시다."

높은 베개를 베고 반듯하게 누워 있던 꼬마 강이 일어나지도 않은 채로 중얼거린다.

"어젯밤 통밥은 잘 굴렸겠지?"

"여부가 있소? 염려 마슈. 아침 시다이나 쪼고 남수 칩시다. 빨리 작업을 끝내야지."

경락이는 문을 닫는다. 화장실에서 나온 순임이가 세수할 곳을 찾느라고 두리번거리고 있다.

"뭘 그렇게 찾고 있니?"

"세수할려구 그래라우."

"그래, 이리 와라."

꼬마 강네 부엌에서 세숫대야를 들고 경락이가 부엌 밖에 있던 플라스틱 물통에서 물을 퍼다가 대야에 부어 준다.

"비누 여기 있다."

순임이는 목에까지 올라오는 스웨터를 안으로 집어넣고 세수를 한다. 2층으로 먼저 올라온 순임이가 세수수건으로 얼굴을 닦고 나서, 뒤이어 세수를 하고 올라온 경락이에게 수건을 건네 준다.

"수건 여기 있어라우."

"응 고맙다."

얼굴을 씻고는 때가 까맣게 묻어 있는 셔츠 칼라를 손가락으로 툭툭 치고는 그대로 입어 버린다.

"순임이 너 얼굴에 바르는 거 없니?"

"없어라우. 저는요, 여지껏 얼굴에다 뭘 한 번도 발라 보지 않았당게요."

"그래두 너는 피부가 시골 아이치곤 고운 편이다."

발걸음 소리가 들리며 그릇 부딪치는 소리가 가까워 온다. 방을 찾는 식당 아줌마의 중얼거리는 소리가 들린다.

"여기요, 맨 끝방이오."

경락이가 문지방을 손으로 탕탕 두들긴다. 들어오는 것을 보니, 콩나물국에다 꽁치 구운 것 두 토막, 김치, 튀김, 콩자반, 밀

어둠의 자식들

을 섞어서 누르스름한 밥 따위가 그득히 담겨 있다. 밤새껏 공부를 시킨 경락이는 어쩔 수 없이 입안이 깔깔해서 밥이 잘 넘어가지 않는다. 순임이도 입안이 깔깔했지만 시골집보다 반찬이 좋고 맛있어서 남기지 않고 잘 먹는다.

식사를 마치고 그릇이 나간 뒤에 기다리던 꼬마 강이 어슬렁어슬렁 나타난다.

"잘 주무셨소?"

"예, 들어오십시오."

"들어가긴 뭘……."

꼬마 강은 문지방에다 짧은 다리를 걸치며 앉는다.

"내가 온 건 다른 게 아니라 어제 꿔준 돈 말요. 내일까지 틀림없이 해줘야지. 그렇지 않으면 곤란해요. 당신도 내 성질은 잘 알 거요. 그리고 저 아이 오늘 데리구 나가슈."

경락이는 난처한 듯이 머리를 긁는다.

"아닙니다. 제가 돈을 구하러 오늘 나갔다가 올 때까지는 여기다 부탁 좀 합시다."

"귀찮아 죽겠구만……."

"나두 실은 이 애 때문에 강 선생에게서 돈을 꿨지. 그렇잖으면 언제 내가 돈 꿔달라는 거 봤습니까? 그리구 이 아이는 여비가 부족해서 아무래두 내가 나갔다 와야만 되겠습니다."

꼬마 강은 순임이를 무서운 얼굴로 노려보며 인정머리 없이 싸늘하게 말한다.

"어쨌든 빨리 오슈. 나는 성미가, 쓸데없이 빈둥거리며 놀고 밥

탕치기

153

먹는 애들은 못 봐요. 내일까지 꼭 해놓을 줄로 믿고 있겠시다."

꼬마 강은 복도에다 가래침을 탁 뱉고 발로 문질러 버리고 사라진다. 경락이는 미간을 잔뜩 찌푸리고 고민하는 시늉이다. 그는 한숨을 푹 내쉬고 눈을 지그시 감으며 내숭을 깐다.

"이거 큰일났군. 오늘 나가서 못 구하면 어쩐다?"

"아저씨 죄송하구먼요. 오늘 돈을 못 구하면 어떡허지라우? 주인 사장님께 사정혀서 날짜를 미룰 수 있을랑가요?"

"말 마라. 저 사람이 보통 사람이 아니야. 어젯밤에 얘기했지만, 약속을 꼭 지켜 줘야지 안 지키는 날이면, 어제 그 깡패 같은 두 녀석에게 가서 돈을 받구 순임이를 넘겨주고도 남을 사람이다. 나야 무슨 걱정 있겠냐, 순임이 때문에 걱정이지. 만약에 말야, 내가 돌아오지 못하면 주인이 너를 대번에 그놈들에게 넘겨줄지 모르니, 그것이라도 안 그러도록 사정해 봐야겠다."

순임이는 벌써 눈이 젖고 겁에 질려서 울먹인다.

"나는 어떡헌데요. 아저씨 무서워요. 같이 나가요."

"이런, 답답하긴 애두…… 너하구 같이 나간다면 주인이 가만 있을 거 같애? 말도 안 되는 소리 말어. 차라리 사정을 하자."

"아저씨 참, 아까는 주인아저씨가 나를 오늘 내보내라구 그랬는디요?"

"이 바보야, 그건 주인 사장이 슬쩍 내 맘을 떠보느라구 그러는 거야. 주인은 보통 사람이 아니야. 내가 내려가서 사정해 보구 같이 올라올게. 잠시만 기다려 봐라."

"예, 가서 잘 말씀 디리셔요."

어둠의 자식들

경락이는 아래층 꼬마 강에게로 가서 말한다.

"내가 지금 통밥을 굴려 놨으니 올라가서 남수나 한번 쳐주슈."

"알았어, 올라갑시다. 요새는 이거 탕치기두 번거로워서 못해 먹겠어."

꼬마 강도 귀찮은지 투덜거렸고 경락이도 맞장구를 친다.

"어떤 병신 같은 새끼들이 멀쩡한 학삐리 푼들을 생짜루 갖다 떵겨서 신문에 났잖소. 피차 조심해 둬야지."

"조심은 좋은데 통밥 굴리는 데 너무 시간이 걸려서……."

그들은 순임이가 있는 2층 구석방 앞에 이르자 언성을 높여 얘기한다. 꼬마 강이 순임이가 들도록 크게 떠든다.

"여보, 낫살이나 먹은 사람이 이렇게 처리도 못하구 사정할 것을 쪼끄만 기집애 때문에 10만 원이나 꾸었소? 만약 댁이 오늘 저녁까지 들어오지 않으면 저 애를 당장 그놈들한테 넘겨주고 돈을 되돌려 받아야겠수다. 알아서 하슈."

"어허, 주인 사장님 좀 봐주시구려."

경락이가 방문을 밀치고 들어서며 꼬마 강에게 들어오기를 권한다.

"잠깐 들어오시지요."

문지방에 걸터앉자마자 꼬마 강은 중단되었던 얘기를 계속한다.

"도대체 당신은 마음이 너무 좋은 것 같소. 요즘 세상에 은혜 갚는 아이들 없습니다. 어쩔려구 당신이나 살 생각은 않구 이런 하찮은 아이들 일로 속을 썩이슈. 당신이 사정한 대루 내가 이 아이를 내일까지만 맡아 줄 테니 그리 아슈. 실은 오늘 저녁까지만 맡아 줄려구 했는데 당신이 하두 사정을 해서 내일까지 여유를 주려고 그러는 게요. 약속 꼭 지키슈. 만약에 내일까지 댁이 안 나타나면 내 마음대루 해도 좋다구 저 아이한테두 얘기해 놓구 가슈."

꼬마 강의 어조는 강경하고 빈틈이 없다. 경락이는 중얼거린다.

"알았습니다. 내일 꼭 약속을 지킬 테니까요."

"이제 가봐두 되겠소? 더 할 말이 있으면 하슈."

"예 됐습니다. 가서도 좋습니다."

꼬마 강이 아래층으로 내려가고 순임이는 다시 겁에 질려 부들부들 떤다.

"아저씨, 저는 어떡하면 좋겠어요? 내일 아저씨 꼭 오시지라우? 나 좀 살리는 셈치고, 염치없지만 도와주시랑게요. 은혜는 꼭 갚겠어라우."

"걱정 마라. 내가 너를 도와주고 싶은 마음이 없으면 어제 진작 못 본 척했지. 난 그런 사람이 아냐. 솔직히 나두 돈을 꼭 장만한다구 장담은 못한다. 순임이 너보구 남자들하구 몇 번만 자라구 하면 돈은 금방 갚을 수가 있겠지만, 차마 내 양심상 네게 어떻게 그런 짓을 하라구 그러겠니? 내 마음이나 알아다우. 그럼 갔다 올 테니까 기다려라. 빠르면 오늘 저녁에 오고 늦으면 내일 올 거야."

벽에 걸린 양복저고리를 집어 들어 걸치고는 방을 나선다. 순임이는 끝내 사정이다.

어둠의 자식들

"아저씨 빨리 돌아오세요잉."

"응 그래, 걱정 말구 문 꼭 닫구 있어라."

순임이는 복도 밖으로 고개를 내밀고 몇 번이나 절을 하면서 부탁했고 경락이도 건성이나마 손짓을 하면서 아래층으로 내려온다. 경락이는 꼬마 강네 방문을 열고 인사를 한다.

"갈랍니다아."

"어이구 수고 많았수다. 다음에는 나이 좀 든 아이를 데려다 주슈."

"네 알겠수다. 그럼 안녕히 계슈."

꼬마 강은 방문을 젖히고 앉은 채로 복도를 향해 부른다.

"어이, 거기 누구 없나?"

우리는 순자 방에 몰려 앉아서 화투를 떼고 있었다. 그전에 현배와 두꺼비는 타협이 끝나 있었다. 현배가 은근히 순임이에게 마음이 있었지만 아무래도 미경이 때문에 곤란할 것 같다고 하여, 기왕에 두꺼비가 꼬마 강네 신세도 질 겸 둥기를 자청하였던 터였다.

"응 두꺼비냐?"

꼬마 강이 의외라는 듯 복도로 나오는 두꺼비에게 물었다.

"니가 남수 치기루 했냐?"

"예, 현배는 미경이 때문에…… 잘 부탁허우."

두꺼비가 씩 쪼개자, 꼬마 강은 선선하게 말했다.

"아무튼 너 2층의 살푼 방으루 가서 잘 감시하구, 오늘 저녁부터 니가 데리구 통을 굴려라. 내일부터 장사시킬 수 있도록 잘 꼬셔 봐."

"예 알았습니다."

"자식, 어제 쪽을 팔았는데 괜찮겠니?"

"염려 놓으슈."

두꺼비는 2층으로 올라가 노크도 없이 문을 벌컥 열었다. 순임이는 벌떡 일어나더니 어제의 그 두 깡패 중 한 사람인 것을 알고는 밖으로 달아나려고 손잡이를 잡는다.

"앉어, 이 개 같은 년아. 어딜 니 맘대루 나가?"

두꺼비가 순임이의 손을 낚아채어 방에다 밀어 넘어뜨린다.

"이 집 주인이 니가 도망가면 우리한테 주었던 돈을 도로 달라구 그래서 내가 지키러 들어왔다. 딴 수작 피우면 혼날 줄 알아!"

순임이는 분한 마음에 반항이라도 할 듯이 두꺼비를 노려본다.

"괜히 죄 없는 사람을 길에서 잡아와 갖고, 우리 아저씨한테 돈까지 꾸게 만들었지라우?"

"웃기지 말어 이년아. 그런 수법에 우리가 넘어갈 것 같으냐? 니가 내 말만 잘 들으면 돈이구 뭐구 없던 일루 해줄 수가 있어. 너무 걱정 마라. 임마, 누가 너를 잡아먹을까 봐 그래? 얌전하게 있으면서 나하구 얘기나 하자. 나두 알구 보면 그렇게 나쁜 사람은 아냐."

순임이는 벌벌 떨며 방구석에서 봇짐을 두 손으로 잡으며 두꺼비를 쳐다보고 있었다.

"야, 누가 니 서답 보따리 채간대? 거기다 놔두고 이쪽으루 와서 얌전히 앉아 있어."

"괜찮어라우. 여기 그냥 있을게요."

"그년 되게 말 안 듣네. 너 일루 안 와?"

두꺼비의 고함 소리에 순임이는 벌벌 떨며 반쯤 일어서더니 기어오다시피 아랫목으로 내려온다. 순임이는 아무 소리도 못하고 손가락으로 방바닥만 조심스럽게 긁고 있다.

"야 너 말야, 어제 그 아저씨 처음 만났지?"

"예……."

순임이는 모기만 한 소리로 대답하고 두꺼비는 픽 웃으면서 비웃음을 가득 담고 묻는다.

"그런데 어제 처음 만난 아저씨하구 같은 방에서 빨가벗구 자니? 거참 이상한 기집애로구나."

"아니어라우. 그 아저씨는 정말 좋은 아저씨여라우."

"글쎄, 좋은 건 그렇다 치고…… 너 어젯밤에 그치하고 아무것두 안 했어? 임마 나는 다 알아. 까불면 너 가는 데마다 집까지 따라가서라두 소문을 낼 테야."

가슴이 철렁하면서 순임이는 불안해지기 시작한다. 얼굴이 빨갛게 되면서 고개를 거세게 흔든다.

"아니어요. 어젯밤에 아무 일두 없었당게요. 그냥 잤어라우."

"알았어 이년아, 했으면 어떻구 안 했으면 어때. 그러나저러나 니네 아저씨가 돈 가지구 온댔어?"

"예, 오늘 밤 아니면 내일은 꼭 오신다구 그랬어라우."

"임마, 만약에 그치가 돈을 못 구하면 못 올 수도 있는데 뭘 그래. 그 아저씨두 마음은 착한 사람인지 몰라두 돈에는 도사가 따루 없는 거야. 사실은 그 아저씨가 자기 빚 때문에 오히려 너를 팔구 가버렸으면 어쩔래?"

"뭐라구요? 그럴 리가 있당가요."

두꺼비는 낄낄 웃어 댄다.

"이런 병신 같은 년. 그치는 여기서 유명한 색시 네다바이꾼이란 말야. 어제 너를 데리구 들어오면 자기가 잘 꾀여 줄 테니 10만 원만 쓰자구 그래서 돈을 꾸어 주는 척하면서 사실은 네 몸값으루 내준 거야."

순임이는 눈물이 철철 흐르기 시작한다.

"아니어라우, 아니어라우!"

"짜구 있네…… 너는 여기서 나갈 수도 없구, 또 나가서 떠들어 봤자 너만 손해야. 망신은 둘째치고 윤락행위죄루 몇 년 동안 감옥에 가야 하거든."

두꺼비는 계속해서 순임이 자신이 결정하도록 분위기를 만들어 나간다.

"야 너 말야, 벌써 취직하려면 어디서든지 소개비가 들어간단 말야. 네 소개비는 그 꼰대가 다 받아 간 거야. 아무것두 안 하구 공밥 죽이면서 너는 빚이 10만 원이야. 그걸 어떻게 갚을래? 나두 말은 무섭게 하구 거칠지만, 임마 사귀어 보면 그렇게 나쁜 사람은 아니야. 실은 너 보기가 딱해서 하는 얘긴데, 까짓것 눈 딱 감고 남자하구 몇 번 자는 거야. 그러면 쉽게 빚도 갚고 돈도 벌 수 있다 이 말야. 아마 한 달 정도 눈 딱 감구 몸을 팔면 빚을 갚고도 20만 원은 손에 쥘 거야. 그렇지만 임마, 몸 파는 일두 아

　　　　　　　　　　　　　어둠의 자식들

무나 할 수 있는 줄 알아? 다 영업 허가를 내구 해야 돼. 허가를 안 내구 하면 이 집에서 몸 파는 애들이 가만두질 않는다. 그렇지만 내가 잘 부탁하면 영업 허가를 내지 않구두 쉽게 할 수 있지. 그렇다구 내가 너 몸 팔게 해줄려구 이러는 건 아니야. 딱하니까 하는 말이지."

두꺼비는 장황하게 얘기하고는 자리에 벌렁 드러눕는다.

"어 피곤하다. 오늘 밤새도록 너를 지켜야 하니까 낮잠 좀 자야겠다. 괜히 도망갈 생각 말구 얌전하게 앉아 있어."

두꺼비는 잠을 자는지 코를 골기 시작하고, 순임이는 경락이의 배신 따위는 이젠 까맣게 잊어버리고 자기의 앞일을 생각해본다. 낮인지 밤인지 골방이어서 알 수가 없고, 배가 고파 오기 시작한다. 순임이는 화장실에도 가고 싶지만 두꺼비를 깨우기가 무서워서 그대로 참는다. 그런 식으로 순임이는 두려움과 절망 속에서 이틀을 보낸다. 두꺼비에게서 그가 사준 밥을 얻어먹고 그의 보호와 감시를 받으며 지내는 동안에 순임이는 여러 차례 짓밟힌다. 하는 수 없이 순임이는 몸을 팔아서라도 이 지긋지긋한 곳에서 빠져나가야겠다고 마음먹는다. 머뭇거리며 망설이다가 용기를 내어 누워 있는 두꺼비에게 말을 건다.

"아저씨, 나 말이지요. 빚은 갚아야 할 텡게 천상 몸을 팔아야 되겠는디, 어떻게 좀 해주쇼잉."

"야, 몸 파는 게 그렇게 밥 먹듯 되는 줄 아니? 하지만 니가 정원한다면 하는 수 없지. 하룻밤을 자두 만리장성을 쌓는다구, 너하고 이틀 밤이나 지냈는데 모른 척할 수가 있나. 하여튼 너는 내가 잘 부탁해 볼 테니까 염려 마라."

두꺼비가 선심이나 쓰듯이 말하자, 순임이는 다시 어떻게 해야 될지 불안한 모양이다.

"어떻게 처음 보는 남자랑 잔담가요, 징한 거……."

"이년아, 뭐가 어려워? 나나 꼰대는 수십 년 전부터 알았어? 기왕에 작살난 뽁인데 돈을 벌어야잖아. 우리 연습 한번 해볼까?"

"무슨 연습이어라우?"

"자식아, 돈 버는 연습이지."

두꺼비는 순임이에게 달려들어 갑자기 해괴한 짓을 벌이기 시작했다. 그는 씨근거리면서 손님을 대하는 말투며 방법을, 마치 선생이 학생에게 수업을 하듯 요모조모 하나하나 상세히 설명하고 있었다.

워낙 순진하기만 한 순임인지라 뭐가 뭔지 모르면서 건성으로 그저 고개만 끄덕였다.

"이젠 다 알겠지? 서너 번 해보면 누구든지 요령이 생긴다. 그럼 내가 내려가서 부탁하구 손님 집어넣을 테니까…… 손님 대할 때 니가 먼저 수줍어하면 오히려 함부로 다루니까, 바보처럼 굴지 말라구."

"언제부터 손님이 온당가요?"

"금방 보내 줄 테니까 염려하지 말구 잘 모셔."

아래층으로 내려간 두꺼비는 포주인 꼬마 강에게 시간을 물어본다.

"지금 몇 시요?"

"응 5시다."

"통수를 처놨으니 손님 올려 보내슈."

"수고 많았다."

꼬마 강은 어린 티상이 하나 늘어서 수입 잡을 일을 생각하고 기분이 좋은 모양이다.

"두꺼비 니가 아주 둥기를 해라."

"고맙시다."

"잘 감시해, 놓치면 허탕이다. 하긴 열흘쯤 지나면 돈맛을 알 테지."

"염려 마슈. 물주를 놓치다니, 말이나 됩니까?"

"자식, 오까네라면 환장하는구나."

"그럼 문 앞에 있을 테니까 손님 오면 올려 보내 주슈."

두꺼비는 문 옆에다 나무 의자를 갖다 놓고 앉아서 느긋한 기분으로 담배를 한 대 붙여 물고 있다.

나는 태봉이와 만나고 돌아오던 길이었다.

"태봉이가 이따 온다구 그러더라."

"야, 강아지 한 섬이다. 너 때려라."

두꺼비가 윗주머니에서 항아리(청자)를 한 갑 꺼내 던져 주었다. 나는 노랑 띠(필터)를 입에 물며 웃었다.

"씨팔놈, 또 어디서 까네 훔쳤구나."

"꼬마 강한테서 살푼 선불 긁었지. 짜샤, 사람은 부지런해야 먹구 사는 거야."

"임마, 좆같은 소리 하지 말어. 짜샤, 불쌍한 바이푼 등 좀 고만 쳐라."

"너는 짜샤……."

"난 순자한테서는 밥 한 끼 안 얻어먹는다. 꼴복(양복) 재(맞춰) 준다는 것두 고만두라구 했다."

두꺼비는 멋적은 모양이었다.

"바이푼이든 뭉치든 간에 오까네만 생긴다면 뭘 못하냐."

"어휴, 이 새낀 옛날이나 지금이나 그저 오까네야. 야, 오늘 태봉이하구 얘기했는데, 우리 탕치기는 손 떼자. 꼬마들이나 먹구 살게 해야지."

"씨팔, 예전 같지 않아서 이틀 동안 통 굴리느라구 혼났네. 궁짜 때문에 그러지 뭐 다른 일 있으면 왜 이러겠냐. 그러나저러나 물 봐(훔칠 물건과 대상을 살펴) 났다던?"

"웅, 코 발르는 놈들이 많으니까 조심해야지. 하여튼 나중에 얘기하자."

"임마, 그러니까 내가 뭐래. 니 깡다구를 믿구 태봉이하구 내가 너를 초청한 거야."

"순자 손님 받았니?"

나는 어젯밤에 태봉이와 함께 잤기 때문에 등기의 체면상 그년에 대해서 물었고, 두꺼비가 말했다.

"만화책 보더라. 왜, 빠구리 틀려구?"

"이 새꺄, 내 똘똘이는 요즈음 완전히 오줌만 나오는 기계다. 너는 새로 살푼을 물었으니 재미나 많이 보구, 뽁에다 고사를 지내서 오까네나 많이 쳐라."

　나는 그날부터 탕치기 식구들과는 손을 끊기로 했다. 두꺼비
도 자연히 그만두게 되었다.

　현배와 미경이는 꼬마 강네 집에서는 가장 사이가 좋은 둥기
와 티상이었다. 미경이가 영등포 망치네 집에서 윤락행위를 할
무렵 현배는 껀수가 걸려서 나처럼 근신하느라고 영등포 역전에
나가 얹혀 지냈다. 망치라는 포주는 미경이 외에도 대여섯 명 더
데리고 있었으며 자기 부인까지도 펨푸를 시켜 먹는 철저한 전
직 기둥서방 출신이었다. 영업도 잘하고 아이들 다루는 데도 통
밥이 훤한 사람이었다.

　미경이는 망치네 집에 오기 전에도 청량리, 영등포, 수원 등지
에서 티상 노릇을 해왔던 고참 윤락녀였다. 하지만 티상이 되기
전에는 신촌에서 부모님들의 구멍가게를 보며 지내던 얌전한 처
녀였다. 얼굴이 예쁘장한 여관의 조바(계산대) 청년과 자주 만나
게 되었고, 그들은 어린 나이에 정이 깊어져서 잠시라도 떨어질
수가 없게 되었다. 미경이는 집에서 까네를 긁어 가지고 가출해
서 그 녀석과 여인숙을 전전하며 며칠을 보냈지만, 돈이 떨어지
자 갈 곳이 없었다. 여인숙을 이곳저곳 전전하다 보니까 값이 싼
무허가 하숙이 있는 티상골목으로 가게 되었다. 무허가 하숙은
모두 밑바닥 인생들만 모여드는 곳인데 조바 청년과 미경이는 일
단 정착하기로 하고 장기적으로 살아갈 방도를 찾게 되었다. 조
바 청년은 곧 동네의 기둥서방들과 사귀게 되었고 그들이 포주

를 소개했다. 조바 청년은 완강히 거부하는 미경이를 설득해서 손님을 받도록 하고 자기는 둥기로 전락해 버렸다.

놈팽이에 의해서 쉽게 창녀가 되어 버린 미경이는 얼굴도 예쁘고 싹싹해서 눈독을 들이는 둥기들이 많았고 장사도 잘해서 수입이 좋았다. 조바란 녀석은 제 깔치가 티상이 되어 이놈 저놈과 까고 자빠져 자는 꼴이 언짢았지만, 미경이가 번 돈이 전부 자기에게로 들어오게 되자 오히려 신이 나서 돈을 쓰고 다녔다. 미경이에게 눈독을 단단히 들이고 있던 건달 중에 쌍칼이라는 녀석이 있었는데, 조바 청년에게 정면으로 도전해서 싸움이 벌어졌다. 이 싸움에서 미경이의 둥기 조바 청년은 쌍칼을 못 당할 것을 알고는 죽기살기로 옆집 가게에 뛰어 들어가 두부를 썰던 과도를 들고 나왔다. 달아나는 쌍칼의 등을 세 번이나 쑤시는 바람에 조바 청년은 형무소 신세를 지게 되었다.

외톨이가 되어 버린 미경이가 면회 갈 생각도 않고 장사도 기피하자 포주가 장사를 계속 시키려고 다른 둥기를 사귀도록 강제로 수를 썼다. 조바가 돈을 너무 써버려서 미경이는 벌어 놓은 돈도 없었다. 다른 집으로 가서 선불을 얻어 쓰기로 하고 미경이는 포주에게 나가겠다고 말했다. 포주는 씁쓸한 표정이었지만 미경이가 순 깍쟁이 서울내기에다 발랑이라 할 수 없이 계산을 맞춰 주었다.

미경이가 옮긴 곳은 수원이었다. 수원의 시외버스 터미널 근처에 있는 여인숙에 방을 얻어 놓고 여인숙 주인과 타협해서 손님을 받은 것이다. 미경이는 조바에게 몇 번 돈도 부쳐 주었고 면

어둠의 자식들

회도 갔지만 도중에 다른 놈팽이를 사귀게 되어 조바는 까맣게 잊어버리고 말았다. 그로부터 정처 없이 옮겨 다니다가 결국 영등포 역전에 이르렀고 거기서 피신해 있던 현배를 알게 되었다.

현배는 선배들로부터 탕치는 법을 알아 가지고 미경이와 돈을 모아 보기로 했다. 처음에는 직업소개소에서 소개를 받을 때 선불을 조건으로 하고는, 소개해 준 영업 장소에 도착하자마자 기회를 봐서 찌라싱(도망) 나오는 법이 있었고, 직접 포주 집으로 다니면서 선불을 얻어 쓴 다음에 하이방(같은 도망이지만 앞의 것보다 더욱 위험한 상태에서 달아나는 것) 까는 수법을 탕이라고 했다. 현배와 미경이는 전국을 훑으며 탕을 치고 다녔다. 하도 얼굴이 팔리고 소문이 나자 신용을 잃게 되었다. 바이뚜룩에서는 한번 신용을 잃으면 아무도 상대해 주지 않는 법이었다.

그들은 수법을 달리하기로 작정했다. 미성년자나 어리숙한 여자를 택해서 주소를 물어보는 척하며 접근한다. 시골에서 갓 올라온 사람처럼 가장해서는 주소가 적힌 편지봉투를 내보이고는, 이 주소에 적힌 집을 가르쳐 주면 사례를 하겠다고 주머니에서 5천 원쯤 꺼내어 손에 쥐여 주면, 대개는 소녀들이나 철없는 아가씨들이라 걸려들게 마련이었다. 봉투에 적혀 있는 주소는 아가씨들을 사고파는 집으로, 자동적으로 포주의 집까지 유인하게 되는 것이다. 포주 집까지 유인해서 도착만 하게 해주면 나머지 일은 포주가 알아서 처리한다. 그들은 여기저기 다니며 수십여 명을 팔아넘겼다. 그 외에도 수법은 다양했다. 정말로 사랑하는 척하면서 그럴싸하게 교제하다가 조바 청년이 미경이를 바이푼으로 만들었듯이 그렇게 팔아넘기는 수법과, 장충단공원이나 남산공원에서 하릴없이 빌빌 쏘다니는 날파리를 꾀어다가 팔아넘기는 방법도 있었다.

현배와 미경이가 한창 탕을 치러 다닐 때 마장동 창녀촌에서 우연히 알게 된 것이 강원도 뚱뚱이 아줌마였다. 뚱뚱이는 마장동 시외버스 터미널 앞에서 행상을 돌고 있었는데, 촌티가 흐르는 열여덟 살쯤 되어 보이는 처녀가 당장 있을 데가 없다며 아무 데나 식모로라도 취직을 시켜 달라는 것이었다. 그때만 해도 뚱뚱이는 여자를 팔아넘기는 일은 전혀 몰랐었다. 그래서 같은 꿀림집에 있는 현배에게 부탁을 했다. 현배와 미경이는 뚱뚱이가 부탁했던 처녀를 신설동에다 2만 원에 팔아 버렸다. 2만 원을 손에 쥔 현배와 미경이가 뚱뚱이에게 5천 원을 쥐어 주면서 다음에 또 여자아이를 데려다 주면 생각해서 얼마를 주겠다고 말했다. 뚱뚱이는 이렇게 해서 우습게 돈 버는 방법을 배우게 되었던 거였다. 하루 종일 펨푸 짓이나 행상을 돌아다녀도 겨우 몇천 원밖에 벌질 못하는데 잠깐 사이에 5천 원을 벌게 되니 재미를 붙일 만하다 생각했던 것이다. 뚱뚱이는 이때부터 손님을 끌면서 연신 팔아넘길 수 있는 만만한 계집애를 물색하기에 바쁜 나날을 보냈다.

강원도 뚱뚱이는 원래 고향이 경상도 영주인데 5개월 된 아기를 시집에 맡기고 남편을 따라 강원도 정선 사북 철도 공사판에 가게 되었다. 영주에서 쪼들린 살림에 지쳐 강원도에나 가서 돈 좀 벌려 했지만 큰돈도 벌지 못하고 공사는 끝이 나버렸다. 고향

　　　　　　　　　　어둠의 자식들

인 영주로 다시 돌아가자니 별 뾰족한 수도 없고 해서, 뚱뚱이 남편은 사북에서 산 위로 시오 리가량 올라가는 곳에 있는 백운산 꼭대기의 육구에서 채탄 작업하는 곳에 취직했다. 몇 년을 잘 보내다가 재수 없게도 채탄 작업장에서 척추를 다쳤다. 뚱뚱이의 남편은 보상비 조로 겨우 몇 푼을 받고 고향으로 다시 내려가게 되었다. 척추를 다친 남편이 제구실을 못하자 아들과 남편을 버리고 무작정 서울에 올라온 뚱뚱이는 마장동에 정착을 하고 있었다.

경락이는 경기도 포천 사람인데 일찍이 서울에 올라와 막노동으로 품팔이를 하면서 노동판을 돌아다녔다. 술 한잔을 먹고 같은 품팔이꾼과 싸우는 바람에 형무소에 들어가게 되었다. 노동판으로만 굴러다니다 보니 가정도 갖지 못하고 불안정한 생활을 하게 되었다. 어느 날 형무소에서 알게 되었던 건달을 양동에서 만났다. 가끔 여자 생각이 나면 양동 가서 오입질이나 하던 경락이는 현배에게 같이 일할 것을 제의받았고 두꺼비하고도 친해졌다. 그들에게 얼마 동안 지도를 받고 나서 주로 바람잡이 구실을 맡다가 이제는 강원도 뚱뚱이와 짝이 되어 탕치기의 명수가 되어 버렸다. 두꺼비와 현배와 내가 주로 그들과 탕치기에 가담했는데, 이제 두꺼비와 내가 빠지게 되니까 현배와 미경이만 계속 해먹을 것이었다.

어두컴컴해진 골목길은 노동을 마치고 돌아오는 사람들, 오입하려고 찾아오는 사람들과, 행상을 나가는 사람들로 붐비기 시작한다. 순임이는 손님이 들어오기만을 기다리며 불안하게 앉았다 일어섰다 하다가 자리에 들어가 누워 버린다. 시골에 있는 부모님, 동생들 생각이 난다. 싸움질로 부모 속을 썩이는 오빠가 시골 있을 때에는 밉기도 하고 지긋지긋했었는데, 오빠가 나타나 자기를 구출해 주었으면 하고 절실하게 바라는 순임이다. 여러 가지 생각으로 조그만 머리가 터질 듯한데 갑자기 누군가 문을 벌컥 열었다. 얼른 일어나서 방문 앞을 쳐다보니 주인 사장이라는 꼬마 강이 버티고 서서 인상을 쓰며 혼잣말로 씨부렁거린다.

"에이 속상해. 그렇지 않아두 장사가 안 돼 죽겠는데 좆만 한 년까지 영업하겠다고 그러니 어떡허지?"

귀찮은 듯이 투덜거리다가 꼬마 강은 문지방에 털썩 주저앉는다.

"야, 너 이름이 뭐라구 그랬지?"

"예, 순임이래요."

"너 말야, 두꺼비가 특별히 사정해서 영업하도록 봐주는 거야."

꼬마 강은 위협조로 다시 말했다.

"고분고분하게 말을 잘 들어야지, 안 그러면 빚돈으로 쳐서 다른 곳에다 넘길 거야."

순임이는 이런 고통을 처음부터 다시 당할까 봐 겁이 나서 화들짝 놀란다. 아무리 지옥 같다지만 하다못해 며칠이라도 낯을 익힌 곳이 나을 것 같았다. 그리고 두꺼비도 이젠 별로 무섭지 않았다.

"주인아저씨 알았어라우. 그나저나 얼마큼 손님을 받아야 빚

어둠의 자식들

을 갚을 수가 있을랑가요?"

"너는 가만히 손님이나 받으면 돼. 두꺼비가 보증 서서 너를 영업시켜 주는 거니까. 두꺼비한테 계산할 거야. 그러니까 두꺼비하구 잘 의논해 봐. 그럼 말 잘 듣고 잘해야 된다. 금방 손님 올려 보낼 테니까 준비하구 있어. 야, 그러구 그게 뭐냐. 이불 잘 개어 놓고 요는 아랫목에다 깔아 놔야지."

문을 꽝 닫고는 꼬마 강이 사라진다. 아래층으로 내려온 꼬마 강은 문 앞에서 두꺼비를 부른다. 의자에 앉아 놓고 있던 두꺼비는 문 앞에 지켜 있기가 지루해서 집 앞에 있는 떡볶이며 오뎅 파는 집에서 소주 한 잔을 걸치는 중이다. 두꺼비는 얼른 소주 한 잔을 홀짝 틀어 붓고는 오뎅을 손으로 집어 씹으면서 뛰어온다. 꼬마 강이 핀잔을 준다.

"야 짜샤, 어딜 쏘다녀. 그러다가 살푼이 하이방 까면 어떡헐려구 그래."

"에이 아씨두, 금방 가서 기수 한 잔 재구 잼싸게 나오는 중이우."

"그래 좋았어. 헌데 살푼 말야, 지금 손님 올려 보내면 벌통 까기(탄로 나기) 맞춤이니까 누굴 손님처럼 가장시켜서 떠볼 필요가 있겠어."

두꺼비는 역시 꼬마 강의 통밥이 양동서는 제일이라고 생각한다.

"가만있어 보슈…… 누굴 올려 보낼까?"

"두꺼비 니가 빨리 가서 남수발 좋은 놈 하나 데리구 와라."

두꺼비가 누군가를 떠올렸는지 두 손가락을 가볍게 튕겨 보인다.

"알았수다. 0.5초 내로 다녀오겠시다."

두꺼비는 양동 사거리 약방 앞에 있는 건물로 올라간다. 3층으로 올라간 두꺼비는 복도를 몇 발자국 지나쳐 가다가 네 번째 방을 두드린다.

"야, 상구야!"

"누구야? 두꺼비 웬일이냐?"

안에는 태봉이가 놀러 와 있다. 태봉이는 방에 들어와서 번 돈을 계산하던 중이다. 돈을 호주머니에 쑤셔 넣고는 소리를 지른다.

"들어와, 임마."

"들어앉을 시간 없다. 태봉아, 상구 못 봤니?"

"몰라, 아까 보니까 날파리 하나 문다구 남산에 올라간다던데."

"태봉아, 너 미안하지만 상구 좀 빨리 찾아 줄래?"

"무슨 일이야? 까네 생길 일이면 나두 꼽사리 좀 붙자."

"아냐 임마, 급한 일이어서 그래. 좀 봐주라."

"짜샤 급하긴…… 씹하구 아들 기다리는 놈처럼 설레발은 되게 까네. 내 갔다 와 주지."

태봉이가 방에서 나와 앞장서서 나갔고 두꺼비는 뒤따라간다.

"상구 찾으면 어디루 보낼까?"

"꼬마 강씨네로 보내 주라. 내 가서 기다릴게."

두꺼비는 꼬마 강네 집으로 돌아와서 문 앞에 놓인 의자에 털썩 주저앉는다.

어둠의 자식들

"니기미…… 둥기 개척하기 힘들다."

15분이나 기다려도 상구가 나타나지 않자 그는 의자에서 일어나 앉았다 일어섰다 하면서 사거리 쪽을 바라본다. 상구가 태봉이와 같이 뛰어오고 있다.

"빨리 와. 임마."

두꺼비 있는 데로 달려온 상구는 숨을 몰아쉬며 헐떡거린다.

"야 새끼야, 무슨 일인데 콩 볶듯 하니. 좆 빠지게 뛰었더니 바람이 새잖아."

"임마, 니 케케묵은 똘똘이 담거 줄려구 찾았는데 너 어딜 그렇게 싸다니냐?"

"정말야? 짜샤 그러면 진작 말해 주지. 그렇잖아두 짝숭이가 요즘 탱탱 굶어서 아침저녁으루 텐트를 친다."

"얀마, 후장 째지는 소리 말구 꼬마 강씨한테 들어가 보자."

태봉이는 돌아가고 두꺼비는 상구만을 데리고 꼬마 강에게로 간다. 상구가 고개를 쳐들고 턱만 까딱한다.

"안녕하슈?"

"응 상구냐? 너 지금두 팽이 돌리니?"

"나야 뭐, 할 거 있수? 배운 도둑질이라구 팽이나 돌리지요."

"너 오라는 건 다름이 아니라, 2층에 살푼이 하나 있는데 사흘 동안이나 통밥을 굴렸다. 겨우 바이푼을 만들어 놨는데, 혹시 저게 마음을 삐딱하게 먹나 알아보려구 너를 불렀다."

"좋시다, 내가 남수 한번 쳐보지요."

"잘해 봐라. 그럼 올라가 봐."

2층으로 올라가려는 상구를 불러 세워 전말을 대강 얘기해 준 두꺼비가 올려 보내면서도 기분이 개운치는 않은지 한마디 덧붙인다.

　"야 임마, 너무 밝히지 마. 살푼은 내가 먼저 찍은 거야. 곁물 켜면 죽어."

　상구는 정말로 아니꼽다는 듯이 입을 삐뚜름하니 찢으며 이죽거린다.

　"원 씹새끼, 내가 임마 니 푼 훔칠까 봐 그래? 걱정 마 짜샤, 가지래두 저런 후진 촌년은 안 가져."

　두꺼비도 계면쩍은 모양이다.

　"마 그래 뱉두 살푼이 아주 삐리야."

　상구는 계단으로 후다닥 올라간다. 2층 끝방에 올라간 그는 방문 앞에 가서 우뚝 서더니 몸을 좌우로 툭툭 털고 히쭉 쪼개 본다. 새로 온 살푼을 개봉하는 것은 처음이었기 때문이다.

　문을 두드려도 아무 반응이 없더니 두 번째 가서야 방문이 열린다. 상구는 순임이를 바라보며 고개를 끄덕이고는 들어선다. 순임이는 불안하게 엉거주춤 서서 상구의 눈치를 본다. 상구가 자리 위에 털썩 앉으며 내숭을 깐다.

　"앉아요 아가씨, 난 손님이에요. 아마 처음 영업하는 모양이죠?"

　스스로 생각하기에도 그럴듯하게 상냥한 말씨다. 머뭇머뭇 망설이다가 불안정한 자세로 방바닥에 앉은 순임이는 억지로 기어 나오는 목소리로 말을 꺼낸다.

"예, 처음이어요. 잘 모르니까 기분 나쁘게 생각하지 마시요."

"음, 거참 안됐구만. 아가씨 어쩌다가 이런 델 오게 됐지요?"

"나쁜 여자를 만나서 그랬어라우."

"뭐하는 여잔데?"

"난 전혀 몰라라우. 그만 귀신에 홀린 것 같여요. 쓰지도 않은 돈을 내가 갚게 됐다니께요. 이런 억울한 일이 없구만이라우."

"무슨 돈을 갚으라구?"

"뭐가 어떻게 됐는지 모르겠어라우. 10만 원을 서로 꾸어 줬다는 둥 소개비로 받아 갔다는 둥, 믿을 사람은 아무도 없구만요."

"어휴, 10만 원이나? 아가씨는 갚을 능력이 있나요?"

"지가 어디서 그 많은 돈을 구해다 갚는당가요? 그리구 무서워서 암 말두 못혀요. 죽지 못해서 이렇게 영업을 하게 되었어라우."

"아가씨는 집이 어디야. 내가 연락해 주지."

"멀어라우, 쩌어그 남도랑게요."

"그럼 편지로 전하면 되잖아."

"오메…… 내가 왜 그 생각을 안 혔당가. 아저씨 참말 고마워요."

"아가씨가 편지를 쓰면 내가 부쳐 줄게요."

"그렇게 하끄라우? 문 밖에 나가들 못허게 허니 꼼짝할 수가 있어야지라우."

"그럼 이렇게 합시다. 내가 지금 나가서 편지지하고 연필을 가지고 올 테니, 지금 당장 써서 나를 주면 부쳐 드리지."

"참말! 좋은 아저씨구먼요. 시골에 기별이 가서 부모님만 오시면 은혜는 꼭 갚겠어라우."

편지지와 연필을 가지러 간다면서 상구는 방에서 나온다. 아래층으로 내려가더니 꼬마 강과 두꺼비에게 사실대로 알려 주고는 편지지와 볼펜을 부탁한다. 상구는 잠깐 사이를 두었다가 순임이에게 되돌아간다.

"아가씨, 여기 있수다. 빨리 쓰쇼."

"고마워요. 오메 이제 살겠네……."

순임이는 편지지를 가슴에 대어 본다. 눈물이 흐르기 시작한다. 상구도 아무리 양동 밥 먹는 빠꼼이지만, 오까네가 뭔지 민망한 생각이 든다. 순임이는 서투른 글씨로 써 내려간다.

아버지 어머니 보시오.

저는 시골서 어머니 말씀 안 듣고 서울로 왔습니다. 근디 큰일이 낫습니다. 나쁜 여자를 잘못 만나서 지가 죽게 됫습니다. 지가 잇는 디는 어딘지 잘 모르겟고 서울 역전압에서 땅 미트로 층층대가 잇습니다. 그짝으로 쭉 내려가면 되는디 한참 가다 보니 또 층층대가 잇는디 글루 올라가시오. 그러구 뻘건 집들이 노피 만이 잇는디 거기에 지가 잇습니다. 이 편지 받고 속이 올라오시오. 무서워서 죽겟고만요. 그럼 꼭 오실 것을 빔니다. 이만 씁니다.

불효 딸 순임이 올님

순임이는 스웨터 자락으로 눈을 여러 번 씻어서 눈자위가 벌게졌다. 편지를 꼭꼭 접어서 상구에게 내준다. 상구는 안주머니에 집어넣고 나서 자기가 잘 부쳐 주겠노라고 다짐한다. 순임이는 고마워서 연신 머리를 끄덕이며 고맙다고 절을 한다. 상구는 공연히 신경질이 난다.

"아아, 이젠 됐어요. 가만있자, 시간이 없는데 빨리 한코 합시다."

순임이는 그제야 자신이 바이푼으로 손님을 받아야 한다는 사실을 깨닫고 소스라친다. 움츠러드는 순임이를 붙잡고 상구는 달랜다.

"이봐, 편지는 내가 꼭 전해 준다니까. 그리구 나는 돈두 냈단 말야."

순임이는 아무 소리 못하고 뒤로 반듯이 드러누워 두 손으로 얼굴을 가린다. 상구가 옷을 벗기기 시작한다. 상구는 별의별 해괴한 짓을 시키고 한참이나 장난감 다루듯 하다가 물러선다. 상구는 이불 속에서 다시 꼼지락대며 옷을 입고 있는 순임이를 남겨 두고 방문을 열더니 휙 나가 버린다. 오랜만에 삐리 살푼을 제 마음대로 사진에 나오듯이 흉내를 다 내본 상구는, 꼬마 강에게 사정없이 편지를 갖다 바친다. 꼬마 강이 편지를 읽어 내려가자 두꺼비도 곁에서 목을 옆으로 쭉 빼더니 곁눈질로 훑어 내려간다.

"씨팔년, 글씨도 꼭 배꼽수염(음모)으루 그은 것 같네."

꼬마 강이 빙긋이 웃는다.

"내 이럴 줄 알았지. 내가 누군데…… 지들 머리 꼭대기에 앉은 사람이다."

"너무 걱정 마슈. 오늘 저녁 안에 작살을 내구 말겠수다."

두꺼비가 꼬마 강에게 사이끼리를 놓는다(아첨한다). 꼬마 강은 아아, 하면서 고개를 흔든다.

"그럴 필요 없어. 천천히 길들여라."

상구도 기분이 좀 언짢아졌는지 꺼지면서 말한다.

"하여튼 잘 교육시켜 보쇼. 다음에 정식으로 자러 오겠시다. 두껍아, 잘 놀았다."

두꺼비는 화가 나서 2층으로 올라가더니 순임이 방의 문을 벌컥 열어젖힌다. 몸이 나른해서 누워 있던 순임이가 깜짝 놀라 일어선다. 방으로 성큼 들어선 두꺼비가 순임이를 뚫어져라 바라보다가 귀싸대기를 후려갈긴다.

"야 이 개 같은 년아, 니 인생이 불쌍해서 봐줄려구 주인한테 사정해서 영업하게 해줬더니…… 뭐, 도망치려구 손님한테 사정을 해? 야 이 좆만 한 년아, 니네 집에다 편지 아니라 소포를 부쳐 봐라. 이 집에 오는 손님들은 다 이 집 단골들이라, 니가 손님한테 무슨 소리를 지껄였는지 빠짐없이 우리에게 얘기해 주고 간단 말야. 병신 같은 년이 봐주면 인간적으루 고맙게 생각할 것이지 어디서 통수를 칠라구."

다시 한 대 찰싹 올려붙인다. 부모에게도 맞지 않았던 순임이는 느닷없이 귀싸대기를 얻어맞자 기가 막혀서 눈물도 나오지 않고 숨이 막힐 지경이다.

"다음부터 손님에게 개나발 불었다가는 초상날 줄 알아. 너 말이지, 오늘 저녁은 굶는 거야 알았어?"

두꺼비는 문을 쾅 닫으며 아래층으로 내려간다.

　　　　　　　　　　　　어둠의 자식들

"오메…… 오메야."

두꺼비가 사라지자 순임이는 그제야 자기 처지에 대해 생각하고는 소리 내어 흐느껴 운다. 한참 동안 울고 난 순임이는 모든 것을 체념하기로 작심한다. 어서 빨리 손님을 받아서 빚을 갚은 다음에 지긋지긋한 이 집에서 빠져나가야겠다고 다짐한다. 처음에는 경락이가 좋은 사람인 줄 알았고 이번에는 편지를 쓰라던 손님도 좋은 사람인 줄 알았는데, 모두 하나같이 자기를 짓밟고 속였다고 생각하니 순임이는 더 이상 눈물이 나오지 않았다. 오히려 마음을 모질게 다져 먹기로 작정한다. 차라리 눈을 부라리고 자기를 때리는 두꺼비가 겉이나 속이나 같게 나빠서 좀 나은 것 같다.

그로부터 순임이는 어떤 사람도 믿지 않고 속을 비춰 보이지 않게 된다. 빚만 갚으면 나가리라고 믿고 있던 삐리 순임이는 빚을 갚자는 생각에 골똘하여 하나둘씩 서슴없이 손님을 받게 된다. 며칠 동안에 자그마치 열다섯이나 되는 손님을 받고 나니 몸이 피곤하고 괴롭지만 어느 정도 이력이 나서 덜 창피하게 된다. 그러나 꼬마 강씨는 단단히 우려낼 작정인지라 모처럼 잡은 봉을 그냥 놔줄 리가 없다. 손님을 받을 때 외에는 순임이 곁에 두꺼비가 늘 붙어 있다.

그럭저럭 한 달이 지났다. 순임이는 속으로 경락이의 말을 떠올리고는 한 달이 지났으니 빚이 다 갚아졌으리라 믿고 두꺼비에게 물어본다.

"아저씨, 이제 빚은 다 갚았지요? 제발 좀 저를 보내 주쇼잉."

"야, 웃기지 말구 자빠져 있어. 니가 무슨 천하일색 양귀비라구한 달 정도밖에 안 됐는데 빚을 다 갚았다구 지랄 방정을 떠니?"

"20일만 몸을 팔아도 빚도 다 갚고 몇 푼 손에 쥘 수 있다더먼요. 쩌어번에 경락이 아저씨도 금방 큰돈을 벌 수 있다고 그랬어라우. 그란데 인제 와서 뭔 말이 그라요?"

"허허, 이런 년 봤나. 영업 허가 내는 데 보증금을 얼마 내야하는지 알아? 니 뽁이라구 니 맘대루 벌어먹을 수 있는 줄 아니? 보증금이 최하 50만 원이야. 그런데두 너는 한 푼도 안 내구그냥 영업을 했잖아. 물론 보증금은 나갈 때 찾을 수 있지. 그러니 보증금 벌 때까지 아무 말 말구 있어. 그 대신 나갈 때는 목돈 50만 원을 손에 쥘 수 있잖아."

순임이는 다시 머릿속이 헛갈리기 시작한다. 무슨 말을 해도이제는 믿어지지 않는다. 하루, 이틀, 날짜는 지나가는데 집 생각이 나서 도저히 참을 수 없을 지경이다. 툭하면 눈물을 흘리면서 벽을 향해 돌아누워 있는 때가 많아진다. 사는 것은 살고있는 그만큼 빨리 재생되기 마련이다. 누르면 들어갔다가 다시서서히 부풀어 전과 같이 평평하게 되는 밀가루 반죽처럼 삶은악화된 만큼 질겨진다. 순임이는 여기서 사는 동안이라도 편안히 지내기 위해 대범해지기로 작정한다. 기회만 있으면 도망치려고 몇 번 시도해 보지만 감시가 너무 심하다. 두꺼비뿐만 아니라포주인 꼬마 강씨와 그 밑에서 벌어먹는 펨푸, 같은 처지의 창녀들까지 서로 감시한다. 그뿐 아니라 바이뚜룩마다 가득 찬 기둥서방들이 남의 집 티상까지 상호 감시해 준다. 순임이는 그런 감시 속에서 건너편 길에 손님의 담배 심부름도 갈 수가 없다.

몇 달 동안 수없는 손님이 거쳐 갔는데도 겨우 옷이나 사 입히고 군것질 따위나 시켜 줄 뿐, 돈을 모으기는커녕 밤낮 돈 못 번다고 포주 강씨나 두꺼비에게 욕먹기 바쁘다. 순임이도 아직 삐리지만 자기 몸이 벌써 숱한 사내가 거쳐 간 만신창이가 다 되어 버렸다는 것을 느낀다. 이런 껍데기 같은 육신을 이끌고 깨끗하고 아늑한 고향에 돌아가는 것도 부모님을 욕보이는 짓이라고 생각한다. 삐리 순임이는 꿀꿀이죽 같은 서울의 바이뚜룩에서 한 점의 가래침처럼 스멀거리며 녹아내린다.

제4장
시든 꽃

깡다구 경심이

경심이는 금년 나이 스물다섯이다. 꼬마 강네 바이푼들 중에서는 제일 나이가 위고 인정도 많다. 그러나 독기가 있어서 공연히 괴롭히려고 들면 절대로 참지 않는다. 고향은 경상도 밀양인데 8년 전인 열여섯 살 때 취직을 한답시고 서울로 혼자 올라왔다. 서울에 올라와서는 왕십리에 있는 어느 조그마한 공장에서 시다로 일하게 되었다. 메리야스를 짜는 공장이었는데 거의 혹사를 시키는 거였다. 경심이는 그것이 기계가 바뀌면 아무 소용이 없는 줄도 모르고 기술을 배우련다고 착실히 일했다.

그러던 어느 날 우연히 고향 친구를 만나게 되었다. 반가운 김에 서울 얘기며 공장의 초라한 기숙방 얘기를 늘어놓다가 헤어졌다. 서로 주소를 적어 주고 다음에 만날 약속까지 했다. 다시 만났을 때 친구가 경심이에게 공장에서 그렇게 열심히 일하

　　　　　　　　　　　　어둠의 자식들

면 얼마나 받느냐고 물었다. 경심이는 약간 의기소침해져서 고작 1만 2천 원 받는다고 말했다. 그래 봬도 칠팔 년 전에 1만 2천 원이었으니 지금 돈으로 치면 삼사만 원 돈과 맞잡이다. 고향 친구는 애개, 고것 받아서 어떻게 돈을 모으겠느냐고 코웃음을 쳤다. 경심이는 초라한 모습이었지만, 그 친구는 입는 옷도 최신 유행이었고 시계며 반지까지 차고 끼고 있어서 부잣집 딸처럼 보였다. 너는 얼마나 받고 일하느냐고 경심이가 조심스럽게 물었다. 친구는 최하 10만 원 이상이라고 자랑스럽게 말했다. 열 배나 더 버는 그 애가 부러워서 경심이도 그런 일을 하게 해달라고 신신당부했다. 친구는 아무나 할 일은 아니라면서 하여튼 며칠 기다려 보라고 했다.

한창 호기심 많은 나이인 열아홉 살의 경심이는 지나간 3년 동안의 고생이 이제는 정말 지긋지긋했다. 공장에서는 겨울철을 준비하는 중이었다. 엑슬란 내복과 니바롱 바지를 만드느라고 바빴다. 처음에는 미싱 시다로 있던 경심이는 원단 짜는 다이마루 기계 칸에서 실을 감아 주는 일을 했었다. 실만 감아 주다 보니 기술을 배울 수가 없어서 공장 사장에게 애원했다. 경심이는 오버로크 시다가 되었고 부지런히 배워서 1년쯤 되자 오버로크 기술자가 되었다. 그러나 열 배가 넘는 돈은 경심이의 지나간 인내를 송두리째 흔들어 놓았다.

친구가 다시 공장으로 찾아왔고, 경심이는 주저 없이 그 애를 따라 나갔다. 왕십리에서 택시를 타고 청계천4가에서 내렸다. 친구는 어느 2층의 다방으로 경심이를 끌고 갔다. 경심이는 난생처음 들어와 보는 다방이라 어색하고 불안정한 자세로 앉아 있었다. 잠깐 앉았으려니까 세련된 차림의 중년 부인이 반기며 다가왔다.

"많이 기다렸지? 얘기한 친구가 바로 이 아가씬가?"

그렇다고 친구가 대답했다.

"응, 좋아요. 그런데 오늘 당장 공장에서 나올 수 있나요?"

부인이 말하자 친구가 곁에서 대신 얼른 대답했다.

"그럼요. 나올 수 있구말구요. 얘 경심아, 그까짓 월급 받구 괜히 고생하지 말구 당장 나와라 얘."

"생각해 보겠어요."

부인이 미간을 약간 찌푸렸다.

"저런, 그럼 얘기가 달라지는데? 오늘이 아니면 안 돼요."

경심이는 얼떨결에 말했다.

"10만 원이 틀림없다면 당장 나오겠어요."

중년 부인은 차를 마시고 나서 친구에게 2만 원을 주면서 우선 옷이나 한 벌 사 입히라고 말하고, 공장에 가서 될 수 있는 한 빨리 짐을 꾸려 가지고 나오라는 거였다. 경심이와 친구는 동대문시장에 가서 경심이의 옷을 두어 벌 샀다. 경심이는 놀랍고 자랑스러웠다. 밀양에서 올라와 지내는 동안 옷은커녕 내의 하나도 벌벌 떨며 샀는데, 두 달치 월급만 한 돈으로 성큼 두 벌이나 샀기 때문이었다. 친구가 경심이에게 옷 사고 남은 돈 천 몇백 원을 주면서 택시 타고 빨리 가서 짐을 꾸려 가지고 아까 만났던 다방으로 다시 나오라는 것이었다. 경심이도 새로 산 옷을 친

어둠의 자식들

구에게 맡기고는 부리나케 공장으로 갔다. 막상 공장에 도착한 경심이는 사장에게 그만두겠다고 말하기가 그리 쉽지 않았다. 그렇지만 경심이는 월급이 열 배나 차이가 나게 되는 자신의 장래 문제라 결단을 내려서 사장에게 말했다.

"저…… 오늘부터 그만둬야겠어요."

"아니 그게 무슨 소리야? 그만두다니…… 잔소리 말구 어서 나가 일해요. 납품 기일이 며칠 안 남았는데, 지금 얼마나 바쁜지 알아."

"그렇지만, 저두 오라는 데서 오늘 당장 와달라니까 어떻게 할 수가 없습니다."

"아니 경심이, 정말 이러기야? 불만이 뭐야. 내가 못해 준 게 뭐 있나? 지금 일손 모자라는 줄 뻔히 알면서 기술 곤조 부리는 건가?"

"저쪽에서 벌써 돈을 받았기 때문에 어쩔 수가 없어요. 죄송합니다."

경심이는 여러 가지 구실을 들어 사정을 해보았지만 사장은 안 된다고만 되풀이해서 강조하는 것이었다. 경심이는 하는 수 없이 짐을 싸서 가방과 트렁크에 담아 양손에 들고 공장을 나섰다. 공장 사장이 따라 나오면서 너 갑자기 왜 이러느냐고 붙잡으며 달랬다.

"알겠다. 이다음 달부터 월급을 올려 줄 테니까 납품 기일이나 넘겨 다오. 너, 이럴 수가 있니?"

경심이는 제발 봐주시라고 사정을 하면서 월급 안 받고 그냥

갈 테니 놓아 달라며 오히려 사정했다. 사장도 더 이상 말리지 못한다고 판단을 했는지,

"갈 테면 가거라. 월급은 나중에 날짜 계산해 가지구 와서 받아 가구…… 그리구 내 몹시 서운하다. 딴 데 가서는 이러면 안될 거야."

라고 말하고는 쳐다보지도 않고 안으로 획 들어가는 거였다. 이제 살았구나 싶어서 경심이는 찻길까지 뛰어나갔다.

택시에서 내리자마자 다방으로 달려갔더니 친구는 보이지 않았다. 경심이는 아래층 다방 입구에다 가방을 놓고 한 시간쯤 기다렸다. 친구가 뒤늦게 헐레벌떡 뛰어왔다.

"실은 말이야. 오늘 꼭 니 취직이 될 걸루 알았는데, 한 달 정도 기다려야 된다구 하잖니. 그래 속이 상해서 한바탕 싸우고 오는 길이란다."

경심이는 가슴이 덜컹 내려앉았다. 사장에게 다시는 만나지 않을 것처럼 얘기하고 왔는데 당장 한 달을 어디서 어떻게 산단 말인가. 친구가 미안하다며 슬쩍 말을 돌렸다.

"당장 있을 데가 마땅치 않으면 아까 다방에서 만난 아주머니 댁에 당분간 가 있어라. 내가 잘 말해 볼 테니…… 실은 그 아줌마가 니 취직을 부탁해서 오늘 꼭 되는 줄만 알았지 뭐니. 그런데 갑자기 어저께 사람이 들어왔다는 거야. 에이 속상해, 일이 안 되려고 하니까 이렇게 꼬인다니까. 경심아, 어떻게 할래? 그 아줌마 집은 술 파는 영업집인데 거기 가서 일 좀 거들어 주고 당분간 있을래? 아마 거기라두 공장보다는 월급을 많이 줄 거야. 당분

어둠의 자식들

간만이야. 오늘 가려고 했던 그 자리가 나면 즉시 옮기지 뭐. 일만 꼬이지 않았더라면 너나 나나 참 좋았을 텐데. 오늘 취직하려는 데는 무역회사 사무실인데 거기서 먹구 자구 하면서 사무실 청소하고 심부름이나 해주면 되는 거야. 월급은 사오만 원 된다던데. 어쨌든 한 달 있으면 자리가 날 테니 기다리는 수밖에 없구나. 가자 애. 나두 실은 그 아줌마 집에 있어. 그 집에서 눈 딱 감고 일하면 한 달에 10만 원 벌기는 우습다구."

경심이는 속이 상했지만 고향 친구가 자기 때문에 걱정할까 봐 아무 말 없이 있다가 고개를 까딱였다. 친구는 자기 설득이 먹힌 것이 고마운지 경심이의 손을 잡고 흔들었다. 그들은 하월곡동에 자리 잡은 속칭 미아리 텍사스에 갔다. 입구에 들어서자마자 울긋불긋한 조명 불빛이 어지러웠고, 진열장 비슷한 창문 앞에는 각 집마다 특색을 살린 유니폼을 입은 기수푼들이 손님을 기다리고 있었다. 경심이는 겁이 나서 친구의 손을 꼭 잡고 놓지 않았다. 친구가 경심이를 끌고 가면서 말했다.

"너무 무서워하지 마 애. 넌 서울에 온 지두 벌써 오래됐는데 아직두 촌사람처럼 어릿어릿하니. 저 애들두 다 착하구 멋쟁이구 배운 애들두 있구 우리보다 똑똑한 애들두 많어 애."

경심이는 친구를 따라서 수선화라는 술집에 당도했다. 네댓명의 아가씨들이 똑같은 옷차림으로 앉아서 나직하게 노래를 부르며 손님을 끌고 있었다. 집 안으로 따라 들어간 경심이는 어두침침한 붉은 전등 빛에 아무것도 보이지 않는 것 같았다.

"아이유, 이게 누구야. 아까 그 아가씨 아니야. 공주님이 여긴 어떻게 왔지?"

다방에서 만났던 중년 부인이 호들갑을 떨더니 경심이의 손을 잡아끌고 방으로 들어가 앉았다. 친구가 말했다.

"오늘 아줌마가 부탁한 취직자리 말이에요. 아 글쎄, 찾아갔더니 벌써 어저께 사람이 왔다지 뭐예요."

"아니…… 그럴 수가 있나!"

하면서 전화통 있는 곳으로 가는 척하다가,

"아이 내 정신 좀 봐. 지금이 몇 신데 전화를 할려구 하지?"

"그래서 아줌마한테 부탁 좀 하겠는데요. 쟤가 공장서 나와 가지구 갈 데가 없거든요. 당분간 쟤를 여기 좀 있게 해주세요. 그리구 옷 사주신 것 2만 원은 제가 빠른 시일 내에 갚아 드리겠어요."

"원 별 얘기두 다 한다. 천천히 갚아두 돼요. 그래 당분간 여기에 있게 해달란 말이지? 좋아요, 고향 친구라는데 사정을 봐줘야지."

경심이는 영문도 모르고 그저 고맙다고 인사를 했다. 아주머니는 웃으면서 말했다.

"괜찮아요, 염려 말구 내 집같이 생각하구 있으라니까. 아유 이쁘기두 해라. 오늘은 고단할 텐데 2층에 올라가 자요."

지내고 보니 수선화 집에는 색시가 여섯 명이 있었고 친구는 이 집에서 고참인 니나노 기수푼(노래하며 술 파는 여자)이었던 것이다. 경심이는 달리 도리가 없어서 심부름도 하고 음식도 만들며 지내다가 아주머니에게서 선불을 쓰고는 갚지 못하여 니나

　　　　　　　　　　　　어둠의 자식들

노로 술상에 나가 앉게 되었다. 아침에는 늦잠 자고 오전에 목욕을 하든지 빠방을 가든지 하고 나서 화투나 떼다가 오후에는 화장하고 저녁엔 손님 받아 노래하고 밤에는 외박 나가서 남자와 자는 생활은 그런대로 변화가 없었다. 그런 생활을 하다 보니 경심이는 다시는 공장에 나가 일하기가 싫어졌다.

그렇다고 큰돈이 벌리는 것도 아니었다. 술장사 3년 만에 상다리만 남고요, 갈보 생활 3년 만에 버선짝만 남는다는 노래도 있듯이, 기수푼이라는 직업은 몸만 상하고 남는 것은 병이었다. 어떤 아가씨들은 방을 얻어 놓고 출퇴근하면서 알뜰하게 돈을 모으기도 했지만 경심이나 대부분의 아가씨들은 목돈이 될 만하면 이상하게 돈 쓸 데가 생기는 바람에 제대로 모아지질 않았다. 남자들도 술을 많이 먹으면 탈이 나고 허약해진다는데 체질적으로 약한 여자가 날마다 마셔 대니 몸이 지탱할 리가 없었다. 술집에 오래 있는 대부분의 아가씨들은 얼굴색이 누렇게 떠 있었다.

이래저래 니나노 생활에 익숙해져 가는 경심이었다. 늦게 배운 도둑질에 날 새는 줄 모르고, 선무당이 사람 잡는 격으로, 늦게 돈을 알게 된 경심이는 남자들과 날마다 외박하면서 팁을 뜯어냈다. 1년 반 동안 쓸 것 안 쓰고 애달캐달하면서 경심이는 돈을 모았다. 그런데 단골손님 중에 전과자가 하나 있었다. 그는 일정한 직업도 없는 백수건달이었다. 그 때문에 아이도 셋이나 떼었다. 툭하면 사람을 때리고 피해 다니는 그를 뒷바라지하느라고 돈을 며칠 만에 다 날리고 말았다. 그가 통장째로 가지고 자취를 감춰 버린 것이다.

　수선화 집에서 훌훌 떨치고 나왔지만 경심이는 다시 예전의 부지런히 일하던 생활로는 돌아가지 못했다. 칠팔 년 동안 차츰 나이를 먹으면서 내리막길이 시작되었다. 2년 전에 꼬마 강씨네 집으로 왔는데, 여기가 경심이에게는 종점인 셈이었다. 얌전하고 부지런하던 메리야스 공장의 오버로크 기술자 경심이는 악착같은 성격으로 변해 버렸다.

　그러나 술만 먹으면 양동 골목을 휩쓸어 버리는 경심이에게도 좋아하는 사람이 있었다. 같은 집에 사는 행상 청년인데 군대에서 제대한 지 얼마 안 된다고 했다. 3층에다 방을 얻어 놓고 자취를 하고 있는 그는 혜원동에서 리어카에다 오징어, 껌, 낱담배, 땅콩을 놓고 노점을 했다. 비록 길거리에서 장사를 하지만 청년은 늘 웃음 띤 얼굴이었다. 경심이는 그가 짜증 내는 얼굴을 한 번도 본 적이 없었다. 늘 기쁜 표정이었다. 처음 보면 어디가 잘못된 놈이랄 정도로 순진하고 명랑해 보인다. 밤 11시가 넘어서야 장사를 마치고 들어오는데, 올 때마다 땅콩을 한 주먹 들고 들어와 같은 집에 사는 아가씨들에게 조금씩 나누어 주면서, 오늘 많이 벌었습니까, 하고 상냥하게 인사를 하는 것이다. 생김도 그저 수수하니 평범한 인상이다. 오후 느지막하게 장사를 나가는 행상 청년을 놓치지 않고 쫓아가서, 많이 벌구 오세요, 하고는 부끄러워져서 도망치듯 집으로 돌아오는 경심이었다. 청년이 장사를 마치고 돌아오는 시간이 무척이나 긴 것 같고 웬일인지 자꾸만 보고 싶어진다. 경심이는 술이 취했다가도 장사를 마치고 들어오는 청년과 마주치면 정신이 번쩍 난다. 그가 있을 때는 상소리도 함부로 하지 못한다. 경심이는 청년이 내미는 땅콩 몇 알을 받았을 때에는 표현할 수 없을 정도로 몸 전체가 화끈 거리고 심장이 멎는 기분이었다.

경심이는 차츰차츰 그 청년이 없으면 더 이상 바이푼 노릇을 지탱할 수가 없을 것 같았다. 몸을 팔아서 모아 둔 몇 푼이 있었다. 경심이는 이 돈으로 청년을 위해 무엇을 해줄까 생각하다가, 자취할 때 낑낑대며 연탄불을 사용하는 게 안타까워서 전기밥 솥을 하나 사주기로 했다. 전기밥솥을 사둔 경심이는 청년에게 전해 줘야겠는데 도저히 용기가 나질 않았다. 어떻게 된 일인지 경심이는 자신을 알 수가 없었다. 세상의 별의별 놈팽이들을 다 겪어 본 백전노장의 고참 바이푼이 아닌가. 텍사스에 있을 때, 이놈 저놈에게 옷을 벗기우고, 술좌석에 앉은 사람들 앞에서 뽁을 보여 주어야만 되었고, 아래를 끼워 준 채 술을 따르고, 여럿이 보는 앞에서 시합으로 그 짓을 벌이고, 심지어는 바나나를 사다가 자기 손으로 손님 보는 앞에서 뽁에다 끼우는 흉내까지 내지 않았던가. 8년의 갈보 생활에 닳아빠질 대로 빠졌고, 누구에게든 지지 않고 욕설을 퍼부으며 물고 뜯고 억척스러운 경심이였는데 어느 구석엔가 사랑이 남아 있었다니.

전기밥솥을 사흘이나 그냥 가지고 있으면서 애를 태우던 경심이는 청년이 장사 나간 틈에 살그머니 그것을 방 안에다 들여놓았다. 그러고는 종이에 몇 자 적었다.

3층 아저씨, 별생각 하지 마시고 그저 조그마한 저의 성의니까 거절하지 말고 받아 주세요. 전기밥솥에다 밥을 할 때마다 저를 조금만 생각해 주시면 돼요. 밥솥을 사용할 때는 설명서를 잘 보고 하세요. 제가 아저씨 방 청소도 해드리고 싶고 밥도 해 주고 싶지만 아저씨가 어떻게 생각하실지 몰라 망설이고 있답니다. 꼭 답을 주세요. 그럼 이만 줄입니다.

경심 올림

경심이는 편지를 청년의 방 문틈에다 끼워 놓고는 누가 볼세라 얼른 내려왔다. 방에 돌아와서 누웠어도 왠지 가슴이 마구 두근거렸다.

카수 영애

영애는 스물두 살, 충청남도 서산이 고향이다. 양친 밑에서 별 걱정 없이 컸다. 고향에 있는 중학교에 다닐 때부터 친구들과 어울려 교회에 나갔다. 교회에서 찬송가를 부르는 게 가장 즐거운 일이었다. 누가 들어도 영애의 은은하고 고운 노래는 티가 없다고 했다.

고등학교에 진학할 무렵 아버지의 특용작물 농사가 망해 버렸다. 도회지로 작물들을 싣고 나갔던 아버지는 쓰레기처럼 운임 대신 버리고 내빼 왔다며 술을 마시고 푸념했다. 진학하지 못

어둠의 자식들

하게 된 영애는 밖에 잘 나다니지도 않고 집에 틀어박혀서 지냈다. 라디오에서 흘러나오는 유행가를 따라 부르면서 배우는 것이 일이였다. 노래에 소질이 있는지 두어 번 듣고 나면 제 마음대로 멋을 내어 곡을 바꾸어 부르곤 했다. 영애는 군에서 주최하는 콩쿠르에서 두 번이나 일등을 했다. 공연히 마을 아낙네들은 동네에서 가수 하나 나왔다며 좋아들 했고 주위 아이들도 서울에 올라가서 가수 학원에 나가 보라고 부추겼다. 영애는 정말 가수가 된 기분이었다.

집에서 논 지도 두 해가 지나서, 신문에서 우연히 가수 지망생 모집 광고를 보게 되었다. 영애는 식구들에게 서울에 올라가겠다고 말했다. 면사무소에 근무하던 오빠가 강력하게 반대하고 나섰다. 가수가 되려면 돈이 얼마나 드는지 알기나 하냐면서, 우리 같은 살림 형편으로는 꿈도 꾸지 말라고 했다. 부모님도 오빠 말이라면 다 그렇거니 여겼다. 영애는 신문 광고를 읽고 또 읽으면서 날짜를 꼽아 보았다. 아직 20일 정도의 여유가 있었다. 혼자 몰래 도망칠 계획을 세웠다. 국민학교 다닐 때 서울에 사는 이모 집에 세 번인가 올라간 적이 있었다. 서울로 도망치려고 집안 식구 눈치만 살피던 영애에게 기회가 왔다. 아랫마을에 사는 아버지 죽마고우의 딸이 결혼식을 한다고 모두들 나가고 집에는 영애 혼자 있게 되었다. 어머니가 장롱 서랍에 간직해 둔 돈과 금반지를 빼내어 미리 옷을 싸둔 가방에 넣고는 집을 나왔다.

천안 가는 시외버스를 탔다. 짐이라고는 가방 하나뿐이었다. 버스에는 같은 마을에 사는 사람이 몇 명 타고 있었다. 마을에 사는 아저씨 한 사람이 아는 척하면서 어디 가느냐고 묻기에 아버지 심부름으로 서울 이모네 집엘 간다고 대답했다. 천안에서 하룻밤을 자고 다음 날 서울역에 도착했다. 영애는 가수 지망생 모집 광고 오려 낸 것을 소중하게 간직했다. 서울에 도착한 영애는 신문 쪽지를 가방 깊숙한 데서 꺼내 들었다. 광고에 적힌 전화번호대로 전화를 하고는 위치를 정확히 물어보았다. 상대방은 친절하게 몇 번 버스를 타고 어디에서 하차하라는 것까지 가르쳐 주었다. 영애는 가슴을 두근거리며 찾아갔다. 4층 건물의 바깥쪽에는 간판이 보이질 않았다. 어렵게 3층에 있는 사무실을 찾아 노크를 했다.

"들어와요."

하는 여자 목소리가 들렸다. 문을 열고 들어간 영애는 수줍어서 기어들어 가는 목소리로,

"여기가 가수 모집하는 데지유?"

라고 더듬었다.

"네, 잘 오셨습니다. 아까 전화 걸었던 아가씨죠?"

"야, 그래유."

"오늘은 접수만 하시구 1차 심사는 내일 해요."

사무실 안에는 그 여자 사무원과 40대의 중년 남자가 보였다. 가수 지망 신청서 용지를 내주면서 그들은 의자에 앉아서 쓰라고 했다. 중년 신사가 영애를 아래위로 훑어보더니 눈을 지그시 감고서 영애에게 말을 걸었다.

"아가씨, 가수가 되구 싶나?"

"야, 가수 되구 싶어유."

"노래는 잘하나?"

"고향에서 노래자랑에 나가 일등을 두 번이나 했어유."

"음 그래? 내일 심사해 보면 알겠지."

영애는 다시 볼펜을 잡았다. 신청서를 들여다본 영애는 그만 실망하고 말았다. 부모님의 승낙서를 받는 난이 있었다. 가슴이 철렁 내려앉으면서 어쩔 줄을 몰라 안절부절못했다. 영애는 모기 소리만 하게 떨리는 목소리로 여사무원에게 물었다.

"선생님, 부모 승낙서를 지는 받을 수가 읍는디유. 워쩌면 좋대유?"

"왜요, 부모님이 반대하시나요? 승낙서가 없으면 우리두 곤란한데요."

여사무원이 중년 사내에게 물었다.

"원장님, 보호자 승낙서를 받기가 곤란하다는데요?"

원장은 고개를 갸우뚱했다.

"음…… 안 되는데, 우선 받아 둬요. 가수 모집에 합격되면 그때 가서는 받기가 쉬우니까."

"원장님 감사해유."

영애도 그 사내가 원장인 것을 눈치채고 자신 있게 써 내려갔다. 본적, 주소, 생년월일, 나이, 학력, 직업, 가족관계, 취미, 혈액형, 좋아하는 국내 가수, 좋아하는 외국 가수, 국내 가수가 부른 노래 중 좋아하는 곡목, 외국 노래 중에서 좋아하는 곡목, 다룰 줄 아는 악기, 재산 정도, 부모 승낙서의 순서였고, 맨 아래에는

"본인은 가수가 되기를 지망하여 위와 같이 신청서를 제출하나이다. 신청인 누구누구" 그렇게 되어 있었다. 신청서를 다 쓴 영애는 여사무원에게 내주었다.

"접수비 주세요."

"월마래유?"

"천 원이에요."

영애는 가방을 열고 돈을 꺼내 주었다.

"여기다 지장 찍으세요."

영애는 신청인 난에다 엄지손가락으로 지장까지 눌렀다.

"내일 오후 2시에 1차 심사를 받으러 오세요."

영애는 가방을 들고 나오면서 중년 신사에게 정중하게 인사했다.

"안녕히 계셔유. 오늘 너무 감사했어유."

"음, 잘 가요."

여사무원에게도 인사했다.

"안녕히 계셔유. 내일 그냥 오면 되겠지유?"

"아 참, 그러구 보니 낼 오실 때 1차 심사비를 가져와야 해요."

"월마래유?"

"2천 원밖에 안 돼요."

"야 알겠시유."

영애는 긴장했던 탓인지 사무실 문을 나서니까 그제야 큰 한숨이 쉬어졌다. 어차피 다음 날 1차 심사를 받으러 다시 와야 하므로 사무실 근처에 여관을 정했다. 열차를 타고 오느라고 몸은 피곤한데도 잠이 오질 않았다. 눈을 감고 누우면 수많은 청중들

어둠의 자식들

의 박수갈채를 받으며 화려한 의상을 입고 마이크를 잡고 노래 부르는 자기 모습이 떠올라서 영애는 잠이 싹 달아나 버렸다. 내일 1차 심사라던 것이 생각나서 연습을 해야겠다고 생각한 영애는 벌떡 일어났다. 방문이 잠겼나 확인하고 나서 닫힌 창문을 다시 꼭 밀어 보고는 노래 부를 자세를 취해 보았다. 영애는 집을 나오던 때부터 이미자의 〈흑산도 아가씨〉를 자기 곡목으로 찍어 두고 있었다. 영애는 팔을 내려뜨리고 두 손을 잡아 보았다, 옆으로 서봤다, 앞으로 나갔다가 뒤로 물러섰다가 하면서 자세를 잡았다. 그러고는 헛기침을 몇 번 하고 나서 있는 감정을 한껏 넣어서 노래를 불렀다. 제 노랫소리가 밖으로 새어 나갈 것 같아 걱정하며 조심스럽게 부른 탓인지, 실력대로 노래가 안 나왔다고 생각하고는 또다시 불렀다. 몇 번을 반복해서 노래를 불러 보고는 그제야 자리에 누웠다. 영애는 가방을 열고 고향에서 가지고 나온 돈과 금반지를 꺼냈다. 엄마가 끼던 반지를 가운뎃손가락에다 끼어 보니 딱 맞았다. 돈을 세어 보니 차비, 식대, 군것질비, 가수 지망 신청서 접수비를 제한 나머지로 5만 3천 원이 남아 있었다. 돈을 가방에 다시 넣고, 가운뎃손가락에 낀 금반지를 요리조리 쳐다보면서 엄마의 모습을 그려 본다. 영애는 속으로 굳게 다짐하고 맹세했다. 가수가 되기 전에는 절대로 집에 돌아가지 않겠다고 결심했다.

아침에 일어난 영애는 1차 심사 날이라 잘 보이려고, 머리도 감고 때 미는 수건으로 손과 얼굴을 싹싹 비벼 가며 씻었다. 아침만 먹고 점심은 굶은 채로 30분 전에 사무실에 나갔다. 점심을 먹지 않은 이유는 배가 부르면 노래가 잘 나오지 않는다는 말을 어디선가 들은 적이 있어서였다. 사무실에는 원장은 없고 사무원뿐이었다.

"안녕하셨시유?"

"어서 와요."

"지가 조금 일찍 왔지유?"

"괜찮아요. 앉으세요."

"1차 심사는 어서 받는대유?"

"옆방에서 받아요."

영애는 커튼 사이로 들여다보았다. 작은 방에 의자 하나뿐이고 의자 위에는 기타가 놓여 있었다. 영애는 1차 심사비 2천 원을 여사무원에게 주었다. 2시가 넘어서야 원장이 들어왔다.

"아이구 미안해. 시간이 조금 지났군. 어휴, 바빠서 정신이 없군. 취입 하나 시키구 오느라고 늦었어."

원장은 영애를 옆방으로 데리고 들어갔다. 원장은 기타를 들고는 의자에 앉았다. 기타 줄을 몇 번 맞추어 보더니 물었다.

"무슨 노래가 준비됐나?"

"이미자 씨의 〈흑산도 아가씨〉……."

여사무원이 녹음기를 가지고 오더니 벽에 붙여 놓은 선반 위에다 놓고 나갔다. 원장은 반주를 넣으면서 전주곡을 신명 나게 뜯어 보고 나서 녹음기를 틀었다.

"자, 시작해 볼까."

기타 반주에 맞추어 영애는 갈고 닦은 솜씨로 〈흑산도 아가

어둠의 자식들

씨)를 불렀다.

"다시 한 번 불러 봐."

두 번 부르고 나자 1차 심사가 끝났다. 1차 심사를 마치고 사무실로 나온 원장과 영애는 책상을 사이에 두고 마주 앉았다. 여사무원이 영애에게 말했다.

"축하해유. 1차 심사에 합격해서……."

"감사해유, 지가 뭐 잘해서 합격했남유? 다 봐주니까 그렇쥬."

원장이 영애를 흡족한 눈으로 바라보며 고개를 끄덕였다.

"가능성이 있어. 감정도 좋고."

"마지막 심사는 언젠가유?"

"최종 심사는 20일 뒤인데 사정에 따라 빨리 할 수도 있지."

"웬만하면 저는 빨리 받아야겠는디유."

"그래, 생각해 보지."

원장은 녹음기를 틀어 놓고 조금 전에 영애가 부른 노래를 들어 보았다. 눈을 지그시 감고 녹음기에서 흘러나오는 노래를 들으며 가끔 머리를 끄덕인다. 영애는 녹음기에서 제 노랫소리가 흘러나오자 숨을 죽인 듯이 귀를 기울이며 듣고 있었다. 노래가 다 끝나자 녹음기를 끄고 원장이 말한다.

"영애는 확실히 재질이 있어. 조금만 지도받으면 훌륭한 가수가 되겠는걸. 최종 심사를 받으나마나 지도를 하루라도 빨리 받는 게 낫겠는데."

"그렇게만 되면 월매나 좋겠시유."

"내가 지도 잘해 주는 선생님을 한 분 소개해 줄 테니까 그리로 가봐. 한 달쯤 먹구 자면서 지도받는 데 5만 원 정도면 될 거야. 너는 한 달만 지도받으면 충분하겠어."

"원장님 그렇게 해주세유. 시방 당장 갈래유."

"기다려 봐. 전화 좀 해보구."

원장은 다이얼을 돌려 어딘가에 전화를 했다.

"여보세요. 거기 탁 선생 댁이죠? 탁 선생님 좀 바꿔 주세요. 어, 난데…… 내 제자 중에 대성할 만큼 재질 있는 놈이 있어요. 수고스럽지만 한 달만 지도 좀 해줬으면 해서. 그럼 언제쯤 보낼까? 응응. 직접 오시기까지 할려구? 그럼 더 좋구. 언제쯤 오실 거야? 응. 지금 출발한다구? 어이구 이거 고맙구먼. 그럼 기다리겠네."

수화기를 내려놓으며 원장은 한마디 했다.

"영애가 복이 많은 편이야. 지도 선생이 직접 오겠대."

"지가 복이 많은 게 아니라 원장님이 잘 봐주시니께 그러지유."

영애는 마음이 벅찬 정도가 아니라 부풀어서 터질 것 같았고 금방이라도 가수가 된 기분이었다. 한 시간 반가량 기다렸을 때 서른대여섯 살 들어 뵈는, 머리를 기다랗게 기른 꺼벙한 남자가 들어섰다. 원장과 반갑게 인사를 나눈 탁 선생은 영애에게 턱으로 까딱해 보였다. 영애는 세 번이나 허리를 굽혔다. 원장이 녹음기를 다시 틀더니 탁 선생에게 영애가 부른 노래를 들려주었다. 노래를 다 듣고 난 탁 선생은 무릎을 치면서 훌륭하다고 감탄을 연발했다.

"나이가 몇 살이지?"

　　　　　　　　　　어둠의 자식들

"열아홉이어유."

"이름이 영애라구 했지?"

"야."

"부모님들이 이해해 주시나?"

"반대해유. 그래서 몰래 빠져나왔시유."

"그럼 곤란한데. 당장 먹고 잘 데가 없잖아."

"원장님께서 조금 전에 그러셨는데, 먹구 자면서 지도받는 데 5만 원 정도면 된다구……."

"돈은 준비됐어?"

"준비해 왔시유."

돈이 준비됐다는 영애의 말에 탁 선생은 벌떡 일어나 원장에게 데리고 가보겠다고 말했다. 나오는데 여사무원이 영애를 잠깐 보자면서 1차 심사를 보았던 방으로 데리고 갔다.

"영애 씨, 내가 이런 말 한다구 이상하게 생각하지 마세요. 원장 선생님이 특별히 배려해서 특혜를 베풀어 주었잖아요? 앞으로도 영애 씨는 원장 선생님에게 많은 도움을 받아야 성장할 수 있어요. 인사도 없이 그냥 가버린다면, 사람은 누구나 다 그렇겠지만 섭섭하게 생각하지 않겠어요? 제 말을 잘 이해하셔서 조그마한 성의라두 표시하세요. 나중에라두 어려운 문제가 생기면 또 부탁할 수도 있잖아요. 저두 영애 씨의 앞날을 위해서 하는 말이에요. 성의를 표시하는 것은 영애 씨 마음대로 해두 돼요. 안 해두 그만이구요."

여사무원의 말을 듣고 난 영애는 걱정이 되었다. 돈이라고는

5만 3천 원밖에 없고 성의 표시는 꼭 해야겠는데 난감했다.

"얼마큼이나 드리면 좋겠남유?"

"그야 뭐 형편대로지요. 그래도 명색이 원장 선생님께 보여 드리는 성의 표시인데 몇천 원으로 되겠어요?"

"실은 지한테 5만 원 정도밖엔 없는디유, 한 달 지도를 받을려면 돈이 모자라겠지유."

"가수만 되면 그까짓 5만 원 정도가 문제겠어요? 히트만 나왔다 하면 자가용에다 호화 주택에다 없는 것 없이 원대루 살 수 있을 텐데요. 나 같으면 시계구 금반지구 다 주더라두 인사를 드리구 가겠어요."

어젯밤 여관에서 엄마의 금반지를 가운뎃손가락에 끼고 있었는데 영애는 그냥 낀 채로 심사를 보러 나왔던 것이다. 여사무원과 원장이 영애가 끼고 있는 금반지를 눈독 들여 보았을 터였다. 금반지며 시계 얘기를 여사무원이 꺼내자마자, 영애는 그제야 공연한 걱정이었구나 싶었다. 영애가 금반지를 빼어 들고 사정했다.

"이거 석 돈밖엔 안 되는 거지만 팔아서 대신 드려 주시겠어유."

"영애 씨는 확실히 센스가 빨라서 성공하시겠네요. 제가 처분해서 영애 씨가 드리더라구 원장 선생님께 잘 말씀 드릴 테니, 염려 마시구 노래 연습이나 열심히 하세요."

금반지마저 빼 주어 버린 영애는 탁 선생을 따라나섰다. 탁 선생이 안내하는 대로 종로5가에서 버스를 타고 종점까지 갔다. 종점에 내리고 보니 난생처음 와보는 의정부였다. 탁 선생을 따

어둠의 자식들

라나섰을 때는 노래 연습실도 있고 집도 그럴듯하리라 기대했었는데, 막상 와보니 슬레이트 지붕의 두 칸짜리 집이었다. 안방에는 살림하는 사람이 살고 있었으며, 탁 선생이 사용하는 방은 집 뒤꼍으로 돌아서 들어가게 되어 있는 손바닥만 한 방이었다. 방문을 열고 먼저 탁 선생이 들어가더니 불을 켰다. 퀴퀴한 홀아비 냄새가 났다. 방 안에는 기타 하나와 악보를 그린 건지 콩나물 대가리가 그려진 오선지가 몇 장 있었고 노래책이 몇 권 있었다. 가구는 아무것도 없고 못에 걸린 때가 꾀죄죄한 파자마가 보였다. 영애는 방에 들어가 가방을 윗목에다 놓고는 얌전하게 앉았다. 책이며 주간지며 지저분하게 널려 있는 것을 대강 치우고는 탁 선생이 말을 걸었다.

"작사 작곡 하는 사람은 일부러 이런 데 와서 사는 거란다. 그래야 좋은 작곡도 나오는 법이야."

탁 선생의 말이 알 듯 모를 듯싶었지만 좌우지간 영애는 가수만 되면 되는 거였다. 가수가 되기 위해서는 무슨 짓이라도 할 것 같았다. 탁 선생이 지도 강습비 가지고 왔느냐고 묻자, 영애는 얼른 가방을 열고 돈을 꺼내 3천 원을 뺀 5만 원을 건네주었다. 돈을 받아 쥔 탁 선생은 침을 손가락에 탁 뱉으면서 헤아려 나갔다. 밖으로 나온 탁 선생은 집 부근에 있는 식당으로 들어가더니 그동안 밀린 밥값을 주면서 저녁부터 두 상씩 배달해 달라고 했다. 밀린 밥값을 받은 식당 주인은 좋아서 입이 헤벌어지더니 주책없이 말했다.

"탁씨는 수단두 좋으셔. 밥을 두 상 가지고 오라는 거 보니까 색시가 또 하나 생긴 모양이지?"

"원 아주머니두, 세상이 다 그런 거 아뇨. 빨리 밥이나 갖다주슈."

탁 선생이 식사를 주문하고 방으로 다시 들어왔다. 영애는 노래책을 뒤적이다가 탁 선생이 들어오자 책을 덮고는 단정하게 앉았다.

"괜찮아, 책 봐. 오늘은 저녁 먹구 좀 쉬구…… 내일부터 악보 보는 기호나 배우자."

잠시 후 식당에서 밥을 갖고 왔다. 고향에서 부모 밑에 곱게만 자란 탓인지 낯선 남자와 밥을 먹는다는 것이 부끄러웠다. 상도 받치지 않고 식당에서 갖고 온 그대로 쟁반 위에서 밥을 먹으려니 반찬을 한번 집어 먹을 때마다 자연히 머리를 숙여야 했다. 식사를 마친 탁 선생은 쟁반을 두 손으로 번쩍 들더니 방문을 열고 문 앞에 놓았다. 그는 성냥을 그어 담뱃불을 붙이고는 꺼진 성냥개비를 절반 뚝 끊어 이빨을 쑤시면서 말을 건다.

"너 악보 볼 줄 아니?"

"잘 몰라유."

"악기 만질 줄 아는 거 있어?"

"없어유."

"내일부터 기타를 배우면서 기초 악보 보는 것을 연습하자."

"키타 배우기 힘들쥬? 지두 키타는 배우고 싶었지만 울 오빠가 배우지 못하게 혀서 못 배웠어유."

"전문적으로 칠 게 아니면 적당히 배워두 된다."

탁 선생은 담배를 재떨이에 비벼 끄고는 기타를 잡는다. 그는

어둠의 자식들

기타를 몇 번 튕겨 보더니 줄을 맞춘다. 기타 줄을 맞추고는 〈애수의 소야곡〉 전주곡을 뜯으면서 뽕짜짝 뽕짝, 반주까지 넣는다.

그는 기타 리듬을 타고 노래를 불러 젖힌다. 영애는 깜짝 놀랐다. 가수보다 더 잘하는 것 같았다. 자기는 주눅이 들어서 노래를 못 부를 것 같았다. 탁 선생의 기타 솜씨와 노래 솜씨에 영애는 탄복했고 그가 우상처럼 보였다. 탁 선생은 기타를 두어 곡더 치다가 일찍 자야 되겠다면서 이불을 깔았다. 덮고 자는 이불이라야 코딱지만 한 요에다 땟국이 흐르는 캐시밀론 이불 하나밖에 없었다. 탁 선생이 옷을 훌훌 벗고는 팬티와 러닝 바람으로 이불 속으로 들어갔다. 잠자리가 마땅치 않아 망설이고 있는 영애에게 탁 선생이 말했다.

"영애야, 내 옆에 와서 자라. 앞으로 연예계 밥 먹으려면 수줍어하면 안 돼. 수줍어하다가는 찾아 먹을 밥두 못 먹는다. 어서 오라니까. 선생님 말을 듣는 게 제자의 도리야. 빨리 옆에 와서 자라."

옆에서 자라고 하도 들볶아 대는 통에 억지 춘향 격으로 탁선생 옆에 드러누웠다. 곁에 누운 영애에게 탁 선생이 옷 벗고 누우라면서 성화를 부리자, 또 어쩔 수 없이 바지와 윗도리를 벗고, 속바지 내의만을 입고 탁 선생 곁에 누웠다. 고향에 있을 때 같은 교회에 다니던 소년에게 중학교 뒷산에서 당한 적이 있는 영애는 지금은 그때와는 형편이 달랐다. 가수가 되어 출세를 해야 되겠다는 생각으로 가득 차 있는 터라 수줍음도 무서움도 이겨 내야만 했다.

다음 날부터 음악 공부를 하는데 하루에 한 시간 정도 기타를 배워 주고는 영애를 데리고 딴짓만 하던 탁 선생은 차츰 심드렁해지는 눈치였다.

어느 날 갑자기 실습을 직접 나가야겠다면서 탁 선생이 영애를 데리고 나갔다. 서울로 나온 두 사람은 청량리역으로 갔다. 청량리역에서 제천 가는 열차표를 두 장 샀다. 밤늦게 제천역에 내린 그들은 여인숙에 투숙하여 하룻밤을 지냈다. 다음 날 제천역으로 다시 나가 중앙선 열차를 타고 영주까지 갔다. 영주에서 춘양까지 시외버스로 갈아탔다. 춘양에 도착하니 오후 3시경이었다. 탁 선생은 춘양에 도착하자마자 행인을 붙들고 뭐라고 수군수군 물었고, 행인이 저쪽이라며 손가락질을 했다. 넓은 공터에는 긴 나무 말뚝이 여기저기 땅에 꽂혀 있었고, 젊은 남자들이 말뚝마다 새끼줄을 매어 포장을 둘러치는 중이었다. 탁 선생이 포장 치는 작업을 하던 사람에게 뭐라고 말을 건네자, 왼쪽으로 곧장 가다 보면 부흥여인숙이 있으니 그리로 가보라고 하는 것 같았다.

탁 선생이 의정부에서 영애를 데리고 춘양에 온 것은, 지방 순회 공연을 다니는 쇼단을 당분간 따라다니며 담력을 키우는 공부와 밴드에 맞춰 부르는 연습을 시키기 위해서라고 말했다. 우선 지방에서 한 달만 하고 나면 서울로 다시 끌어올려 중앙 무대에 세워 주겠다는 얘기였다. 부흥여인숙에 도착해서 탁 선생은 쇼단 단장을 찾았다. 하숙방에서 저녁 공연을 준비하느라고 단원들에게 전단지 돌리기를 지시하던 단장이 탁 선생을 보자

어둠의 자식들

반겨 맞았다. 탁 선생이 영애를 소개시키고 잘 부탁한다고 말했고 단장은 자기가 잘 보살펴 줄 테니까 걱정 말라고 했다. 그들은 영애를 남겨 놓고 밖으로 나갔다.

탁 선생과 단장은 시골의 작은 목로술집으로 찾아들었다. 그들은 막걸리에다 두부를 시켜 놓고 얘기를 주고받았다. 잠시 후술과 두부가 나왔다. 서로 한 잔씩 따라 주면서 한 대포씩 쭉 들이켜고는 캬, 소리를 내면서 두부를 집어 먹었다. 두부를 우물대며 그들은 영애를 술상 위에 올려놓는다.

"단장님, 그놈 어떻습디까?"

"인물은 쓸 만하던데, 노래는 괜찮게 하나?"

"풋내기치고는 괜찮습디다."

"요즈음 흥행이 엉망이라구."

"선불 많이 달라구 안 그럴 테니까, 염려 마슈."

"춘양 오기 전에, 선생두 눈치챘겠지만 도서 지방을 돌아봤는데 개죽 썼어. 선불은 한꺼번에 못 주구 수입 잡는 대루 원장에게 부쳐 줄게."

"서울 올라갈 학고비(기차표 값)만 주슈."

"학고비 정도야 있지. 걱정하지 말구 오늘 공연 보구 내일 올라가라구."

"알았수다. 그만 나갑시다."

그들이 여인숙을 향해 올라가는데, 단원들이 손에 확성기를 들고 전단지를 돌리면서 지나갔다. 꼬마들은 그 뒤를 재깔거리면서 쫓아갔다.

"춘양에 계신 면민 여러분. 그동안 국가 재건 사업과 아울러 새마을 운동에 얼마나 노고가 많으십니까. 저희 본 새마을쑈단은 면민들의 노고를 다소나마 풀어 드리기 위해서 금일 밤 여러분을 모시겠사오니 귀여운 자녀분들 손을 잡고 가족 동반하시와 부디 왕림하여 당 무대에 대성황을 이루어 주시면 감사하겠습니다. 눈물 없이는 도저히 볼 수 없는 〈어머니 울지 마세요〉, 짓궂은 운명에 사랑하는 애인을 떠나보내야 했던 처절한 비극을 그린 〈잃어버린 청춘을 변상하라〉, 손에 땀을 쥐는 공포와 긴장의 연속인 스릴 액션의 〈악마의 손길〉, 발랄한 아가씨들이 흔들어 대는 율동미 넘치는 춤, 매혹의 저음 카수로 현재 각광을 받고 있는 카수 차리 박, 꾀꼬리 같은 목소리로 젊은이들의 귀여움을 독차지하고 있는 아리따운 미모의 가수 최진희, 보았다 하면 절로 웃음이 나오고 입만 벙긋하면 익살 보따리가 술술 나오는 인기 코미디언 이성 이철 두 콤비들, 이렇게 총출연하여 노래와 춤, 웃음과 연극을 면민 여러분께 아낌없이 선사하겠사오니, 호화로운 무대의 새마을쑈단을 아끼시는 뜻에서 부디 많이 왕림해 주시기 바랍니다."

　입심 좋은 단원이 왕거미 엉덩이에서 거미줄이 나오듯이 줄줄 좔좔 외쳤다.

　단장과 탁 선생은 확성기에서 흘러나오는 소리를 흐뭇하게 들으면서 하숙집으로 들어갔다. 단장이 방에 들어서자 영애에게 물었다.

　"무대에 서본 경험이 있니?"

"고향에서 콩쿨 대회에 두 번 나가 봤시유."

"그럼 오늘부터 무대에 서보겠니?"

"야, 그렇게 허지유."

서울의 중앙 무대에 진출하기 위해서 지방 공연을 먼저 해야 된다는 것이니 영애는 그저 기쁘고 설레기만 했다. 무대에 올라서서 노래를 부르면 많은 관중들이 환호하는 장면만을 상상하던 영애는 단장이 오늘부터 무대에 서라고 했을 때, 이제야 제 꿈이 실현되는 줄 알고 뛸 듯이 기뻤다. 고향 마을에서 시시껄렁한 콩쿠르에 나가 불렀던 노래를, 이제는 어엿한 쇼단 단원으로 무대에 서서 부르게 되었다는 것만으로 영애는 가수 부럽지 않았다. 단원들은 저녁을 일찍 먹고는 부랴부랴 공연 준비를 하느라고 부산하게 움직였다. 단장이 자기 아내에게 영애를 인사시켰다.

"영애야 인사해라, 우리 마누라다."

"안녕하세유."

단장 부인은 영애의 아래위를 죽 훑어보았다.

"여기 있는 동안 잘 지내자구. 공연 끝나면 정식으로 환영해 줄게."

"야 고마워유."

"무대에 설 의상은 준비됐니?"

"못했는디유."

"그럼 어떡허나."

단장 부인이 남편에게 영애의 의상 문제를 얘기했고, 단장은 맞는 게 있으면 우선 빌려 입히라고 했다. 단장 부인이 단원인 최진희에게 가서 무대에 설 때 당분간 새로 온 단원과 옷을 교대로 갈아입으라고 지시했다. 새마을쇼단의 단원들은 옷 하나 가지고 교대로 바꿔 입는 것은 흔히 있던 일인 모양이었다.

단원들은 곧 공연 장소로 몰려갔다. 공연 시간은 아직 두 시간 정도 남아 있었다. 공연장에 도착한 영애는 긴 말뚝에다 광목을 둘러친 것을 보고 한심한 생각이 들었다. 무대는 마을에서 빌린 드럼통 위에 두툼한 송판을 깐 것이었다. 여러 군데가 찢겼는지 세모 네모꼴로 꿰맨 포장은 옆으로만 둘러쳐져 있고 지붕은 씌우지 않아서 하늘이 훤히 올려다보였다. 처음 기대했던 화려한 무대는커녕 바람만 불면 포장이 펄럭펄럭 나부끼며, 통 위에 얼기설기 놓아둔 송판 무대는 걸어 나올 때나 들어갈 때 털커덩 하는 소리가 들렸다. 한 달 정도만 실습하면 중앙 무대로 끌어올려 준다는 탁 선생의 말을 믿고 영애는 참아야 한다고 생각했다. 단장이 영애를 곁에 세우고는 단원들에게 모이라고 했다. 단장까지 합쳐서 열네 명이 공연장 안에 모였다. 단장은 먼저 탁 선생을 가리키며 소개를 했다.

"에 또, 여기 내 옆에 계신 분은 10년 전부터 나하구 같이 낙랑쇼단에서 일했는데, 3년 전에 쇼단이 해체되면서 낙랑쇼단의 단장을 하던 택수 형하구 서울로 올라갔지. 현재 연예계에서 활약하구 계시는 분으로, 탁봉호라는 사람이야. 인사 나누라고들……."

탁 선생은 모였던 단원들과 돌아가면서 인사를 나누었다. 탁

어둠의 자식들

선생이 인사를 다 마치자 단장은 영애를 소개했다.

"옆에 있는 이 처녀는 탁봉호 씨가 서울서 데려왔는데 노래에 재질이 많은 아가씨야. 의좋게 지내 줘요."

소개가 끝나자 영애는 단원들에게 돌아가면서 인사를 했다. 영애는 여자 단원들이 모여 있는 데로 갔다. 새마을쇼단에는 여단원이 다섯이었는데, 영애로 하나 더 늘어난 셈이었다. 단장은 나이가 쉰두 살이며 어려서부터 쇼단을 따라다니면서 자랐기 때문에 딴따라계에서는 빠꿈이였다. 단장 부인은 이제 서른한 살인데 역시 딴따라 출신이었다. 그들은 새마을쇼단을 만들기 전부터 같이 지냈다 한다. 악사들도 있었는데 기타, 드럼, 나팔, 아코디언 등이 있었다. 입장 요금은 대인 80원, 소인 40원을 받고 있었다. 몇 년 전만 하더라도 대인 40원이 균일이었다. 입장권 매표소는 단장 부인이 맡고, 출입문은 단장과 남자 단원 두세 명이 함께 지켰다. 공연 시간 전부터 모여든 꼬마들이 출입문 앞에서 웅성대며 모여 있었다.

밤 7시부터 손님을 입장시키기 시작했다. 하나둘씩 들어오기 시작하는데 제법 많이 모여들었다. 공연 시간이 10여 분 남았을 때 200여 장의 표가 팔렸다. 쇼단으로서는 공전의 대성황이었다. 단장은 신바람이 났는지 영애가 들어오자마자 재수가 좋다며 복덩어리가 왔다고 떠들었다. 춘양에 살고 있는 껄렁패들이 칠팔 명 몰려와서는 출입문을 지키고 있던 단원들과 실랑이를 벌였다. 단장이 나가서 앞을 가로막더니 신사적으로 놀자면서 건달들을 구슬렸다. 들어가더라도 공연 방해는 되지 않도록 서로가 좋은 방향으로 나가자고 타협이 이루어졌다. 타관으로 나다니며 밥을 먹는 뗏다방들은 인생의 쓴맛 단맛을 다 보고 잔뼈가 굵은 사람들이라 웬만한 논다리들이 와서 공갈쳐 봤자 먹혀 들어 가지 않았다. 공연장에 와서 치근덕거리는 놈이 있으면 같이 맞대들어 눌러 놓을 수도 있었지만, 시끄러워지면 마을 지서에서 공연 집회 허가를 취소하는 통에 꾹꾹 참으며 좋게 하려는 것이다.

밴드가 울려 퍼지면서 사회자가 마이크에다 대고 신바람 나게 떠들었다.

"지루한 시간, 지루한 시간, 대단히 오랫동안 기다리셨습니다. 여러분에게 펼쳐질 화려한 춤과 노래, 웃음과 연극을 보내 드리기에 앞서 본 새마을쑈단을 아끼고 사랑하는 마음에서 이처럼 대성황을 이루어 주신 데 대하여 심심한 감사를 드립니다. 공연 장소와 집회 허가를 내주신 기관장들과 춘양 유지 되시는 분들에게 본 극단을 대신해서 진심으로 뜨거운 감사를 드리면서 여러분과 약속한 화려한 순서를 가지고 막을 올리겠습니다. 대단히 대단히 오랫동안 기다리셨습니다."

밴드의 음악이 서투른 대로 힘을 주어 울려 퍼지면서 무용단의 춤과 어울려 광목천의 막이 젖혀졌다. 사회자는 마이크 앞에 정중히 서더니 자기소개를 했다.

"소생 인사드립니다."

하고는 코가 땅에 닿도록 절을 했다. 박수갈채가 터져 나오면서 휘파람 소리가 획획 요란했다.

어둠의 자식들

"제일 먼저 여러분에게 노래를 선사하실 분은 인기 정상을 위해 차분히 위치를 굳히고 있는, 매혹과 공포의 바이브레이션의 주인공 나훈이 씨를 모시겠습니다."

밴드가 울려 퍼지면서 나훈아와 비슷한 나훈이라는 단원이 박수를 받으며 마이크 앞에 등장했다. 노래가 끝나자 관중들도 밑천을 뽑노라고 무조건 "앵콜!" "앵콜!" 한다. 순서가 착착 진행되어 갔다. 영애는 무대 뒤쪽의 대기실에서 자기 순서를 초조하게 기다렸다. 엉성한 공연장이지만 200여 명이 넘는 관중들이 꽉 들어찼다. 영애는 고향에서 콩쿠르에 나갔을 때엔 별로 떨리지를 않았는데, 여기서는 왠지 순서가 기다려지고 초조했다. 공연 시작 전에 밴드와 두어 번 맞춰 보기는 했다. 탁 선생이 영애에게 속삭이며 안심을 시켰다.

"맘 턱 놓구 소신껏 부르는 거야. 절대루 떨면 안 된다."

"지 차례는 언제쥬?"

"나 다음다음이야. 내가 나가면 준비해 둬."

영애는 헛기침을 자주 하면서 목소리를 가다듬어 보았다.

순서가 중반을 넘었다. 사회자가 탁 선생을 소개했다.

"지금 모실 분은 서울에서 밤무대를 휩쓸면서 인기 절정에 있는 미남 카수 탁봉호 씨를 모시겠습니다. 탁봉호 쓰이."

탁봉호가 무대에 등장했다. 그는 〈청춘 고백〉을 남인수를 흉내 내어 열창했다. 무대 뒤의 대기실에서는 먼저 무대에 올라갔던 최진희가 내려오자마자 분홍색 블라우스를 벗고 있었다. 최진희가 벗은 블라우스를 영애가 갈아입었다. 최진희는 브래지어

차림으로 영애가 벗은 윗도리를 어깨에 걸치고는 영애의 옷매무새를 만져 주었다. 탁봉호가 앙코르를 받는 바람에 시간이 조금 지연되었다. 탁봉호의 다음 가수 나진이가 불려 갔다. 이어서 사회자가 영애를 소개했다.

"지금 모실 주인공은 아리랑 고개를 넘어가듯 스리살짝 간드러지게 노래를 부르는 미녀로서, 장래가 촉망되는 신인 카수 이민자 씨를 모시겠습니다."

단장이 즉석에서 영애의 예명을 이미자를 본떠서 지어 준 것이다. 신인 가수 이민자는 긴장해서 무대로 나오다가 약간 비틀거렸다. 영애는 자세를 가다듬고 침착해지려고 애를 썼다. 관중들에게 정중히 인사를 올렸다. 와아 하면서 박수가 터져 나왔다. 박수를 받으니까 한결 불안감이 덜해진 것 같았다. 밴드에 맞추어 침착하게 한 곡조 뽑았다. 노래가 끝나자 휘파람 소리, 고함 소리가 대단했다. 관중석 뒤에서 지켜보고 있던 단장과 단장 부인, 고참 단원들은 머리를 끄덕이며 쓸 만하다는 의견들이었다. 탁봉호가 노래를 마치고 내려오는 영애를 안아 주면서 잘했다고 칭찬해 주었다.

"무대에 막 올라갔을 때에는 떨리는데유, 박수를 받으니까 좀 낫구먼유."

"그럼, 가수는 박수와 환성에 신명이 나는 거란다."

공연장 포장은 미리 걷어졌다. 마지막 순서로 무용하는 애들이 올라가서 춤을 추었다. 사회자는 마이크를 잡고는 내일 있을 순서를 말하면서 많이 와달라고 부탁했다.

　　　　　　　　　　　　　　어둠의 자식들

"장시간 저희 쑈를 관람해 주신 여러분께 심심한 감사를 드립니다. 아울러 내일 바로 이 자리에서 오늘과 색다른 순서를 가지고 여러분을 모시겠사오니 내일도 변함없이 본 극단을 사랑하셔서 성황을 이루어 주시면 감사하겠습니다. 어두운 길 조심해 가시기를 빌며, 오늘 푸로를 이상으로 마치겠습니다. 안녕히 가십시오, 안녕히 가십시오."

단원들은 소품이며 물건들을 챙기느라고 부산했다. 물건을 다 챙긴 단원들은 여인숙으로 몰려갔다. 단장은 입장료 수입을 계산하고는 단원들에게 일당을 지불해 주었다. 일당 외에 야식비도 주었다. 총수입은 1만 8천 원 정도였다. 단장 두 내외와 영애를 뺀 나머지 열두 명에게 나누어 지불했는데 악사들은 다른 단원들에 비해서 일당이 많은 편이었다. 악사들에게는 일당 600원에다 야식비 100원을 주었고, 나머지 단원들에게는 일당 300원에다 야식비 100원을 주었다. 일당을 지불받지 못하는 단원들도 있었는데, 이런 이들은 자기 멋에 겨워 따라다니는 사람들이었다. 쑈단이 가는 마을마다 자청해서 따라다니겠다는 사람들이 간혹 있었다. 자청해서 들어온 이들은 단장과 계약할 때 무보수로 입만 얻어먹고 팔도유람이나 하겠다고 온 사람들이다. 그들은 주로 포장을 치고 말뚝을 박고 물건을 나르는 잡역을 했다. 쑈단이 머무르는 마을에서 바람기 많은 여자들이 몇 명씩은 늘 따라붙는데, 쑈단 단원치고 여자 못 꼬이는 사람이 없었다. 야식비는 매일 주는 게 아니라 손님이 100명 이상 들어왔을 때만 지급되었다. 그나마 비 오는 날이나 공치는 날은 일당도 없었다.

일당 지급이 끝나자 영애의 환영식 자리가 베풀어졌는데, 소주 몇 병과 과자 빵을 사다 놓고는 입단을 축하해 주었다. 단원들은 대개 부부지간이 많은 편이다. 부부가 함께 입단하는 수도 있었고, 입단해서 단원들끼리 부부가 되는 경우가 허다했다. 임신 칠팔 개월이 됐는데도 무대에 서서 춤을 추어야 하는 웃지 못할 일도 있었다. 부부지간인 단원들은 한두 명의 자녀들을 데리고 다니면서 생활했다. 칠팔 세에 유행가를 가르쳐서 무대에 올려 보내기도 했다.

다음 날 탁봉호는 영애를 떨구고 서울로 올라갔다. 막상 탁봉호가 올라간다고 했을 때 영애는 마음이 허전한 게 따라가고 싶었다.

영애는 새마을쇼단을 따라서 2년 이상을 돌아다녔다. 영애는 쇼단에 있을 때 같은 단원으로 아코디언을 연주하는 민호라는 청년과 정이 들었다. 민호와 영애는 자연스럽게 부부가 되었고 둘 사이에 딸이 태어났다. 어려서 고향을 떠나온 영애가 임신이 되어 배가 부른 상태에서도 무대에 올라가 노래를 불러야 했고, 결국은 딸자식을 가진 어머니가 되었던 것이다. 쇼단은 강원도 지방과 휴전선 근방의 벽지로 돌아다녔다. 돈벌이가 가장 나은 곳이 탄광지대였다. 구절, 여냥, 나전, 갈래, 사북 등지가 벌이가 괜찮았다. 영애는 고생은 되었지만 남편이 된 민호와 딸과 세 식구가 함께 어울려 다녔으므로 얼마든지 참을 수가 있었다. 이제는 가수에 대한 예전의 꿈이 얼마나 허황했던 것인지도 잘 알게 된 영애였다.

민호는 딸을 그렇게 예뻐할 수가 없었다. 장마철에는 일당도 못 받아서 끼니를 못 끓여 먹은 적도 있었고, 손님이 없어서 빈 천막만 지키고 있을 때도 있었다. 어떤 곳에서는 하숙비조차 내지 못해서 악기까지 잡혀 두고 빈 몸으로 나온 적도 있었으며, 도망쳐 나올 때도 있었다. 딸아이 이름을 민호가 지었는데 미현이라고 불렀다. 아름답고 어질게 살라고 미현이라고 지었단다. 미현이라는 이름을 지으려고 민호는 어디서 헌 옥편을 사다가 며칠을 두고 수십 가지를 뽑아내어, 그중 가장 마음에 드는 이름을 영애더러 고르라고 했던 것이다.

미현이가 백일도 지나고 5개월이 되었을 때였다. 양양에서 이삼십 리 더 들어가면 현북이라는 데가 있다. 새마을쇼단은 현북에서 공연하기로 하고 공연 허가와 장소 교섭을 위해 단장이 먼저 떠났다. 농촌에서는 도시에서와는 달리 공연 집회 허가나 장소 교섭이 그리 어렵지 않았다. 당일에 가서 교섭해도 대부분 공연을 할 수가 있었다. 나머지 일행들은 몇 시간 뒤에 양양을 출발해서 현북에 도착했다. 현북에 도착한 단원들은 단장이 미리 정해 놓은 민가로 갔다. 민가에서 단원들은 제각기 짐도 정리하고 밀린 빨래도 했다. 영애의 갓난 딸 미현이는 20일 전부터 우유도 잘 먹지 않으면서 보채기만 했다. 민가에 도착하자마자 영애는 업고 있던 미현이를 방에다 뉘었다. 머리를 만져 보니 열이 대단했다. 민호에게 미현이 열이 심하다고 말했더니 공연 마치고 일당 받은 돈으로 내일은 병원엘 가보자고 했다. 영애는 당장이라도 병원엘 가보고 싶었지만 손에 쥔 돈이 없어서 어쩔 수가 없었다. 미현이가 기침을 심하게 하는데 기침할 적마다 가슴에서 쉭쉭 끓는 듯한 소리가 났다. 저녁 공연을 했지만 손님이 별로 많지 않았다. 일당을 받기는커녕 겨우 입에 풀칠할 정도밖에 안 들어왔다. 민호가 단장에게 사정해서 몇백 원을 얻었다. 영애는 미현이를 둘러업고는 민호와 함께 병원으로 달려갔다.

곧 병원의 의사가 진찰해 보더니 감기 기운이 심한데 기관지가 많이 상한 것 같다고 말했다. 주사 맞고 약을 지어 먹이라고 했지만 돈이 모자랐다. 의사에게 민호가 사정했다. 오늘 저녁에 공연이 끝나면 늦게라도 갖다주겠노라고 사정했더니 의사가 꼭 가져오길 바란다면서 치료해 주고 약도 지어 주었다. 민가의 하숙집으로 돌아온 영애는 미현이를 뉘었다. 쌔근쌔근 잠자는 모습을 쳐다볼수록 미현이가 불쌍한 생각이 들어 영애는 울었다.

저녁을 먹고는 공연장으로 갔는데 전날보다 더 손님이 없었다. 손님 없는 날에 동네 껄렁패들이 짜배기(공짜)로 들어가자고 하면 더욱 신경이 날카로워진다. 예외 없이 대여섯 명의 껄렁패들이 나타나더니 시비를 거는 것이었다. 단장이 나서서 손님 없는 날이니 느지막하게 오라고 타일렀다. 민호는 단장이 타이르는 것을 바라보며 그냥 서 있었다. 공연 시간은 한 시간 정도 남아 있었고 손님은 서너 명, 그것도 꼬마 손님들이었다. 가뜩이나 속상해서 있는데 공짜 손님이 초장부터 와서 시비를 거니 민호는 욱하는 기분이 들어서 한마디 할까 하다가 단장이 타이르는 바람에 그냥 참고 있었던 것이다. 단장이 좋은 말로 타이르고 있는데 일행 중의 하나가 단장에게 욕을 했다. 민호는 딸의 치료비를 장만해야 되겠는데 손님도 없고 해서 가뜩이나 심란한 터에, 시시껄렁한 놈들이 초로의 단장에게 욕을 하자 더 이상 참을 수가 없었다. 욕을 하던 자의 멱살을 민호가 잡자, 그자도 함께 잡으며 놓지 않으면 죽인다고 제법 으르렁거리는 것이었다. 울화통이 터진 민호는 주먹으로 얼굴을 후려갈겼다. 민호가 싸운다는 전갈을 받은 단원들이 우르르 몰려나와 패싸움이 벌어졌다. 얼굴을 얻어맞은 작자가 주저앉았다가 일어나려는 것을 단원 중의 한 사람이 발길로 다시 걷어차 버렸다.

싸움은 끝났다. 그러나 문제가 생겼다. 민호가 때린 사람의 이빨이 네 대나 부러져 버렸다. 이 사고로 공연도 못하게 되었으며 민호와 단원 세 사람이 구속되고 말았다. 민호가 구속되자 영애는 미현이를 데리고 살아갈 생각을 하니 눈앞이 캄캄했다. 면회를 가고 싶어도 당장 손에 쥔 것이 없어 갈 수가 없었다. 이럭저럭 몇 개월을 보냈다. 겨울에는 공연하기가 어려웠다. 공연장을 빌려야 되기 때문에 세를 내고 나면 적자는 뻔한 것이었다. 끼니를 굶는 날이 많아졌다. 날이 갈수록 손님은 점점 줄어들었다. 단장도 더 이상 지탱하기가 어려웠는지 쇼단을 해체해 버리려고 준비 중이었다. 영애는 그저 막연할 뿐이었다. 혼자 몸뚱이 같으면 아무 데나 가도 살 수 있었지만 미현이가 걸림돌이 되었다.

민호가 구속된 뒤부터 단원 중의 하나가 영애에게 계속 치근덕거리고 있었다. 영애는 완강히 거절했지만 생활 환경이 남녀가 섞여서 늘 같이 지내야 하기 때문에 어쩔 수 없이 같이 자버리고 말았다. 춘복이는 노래를 부르며 연극을 했던 단원인데 억지로 영애를 그렇게 해놓고는 계속 따라붙었다. 영애는 거의 강제로 이루어진 일이라 춘복에게 냉정하게 대했다.

결국 쇼단이 해체되고 나서 영애는 있을 곳을 정하지 못한 채 임계에 머물러 있었다. 춘복이는 쇼단이 해체됐는데도 영애 곁을 떠나지 않았다. 춘복이는 영애가 싫어하는 것을 알면서도 끈질기게 눌어붙었다. 강릉에서 성산 왕산 가는 길로 칠팔십 리 떨어진 곳에 있는 임계에서 쇼단은 해체되었고 단원들은 각자 행선지를 정하여 알아서 흩어져 가게 되었다. 다른 단원들은 거의 떠나갔고 임계 마을에는 영애와 춘복이 그리고 부부 단원이던 천석이네가 머물러 있었다. 당장 벌이를 해야만 입으로 밥이 들어가는지라, 춘복이와 천석이는 임계 마을에서 아무 일이나 닥치는 대로 했다. 춘복이가 품을 파는 것으로 영애는 얻어먹었다. 춘복이에게 매달려 얻어먹는 처지라 영애는 별수 없이 그를 사내로 받아들였다. 한 달가량 별일 없이 지냈다.

미현이는 현북에서 공연할 때 병원에서 지어 준 약을 먹고는 완치되는 듯하더니 계속 기침을 하며 자주 감기를 앓았다. 춘복이가 벌어 오는 품삯에서 얼마를 남겼다가 약방에서 감기약과 기침 멎는 약을 사 먹였으나 별 효과가 없었다. 병원엘 데리고 가보고 싶었지만 친아버지도 아닌 춘복이에게 부탁하기가 어려웠다. 미현이는 9개월이 되었는데도 크지도 않고 살이 말라 있었다. 먹는 것도 시원치가 않았다. 우유를 사 먹일 형편은 더욱 못되었다. 미현이 아빠가 있을 적에는 간간이 우유도 사 먹였지만 춘복이와 지낸 이후로는 어려웠다. 춘복이도 미현이에게 하노라

어둠의 자식들

고 했다. 쌀죽을 끓여서 먹였는데 미현이는 잘 먹지도 않고 늘 보채기만 했다. 영애는 미현이를 데리고 고향 부모님한테 내려갈까 생각도 해보았으나 도저히 용기가 나지 않았다.

해체될 때 함께 남아 있던 천석이네 부부는 빌어먹어도 서울이 낫겠다고 임계를 떠나 버렸다. 춘복이도 여비만 생기면 임계 마을에서 떠나자고 했다. 영애는 마음을 걷잡을 수가 없었다. 딸 미현이가 며칠째 계속 열이 심하더니 축 늘어지는 것이었다. 영애는 겁이 덜컥 나서 춘복이에게 병원엘 가보자고 사정했다. 물론 손에 쥔 돈은 없었다. 영애는 미현이를 등에 업고는 춘복이와 같이 병원으로 갔다. 병원 의사에게 사정 이야기를 하면서 나중에 꼭 갚겠으니 봐달라고 애원했다. 의사는 미현이를 진찰해 보더니 큰 병원으로 가보라는 것이었다. 영애는 미현이를 둘러업고 병원 문을 나왔다. 민호 생각을 하면서 영애는 울었다. 큰 병원에 가보라는 의사의 말은 가망이 없다는 말일 것이었다. 급성 폐렴이라고 했다.

이틀 동안 심하게 열이 나면서 앓던 미현이는 주사 한 대 맞아 보지 못하고 결국 숨져 버렸다. 영애는 울지도 못했다. 춘복이가 죽은 미현이를 수습해서 산에다 묻어 주었다. 춘복이를 따라 산에 올라갔던 영애는 미현이가 땅에 묻히는 그 순간에야 북받쳤던 설움이 터져 나왔다. 우유 한번 마음 놓고 못 먹여 보고 병원에 한번 제대로 데리고 가지 못한 것이 끝내 가슴에 맺혀 왔다. 1년도 못 살고 죽은 미현이의 이름을 짓는다면서 옥편을 가지고 며칠을 씨름하면서 아름답고 어질게 살라고 이름 지어 준 민호를 생각하니 더욱 서러웠다. 영애는 춘복이의 위로를 받으면서 산에서 내려왔다. 산을 내려오면서 영애는 딸 미현이가 묻힌 곳을 여러 번 뒤돌아보았다.

집으로 돌아온 영애는 춘복이에게 어서 다른 곳으로 떠나자고 했다. 미현이가 죽은 지 열흘쯤 되었을 때, 그들은 서울로 올라가기로 작정하고 떠날 채비를 차렸다. 임계 마을을 나서기 전에 영애는 딸 미현이가 묻혀 있는 산으로 갔다. 영애는 미현이가 묻힌 산 그루터기에 쪼그리고 앉아 일어설 줄을 몰랐다. 춘복이가 빨리 가자고 재촉했다.

계획도 없이 무작정 발 가는 대로 서울로 올라온 영애와 춘복이는 당장 잠잘 곳도 없었다. 마장동 시외버스 터미널에서 내린 그들은 몇 푼 남아 있던 돈으로 무허가 하숙집에 투숙했다. 마장동 시외버스 터미널 부근에는 창녀들이 많았다. 그들이 묵고 있던 무허가 하숙집도 창녀들이 있는 집이었다. 다음 날 춘복이는 일자리를 구해 본다면서 일찍 나갔다. 저녁 늦게 춘복이는 기운이 하나도 없는 표정을 짓고 돌아왔다. 일자리를 구했을 리가 없었다. 일자리라는 것이 죽 먹듯이 쉽게 얻어지는 게 아닌 줄은 그들도 알았지만, 당장 하숙비를 치를 돈이 없었다. 밥은 몇 끼 굶는다 치더라도 하숙비는 제때에 내지 않으면 쫓겨나는 것이다. 이들은 저녁도 사먹지 못한 채 하숙집 주인에게서 나가 달라는 독촉을 받았다. 춘복이가 무허가 하숙집 주인아주머니에게 이틀만 봐주시면 꼭 갚아 드리겠다고 사정했다. 쇼단에 끼어 돌아다니면서 하숙비 문제로 시련을 많이 겪어 보았기 때문에 춘

　　　　　　　　　　　　　　　　어둠의 자식들

복이도 사정하는 데는 도가 튼 것이다. 시골 동네 하숙집은 사정하면 통할지 몰라도 서울은 달랐다. 더군다나 윤락녀들을 두고 장사하는 하숙집에서 사정한다는 것은 어림도 없는 소리였다. 춘복이의 사정을 들은 하숙집 주인은 그의 말이 끝나기도 전에 노발대발하면서 악다구니를 썼다.

"개똥뎅이 같은 년놈들이 하숙비두 없이 좆 빨라구 자빠졌어, 당장 나가!"

영애와 춘복이는 떳다방 생활에서 얻은 배짱이 남아 있었다. 춘복이는 하숙비는 비록 없었지만 하숙집 주인아주머니한테 욕을 먹는 것은 기분이 상했다. 춘복이는 에라 모르겠다, 쫓겨날 땐 가더라도 찍소리나 하고 가자면서 벌떡 일어나 같이 악을 쓰며 대들었다.

"듣자 하니까 아줌마가 너무하네. 사람 사는 동네에서 돈이 떨어질 때두 있지, 뭘 그걸 가지구 악장을 치슈. 나가라면 곱게 나가라구 얘기할 것이지 욕은 왜 하슈? 지미 씨팔, 돈 없는 놈은 성깔두 없는 줄 아슈?"

하숙집 주인 여자는 춘복이의 반격에 더욱 약이 올랐는지 악을 쓰면서 신발짝을 벗어 들더니 그의 등짝을 마구 후려치는 것이었다. 싸우는 소리에 사람들이 많이 몰려들었다. 인상이 험상궂게 생긴 젊은 사람 하나가 고개를 비죽이 내밀고 들여다보더니 점잖게 춘복이에게 나오라고 말했다. 눈칫밥 객짓밥에 잔뼈가 굵은 춘복이는 사태가 불리한 것을 눈치챘다. 혼자 같으면 후다닥 도망갈 수도 있지만, 영애 때문에 꼼짝없이 당하는 수밖에 없다고 생각한 춘복이는, 당하더라도 폼이나 잡고 당해야 나중에 약값이라도 받겠거니 여겼다.

"당신이 뭔데 날 보자구 그래?"

젊은 녀석은 험한 인상을 더욱 찡그리더니 춘복이에게 바짝 다가섰다.

"어휴, 미치겠네. 너 내가 누군지 모르지? 내가 마장동 깡통이야."

"깡통인지 걸렌지 내가 알 게 뭐냐 개새끼야. 니 마음대루 해봐. 나를 깨든지 긁든지 꺾든지 니 좆 꼴리는 대루 해봐."

사태가 험악해지자 영애는 춘복이에게 매달리면서 싸우지 말라고 말렸다. 하숙집 주인은 비웃듯이 혀를 끌끌 찼다.

"하룻강아지 범 무서운 줄 모른다더니, 촌놈의 새끼가 죽을라구 아무한테나 색을 써?"

깡통이라던 사내가 춘복이의 허리춤을 꽉 움켜잡고는 밖으로 줄줄 끌어냈다. 깡통은 춘복이를 무허가 하숙집들이 즐비한 골목까지 끌고 나가더니 이리저리 차고 짓밟고 나서 가버렸다. 죽지 않을 만큼 얻어터진 춘복이는 얼굴이 피투성이가 되어 영애가 기다리는 방으로 돌아왔다. 춘복이의 처참한 모습을 보고 영애는 뛰쳐나오면서 부축해다가는 방에다 눕혔다. 하숙집 여자가 피투성이로 방에 들어가는 춘복이에게 방문을 활짝 열어젖히고는 고함을 질렀다.

"어서 썩 나오지 못해! 피를 어디다 묻힐려고 닦지두 않구 방에 들어가?"

영애는 대꾸도 않고서 수건으로 춘복이의 피를 닦아 주었다.

어둠의 자식들

누워 있던 춘복이가 일어나더니 하숙집 주인에게 약을 올렸다.

"야 개 같은 뭉치야, 내가 맞았다구 여기서 떠날 줄 아니. 여기서 내가 죽어 나가나, 당신이 꿀림방 해먹나 두고 보자구. 나두 세상을 지금까지 오기로 살아온 놈이야."

춘복이는 말을 하면서도 맞은 데가 아픈지 얼굴을 자주 찡그리면서 침을 여러 번 삼켰다. 춘복이의 말에 뜨끔했던지 하숙집 여주인은 발뺌을 했다.

"아니, 내가 자네를 때렸어? 엉뚱한 놈한테 맞구 와서는 왜 나한테 찐드기 붙어. 별꼴 다 보겠구먼. 도대체 누구하구 싸워서 그렇게 피투성이가 됐나."

춘복이는 다시 드러누우며 영애에게 방문을 닫으라고 했다. 사태가 복잡해질 것을 알고 하숙집 주인은 깡통을 찾아 의논하려고 밖으로 나갔다. 영애와 춘복이는 돈이 떨어져 밥을 먹을 형편이 못 되었다. 매를 많이 얻어맞은 춘복이는 끙끙 앓는 소리를 냈다. 그들이 잠을 청하려고 불을 끄고 막 누웠는데 방문을 두들기는 소리가 들렸다. 영애가 누구냐고 묻자 그들은 다짜고짜 욕을 하면서 문을 열라고 했다. 겁이 덜컥 난 영애는 불을 켜고는 춘복이를 흔들었다. 춘복이도 떠드는 소리를 듣고 사태가 심상치 않다는 것을 이미 알아차렸지만, 그냥 누워 있으면서 신음하면 덜 맞을 것 같아 꾀를 부리느라고 내쳐 모른 척하고 누워 있었다. 영애는 할 수 없이 문을 열어 주었다. 문이 열리자 다섯 명의 젊은 남자들이 신발을 신은 채 들어왔다. 영애는 무서워서 벌벌 떨면서 춘복이 옆에 앉아 있었다. 젊은 사람들은 누워 있는 춘복이를 발로 툭툭 건드리면서 일어나라고 했다. 영애는 사정하면서 몸을 많이 다쳐서 일어나지도 못하니 봐달라고 했다. 영애의 사정은 아랑곳하지 않고 그들은 춘복이를 강제로 일으켜 세웠다. 춘복이는 세워 놓으면 도로 늘어지는 척하면서 위기를 넘기려고 하였다. 하지만 그들은 건달 중에도 인정이 없는 축들이었다.

영애는 사람 살리라고 외치면서 밖으로 뛰쳐나갔다. 영애는 파출소를 찾으려고 이리 뛰고 저리 뛰었다. 마침 방범 몇 사람과 경관이 지나가는 것을 발견했다. 이들에게 위급함을 알리고는 앞장서서 춘복이가 있는 방으로 갔다. 방에 도착해 보니 춘복이는 쓰러져 있고, 방은 난장판이었다. 경관이 방범을 시켜 춘복이를 병원으로 데려가라고 했다. 방범 둘이서 양쪽을 부축해 가는데 춘복이는 이미 축 늘어져 있었다. 병원에 도착해서 응급치료를 받았지만 그는 내장 파열로 두 시간쯤 지나서 숨을 거두었다. 탈진한 영애는 경찰에서 목격자 진술서를 써주고 나왔다. 다음에 다시 호출할 테니 나오라는 것이었다. 진술서를 쓸 때에 영애는 본적, 현주소를 고향 주소 그대로 적어 주었다. 경찰서를 나온 영애는 그길로 달아났다. 춘복이 장례 문제와 고향 주소를 그대로 적었기 때문에 복잡해질까 봐 피해야 했다.

영애는 당장 그날 밤 잠자고 먹을 곳이 없었다. 서울 시내를 가로질러 한없이 걸었다. 밤늦게서야 용산역 앞에 당도했다.

아, 저기서 차만 타면 고향이다. 그러나 돌아갈 수는 없었다. 역 구내에서 영애는 스스로 펨푸 뭉치에게 말을 걸었다.

어둠의 자식들

"돈 좀 벌게 해주세요."

펨푸는 얼씨구나 하면서 영애를 바이뚜룩에다 소개해 주었다. 영애는 비 오는 날이면 복도가 썰렁해지도록 이난영의 노래를 불러 젖힌다.

카수 영애는 꼬마 강네 집에서 가장 말수가 적은 티상이었다.

기수꾼 화숙

충청도 괴산이 고향인 화숙이는 열일곱에 먼저 떠난 언니를 따라서 서울의 방직공장에 취직하러 올라왔다. 화숙이는 얼굴이 가무잡잡하고 몸매가 예뻐서 남자들이 많이 따르는 편이었다. 그렇지만 화숙이는 언니처럼 어엿한 기능공이 되어서 돈도 많이 벌고 훌륭한 신랑감도 만나고 싶었다. 언니는 얌전하고 재주 있는 양화 기술자와 교제 중이었다. 그들은 함께 힘을 모아 아담한 구둣방을 여는 것이 꿈이었다. 화숙이가 올라온 지 한 해가 지나서 언니는 그 청년과 동거할 뜻을 비쳤다. 화숙이는 언니와 같이 있던 방을 나와야 했고, 기숙사 시설이 있다는 인천으로 직장을 옮겼다.

열여덟 살이 되던 해의 여름에 화숙이는 공장 친구와 같이 송도로 해수욕을 하러 갔다. 열흘 동안의 납품 연근이 끝나고 나서 모처럼 찾아온 8월의 어느 일요일이었다. 무더위는 마치 가마솥처럼 쪘고, 라디오에서는 계속 바다로 나가라고 발악을 하고 있었으며, 거리마다 피서객들이 붐볐다. 버스에 오르기만 하면 언제든지 피서객들 틈에 끼일 수가 있었다. 화숙이와 친구는 맨손에 기천 원이 들어 있는 작은 손지갑만 들고서 송도에 당도했다. 바다 쪽은 온통 개펄이었고, 물을 끌어들여서 만든 인공 호수 안에는 망태기 속의 새우떼처럼 벌거숭이들이 바글거리고 있었다. 그 애들 또래의 여학생들이 늘씬한 허벅지를 드러내 놓고 삼삼오오 떼를 지어 공연히 모래밭을 오락가락했다.

"얘, 우리두 물에 들어가자."

"그냥 바람이나 쐬자."

"바람은커녕 숨이 막히겠다. 저기 탈의장이 있잖아."

"어떻게 옷을 다 벗겠니?"

"얘는, 여기서는 전부 벗잖아. 우리두 수영복 빌리자구."

화숙이는 남부끄러워서 도무지 옷을 벗어 던질 용기가 나지 않았지만 친구는 손을 잡아끌며 발을 동동 구르는 것이었다. 탈의장에 가서 친구는 꽃무늬가 있는 오렌지색 비키니 수영복을 빌렸고, 화숙이는 원피스 식으로 된 빨강색 수영복을 빌려 입었다. 처음에는 맨살을 드러낸 것이 쑥스럽고 모두들 자기만 쳐다보는 것 같아 웅크리고 걷던 화숙이도, 일단 물에 뛰어드니까 살 것만 같았다. 튜브를 빌려서 친구와 번갈아 타며 물가를 맴돌던 화숙이는, 이제는 아예 밖으로 나와서도 옷 입을 생각을 잊어버렸다. 저녁 무렵이 되어서야 사람들은 하나둘씩 돌아가기 시작했다. 화숙이와 친구는 제일 끝에 나온 사람들 중의 하나였다. 탈의장으로 가보니까 천막은 텅 비어 있었고 웬 낯모르는 남자 혼자 오리 의자에 앉아 소주를 마시고 있었다.

"우리 옷 주세요."

남자는 못 들은 척했다.

"옷 달라니까요."

그제야 남자가 그들을 힐끗 쳐다보았다.

"표 주쇼."

"31번인데 저기 가고에다 넣었어요."

남자는 귀찮다는 듯이 뭐라고 투덜거리며 선반 쪽으로 가더니 플라스틱 바구니를 그들의 발아래 내동댕이쳤다.

"씨팔, 느이들 누굴 놀리는 거야?"

분명히 바구니에는 '31'이라는 표가 붙어 있었지만 겉옷은커녕 속옷도, 그리고 신발마저 없었다.

"어머…… 난 몰라."

"야, 똑똑히 놀아. 이것들이 어디 와서 생짜 부릴려구 그러는 모양인데, 쌍년들 느이들 상습이지?"

화숙이는 아예 입도 못 뗐고 친구가 또라지게 대들었다.

"여보세요, 이 수영복 댁에 거잖아요. 보면 알잖아요. 세상에 벌거벗구 와서 도둑질하는 사람이 어딨어요?"

"야, 우리 수영복이 몇 벌인 줄 알아? 개 같은 년들…… 느이들이 여기서 빌리구 옷을 맡겼다면 표가 있을 게 아냐? 여기 탈의장이 자그마치 몇 집이라고 그래."

"여보세요, 조금 아까 튜브두 가져왔단 말예요. 산호탈의장 아니냔 말예요. 댁에 말구 모자 쓴 사람이 있었다구요."

"글쎄, 잔소리 말구 표를 가져와 표를. 여기 이렇게 달려 있는데 임자가 찾아가지 않았으면 누가 가져갔겠냐."

"아저씨, 아까 너무 서두르느라구 그냥 매달아 두고 나갔어요. 여기다 분명히 넣었어요."

화숙이가 사정을 하는데 어디선가 같은 또래의 청년이 어슬렁거리며 다가오더니.

"왜들 그래?"

하고 그 청년에게 말을 걸었다.

"핫 참, 기가 막혀서, 요년들이 느닷없이 찾아와서는 표도 없이 무조건 옷을 잃어버렸다구 생짜를 놓잖아. 보라구, 임자가 벌써 찾아갔단 말야."

청년이 신이 나서 떠들었고 나타난 자도 반주를 넣었다.

"아가씨들, 그러면 못써요. 내가 아까부터 봤는데 이 친구가 여기서 죽 지키구 있었어요. 보쇼, 우리가 여기서 권리금을 얼마씩이나 내구 장사하는지 아슈? 자그마치 수십만 원이에요. 그래, 우리가 할 일이 없어서 아가씨들 때 묻은 빤스 나부랑이를 떼어먹겠수? 파출소를 찾아가 신고해 보슈. 괜히 다른 데서 잊어먹구 애매한 데 와서 트집 잡지 마슈."

화숙이는 얼굴을 가리고 울고 서 있었고, 친구는 아까보다 훨씬 풀이 죽어서 사정했다.

"표를 안 갖구 간 건 우리가 잘못이에요. 그렇지만 분명히 산호탈의장이 여기 아녜요. 돈 몇천 원 있던 지갑두 같이 잃어버렸지만 그건 없어두 좋아요. 옷이 있어야 집에 갈 거 아녜요. 그러

어둠의 자식들

니까 어디 남아 있는 헌 옷이라두 빌려 주세요."

"짜구 있네…… 첨부터 그렇게 사정해두 봐줄까 말까 한데, 인제 들통 나니까, 옷을 빌려 줘? 안 돼, 이년들 상습이야. 당장에 끌구 가서 혼을 내야지."

청년이 길길이 뛰며 흥분했고 뒤에 나타난 녀석이 말리는 척했다.

"아아, 안 주면 됐지, 그럴 거 뭐 있냐. 하여튼 기분 나쁘니까 밝힐 건 밝혀야지. 요 근처 탈의장마다 물어보구 와라."

"좋았어, 만약에 어디서 느이들 걸레 같은 빤스라두 기어 나왔다간 작살날 줄 알아."

난폭한 녀석이 투덜거리면서 사라졌다.

"고마워요, 아저씨 아무 옷이나 좋아요."

화숙이와 친구는 그의 뒤통수에 대고 빌 듯이 말했다.

"염려 마쇼. 어디서 나오긴 나오겠지. 그런 일이 종종 있어요."

뒤에 나타난 녀석이 말했고, 화숙이들도 혹시 이 집이 아니었던가 자기네 기억을 의심해 보는 중이었다. 설마 탈의장에서 옷을 떼어먹을 리는 없었고, 또한 유원지 밖으로 나가 큰길을 건너고 파출소를 찾아가서, 벌거숭이로 남자 순경들에게 옷을 잃었다고 신고할 수도 없는 노릇이었다. 벌써 사방은 어두컴컴해졌다. 취객들과 캠핑하는 사람들만 남아 있었다. 화숙이들은 이제는 무서워서 수영복 바람으로 밖으로 나설 엄두도 나지 않았다.

셔츠를 입은 점잖은 중년이 천막 안을 기웃거리더니 남아 있던 청년에게 말을 걸었다.

"병따개 있으면 잠깐 빌립시다."

그는 마개가 꼭 닫힌 맥주병을 쳐들어 보였다.

"예예, 그렇게 하십시오. 가만있자, 이거 우리 가게가 아니라 어디다 뒀는지 알 수가 있나?"

청년이 상자며 선반이며를 뒤적이는 척했고, 중년 사내는 자연스럽게 의자에 걸터앉더니 웅크리고 있는 화숙이들에게 말을 걸었다.

"야, 이 아가씨들 밤에 수영하러 왔나?"

화숙이의 친구가 용기를 내어 중년 사내에게 말했다.

"옷을 잃어버렸어요. 아저씨, 저희들 좀 도와주세요."

"아니, 이 탈의장에서 잃었어?"

"네, 글쎄 표를 그냥 가고에다 꽂아 놓구 물에 들어갔었거든요. 나와 보니까 옷은 없구요. 저 사람들이 무조건 임자가 찾아 갔다구 화를 내잖아요."

"그래? 억지도 보통이 아니구먼."

중년 사내가 중얼거리니까 병따개를 내밀면서 청년이 말했다.

"참견 마슈. 요즈음 그런 식으루 남의 소지품을 훔쳐 가는 기집년들이 하나둘인 줄 아슈? 우리야 여기서 장사하는 사람이구 저것들이야 어디서 뭘 해먹구 돌아다니는 애들인지 어떻게 압니까. 공연히 나섰다가 코 떼지 말구 어서 가보슈."

중년 사내가 혀를 끌끌 찼다.

"하여튼 옷이 없으니까 저러구 있는 거 아뇨? 가만있자, 이거 안 되겠는데. 보통 딱한 일이 아니로구만. 내가 애들 데리구 가

어둠의 자식들

두 되오?"

"글쎄, 참견 마슈."

"이것 봐요. 뭣 땜에 티 없는 젊은 처녀들을 붙들어 두고 있는 거야. 당신들 정말 옷을 떼먹은 거 아냐? 내가 파출소에 가서 순경을 데리구 오면 어떻게 할 거야?"

"이런 씨팔, 꼰대가 맞구 싶어 환장을 했나. 야, 너 왜 이래. 우리두 여기서 겪구 아는 바가 있어서 다 이러는 거야. 좆두 순경을 불러와 보라고. 누구 말을 믿나."

청년이 대차게 나오니까 중년은 금방 수그러들더니 맥주를 병째로 들이마시고 나서 말했다.

"아, 좋시다. 내 말이 지나쳤다면 사과하지. 내가 낫살이나 들어서 저만 한 딸들두 있구 한데 보기가 딱해서 이러는 거요. 가만있자."

중년 사내가 호주머니에 손을 찔렀다. 화숙이들은 이 착한 술꾼 아저씨를 구원자처럼 애타게 바라보고 있었다.

"옜소, 이거 얼마 안 되지만 쓴 대포나 한잔 하구 기분 푸쇼."

"이거 왜 이러슈. 내 친구가 확인하러 갔단 말예요. 저년들 거짓말했으면 혼을 내주려구 그러는 거요."

"그래, 내가 책임진단 말요. 자아, 받으라니까."

중년이 청년의 바지에다 지폐를 구겨 넣어 주고는 화숙이들을 막고 앞으로 손짓했다.

"어서 나가지."

화숙이들은 지옥에서 천사라도 만난 심정으로 후다닥 뛰쳐

나왔다. 혹시나 뒤에서 그 깡패 같은 남자들이 쫓아오지나 않을까 해서 중년 사내의 옆에 바짝 붙어서 걸었다.

"어, 그놈들 아주 질이 나쁜 놈들인데, 아가씨들 큰일 날 뻔했어. 유원지에서는 이런 일이 종종 있어요. 꼼짝달싹 못하게 붙들어 두었다가 밤이 되면 달려들거든."

"어머나……."

"아저씨, 정말 이 은혜는 잊지 않겠어요."

화숙이들은 그의 뒤를 종종걸음으로 따라가며 말했다. 중년 사내가 탈의장 뒤에 있는 비치파라솔 쪽으로 다가갔다. 그 나이 또래쯤 되어 보이는 아주머니가 혼자 앉아 있었다.

"웬일이에요?"

아주머니가 놀라서 물었고 중년 사내는 화숙이들에게 의자를 밀어 주었다.

"앉아라. 글쎄 저 앞에 탈의장에 갔더니 이 아가씨들이 옷을 잃구 집에두 못 가구 있잖아."

"아니, 탈의장에서 옷을 잃어요?"

"뻔하지 뭐야. 불량배 같은 놈들이 옷을 슬쩍 치우고 잡아 두려는 것 같아. 당신이 가서 옷 좀 구해 오구려."

"아이 가엾어라. 그런데 갑자기 어디 가서 옷을 구해 와요?"

"뭐 아무 데나 가서 돈 주고 사정하면 하다못해 홈드레스 두 벌쯤 구할 수가 있겠지."

"가만있어, 먼저 저녁이라두 먹어야지. 아가씨들두 아직 안 먹었지?"

그들 부부는 멋대로 자기네끼리 주고받다가 화숙이들에게 물었다. 화숙이와 친구는 시무룩하게 고개만 끄덕였다. 그들은 매운탕을 시켰고 식사를 하고 보니 거의 9시 가까이 되어 있었다. 식탁이 치워지고 있는데 어둠 속에서 탈의장에서 술을 마시던 청년과 나중에 와서 참견하던 청년들이 불쑥 나타났다.

"야 이년들아, 누구 맘대루 남의 수영복을 입구 그냥 가?"

"그럼 우리 옷 줘요."

"어, 이것들이 아주 수영복까지 떼어먹을려구 그래."

중년 사내가 가로막았다.

"이봐 젊은이들, 그러면 쓰나. 대충 얼마야?"

"합해서 5천 원 주면 되오."

중년이 돈을 꺼내 내밀었다.

"여깄네."

"어머, 그럴 필요 없단 말예요."

화숙이 친구가 똑똑하게 들고 나섰지만 청년들은 찍소리 없이 돈을 받아 가지고 가버렸다. 이제 둘은 그들 부부에게 얼굴을 들 수도 없을 정도로 감사한 마음이었다.

"자, 그럼 기다리구 있어요. 내가 가서 옷이랑 신발이랑 구해 볼게."

부인이 자리를 뜨고 나서 중년 사내는 화숙이들에게 집은 어디냐, 부모님은 계시냐, 무슨 일을 하느냐, 여러 가지로 자상하게 물었다. 화숙이와 친구는 고향 얘기며 시골 부모님들 얘기, 그리고 공장 얘기까지 해주었다. 한참 얘기하는 중에 사내가 시계를 들여다보더니 놀란 듯 중얼거렸다.

"어이쿠, 벌써 10시가 넘었잖아. 이 사람 어디 가서 뭘 하구 있는 거야."

화숙이들은 이미 시내로 들어가는 버스가 끊긴 것을 알았지만, 고마운 사람을 만났으니 어떻게 되려니 하고 있었다. 10시 반쯤이나 되어서 아주머니가 보퉁이를 들고 들어왔다.

"왜 이렇게 늦어?"

"아이구, 말도 마슈. 여관이며 술집엘 찾아가서 이리저리 물어 가지구 겨우 구해 왔수."

보퉁이 안에는 부인네들이 집에서나 시장 갈 때에 입는 싸구려 홈드레스 두 벌과 슬리퍼 고무신이 각각 들어 있었다.

"주안댁네 가서 얻었어요."

"그 여자가 여기 있어?"

"여기서 술장사 하잖아요. 그 집 색시들 건데 맞을런지 모르겠네."

화숙이들은 그들이 주고받는 얘기를 귓전에 흘리며 수영복 위에 옷을 걸쳤다. 조금 마음이 안정되는 듯싶었다.

"그런데 지금 차두 없구 어떡허나…… 아무 데서나 하룻밤 새우고 가야겠는데?"

"까짓거 주안댁에게 가서 부탁하지. 우리야 딴 데 가서 자두 되니까."

화숙이들은 끈이라도 달린 것처럼 그들의 뒤를 따라갔다. 주안댁이 반기며 쫓아 나왔고, 그들은 사정을 설명해 주고는 인사

어둠의 자식들

도 받는 둥 마는 둥 사라졌다. 안쪽에는 마당을 가운데에 두고 방들이 여럿 달려 있었고, 바깥쪽에서는 상다리를 두드리며 노래하는 소리가 들려왔다. 화숙이들은 불안했지만 달리 어쩔 도리가 없었다. 주안댁은 마흔이 갓 넘어 뵈는 여자였는데 어찌나 친절하고 부드럽게 대해 주는지 꼭 친척집이라도 온 것 같았다.

"자, 이 방에서 같이 자요."

밤이 깊어지자 다른 방에서는 아직도 웃음소리와 남자들의 주정하는 소리가 들리는데, 문이 살그머니 열리더니 주안댁이 고개를 내밀었다.

"아이, 벌써 잠들었나?"

"아니요……."

잠을 못 이루고 뒤척이던 화숙이가 머리를 들며 대답하자 주안댁이 머뭇거리며 말했다.

"나 다리 좀 주물러 주겠어? 신경통 때문에 어디 잠이 와야지."

화숙이는 하는 수 없이 일어났다. 그렇지 않아도 미안한 판이라 밥을 지으라 하여도 마다하지 못할 거였다. 화숙이가 따라가 보니 먼 구석방인데, 어느 아가씨의 방인지 옷이며 전축이며 이불이 있었다. 주안댁은 벌렁 드러누웠다. 화숙이가 건성으로 다리며 어깨를 주물렀고, 시원하다며 누웠던 주안댁이 잠깐만 더 있다가 말동무나 하고 가라고 하더니 곧 돌아오겠다며 밖으로 나갔다. 화숙이는 여러 가지 일을 당하여 온몸이 나른하고 절로 졸음이 몰아쳤다. 어디 화장실에라도 갔는지 주안댁이 좀처럼 돌아오지 않더니, 갑자기 문이 쑥 열리고 러닝만 걸친 남자가 들어섰다.

"누구세요?"

하는데 그는 스위치를 껐다. 화숙이는 색시가 아니라고 변명할 틈도 없이 뒤로 넘어졌다. 몇 번 버둥거리는데 머리가 아찔했다. 턱을 호되게 얻어맞은 것이다. 이미 일이 끝나고 나서야 남자가 어둠 속에서 말했다.

"신뼹이 왔다구 그래서 미리 화대를 주고 기다렸는데, 별게 아니로군."

화숙이는 그저 아무 말 못하고 엎드려 있었다. 소리를 질러봐야 지나간 일이고 창피스럽기만 했다.

이튿날이 되자 주안댁은 태도가 싹 변했다. 화숙이 방에 들어온 남자는 문턱을 지키고 앉아 있었다.

"아주머니, 제 친구랑 하룻밤만 신세 지자구 했잖아요. 제발 보내 주세요."

"뭐라구? 느이들 소개비로 그 사람들한테 20만 원이나 줬는데 어딜 가? 가는 건 좋지만 소개비는 내놓구 가야지. 우리야 장사하는 사람이니까 느이들이 누군지 알 게 뭐니. 그리구 느이 친구는 다른 집으로 갔다. 여기 없다구."

애초부터 유원지에서 날파리를 노리는 탕치기 식구들에게 걸려들었으니, 화숙이는 어떻게 해볼 도리가 없었다. 하는 수 없이 사흘 만에 손님을 받기 시작했고 열흘 뒤에는 술상머리에 나가 앉게 되었다. 나중에야 자기가 그물에 걸려든 것을 알았지만, 색시들이나 주안댁과 별다른 친밀감이 생기면서 저절로 용서가

어둠의 자식들

되고 말았다.

그맘때쯤에는 어느덧 가을이 되어 있었다. 화숙이는 함께 있던 색시와 함께 홀의 여급이 되기 위해서 그곳을 떠났다. 그들은 신문 광고에 따라 청계천에 있는 맥주홀로 찾아갔다. 맥주홀 지배인은 그들을 쓱 훑어보자마자 내일부터 출근하라는 것이었다. 그들은 사글셋방을 얻고는 이튿날부터 홀에 나갔다. 맥주홀에 나오는 아가씨들은 고정되어 있지는 않았지만 스무 명에서 스물댓 명 정도가 들쑥날쑥 나오고 있었다. 출근 시간은 오후 5시부터였다. 화숙이가 나가는 맥주홀은 신문 광고를 내자마자 30여 명을 쉽게 끌어모을 수가 있었다는 거였다. 아가씨들은 모두가 출퇴근을 하기 때문에 화숙네처럼 방을 얻어서 자취하는 아가씨도 있고, 남편이 있는 아가씨도 있으며, 방을 구하지 못한 아가씨들은 여관이나 하숙집에다 방을 얻어 놓고 출퇴근했다.

예전 같으면 월급을 받으면서 출근했는데 아가씨들이 하도 많이 밀리는 통에 오히려 찡값이라는 출근비를 내고 다녀야만 했다. 찡값은 홀마다 다르지만 200원에서 500원까지였다. 5인조 밴드가 있었는데, 기타 둘에 드럼, 전자 오르간, 색소폰 등이었다. 화숙이는 송도에서 함께 있던 색시인 껑다리와 서울운동장 뒤에 방을 얻어 들고 있었다. 퇴근하고 자취방에 오면 12시가 되어 있었고, 어떤 때는 통금이 넘어서야 가까스로 돌아올 때도 있었다. 종업원은 멤바 1명, 웨이터 3명, 웨이터 보조 2명과 화장실에 1명, 안내 1명, 도합 8명이었다.

서울 바닥에 각양각색의 맥주홀이 있건만, 특히 청계천 주변에 몰린 홀들은 전국에서도 유명했다. 그 컴컴한 조명 아래서 무슨 일이 벌어지는지 밖으로 지나치는 양갓집 처녀들은 상상도 할 수 없을 것이다. 그들의 오빠나 남편이나 아버지가 그런 곳에서 미치광이 놀음을 하고 있는 거였다. 벽치기, 의자치기, 앉아치기나 맥주 입가심이라면 무슨 뜻인지 모를 것이다. 화숙이는 다른 아가씨들과 함께 팬티도 브래지어도 걸치지 않고 기다란 홀치마의 원피스를 입고 영업에 나섰다. 인사는 얼굴로 하는 것이 아니라 아래에서 시작했다.

손님들이 홀의 정문으로 들어오면 안내가 어서옵쇼오, 하는 것과 동시에 정문에 설치한 초인종을 눌러서 손님이 들어간다는 신호를 보냈다. 초인종 소리를 들은 웨이터 보조들은 문을 열어 놓고 손님을 정중히 테이블로 앉힌다. 테이블은 홀마다 다르지만 대부분 남이 넘겨다볼 수 없도록 칸막이로 방처럼 만들어 두었다. 처음 온 손님은 웨이터들끼리 적당히 의논해서 받지만 대부분의 단골손님들은 단골 웨이터가 있기 마련이었다. 단골손님들은 자기 웨이터를 불러 달라고 한다. 테이블에 모신 손님의 수를 파악하고 나서 대기실에 있는 아가씨들을 제 마음대로 골라서 들여보낸다.

아가씨들은 대기실에서 무료하게 담배를 피우거나 생활 걱정을 나누거나 콧노래를 부르거나, 겉으로는 아무렇지도 않지만 그야말로 애타게 손님을 기다린다. 손님이 들어선다는 벨소리만 들리면 혹시 단골손님이 오나 하고 제각기 내다본다. 손님이 많으면 출근한 아가씨들이 모조리 여러 테이블에 들어가고 두 테이블씩 겹쳐서 받는 적도 있었다. 손님이 없으면 찡값만 찍고 빈 손으로 돌아간다. 출근비 명목의 찡값뿐만 아니라 후로크실에 돈을 내야 한다. 홀마다 다르지만 후로크비(옷 보관비)는 200원이 나 300원 꼴이다. 영업 시간에 몰려서 밥을 먹지 못하고 오는 아가씨들에게 김밥, 삶은 계란이나 낱담배, 화장품, 활명수 등속을 후로크실을 맡은 아줌마가 팔았다. 아가씨들은 초저녁에 외상으로 먹고는 퇴근할 때 주고 가는 것이다.

홀 주인이 아가씨들에게 일숫돈을 주어서 매일 저녁 퇴근할 때마다 받는 데도 있었다. 홀을 경영하는 주인들은 영업 허가만 내고 시설만 해놓으면 적은 밑천으로도 영업을 할 수가 있었다. 주인은 멤바나 웨이터들에게 보증금을 몇백씩 받고 채용했다. 외상 술값은 보증금을 건 멤바나 웨이터들이 책임지게 되어 있었다. 밴드도 보증금을 받고 채용했다. 후로크실도 보증금을 받는 것이다. 화장실로 소변 보러 오는 손님에게 서비스를 해주고 팁을 받는 짓을 하는 데도, 보증금이 작은 집은 50만 원부터 크면 600만 원짜리까지 있었다. 아가씨들 출근비인 찡값은 홀 주인이 받는 데도 있고 멤바가 받는 곳도 있었다. 홀 주인은 기득권을 가지고 종업원을 수십 명씩 부려먹어도 월급은커녕 오히려 보증금을 받으면서 해먹는다. 어느 홀에서는 단 한 사람만 월급을 주는데, 문 앞에서 어서 옵쇼 하는 안내의 월급이다. 모든 종업원들은 팁으로 생계를 꾸려 나간다.

멤바나 웨이터들은 손님을 받는 만큼 혜택을 보게 되어 있는데, 매상의 총액에서 10프로나 20프로를 주인에게서 얻어먹는

다. 그들은 아가씨들에게 거의 왕이나 다름이 없었다. 아가씨들 중에 멤바나 웨이터들에게 한번 미움을 받았다 하면 돈은 한 푼도 벌어먹을 수가 없었다. 아가씨들이 손님을 받지 못하도록 봉쇄할 수 있는 권한이 그들에게 있었다. 화숙이와 꺽다리는 홀 세계의 구조를 잘 몰라서 실수도 많이 저질렀지만 하루하루 지내면서 점차 익숙해졌다. 상납을 해야 된다는 것을 알게 된 뒤로 둘은 멤바와 웨이터들의 비위를 건드리지 않으려고 매번 돈을 바쳤고, 그들이 눈치를 보이면 군소리 못하고 몸을 맡겼다.

악사들도 손님들이 수고했다고 던져 주는 팁으로 벌이를 했다. 웨이터 보조들은 아가씨들이 손님에게 사정해서 얻어 주는 팁으로 살아갔다. 화숙이는 칸막이 안에서 별의별 해괴한 짓을 벌여서 하루에 2만 원을 버는 날도 있었고, 최하 5천 원 벌이는 했다. 팁뿐이 아니라, 나가서 하거나 즉석에서 하는 매춘으로 버는 돈이었다. 손님들은 단순히 그것만을 원하는 게 아니었다. 담배 피워 보이기, 젖술 먹이기 등등의 그럴듯한 장난을 시켰다. 혹시 손님의 요구를 거절해서 기분을 잡치게 했다는 말이 멤바나 웨이터의 귀에 들어가면 욕설뿐만 아니라 심하면 얻어터지기도 했다. 그야말로 손님은 전능의 왕이었다. 아니 사실은 돈이 그렇다. 세상에 서울의 돈처럼 더럽고 무서운 게 또 있을까.

화숙이와 같이 일하는 아가씨 중에는 제가 미담의 주인공인 듯이 부모님을 모시고 동생들 학비까지 보태 주는 아이도 있었다. 이다음에 커서 출세하면 그런 홀에 찾아와 돈을 뿌리며 그런 짓을 하라는 것일까. 남편 있는 아가씨도 예외는 아니라서 테

어둠의 자식들

이블이나 밀실에서 즉석치기를 하고 팁을 받아 챙겨서는 문 앞에서 기다리던 남편과 함께 퇴근하는 것이었다. 화숙이는 그런 비슷비슷한 홀에서 3년을 보냈지만 돈은 한 푼도 모으지 못했다. 그런 생활은 나름대로 밑천이 많이 들었고 쓰임새가 헤펐기 때문이다.

차츰 지긋지긋해졌을 때, 화숙이는 손님과 함께 자다가 안주머니에서 돈뭉치를 보게 되었다. 화숙이는 생각난 김에 홀순이를 걷어치우겠다고 결심하고는 그것을 빼내 새벽에 줄행랑을 놓았다. 30만 원이었지만 몇 달 지내고 나니까 금방 떨어져 버렸다. 화숙이는 맥주홀에 다시 나갈 생각을 하니까 몸서리가 쳐지도록 지겨웠다. 술을 마시는 데도 지쳐 있었다. 결국 몸을 내던지기는 마찬가지라 화숙이는 타상골목으로 기어들었다.

어느 결엔가 화숙이는 술을 마시지 않으면 맥이 빠지고 살맛이 없어졌다. 화숙이는 땅거미가 질 무렵부터 꼬마 강네 집의 아래층 방에서 슬슬 한 모금씩 시작한다. 홀짝거리면서 손님을 받고 드디어는 깊은 밤이 되면 고주망태가 되어 버렸다. 꼬마 강은 순임이가 새로 들어오자 그 골칫덩이를 내보낼 생각이었다. 화숙이의 술주정은 누구도 말릴 수가 없을 정도였다.

제5장
뿌러진 칼

"동철이 있냐?"

순자 방에서 낮잠을 자고 있는데 누군가 나를 불렀다. 며칠 동안 보이지 않던 태봉이가 서 있었다. 나는 잠이 덜 깨어서 심드렁하게 대꾸했다.

"임마, 왜 남의 잠은 깨우구 그래?"

"팔자 늘어졌구나. 잠깐 나와 봐라. 남산에나 올라가자."

나는 하품을 연방 하면서 일어나 재떨이에 남은 꽁초를 집으려다가 내던져 버렸다.

"느이들 때문에 왕년의 큰 깡다구 다 죽었다. 이게 무슨 꼴이냐 씨팔."

태봉이가 혀를 끌끌 차면서 담배를 꺼내 내밀었다.

"남산에 가자니까……."

"안 가 임마, 가봤자 날파리나 슬슬 건드릴 텐데 이젠 안 해. 나 며칠 더 있다가 창신동으로 돌아갈란다."

태봉이가 쿡쿡 웃더니 쑥 내민 입에다 손가락을 대어 보였다.
나는 잠이 확 깨는 느낌이었다.

"뭐야…… 속닥이 맞추는 거냐?"

"두꺼비하구 수창이하구."

태봉이가 복도의 좌우를 둘러보며 나직하게 말했다. 나는 그
제야 군소리 없이 일어났다. 우리는 남산 쪽으로 올라가며 얘기
를 나누었다.

"물 봤니(훔칠 곳을 찾았니)?"

"끝났다. 애비(장물아비)두 찍었지."

"누가 봤어?"

"수창이가."

"임집(주택) 아냐? 웬간한 집은 모두 경비 초소가 있어서 곤란
하다구."

"수창이가 직접 말할 테지만 반짝이 노랭이집(금은방)이다."

나는 은근히 놀랐다. 물치고는 큰물이었던 것이다.

"겡꼬 수십 바퀴 도는 것 아닌가 몰라."

"이 새끼, 초장부터 살 끼게……."

태봉이가 땅에다 침을 돋워 뱉더니 진짜로 화가 났는지 인상
을 쓰면서 말했다.

"뱉어 임마, 빨리!"

나는 계면쩍게 웃었다.

"짜식, 뚜룩(도둑)이라고 가리는 거 드럽게 많네."

나도 그가 안심하라고 침을 돋워 퉤 하고 뱉었다. 부정 타지

말라는 뜻이었다. 우리는 묵묵히 남산까지 걸었다. 약속 장소인 남산 계단까지 가니까 수창이와 두꺼비가 먼저 와서 기다리고 있었다. 우리는 둥그렇게 모여 앉아서 놀러 나온 다른 사람들처럼 과자 부스러기를 놓고 종이컵에다 소주를 마셨다. 수창이는 애기통에서 일하다 그대로 왔는지 냄새나는 군복바지에다 감색 운동모자를 꾹 눌러쓰고 있었다.

"순자한테 말 안 했지?"

두꺼비가 내게 대뜸 물었다. 자식들이 내가 뚜룩에는 초짜인 줄 알고 걱정이 많은 눈치였다. 들치기나 픽치기는 역시 초짜나 하는 짓이었다.

"마, 네 걱정이나 해라."

나는 꾹 참고 그렇게 대수롭지 않게 말했다. 수창이가 땅에다 슬슬 약도를 그려 가며 말했다. 그는 여러 날 돌아다니며 물을 보다가 드디어 허술한 건물의 아래층에 있는 보석상을 발견했다는 거였다. 수창이는 일부러 꼴복까지 갈아입고, 상가에서 물건을 사는 척하면서 보석상의 위층으로 여기저기 살피고 다녔다는 것이었다. 그는 보석상의 문 닫는 시간과 여는 시간, 주인과 종업원의 규칙적인 행동, 부근의 위험한 곳 등등을 세밀히 관찰했다.

"여기 이 아래층 입구에서 두 번째 가게인데, 정문은 셔터로 닫게 되어 있다. 정문 맞은편 벽의 위쪽에 환기통이 이렇게 달려 있고, 여길 뜯어내면 봐라, 한 사람은 겨우 빠져나올 수 있다."

"나는 덩치가 커서 안 되겠지만 두꺼비 너는 좆만 하니까 둘

어둠의 자식들

쯤 빠져나가겠구나."

태봉이가 농을 던졌고 두꺼비도 받았다.

"니 좆더러 빠져나가라구 그래라, 짜샤."

"가만있어."

내가 다시 말을 모으려고 그렇게 김을 뺐다. 수창이도 진지하게 말을 계속했다.

"환기통을 뜯어내는 건 정문으로 들어가지 않아도 2층으로 올라가면 할 수 있다. 나두 우연히 보게 된 거야. 무슨 수가 없을까 하구 상가를 이리저리 돌아다니다가, 바로 그 2층 화장실에 소변을 보러 들어갔다가 발견했지. 화장실의 소변 보는 벽 위로 기어서 갈 만한 창문과 턱이 있는데, 창문만 깨뜨리고 나가면 바로 환기통을 떼어 낼 수 있는 자리야."

수창이가 나뭇가지로 약도를 북북 긋고 발로 지우면서 말했다.

"그런데 문제는 2층도 셔터를 내린다는 거야."

태봉이가 중얼거렸다.

"미리 잠복해야겠군, 기분 안 좋은데."

"잠복하는 한이 있더라두 해야지. 그런 물은 거거나 마찬가지야. 우물거리다가 다른 식구들이 먼저 씹을라(털라)."

두꺼비가 신이 나서 말했지만, 태봉이는 역시 꾼(전문)이라 웃지 않고 중얼거렸다.

"뚜룩은 잠복 때 심장병 걸린다. 하여튼 내질렀으니 이젠 무를 수두 없잖아. 애비두 찍었는데."

태봉이가 장물아비와 줄을 대는 일을 맡았던 모양이었다. 수창이가 물었다.

"누구야?"

"마포 김씨."

"어…… 선불 후하고 계산은 짱아치지, 그래두 빠꼼이니까 안
심이야."

사실 장물아비가 서투르면 다 씹어 놓고도 겡꼬 가는 일이 흔
했다.

"내일 착수금으로 50만 원 받기루 했다. 직접 보자던데……."

"알았어, 내일 보여 주고 받지."

우리는 내일 상가 부근의 다방에서 만나기로 약속하고는 흩
어졌다. 일을 시작하려면 초장부터 조심을 해두어야 했으므로,
두꺼비와 수창이가 먼저 헤어져 가고 나서 나와 태봉이도 따로
따로 내려가기로 했다. 우리가 두려워하는 것은 경찰이 아니라,
우리 같은 논다리들의 눈총이었다. 그들이 언제 겡꼬 가서 말타
기(찍어 주고 빠지기)하려고 코를 발를지(밀고할지) 모르기 때문이
었다. 말타기뿐만 아니라, 논다리들 중에는 자신의 행동에 안전
을 기하기 위해서, 일부러 곰(형사)들의 야당(앞잡이) 노릇을 하
는 애들이 많았다.

나와 태봉이는 두꺼비, 수창이가 내려가고 나서 소주 한 병을
더 깠다. 나는 한편으로는 이번 일이 내키지를 않았다.

"뚜룩이다…… 이거 나온 지 얼마 안 됐는데……."

내가 찜찜해하니까 태봉이가 말했다.

"야 동철아, 마지막으로 한탕 왕창 털어서 이 지긋지긋한 꼬방

어둠의 자식들

동네 뜨면 되잖아."

"난 말야, 싸움이나 꼴통 죽이는 일이라면 무서운 게 없는데, 사실 뚜룩질은 자신이 없거든."

"임마, 난 그래두 너를 생각해서 한몫 줄라구 그랬는데 뽀개긴."

"하긴 나두 궁짜 낄 때는 한탕 생각이 나는데, 막상 할려구 그러면 좀 챙피한 생각이 들어."

깡다구 세계에서는 사실 뚜룩치는 놈들을 비겁하다고 깔보는 면이 있었다. 남의 눈을 피해서 살그머니 쥐새끼처럼 더듬는 일은 사내답지 못하다는 얘기였다. 태봉이는 자존심이 상하는 눈치였다.

"챙피하긴 짜샤. 빵에 가긴 매일반이야. 폭(폭력)이나 뿌러진 칼(절도)이나 도찐개찐 아니냐."

"나는 이제 푼 하나 달았으니 당분간 나들이(피신)는 걱정 없잖니."

"야 임마, 평생 깨질(죽을) 때까지 푼이나 바라구 살래? 그것두 불쌍한 바이푼 뽁 팔아 번 돈이다. 개소리 말구 하는 거야."

"원 씨팔놈, 나를 뚜룩잽이 못 만들어서 환장을 하네. 알았어 임마, 하께."

"그럴 걸 진작 한다구 그러지, 먼저 보채던 놈이 뽀개긴."

나는 야시(겁)를 먹어서가 아니라 먹구 살기가 너무 뻐근해서 혼자 중얼거렸다.

"모처럼 정든 푼하구 생이별하게 생겼구나. 좋다 좋아, 니미 죽기 아니면 뇌진탕이지."

"또 침 뱉게 만드네, 새끼."

우리는 일어섰다. 의심받을 짓을 해서는 안 된다. 생활이 갑자기 변한다든가, 어디로 자취를 감춘다든가, 돈을 헤프게 써서도 안 되었다. 일단 튀는 행동을 보이고 나면 누가 일러바치는지 곰이 찾아와 추궁을 하는 법이었다.

우리는 이튿날 보석상이 있는 상가를 둘러보았다. 장물아비도 흡족한 모양이었다. 그들은 물을 봐서 별로 성공할 타산이 안 서거나 위험하면 절대로 선불을 내지 않았다. 헤어지면서 애비가 50만 원을 시원스럽게 내주었다. 우리는 고참 애비가 믿는 것을 보자 더욱 자신이 생겼다. 우리는 시내에 있는 여관에다 방을 빌려서 의논을 했다.

"언제 씹을까?"

"아무 때나 좋지. 애비한테는 아직 날짜를 알려 주지 않았잖아."

"모레쯤이 어떨까?"

태봉이가 말했고 내가 의견을 냈다.

"기왕이면 상가 쉬는 날 하는 게 어떠냐?"

그러나 태봉이가 목에 힘을 주고 말했다.

"쉬는 날은 특별한 날이라 더 조심을 한다. 보통 날이 낫지. 그것두 수요일이나 목요일 같은……."

수창이가 합세했다.

"그래 좋았어, 모레 하는 거다. 까짓것 털면 하이방 깔 건데 탈나겠어?"

"그래 모레다. 나는 내일 끝막음으로 물 보러 나가지."

　　　　　　　　　　　　　어둠의 자식들

태봉이가 말했다.

태봉이와 나는 털기 하루 전날 보석상으로 갔다. 작업을 하루 앞두고 마지막 점검을 하러 갔던 것이다. 주의해야 될 점을 되풀이해 익히면서 다른 때와 별다른 변화가 없음을 확인했다. 보석상의 진열장 앞을 지나치면서 우리는 똑같이 금은 보석과 시계들을 힐끔 쳐다보았다. 멀리 지나쳐 가자 태봉이가 씩 웃으며 속삭였다.

"내일이면 전부 우리 꺼다."

우리 넷은 이튿날 6시에 상가 근처에 있는 허술한 대폿집에서 모였다. 장물아비인 마포 김씨에게도 연락해서 새벽 정각 5시에 상가 건너편에 차를 준비해 두기로 약속이 되었다. 이제는 썹는 일밖에 남지 않았다. 우리는 아무 말도 없이 각자의 술잔을 비웠다. 태봉이가 시계를 보았다. 7시 3분 전이었다.

"가봐라."

두꺼비와 수창이가 먼저 일어나서 대폿집을 나갔다. 우리 셋은 나중에 왔지만 태봉이는 벌써 5시쯤부터 와서 화장실을 다녀온 뒤였다. 화장실의 유리창을 떼기 위해 화장실에다 미리 받칠 것을 갖다 두었던 것이다. 태봉이가 일어났다. 우리는 두어 발짝쯤 떨어져서 상가로 들어가 2층으로 올라갔다. 아무도 우리에게 주의를 기울이지 않았다. 상가는 8시에 셔터를 내리는데, 7시가 넘으면 손님이 별로 없어서 상인들은 끝마칠 준비를 하느라고 부산했다. 층계 맞은편에서는 3층으로부터 두꺼비와 수창이가 내려오고 있었다. 그들은 우리와 간격을 두기 위해 위층을 한

바퀴 돌고 내려오던 중이었다.

우리는 화장실에서 몇 발 거리에 있는 가구점 쪽으로 갔다. 장롱, 자개 경대, 캐비닛 등속이 늘어서 있었다. 대개 가구점은 오후 6시만 되면 장사를 마치고 들어간다. 밤에 가구를 사서 들여갈 사람이 없기 때문이다. 그런 것도 모두 미리 관찰해서 알고 있었다. 주인 없는 가게라 안심할 수 있고, 밤새도록 잠복하더라도 빈 장롱 따위의 큰 물건들이라 누가 일부러 열어 볼 리가 없어 그럴듯했다. 우리는 몸을 숨길 만한 가구를 골라 한 사람씩 들어갔다. 태봉이는 워낙 덩치가 커서 이불장을 골라 들어갔지만 꽉 들어차는 바람에 두 다리는 쭈그리고 등을 장롱 뒷벽에 바짝 붙였다. 나도 덩치가 큰 편이지만 키가 그리 크지는 않아서 별로 불편하지 않았다. 수창이와 두꺼비도 근처에 숨었다. 우리는 온 신경을 귀에다 집중시키고 어둠 속에 밀폐되어 앉아 있었다. 뒤에서 부스럭거리는 소리가 들리면 나는 태봉이가 발을 바꾸는구나 알아차렸고, 왼쪽에서 삐걱대는 소리가 들리면 두꺼비가 궁둥이를 움직이는 것을 알 수 있었다.

몇 시간을 쪼그리고 장롱 안에 있으려니 나중에는 갑갑해서 미칠 것만 같았다. 내일 당장 감옥에 가는 한이 있더라도 뛰쳐나가고 싶었다. 나는 내 처지가 한심스러운 생각이 들었다. 쪽이 팔려서 벌써 별이 두어 개 붙었는데 도둑질까지 하게 됐으니 이력서에 경력이 하나 더 느는 셈이었다. 기왕 내친걸음이니 다부지게 한탕 치고 나서 발을 씻겠다고 마음먹었다.

태봉이는 주머니에서 만년필 플래시를 꺼내 시계에다 비춰 본

어둠의 자식들

다. 새벽 1시가 넘었다. 태봉이는 장롱 문을 살그머니 열고 머리만 내민 채 좌우를 살펴본다. 캄캄한 장롱 안에 오래 있은 탓인지 희미한 방범등 하나만 켜놓은 상가 안이 구석구석 잘 보인다. 태봉이는 살금살금 기다시피 하여 장롱 밖으로 나온다. 태봉이는 수창이가 들어 있는 장롱 문을 손가락으로 툭툭 두들긴다. 수창이가 문을 열고 머리만 내밀고는 태봉이를 확인하자 다리를 먼저 내놓고 가볍게 후유, 하며 긴 한숨을 내쉰다. 나와 두꺼비에게도 차례로 나오라는 신호가 온다. 태봉이가 앞장서서 화장실 문을 열고는 재빨리 들어간다. 뒤이어 수창이가 따라 들어갔으며 두꺼비와 나도 화장실 안으로 잽싸게 들어갔다.

우리는 화장실 안에 들어서서 잠시 팔다리를 움직이며 몸을 풀었다. 태봉이가 화장실 구석에 갖다 두었던 받침대를 벽에 기대 놓았고 몸집 작은 수창이가 먼저 올라섰다. 태봉이가 비닐백 속에서 면장갑 네 켤레를 꺼내 우리에게 나누어 주었다. 알루미늄 창틀의 창문을 수창이는 몇 번 비틀더니 쉽게 빼내었다. 그는 빼낸 창문을 밑에 있는 두꺼비에게 주고는 턱걸이 식으로 몸을 위로 올리면서 창문을 빠져나갔다. 나와 태봉이는 화장실 문 앞에서 상가 안쪽을 내다보며 망을 보았다. 경비가 오면 해치우기 위해서였다. 두꺼비가 창문을 빠져나갔고, 태봉이도 육중한 몸을 허우적거리면서도 역시 꾼이라 두꺼비보다도 날렵하게 창문을 빠져나갔다. 내가 맨 마지막으로 망을 보다가 창문을 빠져나왔다.

먼저 빠져나온 수창이는 벌써 드라이버로 환풍기를 뜯어내는 중이었다. 뒤따라 나온 우리는 비좁은 턱에 찰싹 달라붙어 있었다. 수창이는 소리가 안 나게 뜯느라고 조심스럽게 드라이버를 놀렸다. 아무리 조심해서 하더라도 가끔씩 쇠끼리 부딪치는 소리가 들렸다. 5분쯤 걸렸는데 입술이 바짝바짝 마르고 오줌이 마려운 느낌이었다. 이런 때에 5분은 보통 때의 50분과 같게 느껴졌다. 생각보다는 어렵게 수창이가 환풍기를 뜯어냈다.

수창이는 뜯어낸 환풍기를 살며시 턱에다 기대 놓고는, 나란히 붙어 서서 기다리는 우리에게 손짓으로 주의를 주었다. 그는 환풍기를 뜯어낸 구멍 속으로 머리를 들이밀고 내려가기 적합한 곳을 찾는 듯하더니, 다시 고개를 빼고 뒷전으로 손을 내밀었다. 그는 엄지손가락으로 누르는 시늉을 했고, 태봉이가 얼른 눈치를 채고 만년필 플래시를 꺼내 내밀어 주었다. 수창이는 플래시를 보석상 안쪽에다 비춰 보고 나서 얼른 껐다. 그는 내려설 자리를 정했는지 엎드린 자세를 바꾸어 뒤로 앉으며 다리부터 집어넣고는 두 손을 슬금슬금 밀면서 내려갔다. 두 손으로 구멍의 양쪽을 잡고 매달렸는데도 발이 바닥에 닿지 않는 모양이었다. 그는 잠깐 매달려 있다가 두 손을 놓았다. 쿵, 하는 소리가 약하게 들렸다. 우리는 두 귀에다 신경을 모으고 얼마큼 기다렸다. 그러고 나서 차례로 구멍을 통해 들어갔다. 두꺼비와 수창이는 아래에서 태봉이와 내가 떨어질 때 소리가 나지 않도록 목말을 태워서 내려 주었다. 거기가 바로 보석상의 안이었다! 우리는 길게 한숨을 토하고 나서 작업을 개시했다.

태봉이가 비닐 백과 3킬로그램짜리 설탕 부대를 꺼냈다. 수창

어둠의 자식들

이는 만년필 플래시를 손에 들고는 켰다 껐다 하면서 앞장을 섰다. 두꺼비가 뒤따라 다니면서 손에 잡히는 대로 긁어 담았다. 처음에는 값나가는 금이나 보석 반지들을 담았고 다음에 손목 시계까지 집어 담았다. 비닐 백이 가득 찼다. 태봉이가 가득 찬 비닐 백을 다시 빈 자루에다 통째로 넣고는 자루 끝을 비틀어서 묶었다. 나는 벽에 기대서서 그들의 작업 광경을 지켜보았다.

작업이 다 끝났다. 물건이 담긴 자루는 태봉이가 들고 있었다. 제법 무거운지 그의 팔이 축 처져 있었다. 우리는 긴 의자로 가서 털썩 주저앉았다. 나는 지금이라도 당장 방범이나 경찰이 호각을 불며 뛰어올 것 같아서 초조했다. 나는 속삭였다.

"야, 담배 한 대만 피우자."

"까짓것 몇 시간뿐인데 참어."

수창이가 말했다. 그러나 태봉이는 스스로 담뱃갑을 꺼내며 말했다.

"임마 괜찮아. 담배 피울 때 재만 바닥에 털고 성냥개비하구 꽁초는 호주머니에 담아 가면 된다."

나도 얼른 담배를 꺼내 입에 물려니까 다시 태봉이가 주의를 주었다.

"넷이서 다 같이 피우면 냄새가 먼 데까지 간다. 이거 한 대로 차례차례 돌려 가며 피워."

태봉이는 두어 모금만 빨고는 얼른 내게 넘겨주었다.

"될 수 있는 대루 깊게 마셔라, 연기 많이 안 나게."

"알았어, 빵에서 피우던 대루 하면 되겠지."

기가 막힌 담배 맛이었다. 온몸의 긴장이 풀리고 몸이 나른해졌다. 감옥 뺑끼통에서 피우다가 홍콩 가는 기분과는 또 다른 맛이었다. 태봉이가 피식 웃으면서 소곤거렸다.

"뚜룩치러 와서 담배 피우는 맛은 뚜룩잽이 아니면 모를걸."

수창이가 나를 툭 건드렸다.

"왜 그래?"

"너 돈 받으면 뭐 할래?"

"뭐 하긴, 돈 쓸 데가 없을까 봐?"

"나는 서울에서 떠날까 하는데."

"니가 농사져 먹구 살려구 그러니?"

"농촌은 말구 대구나 부산 쪽으로."

"서울에는 털어먹을 데가 없니? 하필 부산은 왜 찾어?"

태봉이가 말하자, 수창이는 잠깐 뜸을 들이고 나서 말했다.

"그게 아니라 사실은…… 그만 손 씻을라구 그래."

태봉이는 놀라지 않았다.

"손 씻더라두 기반이나 닦구 떼든지 해라."

"임마, 너두 이번이 마지막 작업이라구 그랬잖어."

"짜샤, 사람이 막 말하면 안 되는 거야. 누군 그런 생각이 없는 줄 알어?"

두꺼비가 끝으로 꽁초를 훅 불어서 호주머니에 넣더니 끼어들었다.

"야, 나두 수창이하구 똑같은 생각인데 일단 서울에서 뜨자."

나는 초청받은 손님이었지만 한마디 보탰다.

"개소리하지 말구 이걸 마지막으루 손들 씻어. 짜식들이 욕심은 되게 많네. 임마, 꼬리가 길면 밟히는 거야."

"넌 어제부터 공자 똘마니가 됐니. 임마, 돈 때문에 설움받아 봐라. 내가 강원도에서 쫓겨서 서울로 왔을 때, 너두 잘 알지, 얼마나 고생했니. 우리라구 밤낮 고생이나 하다가 깨지라는 법 있니."

태봉이의 말에는 나도 같은 생각이었지만, 언제나 우리가 이꼴로 평생을 보내리라고는 여겨지지 않았다.

"그건 니 말이 맞어. 그렇지만 적당히 해야지, 너무 욕심내지 말라는 거야. 요번 작업으루 생긴 오까네루 장사나 해서 사람 됐다는 소리나 한번 들어 보구 살자."

"사람이니까 앉은 채루 죽어지낼 수 없다 이거야. 임마, 우리 같은 좀도둑은 그래두 선량한 놈들이야. 배운 놈들은 허가 내놓구 슈킹하잖니(빼앗잖니). 우리야 니기미, 이거 먹을려구 벌써 몇 날을 밤잠 못 자구 애간장을 태우며 애를 쓰잖아. 재수 없으면 겡꼬 가서 조금 모아 둔 돈도 다 쓰고 오는 거 아냐."

"겡꼬 갈 짓은 하지 말구 살아야지, 씨팔 이건 어디가 안이구 어디가 밖인지, 그저 매일 들락날락 들락날락……."

"임마, 사회에서 방구깨나 뀌고 사는 놈들은 다 번호판 없는 미결수들이야."

수창이가 만년필 플래시로 시계를 비춰 보았다.

"4시 반이다. 50분에 나가지."

두꺼비가 늘어지게 하품을 했다.

"니미 시다이 쏠리는데(배고픈데)."

우리는 50분이 되자마자 일어섰다. 구멍 아래에다 의자를 갖다 놓고 이번에는 초짜인 내가 제일 먼저 올라갔다. 나는 태봉이가 아래에서 올려 주는 자루를 끌어올렸다. 꽤 묵직했다. 태봉이가 뒤이어 올라와서는 나와 함께 벽 쪽으로 붙어서 20여 미터쯤 가다가, 두어 길 정도 되는 아래로 뛰어내렸다. 뒤이어 수창이와 두꺼비도 뛰어내렸다. 붉은 등을 켜놓은 승용차가 맞은편에 서 있는 게 보였다. 우리는 길을 건너 뛰었다. 차 안에서 기다리던 마포 김씨가 문을 열어 주었다. 넷은 후다닥 차 안에 올라탔다. 승용차는 곧 시동을 걸며 빈 행길 위로 미끄러져 갔다. 우리는 각자 면장갑을 벗으면서 숨을 몰아쉬었다. 차 운전을 하던 마포 김씨가 만족한 듯이 중얼거렸다.

"수고 많았어. 뭉치가 제법 큰데."

태봉이가 말했다.

"말 마슈. 이번 뚜룩질은 열 시간이나 걸렸수다. 댓금(좋은 가격)으루 놓아 주슈."

"물건이 좋으면 댓금이지 뭐."

남대문시장 입구에서 차가 섰다. 태봉이가 자루를 마포 김씨에게 넘겨주었다.

"하여간 고맙시다."

"오후 5시에 가게루 나오지."

차는 다시 미끄러져 갔다. 우리는 시장 안의 해장국집으로 들어갔다. 손님 대여섯이 해장국을 먹고 있었다. 우리는 해장국을 시켜 먹고 담배를 한 대씩 붙여 물었다. 아무도 말을 꺼내지 않

　　　　　　　　　　　어둠의 자식들

았다. 제각기 허공을 보거나 식탁 위에 눈길을 주고 있었다. 저마다 돈을 어디에 어떻게 쓸까를 생각 중인 것 같았다.

"가지. 목욕들 하구 각자 알아서 헤어지자."

태봉이가 일어섰다. 수창이가 말했다.

"4시 반에 시장 안 그 다방에서 만나자."

내가 두꺼비에게 말했다.

"내가 먼저 갈까?"

"아니. 나는 꼬마 강네 안 가겠어. 수창이하구 용산이나 가볼까."

"그럼 태봉이하구 나하구는 꼬마 강네 집으루 가겠어."

우리는 목욕을 하고 나서 차례로 나왔다. 나는 양동으로 천천히 걸어갔다. 살려는 사람들이 깨어 일어나 움직이기 시작하는 중이었다. 불을 피우는 아주머니, 좌판을 정리하는 아저씨, 리어카를 세워 놓고 담배를 피워 무는 청소부, 걸달러 가는 꼬지들, 도시락 보통이를 들고 종종걸음으로 가고 있는 노동자들, 끌고 밀면서 서울의 어느 곳인가를 향하여 끝없이 가고 있는 듯한 행상 부부들, 그런 사람들과 지나치면서 나는 슬그머니 주눅이 들었다. 갑자기 어머니 생각이 났던 것이다. 그렇다. 돈이 생기면 우리 뭉치에게 갖다줘야겠다. 피땀 흘려서 번 돈은 아니지만, 꽈자(전과자)인 내가 나름대로 허우적거려서 번 돈이 아닌가. 순자에게도 옷이나 한 벌 맞춰 줄까. 아니, 틀림없이 꼬마 강이 뭔가 수상한 기미를 눈치채고 벌통을 낼 것이다. 나는 이제는 조용한 꼬마 강네 집 계단을 살그머니 올라갔다. 순자의 방 앞으로 가서 우리가 정한 신호대로 이미자의 노래 첫 구절을 휘파람으로 조용히 불었다. 문이 빼꼼히 열렸다. 순자는 손님과 자다가 잠옷 바람으로 빠져나왔다. 내 신호를 어김없이 알아채는 순자가 정말 마부였다(좋았다). 우리 방으로 가면서 순자는 눈을 살짝 흘겼다.

"어제 어디 가서 홀리구 오는 거야?"

방으로 들어온 나는 어쩐지 저 비쩍 마른 바이푼이 가엾어서 꼭 껴안아 주었다.

"어제 딴 년하구 뛰구 오니까 미안해서 따리 붙는 거야?"

"임마, 니가 있는데…… 외박은…….."

"그럼 쪼이 붙었구나(노름했구나). 피곤하지?"

순자는 이불을 깔면서 흥얼흥얼 콧노래를 불렀다. 마치 야근하고 돌아온 남편을 맞는 듯한 태도였다. 나는 옷을 훌훌 벗어 던지고는 순자가 깔아 준 이불 속으로 들어가서 누웠다.

순자도 내 곁에 함께 누웠다.

"어제 손님 많았니?"

순자는 내 어깨에다 머리를 묻으며 종알거렸다.

"두 마리 받았어."

"가봐라, 온다구 말이나 하구 나와."

"괜찮아, 하나는 학삐리고, 하나는 노털인데 둘 다 호구야."

"화대 말구 더 안 주던?"

"응 학삐리 호구 쳐서 후리생(2천 원) 먹었구, 노털은 얼마나 짜게 노는지 뿌리 뽑을려구(돈만 받고 동침하지 않으려고) 했는데 불쌍해서 봐줬어."

"너 노곤하겠구나. 많이 시달렸지?"

"왜…… 해두 괜찮아. 그거하군 다르잖아."

나는 순자의 머리를 가볍게 쥐어박았다. 요걸 데리고 어디 산 좋고 물 좋은 데서 살아도 괜찮겠다는 생각이 들었다. 그렇지만 생각뿐이지 신통하게 살아지느냐가 문제였다. 밭 매는 일은 얼마나 힘들고, 또 입에 밥을 넣는 것은 허리가 부러지게 힘든 세상이 아닌가.

"순자야, 나 양동에서 꺼질까?"

내가 불쑥 물으니까 순자는 소스라쳐서 벌떡 일어나 앉았다.

"정말야? 그럼 왜 날 집적거렸어?"

순자가 내 배를 발로 차면서 말했다.

"만화나 보구 살게 놔두지, 왜 가만있는 사람 건드려?"

"임마, 그럼 언제까지 너하구 나하구 바이뚜룩에서 남들 돈 받아서 헛바퀴 돌리며 살아가니?"

순자는 쥐어짜도 물기 하나 안 남았을 텐데 어이없게도 비죽비죽 울었다. 나는 귀찮아져서 돌아누워 금방 잠이 들어 버렸다.

태봉이는 뒤늦게 꼬마 강네 집으로 들어왔다. 그는 빈방을 찾으려고 2층, 3층으로 두리번거리며 다니는데 3층의 세 번째 방문이 열렸다. 잠옷만 걸친 카수 영애였다. 영애는 하품을 하면서 기지개를 켜는데 잠옷의 앞단추를 잠그지 않아서 속살이 내보이고 그곳이 거무스름하게 보인다. 태봉이는 영애를 향해서 말을 건다.

"야, 너는 그만큼 어른이 됐으면 빤스나 입구 다녀라."

"남이야……."

"빈방 하나 있니?"

"몰라요. 저 끝방 옆이 비었을까."

태봉이는 영애가 가리킨 방으로 가면서 말한다.

"영애 너 나한테 좀 왔다 가라."

"화장실 갔다가……."

태봉이는 방문을 가볍게 노크해 본다. 아무런 기척이 없어서 방문을 열어 본다. 역시 빈방이다. 태봉이는 썰렁한 방 안으로 들어간다. 아무렇게나 뭉쳐진 이불을 펴고 들어가 눕는다. 태봉이는 문을 열어 둔 채로 영애가 오기를 기다린다. 그는 꼬마 강네 집에 올 적마다 말수가 적고 언제나 생각에 잠긴 듯한 영애를 눈여겨보았고, 영애가 흥얼거리며 혼자 노래하는 것도 여러 번 보았었다. 영애가 슬리퍼를 끌고 다가온다.

"왜 그래요?"

"이리 들어와 봐."

카수 영애는 피식 웃는다.

"좀 수상한데."

"나하구 연애 안 할래……?"

영애는 또 피식 웃는다. 방으로 들어온 영애는 머뭇거리지도 않고 이불을 들추더니 태봉이 옆에 눕는다.

"손님 많니?"

영애가 손가락 셋을 펴 보인다.

"와, 만원이구나. 다 있어?"

"하나 헛바퀴 돌리구 또 하나는 갔어."

"그럼 하나 남는데?"

"자요."

"니가 쪽이 마부니까 손님이 많지."

"아침부터 붕 뜨게 하지 말아요."

"넌 놈씨 안 사귈래?"

"필요 없어. 몸 파는 푼인걸."

"나 같은 놈은 어떠니?"

영애는 태봉이의 코를 살짝 쥐고 흔든다.

"평생 살지 않을 텐데 뭐."

"맞어, 나는 장가 안 간다. 돈이나 왕창 쥐면 몰라두."

영애는 가만히 있다가 중얼거린다.

"모두들 돈에 걸신이 들렸어요."

"요즘 세상 놈치구 까네 걸신 안 든 놈 봤니? 말로만 까네가 인생의 전부가 아닙니다. 떠들지만 말짱 헛소리야."

"돈 있으면 뭐할 건데?"

"사업 해야지."

"무슨 사업?"

"웅 글쎄…… 맞어, 꼬마 강씨처럼 푼장사 할까?"

영애와 태봉이는 싱거워져서 웃어 버린다. 태봉이가 갑자기 열나게 중얼거린다.

"그전에 후리가리(일제단속)에 걸려서 유치장으루 갔는데 목사가 일주일에 한 번씩 와서 썰을 풀더군. 어느 날 설교를 하는데,

이 세상에서 구하는 물질은 전부 썩어 없어진다는 거야. 설교를
다 마치고 궁금한 게 있으면 질문하라구 해서 몇 사람이 질문하
구 대답을 듣구 그랬지. 2층 유치장 13방에 있는 어느 쫘자가 질
문 있습니다 하고는 일어서더군. 그 자식 질문이 제일 그럴듯했
어. 교회 다니는 사람들 중에 재벌이 많이 있는데 그 사람들은
왜 썩은 물건을 모으고 있느냐고 물으니까, 목사가 이러더군. 여
러분도 열심히 기도하고 교회에 나오면 잘살 수 있다는 거야. 유
치장에 갇힌 사람들이 전부 큰 소리로 막 웃었더니 그냥 가버렸
어. 내 방에 있던 사원(소매치기) 하나가, 기도해서 잘사는 사람은
하늘나라에서 돈이 소포로 부쳐 와서 잘사는 모양이라구 그러
더라."

"아침부터 웃기지 말아요."

"그래 빠구리나 하자. 아침부터 김새게 하늘 얘기 하지 말구."

"거긴 갈 자신 없나 보지?"

"우리 같은 종점 인생들을 어디가 이쁘다구 받아 주겠니. 나두
돈 벌면 자식새끼들 손목 잡고 꼴복 재 입고 교회로 싹 나간다."

"장가 안 간다면서……."

태봉이는 영애를 껴안으려고 한다. 영애가 그를 손윗사람처럼
부드럽게 받아 주면서 묻는다.

"어젯밤에 뭘 했어요?"

태봉이는 찔끔한다.

"응? 그냥…… 술 먹었어."

영애는 태봉이의 등판을 토닥이며 두드린다.

"걱정 말아요."

태봉이는 왠지 마음이 푸근해진다. 영애는 어쩐지 누나처럼 느껴지는 데가 있다.

우리는 오후 4시 반에 약속한 다방으로 하나둘씩 모였다. 두 꺼비가 제일 먼저 와 있었고 태봉이와 내가 들어서자 수창이가 곧 뒤따라 들어왔다. 수창이는 말없이 신문을 탁자 위에 던졌다. 나는 얼른 신문을 들어 펼쳤다. '보석상 시가 2천 500만 원 도난, 2층과 연결된 환풍기 뜯고 침입'이라는 제목과 사진이 실려 있었다. 두꺼비와 태봉이도 번갈아 가면서 신문을 읽었다. 우리는 차를 시켰다. 내가 말했다.

"기사가 큰데?"

"곰들 열나게 뛰게 생겼어."

수창이가 물었다.

"니들 어떻게 할래? 양동 뜰래?"

태봉이가 말했다.

"안 돼. 절대루 뜨면 안 된다. 사건이 나자마자 싹 없어져 봐라. 보나마나 우리를 찍을 거야."

"그렇지만 눈치를 보다가 뜰 사람은 뜨기루 하지."

내가 말했고 두꺼비도 찬성했다.

"끽해야 한 열흘 뛰어다닐 거다. 나를 사람은 하이방 까두 될 거야."

"어쨌든 그건 내가 공기를 봐서 결정한다."

태봉이가 역시 뚜룩에는 빠꼼이라 그의 말로 결정이 되었다. 가라앉기까지 우리는 계속 양동 바닥에 박혀 있을 작정이었다. 수창이가 일러 주었다.

"5시야."

"갔다 오지."

태봉이 혼자 일어섰다. 그는 나갔다가 금방 돌아와 자리에 앉지도 않고 말했다.

"300 실렸다. 나가자."

우리는 시장의 인파를 헤치며 걸었다.

"마포 김씨가 물건들이 아주 좋았다구 그러던데. 350으로 놓더군. 세 자리 거치는데 이 정도면 양심껏 놔준 거야."

선불 50 제하고 나머지 300이 틀림없었다. 장물아비와 뚜룩 잽이들의 거래는 철저한 신용관계였다. 애비가 물건을 깎아 먹었다 하면, 뚜룩잽이들이 뒤에 앙갚음을 하거나 거래를 끊기 때문에 장물아비들도 계산만큼은 속이지 않고 해주는 것이다. 또한 털이한 물건의 시가는 신문 보도나 방송에서 피해 액수를 알려 주기 때문에 서로 속일 수가 없었다. 실상 피해 액수의 3분의 2나 반을 에누리해서 따져야 한다. 그것을 애비와 중간상과 털이꾼의 몫으로 나누는 것이다. 우리는 택시를 잡아타고는 시내 중심가로 나왔다. 시내의 여관을 찾아 들어가 돈을 분빠이했다. 한 사람의 몫을 75만 원씩으로 정해서 나누었다. 선불로 받았던 50만 원은 넷이 공동으로 쓰기로 했기 때문에 털이를 하기 전에 거의 다 썼던 것이다.

"야, 그렇게 호화찬란해 보이더니 별게 아니로군."

두꺼비가 말하자 태봉이가 제 몫을 세다 말고 벌컥 화를 냈다.

"이런 씹새끼. 75만 원이 누구네 집 똥개 이름인 줄 알아? 한 달에 2만 원 받는 내 동생이 쓰지 않구 먹지 않구 부어서 3년 동안 벌어두 70만 원이야."

"허, 저 새끼 왜 저러지?"

두꺼비가 질렸는지 두리번거렸다. 나도 태봉이처럼 기분이 안 좋았다.

"임마, 니가 잘못했잖어. 사람이 분수를 알아야지."

"야 새끼들아, 그만두구 얼른 내치자. 그리구 당분간 만나지 말자구."

수창이가 제 몫을 안주머니에다 쑤셔 넣고 먼저 일어났다.

"이별식이라두 하구 나서 헤어지자. 내가 저녁 사지."

나는 그들을 끌고 음식점으로 들어갔다. 우리는 불고기백반에다 소주를 시켜 놓고 걸쭉하게 먹었다. 우리는 정말 신사가 된 기분이었다. 안주머니에 오까네가 왕창 실려 있으니, 모두가 의젓하고 느긋한 얼굴이었다.

태봉이는 친구들과 헤어져 청계천5가로 갔다. 청계천5가에서 성남 가는 택시 합승을 타고 부모님이 계시는 집으로 가는 것이다. 집이래야 땅만 정해져서 임시로 천막을 친 꼴이다. 동네에 들어서니 벌써 애새끼들이 와글거리고 아낙네들이 재잘거리는 소리가 요란하다. 태봉이는 비록 뚜룩을 쳐서 버는 돈이라도 목돈이 생기면 집에 갖다주곤 한다. 쇠고기 두 근과 정종 한 병,

과일 등속을 한 아름 사들고 뿌듯한 기분으로 천막 앞에 들어선다.

"어서 오너라. 그동안 뜸했구나."

마당에 섰던 어머니가 태봉이를 반겨 맞아 준다.

"받으슈."

"아이구 이건 고기, 술은 또 뭣허러 사왔어. 느이 아부지 살판 났구나."

"어머니, 들어갑시다."

태봉이가 방에 들어가서 60만 원을 건네주자 어머니는 눈을 휘둥그렇게 뜬다.

"아니 이게 웬 돈이냐. 혹시 나쁜 짓 한 거 아니여?"

"아녜요. 우리 친구가 돈을 남에게 떼였는데, 내가 받아 주었더니 고맙다구 사례비 조로 준 거예요."

어머니는 내키지 않는 모양인지 돈을 든 채로 주저주저한다.

"태봉아, 비록 가난하게는 살망정 악한 짓은 하지 마라. 선한 끝은 있어두 악한 끝은 없단다. 못 먹구 못 살아두 마음 편한 게 좋아."

"나쁜 돈이 아니라니까요. 걱정 말구 쓰세요. 아버지한테는 말씀하지 마시구요. 돈 있는 줄 아시면 또 술이나 잡수실 테니까요."

"그래 알았다. 돈을 받아두 마음이 안 놓이는구나."

"걱정 말라니까요. 괜히 신경 쓰지 마세요. 절대로 나쁜 짓 해서 생긴 돈이 아니니까요."

어둠의 자식들

태봉이 어머니는 돈을 들고 일어서더니 어디에다 둘까 찾는 것이다. 태봉이가 한번 쓱 둘러보고는 옷을 담는 쇠 트렁크를 손짓했다.

"저기 깊숙이 넣어 두세요."

"옳지."

어머니가 돈을 그 안에 조심해서 넣고는 자꾸만 그쪽을 바라본다.

"삼봉이는 어디 갔어요?"

"몰라, 어딜 그렇게 싸돌아다니는지 집구석에는 조금도 붙어 있지를 않는구나."

밖에서 헛기침 소리가 들리더니 태봉이 아버지가 방문을 연다. 태봉이가 자리에서 벌떡 일어나 인사를 한다.

"그동안 편안히 계셨어요?"

"웅, 이게 누구냐, 태봉이구나. 왜 발길을 안 했니?"

"친구들하구 지내느라구요."

태봉이는 아버지 앞에 단정히 앉는다. 그는 쌍소리를 지껄이고 변(은어)을 쓰는 양동의 뚜룩잽이가 아니다. 태봉이는 강원도에서 농사를 짓던 시절로 되돌아온 것이다.

"요새두 술 많이 잡수세요?"

아버지는 멋쩍은 모양이다.

"쯧, 몇 푼 생기나. 겨우 한잔씩 홀짝거리지."

"술 많이 잡숫지 마세요. 몸에 나쁩니다."

"까짓 놈의 세상…… 오래 살면 뭘 하니?"

"아들을 여기 이렇게 멀쩡하게 놔두시구 무슨 말씀을 그렇게 하세요. 조금만 기다리세요. 저두 얼마 안 있으면 구멍가게 할 만한 장사 밑천은 마련할 수 있게 될 거예요."

아버지는 기운 없이 말한다.

"글쎄…… 니네들이라두 잘되면 좋지."

식구들이 살 집을 장만하는 것이 태봉이의 꿈이다. 창신동에서 철거되어 성남으로 왔을 때는 셋방을 살았었는데 이제 내 터는 마련된 것이다. 몇 개월 만에 집에 돌아온 태봉이는 부모님과 장차 서울에서 살아갈 일을 의논하는데 여동생 정희가 들어온다. 공장에서 저녁 늦게까지 일하고 돌아온 정희는 오빠를 보자 반가워서 도시락 가방을 방바닥에 내던지고 태봉이에게 다가오더니 악수를 청한다. 컸다고 그러는 것이겠지.

"오빠, 왜 그렇게 한 번두 안 왔어?"

"응, 바빠서."

"오빠, 나 며칠 있으면 월급 탄다. 월급 탈 때까지 가지 마, 응?"

"얼마나 받는데 가지 말라구 하니?"

"밤일까지 하면 3만 원은 될 거야."

"그것밖에 안 되니?"

"난 그래두 많이 받는 편이야. 새루 들어오는 애들은 2만 원두 안 돼."

"가만있자, 니가 몇 년 됐지?"

"햇수로 5년 됐을 거야."

태봉이 어머니는 정희에게 말한다.

어둠의 자식들

"얘 정희야, 수다 그만 떨구, 얼른 씻구 밥 먹어라. 내일 또 일 나갈래문 일쩍 자야지."

"가만있어요. 오래간만에 오빨 만났는데 엄만 괜히 그래."

"요것이 에미 말은 통 안 들어."

어머니가 때리는 시늉을 하자 정희는 밖으로 얼른 튀어 나간다. 어머니는 태봉이가 사온 고기를 볶아서 상에다 냄비째로 받쳐 들고 들어와 방 한가운데 놓는다.

"정희야, 너 오빠가 사온 정종을 주전자에다 조금만 따라 가지구 오너라."

태봉이 아버지는 술이 있다는 말에 반가운 표정이 된다.

"무슨 돈이 있다구 술을 다 사왔냐. 돈 있을 때 아껴 써야지."

태봉이는 약간 쑥스럽다. 이렇게 집안이 따뜻할 수가 없다. 조금만 형편이 펴도 이렇게 단란하지 않은가.

"뭘요, 조금 사왔는데요."

정희가 술을 가지고 들어온다. 술 주전자를 태봉이가 받아서 아버지에게 따라 드린다. 아버지는 아들이 따라 준 술을 쭉 들이켜고는 카, 소리를 내며 손으로 턱을 훔친다. 정희가 호들갑을 떨면서 상머리에 붙어 앉는다.

"아, 이 냄새…… 오래간만에 쇠고기 먹어 보네. 오빠, 덕분에 잘 먹겠어."

태봉이는 웃기만 하고, 어머니가 급히 먹는 정희에게 주의를 준다.

"얘야 천천히 먹어라, 체하면 어떡헐려구 그러니. 태봉이두 좀 먹구."

"전 오기 전에 친구한테 많이 얻어먹었어요. 어머니두 좀 드세요."

어머니는 두어 젓가락 집어 본다.

"삼봉이 녀석은 먹을 복도 없어. 집에 붙어 있어야 얻어먹지."

"삼봉이 들어오면 고기 한 근 더 사다가 해주세요."

고기를 열심히 씹고 있던 아버지가 입을 우물우물하면서 말한다.

"놔둬라. 삼봉이는 고기 사 먹이면 기운이 나서 공연히 싸움질이나 한다."

태봉이는 아버지의 말을 들으니 어쩐지 미안한 생각이 든다. 집에 있으면서 동생들을 보살펴야 하는데 큰아들인 자기가 집에 붙어 있지 않으니 동생이 나가서 싸움이나 하고 다니는지도 모르는 게 아닌가. 태봉이 저는 이미 범죄 세계에서 생활하고 있지만 동생만은 자기처럼 되어서는 안 된다고 생각한다. 그는 제가 사온 고기를 식구들이 맛있게 먹는 것을 바라보며, 무슨 짓을 해서라도 집을 마련해야 한다고 생각한다.

어머니는 밥상을 물리고 나자, 태봉이가 장가들어서 손자새끼 보며 오순도순 사는 거 보고 죽으면 원이 없겠다며 밤늦게까지 이야기한다. 식구들은 태봉이 때문에 잠이 다 달아났는지 시골서 살던 때의 얘기를 꺼내 동네 사람들을 어디서 만났다는 둥, 누구는 어떻게 살더라는 둥 끊임이 없다.

아침 늦게야 일어난 태봉이는 아침을 먹고 나서 동생 삼봉이나 보고 간다면서 하루 종일 집에 있었다. 저녁을 먹고서도 삼

어둠의 자식들

봉이는 돌아오지 않았고 태봉이는 섭섭한 마음으로 일어선다. 부모님이 버스 타는 데까지 배웅을 나오는데 어머니는 무슨 생각이 들었는지 제발 몸조심하라고 신신당부한다.

　나는 처음부터 뭉치에게 찾아가리라고 작정하고 있었다. 어머니는 그즈음에 이문3동의 판자촌에서 살고 있었다. 이제는 나에 관해서도 아예 포기를 하고 삼촌네와 함께 살면서 주차장 근처에서 장사를 하고 있었다. 거의 6개월 만에 어머니를 만나러 가는 길이었다. 사실 어머니가 나를 규칙적으로 만날 수 있었던 것은 내가 학교(형무소)에 있을 때뿐이었다. 뒤에 내가 어머니도 이해할 수 없었던 여러 사람들의 문제로 감옥을 들락거릴 때에도 나에 대한 어머니의 태도는 변함이 없었다.

　집으로 올라가기 전에 어머니가 좋아하는 떡을 사고 사촌들에게 줄 과자도 한 아름 샀다. 내가 방 두 칸짜리 집에 들어가니 어머니는 처음에는 눈물을 떨굴 정도로 반색을 하다가 곧 태도를 돌변하여 원망하기 시작했다. 뭉치도 세파에 시달려 많이 지치고 점점 나이를 먹어 가는 것이다. 삼촌은 아직 안 들어왔고 어머니는 방금 들어왔던지 발을 씻고 있었다. 외숙모가 들어와서 은근히 어머니를 도와 나를 몰아세웠다.

　"글쎄, 벌써 나이가 몇이야. 동철이는 외아들 아니냐. 세상에 단 한 분 계신 엄마를 반 년 동안이나 찾아뵙지두 않구 어디 가서 뭘 하구 다녀."

　나는 죄 지은 사람처럼 고개를 숙이고 잠자코 앉아 있었다.

사 온 과자를 사촌들에게 내주고는 어머니에게 잡수시라고 떡을
내놓았다. 어머니는 나를 힐끔 바라보았다.

"니가 무슨 돈이 있다구 떡을 다 사왔니?"

나도 인상을 좀 찌푸리며 대꾸했다.

"아무리 실업자지만 떡 살 돈두 없겠수."

"번들번들 노는 놈이 도둑질 안 한 이상 어디서 생겨."

나는 꾹 참고 말했다.

"걱정 말구 어서 잡수세요."

"애, 너두 이리 와서 먹자. 애비 몫두 남겨 두고."

어머니가 외숙모에게 떡을 밀어 주고 내게도 말했다.

"너두 먹어 이 녀석아."

나는 그제야 씩 웃었다. 우리 모자는 서로 정은 뜨거운데 이
렇게 앉기만 하면 콩팔이 새삼육이 번거로웠다. 어머니는 떡을
들면서도 내게 잔소리를 그치지 않았다.

"잠깐 나이 먹는다. 젊어서 부지런히 벌어 가정을 꾸려야 할
텐데, 너는 어떻게 된 놈이 정신을 못 차리구 돌아다니니. 에미
는 걱정이 되어 미치겠다. 이 에미를 봐라. 살겠다구 아직두 거리
에서 장사를 하구 있잖냐. 죽기 전에 니가 사람 구실을 하는 걸
보구 죽어야 할 텐데, 니 아버지두 벌어 놓은 돈 없어서 고생만
잔뜩 하다가, 내게 무거운 짐만 맡기구 가버렸어."

"형님, 그만하세요. 모처럼 집에 들어왔는데."

외숙모도 내가 오자마자 긁히는 것이 보기에 민망한지 어머
니를 만류했다.

"너는 모른다. 내가 저 녀석 때문에 푹 늙었어. 애비 없이 이만큼 키워 왔는데두 에미 공은 모를망정 밤낮 나가서 걱정이질이나 하구 다니니. 이 자식아, 나두 돈 좀 모아 두었어. 통장두 있어. 이제는 네게 장사라두 맡기구 두 다리 뻗을려구 해두 어디 맘이 놓여야지."

나는 그만 짜증이 났고, 금방 나가 버리고 싶었다.

"어머니는 나만 봤다 하면 고리타분하게 옛날 얘기나 꺼내구 있수. 그만둬요, 제발."

"늙은 에미 잔소리 듣기 싫다구 하지 말구 정신 좀 차려라. 너보다 밥 한 그릇이라두 먼저 먹은 이 에미의 잔소리는 너 잘되라구 하는 거야. 새끼 잡아먹는 범이 없구, 고슴도치두 제 새끼는 귀여워할 줄 안단다. 에미는 그래두 니가 나가서 돌아다니면 제대루 먹구나 댕기는지, 형무소에 또 들어가지나 않았는지, 하루도 마음 놓고 살 날이 없어."

어머니는 눈물 바람이었다. 외숙모가 자리를 피해 밖으로 나갔고, 나도 잔소리에 견디지 못하고 벌떡 일어났다.

"에이…… 갈래요."

어머니는 혀를 차더니 턱짓을 했다.

"앉어, 이리 앉으라니까."

나는 다시 주저앉았다. 속에는 뭉치에 대한 죄스러움과 사랑이 가득 차 있지만 겉으로 드러내기가 머뭇거려졌다.

"모처럼 왔으면 따뜻한 밥이나 한 그릇 먹구 가든지 해야지, 그냥 가니? 저 잘되라구 얘기하는데, 네녀석은 언제나 마찬가지야. 망종 같으니라구. 에미 잔소리 좀 듣기 싫다구 역정을 내구 일어나?"

"아니에요. 친구하구 약속이 있어서 그래요."

"매일 돌아다니느라구 집에두 올 시간이 없는 놈이 친구 만날 시간이 있어? 죽으나 사나 새끼밖에 모르구 이날 이때까지 너만 바라구 살았는데, 대가리가 컸다구 제멋대루 하려구 그래, 죽고 싶다 이놈아! 에미한테 이렇게 할 수 있냐. 거리에 서서 추우나 더우나 비가 오나 눈이 오나 오늘 입때껏 먹구 살겠다구 허덕거리는 에미를 호강은 못 시켜줄망정 속이나 썩이지 말아야지. 남의 자식들 부모에게 잘하는 거 보니까 부럽더라. 저 밑에 살고 있는 느티나무집 좀 봐라. 아들들이 성공해서 냉장고다 테레비다 전축이다, 없는 거 없이 다 해놓구 살면서 부모한테 얼마나 잘하는 줄 알어? 보약 지어다 드리지, 놀러 다니라구 용돈 많이 주지. 너는 그렇게는 못할망정 에미가 잔소리한다구 말대답이나 탕탕 하면서 나간다구만 하니, 그게 에미한테 할 태도야?"

나는 대꾸도 않고 묵묵히 듣고만 있다가 호주머니에서 돈을 꺼내 불쑥 내밀었다. 나는 애정 표현에 있어 그렇게 서투르고 또한 자신이 없었다. 어머니는 처음에는 어이가 없다가 놀랐다가 의심스러운 모양이었다.

"이게…… 뭐야?"

"돈 처음 봤수?"

"글쎄, 이게 한두 푼도 아니구."

나는 대들 듯이 말했다.

"어머니 호강시켜 드릴려구 나도 돈 벌었어요. 70만 원이에요."

돈뭉치를 받아 쥔 어머니는 눈이 휘둥그레지면서 나를 바라보았다.

"이렇게 많은 돈을 어디서 구했니? 너 혹시 훔친 거 아니지? 솔직히 말해 봐라. 에미는 비록 못살아두 나쁜 짓 해서 번 돈은 먹구 싶지 않다. 나는 이날 여태 남의 거스름돈 한 푼 틀리게 준 적이 없어. 바른대로 말해. 이 돈 어디서 생겼어?"

"에이…… 친구하구 장사해서 번 돈이에요."

어머니는 혀를 끌끌 찼다.

"장사꾼들이 다 죽었는가 보다. 나는 알어. 장사해서는 이런 돈을 대번에 만지지 못해. 우리 수단으로는. 이거 임자에게 도루 갖다주고 오너라. 너 혼자서 못 가면 에미하구 같이 가자."

나는 섭섭해서 견딜 수가 없었다. 차라리 신문에 난 보석상 털이의 범인이 바로 나라고 떠들고 싶기도 했다. 나는 악을 버럭 쓰며 말했다.

"장사한 돈이라니까요. 그렇게 날 못 믿어요? 내가 설사 도둑질한 돈이라구 해두 어머니가 신경 쓸 거 없어요. 느티나무집 아들이 부모에게 효도하면서 잘사는 것은 뭐 좋은 짓으루 번 돈인 줄 아세요? 교통순경 하는 사람이 월급을 얼마나 받는다구 부모에게 녹용 인삼으루 보약을 지어다 줘요. 다 남의 등골 뺀 거예요. 먹구 살겠다구 사잣밥 싸들고 다니는 운전수 등을 쳐서 효도하는 거란 말예요. 나는 성질이 개떡 같아서 싸움질할망정 공연히 남을 괴롭히지는 않아요. 좋아요, 이제부터 무슨 짓이라두 해서 호강시켜 드릴 테니까 잔소리 좀 하지 마슈."

그리고 나는 나중에 후회는 했지만 입에서 뱅뱅 돌던 말을 해
버렸다.

"그리구 영감 하나 얻어 드릴 테니 마음 푹 놓구 사시란 말예요."

"저…… 저놈, 저놈이……."

나는 말을 끝내기가 바쁘게 밖으로 뛰쳐나왔다.

수창이도 애기통 작업장에서 지낸 뒤에 중랑천변 뚝방동네로
부모님을 찾아갔다. 아버지에게 드릴 술 한 병과 쇠고기 두 근과
동생에게 먹이려고 빵과 과자를 사들고는 집으로 들어갔다. 아
버지는 자고 있고 막내 여동생은 방에서 혼자 놀고 있다. 여동생
이 수창이를 보자 휴가 나온 군인이라도 반기듯이 조금 어려워
하면서 뛰어나온다. 누이동생의 말에 부스스 일어난 수창이 아
버지는 크게 하품을 하고 나서 힘없이 말한다.

"왔니…… 앉아라."

"예, 어머니 장사 나가셨어요?"

"응, 요즘은 저 건너 시장에 나가 장사하지."

누이동생이 수창이의 손을 잡고 찰싹 달라붙어 있더니 말한다.

"오빠, 내가 나가서 엄마 불러올까?"

"놔둬라, 조금 있으면 들어오시겠지."

아버지는 연신 하품을 하며 벽시계를 올려다본다.

"니 엄마 들어올 시간이 곧 됐다."

"오늘 자구 갈 건데요 뭘."

누이동생은 수창이가 사온 봉지를 풀더니 과자를 꺼내 먹기 시작한다. 아버지가 동생을 나무란다.

"조년은 오빠 줄 생각은 않구, 그저 혼자만 먹느라고 정신이 없네. 오빠 줄 거 남겨 놓구 먹어라."

여동생은 샐쭉해서 대꾸한다.

"아버진 밤낮 술이나 먹구 우리 먹을 건 사주지두 않으면서 야단만 쳐."

오빠를 믿고 슬그머니 대들어 보는 모양이다. 아버지는 자식이 크면 어렵다고 수창이 앞에서 그런 소리를 듣기가 민망한 눈치다.

"허 조년, 제 에미한테 배웠구나. 어서 시장 가서 엄마 빨리 오라구 해라."

"알았어요."

빵을 우물거리면서 동생이 밖으로 나간다. 아버지는 부엌으로 나가더니 냉수 한 컵을 벌컥벌컥 들이켜고는 방으로 다시 들어오면서 수창이에게 말한다.

"요즘 돈벌이가 괜찮으냐?"

수창이는 돈 얘기는 꺼내지도 않고 침착하게 말한다.

"별루 신통치 않아요."

"전에 애기통인가 뭔가 하는 거 에미가 안 사주더냐?"

"샀어요."

"애기통 샀는데두 돈벌이가 신통치 않아?"

"없을 때보다야 낫지요."

아버지는 담배에 불을 붙여 문다.

"니 형두 장가가야 되는데 걱정이다."

"형이 알아서 하겠지요 뭐."

"너는 언제까지 나가 있을 테야?"

"돈이 좀 모이면 들어와서 살겠어요."

"돈 못 벌어두 좋으니 집에 들어와서 엄마 장사하는 거나 도와줘라."

수창이는 아버지가 남의 얘기를 하고 있는 것 같아 은근히 불만이다.

"아버지는 요즘 일이 없으세요?"

역시 그 말에는 면목이 없는지 아버지는 우물쭈물한다.

"몸이 좋지 않아서 쉬구 있다."

"많이 편찮으시면 병원엘 가보셔요. 큰병 나기 전에 가보는 게 좋아요."

"병원까지 갈 죽을병은 아니구, 허리가 아파서 그래."

한참 동안 아버지와 얘기하고 있을 무렵 저녁 7시가 되어서 어머니가 들어온다.

"우리 수창이 왔니?"

머리에 이고 있던 양푼을 내려놓으며 첫마디가 우리 수창이다. 어머니는 한숨을 휴우 내쉬고는 방으로 들어온다. 수창이는 어머니 손을 잡으면서 방에 앉는다.

"무슨 큰돈 번다구 밤늦게까지 장살 하세요?"

"말 마라, 니 아버지는 매일 놀면서 약 사 잡수신다고 돈 뜯어다가 술이나 마시지. 이나마 내가 손 떼구 들어앉아 있어 봐라, 죽두 밥두 안 되지."

어머니의 핀잔에 아버지는 입맛을 쩝쩝 다시면서 신경질을 낸다.

"저, 저 사람은 애들이 있으나 없으나 그저 자식 나무라듯 야단을 치니 내가 자식이야, 남편이야. 당신이 술 사먹으라구 돈 얼마나 줬어?"

어머니가 대꾸하려고 고개를 들자 수창이가 만류했다.

"그만들 두세요. 사시면 얼마나 사신다구 싸움들 하세요. 어머니두 좀 참아요. 아버지가 술 마시면 얼마나 잡수시겠어요. 그만두세요."

어머니는 남편으로부터 수창이에게로 돌아앉으며 한숨을 쉰다.

"니가 나가 있으니까 니 아버지를 겪어 보지 않아서 그런다. 말 마라, 에미 속 썩는 건……."

"관두시라니까요. 어휴, 배고파 죽겠어요. 밥이나 빨리 하슈."

"에그, 내 정신 좀 봐라."

어머니는 시장에서 하루 종일 시달려 저녁을 지을 경황이 없을 텐데도 밖으로 뛰쳐나간다. 어머니가 나가자 아버지는 아들에게 편을 들어 달라고 하는지 어머니 흉을 본다.

"수창아, 너두 알지. 도동에서 살 때 식구들이 다 고생했겠지만 나는 노동판에 다니면서 얼마나 고생했냐. 이 나이를 먹도록 노동판에서 고생한 내가 요즈음 허리가 아파서, 아픈 거 잊을려구 소주 한잔씩 하는데 뭐가 그리 잘못이라구 자식 나무라듯

하니. 니 에미 때문에 나는 못 살겠다."

"아버지 참으세요. 제가 아버지 심정 다 알아요. 어머니도 속이 상해서 그러시겠지요."

아버지는 화가 난다는 핑계를 대고는 수창이가 사 온 술을 가져오라고 한다. 수창이가 술을 갖다준다. 여동생에게 술잔과 안주 될 만한 것을 가져오라고 이른다. 동생이 부엌으로 나가 술잔과 멸치볶음을 담아 가지고 온다. 부엌에서 밥을 하던 어머니가 혀를 차면서 중얼거린다.

"핑계 대구 술 먹는 꼴 보기 싫어서 싸움 안 할려구 했는데, 내가 미치구 말아야지."

그릇들이 왈그랑 뎅그랑 한다. 아버지도 어머니 들으라는 듯이 중얼거린다.

"니 에미 년이 늘 저렇다. 남편을 숫제 사람같이 안 본다니까."

부엌에서 아버지 말을 듣고 있던 어머니가 방 안에다 얼굴을 들이밀며 큰 소리로 악을 쓴다.

"아니, 사람이면 그럴 수가 있어요! 귀신에게 그만큼 빌었어도 말을 듣겠수. 그렇게 술 먹지 말라구 해두 그저 눈만 뜨면 술, 술…… 술을 먹었으면 얌전하나 있어야지. 온 동네를 다니면서 주정을 하니 하루 이틀두 아니구, 내가 남부끄러워 못 살아."

어머니가 큰 소리를 지르며 대들자 아버지가 술병을 들더니 던지려고 한다. 수창이는 재빨리 달려들어 술병을 빼앗아 한쪽으로 치워 놓는다. 싸움이 커질 것 같아 수창이는 싸움을 말리노라고 일부러 투덜거린다.

"아버지, 나 갈래요. 모처럼 집에 왔는데 싸움들이나 하시구, 이거 집구석이 평안해야 무슨 일이 되지."

간다고 일어서는 수창이를 다시는 싸움 안 하겠다며 아버지가 붙든다. 역시 아버지가 어머니보다는 마음이 약한 것이다.

"안됐구나, 정말 모처럼 왔는데."

아버지는 어머니에게 험한 눈짓을 해 보이고 어머니도 조용해진다. 부엌에서 쇠고기 볶는 냄새가 방에까지 스며들어 코를 건드린다. 아버지는 이제 담배를 연거푸 두 대나 피우며 말없이 앉아 있다. 여동생과 장난을 치던 수창이가 아버지에게 묻는다.

"인창이 형 몇 시에 들어와요?"

아버지가 걱정스럽게 말한다.

"글쎄…… 매일 밤일 하는지 11시가 넘어야 들어와."

"한 달에 얼마 받는데요?"

"6만 원두 가져오구 5만 원두 가져오구 그래."

"형 몸이 약하잖아요?"

"그래, 인창이는 몸이 건강하지 못한 것 같아. 요새는 더 얼굴색이 안 좋아."

"공장 다녀 봤자 큰돈 벌긴 다 틀린 것 같구, 차라리 장사나 하라구 그러지요."

"니 형은 수단이 없어서 장사두 못해. 아무나 장사하는 줄 아니?"

어머니가 밥상을 들고 방으로 들어왔다. 팔다 남은 상추를 가져왔는지 밥상에 수북이 쌓여 있다. 쇠고기는 프라이팬째로 밥상 가운데 놓여 있다. 조금 전까지 싸웠던 어머니는 언제 싸웠냐는 듯 고기를 아버지 가까운 곳으로 밀어 놓는다. 아버지는 된장과 고추장을 섞은 양념장을 상추쌈에다 듬뿍 바르더니 밥을 한 수저 떠 넣고는, 그 위에다 쇠고기 한 점을 올려놓고 꼼꼼히 두 손으로 싸서 입이 터지도록 밀어 넣는다. 아버지가 맛있게 먹는 것이 좋은지 어머니는 상추를 좋은 것으로 골라 연신 아버지 앞에다 놓아 준다.

"영감태기가 술만 안 잡수면 얼마나 좋겠니."

어머니가 눈을 흘기며 말하자 아버지도 빙글빙글 웃는다.

"알았네, 그만하게나. 내일부터 적당히 먹을 테니 걱정 말게."

"말이야 수백 번 했지요. 한 번이나 실천한 적이 있어야지."

"잔소리 그만하구 고기나 먹게나."

"영감이나 많이 먹구려."

여동생이 수창이를 보고 눈을 끔쩍이며 웃는다.

"엄마하구 아버지는 싸우기도 잘하면서 금세 친해져."

어머니가 상추쌈을 입에 밀어 넣다 말고 윽박지른다.

"요년, 쪼끄만 년이 말참견은…… 어서 밥이나 먹어."

여동생이 가만있지 않는다.

"히히, 엄마가 부끄러운가 보다."

"아니 요것이 왜 이렇게 말이 많지?"

아무 말 없이 밥을 떠 넣고 있던 수창이가 웃으면서 한마디 보탠다.

"어머니, 솔직히 말해 보슈. 아버지가 싫지는 않지요?"

"너까지 에미를 놀리냐, 이놈?"

"괜히 좋으시면서 그러지요."

어머니는 상추를 들어 부채를 부칠 듯이 휘젓는다.

"어이구 너는 몰라요. 니 아버지가 좋다구? 야야, 두 번 좋다가는 집 팔아서 술 먹겠다야."

고기 국물을 훌쩍훌쩍 뜨고 있던 아버지가 말한다.

"니 에미가 성질만 저렇지 뒤끝이 없다. 그 성질만 고치면 내가 업어 주겠는데."

어머니는 자식들 앞에서 좀 부끄러운 모양이다.

"업어 주는 것두 싫구요. 제발 빌 테니까 술 좀 잡숫지 마세요. 남들은 먹구 살기가 바빠서 눈이 시뻘게서 난린데, 영감이야 그저 눈만 뜨면 술타령이니 잔소리 안 하게 됐어요? 잔소리하는 나만 나쁘다구 하지 말구요. 양심이 있으면 생각 좀 해보구려."

"저런저런, 또 나온다."

어머니는 기가 막히다면서 웃는다. 식사를 마치려고 하는데 바로 밑의 남동생인 우창이가 들어온다. 방문으로 머리를 내밀며 수창이에게 인사를 하는데 어머니가 잔소리를 퍼붓는다.

"저놈은 집구석엔 조금도 붙어 있지 않구, 어딜 돌아다니는지 속상해 죽겠어. 수창아, 니 동생 혼 좀 내주고 가라. 야단치는 사람이 없으니까 제멋대로야."

어머니의 핀잔에 시무룩한 얼굴이 된 우창이가 변명을 한다.

"친구네 집에서 놀다 오는 거예요."

"잔소리 말구 얼른 씻구 밥이나 먹어라."

어머니는 밥상을 치우려다가 빈 그릇만 주섬주섬 치우더니 먹던 밥상 위에 밥만 한 그릇 올려 준다. 아버지가 성냥개비로 이를 쑤시며 우창이에게 말한다.

"밥 먼저 먹구, 씻는 건 나중에 해라."

우창이는 윗도리를 벗고 씻으려다가 방으로 들어온다. 수창이보다 네 살 아래지만 덩치는 훨씬 크다. 우창이는 오랜만에 쇠고기를 먹는지라 쫓겨 가는 사람처럼 급히 먹는다. 그런 우창이를 보며 수창이가 말한다.

"임마, 누가 쫓아오니? 천천히 먹어라. 얹히겠다."

우창이는 밥을 다 먹고 나서 스스로 밥상을 들고 부엌에까지 갖다준다. 여동생은 설거지를 한다면서 부엌으로 간다. 수창이는 바람을 쐴 겸 밖으로 나간다. 어머니가 따라 나오면서 말한다.

"또 어딜 갈려구?"

"안 가요. 바람이나 쐬구 오려구요."

"나하구 같이 나가자."

"그렇게 하셔요."

수창이는 어머니와 중랑천 뚝방을 지나면서 말을 주고받는다.

"수창이 너는 언제까지 나가 있으련?"

"올 안으로 들어와야지요. 평생 종이나 줏어 먹구 살 수는 없잖아요."

"그렇게 해라. 니 형두 내년에는 장가 보내서 살림 내줘야지."

"장가갈 밑천 장만했어요?"

"조금 모아 둔 게 있어. 니 형이야 월급 타면 한 푼도 안 쓰고 집에 갖다주지. 월급 탄 거 내가 고스란히 모아 뒀어. 그걸루 장가 밑천 하면 되겠지."

"잘하셨어요."

"니 형은 걱정 없어, 니가 걱정이지."

"저는 걱정 마세요. 다 알아서 하구 있으니까요. 제가 사실은 그동안 틈틈이 모은 돈을 어머니에게 맡겨 놓을려구 갖구 왔어요."

"그거 잘했구나, 얼마나 되니?"

어머니는 대수롭지 않게 물었고, 수창이는 불쑥 말한다.

"70만 원이요."

어머니는 깜짝 놀라서 멈추어 선 채로 되묻는다.

"칠…… 십…… 만 원? 아니 너 그 많은 돈을 언제 모았어? 너 혹시 나쁜 짓 한 것 아니냐?"

"아니에요. 몇 년 전부터 어머니 놀라게 해드릴려구 몰래몰래 모아 둔 거예요."

수창이는 어쩐지 가슴속이 찌릿하다. 더구나 어머니가 그의 손을 잡으면서 장하다고 얘기할 때는 더욱 속이 찢어지는 것만 같다. 중랑천 뚝방 위는 저녁 먹고 나온 사람들로 붐빈다. 골목마다 아이들이 떼를 지어 놀고 있다. 가끔 술 취한 가장들이 비틀거리며 지나간다. 저녁 8시가 넘었는데도 그제야 밥을 지으려는지 가게에서 봉지쌀을 사는 아낙네들이 서 있다. 수창이는 어머니와 중랑천 다리를 지나 새서울극장 부근까지 왔다가 다시 집으로 돌아간다. 수창이 어머니는 집에 닿자마자 참지 못하고 아버지에게 수창이 자랑을 늘어놓는다.

"영감, 우리 수창이 말이에요. 글쎄 저것이 에미를 놀라게 해

준다구 틈틈이 목돈을 만들었대요."

눈을 꿈벅이며 바라보던 아버지가 수창이에게 묻는다.

"도대체 무슨 얘기냐?"

"아이 영감두, 그렇게 말귀를 못 알아들어요. 수창이가요, 목돈 70만 원을 모아 왔대요."

아버지는 그제야 놀라서 고쳐 앉는다.

"뭐라구 칠십? 그 많은 돈을 뭘루 어떻게?"

두 동생도 놀랐는지 수창이를 신기한 듯이 바라본다. 여동생이 호들갑을 떤다.

"수창 오빠 정말야? 야! 이제 우리집두 부자 됐다. 엄마, 건넛방 아저씨 내보내구 우리가 쓰자."

방 한 칸에 다섯 식구가 복작대며 살던 참이어서 여동생은 따로 방을 쓰는 게 소원이다. 어머니가 핀잔을 준다.

"오빠가 어떻게 해서 번 돈인데 너 혼자 방을 갖겠다는 거냐? 조년이 건방지긴…… 방을 따로 사용할 수 있는 팔자가 우린 아직 못 돼요."

여동생은 금방 샐쭉해져서 토라져 앉는다. 수창이는 안주머니에서 돈뭉치를 꺼내 아버지 앞에다 놓는다. 두 동생과 어머니 아버지는 방바닥에 놓여 있는 돈뭉치에 시선을 모으면서 갑자기 조용해진다. 수창이네 식구들은 70만 원이라는 큰돈을 처음 보는 것이다. 어머니가 돈뭉치를 들더니 겉종이를 풀어 본다. 돈을 확인한 어머니는 영감에게 주면서 엄숙하게 말한다.

"영감이 내일 은행에다 넣으세요."

　　　　　　　　　　　　　　　어둠의 자식들

돈을 받아 쥐었던 아버지가 어쩔 줄을 몰라 하다가 다시 어머니에게 밀어 낸다.

"당신이 잘 두었다가 내일 나를 주구려."

돈을 다시 받아 쥔 어머니는 일어서서 궤짝 문을 열더니 깊숙이 넣는다. 식구들은 갑자기 큰돈이 들어와서 그런지 서로들 누가 듣는다면서 쉬쉬한다. 어머니는 잘 만났다는 듯이 다시 아버지에게 이른다.

"영감두 이제 정신 차리구 살 생각 하십시다. 수창이두 한 푼씩 아껴서 살려구 저렇게 애를 쓰잖아요. 자식을 봐서라두 술을 조금씩 잡수시구려."

아버지는 아까와는 달리 얼굴에 웃음을 띠며 어머니 말에 고개를 끄덕인다.

"걱정 말아요. 자식들이 살려구 애들 쓰는데 나두 양심이 있지. 내 오늘 자식들 앞에서 맹세하지. 술 많이 먹지 않겠네, 정말이라구."

아버지의 말이 끝나자 식구들은 흐뭇해서 좋아들 한다. 남동생은 윗목에다 이불을 깔고 누웠다. 수창이가 누워 있는 남동생에게 말한다.

"우창이 너두 놀지만 말구 어머니 장사하는 것 좀 도와드려라."

동생은 공손하게 대답한다. 어머니가 나선다.

"수창아, 그놈한테는 말루 해서는 안 된다. 혼을 내줘야지. 대답은 엿가락 자르듯 탁탁 잘하지만 돌아서면 그만이야."

"너무 야단치지 마셔요. 우창이두 한두 살 먹은 게 아니니까지가 알아서 하겠지요."

여동생은 수창이에게 기대면서 귀에다 대고 속삭인다.

"오빠, 건넛방 목수 아저씨 내보내구 내가 쓰게 해줘."

여동생이 소곤거리자 어머니가 궁금한지 물어본다.

"수창아, 조 여우 같은 년이 뭐라고 쏘근거리니, 용돈 달라구 그러지?"

"아니에요."

여동생은 어머니에게 눈을 흘기며 꽁알거린다.

"엄마는 괜히 그러더라."

수창이가 어머니에게 말한다.

"어머니는 살면 얼마나 살려구, 방 하나에 다섯 식구가 몰려 살아요?"

"누구는 편하게 살 줄 몰라서 그런 줄 아니. 그래두 건넛방 방세 받아서 니 아버지 용돈 쓴단다. 그 방세나마 안 들어와 봐라. 돈 모으기는커녕 쌩돈 부서지기 십상이지."

아버지가 어머니 말을 받아서 한마디 한다.

"내가 용돈을 줄여서 쓸 테니 끝방을 빼지. 대가리 다 큰 놈들이 부모들하구 한방 쓰기 좋아하겠나. 나두 진작에 생각은 있었지만 말을 못 꺼냈어."

어머니가 잠깐 생각하다가 말한다.

"수창이가 모처럼 와두 잠자리가 불편해서 나두 생각은 있었지만, 한 푼이라도 모을려구 그랬는데…… 식구들 생각이 정 그렇다면 까짓것 그렇게 합시다."

여동생은 손뼉을 치며 좋아한다.

"수창 오빠 말이 역시 위력이 있어."

밤 11시가 조금 지나자 인창이 형이 공장에서 일을 마치고 돌아온다. 수창이가 인사를 하자 반가운지 인창이는 들어오기가 바쁘게 말한다.

"언제 왔니?"

"저녁때쯤."

"그래, 하는 일은 잘되니?"

"그저 그래요."

어머니는 여동생이 차려 놓은 밥상을 들고 들어온다. 인창이는 양말을 벗어서 발가락을 닦더니 코에 대고 냄새를 맡아 보고는 문 앞에 던져 놓는다. 온몸에서 기름 냄새가 풍긴다. 그는 밥상 앞에 다가앉더니 야, 하고 감탄한다.

"이거 웬 고기가 다 있어?"

"니 동생이 사온 거란다."

"돈두 없을 텐데 너나 쓰지 고기는 왜 사왔냐? 동생이 사왔으니 잘 먹겠다."

"원 형님두, 별소릴 다 하슈. 나라구 집에 고기 사오면 안 되우?"

"야 미안하다. 고마워서 하는 소리지 뭐."

어머니는 형이 밥 먹는 동안 옆에 앉아 지켜본다. 인창이는 수창이와 몇 마디 주고받더니 피곤하다며 일찍 드러눕는다. 좁은 방에서 여섯 식구가 서로 밀착되어 하룻밤을 자야 하는 것이다.

아침 일찍 형이 출근할 때 수창이도 따라나선다. 어머니가 두 형제를 중랑천 다리까지 바래다 준다. 형의 공장 방향은 종암동 쪽이다.

"수창아, 돈 생각 말구 먹구 싶은 거 있으면 먹어 가면서 일해라. 건강이 제일이야. 못살더라두 건강하면 나중에 옛말하며 살수 있는 거야."

"걱정 마셔요. 먹는 건 잘 먹어요."

남대문 방향으로 가는 버스가 오자 수창이는 형에게 꾸뻑해 보인다.

"갑니다."

햇빛을 받은 인창이 형의 얼굴은 핏기가 없고 기름 묻은 작업복은 반들반들하다. 형이 말한다.

"정직하게 살면서…… 조금만 참자."

수창이는 또 가슴이 찌릿해져서 얼른 버스에 오르고 만다. 수창이는 곧장 작업장으로 간다.

두꺼비는 공범들과 헤어져 곧장 양동으로 돌아온다. 안주머니에 거액이 들었지만 절대로 표를 내서는 안 된다. 그는 뭔가 이것을 밑천으로 더욱 크고 안전하게 한탕 치리라 생각한다. 순임이는 손님을 받고 있다. 두꺼비는 꼬마 강의 방으로 들어가 선불 좀 달라고 부탁한다.

"꼬마 강씨, 요즘 궁짜가 껴서 그러는데 까네 좀 땡겨 봅시다."

"얼마나 쓸라구?"

"꼴복하구 디딤이(구두) 좀 잴라구(맞추려고) 하는데 가찌망(3만 원)만 주슈."

꼬마 강씨는 장부를 꺼내 순임이의 계산 기록장을 찾느라고 몇 장 넘긴다. 순임이의 계산 기록을 찾아 쭉 훑어보더니 고개를 끄덕이며 연필로 휘갈긴다.

"두껍아, 가찌망 땡겨 가면 빚이 5만 원이 넘는다."

"알겠수다. 이번만 땡겨 쓰구 빚 갚기 전에는 안 땡기겠수다."

꼬마 강씨는 앉은 자세에서 몸을 옆으로 약간 구부리면서 바지 주머니에서 돈을 꺼내 3만 원을 건네준다. 돈을 받아 쥔 두꺼비는 고맙다는 인사를 남기고는 방에서 나온다. 꼬마 강씨에게 돈을 가불해 가는 이유는 의심을 받지 않게 하기 위해서다. 뚜룩쳐서 번 돈으로 옷이나 맞춰 입고 다니면 두꺼비 사정을 잘 아는 꼬마 강씨가 색안경을 쓰고 볼 것을 대비해서 일부러 돈에 궁한 척하는 것이다. 두꺼비는 2층으로 올라가 순임이를 불러낸다. 손님 방에서 나온 순임이는 두꺼비가 들어가는 방으로 따라 들어온다. 두꺼비가 3만 원을 보여 주며 말한다.

"내가 꼬마 강씨한테 가찌망을 땡겼는데 그렇게 알구나 있어."

순임이는 금방 울상이다.

"뭐할라구 돈을 자꾸만 쓴당가요. 그렇지 않아두 벌이가 없는디."

"걱정 마라. 뻥뻥이(춤) 배워서 한탕 딱 쳤다 하면 몇십 곱이 나올 테니까."

"난 모르겠어라우. 알아서 하시쇼."

"손님 방에 가봐라."

"어디 갈려구요?"

"오늘부터 뺑뺑이 배워야겠어."

순임이가 손님 방으로 힘없이 돌아간다. 두꺼비는 윗골목에서 살고 있는 상구를 찾아갔다. 방문을 노크도 없이 열자 방 한가운데 서서 큰 소리로 지껄이던 상구가 깜짝 놀라면서 두꺼비를 쳐다본다.

"짜샤, 노크나 하구 문을 열어야지."

"혼자서 뭘 씨부렁거리구 있니?"

"지금 기똥찬 거 하는데, 니가 들어와서 심사 좀 해주라."

두꺼비는 어안이 벙벙하다.

"좆만 한 거…… 또 무슨 통밥 굴리구 있니?"

"야 임마, 내가 까네를 긁을려구 통밥을 재는데 들어 봐라."

"짜샤, 웃기지 말구 뺑뺑이나 배우러 가자."

"뺑뺑이야 부업으루 하는 거지, 짜샤 잔소리 말구 본업이나 들어 봐라."

"쪼개지만 말구 본업이 뭐야?"

상구는 낄낄 웃는다.

"구라 앵벌이(쇼를 부리며 돈벌이를 하는 것) 할려고."

"난 또 뭐라구. 좆두 아닌 것 갖구 설레발 까네."

"야 임마, 구찌 잠그고(입 다물고) 들어 봐."

상구는 헛기침을 몇 번 하더니 목에 힘을 주며 방 가운데로 몇 발짝 걸어 나와서 머리를 숙여 공손히 인사를 한다.

"차중에 계신 신사 숙녀 여러분, 복잡한 차내에서 소란을 피

어둠의 자식들

우게 됨을 죄송스럽게 생각하면서 몇 말씀 드려 볼까 합니다. 여기 있는 이 사람은 태어날 때부터 불행하게 태어나 세 살 때부터 부모님 손에 의해 고아원으로 버려졌던 것입니다. 고아로서 성장한 저는 범죄 세계에 발을 들여놓게 되었던 것입니다. 열네 살 때부터 열차, 버스를 타고 다니면서 여러분의 귀중한 금품을 찾아 핸드백 가방 호주머니를 노리며 털어 왔던 일명 아가리파 소매치기단에서 몹쓸 짓을 밥 먹듯 해왔던 사람입니다. 그러나 저는 2년 전 더러웠던 과거를 뉘우치고 수사관에게 자수를 했던 것입니다. 자수할 때에는 더러운 과거의 죄를 털고 새사람이 되겠다고 맹세했지만 막상 교도소 문을 나서게 되자 살아갈 길이 막막해지는 것이었습니다. 전과자라는 낙인과 배운 기술이라고는 어렸을 때부터 배운 소매치기 기술밖에 없는 제가 무엇을 하겠습니까? 옛날같이 남의 금품을 노리며 살아갈까 망설여도 보았지만 저 자신이 용납을 하지 않았습니다. 목구멍이 포도청이라 먹지 않고는 도저히 살 수 없는 본능적인 현실 속에서 저는 몸부림을 쳐야 했던 것입니다. 한 달을 생각하면서 지내다가 또다시 소매치기가 될 수는 없다는 저의 양심의 고통 때문에 염치 불구하고 여러분 앞에 서게 되었던 것입니다. 여러분 앞에 서서 감히 내가 소매치기였다고 말하지 않으면 안 될 저의 비참한 처지를 생각할 때 부끄럽기 한이 없습니다만, 또다시 제가 검은 손을 드러내어 여러분의 귀중한 금품을 노리는 일이 없도록 도와 주시는 뜻에서 제가 갖고 있는 껌을 팔아 주시면 감사하겠습니다. 시중에서 50원 하는 껌입니다만 100원 한 장 받고 모시겠습니다. 복잡한 차내에서 시끄럽게 소란을 피워 죄송합니다."

상구가 왕거미 똥구멍에서 거미줄이 좔좔 나오듯이 줄줄이 열변을 토했다. 그들은 한바탕 웃는다.

"야 상구야, 너 직업 잘 골랐다. 아주 국회의원보다 나은데."

"임마 말조심해. 선거 유세보다야 부드럽지."

"팽이 야바위는 그만둘라구?"

"좆나게 해봤자 벌이두 시원찮구 해서 구라 앵벌이루 기리까 이 시키는(바꾸는) 거야."

"재필이 형네 집이나 가자."

"뺑뺑이 교습 받을라구?"

"그래."

"너야 상다구 마부니까(미남이니까) 뺑뺑이 돌리면 벌이가 괜찮겠지만, 나야 비쩍 마른 당나귀 새끼같이 생겨 먹은 놈이 배워 봤자 푼이나 훌치겠냐."

"갈려면 같이 가자."

"너나 가라. 나는 구라 앵벌이나 연습할란다."

"연습 많이 해서 목래한테 와라. 찌빠이(10원)짜리 한 장 줄 테니까."

상구는 약이 오르는 모양이다.

"그래, 몽짜(한몫) 물어라. 뺑뺑이에 바람난 떳다방 푼(일정한 곳 없이 돌아다니며 남자를 유혹하는 여자)이나 꼬셔다가 잘 처먹구 살어. 두껍아, 니 살푼 잘 있냐?"

"임마, 그건 왜 물어?"

어둠의 자식들

"털 다 벗겨 먹었으면 목래한테 인계하지그래."

"새끼…… 아직 멀었어."

두꺼비는 문을 쾅 닫고 상구네 방을 나온다. 길을 건너는 중인데 꼬마 강네 집에서 낯익은 구역 안의 방발이(방범대원)가 꼬마 강과 함께 악수를 하고 헤어지는 게 보인다. 두꺼비는 뭔가 꺼림칙하다. 방발이는 다시 건너편 집으로 들어간다. 두꺼비는 바삐 쫓아가서 안으로 들어가려는 꼬마 강의 뒤통수에 대고 묻는다.

"뭐요, 방발이가 왜 왔지?"

꼬마 강이 혀를 찬다.

"씨팔, 장사두 안 되는데 대가리 달아(범인 잡아) 달라구 배당이 떨어졌잖아. 너 잘 왔다. 우리 내일부터 바쁘게 생겼다."

"후리가리요?"

"응, 도범 후리가리야. 세 대가리 달라는데."

두꺼비는 친구들에게도 알릴 생각이다. 자기네 일과는 상관이 없겠지만, 아무래도 후리가리 기간에 엉뚱한 곳에서 벌통이 날지 모르는 것이다.

제6장
후리가리

나는 양동에서 빌빌대기가 어쩐지 불안해서 낮에는 슬슬 동대문시장 부근으로 가서 시간을 뽀개고는 했다. 예전 꼬마 시절에 같이 놀던 빼빼라는 친구와 쪽제비라는 친구가 있었다. 빼빼는 내게는 선배뻘이 되는 사람이었는데 동대문에서 구두닦이를 몇십 명 데리고 있으면서, 밤에는 김밥, 삶은 계란과 새벽녘에는 우유, 쌍화차 따위를 팔아서 그런대로 아쉽지 않게 살아가고 있었다. 그 역시 우리 같은 꽈자였다. 쪽제비는 원래가 꼬지 출신이었는데 회사에서(소매치기) 뛰다가 이제는 생활 방식을 바꾸었다. 쪽제비는 서울운동장과 동대문 주변에서 평일에는 팽이 돌리기(팽이에다 숫자를 적어서 돌리다가 넘어지면 그 위에 나타난 숫자로 따고 잃는 야바위 노름)나 오곱(숫자판 위에 돈을 놓고 물주가 주사위 세 개를 흔들어 숫자의 끗발대로 먹는 야바위 노름) 등을 하다가 야구나 축구 경기가 있을 때에는 경기장 안에서 소주와 담배 장사를 했고, 갑자기 비가 오면 우산 장사로 둔갑하는 것이었다. 둘 다

어둠의 자식들

약삭빠르게 살아가고 있었다. 내가 시장 복판에 있는 지붕 밑의 다락방으로 올라가 보니 빼빼는 저녁에 팔 김밥을 꼬마들과 함께 만드느라고 콧잔등에 밥알을 묻힌 채 정신이 없었다.

"빼빼 형, 오랜만이우."

"엉 동철이구나. 너 요새 안 보이더라."

"양동 나가서 짱박혀 지냈지."

빼빼는 김밥을 세어 보면서 나를 힐끗 바라보았다.

"짱박힌 놈치고는 쪽이 멀쑥한 게 학삐리 같은걸."

"그럭저럭 바이뚜룩에서 얹혀 지냈수다. 형은 언제나 바뻐."

"임마, 사람은 바뻐야 사는 거야. 태봉이두 잘 있데?"

"그 짜식두 요즈음은 까네가 강이라(돈이 없어서) 대궁짜요. 모처럼 집에 갔더니 뭉치가 어떻게 콩팔이 새삼육을 푸는지 그냥 나와 버렸수다."

"니가 임마 빌빌대면서 지내니까 그런 거 아니니?"

"그럼 나 같은 놈이 당장 뭘 하겠수. 성질이 좆같아서 형같이 장사두 못하겠구, 나두 미치겠수다. 뭉치는 까네 벌어서 사람 구실 해보라구 연방 설치지, 손에 잡은 건 없지, 답답해서 형한테 왔수다."

빼빼는 내게 담배를 권했다.

"마 동철이 너는 아직 빵살이 헛했어. 나는 네 바퀴(4년) 돌구 나왔잖니. 니가 무슨 통뼈라구 아직두 땅판(사회, 세상)에 독기 품고 대드냐? 짜샤, 인제 슬슬 죽어서 살 줄도 알아야지."

"씨팔 뭐, 언제는 우리가 죽어서 살지 않았수? 솔직히 말해서 나두 아무거나 해먹구 살아가구 싶지만, 껀수만 터졌다 하면 날마다 곰이 찾아와서 어찌나 설레발을 까는지 못 살겠수다."

빼빼는 요 몇 년 사이에 폭삭 찌그러진 것 같았다. 옛날에 우리들과 놀던 한창 시절에는 새로 올라와 내방깐에다 등을 대고 터를 잡으려던 뻐꾹이(남의 터를 노리는 신흥 건달)를 시발택시로 밀어 버린 깡다구였다. 빼빼는 김밥을 상자에다 조심스럽게 담았다. 저 김밥 통에는 빼빼의 눌러 담은 깡다구와 한심한 눈물이 배어 있을 것이다. 빼빼가 내게 타이르듯이 말했다.

"동철이 너는 잘못 생각하는 거야. 세상에 밥 먹구 사는 놈치고 주머니 털어서 먼지 안 나는 놈 있다구 하디? 짜샤, 곰이 찾아오면 슬슬 비위나 맞춰 주구 대가리도 가끔 달아 주구(범죄자도 밀고해 주고) 까네로 기름이나 쳐주면서(돈도 상납하면서) 약삭빠르게 사는 거야. 괜히 깐깐하게 헛깡 부리지 마라."

"다른 건 다 해두 남의 대가리는 못 달아 주겠어. 나두 빵에 가서 고생해 본 놈이 어떻게 뻔히 알면서 대가리를 달아 주겠수."

"남이야 짜샤. 고생하든 말든 나만 돈 벌면 그만이야. 돈 많이 벌어서 착하고 선하다고 신문 테레비에 오르락내리락하는 짓 삼세번만 해봐라. 금방 이 세상에서 제일 착한 사람 될 수 있어. 남을 안 깨구 이 땅판에서 살 수 있을 거 같니? 마, 약한 놈은 강한 놈한테 씹히는 거야. 문자루 뭐라구 그러더라. 맞어, 약육강식이라구 그러더라. 강한 놈한테는 사이끼리 붙는 거구, 다 그렇게 두리둥실 사는 거야."

나는 어쩐지 이론적으로 콩팔이 새삼육을 풀어서 빼빼의 말을 뒤집을 자신은 없었지만, 막연하게 그가 틀렸다는 느낌이 들었다. 어쩐지 비굴하게 빌붙어서 이 세상에 비비고 살아가려는 쥐새끼 같다는 느낌이었다. 너두 다 갔구나, 하는 생각이 들었다. 대개 후배가 예전 선배를 뭉개 버리고 올라타는 순간은 바로 고생을 겪은 선배가 이처럼 비겁하게 짜그러질 때인 것이다.

"씨팔, 웃기지 마슈. 대가리 달아서 남 겡꼬 보내구 혼자 배 따땃하게 사는 새끼는 여럿이서 깨뜨려 버려야(죽여야) 한다구"

삐삐는 못 들은 척하고 김밥말이를 계속했다. 그는 홀어머니 밑에서 형과 함께 학교 문턱에도 가보지 못하고 자라났다. 삐삐의 어머니는 두 아들을 키우느라고 목판을 이고 다니면서 묵장사 떡장사 과일장사 콩나물장사, 안 해본 것 없이 갖은 고생을 하며 살았었다. 그가 열네 살 되던 해에 어머니가 중풍으로 누워 버렸다. 삐삐는 세 살 위인 그의 형과 함께 신문팔이와 구두닦이를 하면서 살림을 꾸려 나갔다. 삐삐와 형은 서로 번갈아 가면서 소년원이나 형무소를 들락거렸고 어떤 때에는 둘이서 형무소에 들어가 살기도 했다. 어머니는 그들 형제가 감옥에 있는 사이에 누구의 도움도 받지 못하고 판잣집 단칸방에서 죽었다.

삐삐는 복역할 때마다 배운 것이라고는 돈을 벌어야 이 세상에서 대접을 받을 수 있다는 것이었다. 옥바라지 해주는 사람도 없이 몸으로만 징역을 살아 본 사람치고 삐삐와 같은 생각을 안 해본 사람은 별로 없을 것이다. 절도죄로 감옥을 제집 드나들듯 하던 그의 형도 폐결핵으로 앓다가 딸 둘을 남겨 놓고 죽었다. 삐삐는 어머니와 형이 죽고 나서 많이 변했다. 돈을 벌겠다고 눈이 뒤집힌 것이다. 뒷골목 우범지역에서 돈을 조금 만지려면 아무리 부지런하고 깡다구가 있어도 혼자 힘으로는 어려운 법이다. 경찰과 연대가 잘 이루어져야만 마음 놓고 돈벌이를 할 수가 있었다. 김밥 장사며 구두닦이, 우유나 쌍화탕 장사 따위들도 경찰들의 단속 대상이 되기 때문에 경찰들에게 미움을 받아서는 입에 풀칠하기도 어려운 것이다. 마음을 잡겠다거나 발을 씻겠다며 얌전하게 장사만 해먹는다고 그냥 내버려 두지는 않았다. 도범 강조 기간이나 큰 사건이 일어나거나 폭력배 일소 기간에 잘 살피고 들어 두었다가 코 발라 주어야만(밀고해야만) 무사하게 장사라도 해먹으며 살 수 있었다.

나는 김밥 하나를 집어 우적우적 씹으면서 일부러 엉을 깠다(엄살을 부렸다).

"나 뭐 밥벌이할 꺼리나 좀 알선해 주쇼."

"니가 웬일이냐?"

삐삐는 잠깐 생각해 보더니 내게 물었다.

"너 까네 좀 있니?"

나는 엉겁결에 흠칫했다. 절대로 돈의 냄새를 풍겨서는 안 되는 것이다. 어느 틈에 뒷골목이 이 지경으로 서로 못 믿게 되었는지, 한편으로는 답답하고 슬픈 노릇이었다.

"까네가 있으면 왜 형을 찾겠수?"

"아니, 구두 터가 좋은 데가 있는데 20 먼저 주고 나중에 30 주면, 딱새와 찍새까지 모두 한 구미 인계받을 수가 있다."

나는 일부러 이죽거렸다.

어둠의 자식들

"아이구, 꼬마들 등치는 건 안 할라우."

"너 아직 배지에 빠다가 번지르르하구나. 가만있어 봐, 그런 통밥은 쪽제비가 훤하니까 한번 물어봐라. 내 이따가 갈게. 자, 이거 기수나 한잔 재라."

그래도 빼빼는 옛날 의리가 있다고 2천 원을 꺼내 내밀었다.

"고맙시다. 그럼 이따 시장에서 봅시다."

나는 평화시장 골목 쪽으로 어슬렁거리며 올라갔다. 쪽제비는 각목으로 다리를 세운 목판을 펼쳐 놓고는, 1번에서 5번까지 번호를 큼직하게 적은 종이를 깔고 그 위에다 팽이를 돌리고 있었다. 오각으로 다듬어진 팽이에 번호를 매겨 놓고는 기술자가 요령껏 돌리는 것이었다. 팽이가 돌다가 쓰러지면서 나온 번호를 미리 맞추면 다섯 곱의 돈을 따도록 해준다는 팽이 야바위 노름이었다. 팽이를 오각으로 깎을 때 한 면을 넓게 깎든지 좁게 깎든지 해놓고는 어느 쪽에 손가락 힘이 가느냐에 따라서 임의로 원하는 번호가 나오게 하는 것이다. 왼쪽으로 돌리면 몇 번이 나오고 오른쪽으로 돌리면 무슨 숫자가 나오는지 미리 알 수가 있었다. 같은 편이 미리 알고 나올 숫자판에다 먼저 돈을 놓으면, 손님들은 다른 번호에다 돈을 놓을 수밖에 없었다. 한 숫자판에 두 사람이 동시에 돈을 태울 수가 없게 되어 있는 것이다. 손님들에게서 돈을 따고 같은 패에게는 잃어 주는 방법이었다. 한 팽이 다이에는 대개 같은 패가 다섯에서 일곱 명까지 달라붙는데, 양쪽 길목에서 경찰이 오나 다찌(망)를 보고 다이에는 바람을 잡는 사람으로 편성이 되는 것이다. 내가 곁에 다가설 때까지 다이 앞에서 바람을 잡고 있던 쪽제비는 툭 건드리자 나를 한쪽으로 끌고 갔다.

"임마, 동철이 너 오랜만이다. 난 또 학교 간 줄 알았지."

"재수 없는 소리 하지 마, 짜샤."

"팔자 좋게 어딜 해롱거리구 다니니. 나처럼 까네나 훑칠 통밥은 안 재구."

"까네구 새씹이구 어디 붕어뚜룩(다방)에 가서 얘기 좀 하자."

"임마, 일당도 안 떨어졌어. 호구 몇 명만 잡구 갈 테니까, 너두 여기서 같이 바람이나 잡아 주라."

"좃만 한 새끼가 만나는 사람마다 바람 잡아 달라구 하네. 알았어 좃만아."

팽이 돌리는 기술자는 쪽제비의 똘마니인 모양인데 악을 버럭버럭 지르면서 손님을 부르고 있었다. 팽이 돌리는 사람은 꼬마들이나 어리숙하게 생긴 녀석을 두는데, 너무 되바라지고 똘똘해 뵈는 사람이 팽이를 돌리면 손님이 붙질 않았다.

기술자는 연신 노래를 붙여서 떠들었다.

"팽이야 팽이야 뱅글뱅글 돌아라. 자빠지면 죽는다, 넘어지면 깨진다, 뱅글뱅글 돌아라."

팽이가 쓰러졌다.

"3번이 장원이오!"

기술자가 맞지 않은 숫자에 태워진 돈을 집고는, 맞은 숫자에 돈을 걸었던 같은 식구에게 다섯 곱을 배상해 주었다. 꼬마는 다시 팽이를 돌리면서 떠들었다.

　　　　　　　　　　　어둠의 자식들

"돌아라 팽이야 장원급제 누구냐. 장원이면 다섯 곱, 운 좋아도 다섯 곱, 잘만 놔도 다섯 곱, 골라잡아 돈 놔요. 돈 놓고 돈 먹기, 돌아라 팽이야."

같은 편이 얼른 1번에 놓았다. 꼬마가 5번부터 왼쪽으로 팽이를 돌렸던 것이다. 손님들도 제각기 그럴듯한 숫자에 놓았다. 팽이가 쓰러졌다.

"1번이 맞았습니다!"

돈 계산이 막 끝날 무렵인데 망을 보고 있던 식구가 신호를 보냈다. 쪽제비가 지껄였다.

"내방 떴다. 하이방이야!"

팽이 다이에 둘러섰던 식구들이 재빨리 노름 다이를 분해해서 한쪽으로 치워 놓고 골목으로 새버린다. 팽이를 돌리던 기술자도 숫자가 적힌 판이며 팽이를 움켜쥐고 슬슬 꺼진다. 쪽제비가 나를 끌고 앞서가면서 투덜거렸다.

"씨팔, 요즈음은 툭하면 내방이 설치는 통에 까네가 강이야."

나는 또 엄살을 부렸다.

"너한테 겐세이 좀 붙어서 벌이를 해볼까 하구 왔는데 텄구나."

"짜샤, 눈치껏 쫓기면서 사는 땅판이지."

"붕어뚜룩 가서 콩팔이 새삼육이나 돌리자. 너하구 속닥이 맞춰 볼 게 있다."

우리는 다방에 들어가 앉았다.

"야 쪽젭아, 내 요즈음 바이푼 하나 건졌는데 인간성이 괜찮은 아이야. 빠구리 고만 시켜야겠어. 또 뭉치두 설레발을 까니

후리가리　　　　　　　　　　　　　　　　　　305

어쨌든 벌이를 해봐야겠다."

"너두 늦게나마 까네 맛은 깨친 모양이구나. 그렇잖아두 너를 만날려구 했었다. 동대문시장에서 손쉽게 벌이할 꺼리가 있는데, 임마 여긴 네 터잖아. 왜 빌빌 싸니?"

"뭐하는 건데?"

"동대문시장에 있는 가게에다 종이끈을 만들어 멕이는 건데, 단골만 잡으면 수입이 괜찮은 모양이더라."

"임마, 내가 단골이 어딨어?"

"이런 짜식…… 빼빼 형이나 나한테 단골을 끌어 달라구 부탁하면 되잖아. 그리구 동철이 너두 이 바닥에선 가오가 서잖니? 못 받게 생긴 외상값을 받아 주면 와리가 쏠쏠하다더라."

나는 기분이 별로 나쁘지는 않았다.

"그야…… 동대문에서 동철이 모르면 간첩이지, 안 그러냐."

"그래두 짜식이 옛날 기분은 남아서, 알았어 임마."

나는 보석상을 털어 분배받은 70만 원을 어머니에게 맡겨 두었으므로 밑천 걱정은 없었다. 당분간 조용해질 때까지 마음잡고 사는 척이라도 해야 했다.

"동철이 너는 빠방이나 가서 죽치다가 4시쯤에 이 다방으로 와라. 빼빼 형하구 다시 올 테니까."

우리는 헤어졌다. 나는 다시 순자를 양동에서 빼내기 위해서 창신8동에 있는 포주 깜씨네 집으로 갔다. 깜씨네는 푼짱인 경락이와 강원도 뚱뚱이가 단골로 거래하는 집이었다. 나는 포주 깜씨를 만나 부탁했다.

"깜씨 형, 내가 양동에서 푼 하나 달았는데 당분간 여기다가 짱 좀 박아 둡시다."

"그렇게 해. 니 푼인데 내가 괄시할 수 있니?"

"모레쯤 달구 올 테니까 그렇게 아슈. 헌데 손님은 받지 않게 해주슈."

"뭐라구? 너 살림하는 거냐?"

"살림이구 좆이구 애가 불쌍해서 말이우. 시다이는 안 먹여두지가 사먹을 테니까 신경 쓰지 마슈."

"숙방비는 안 받겠다. 데려와."

"고맙시다. 요즈음 경락이 형 가끔 들립디까?"

"뭐 늘 그렇지. 탕치러 다니면서 재미 보는 모양이던데. 마장동 덕임이가 그러는데 호구 하나 물어서 용두동에다 댓금으루 땡기고는 어디루 갔다구 그러더라."

"탕 맛 들리면 쪽 팔려서 발붙일 데가 없는데."

이제 내가 양동에서 창신동으로 돌아와 장사를 벌인다 할지라도 누가 의심할 사람은 없는 셈이었다. 내가 준비를 다 해놓고 양동 꼬마 강네 집으로 갔더니 기다리고 있던 두꺼비가 나를 재빨리 복도 구석으로 끌고 갔다.

"야, 어쩐지 기분이 안 좋다. 도범 후리가리래. 누가 또 엉뚱한 데서 우릴 씹는 게 아닌가 몰라."

역시 후리가리라는 말을 듣고는 나도 기분이 안 좋았다.

"씨팔, 나는 낼부터 창신동으루 떠버릴라구 그랬는데……"

두꺼비가 그 큰 눈을 번쩍 떴다.

"짜샤, 후리가리 떨어지자마자 새면 이상하잖아. 다 지나구 나서 태봉이, 수창이하구 의논해 보구 헤어지자."

우리가 수군거리고 있는데 누군가 폼을 잡고 두리번거리며 들어섰다. 두꺼비가 나를 쿡 찔렀다.

"쪽 꼬불쳐라, 곰이야."

우리는 방문을 열고 슬그머니 걸터앉았고 곰은 꼬마 강의 방문을 두드렸다. 꼬마 강이 방문을 열어 보더니 호들갑을 떨었다.

"어이쿠, 김 형사님. 이거 웬일이슈."

형사는 거만하게 묻는 말투가 주인이나 된 것 같았다.

"영업 잘되어 가나?"

"요즘 같으면 기집애들 볼에 곰팡이 슬겠수다. 손님이 있어야지."

"에이, 씨팔. 오늘부터 후리가리야."

"폭이오, 뚜룩이오?"

"도둑놈 후리가리야."

꼬마 강도 곰의 흉내를 내어 인상을 쓰면서 투덜댔다.

"또 좃 빠지게 생겼구만."

형사는 방문턱에 털썩 걸터앉았다.

"높은 놈들이 최하 세 대가리 이상씩 달아 오라는데, 이거 죽을 지경이야. 수사비두 쥐 좃만큼 주면서……."

"알았수다, 둥기들에게 부탁해서 나두 같이 달려 나가야지 뭐."

형사는 하품을 늘어지게 했다.

"전번처럼 잘 좀 부탁하자구."

꼬마 강은 공짜가 없음을 깨우쳐 주느라고 한마디 찔러 넣었다.

"헌데 말이지. 요전에 우리집에 있는 티상 말야, 구류 까구 나왔잖아요."

"나한테 전화하지."

"그렇잖아두 형사님을 찾았는데 자리에 없다구 그러던데?"

"미안하게 됐어."

꼬마 강은 코쟁이 강아지(양담배) 긴 띠(롱필터)를 한 갑 꺼내서 곰에게 던져 주었다.

"지나간 일인데, 좋시다. 우리 관할 내방깐 말요, 내방들이 기알(타협)이 잘 먹히지 않아. 까네나 좀 집어 주면 히쭉 쪼개구 기름이 덜 들어가면 슬슬 야이쪼(야유, 트집)를 먹이는데 사람 죽겠구만."

꼬마 강은 힘센 아이에게 고자질하듯 말했고, 형사는 너그럽게 대꾸했다.

"알았어, 나중에 내가 얘기 좀 해주지. 피비(순경)하구 우리하구는 질적으루 달라."

꼬마 강이 복도로 나오면서 말했다.

"그럼 방에서 놀구 있으슈. 둥기들한테 기알이 먹히도록 접시나 돌리구 올게."

꼬마 강이 복도의 좌우를 살피며 오다가 우리를 발견하고는 쭈그리고 앉았다.

"느이들 나 좀 보자."

나는 그냥 상반신을 방바닥에 던지고 다리는 복도로 뻗은 채 드러누워 있었고, 두꺼비가 일어나 앉았다.

"왜 그러우?"

"도범 후리가리라는데 이번에는 강력한가 보더라. 신경 써서 몇 대가리 안 해주면 곰들이 우릴 씹을 거다. 곰들 아쉬울 때 우리가 협조해 주고 나중에 우리가 궁할 때 신세 지면 되잖니? 동철이 너두 통밥 좀 굴려 봐라. 옛날 껀두 좋으니까 무조건 좀 달아 주라."

"염려 마슈, 알아서 하겠시다."

두꺼비가 선선히 대답했다. 나는 꼬마 강이 사라진 것을 확인하고 복도에 침을 내깔기며 이죽거렸다.

"씹새끼, 곰한테 빌붙기는……."

"야, 다 그렇게 먹구 사는 거야. 우리가 안 달아 주면 아마 너나 나래두 엮을려구 덤벼들걸."

나는 은근히 화가 치밀었다.

"임마, 나는 곧 동대문시장에서 장사할 거야. 내가 왜 남의 대가리 다는 데 신경을 써?"

"글쎄 당분간 여기 있자니까."

"니가 알아서 해. 나는 탕치기구 둥기구 진력이 났다."

두꺼비는 의외로 내가 날카로워진 것에 놀랐는지 아무 대꾸도 없었다. 사실 여차하면 나는 태봉이와 함께 새버릴 작정이었다. 두꺼비는 기둥서방을 해먹는 이상 형사들에게 잘못 보였다가는 폭력 단속 기간에 도매금으로 넘어가기 쉬운 것이다. 수창이에게서도 작업장에 대가리를 달아 달라는 배당이 떨어졌다고 연락이 왔다. 이런 때에는 서로 남의 신경을 건드리거나 싸우는

어둠의 자식들

사람은 손해였다. 우범자들은 제가 살기 위해 서로 약점만 있으면 용서 없이 일러바치는 것이었다. 10여 년 전만 하더라도 뒷골목 세계의 의리는 돈을 주고도 못 살 정도로 값지다고 했는데, 언제부터인가 오까네가 사람의 머리 위에 올라타고 나서는 서로 고발하고 눈이 시뻘게서 상대방의 약점만 캐는 것이었다. 장물아비, 색시장수, 삥삥이, 쪽(아편), 푼짱, 논다리(깡패) 등등의 자질구레한 범죄꾼들은 형사와 악수하지 않고는 아무것도 해먹을 방도가 없었다. 나만 혼자 살아야겠다는 분위기가 뒷골목에 널리 퍼지자 한 식구끼리도 못 믿고 친구까지도 믿지 못하는 세계가 되어 버렸다. 일정 기간을 정해 놓고 형사 한 사람당 도둑놈 몇 명씩을 배당해서 무조건 잡아들이라니 개나 걸이나 닥치는 대로 쑤실 수밖에 없었다. 콩나물시루에다 콩나물을 키워서 뽑아 먹듯이 창녀촌 같은 우범지역을 방조하면서 범죄자들을 하나씩 잡아간다는 것은 도둑놈을 만들자는 것이지 도둑 없애자는 것이 아니었다.

함정 수사도 동원되기 마련이었다. 형사들에게 잘 보여야 마음 놓고 영업을 해먹을 수 있는 포주들이 짜낸 것인데, 인적이 드문 곳에 자전거나 보따리를 놓아두고 숨어서 망을 보는 것이다. 멀리서 지키면서 도둑놈이 만들어지는 순간까지 기다린다. 그렇게 해서 걸리면 무조건 도범의 대가리 숫자가 맞춰진다. 도둑이란 물건을 털던 현장에서 잡히는 일은 드물고 오히려 장물을 소화하는 과정에서 남의 입에 오르내리다가, 누군가가 코를 풀어서 잡히게 된다.

꼬마 강은 그날부터 내리 바쁘게 다니면서 도둑놈을 잡아 달라고 건달들에게 신신당부한다.

"야, 대가리 하나 부탁하자. 내가 수고비로 데비생(5천 원) 줄게."

다른 건달들도 이미 제 코가 석 자라서 정신이 없기 마련이다.

"말 마슈, 나두 지금 좆 볼 새 없이 설치는 거요. 피비들이 부탁하는데 관내에서 모른 척할 수두 없구, 만 원에 판다면 돈을 주고라도 사겠는데."

포주와 둥기들은 자기들 주머닛돈을 써가면서 도둑놈을 잡으러 다녔다. 누가 도둑질했다는 소리만 들으면 제주도까지라도 가서 잡아 오는 것이다.

그전에는 이런 일도 있었다. 형사가 기둥서방에게 수갑을 내주면서 도둑놈을 잡아 오라고 시켰다. 수갑을 받아 쥔 기둥서방은 의리 없이 옛날 친구가 도둑질했던 약점을 알고는 찾아가서 수갑을 채웠다. 한쪽을 채우고 다른 손목을 채우려는 순간, 그 친구는 잽싸게 쎈팅을 놓고(갑자기 선빵을 날리고) 달아났다. 그는 수갑을 한쪽 손에 찬 채로 시경으로 뛰어가 전해 주었다. 수갑 사고가 나고부터는 형사들이 절대로 수갑을 맡기지 않았다.

이런 일도 있었다. 역시 도범 단속 기간 중인데 형사가 오토바이 한 대를 끌고 와서 꼬마 강네 건너편 골목에서 영업하는 포주 원혁이에게 사라고 했다. 8만 원에 오토바이를 산 원혁이는 열흘쯤 지나서 청량리에 있는 어느 기둥서방에게 15만 원에 팔았다. 또 일주일쯤 지나서 처음에 오토바이를 팔았던 형사가 허겁지겁 원혁이에게 쫓아왔다. "원혁이, 먼젓번 오토바이 산 거 어

어둠의 자식들

디 있어?" "띵겼는데." "어라, 큰일 났어. 빨리 찾아와. 얼마에 팔았니? 내가 돈 줄게." "돈이 문제가 아니라 찾을 수나 있을지 모르겠네." "누구한테 팔았는데?" "청량리 둥기한테 띵겼는데, 하여튼 찾으러 가보기나 합시다." "난 바빠서 갈 테니까 원혁이가 꼭 좀 찾아서 나한테 연락해 줘." "오토바이가 장물이오?" "장물인데, 복잡하게 됐어. 빨리 찾아와." 포주 원혁이는 자기 둥기들을 데리고 청량리로 가보았지만 오토바이를 사간 기둥서방을 찾지 못했다. 며칠 후에 만나긴 했지만 이미 다른 데다 팔아 버린 뒤였다. 형사가 밥줄이 떨어지고 덜커덕 구속이 되었다.

원혁이는 이상해서 내방깐에다 알아보았더니 그 형사가 개도 웃을 일을 저질렀던 것이다. 오토바이 전문 털이가 오토바이를 훔쳐서 달아나다가 그 형사의 불심 검문에 들통이 났단다. 오토바이 전문 털이는 형사에게 돈 3만 원과 훔친 오토바이를 주고 쇼부를 봤던 것이다. 형사는 도둑놈이 설마 스스로 나서서 내가 오토바이 도둑이요 하며 발설하지는 않으리라 생각하고, 마음 턱 놓고 공짜로 먹은 뒤에 눈감아 주었다. 형사는 오토바이를 그냥 버리기도 아깝고 해서 포주 원혁이에게 싸게 팔았던 것이다. 그런데 재수 없게도 오토바이 전문 털이가 도범 강조 기간 중 다른 경찰서에 걸렸다. 도둑은 기왕 잡혀서 상습으로 갈 바에는 다 불고 들어가겠다는 앙심으로 형사와 쇼부 친 사실을 벌려 버렸다. 뱁새(신문기자)가 옆에서 노리고 있다가 놓치지 않고 도둑의 말을 수첩에 긁었다.

그맘때에 뱁새와 내방들 사이 감정이 좋지 않아서 서로 빈틈만 엿보던 중이었다. 오토바이 사건이 터지기 며칠 전 서울운동장에서 학삐리들끼리 축구 시합이 있었는데, 경기가 도중에 그치면서 자식들이 싸움이 붙었다. 이를 말리려는 경찰과 학생들 사이에 시비가 오고 갔다. 뱁새들이 사진을 찍으려 하자, 사복 경찰 몇 명이 뱁새 하나를 끌어다 놓고 다구리를 놓은 사건이 있었다. 사진기자가 구타당한 사건으로 가뜩이나 감정이 나빠져 있었는데, 오토바이 건 같은 만만한 사건이 터진 것이었다. 뱁새들은 제각기 다투어서 긁어 냈다. 사건이 신문마다 대문짝만 하게 나오자 당황한 경찰에서는 오토바이를 압수 창고에 넣어 두었다고 변명했지만 들통이 나버렸다. 일이 그쯤 되어서야 형사는 원혁이에게 허겁지겁 달려왔던 것이었다. 그러나 막상 뒷골목에서는 픽픽 웃기만 했었다. 날마다 일어나는 일이었기 때문이다.

도범 후리가리는 보통 한 달 정도 실시하는데 특별한 경우에는 무기한으로 할 때도 있었다. 범죄꾼들 중에도 야당이라는 끄나풀들은 혜택을 받았다. 이런 앞잡이들끼리 싸울 때가 있는데, 이때에는 배경이 되어 준 형사들의 끗발에 따라서 승패가 좌우되며 패한 쪽은 비참하게 형무소로 간다든가 범법적인 장사를 못하게 된다. 앞잡이가 형무소로 가는 경우는 이용 가치가 없어졌다든가, 강조 기간 동안에 실적을 올리지 못해서 다급해진 형사가 이용했던 앞잡이를 구속시켜 버리든가 할 때다. 앞잡이를 만드는 방법은 범죄 사실을 눈감아 준다든가 법률에 위반되는 행위와 영업 등을 도와주는 수법이 있었다. 앞잡이들은 대부분이 약점을 가지고 있기 때문에 형사들 기분 내키는 대로 구속시

어둠의 자식들

킬 수도 있고 잘 지낼 수도 있었다. 앞잡이들 중에 특히 창녀 영업을 하는 포주, 기둥서방, 관광매춘 업자, 야바위, 구라창고(화투 기술자를 고용해 속임수로 돈 따기), 방치기(역시 노름으로 일정한 장소로 유인하는 게 특징), 약바우(네다바이), 회사(소매치기), 장물아비 등은 돈벌이를 위해서 앞잡이 노릇을 하기 때문에 형사들과 얽히고설킨 관계가 복잡했다. 범죄가 발각되어 자기만 살고 보겠다는 단순 범죄자들은 말타기라는 변칙적인 방법으로 남의 범죄를 들춰내어 일러바치고 대신 자기는 나오기도 했다. 그러나 그런 녀석들도 그 당장에는 편한 것 같지만, 언제라도 형사의 기분에 따라서 구속이 되곤 했다.

꼬마 강은 대가리를 달아 보려고 두꺼비를 데리고 남대문시장으로 간다. 남대문시장에 도착한 그들은 난장에서 꿀리는 뒤밀이, 꼬지, 짐꾼들을 살피고 다닌다. 두꺼비가 사방을 살피다가 뒤밀이하는 꼬마를 발견하고 쫓아가서 으르렁거린다.

"꼬마야. 너 뒤밀이해 주고 나 좀 보자."

숨을 헐떡거리면서 리어카 뒤를 밀어 주던 뒤밀이 꼬마가 두꺼비의 말을 듣고 그를 빤히 올려다본다.

"뭣 땜에요?"

"너 우리가 누군지 알지? 너한테 할 말 있어. 목래 저기 있을 테니까, 빨리 와라."

두꺼비는 도깨비시장 쪽을 손가락으로 가리켜 주고는 꼬마 강과 함께 기다렸다.

그들이 시장 정문에 서 있으려니까 뒤밀이 꼬마가 이마에 홀러내린 땀을 씻으면서 뛰어온다.

"아씨, 왜 오라구 했어요?"

꼬마 강이 다짜고짜 뒤밀이 꼬마의 팔을 비틀면서 공갈을 친다.

"너 좆만 한 새끼, 얼마 전에 뚜룩쳤지?"

가끔 당하는 일이지만 성급하게 팔을 비트는 것으로 보아서 심상치 않음을 눈치챈 뒤밀이 꼬마는 엄살을 떨면서 사정한다.

"아씨, 이러지 마세요. 나는요 뚜룩을 치지 않아요. 뒤밀이만 해두요 시다이는 젤 수 있어요. 잠이야 난장꿀림하구요. 나한테 짜봤자 헛수고니까 이 손 놔줘요."

꼬마 강은 잡았던 손을 놓으면서 두꺼비에게 데리고 가라고 한다. 두꺼비는 바로 이 자리에서 몇 년 전에 똑같이 당해서 아동보호소 신세를 졌던 것이다. 그들은 뒤밀이 꼬마를 강제로 끌고 양동 꼬마 강네 집으로 온다. 2층 끝방으로 뒤밀이 꼬마를 밀어 넣고는 두꺼비가 패기 시작한다. 상처가 나지 않도록 가슴이나 등, 배 같은 곳을 걷어차고 후려치는 두꺼비의 매를 맞다 못해 뒤밀이 꼬마가 두 손을 허우적거리며 악창을 지른다.

"씨팔 정말 잉잉, 뚜룩 안 쳤다면 안 친 줄 알지, 왜 때려요?"

꼬마 강은 한숨을 내쉬고는 방문을 꼭 닫고 아래층으로 내려간다. 방 안에는 두꺼비와 뒤밀이 꼬마 단둘뿐이다. 두꺼비는 때리기를 잠깐 그치고 슬슬 달랜다.

"꼬마야. 니가 뚜룩쳤는지는 짜보면 금방 알 수 있어. 니가 시장바닥에서 뒤밀이라두 해먹으려면 알아서 기어. 짜식, 괜히 엉까면서 닭발 내놔 봤자 소용없어. 마지막으로 목래가 말하겠는데, 니가 뚜룩친 건 놔두구 니 친구 중에 뚜룩친 놈이 있으면 코발라 줘. 그럼 너는 목래가 끝내주게 봐줄게. 한 대가리에 데비생(5천 원) 줄게."

"아씨, 정말 몰라요. 제 친구들도 다 꼬지 보구 뒤밀이해서 시다이 재구 있어요."

"이 새끼가 아직 정신 못 차렸네."

두꺼비는 발길로 꼬마의 배를 두어 번 걷어차면서 목덜미를 수도로 내려친다.

"아고 배야. 아아씨 나는 짜로(정말) 몰라요."

"너 새끼 말 안 하겠어? 상노무 새끼 떡사발을 칠 테니까……. 이리 와, 꿇어!"

꼬마는 두꺼비의 얼굴을 힐끔 쳐다보더니 얼른 무릎을 꿇는다.

"너 깨질래, 대가리 하나 찍어 줄래? 둘 중에 하나 말해."

꼬마는 연신 소매로 눈시울을 닦으면서 말한다.

"대가리 찍어 주께요."

"임마, 진작 그럴 것이지. 좆만 한 새끼들은 꼭 때려야 기알이 먹는다니까."

"우리 친구가 있는데요. 1년 전에 가게에서 와이샤쓰 몇 벌 뚜룩쳤어요."

"시장 가면 만날 수 있어?"

"예……."

"알았어, 잠깐만 기다려."

두꺼비는 꼬마를 방 안에 남겨 두고 아래층으로 급히 내려간

다. 아래층에서 형사와 얘기하고 있던 꼬마 강은 두꺼비가 내려

가자 성급하게 물어본다.

"몇 대가리나 코 풀어?"

"좆만 한 새끼가 홀렁 까졌는지 벌려야 말이지. 야마가 돌아

서 몇 방 내질렀더니 한 대가리 찍어 줍디다."

방 안에서 드러누운 채로 듣고만 있던 형사가 반쯤 일어나면

서 말한다.

"두껍아, 찍어 준 놈 달아다가 짜면 몇 대가리는 나오겠다."

"그럼 내가 지금 뒤밀이 꼬마를 달구 갔다 올 테니까 여기서

기다리슈."

"그래라. 수고 좀 해라."

두꺼비는 2층으로 올라가 뒤밀이 꼬마를 앞세워 밖으로 나간

다. 남대문시장에 도착한 두꺼비는 뒤밀이 꼬마에게 멀리서 찍

어만 달라고 말한다. 열대여섯씩은 먹어 뵈는 꼬마들이 여럿이

서 잡채, 부침, 김밥 따위를 파는 노점 앞에 몰려 서 있다. 뒤밀

이 꼬마가 그중 맨 가에 있는 한 놈을 손가락질한다. 두꺼비는

그 녀석에게로 가서 어깨를 툭 친다.

"야 꼬마, 너 나 좀 봐."

열댓 살 정도 먹어 뵈는 꼬마가 뒤돌아본다. 옷은 온통 새까

맣고 군데군데 떨어졌으며 손과 얼굴에서는 검은 땟국이 반지르

르하고 몸에선 냄새가 심하게 난다. 꼬마는 만만치 않게 눈망울

을 굴리면서 두꺼비의 아래위를 훑는다.

"왜 그래요?"

　　　　　　　　　어둠의 자식들

"너 날 좀 따라와."

"싫어요, 나 지금 바빠요."

두꺼비는 꼬마의 팔을 움켜쥐고 비튼다.

"이 새끼가 말이 말 같지 않나, 좋게 말할 때 이리 와."

꼬마는 두꺼비의 인상과 말씨를 보고 여기가 그의 구역이라는 것을 곧 눈치챈다. 기가 죽어서 곁에 있는 동생에게 뭐라고 속삭인다. 두꺼비가 손목을 잡은 채로 딱딱거린다.

"너 좆만 한 새끼들, 뭐라구 속닥이 맞춰. 그놈은 누구야?"

"내 동생이에요."

"친동생이니?"

"네."

"그럼 같이 따라와."

꼬마가 다른 꼬마를 부른다.

"해철아, 가보자."

꼬마가 동생 해철이를 데리고 두꺼비를 따라서 꼬마 강네 집까지 온다. 집으로 들어서자 꼬마 강이 코를 쥐고 인상을 쓰면서 외친다.

"저건 순 알거지 아냐. 야야 두껍아, 그 새끼들 방으루 데리구 들어갔다가는 숨 막혀 죽겠다. 여기서 그냥 짜자."

두꺼비는 어린 형제를 시멘트 바닥에 앉히고는 구둣발로 허벅지를 내리찍는다. 그러고는 아파서 쩔쩔매며 몸을 숙이고 있는 형의 등허리를 뒤꿈치로 두어 번 내리찍는다. 시멘트 바닥에 동그라지며 비명을 지르는 형을 본 동생이 울면서 두꺼비에게 사정한다.

"아씨, 좀 봐주세요. 시키는 대루 할게요."

시멘트 바닥에서 뒹굴던 형이 아픔을 참고 가까스로 일어나 사정한다.

"내가 무슨 잘못이 있다구 이래요? 잘못한 게 있으면 알구 나서 벌 받을게요."

"허, 이 새끼가 아직 맛을 덜 봤구만."

두꺼비가 다시 때리는 시늉을 하자 꼬마는 앉은 채로 뒷걸음질 치며 두 손을 맞비빈다.

"어휴 아저씨, 말 잘못했어요. 시키는 대루 할게요."

"너 지금부터 내가 물어보는 말에 구라 친다든가 남수 치든지 하면 골루 갈 줄 알아."

"예 아저씨, 물어보세요."

"좆만 한 새끼가 엉까기는……."

"짜루 아퍼서 그래요."

두꺼비는 천천히 묻는다.

"너 1년 전에 시장에서 와이샤쓰 먹은 적 있지?"

"그런 적 없어요."

"어쭈 이 새끼가 내숭 까는데, 이리 와 상노무 새끼."

두꺼비는 발길로 꼬마의 가슴을 내지른다. 가슴을 얻어맞은 꼬마는 숨을 못 쉬겠는지 얼굴이 노랗게 되면서 입만 헐떡거린다. 잠시 그러다가 숨통이 터지는지 크게 내쉬면서 두꺼비에게 사정한다.

어둠의 자식들

"아씨, 솔직히 말할게요. 뚜룩했어요."

"새끼야 진작 말해야지. 괜히 나만 잔인한 놈 되잖아. 와이샤쓰는 너 혼자 뚜룩친 거야?"

"아니에요. 친구 세 명과 같이 했어요."

"그 새끼들은 모두 어디 있냐?"

"잘 모르겠어요."

"너 말야, 와이샤쓰 뚜룩친 걸루 겡꼬 갈래, 아니면 대가리 찍어 줄래?"

"대가리 하나 찍어 줄게요."

"지금 당장."

"시장에 가면 있을 거예요."

꼬마 강이 뛰어왔다. 나는 자고 있었는데 복도에서 꼬마들을 짜느라고 시끄러운 소리가 들려서 문밖으로 나섰다.

"야 동철아, 너두 같이 좀 가줘야겠다. 대가리 달아 와야지."

"현배하구 두꺼비 데리구 가슈. 난 좀 있다가 약속이 있어서……."

꼬마 강은 못마땅하다는 듯이 혀를 차고 지나간다. 그들은 시장으로 나가서 꼬마 셋을 더 잡아서 끌고 돌아온다. 동생 해철이가 두꺼비에게 사정한다.

"아씨, 우리 해수 형 놓아줘요. 대가리 찍어 줬잖아요."

"가만있어 봐."

두꺼비가 꼬마 강에게로 가서 묻는다.

"저 두 형제는 보내 줍시다. 세 대가리나 찍어 줬는데."

"가만있어 봐. 김 형사에게 물어보지."

꼬마 강이 마치 고기를 많이 잡은 어부처럼 느긋해 있는 형사에게 말한다.

"김 형사님, 저기 있는 해수 꼬마는 보내 줍시다."

"더 짜면 안 나올까?"

"나올 게 없겠는데요."

형사가 두 형제를 귀찮은 듯이 힐끗 돌아보고 나서 말한다.

"내가 한번 해보지."

형사가 그들에게로 다가선다.

"니가 형이야?"

해수와 해철이는 시멘트 바닥에 무릎을 꿇고 있다가 곰이 인상을 쓰면서 물으니까 보내 줄 줄 알고 얼른 대답한다.

"예, 제가 형이에요."

"내가 묻는 말에 솔직히 대답해."

"예……."

"뚜룩친 놈을 더 이상 아는 놈이 없어?"

"인제 진짜 몰라요."

"이 새끼 좋은 말 할 때 듣지 내숭은 왜 까?"

형사가 발뒤꿈치로 무릎 꿇은 해수의 허벅지를 두 번 솜씨 있게 찍는다.

"야 임마, 좋은 사람은 좋게 대해 줘야지. 괜히 까불다가 나한테 찍히면 손해야."

"아저씨, 정말 몰라요. 알면 찍어 드리지요."

어둠의 자식들

"알았어 임마. 좆만 한 것들이 벌써부터 도둑질이야?"

형사가 꼬마 강에게로 돌아서더니 말한다.

"저 새끼도 엮어야겠어. 한 대가리두 아쉬운 판에 봐줄 게 어 딨어."

"그렇게 허슈."

꼬마 강이 현배를 시켜서 택시를 불러온다. 택시 뒷좌석 양쪽 에 기둥서방 둘이 앉고 해수와 세 아이를 짐짝 쑤셔 넣듯 태우고 는, 앞좌석에 형사가 탄다. 해수의 동생 해철이는 졸지에 형과 헤 어지게 된 것이 못내 서러운지 차가 떠날 때까지 지켜보면서 울 고 서 있다. 차 안에 있는 해수는 밖에 서 있는 동생 해철이에게 손짓을 하며 뭐라고 말한다. 택시가 떠나자 꼬마 강이 해철이를 툭 차며 말한다.

"꼬마야, 니 형은 겡꼬 갔으니까 그렇게 알고 이제 가봐라."

해철이가 계속 울면서 두꺼비에게 사정한다.

"아저씨, 우리 형 좀 봐줘요. 내가 뚜룩잽이 있으면 찍어 줄게요."

"재수 없어 새끼야, 저리 비켜!"

두꺼비는 집 안으로 휑하니 들어가 버린다. 형과 헤어진 동생 은 울면서 혼자 골목길로 내려간다.

시장 주변의 난장꿀림하는 꼬마들을 위협해서 잡는 방법은 포주나 둥기들이 연구해 낸 것이다. 범죄자들의 뒤를 봐주는 형 사들일수록 도둑놈을 많이 잡아서 포상까지 타게 된다. 어느 포 주는 1년에 50여 명까지 잡아 주는 경우도 있었다. 창녀촌에서 돈벌이하는 포주나 둥기들이 도둑을 잘 잡는 이유란, 대개 범법

하는 사람이나 환경이 나빠서 떠돌아다니는 사람들은 자연히 무허가 하숙집이나 창녀촌으로 모여들기 때문이다. 이들은 그저 보고 듣는 것이 어떻게 한탕 쳐서 팔자 고쳐 보는 일이나 여자 데리고 오입질하는 것이라, 다른 데서 죄를 저지르면 일단 이런 곳에 스며드는 것이다. 이들은 같은 처지의 사람들끼리 사귀고 친구가 되며 작당을 이룬다. 돈만 조금 쓰고 다녀도 의심, 새 옷을 사 입고 다녀도 의심, 두세 명이 어울려서 오랫동안 있어도 의심, 며칠 안 보이다가 나타나도 의심, 이렇게 수없는 의심 속에서 친구끼리도 못 믿는 뒷골목으로 변해 버렸다. 몇 년을 함께 자취하면서 생활하던 친구가 하루아침에 앞잡이로 변해서 형사를 대동하고 잡으러 오는 일이 허다했다. 고문에 못 이겨서 친구의 약점을 털어 내는 경우도 있고 자기만 빠져나오려고 친구를 파는 경우도 있었다.

포주 꼬마 강씨는 그날따라 둥기들에게 수고했다며 술을 샀다.

"요번에 다들 수고 많았다. 아마 김 형사도 직원들 중에 제일 끗발이 섰을걸. 사무실에 찾아갔더니 벽에다 대가리 숫자 표시해 놓고 직원들끼리 경쟁하더라. 김 형사 칸에 보니까 일곱 대가리나 올라갔는데 제일 많이 달았더라구. 니들 무슨 일 있으면 잘 봐주겠지."

나는 가만있으려다가 한마디 보탰다.

"해수 꼬마 보낸 건 너무했어. 꼬마 동생 놈이 울면서 가는데 마음이 편치 않두만."

두꺼비가 이제는 좀 아니꼽다는 듯이 나를 곁눈으로 째려보왔다.

"임마 동철이 너 요새 자꾸 야이쪼 놓는데, 공자 똘마니 되려는 거냐? 누군 남 죽이구 싶어서 죽이니? 우리가 살기 위해서다 그런 거 아니니. 실은 나두 아무렇지두 않은 것같이 행동하지만 사람을 잡아서 겡꼬 보낼 때는 기분이 언짢아. 그렇다구 도둑놈 안 잡아 줄 수도 없구, 천상 맘 편하게 살려면 티상골목 떠나야지."

꼬마 강이 소주 한 잔을 들이켜더니 얼굴을 찡그리고 말했다.

"니들 구라 푸는 소리 들으니까 참 한심한 생각이 든다. 니들이 남을 죽이지 않구 맘 편하게 살 수 있을 것 같으냐? 니들이 호구처럼 놀면 딴 놈들이 니들을 코 풀어 임마. 그래두 다 내 덕에 큰소리 치구 사는 줄 알어."

나는 슬슬 배알이 뒤틀렸다. 아무래도 남의 동네였고, 이제는 별 볼일도 없었다. 나는 두꺼비와는 길이 다르다고 생각했다.

"내가 언제 강씨 덕 봤수. 너무 폼 잡지 마슈."

"어? 그래, 동철이 너 벌써 몇 번째나 삐딱하게 나오는데 뭐가 불만야?"

꼬마 강이 소주병을 집더니 방바닥에다 힘껏 두드렸다.

"뭐가 불만이냔 말야 새꺄."

나는 픽 웃었다.

"좆만 한 게 함부로 욕이야 씹새끼. 양동서 바이푼 몇 마리 데리구 장사하니까 눈에 뵈는 게 없나. 얌마, 나 동철이는 양동 손님야. 뒷골목에서 급할 때 서루 왔다리갔다리 하다가 내가 잠깐 느이 집서 둥기 폼만 잡았다구, 아예 니 직똘인 줄 알어?"

"나가 새꺄."

꼬마 강이 소리를 버럭 질렀다.

"이런 씹새끼, 잘기는 꼭…… 덩칫값 하구 있네. 그래 임마, 순자 계산해 줘."

"어쭈 이 새끼, 인제는 아예……."

"왜 뚫어? 나는 니 맘대루 안 될걸. 나두 벌통 내면 너하구 모 가지 끌어안구 같이 갱꼬 갈 수 있어. 좋게 말할 때 가만있어. 나 창신동으루 날르면 그만이야. 이동철이 비위 건드리지 말어."

"왜 그러니…… 좀 참어라."

두꺼비가 나를 밀어 내며 사정했다. 현배도 꼬마 강을 말리면 서 말했다.

"아씨, 동철이 형 성질 모루? 서루 그만두쇼. 둘 다 손해 아뇨."

나는 순자 방으로 끌려갔다. 순자도 가재가 게 편을 든다고 뾰 루퉁해서 중얼거렸다.

"애그 더러워. 언제 밥 한 술 얻어먹었나. 내게서 숙방비 다 까 놓구는 무슨 말이 많어. 우리 나가요. 내가 오팔팔 돌아가서 모 실게."

"넌 좀 나가 있어."

두꺼비가 인상을 쓰며 말했다. 나도 이제는 좀 식었으므로 순 자에게 고개를 끄덕해 보였다. 순자가 나갔다. 두꺼비가 말했다.

"야, 너 왜 그러니? 누가 니 맘 모르니? 짜샤, 그렇잖아두 남에 게 의심받을까 봐 신경을 곤두세우구 있는데 니가 이러면 내 입

어둠의 자식들

장이 뭐가 되니?"

"학교 가는 게 그렇게 겁나니?"

"이번 후리가리에 옛날 껀으루 많이들 가더라. 3년 전에 한 것을 친구가 코 풀어서 갔는데, 달려가는 거 보니까 남의 일 같지 않더라. 이제 와서 왜 우리가 그 지겨운 빵살이를 해야 되니?"

나는 두꺼비를 노려보았다.

"짜샤, 갈 땐 가더라두 사람이 비굴하면 안 되는 거야. 너두 인젠 꾀만 남구 논다리 자격 없어 임마."

"너라구 무슨 뾰족한 수가 있냐. 빌붙어 살아야지."

"나는 장사라두 시작할 거야. 순자 데리구 가서 창신동 깜씨네다 짱박아 두기로 했다. 마, 죽을 때 죽더라두 사내새끼가 가오는 지켜야지."

두꺼비가 싸늘한 시선으로 나를 바라보았다.

"언제 뜰래?"

"수창이. 태봉이하구 의논이 되면 뜰 작정이야."

"니가 장사 시작하면 남들이 색안경 쓰구 보지 않을까?"

"괜찮어. 그 돈은 안 쓰구 저금할 거야."

"하여튼 나중에 의논하자."

꼬마 강에게 김 형사가 찾아온다.

"어쩐 일이오?"

"응. 놀러 왔어. 다른 게 아니라 오늘 저녁 티상 후리가리야."

"고맙시다. 앉으슈."

"시간 없어. 알려 줄려구 잠깐 들린 거야."

"아니, 후리가리 친 지 얼마 안 되는데 왜 또 하지?"

"저 위에 있는 교회에서 진정서를 낸 모양이야."

"뭐라구 진정서를 냈대요?"

"그야 뻔하지 뭐. 창녀촌을 철거해 주든지 아니면 교회 부근에서는 영업을 못하도록 해달라는 거겠지."

"씨팔놈의 예수쟁이 때문에 영업두 못해 먹겠네."

"나 가겠어. 수고들 하라구."

"가만있으슈."

꼬마 강은 귓속말로 김 형사에게 말했다.

"무슨 소리야?"

"모른 척하슈."

그제야 감이 잡히는지 김 형사는 꼬마 강을 툭 친다.

"좌우지간 고맙다."

골목에 섰던 둥기들도 제각기 일어나서 곰에게 인사를 했다. 꼬마 강은 저녁에 있을 창녀 소탕 작전에 대비해서 둥기들에게 일일이 지시를 한다.

"야, 니들은 일찌감치 푼 달구 남산공원에나 올라가 있어라. 연락 있을 때까지 그냥 기다려."

저녁에 있을 소탕 작전을 아는 것은 몇 집 안 된다. 형사들과 밀접한 관계가 있는 몇몇 포주들만 아는 것이다. 꼬마 강은 동네로 다니면서 포주들에게 일일이 알려 준다. 꼬마 강이 작전을 모르고 있는 포주들에게 알려 주는 이유는, 위급한 일을 알려 주

어둠의 자식들

는 대가로 금품을 걸기 때문이다. 소탕 작전 때마다 정보를 알려 주는 내방이 있는데 담뱃값이나 줘야 된다는 명목으로 돈을 걸는 것이다. 그렇게 포주들에게 걷은 돈으로 파출소나 형사들에게 인사를 했다. 그 밖에 창녀들 개개인에게 유지비라는 명목으로 한 달에 3천 원씩 계산에서 공제한다. 즉, 한 사람당 하루 유지비가 100원, 200원 꼴이다. 이 돈 역시 유지 포주에 의해서 내방에게 전해진다.

경심이는 후리가리를 알려 주려고 순임이의 방에 들어간다. 요즈음은 별나게 손님이 없어서 타상들은 공치는 날이 많다. 순임이는 손님이 없어서 돈 못 버는 것은 둘째치고 덜 시달리는 것이 얼마나 다행스러운지 모른다.

"애, 옷 입구 나갈 채비 해라. 느이 서방이 데리러 올 거다."

"어디 간당가요?"

"남산에 올라가서 바람이나 쐐야지."

"아이, 나는 가기 싫어라우. 우세스러운디 거긴 뭣허러 간당가."

순임이가 다시 요에 드러눕자 경심이가 손을 잡아 일으키며 말한다.

"후리가리야. 너 잡혀가구 싶니?"

"오메, 또 후리가리여?"

순임이는 일어나서 아무렇게나 옷을 입다가 힘없이 중얼거린다.

"경심 언니, 나는 앞으루 어떡허면 좋겠어라우? 이대로 집에도 못 가고, 아주 버렸는디요."

경심이가 순임이의 단추를 잠가 주면서 위로한다.

"나두 조금 하다가 그만둬야지 그만둬야지 하구 벼르긴 많이 벼르었는데, 이런 데다 한번 발을 들여놓으면 생각하군 달라. 친구가 날 꼬여서 내가 이 꼴이 됐구나 알았을 때에는, 그렇게도 친구가 밉더니, 미운 것두 잠시뿐이더라. 얼마 있으니까 오히려 친구가 불쌍하게 생각되는 거야. 술집에서 서로 부둥켜안구 신세타령할 적두 많았다."

"고렇고만요잉. 지금 나두 가만히 생각하면 내가 이렇게 몹쓸 잡것이 된 것이 누구 땜시 그렇다는 것도 암시롱 말여. 그 사람들이 밉질 않구먼이라우. 첨에는 사람 같지도 않고잉, 짐승만두 못한 놈들이라구 속으로 욕해 쌌는디, 그이들도 겪어 보니께 불쌍혀요."

"맞어. 너를 팔아먹은 사람이나 팔려 온 너나, 따지고 보면 똑같은 신세란다. 너를 팔았던 사람들도 과거를 보면 모두 사람대접 못 받아 보고 살던 사람들이야. 그렇다구 가만 앉아서 죽을 수는 없구 말이야. 내가 8년 동안 이짓 저짓 했으면서도 돈 한 푼 못 모으구 이 모양으루 살게 된 건, 내 잘못두 있지만 뜯어먹는 놈들이 너무나 많아서 그런 거야. 너두 생각해 봐라. 우리가 여기서 걸레 같은 우리 몸을 파는데두 개뼉다구 같은 법을 내세워서 못하게 하잖아. 윤락행위를 법으루 못하게 하는 게 나쁘다는 게 아니야. 못하게 할려면 철저히 못하게 하고 우리들 먹구 살 길을 열어 주든지, 아니면 그냥 내버려 두든지 분명히 해야 하는데 개뼉다구 같은 새끼들이 포주들하구 짜구 우리 등이나 쳐먹거든. 쇼부금이다 유지비다 벌금이다 수사비다…… 난 말야, 갈보 생활 8년 동안 유치장에도 서너 번 들어갔구, 수용소에도 한 번 다녀왔어. 유치장은 그래두 천국이야. 수용소에 한 번 다녀오면 진이 다 빠지구 만다. 그러니까 단속반이나 경찰들에게 잡히면 포주를 시켜서 쇼부 치거나 구류로 기리까이(바꾸기) 시키는 거야. 1년에 서너 번씩 잡혀서 쇼부 치든지 기리까이 시키든지 하면 안 된 말로 뽁 판 돈 몽땅 헛공사 되는 거야. 내 몸뚱어리 내 마음대로 굴리는 것도 세상 눈치껏 잘 봐가면서 굴려야지. 유지비라두 안 내면 내 몸뚱이라두 내 마음대루 팔 수도 없어. 내가 옛날에 신설동에도 있어 봤는데 한 사람 앞에 200원씩 매일 뜯어 가더라. 그래서 왜 200원씩 뜯어 가냐구 하니까 그치가 욕을 냅다 하면서 너 쎕 그만 팔구 싶어, 하잖니. 알구 보니까 우리나라 윤락법이 신경쇠약증에 걸린 모양이야. 그러니까 우리 몸뚱어리로 장사는 허구, 영업은 창녀촌에서 하지만, 영업세는 엉뚱한 데다 내는 거지 뭐. 만약에 영업세 안 낸다구 하면 당장에 내 뽁에다 차압 붙여서 몸뚱어리까지 수용소 창고에다 처넣는 거지. 수용소 창고 안에서두 웬 쥐새끼들이 그리도 많은지 먹을 걸 주면 조용하구 그렇지 않으면 찍찍거리면서 지랄들을 한단다. 툭하면 얻어터지기 일쑤야. 그러니까 너두 늘 비상금을 다만 얼마씩이라두 꼬불쳐 놔라. 잡혀가더라두 쥐새끼들 밥은 줘야 하니까."

"그렇잖아두 몇 푼씩 모아 두었는디라우, 밑에서 고름 나고 소변 볼 때 아프고 혀서 알아봤더니 병이라구 그러더만요. 그래 모은 돈 조금 있던 것을 약 사먹느라구 다 써버렸구면요. 차라리 수용소에라도 가서 새사람 되었으면 좋겠어라우."

"너 내 말을 여태 헛들었구나. 수용소에 가면 새사람은커녕 악만 남아 가지구 돌아오는 거야. 밖에 나오면 누가 너 약 먹으라고 보살필 사람 있는 줄 아니? 나오자마자 갈 데가 있니, 돈이 있니, 배운 도둑질이라구 몸뚱이 파는 거밖에 더 있니. 집에 가자니 이 모양으로는 못 가겠고, 일해서 먹고 살자니 몸이 말을 들어 먹어야지."

"언니 얘기 듣고 보니 그렇고만요잉. 언니는 앞으루 어떻게 할려구 그러쇼?"

"뭘 어떻게 하니, 죽기 아니면 까무러치기지."

"이담에 늙으면 어떻게 손님을 받는다요?"

"얘, 늙었는데 어떻게 손님을 받니, 누가 늙은 년하구 오입할 놈이 있어. 천상 펨푸나 해먹든지 아니면 순임이 너 같은 거 팔아먹어야지."

"워매, 그럼 끈치지 않구 나 같은 년이 계속 생기면 창녀는 생전 가야 없어지지 않겠구면요."

"흥, 창녀 없어지면 밥 굶는 놈 많이 생길 거다. 둥기, 포주, 펨푸, 단속하는 직원들, 방범, 순사……."

"우습고만요. 그래두 우리 땜시 사는 놈들이 많당께."

"얘, 고만 떠들구 일어서자. 느이 서방 두꺼비 아저씨가 인상 쓰겠다."

소탕 작전에 대비해서 일찍 저녁을 마친 아가씨들은 기둥서

어둠의 자식들

방들과 함께 공원으로 올라간다. 공원에는 때 아닌 티상들로 붐비기 시작한다. 손님 받느라고 제대로 외출도 못하던 아가씨들이 모처럼 공원에 모이니 야단법석들이다. 기둥서방과 장난싸움을 하는 아가씨, 때리고 도망가는 아가씨, 큰 소리로 노래를 부르는 아가씨, 노랫소리에 몸을 흔들며 춤을 추어 대는 아가씨, 수다스러운 기둥서방의 구라에 넋이 빠져 듣고 있는 아가씨들로 각양각색이다. 태봉이도 영애와 함께 국립도서관 올라가는 계단 중간쯤에 앉아서 말을 주고받는다.

"영애야, 밤낮 이런 꼴로 살 게 아니라 방이라두 하나 얻어서 살림하자."

"누가 벌어서 살아?"

"임마, 내가 벌지."

"자기 직업 있어?"

"야 임마, 산 입에 거미줄 안 친다. 걱정하지 마라."

"당장 방 얻을 돈 있어?"

"나한테 좀 있다."

"얼마나 있는데?"

"이삼십만 원은 있지."

"나한테두 포주한테 받을 게 몇만 원 되구, 따로 모아 둔 게 좀 있어."

"근데 짜샤, 이제야 말을 해? 돈 있다면 내가 뜯어먹을까 봐 그랬니?"

"뜯어먹어두 할 수 없지 뭐."

"너 혹시 돈 모아 뒀다가 딴따라 나갈려구 그러는 건 아니지?"

"아냐, 가볼 데가 있어서 그래."

"어딜 갈려구?"

영애는 한참 있다가 말한다.

"강원도, 거기…… 우리 애기 무덤 있거든."

태봉이가 그러고 앉아 있는데 두꺼비가 계단을 뛰어 올라온다.

"두껍아, 별일 없냐?"

"응, 요즘 도범 후리가리 치느라구 바빴다. 동철이나 너도 쏙 빠지구 나 혼자 어떡하니…… 꼬마 강에게 눈치 보이더라."

"나두 동철이한테서 얘기 들었다. 꼬마 강하구 싸웠다며? 마, 강이 잘못했던데 뭘 그래?"

"포주가 후리가리 때 핏발 세우는 거야 살려구 그러는 건데 욕할 수 있냐."

"껀수 좀 올렸니?"

"일곱 대가리 해줬지."

"너두 임마, 논다리 끊어라. 뒷골목에서 쪽 팔리게 생겼구나."

"씨팔, 나두 여기서 나갈라구 뼁뼁이 배우구 있다."

"그건 왜 배워?"

"몽짜루 과수푼(과부) 하나 업어서 느긋하게 들어앉을려구."

"원 새끼, 갈수록 비실대네."

태봉이가 드러내 놓고 야이쬬를 놓았으나 두꺼비는 태연하게 말했다.

"동철이가 순자 데리구 양동에서 뜨겠다던데……."

"후리가리 끝났으니까 그래두 되겠지."

두꺼비가 목소리를 낮추어 속삭인다.

"근데 말야. 꼬마 강 새끼가 아무래두 우리를 이상하게 보는 것 같애. 순임이가 그러는데, 꼬마 강이 지난번에 외박하던 날 태봉이와 동철이가 몇 시쯤 들어오더냐 묻더래."

"그래서?"

"5시쯤이라구 그랬다는데."

"저런 병신 같으니."

"야, 초짜가 뭘 알아. 아무튼 그 날짜를 기억할 거란 말야. 강이 씹을지두 모른다."

두꺼비의 말에 태봉이는 껄껄 웃었다.

"걱정 마셔, 우리가 그래두 별이 두세 개씩이야. 노랭이집을 우리가 씹었다는 증거가 어딨어. 함부로 데려다 짤 수 있을 거 같냐?"

단속반이 갔다는 연락이 오자, 모두들 환성을 지르며 내려간다. 미처 피신하지 못했던 애매한 사람들만 두 차나 실려 갔다는 것이다. 장발 머리를 한 사람, 주민등록 불소지자, 수상하게 보이는 젊은이들 등이 무조건 차에 실려 갔다고 한다. 경찰과 시청에서 합동으로 단속했다는데 샅샅이 검색한 흔적이 보인다. 태봉이는 두꺼비와 천천히 내려오면서 피차 의심 사지 않도록 매사에 행동을 조심하자고 말한다. 양동 사거리까지 와서 태봉이는 티상들 틈에 끼어서 내려오는 순자에게 묻는다.

"계수씨 오랜만이외다. 서방님 어디 가셨어?"

"몰라요. 동대문 갔다 온다구 나갔는데, 당구장 올라가 봐요."

태봉이가 계단을 올라와 시간을 죽이고 있는 내 어깨를 툭 친다.

"새끼, 팔자 늘어졌구나. 너 나하구 얘기 좀 하자."

"그래, 통 볼 수가 없더니 웬일이냐?"

"양동서 뜬다면서?"

"응, 그럴 작정이야. 쪽제비한테 부탁해서 장사나 좀 해볼까 한다."

태봉이는 두꺼비와는 달리 흔쾌하게 말한다.

"잘 생각했다. 애들 다 별일 없겠지."

"요새는 점점 기가 팍 죽어 가."

"나이 먹는 거지. 수창이 만나 봤니?"

"그 새끼두 애기통 파먹느라구 정신없더라."

태봉이가 말한다.

"내가 너한테 한 가지 충고할 게 있다. 너 둥기 처음이지?"

"마, 그럼 처음이지. 니들 땜에 여기 와서 폼 다 버렸지. 뿌러진 칼두 하구."

태봉이가 주위를 둘러보았다.

"조용해 짜샤. 둥기 오래 해먹는 놈들은 한 구역서 새버릴 땐 절대루 폼을 달구 뜨지 않아. 너 순자 데리구 간다면서?"

"창신동 깜씨네다 짱박아 놓구, 밥이며 빨래 일 좀 시키면서 데리구 살려는 참이다."

태봉이는 히쭉 쪼갰다.

"마, 서루 간에 밀 구린 놈들끼리 왜 그래. 꼬마 강 가오두 생각해 줘야지. 순자는 두꺼비하구 나한테 맡기구 그냥 새라. 우리

중에 하나라두 기분에 왔다갔다 하다간 같이 망하는 거야."

나는 잠깐 생각해 보고 나서 되물었다.

"정말 그게 좋겠냐? 니 충고가 그거냐?"

"그래 그뿐야. 대신 위험이 닥치면 나는 너한테 달려간다. 둘이서 튀는 거야. 너나 나는 다구(용기)가 있으니까 둘이서 어딜가더래두 살 수 있지."

"알았어 임마. 나 그럼 소리 없이 샐 테니까 니가 순자 좀 돌봐줘라."

"소리 없이 새는 건 안 되구…… 당분간 기반 닦으며 맘 잡구살겠다구 그러는 거야."

"씨팔놈, 꼭 우리 뭉치 같애. 콩팥이 새삼육이 안 끝나잖아."

"티상 후리가리 지나갔다. 들어가 봐라."

우리는 꼬마 강네로 들어가는 골목 입구에서 헤어졌다. 계단 아래서 아가씨들이 모여 앉아 한가하게 잡담을 하고 있었다. 단속이 지나가고 난 뒤에는 손님이 없는 것이다. 경심이가 말한다.

"오늘 단속 나온 새끼들 말야, 윗 교회에서 진정서 냈기 땜에왔다면서?"

화숙이가 처음 들었는지 대뜸 인상을 쓰면서 묻는다.

"누가 그래?"

"응, 공원에서 포주들끼리 얘기하던데. 윗 교회에서 진정 내가지구 오늘 단속 나온 거라구 하던데."

미경이가 침을 탁 뱉으며 말한다.

"개새끼들, 누가 스도(예수 그리스도) 오빠 꼬셔서 오입할까 봐

지랄들이야."

"씨팔놈들 모니(석가모니) 오빠두 절이 싫으면 지가 떠나는 건데, 이런 세상 살면서 우리 보기 싫다구 진정을 내? 개새끼들……."

화숙이가 무릎을 치면서 말한다.

"내일 당장 찾아가서 교회 이사 가라구 하자구."

제각기 중구난방으로 한마디씩 떠들어 댄다.

"좌우지간 교회가 있는 한 우리 영업은 항상 불안하니까 낼 찾아가서 말 좀 해야 되겠어. 새벽종 소리 때문에 시끄러워 못 살겠으니 다른 데루 이사 좀 가라구 말이지."

"야, 그러면 니들보구 악마라구 그런다."

"이러면 어떨까? 교회는 하늘 일이나 신경 쓰시지, 땅 일에까지 신경 쓰지 말라구. 복잡하구 괴로운 땅 일은 우리가 다 알아서 할 테니까 신성하고 깨끗한 하늘나라는 당신들끼리 모여서 하시라구 말이지."

"우리는 바빠서 하늘나라 넘볼 시간이 없다구 말이지?"

티상들은 깔깔대며 웃는다. 결국 기수꾼 화숙이가 이튿날 아침부터 술을 마셔 대더니 왕창 취해 가지고 소란을 피웠다. 화숙이는 술에 취해 몸도 가누지 못하면서 팬티만 걸친 차림으로 교회 문 앞에서 혀 꼬부라진 소리로 욕을 퍼부어 댔다.

"야 씨팔놈들아! 천당 가려면 너희끼리나 갈 것이지 우리 몸두 못 팔게 지랄들이야. 우리들이 썹 파는 것 때문에 천당 못 가냐 새끼들아! 왜 영업 방해야! 이건 먹구 사는 일이라구. 그렇잖아두 개새끼가 너무 많아서 밥 주기두 벅찬데 니들까지 못 잡아 먹어 안달이야! 시간 끌지 말구 천당 갈려면 얼른 가, 짜식들아! 니들 땜에 영업 안 돼."

브래지어도 하지 않고 팬티 하나만 달랑 걸친 채로 화숙이는 교회 문 앞에 드러누웠다. 장날처럼 구경꾼이 하얗게 모여들어 길이 막힐 지경이었다. 교통정리 하던 순경이 연락해서 백차가 달려와 화숙이를 실어 갔다. 즉결로 넘겨진 화숙이는 15일 구류를 받아 유치장에서 살았다. 둥기들이 옷과 먹을 것을 넣어 주었다. 타상들은 수용소나 유치장에 끌려갈 때에는 자신도 모르도록 취한 상태에서 끌려가려고 푸로빙이나 아로진 같은 약을 왕창 삼켜 버린다.

화숙이가 소동을 일으키던 날 저녁에 나는 순자에게 잠깐 어머니에게 다녀올 테니까 그런 줄 알라고 남수를 치고는 양동을 떴다. 물론 꼬마 강에게도 전에 대들었던 일을 사과했다. 꼬마 강은 연신 웃으면서 얘기했지만 솔직히 내가 꺼지는 것이 반가운 모양이었다. 나는 집을 나서기 전에 꼬마 강에게 은근히 야시를 먹였다.

"덕분에 잘 지냈시다. 나는 은혜에는 은혜만큼 갚는 사람이우. 그 대신 웃음 뒤에 가시 뱉는 새끼는 끝까지라두 쫓아가서 필(칼) 구멍을 내는 성미유. 그래서 저번에두 살구 왔는데, 험한 세상 서루 간에 조심하구 살아야지."

"아, 그럼. 서루 원수 짓지 말구 살아야지. 동철이 여기 와 있는 동안에 고생 많았어. 순자 앞으루 긋구 오까네 좀 땡겨 주까?"

"그만두쇼. 다 불쌍한 인생들인데."

나는 순자 방에다 만화책 30권과 오징어, 깨엿 등속을 한 보따리 들여놓고는 슬그머니 빠져나왔다.

제7장
하이방

나는 당분간 동대문시장의 빼빼네 다락방에서 꼬마 하나를 데리고 노끈을 만들어 상가에다 넘기는 일을 했다. 과연 쪽제비가 단골을 잡아 주어서 벌이가 그런대로 시다이는 쪼을 만했다.

물건을 챙겨 가지고 막 나가려는 참인데 쪽제비가 나를 찾아 왔다.

"야, 태봉이가 너 만나러 왔다더라."

나는 그의 말에 무심하게 중얼거렸다.

"씨팔놈, 왔으면 이리 올라와서 일두 거들어 주고 할 것이 지…… 어디 있냐? 또 기숫집에서 폼 잡구 있데?"

쪽제비가 고개를 갸우뚱했다.

"나두 못 봤어. 웬 푼을 보냈는데, 시장 안 붕어뚜룩에서 기다 린다구 그러던데."

나는 어쩐지 예감이 좋지 않았다.

"잠깐 다녀올게."

"물건 내가 가지구 나갈까?"

"그렇게 해주라."

나는 붕어뚜룩으로 달려갔다. 문을 밀고 들어서자마자 한적한 다방의 구석 자리에서 나는 그 삐쩍 마른 순자의 퀭한 눈과 마주쳤다. 반갑기보다는 일단 떼고 난 뒤였으므로 도로 나가 버리고 싶었다. 나는 내키지 않는 채로 순자 앞에 가서 앉았다. 순자는 싸구려 홈드레스를 입고 화장도 안 한 모습이었다. 입술이 까칠하게 말라 있었다.

"잘 있었니, 웬일이냐?"

순자는 다방 안을 두리번거렸다.

"자기 여기 온 거 아무도 모르지?"

"쪽제비가 가르쳐 주던데."

순자는 자꾸만 내 어깨 너머를 넘겨다보았다.

"아까 내가 거기 팽이판에 가서 물어봤던 사람이 쪽제비지? 일부러 자기 있는 데는 안 간다구 그랬어. 수창이 달려간 거 모르지?"

"뭐야, 왜?"

"낸들 알아. 오늘 새벽에 작업장에서 달렸다는데, 두꺼비 아저씨는 벌써 엊저녁에 알았는지 꼬마 강씨네 안 들어왔어. 태봉 씨가 나한테 사람을 보냈잖아. 동대문 가서 연락하라구."

"나가자."

나는 얼른 자리에서 일어났다. 아마도 곰들은 뒤늦게 내 구역이 양동이 아니라 창신동 동대문 일대라는 걸 알고 지금쯤 열나게 찾고 있을지도 몰랐다. 순자와 나는 얼른 붕어뚜룩을 나왔다. 나는 순자를 데리고 옷감 파는 데가 있는 상가를 헤치고 들어갔다. 북적대는 인파 속이라 안전할 것 같았다. 우리는 걸으면서 이야기를 나누었다.

"두꺼비두 찾데? 수창이 달릴 때쯤 해서 말이지."

"아침에 형사가 꼬마 강하구 만나서 뭐라구 오랫동안 속닥이를 맞추고 갔어."

"태봉이 지금 어딨니?"

"응, 나보구 가서 전하래. 오늘 밤에 마장동 시외버스 터미널 앞에 있는 만둣집에서 9시쯤 만나재."

"알았어. 나는 인제부터 바쁘니까 들어가 봐라."

순자가 뭔가 눈치를 챘는지 내 소매를 붙들고 놓지를 않았다.

"나두 알어. 태봉이 아저씨하구 하이방 깔라구 그러는 거지?"

"인제 달리면 우린 끝장이다. 어서 양동으루 가봐."

순자는 사정했다.

"나 계산해 갖구 나올게, 같이 가. 우리 대전으루 가. 내가 멕여 살릴 거야. 함께 달아나."

나는 인상을 썼다.

"너 정말 말 안 들을래! 나 만났다구 했다간 우린 다시 못 만나는 거야. 당분간 서울을 뜰 테니까 기다리지 말어. 그리고 느이 오빠 나올 때가 다 되었으니까, 오빠 만나거든 바이뚜룩에서 발을 씻어."

내가 지껄이는 동안 순자의 눈은 금방 핑 젖어서 빨개지고 있었다. 나는 한정이 없겠어서 순자의 손을 휙 뿌리치고는 사람들 틈으로 뛰었다. 가다가 뒤돌아보니 순자의 모습은 인파 사이로 뒤섞여서 보이지 않았다. 나는 어떻게 해야 될지 난감했다. 지금 쪽제비에게 가서 들여 넣었던 자본금 10만 원을 찾을까 생각해 보았지만, 곰이 벌써 다녀갔는지도 모르기 때문에 찾아갈 수가 없었다. 나는 어머니에게로 갔다. 이문3동의 주차장 근처에 있는 뭉치의 노점으로 갔더니, 뭉치는 손님에게 과일을 싸주고 있었다. 나를 보자 금방 웃는 얼굴이 되면서 뭉치가 말했다.

"응, 잘 왔구나. 내가 오늘은 좀 일찍 들어갈라구 했는데, 너 시마이하구 나서 보관소에다 리어카 맡겨 놓구 좀 들어오너라."

나는 풀이 죽은 목소리로 말했다.

"어디 지방에 좀 다녀와야겠어요."

"아니 또 어딜 간다구 그래. 매일 하는 일 없이 싸돌아다니기만 하려느냐. 지난번에 10만 원 갖구 가서 장사한다더니 벌써 다 까먹었구나."

"아녜요. 장사는 시작했어요. 지방에 가서 청과물이나 떼어 올까 하는데, 어머니 한 10만 원만 내주세요."

"뭐라구…… 청과물? 얘, 까짓 시장 좌판 장사하는데 산지에 가서 떼어 와봤자 운임에 다 먹혀 버린단다. 중앙시장 가서 떼어 오는 게 낫지. 공연히 쓸데없는 생각 말구 에미 장사나 도우렴."

"나중에 그렇게 할게요. 어머니 나 지금 바빠요. 저녁차로 내려가 봐야겠어요."

어머니는 나를 물끄러미 쳐다보았다.

어둠의 자식들

"에그…… 저놈의 낮도깨비…… 넌 그저 니 애비를 쏙 닮아서 느긋하게 살지를 못하는구나. 내 그럴 줄 알았다. 내게 돈 맡겨 놓고 며칠이나 갈래나 했지. 지금은 5만 원밖에 안 되겠다. 그것 도 저 풍림상회에서 돌려 오는 거야."

"그거라두 되겠어요."

뭉치가 내게 가게를 맡기고 다녀오더니 신문지에 싼 돈을 내 밀어 주었다.

"옜다 6만 원이다. 너 혹시 노름 같은 거 하다 온 건 아니지?"

"에이 참 어머니두, 지금 때가 어느 땐데 내가 그런 짓 하구 있 겠어요. 나 갈래요."

나는 돈을 뒷주머니에 아무렇게나 구겨 넣고 돌아섰다.

"애, 가만있거라."

뭉치가 내 손을 잡더니 뒷주머니에 넣은 돈을 꺼내어 잠바 안 주머니에다 옮겨 넣어 주었다.

"이것아, 이런 데다 돈을 넣으면 너는 돈이나 잃지만 다른 사 람 도둑놈 만드는 거야. 잘 간수하구…… 내가 다시 이르겠지만 청과물보다는 농작물이 좀 나을 게다. 손해를 보면 어떠냐. 너두 인제 밥벌이하는 걸 배우면 그게 남는 게지."

뭉치는 다시 가려는 내 손에다 탐스러운 사과 하나를 쥐여 주 었다.

"가면서 먹어."

나는 씩 웃었다. 어쩐지 오늘따라 다리를 약간씩 절름대는 내 걸음걸이가 마음에 걸렸다. 사과를 바지에다 쓱쓱 문질러서 한

입 베어 물었다. 그러고는 뒤를 돌아다보았다. 아니나 다를까, 뭉치가 좌판 앞에 서서 나를 바라보고 있었다. 나는 얼른 고개를 돌리고 걸음을 빨리했다.

빠방에 가서 죽치다가 약속한 시간에 마장동 시외버스 터미널 앞에 있는 만둣집으로 찾아갔다. 안을 둘러보니 태봉이는 보이질 않았다.

들어갈까 망설이는데 그 옆의 가게에서 누군가 나를 불렀다.

"동철아 짜샤."

나는 흠칫 놀라서 돌아보았다. 불빛에 살펴보니 태봉이었다. 그는 내게 손짓을 하고는 길을 건너갔다. 우리는 대폿집으로 들어가서 마주 앉았다. 태봉이는 머리를 짧게 깎았고 작은 백을 들고 있었다.

"야, 어떻게 된 거냐?"

"우리 일이 벌통 났다."

"노랭이집 씹은 거 말이냐?"

"그래. 수창이가 양동 애기통에서 새벽에 달려갔다. 나는 어젯밤에 쪼이판(노름판)에서 우연히 알았어. 두꺼비한테는 연락을 해줬지. 그 새끼두 지금쯤 어딘가에 처박혀 있을 거야."

"누가 씹은 거야. 어떤 새끼가 우리를 코 발랐을까?"

"장물아비 마포 김씨가 몇 년 전에 먹은 물건이 이번 도범 후리가리에 찍혀서 먼저 달렸지. 데려다가 디리 짜니까 반짝이 노랭이집 껀수를 불어 버린 거야. 어제 쪼이판에 들렀더니 뚜룩 아이들이 수군거리잖아. 마포 김이 달려갔는지 가게가 닫히고 중

어둠의 자식들

간상이 보이질 않는다구 말야. 낌새가 이상해서 우선 짱박혀서 보노라니까 수창이가 달려가더라. 그러니 내가 양동에 나타날 수가 있겠냐. 꼬마를 시켜서 순자에게 전해 달라구 부탁했지. 동대문 가서 쪽제비를 찾아 너를 물어보라구 말야."

"수창이 디리 공사(고문) 당하겠는데. 여하튼 아직은 운이 좋았지만, 인제부터 어쩔 셈이냐?"

"씨팔, 달리기 전까지는 살 방도를 찾아야지 별수 있니."

"우리는 쪽이 팔려서 뒷골목 출입은 안 된다. 멀리 하이방 까야지."

내가 말하자 태봉이는 고개를 끄덕였다.

"그래서 강원도루 나를 작정이다. 물론 같이 가겠지?"

"야 씨팔놈아, 나는 너 때문에 신세 조졌다. 왜 짜샤, 폭 짜리를 뿌러진 칼루 만들어서, 몸 붙이구 살지두 못하게 하니?"

"좆 짜구 있네 씹새끼. 잘되면 지 탓. 못되면 꼰대 탓이라더니…… 싫으면 혼자 달려가서 한 댓 바퀴 돌구 나와라."

"야야, 이번에 들어가서 다섯 바퀴 돌다간 정말 목래 짝숭이는 무말랭이 돼버리겠다. 좆두 알 게 뭐야. 정신없이 하이방 까야지. 제주도라구 못 가겠냐."

나는 낄낄 웃으며 지껄일 수밖에 없었다. 태봉이도 쫓기는 처지에 뭐가 신이 나는지 연신 기수를 죽였다(술을 마셨다). 그가 물었다.

"너 까네 좀 실렸니(돈 좀 있니)?"

"음, 데부망(5만 원)쯤은 된다."

태봉이는 가방을 열더니 돈을 꺼내 세어 보았다. 나도 속으로 따라 세어 보니까 7만 원쯤이었다.

"짜리망(7만 원)인가. 니기미, 오늘 집에 가서 어머니에게 핑계 대느라구 혼났다. 취직이 되어서 지방에 간다구 그랬지."

나도 성남에 있는 태봉이네 천막집에 가본 적이 있어서 그에게 물었다.

"집 짓기 시작했데?"

"응, 브로크를 쌓구 있더라."

"곰이 찾아가면 눈치를 챌 텐데."

태봉이의 얼굴이 어두워졌다.

"씨팔 그게 고민이야. 그렇잖아두 삼봉이란 놈이 사람을 패구 피해 다니는 모양이던데, 자식새끼들이라구 모두들 속만 썩이니 이거……."

"야 얼른 뜨자. 서울서 우물쭈물하면 공연히 집 생각이나 나잖아."

내가 먼저 술잔을 비우고 일어섰다. 태봉이가 말했다.

"앉어. 차 시간이 좀 남았다. 청량리루 나가서 기차를 타야 해."

"근데 왜 임마 여기루 날 불러?"

태봉이는 씩 웃었다.

"니가 곰을 달구 올까 봐 그랬지."

"이런 개새끼, 날 뭘루 아는 거야. 이동철이 야당 되는 날, 좆뿌리 썩어 내리는 날이다. 짜샤 서루 믿구 살아야지."

"마, 누군 야당이 되구 싶어서 되는 줄 아니? 누구든지 잡아다 공사하구 짜면 말타기하구 싶어서라두 찍는 거야."

"어쨌든 나가자. 나가서 속옷하구 양말하구 세면도구라두 사야지."

우리는 둘이 되고 나니까 훨씬 기분이 좋아졌다. 하이방 까는 신세가 되었는데도 서울을 일단 빠져나가는 일이 왠지 즐거웠던 것이다. 밤의 어둠이 우리를 안온하게 감싸 주었다.

우리는 중앙선을 타고 서울을 날랐다. 태백선 정선선의 철도 공사장을 찾아가는 것이었다. 우리 같은 논다리 꽈자들은 일단 수배가 되면 타상골목이나 우범지역에서 얼씬거리다가는 누구 손에 씹히는지도 모르고 겡꼬 가기 십상이었다. 강원도에 관해서 훤히 알고 있는 태봉이가 공사장에 가서 몇 달 틀어박혀 있자고 제의를 했다.

"첨에는 얌전히 지내다가 십장이나 감독에게 슬슬 꼬장을 죽이는 거야. 어디 가든 건달 밥은 따루 있다. 저쪽에서 인정만 하면 슬슬 가오나 세우고 세월 죽이는 거야."

태봉이는 자신이 있는 모양이었다. 나도 까짓것 몸으로 때워가며 살아온 청춘인데 야시 먹을 까닭이 없었다. 그와 나는 정선에 당도했다. 태봉이가 안면 있는 십장을 찾아가 부탁하자 그날로 일거리를 잡았다. 공사는 태백선과 정선선을 개설하는 철도 공사였다. 나는 다리가 조금 불편한 대신 완력이 있어서 가지야간(대장간) 데모도(조수) 일을 하게 되었다. 후왕(풍구로 바람 넣기)을 뿜어 주고 해머로 데꼬(쇠꼬챙이)와 노미(굴진 작업할 때 돌 깨는 막대기) 달군 것을 두들겨 주는 일을 했다. 일은 힘들었지만 작업이 끝나면 신통하게도 땀 밴 손아귀에 전표가 쥐어지는 것이었다. 나는 서서히 땀 흘려 일하고 그 대가를 받는 게 얼마나 기분이 느긋한가를 배워 가고 있었다. 뭉치가 늘상 하던 말도 가끔 되씹어 보는 버릇이 생겼던 것이다.

— 동철아, 너는 절대루 남 못할 짓은 하지 마라. 남의 눈에 눈물 흘리게 하면 자기 눈에는 피눈물이 나는 법이란다. 내가 지금까지 살면서 주위 사람들을 많이 보았는데, 남에게 몹쓸 짓을 많이 한 사람은 자기 대에 망하지 않으면 자식 대에 가서라두 망하더라. 그저 못살아두 마음 편하게 살아야 자식 대에 가서나마 잘된다. 아무거나 해먹어두 양심껏 살아야 해.

내가 어려서부터 귀에 굳은살이 박이도록 들어 온 말이었다. 사실 내게 땀 흘린 대가로 밥을 먹는 기회가 주어졌던 적이 있었던가. 나는 늘상 얻어맞고, 차이고, 갇히고, 욕먹으면서 억눌려 살아오지 않았는가. 시장에서 장사라도 하려면 툭하면 후리가리다 뭐다 해서 무조건 잡아다가 불라고 조지든가 대가리 달아 놓으라고 짜는 것이었다. 마음잡고 살겠다고 아무리 광을 치고 다녀도 믿어 주는 놈이 없었다.

일하고 나서 씻는 기분과 저녁 먹고 담배 한 대 붙여 물고 함바(현장 식당을 겸한 숙소) 앞에 앉아 있을 때, 그렇게 마음이 편안할 수가 없었다. 일당은 고작해야 250원 정도였다. 함바에서 밥값으로 150원을 떼고 나면 하루에 100원이 남았다. 나는 서울 같았으면 그까짓 100원에 애달캐달하지 않았을 것이다. 기수 한 잔 값도 못 되는 액수였다. 그러나 내가 흘린 땀이 몸 전체로 아

어둠의 자식들

까워서 그 남는 돈 100원을 푼푼이 모아 나갔다.

태봉이는 워낙 경험이 있어 놔서 막장(터널 굴진 작업장의 끝)에서 일했다. 나는 가지야간에서 일하다가 노미를 날라 주던 노미도리와 사귀게 되었다. 상필이라는 영월 아이였는데 태봉이보다도 덩치가 크고 소처럼 순했다. 상필이는 키가 거의 2미터나 되었고 손을 펼치면 마치 솥뚜껑 같았다. 그 손에 따귀라도 한 대 얻어터지면 옥수수(이빨)가 왕창 나갈 게 틀림없었다. 그는 말수가 적었고 어쩌다가 말을 해도 느릿느릿 했다. 나는 상필이와 같은 함바에서 나란히 자리를 잡고 밤에는 이런저런 얘기로 속닥이도 맞추었다. 상필이는 일하러 나오기 전에 영월 촌의 작은 교회에서 주일학교 반사라는 선생질도 했다는데 믿어지지가 않았다. 나는 무조건 스도 형님에 대해서 썰을 풀면 신통찮게 생각하는 도회지의 논다리 근성이 있어서, 한편으로는 소 같은 상필이의 그런 면을 우습게 여겼다. 상필이는 언젠가 그런 얘기를 중얼거린 적이 있었다.

"하나님은 일곱 번씩 일흔 번 용서해 주신다구 그랬다. 그런데 사람들은 저희끼리 한 번두 용서를 안 하려구 그런다."

나는 실실 웃으면서 대꾸했다.

"야 임마, 490번이나 용서하는 거야 하나님 사정이구. 우리네야 털을 세 번만 뽑아두 아구창을 돌리게 되어 있잖니. 나 같은 놈은 딱 한 번만 눈 질끈 감구 용서해 주면 꽈자 소리 안 듣구 사람답게 살겠다."

"그건 네 잘못이 아냐. 사실은 예수님은 너나 나 같은 사람들 때문에 세상에 오셨다."

"야야 집어치워라. 그 양반이 어디 사람이냐. 몸무게두 전혀 안 나가지, 하얀 원피스 입구 다니면서 거룩하게 썰이나 풀구 바다 위로 살살 걸어갔다면서?"

그렇지만 상필이는 웃지 않았다.

"예수님은 말만 하구 다닌 분이 아니다. 그분은 말하자면 출신이…… 데모도란 말야."

나는 그저 시큰둥하니 들어 넘겼다. 가지야간에서 몇 달을 일하다가 삭강(돌 뚫는 기계)이 들어오는 바람에 우리는 다른 작업장을 찾아야 했다. 태봉이도 막장 일이 싫어졌다면서 자갈 십장으로 옮겨 앉았다. 나는 기운 세고 마음 착한 상필이와 헤어지기가 싫었다. 상필이도 나와 헤어지기가 아쉬운 모양이었다.

"동철아, 나하구 와이브(단짝)해서 하꼬구루마(레일차)나 끌자."

"그래, 그게 좋겠다."

우리는 버력(광물 성분이 섞이지 않은 잡돌)을 실어 나르는 일을 했다. 터널을 파고 들어가는 굴진 작업을 할 때 삭강으로 바위를 뚫고는 구멍에다 다이너마이트를 꽂는다. 떡에다 도화선을 달고 피스(뇌관)를 끼워 구멍에다 넣고는 앙꼬(진흙덩이)를 박는다. 발파 신호를 보내고 도화선에다 불을 당기고 막장에서 뛰어나온다. 요란한 폭음과 함께 바위가 무너지면서 조각으로 깨진다. 화약 연기가 채 빠지기도 전에 철도 레일 위로 구루마를 밀면서 막장으로 간다. 막장 안에는 화약 냄새와 연기가 자욱했다. 뎃빵(철판) 깔린 위에 버력이 수북이 쌓였다. 오삽(넓적한 삽)으로 떠서 구루마에다 싣고는 슬슬 밀다가 타면 그대로 쏜살같이 막장을 빠져 밖으로 나온다. 굴을 빠져나올 때 머리를 들었다가는 해골이 언제 부서질지 모른다. 버력을 쏟는 비탈 끝에 오면 손으로 당기는 브레이크를 잡아 구루마를 세운다. 굴진하면서 들어갈 때마다 동발을 세우면서 작업을 하기 때문에 늘 조심해야 한다.

공사판에서 일하는 사람들은 대부분 강원도 일대의 탄광이나 공사판에서 모여든 사람들이라 막노동에는 도가 튼 사람들이었다. 소다이모찌(살림하는 사람)들은 별로 없었다. 공사판 노임이 워낙 짜서 대부분 가족 없이 함바 신세를 지는 것이었다.

현장 감독은 공구장, 도십장, 십장으로 층이 되어 있는데 인부들을 능률적으로 부려먹기 위해서 도급 제도와 야리끼리(일을 책임제로 맡기는 것)라는 제도를 만들었다. 토건회사나 건설회사에서 청부를 받아 하청을 맡은 공구장은 도십장에게 도급을 준다. 도급을 맡은 도십장은 마음에 드는 사람들을 십장으로 두고는 인부들에게 야리끼리를 주게 한다. 호리가다(터파기)를 하는 데 열 명이서 하루 걸리는 작업을 일곱 명에게 야리끼리를 먹여 작업을 시키면 모두들 몸을 아끼지 않고 일을 하는 것이다. 버력을 막장에서 실어 나르는 작업도 만표(일했다는 확인증) 제도를 만들어 한 구루마에 한 장씩 끊어 주었다가, 일을 마친 뒤에 만표 수대로 계산해서 일당을 주는 것이다. 자갈 깨는 일도 만표를 끊어 주는데, 하찌부(발파 작업을 위해 돌에 구멍을 뚫는 일), 조꾸부(하찌부와 같으나 구멍의 길이가 짧다), 삭강, 요꼬사시(지반 다지기), 공구리 작업하는 내리가다, 나까데모도(레미콘을 골고루 주는 일), 미쓰구미(공구리할 때 물 주는 일), 쓰미구미(물 없이 시멘트와 모래를 배합하는 일) 등등의 모든 분야의 일에도 도급, 야리끼리, 만표 등의 제도를 사용하여 일을 호되게 부려먹었다. 인부들에게 작업을 많이 시켜 일을 빨리 마칠수록 하청 맡은 공구장은 수입이 좋아지게 되어 있었다. 배운 기술 없이 막노동판이나 따라다녀야 하는 많은 사람들은 군소리 한마디 못하고 시키는 대로 노예처럼 일했다.

굴을 양쪽에서 파 들어가다가 서로 맞창이 뚫릴 때엔 관통식이라고 해서 막걸리에 돼지비계가 나왔다. 터널 공사 뒤에는 교량 공사가 시작되었다. 태봉이와 상필이는 교량 공사장에서 데낑(철근) 일을 했는데 고생이 심했다. 터널 공사는 막장에라도 들어가기 때문에 더위를 피할 수가 있었지만, 교량 공사와 옹벽 공사는 허허벌판에서 하루 종일 뙤약볕에 시달려야만 했다. 터널 공사도 마찬가지였지만 새벽 6시부터 저녁 6시까지 열두 시간 일을 해야 되었다. 터널 공사는 2교대로 야간 일이 있었지만, 난장 일은 낮일밖에 없었다. 데낑 일은 교량 비아(교각 슬라브 받침대)를 세운 다음 위에다 슬라브 작업을 할 때 철근을 슬라브 사이사이에 끼우는 작업이었다. 비아가 세워지기 전이라 슬라브에 들어갈 철근을 구부리는 단도리(채비) 작업을 했다.

슬라브 작업 때에 철근이 들어가는 양은 공구장이 임의로 책정했다. 하청 맡은 공구장으로서는 될 수 있는 대로 철근이 덜 들어가야 수입이 좋아지기 때문에, 철근의 양을 엄청나게 줄여 썼으며 비아나 슬라브에 거푸집(콘크리트 치기 전에 나무로 만드는 모형 틀) 단도리가 다 되어 작업에 들어갈 때에도 인부들을 시켜서 오다마(큰 돌)를 쑤셔 넣는 것이다. 시멘트를 적게 쓰기 위해서였다. 교통부나 현장 사무실에서 기사나 기술주임들이 현장을 감시하지만, 오다마를 쑤셔 넣을 때나 철근을 넣을 때나 시멘트와 모래를 섞는 작업은 그들이 안 보일 적에 하기 마련이었다. 현장 기사들은 공구장이나 현장 사무실 직원들의 안내를 받아 술집으로 직행했다. 감시하는 사람들이 없으니 마음 놓고 시멘트와 모래의 비율이나 철근의 톤수를 멋대로 조작하고 오다마를 쑤셔 넣는 것이다.

한창 콘크리트 작업을 할 적에는 소변 보러 갈 시간도 없었다. 질통을 걸머진 여자들이 엉성하게 야리방(구멍 뚫린 쇠철판)으로 엮어진 좁은 사다리로 곡마단에서 줄 타듯이 다니면서 미키샤(시멘트 배합하는 믹서)에다 부어 넣었다. 미키샤는 요란한 소리로 돌면서 자갈과 모래, 시멘트를 배합시킨다. 미키샤에서 쏟아진 레미콘은 리어카에다 싣기 바쁘게 뛰어서 콘크리트 치는 데까지 가져간다. 리어카가 쏟아부은 레미콘을 거푸집 속에다 고루고루 넣어 주는 작업이 끝이었다.

높은 비아에 콘크리트를 할 때엔 뒷구멍이 새큰거릴 정도로 아슬아슬했다. 폭이 겨우 1미터밖에 안 되는 야리방으로 이어진, 흔들리는 받침대 위로 질통을 지고 올라 다닐 때에는 곡마단을 구경하는 느낌이었다. 뎃빵 위에다 모래, 자갈, 시멘트를 붓기가 바쁘게 미쓰구미가 물을 부어 준다. 내리가다들 몇 명이서 손을 맞추어 시멘트를 배합하면서 아래로 떨어뜨린다. 나까데

모도는 쏟아져 내려온 레미콘을 고루 깔아 주며 오다마를 쑤셔 넣을 자리를 만든다.

콘크리트 작업을 할 때에 간식이 나오는데 국수도 나오고 찐빵도 나왔다. 질통을 지고 다니는 사람들은 대부분 여자들이었는데 간혹 처녀도 있었다. 막노동판에 오래 다니는 사람들의 말을 들어 보면 교량 공사든지 터널 공사든지 콘크리트를 할 적에 오다마가 들어가지 않은 적이 거의 없고, 시멘트를 배합할 때에도 비율을 제대로 지키는 법이 없으며, 철근도 역시 정량대로 설치하지를 않는다는 것이었다.

막노동판이란 일정한 공사판에서 고정적으로 일자리를 얻는 것이 아니라, 대부분이 기술 없고 밑천 없어 몸으로 때우려는 나이 많은 사람들이라, 현장 감독들인 십장이나 공구장이 시키는 대로 군소리 한마디 못하고 일을 했다. 일을 마친 뒤에 전달에 일했던 일당을 받는데 현찰이 아니라 전표였다. 전표를 사용하려면 5부 공제나 1할 공제로 현금과 바꾸어 써야 했다. 전표를 사는 사람들은 대부분 함바집 주인이나 현장 부근 가게의 주인들이었다. 돈 계산은 보름 지급과 한 달 지급이 있었는데, 보통 한 달 지급이 많았고 두 달 가까이 지급이 늦어질 때도 허다했다. 토건회사나 건설회사 마음대로 지급 기간을 정하기 때문에 하루살이 인생인 막노동꾼들은 뻔히 손해 보는 줄 알면서도 1할 공제로 전표를 현금으로 바꾸는 것이다. 회사 자체의 운영난으로 몇 개월씩 돈 지급 기간이 늦어질 때도 있는데, 이때에는 2할 공제까지 하여 전표를 팔 때도 있었다. 형식상으로야 매일 전표를 지급하기 때문에 일당제라고 하여 하루살이 인생이니 열두 냥짜리 인생이니 하지만, 사실은 반나절 인생도 못 되었다. 전표 팔 때 손해 보고 비 오는 날 공치기 때문에 열두 냥짜리 인생이 아니라 적자 인생이며 아슬아슬하게 살아가는 외상 인생인 셈이었다.

교량 공사가 거의 끝나 갈 즈음 드디어 내 곤조통이 나오게 되었다. 그것은 상필이 때문이기도 했다. 상필이가 십장의 요청에 의하여 교각 위로 마무리를 하려고 올라갔다가 떨어졌다. 처음에는 가까스로 일어나서 걷더니 그날 밤에 온통 다리가 부어오르고 열이 나서 헛소리까지 했다. 틀림없이 넓적다리 어딘가가 부러진 것 같았다. 십장은 본체만체했을 뿐 아니라 치료는커녕 그날 일당도 주지 않았다. 나는 이튿날 슬슬 야이쪼를 놓으며 기어 붙을 궁리를 했다. 태봉이하고도 의논해서 파업을 벌이기로 했다. 인부들 10여 명과 속닥이를 맞추어 보았더니 모두들 좋다는 것이었다. 간식 문제와 십장의 횡포에 대해서 불만들이 많았다. 뜨거운 뙤약볕 아래서 더위를 잠깐 식히려고 슬라브 밑의 그늘에 가서 잠시 쉬고 있으면, 십장이 어느 틈에 달려와서 빨리 일하라고 독촉이 성화같았다. 나도 상필이가 떨어지기 며칠 전에 그런 일을 당했던 것이다. 다리도 불편한 놈이 막노동판에 들어와 군소리를 듣지 않으려고 절룩거리며 부지런히 뛰어다니다 보니 관절이 끊어지는 것 같았다. 그래서 그늘에 앉아서 잠깐만 숨을 돌리고 있었다. 아니나 다를까, 십장 녀석이 달려오더니 고함을 꽥 지르는 것이었다.

"이봐, 지금 뭐하는 거야. 공으루 일당 먹을라구 그래? 일하기 싫으면 짐 싸가지구 당장 떠나란 말야. 대가리 숫자는 남구 넘친다구."

자식이 남은 한 마디도 못하고 있는데 그렇게 줄줄이 엮었다. 쫓기는 신세가 아니거나 이곳이 서울 바닥이기만 했어도 대뜸 "뭐 이 씨팔놈아, 아가리를 확 제껴 놀라" 하며 냉큼 나갔을 테지만 그래도 객지라서 꾹 참았다. 나는 상을 찡그리고 헐떡이는 소리로 유순하게 대꾸했다.

"나두 정신없이 했시다. 잠깐 쉬었다 하겠수."

십장은 내 아래위를 쓱 훑었다.

"자네 몸 때문에 아무래두 일 못하는 거 아냐? 벌써 한 10분째 이러구 있는 거 같은데."

나는 내 신체 얘기가 나오면 신경이 곤두섰다. 그만큼 나는 다른 사람보다 표 나지 않게 하느라고 악착을 떨며 일했던 것이다.

"여보슈, 나두 여러 공구를 거쳐서 왔시다. 내 댁에 같은 십장은 처음이오. 척 보면 잠깐 쉬는 건데 뭘 그렇게 안달하슈. 모른 척하면 미안해서두 일어날 거 아뇨. 그렇게 공구장에게 충성하면 십장 훈장이 나옵니까?"

대꾸했더니 십장은 목덜미까지 시뻘게지며 화를 냈다.

"뭐야 이 새끼야. 이게 어디서 터진 주둥이루 함부로 씨부려. 너 이 새끼 일 관둬. 너 같은 놈은 필요 없어."

나는 침을 칙 내깔기고 벌떡 일어섰다.

"어 이런 씹새끼, 야마 돌게 만드네. 궁짜 껴서 목에 밥알 좀

어둠의 자식들

얻어 넣을려구 노가다 시늉을 하구 있으니까, 이런 개구리 좃밥 같은 게 건드려."

나는 대뜸 달려들어 십장의 목을 껴안고 시미끼리(목조르기)를 먹였다. 나는 발이 느린 반면에 일단 잡았다 하면 칼로 베기 전에는 안 놓을 완력이 있었다. 숨이 막혀 켁켁거리는 것을 이번에는 뒷다리를 슬쩍 걸어서 아시바리(발을 쳐서 넘어뜨리기)를 돌려서는 허리에다 얹어서 메다꽂았다.

"어이쿠!"

십장은 완강하긴 했지만 40대였고 나를 너무나 얕보다가 당한 것이다.

"이런 씨팔놈, 북장구(배)를 빵꾸 낼까, 옥수수를 뭉개 버릴까."

위에서 내가 밟아 버리려고 하니까 상필이가 달려들어 내 허리를 안아 번쩍 쳐들었다.

싸운 뒤부터 십장은 내게 말도 걸지 않고 심한 일만 골라서 시키며 눈을 부릅뜨고 감시를 해오던 터였다. 그 위에 상필이까지 다치고 보니, 태봉이와 나는 다른 곳으로 뜨기 전에 공사장을 뒤집어 놓을 셈이었다. 콘크리트 작업을 하는 날은 일 마치는 시간보다 한 시간 더 일할 때가 있었다. 물론 수당을 따져 일당 계산을 하지만 간식은 별도로 주어야 했다. 밤일을 할 때에는 밥을 주어야 하는데도 찐빵을 주고 때우려 했던 것이다. 화가 난 몇몇 인부들이 찐빵을 먹지 않고 거푸집에다 찐빵을 붙이고 그 위에 콘크리트를 쳤다. 시멘트가 다 마른 뒤에 거푸집을 떼는데 떼고 보니 찐빵이 겉으로 나와 콘크리트에 구멍이 뻥뻥 뚫려 있었다. 화가 치민 공구장이나 십장들은 어느 놈이 곤조를 피웠느냐고 길길이 날뛰었다. 십장은 평소 불만이 있었던 나와 태봉이에게 의심을 품었다. 상필이가 일도 못하고 드러누워 일당을 못 받은 지 사흘째였다. 십장이 찾아와서 상필이, 태봉이, 나 셋에게 닷새분 일당을 챙겨 줄 것이니 공사장을 떠나라고 은근히 압력을 넣었다. 우리는 아무 대꾸도 하지 않았다.

나는 파업을 하기로 결정하고 나서 혼자 이 궁리 저 궁리로 잠을 이루지 못했다.

그러니까 우리는 좆나게 일해도 수고한 대가도 제대로 받지 못하고 잘못하면 조상 것까지 물려받는 게 아닌가. 한마디로 제 몫은 찾아 먹지도 못하고 밥알이 한 알갱이라도 더 들어갔다간 걸리는 즉시 다 토해 내야 하는 것이다. 허가 낸 도둑놈들은 법을 밥 먹듯 어겨도 괜찮고, 송사리 도둑놈은 주머니 털어서 먼지만 나와도 법에 걸리게 되는 것이 아닌가. 나도 범죄 밥 안 먹고 양심대로 살아가려고 마음먹다가도 허가 낸 도둑놈들 하는 짓을 보면 눈알이 뒤집어져서 범죄 밥을 먹게 되었던 터였다.

그렇다. 예를 들어 생각해 볼까. 앵무새(녹음기) 한 대 사기 위해서 티상이 손님을 얼마나 받아야 할까? 숏타임 화대비 천 원 잡구 계산해서 시다이 값, 여물 놀리는 값, 꿀림비 다 빼구 최하 100명의 놈씨와 빠구리를 쳐야 겨우 앵무새 한 대 장만하는 거지. 앵무새는 줄창 자기 것인 줄 알고 있지만 궁짜 끼면 곧 전당포로 간다. 나중에 찾을 돈이 모아지지 않으면 전당표마저 팔아 버린다. 몸을 팔아서 장만한 앵무새가 제 것이 되는 줄 알았지만 임시로 만져 보기만 하구 다시 게워 놓는 거다. 그러니까 이 놈의 세상은 줬다가 빼앗았다가 마음대로 갖고 노는 것이다. 우리에게 앵무새를 사게 하기 위해서 우리의 눈깔이 뒤집어지도록 황홀하게 사방에서 떠들고 노래하고 지껄이고 보여 주는 장사꾼과, 돈을 꾸어 준다고 인심 쓰는 척하면서 유혹하는 전당포 주인과, 가장 생각해 주는 것처럼 기한 내에 돈이 없어서 물건을 못 찾은 분을 위해 편의를 봐드립니다. 하면서 표를 사들이는 놈들만 좋은 일 시키는 세상이다.

그럼 우리는 도대체 뭐란 말이냐. 육신은 만신창이로 툭하면 후리가리 때에 달려서 수용소다, 유치장이다. 내 집같이 드나들면서 갖은 수난을 다 겪지, 얻어터지지, 세상 사람들에게 꽈자, 창녀라구 업신여김을 당하면서 따돌림당하지. 한마디로 좆 되는 것이다. 그렇다고 마개비(교도관)나 곰들에게 앵무새 내놓으라구 악장 칠 수 있는가. 마개비나 곰들도 저희가 가진 앵무새를 빼앗기지 않으려고 발버둥 치다가 신경질 나면 우리 같은 놈들에게 화풀이라도 하면서 손까지 벌리는 불쌍한 자들이다.

하여튼 그런 식으로 고달픈 몸과 마음을 달래 보기는 하였으나 정말 기분이 왜 그런지 울적하였다.

기왕 파업을 할 바에는 시시하게 야식 문제와 십장 횡포 문제 따위를 걸고 나가는 것보다는 구체적으로 우리 인부들 처우 문제를 들고 일어날 셈이었다. 즉, 한 시간마다 5분씩 담배 피우는 시간을 줄 것과 야리끼리 제도를 없앨 것에 의견이 모아졌고, 상필이에 대해서도 보상은 못해 줄망정 치료를 해주고 일어날 때까지 일당을 달라고 요구할 작정이었다.

다음 날 일 나가는 시간이 되었는데도 우리는 새벽에 밥만 먹고 그냥 드러누웠다. 십장이 쫓아와서 빨리 일들 나가라고 야단법석을 떨었다. 나는 고함을 버럭 질렀다.

"너 이 새끼, 죽고 싶지 않으면 빨리 없어져. 너두 막노동판에서 객짓밥 먹은 놈이 개새끼처럼 꼬리를 사리고 현장 사무실 부근에서 아양이나 떨면서 노가다들이나 달달 볶아? 이 새끼, 거머리 같은 새끼, 오늘 아주 막장에다 묻어 버릴 거야."

"어어, 이 형 왜 그래. 뭐가 불만이야?"

십장이 대번에 수그러지는데 태봉이가 십장의 뒷덜미를 잡아서 슬쩍 위로 치켜드니까 두 발이 동동 들릴 정도였다. 태봉이가 으르렁거렸다.

"순한 사람들 건드리지 마라. 휴식 시간을 주고 야리끼리 제도를 없애라구 사무실 가서 얘기해. 그리구 저기 상필이 치료해 주고 노임 일당 지불하라구. 안 그러면 일만 안 하는 게 아니라 아예 공사장 모두 부숴 버릴 거야."

태봉이가 십장을 밀어 던지니 그는 앞으로 픽 고꾸라지더니 허겁지겁 달려가 버렸다.

상필이가 쉰 목소리로 우리에게 말했다.

"야, 어지간히 해둬. 느이들 둘은 어떻게 그렇게 악만 남았니."

그 말에 내가 그만 울컥하고 말았다.

"이런 병신 같은 자식, 임마 니 입으로 스도 형이 우리 같은 처지루 태어났다면서, 이런 판국에 두부처럼 대하라는 거냐? 너

어둠의 자식들

이 새끼, 내 앞에서 예수쟁이 행세했다간 양쪽에 번개 돌리기를 해줄 거야."

"미안하다 동철아. 느이들 그렇잖아두 피해 다니는데 겡꼬 갈까 봐 그런다."

상필이의 그 말에는 태봉이와 나도 움찔했다.

그날 저녁녘에 사무실의 설득으로 인부들이 거의 다 야근을 나가 버렸다. 태봉이와 나는 우리 처지를 돌이켜 보고는 조금 풀이 죽었던 게 사실이다. 시무룩해서 앉았는데 어떤 인부가 와서 귀띔을 했다. 공구장이 우리를 좀 만나자는데 읍내에서 곰이 왔다는 것이었다. 태봉이와 나는 말없이 서로 눈만 맞추었다. 우리는 부랴부랴 짐을 챙겨서 공사장을 빙 돌아서 빠져나왔다.

그때 이래로 배운 것이 두 가지 있었다. 하나는 우리의 올바른 삶의 방향은 누가 가르쳐 주는 게 아니라 우리가 스스로 배워 나가야 한다는 것과, 그러기 위해서는 먼저 우리 자신이 거리낌 없이 떳떳하게 살아야 한다는 것이었다. 그렇다면 올바르게 살려고 하다가 겡꼬를 가게 되어도 두렵지 않을 것 같았다.

우리는 탄광에 가서 일해 보기도 했다. 백운산 꼭대기에 있는 화질령 넘어 욕구에 있었다. 막노동판은 그래도 탄광보다는 훨씬 나은 편이었다. 꺼묵이(광부)들은 거의 지옥 같은 처지에서 하루하루 연명해 가는 형편이었다. 우리는 나전탄좌, 구절탄좌까지 돌아다녔다. 솔직히 갱에는 들어갈 엄두가 나질 않았다. 우리는 어디까지나 도피자에 지나지 않았고, 임시 거처만 마련되면 그뿐이었던 것이다. 탄광 부근에는 현장마다 질서를 잡는다고 난다 긴다 하는 논다리들이 대여섯 명씩 있었다. 태봉이와 나는 각 현장에서 잘나가는 논다리들과 통밥을 맞추어 한 집단을 만들었다. 이름하여 강원청년회였다. 강원청년회를 만들기까지는 다구리도 많이 붙었고 맞짱도 많이 깠지만 워낙에 나와 태봉이는 손발이 잘 맞아서 쉽게 모일 수가 있었다. 스무 살짜리부터 서른이 넘은 회원들까지 있었다. 내가 통밥을 잘 굴린다고 해서 슈킹(돈 뜯기)하러 갈 때에는 전략참모로 활약했다. 가끔 이곳저곳의 현장 사무실에서 주는 오까네만 해도 칠칠하게 지낼 수가 있었다. 나는 그 무렵에 다시 필을 품고 다니며 쌍칼 노릇을 했다. 두 뼘짜리 M1 대검을 허리에 차고 안주머니에는 버튼 식으로 된 일제 잭나이프를 지니고 다녔던 것이다. 다구리를 붙을 때에는 대검을 휘둘렀고, 맞짱을 까거나 실내에서 붙을 때에는 잭나이프를 펴 들었다. 날림 놓고(칼로 찌르고) 겡꼬 간 적은 한 번도 없었다. 그때마다 오까네가 많이 깨지긴 했었다. 날림을 놓고서도 구라를 풀든지 오까네로 쇼부 치든지, 정 안 되면 하이방을 치든지, 아니면 날림 맞은 쪽이 오히려 야시를 먹어서 고소를 안 하든지 했기 때문에 잘 튀겼던(빠졌던) 것이다.

자미원에서 있었던 철도 공사판에 도중에 합류한 동안토건이 5공구를 맡아서 하고 있었는데, 몇 달이 지나도 노임을 지불하지 못했다. 종이쪽지에 지나지 않는 전표쪼가리만 받고 일했던 막노동 인부들이 당장 먹을 식량도 없는 형편이었다. 처음에는 전표장수나 쌀장수들이 1할 5부 공제해서 전표를 샀는데, 노임 지불이 몇 달 동안 질질 끌게 되자 2할, 3할까지 공제하게 되

　　　　　　　　　　　어둠의 자식들

었고, 결국은 전표 사들이는 것을 중지하고 말았다. 인부들은 피를 빨리는 줄 알면서도 하는 수 없이 3할씩 공제당하면서 전표를 팔았다. 그러나 노임 지불이 안 되니까 나중엔 전표를 가지고는 식량도 바꿔 먹을 수가 없는 꼴이 되었던 것이다. 소다이모 찌들도 물론 생활하기가 어려워졌지만, 함바집에서 묵고 있던 막노동꾼들은 더욱 큰일이었다. 함바집 주인들이 발랑 까지면서 밥을 못해 주니까 일이 심각하게 된 것이다. 나는 모른 척하고 통밥만 굴리면서 눈독을 들이고 있었다. 강원청년회를 준비하던 논다리들과 의논을 해서, 이것은 오까네를 칠 수 있는 절호의 기회니까 한번 움직여 보자고 나는 주장했다. 우리는 먼저 쏠리고 몰린(배고프고 곤경에 빠진) 함바의 노동자들부터 설득하기 시작했다.

"여러분, 세상에 이런 일이 어디 있습니까? 일 시키고 돈을 안 주면 우리는 공기나 모래를 씹고 살라는 겁니까? 서울에 있는 본사까지 쳐올라가십시다. 우리가 책임을 지고 노임을 받아 내겠시다. 우리 같은 놈들이야 기왕에 세상에서 제껴 논 놈들인데, 까짓것 죽으면 여러분이 시체 떠메구 쳐들어가죠."

처음에는 기알이 안 먹히더니 차츰 분기들이 오르기 시작했다. 일단 분기가 오르니까 하나둘씩 모여들어 200여 명 가까이 되었다. 우리는 그들의 학고비(기차표 값)를 구하기 위해서 여러 공사판과 탄광지대를 내왕하며 슈킹을 했다. 학고비가 없는 궁짜 낀 노동자들에게 나중에 돌려받기로 하고 학고비를 대주었다. 밑천이 많이 들었던 셈이었다. 막상 출발하는 날짜가 되어 인원을 점검해 보니 300명이 넘었다. 우리는 겉으로는 태연했지만 사실 속으로는 은근히 걱정이 되었다. 태봉이와 나 그리고 우리 회원들은 그들을 이끌고 서울까지 올라갔다. 통밥이 미리 맞춰져 있던 우리 패거리는 모두 스무 명 정도였다. 청량리역에 도착하자마자 우리는 역 부근에 있는 교통부 산하의 철도청 사무실로 들이닥쳤다. 거친 노동자가 300명이나 되니 분위기가 살벌했다. 우리들이 한꺼번에 몰려 들어가며 설레발을 까니까 당황한 직원들이 내방깐에다 연락을 하고 난리가 났다. 야시를 먹은 철도청 직원들이 앞뒷문, 들창문으로 이리저리 튀는 게 볼만했다. 조금 뒤에 내방이 떼거리로 몰려와 건물을 포위했고, 똥테내방 (경찰간부) 하나가 올라와 이유를 물었다.

"뭐야, 당신들 뭣 땜에 이러는 거요?"

"여보, 보면 몰라서 물어? 얼굴을 보쇼. 우리는 시방 사흘을 굶은 사람들이라구. 사흘 굶으면 포도청 담도 뛰어넘는다는데, 우린 정당하게 일해 준 대가도 못 받았단 말요. 일을 시키면 밥을 줘야 먹잖소. 우리는 뭐 창자를 비니루로 만든 사람인 줄 아쇼?"

"어디 무슨 회사요?"

"동안토건서 들어간 자미원 5공구요."

"여보쇼, 그렇다구 여기까지 올라와서 떠들면 어떻게 하라는 거야. 난동죄루 콩밥 먹구 싶어?"

내가 더 이상 지껄일 여유가 없었다. 욱하니 일어선 노동자들이 똥테를 잡아서 2층 창밖으로 집어 내던질 기세였다. 그는 얼굴이 시뻘게져서 쫓겨 내려가며 지껄였다.

"하여튼 강원도 현장으로 돌아가요. 상부에서 다 해결해서 연락을 해줄 거요. 만약 오늘 내로 농성을 풀지 않으면 모두 입건하겠소."

"마음대루 하쇼. 잡아다가 모두 사형을 시키든지 아니면 뱃속에 먹지 않는 장치를 해주든지, 우리는 좋다 이거야."

우리는 계속해서 노래도 부르고 악도 쓰면서 농성을 벌였다. 나도 모르는 사이에 300여 노동자의 눈과 입을 모으는 입장이 되니까 왠지 모르게 가슴이 뜨거워졌다.

이튿날 아침이 되어 토건회사의 부사장이라는 사람이 찾아왔다. 우리 패거리들이 다짜고짜 부사장의 멱살을 잡고 구라를 쳤다. 야시를 먹였더니 바싹 긴장한 부사장이 태봉이의 귀에다 대고 소곤거리더라는 것이다.

"이봐, 왜 그래. 몇 명이야? 노동판 처음인가? 섭섭하지 않게 해줄 테니까 아이들하구 무마 좀 시켜 주지."

태봉이가 부사장과 아래로 내려갔다가 한참 뒤에야 돌아왔다.

"100만 원으로 낙착됐다. 우리더러 노동자들 데리고 강원도로 돌아가 있으라는데, 그러면 두 달 안으로 해결해 준다는 거야."

100만 원이면 그때 돈으로 따져도 과분한 액수였다. 강원청년회 녀석들은 모두 입이 죽 째질 지경이었다. 모두들 내 결정을 기다리며 나만 바라보았다.

"동철아 어떡할래? 쇼부 치지."

나는 이상스럽게 처음으로 이런 짓이 내키질 않았다. 사실은 내가 통밥을 굴리고 이렇게 되기까지 밀고 나왔던 것이 아닌가.

나는 사무실 쪽에서 노동자들이 잔뜩 쉰 목소리로 부르는 '전우의 시체를 넘고 넘어'라는 군가를 듣고 있었다. 나는 고개를 숙이고 멍하니 그 노래를 속으로 되씹었다.

"야, 뭘 망설이니. 짜샤, 너두 너무 욕심내다간 좆두 짜그러질 거다. 나중에 어떻게 수습할라구 그래."

속도 모르는 태봉이는 내가 100만 원이 성에 차지 않아서 뜸을 더 들이려는 줄로 아는 모양이었다. 나는 처음으로 속이 부대꼈다.

"오후까지 결정하지."

나는 벌써 상필이와 같은 함바에서 지낼 때부터 사람답게 살고 싶다는 온갖 생각으로 밤마다 여러 가지로 시달렸던 터였다. 떳떳하게 당당하게 사내답게 살고 싶었다. 대검이나 빼들어 헛깡을 부리면서 날뛸 게 아니라, 참으로 침착하고 용기 있게 살고 싶었다. 내가 비록 신체는 온전한 놈이 아니지만 강건한 깡다구가 되고 싶었다. 이게 무슨 꼴이냐. 겨우 반짝이 노랭이집이나 털고 뚜룩잽이로 몰려서 세상에서 갈 곳 없는 도망자가 되다니.

나는 사무실 바닥에 무릎을 모으고 빽빽이 들어앉은 노동자들 틈으로 돌아왔다. 그때에 얼굴이 시커멓고 키도 작아서 송장메뚜기라고 부르던 막장 노동자가 내게 소리쳐 물었다.

"이 형, 부사장이 뭐라구 그럽니까, 우리 노임을 해결한답디까?"

나는 순간적으로 그를 한쪽으로 확 밀어붙였다. 그가 묻지만 않았다면 나는 그렇게 빨리 마음을 결정하지는 않았을 것이다. 그렇다, 내 청춘은 그때에 급히 돌아서기 시작했다. 나는 그의 물음, 그의 피곤에 찌든 얼굴과 충혈된 눈으로 하여 내 생애를 결정했다. 하긴, 나는 속으로 온전하지 못한 자라는 자격지심이 많으니까 누가 나를 좀 부추겨만 주면 우쭐대는 성미가 있기도 했다. 그들을 속이고 그들을 이용해서 회사로부터 화해금이나 슈킹 치려고 계획을 세웠던 논다리 전략참모 이동철은, 노동자들의 열기에 휩쓸려 버려서 자기가 무슨 정의의 서부극 주인공 같은 생각에 빠졌던 것이다. 그러나 사람은 그렇게 출발하여 다시 새로 뜬 눈으로 세상을 보아 가면서 변해 가는 법이다. 나는 우리 논다리 패거리를 버리고 인부들 편에 가담했다. 나는 주먹을 불끈 쥐고 그들에게 외쳤다.

"여러분, 회사는 우리를 좃으로 뭉개려고 하구 있습니다. 아까 부사장이 와서 우리에게 100만 원을 주겠으니 무마해 달라고 하며 매수하려고 했습니다. 지금 한쪽에서는 무일푼으로 밥을 못 먹고 있는 판인데 이건 완전히 엿 먹이는 수작입니다."

나는 순식간에 그렇게 떠벌리고 말았다. 후회해 봤자 이제는 모래에 쏟아진 좁쌀과 같은 말을 어찌 주워 담겠는가. 이제부터 개 발에 땀 날 판국이었다.

"저 씨팔놈!"

가까운 곳에 섰던 태봉이의 눈깔이 홱 돌아가며 중얼대는 것이 보였다. 그러나 이미 인부들은 격노하고 있었다.

"부사장 오라구 그래. 여기서 아주 물어뜯어 버릴 테니까."

"개새끼, 뱃속을 까봐야지. 뭘 처먹구 사는데 그런 말이 아가리루 나오는지."

"오라구 그래. 와서 사과 안 하면 서울역으루 갈 거야."

이제는 아무도 막지 못할 분위기였다. 창문이 부서지고 사무실 집기가 날아갔다. 나는 다시 태봉이에게 이끌려 패거리들끼리 모인 곳으로 갔다.

태봉이가 먼저 야이쪼를 놓았다.

"야 임마, 너 누굴 약 올리는 거야? 쇼부 치기루 해놓구 니가 먼저 벌통을 내면 오까네는 강이잖아. 씨팔놈, 100만 원을 물어 내든지 니 좆 꼴리는 대루 해봐라."

패거리들이 제각기 떠들었다.

"야 너, 쌍칼인지 찐따인지 통밥을 어떻게 굴리는 거야? 니가 우리를 한꺼번에 고바우 만들었어. 이 새끼…… 100만 원이면 너 같은 종자 고깃값으룬 모자라."

"마, 먹구 살기 싫으면 좆 빨라구 공사판 찾아다녀? 이 새끼 깡독기두 형편없는 게 괜히 청년회다 뭐다 설레발 까구 있어."

내가 눈을 부릅뜨고 그들을 하나씩 노려보니까 태봉이가 말했다.

"떠들지 말어. 좋아, 니 속셈이 뭔지 한번 까놓구 얘기해 봐. 마, 나는 니 와이브 친구기 전에 건달이야. 건달 통밥으루 서루 어긋나면 피차 깨지는 거야."

나는 라디오(설득)와 찐드기 꼴통에는 소싯적부터 도가 트인 사람이었다. 나는 실실 웃으면서 씹어 냈다.

"이런 쪼다 같은 새끼들, 좆 짜구 있네. 야 이 씨팔놈들아, 보리 깡촌에서 순박한 꺼묵이나 노가다들한테 먹히던 깡다구를 누구 앞에 펼치는 거야. 그래 좋다. 누가 100만 원 느이들 보구 갖지 말래 짜식들아. 나두 처음에는 슈킹을 칠라구 그랬는데, 솔직히 댕기(넥타이) 맨 새끼들 접시 돌리는 게 싫어서 김이 샜다 왜? 마. 노가다두 사람이구 논다리두 사람이야. 이번에 오까네 썹지 않으면 다음번에 기회가 있는 거야. 일단 돈을 받아서 느이들은 강원도루 하이방 쳐두 좋아. 나는 말 나온 김에 여기서 죽치겠어. 내 라디오에 반대하는 놈 있으면 나와. 없어?"

"임마, 아무리 그렇지만…… 논다리가 논다리답게 놀아야지."

태봉이가 지껄이기에 나는 우선 고함을 꽥 질렀다.

"이 새끼, 넌 구찌 잠그고 있어. 나중에 얘기해."

하고 나서 나는 회원들 중에서 제일 먼저 내게 쌍칼이니 찐따니 고깃값이니 떠들던 제천 통뼈라는 자식을 노려보며 먹살을 잡아 바짝 당겼다.

"너 아까 뭐라구 썹어 돌렸니? 그래 짜샤, 내 고깃값이 백인지 이백인지 니가 계산해 줄래?"

"어, 이 새끼가……."

하면서 주먹을 뻗는 녀석의 허벅지에다가 나는 날쌔게 편 잭나이프를 콱 박았다. 박으면서도 3주 진단이라는 것을 알았다. 나는 주저앉는 그를 다시 한 번 칼끝으로 드윽 그어 버렸다. 목덜미에 자상이 났는지 피가 흘렀다. 나는 통뼈를 휙 밀어 버렸다. 모두들 기가 죽어 조용했다.

"씨팔놈들, 논다리 근성 찾으면서 사내새끼들 의리라군 파리 좆만큼두 없어. 짜식들아! 나는 오까네 안 먹을 테니까 먹구 싶으면 느이들 대표 뽑아서 쇼부 쳐. 나는 여기서 해결될 때까지 죽칠 거야. 그리구 느이들 다시 건달 의리 찾으면 모조리 쑤셔 버릴 거야."

나는 필을 거꾸로 들고 내 샤쓰를 걷은 다음에 배에다 두어 번 그어 보였다.

"맞짱 뜨구 싶은 놈 있으면 나와!"

모두들 조용했다. 나는 칼을 쥔 채로 나와 버렸다. 한참 뒤에 태봉이가 나오더니 사과를 했다.

"마, 너 여기서 찐드기 놓다가 겡꼬 가면 뚜룩한 것까지 벌통 나는 거야."

"걱정 마. 벌써 1년인데 나두 씨팔 하이방 까기가 지겨워졌어. 그리구 아까두 한 얘기지만 100만 원 씹어. 느이들 그래 가지구 새구 나면 우리는 더 떠드는 거야."

"알았어."

그날 저녁에 나는 회원들이 없어진 것을 보았고, 태봉이가 나와 함께 남은 것도 보았다. 나는 노동자들에게 일부 동료들이 무마비를 받고 돌아갔다는 것을 알리고 계속해서 사장 면담을 요구했다.

결국은 그날 새벽에 사장 측에서 사람을 보내 우선 한 달치의 체불 임금을 지불하고 돌아가 있으면 내달에 완전히 해결을 하겠다고 설득했다.

우리는 녹초가 되어서 현장으로 돌아왔다. 회원들은 우리를 따돌리고 있었다. 그들은 다른 공사판에 가서는 우리를 뽀갠다

어둠의 자식들

고 공공연히 벌리고 다니는 중이었다. 며칠 뒤에 태봉이는 아무 이유 없이 면의 주점에서 곰에게 달렸다. 폭력범 후리가리라는 것이었다. 나는 그날 밤으로 공사장을 떠났다. 영월로 나와 가지고 제천 가는 기차를 타려고 대합실에서 서성거리고 있는데 누가 코를 풀었는지 곰이 다가와서 혁대를 움켜쥐었다.

"너 이동철이지! 이 도둑놈 새끼."

나는 쎈팅을 놓고 어디로 튈까 하며 주위를 둘러보다가, 그만 두 손에 맥을 쭉 풀고 말았다. 또 어디로 가서 어떻게 살자는 것인가, 스스로에게 되물어보게 되었던 것이다. 나는 영월경찰서에서 먼저 잡힌 태봉이를 만났다. 경찰이 조서를 받는데 역시 금은방 절도에 대한 얘기가 나왔다. 태봉이의 주민등록지에서 조회 결과와 전과 기록이 나왔던 것이다. 우리는 서울로 압송되었다.

제8장
쟁꼬

유치장 건물은 아래층에 9방까지 있었고, 위층에 10방부터 17방까지 있었으며, 큰 방인 18방은 대기실이었다. 여러 차례 드나들었던 태봉이와 나는 별로 어렵지 않게 지낼 수가 있었다. 유치장 근무 경관은 네 명이 한 조가 되어 격일 근무를 했다. 여덟 명의 경찰관들은 제각기 성격이 다르므로, 유치장 분위기가 근무자가 교대될 때마다 바뀌게 된다. 마음이 착한 근무자가 지킬 때는 무난히 지내지만 고약한 근무자가 지킬 때는 괴로웠다. 툭하면 전체기합으로, 일어나 앉아, 일어나 앉아, 제자리 뛰어, 손 머리 위에다 얹어, 엎드려 팔굽혀펴…… 갖가지로 들들 볶아 댔다. 면회라도 자주 오는 사람은 근무자에게 돈푼이나 집어 주어 비위를 맞춘다. 돈 몇 푼 쥐어 주면 대우가 금방 달라진다. 유치장에서 대우받는 것은 뻔하지만, 우선 담배를 얻어 피울 수가 있으며 기합을 덜 받게 된다.

나와 5방에 같이 있던 스무 살 먹은 녀석은 폭력으로 들어왔

어둠의 자식들

는데 좋은 시계를 차고 있었다. 유치장 근무자가 시계를 눈독 들여 그 녀석을 꾀었다.

최 순경이라는 근무자가 5방 문 앞에 오더니 그 애를 불렀다.

"야, 너 이름 뭐지?"

"강영칠입니다."

유치장 창살 위에 있는 기록 팻말을 보고 나서,

"음, 폭력으로 왔구만. 니 집에서 면회 올 사람이 없니?"

"하두 꼴통을 죽여서 내논 자식이오."

"야, 근데 너 시계 삼삼한 거 찼구나. 어디 보자."

영칠이가 시계를 풀어 주자 최 순경은 받아 들더니 곰곰이 살폈다.

"라도 아니냐? 괜찮구나. 얼마 주구 샀니?"

"꼰대가 사준 거라 잘 몰라요."

"너 혹시 어디서 난짝 업은 거 아냐?"

"그런 말 마슈."

"내가 좀 차구 있다가 송치 갈 때 줄게."

"그렇게 하슈."

교대 시간이 되자 최 순경은 그 방문을 열더니 녀석을 부른다.

"강영칠, 나와."

영칠이는 유치장 복도로 나와 최 순경의 뒤를 따라서 근무자 숙직실로 들어간다.

"영칠이 앉아라."

"네……"

"너 담배 피울 줄 알지?"

"네, 피울 줄 압니다."

"내가 한 대 주지."

영칠이는 담배 한 개비를 얻어 느긋하게 물고 피워 댄다.

"나두 인간적으루 니들한테 가끔 담배도 주구 싶지만 여러 사람들 눈이 무서워서 마음대로 못 준다. 내가 근무하는 날에 담배 피우고 싶으면 슬쩍 말해라. 그리구 있는 동안에 애로사항이 있으면 언제든지 말해라. 교대 근무자들한테도 잘 봐주라구 내가 말해 둘 테니까."

"고맙수다."

두 사람이 얘기하는데 찡 하고 초인종 소리가 들린다. 최 순경은 급히 일어나 숙직실 문을 열더니 영칠이를 세면장으로 데리고 간다. 담뱃불을 끈 영칠이는 눈치를 채고 세면장으로 들어간다.

"야 영칠아, 머리 감는 척해라."

"누가 온 거요?"

"높은 놈인 모양인데."

유치장 문소리가 덜커덩 나면서 근무 중 이상 없습니다! 하는 소리가 들린다. 당직 상황실장의 순시인 것이다. 아래위층에 있는 감방을 휙 둘러본 그는 볼펜을 꺼내 몇 자 적고는 휙 나가 버린다. 근무 계속, 하는 말이 끝나고 덜커덩 문소리가 나자 영칠이와 최 순경은 세면장을 나와 다시 숙직실로 들어간다.

"요즘은 순시가 자주 나오는 통에 죽겠다. 담배나 한 대 더 피우고 들어가라."

어둠의 자식들

"고맙습니다."

"영칠아, 너 시계 필요 없으면 나한테 팔아라."

"그렇게 하슈. 면회 오는 사람두 없구 궁짜가 껴서 죽겠는데 적당히 주구 사슈."

"얼마 주면 될까?"

"알아서 주슈."

"그럼 니가 있는 동안 사식이나 넣어 주구 송치 갈 때 알아서 줄게."

"그렇게 허슈. 학교루 넘어가면 영치금이라두 있어야 되니까. 송치될 때 5천 원만 주슈. 그냥 줘두 되겠지만 워낙 궁짜가 껴서."

"별소릴 다 하는구나. 하여튼 고맙다. 너 있는 동안 끝내주게 봐줄게. 감방에 들어가서 다른 놈들한테 말하지 마라."

"염려 마슈. 가끔 강아지나 때리게 해주슈."

"염려 말어, 이제 들어가 봐라."

영칠이는 최 순경에게 쉽게 시계를 건네준 대가로 송치 갈 때까지 담배를 얻어 피웠으며 사식도 얻어먹었다. 영칠이에게 넣어 준 사식은 최 순경이 돈을 주고 사 넣는 게 아니라 식당에서 유치장 소지에게 주는 사식을 돌려서 주는 것이다. 유치장 소지는 즉결을 받은 사람 중에 근무자 마음대로 지명해서 소지 일을 시키는 것인데 서로 하려고 들었다. 소지를 보면 감방 안에 지루하게 갇혀 지내는 게 아니라, 유치장 안이지만 자유롭게 다닐 수 있다는 것 때문에 서로 하려는 것이다. 경찰서 구내식당에서 관식과 사식이 들어오는데, 식당 업주 측에서는 유치장 근무자에게 잘 보이려고 했다. 유치장 근무자들이 관식 중량을 일일이 저울에 달면서 까다롭게 하면 식당 측에서는 여러 가지로 장사해 먹기가 힘들고, 사식과 차입물도 절차가 복잡하므로, 유치장 근무자의 비위를 맞추려는 식당 측에서 사식을 별도로 유치장 소지에게 줘 인심을 쓰는 것이다. 유치장 소지는 식당 측에서 사식을 공짜로 얻어먹는 게 아니었다. 식당 측에서 나누어 주는 관식 배급을 거들어 주기 때문이다. 유치장 소지가 일해서 얻어먹어야 하는 사식을, 최 순경이 돈을 들이지 않고 시계를 갖기 위해서 영칠이에게 넣어 주는 것이다. 나는 유치장 밥에 잔뼈가 굵은 사람이라 최 순경의 태도를 보고 감을 잡았다.

"야 꼬마야, 너 갯짱(시계) 어떻게 됐니?"

"최 순경한테 주기루 했수다."

"얼마 받기루 하구 떵겼니?"

"송치 갈 때까지 백시다이(쌀밥) 먹기루 하구, 강아지 계속 달아 주기루 하구요, 송치 갈 때 데비생(5천 원) 준다구 했어요."

"짜식, 똑딱이(시계) 남수당했구나(사기극에 넘어갔구나)."

"궁짜 껴서 쏠리고 몰리는데 별수 있수?"

"너나 나나 준세이(외제) 갯짱 달구 다닐 팔자가 안 될 바에야 몸보신에 떵겨 버리는 것두 괜찮지."

"기왕 날린 건데 생각하면 뭘 하겠수."

"야 임마, 강아지나 계속 달아 달라구 그래. 너 혼자 나가서 때리지 말구 방 안으루 달아 달라구 그래라. 뺑끼깐에서 같이 때리자. 알았어?"

어둠의 자식들

"네, 그렇게 합시다."

유치장 근무자들은 내 별 수를 세어 보고는 곤조통에다 빠꼼이로 알았는지 별로 까다롭지 않게 굴었고, 오히려 내 비위를 맞추었다. 유치장에 갇힌 이튿날 나와 태봉이는 1차 길을 닦았던 터였다. 전체기합을 주려고 김 순경이란 녀석이 2층에 올라서서 각방 일어나! 했다. 태봉이도 나도 못 들은 척했다. 김 순경이 우리를 가리키며 몇 번 더 일어나! 하면서 고함을 질러도 우리는 다리를 길게 뻗고 기대앉아 있었다. 약이 오른 김 순경이 아래층으로 내려와서 태봉이와 내가 있는 감방 문을 열고 나오라고 했다. 우리는 슬슬 일어나서 나갔다.

"너 이 새끼들, 사람 말이 말 같지 않어?"

김 순경이 내 아구통을 한 방 돌리자마자 우리는 아래위층으로 번갈아 뛰어다니며 고함을 지르고 소란을 피웠다. 한 대 맞은 나는 김 순경의 멱살을 쥐고 흔들다가 뒤로 넘어뜨리고는 이리저리 날뛰며 소리쳤다.

"좆만 한 새끼가 툭하면 사람을 쳐. 야 씨팔놈아, 잠자는 호랑이 콧수염은 왜 잡아당기니. 내가 누군 줄 알아? 창신동 쌍칼이야. 곰들한테 물어봐 짜샤. 마음잡구 가만히 참구 있으려니까 좆같은 새끼가 뻑하면 기합이야. 넌 이 새끼, 에미 애비두 없어? 오십이 넘은 사람두 여러 명 갇혔는데 허구한 날 떴다 하면 전체기합이야. 나이두 좆만큼 먹은 놈이 독수리 날개짝(순경 마크) 달았다구 아무 때나 날을려구 색을 써. 좆만 한 새끼. 가뜩이나 야마가 돌아서 미치겠는데 썹새끼가 똥 밟은 소리나 하구 지랄이야.

너 이놈 새끼. 모자 벗구 남자답게 깨끗이 맞짱 한번 뜨자. 어휴 이걸 그냥. 상다구두 어디서 살놈(바보, 머저리)같이 생긴 게 쪼개기는(삐기기는). 너 같은 새끼가 똥테 달면 정신 못 차릴 거야."

김 순경과 다른 세 명의 근무자들이 합세해서 나와 태봉이를 간신히 붙잡았다. 숙직실로 데리고 가더니 밧줄로 묶으려고 했다. 태봉이가 워낙 장사라 몸부림을 쳐대자 밧줄만 들고 근무자들은 쩔쩔맸다. 우리는 악을 쓰면서 길길이 뛰며 난리를 쳐댔다.

"새끼들 정말, 사람 성질 자꾸만 긁을 거야?"

유치장 안에서 소란을 계속 피우니까 형사과의 곰들이 우르르 몰려왔다. 숙직실에 감금된 우리는 여러 명의 경찰관들에게서 몰매를 얻어맞았다. 우리는 빨래처럼 두들겨져서 밧줄로 꽁꽁 묶인 채로 독방에 갇혔다. 독방에 갇혀서도 태봉이와 나는 번갈아 악을 쓰며 깡다구를 부렸다. 유치장 근무자들이 우리 둘을 숙직실로 끌고 가더니 달래기 시작했다.

"야, 니네들도 체면이 좀 있어라. 명색이 유치장인데 니들이 기어오르면 다른 놈들이 간수를 뭘루 보겠니. 니들 말야, 화끈하게 봐줄 테니까 얌전히 좀 있어. 부탁이다."

근무자들의 설득에 못 이기는 척 얌전하게 있겠다고 다짐하고는 밧줄을 풀게 했다. 그들은 밧줄을 풀고 나서 우리에게 담배를 한 대씩 주었다. 담배를 받아 피우며 우리는 그저 씩 웃고 말았다.

그럭저럭 열흘이 되자 우리는 송치가 되어서 법원 파출소로 이첩되었다. 법원 파출소는 각 경찰서에서 송치된 사람들이 모

어둠의 자식들

인 집결지라서 복잡했다. 법원 파출소 근무자들은 어른이고 아이고 무조건 반말로 지껄이며 으름장을 놓았다.

"야 이 새끼들, 좋은 말 할 때 호주머니에 있는 거 다 꺼내. 만약 휴지 한 조각이라두 나오면 좆나게 깨질 줄 알아라. 빨리빨리 동작해."

몸수색이 끝나면 대기실로 몰아넣는다. 아래층은 남자, 2층은 여자 등으로 구분해서 수용시킨다. 몸수색 도중에 주머니에서 미처 꺼내지 못한 물건이 하나라도 나오면 사정없이 얻어맞는다. 송치된 사람들은 오후 늦게까지 대기실에서 기다리다가 제각기 검사실로 조사를 받으러 가게 된다. 법원 파출소에서는 사람 취급을 하지 않는다. 안에는 으레껏 몽둥이가 놓여 있다. 구둣발로 사정없이 차고 때리는데 맞은 사람은 정신이 얼떨떨해진다. 검사실로 가기 전에 포승줄로 두 손을 묶고 몸통을 묶은 다음 그 위에 또 수갑을 채우는데, 줄로 두 손목을 묶이는 것이 참을 수 없을 정도로 아프다. 포승줄로 손목을 묶을 때 법원 파출소 직원과 심부름하는 사람이 묶는데, 얼마나 손목을 죄어서 묶는지 10분쯤 지나면 손등이 부어오르면서 아파 오기 시작한다. 검사에게 조사받기 위해 지하 통로로 한참을 지난 뒤 검찰청 대기실에서 또 두세 시간을 기다리게 된다. 손등이 퉁퉁 부어올라 법원 경찰관에게 포승줄을 좀 느슨하게 풀어 달라고 사정하면 오히려 욕만 얻어먹기 때문에 아예 부탁을 포기한 채 벙어리 냉가슴 앓듯 혼자 고통을 당한다.

나와 태봉이도 죄수들 틈에 묶여서 검찰청 대기실에서 기다리고 있었다. 두 시간이나 기다려서 태봉이와 내 순서가 되어 검사실에 불려 갔다. 역시 언제나처럼 들어가자마자 얻어터졌다. 검사서기가 들어가자마자 구둣발로 허리 밑을 내지르면서 시멘트 바닥에다 무릎을 꿇려 앉히고는, 슬리퍼를 집어 들어 머리털을 잡아 뒤로 젖히고 허벌나게 양쪽 빰을 두들겼다. 태봉이는 나와서 내게 속삭였다.

"나두 그 껀수 외에는 전부 튀겼다(불지 않았다). 검사가 직접 아구창을 돌리는데 미치겠더라. 총이라두 있으면 쏴 죽이구 싶더라니까. 제미랄, 공부 못 배워 검사 안 되길 다행이지."

"제미 씨팔, 내일부터 좆나게 불려 다니겠는데. 그래 봤자 20일인데 참, 좆심으로 버티는 거지 뭐."

서대문구치소로 갈 시간이 됐는지 네 사람씩 포승줄로 다시 묶었다. 우리는 법무부 마이크로버스에 실려 서대문구치소로 향했다. 죄수들은 서대문구치소의 넓은 방으로 끌려가 네 줄로 맞추어 앉았다. 교도관들과 재소자 중에서 뽑힌 지도와 영치계에서 노역하는 재소자들이 신입 재소자들을 맞을 채비를 하느라고 분주하게 움직였다. 지도 한 사람이 앞에 서더니 주의사항을 말했다.

"여러분들은 여기가 구치소라는 것을 잘 알아야 합니다. 한두 명이 아니고 100여 명 정도 되는 여러분들을 데리고 일을 무사히 마치려면 여러분의 협조가 있어야 하는데, 만약 떠들거나 말을 순순히 듣지 않으면 그만큼 여러분이 괴롭다는 것을 명심해야 합니다."

어둠의 자식들

신입 재소자들에게 공포감을 주려고 하는지, 교도관이 몽둥이를 들고 있었고, 지도 중의 한 사람이 신입 재소자 중에 엉성한 사람을 본보기로 골라 별 잘못도 없는데 한눈팔았다고 구둣발로 내질렀다. 잎사귀 세 잎짜리 부장이 빠른 걸음으로 와서 앉았다. 옆에 교도관이 서 있고 여러 명의 지도들은 신입 재소자 주위에 물러서 있었다. 지도 한 사람이 팻말을 들어 보이면서 설명했다.

"여러분들은 여기 팻말에 적힌 대로 대답하는데 호명할 때 네, 하고 큰 소리로 대답하면서 일어서서 똑똑히 명확하게 대답해 줘야 합니다. 우선 제가 해보겠습니다. 아무개 하고 부르면 네 하고 대답하고 본적, 주소, 이름, 생년월일, 죄명, 사건 일자, 어느 경찰서에 입건, 사건 내용 요약 등으로 대답해야 합니다."

팻말에는 지도가 설명해 준 대로 내용이 기록되어 있었다. 부장이 나서며 점잖게 한마디 한다.

"여러분들은 국가의 법을 어긴 죄로 구속된 몸입니다. 한 대라도 맞으면 자기 손해니까 알아서 행동하기 바랍니다. 한 번 호명해서 못 들으면 두 번 호명은 안 할 테니까 여러분이 알아서 잘 들어 주기 바랍니다. 팻말에 적힌 순서대로 대답하는데, 만약 순서가 틀리면 바르게 될 때까지 계속합니다. 잘 알겠지요?"

한 사람씩 이름을 불러 나가는데 모두가 물을 끼얹은 듯 조용했고 대답도 신중하게 잘하고 있었다. 도중에 어떤 사람이 호명을 하는데도 아무 대답이 없었다. 그러자 몽둥이를 들고 있던 교도관이 끌어내서 머리며 팔꿈치며 닥치는 대로 패는 것이었다. 나중에 알고 보니 가는귀를 먹은 사람이었다.

　신분장 정리가 다 끝나자, 영치계에서 온 교도관이 자리에 앉았다.

　"여러분 중에 현금이나 귀중품인 시계, 반지 등이 있는 사람은 차례로 영치시켜 주기 바란다."

　현금 영치가 끝나자 그는 다시 덧붙였다.

　"여러분은 지금부터 사회에서 입던 옷은 다 벗어 버리고 국가에서 주는 법무부 옷을 입는데, 구두와 함께 지금 벗는 옷을 잘 접어서 앞에 놓아두기 바란다. 말없이 동작 빠르게 0.5초 내로 벗기 바란다."

　옷과 구두 영치시키는 일이 끝나자, 예방접종을 했다. 의무과에 근무하는 재소자와 지도들이 장티푸스 예방액인지 주사기에 가득히 넣고는 가축들에게 놓듯이 어깨에다 마구 찔러 대며 접종했다. 70여 명이 예방주사를 맞는데 대략 5분이나 걸렸을까 한 시간이었다. 예방주사 맞다가 오히려 병이 걸릴 것 같은 기분이 들었다. 접종이 다 끝난 뒤에 검신이 있는데, 팬티까지 다 벗고서 재소자인 지도에게 신체검사를 당했다. 입안, 항문까지 벌려 보이는 철저한 몸수색이었다. 검신이 끝나고 물품계에서 노역하는 재소자들이 관복을 나누어 주는데 엉망이었다. 냄새가 코를 찌르고, 작아서 들어가지도 않는 것을 억지로 껴입어야 하고, 단추는 다 떨어져서 엉성하기가 말할 수 없었다. 태봉이와 나는 아는 교도관들이라 비교적 깨끗한 것으로 얻어 입었다.

　누군가가 내 등을 찔렀다. 돌아다보니까 한 죄수가 뒷전을 가리키며 중얼거렸다.

"저 뒤에서 보낸 거요."

그래서 뒷전을 살피니 뜻밖에도 동대문시장 쪽제비가 히쭉
쪼개면서 손을 흔들어 보였다. 1년 만에 보니까 쪽제비는 제법
혈색이 좋아 보였다. 입놀림으로 뭐냐는 시늉을 해 보였더니, 쪽
제비는 엄지와 검지로 쪼는 시늉을 해왔다. 도박이었다. 들어가
서 만나자는 손짓을 전했다.

관복으로 갈아입고 나서 다시 네 줄로 정돈해서 앉았다. 지
찰표(생년월일과 이름을 기재한 표)와 수번, 플라스틱으로 만든 밥
공기 두 개와, 대나무 젓가락 한 개를 나누어 주었다. 저녁 식사
가 나오는데 4등 가다밥(미결수의 밥) 한 덩어리와 무, 마늘 꽁다
리, 당근 따위를 담가 만든 5경찬 반찬이 밥 위에 몇 가닥 올라
있었다. 식사가 끝나니까 이번에는 배방계 교도관이 나와서 거
취할 방을 정해 주었다. 아무개 몇 사 몇 방, 하며 배방계 교도관
이 말하면 지도가 분필을 들고 있다가 관복 등에다 적어 주었
다. 나는 5사 상 5방, 태봉이는 6사 하 4방, 쪽제비는 4사 하 8방
에 배방되었다. 밤 10시가 넘어서야 배방 정리가 다 끝났다. 제각
기 배방받은 여러 군데로 헤어졌다. 태봉이와 나는 서로 눈짓만
해 보였고 쪽제비는 못 들었는 줄 알았는지 손가락 넷을 펴 보이
고 나서 다시 여덟을 펴 보였다. 섭섭하지만 어쩔 수가 없었다.

태봉이는 배방받은 6사 하 4방 방문 앞에 쪼그리고 앉는다.
얼마 후 당직 교도관이 방문을 열어 주며 들어가라고 한다. 태
봉이가 방 안으로 들어서자 철커덕 하며 문이 잠기는 소리가 들

리고 교도관이 사라진다. 방 안에는 17명이 엇갈려서 누워 자고 있다. 잠자던 재소자 하나가 부스스 일어나더니 겁을 준다.

"야 임마, 뺑끼통 옆으로 찌그러져."

태봉이는 피식 웃는다.

"나두 장사 한두 번 해본 놈이 아니니까, 그냥 자구 내일 얘기하지."

"어쭈, 살놈 봐라. 제법 대차게 나오는데."

"원 지미, 씨팔놈 닐 아침에 얘기하자니까 자는 사람들 다 깨우네."

"뭐 짜식아?"

그자가 벌떡 일어나면서 싸우려고 하자 태봉이가 히죽히죽 웃으면서 놀려 댄다.

"난쟁이 똥자루만 한 게 설레발은 되게 까네. 잠이나 자구 닐 얘기하자."

잠자고 있던 10여 명의 재소자들이 부스스 일어난다. 실장인 듯한 사람이 점잖게 말한다.

"어이 젊은 친구, 남의 집에 이사를 왔으면 조용히 지내야지."

태봉이가 머리를 끄덕이며 대꾸한다.

"나두 다 알어. 근데 저 좆만 한 새끼가 해롱대니까 맞장구쳐 준 거지 뭐."

실장인 듯한 사람이 잠자리에서 일어나 앉아 있던 사람들에게 한마디 한다.

"다들 대가리 짱박구 라이트 끄구 해골 쉬라구."

태봉이는 순순히 변소 있는 데로 가서 누워 버린다.

나는 5사 상 5방에 들어갔는데 거기는 태봉이가 배방된 6사보다는 인원이 훨씬 적었고 방도 작았다. 여러 명이 있었는데 나까지 아홉이었다. 내가 방에 들어서자 문소리를 듣고 잠자던 사람들이 모두 일어났다. 나는 방에 들어가자마자 문 앞에 드러누운 실장인 듯한 사람을 발로 툭 찼다.

"야 임마, 손님이 오면 일어나 봐라. 삽살강아지처럼 발랑 누워서 방정 떨지 말구."

갑자기 당하는 일이라 어처구니가 없는지 벌떡 일어나더니 실장은 나를 쳐다보았다.

"이 새끼가 사람을 처음 봤나. 말똥말똥 쳐다보긴. 상놈의 새끼, 죽여 버릴까 부다."

"어라, 이 새끼 봐. 간뎅이가 곪았어."

"야 씹새끼야, 간이 곪아서 피로해 죽겠다. 좀 쉬게 밑으로 빠져."

내 말이 끝나기도 전에 실장의 주먹이 날아왔다. 나는 몸을 싹 피하면서 와락 끌어안았다.

"상놈의 새끼가 사람 치네. 너 밥숟갈 놓고 싶니?"

하면서 나는 멱살을 잡아 무릎으로 아랫배를 올려 찼다. 실장이 이불 위로 나뒹굴며 숨을 못 쉬겠는지 입만 쩍 벌리고 몸을 뒤척인다. 나는 그를 내려다보며 씩 웃고는 말했다.

"짜식이 괜히 매를 청해서 맞네. 오늘 밤은 이걸루 끝내구 낼 아침에 보자. 아주 뼉다구를 골라 줄 테니까."

방 안의 재소자들은 말리지도 않고 나만 바라보고 있었다.

"야, 니들두 어서 해골 굴려라."

내 말에 그들은 슬그머니 기알이 먹혔는지 눕는다. 실장은 얼마 동안 이불 위에서 뒤척이다가 숨을 확 토해 내고는 일어나 앉으며 나를 바라보았다.

"형님, 미안하게 됐수다. 내일 얘기합시다."

나는 비꼬아서 한마디 야이죠를 던지고는 벌렁 드러누웠다.

쪽제비가 배방받은 4사 하 8방 앞에는 초록색 사각형 팻말이 붙어 있다. 쪽제비는 투덜댄다.

"씨부랄……김새게 살인수하구 지내게 됐네. 내일 당장 한판 붙어서 전방 가야 되겠군."

방 안으로 들어간 쪽제비는 조심스럽게 뻥끼통 옆에 가서 자리를 잡는다. 문 닫히는 소리에 잠이 깼는지 살인수가 윗자리에서 일어나 앉는다. 족제비는 일어나 살인수에게 꾸뻑 인사를 하고는,

"피곤해서 자겠습니다."

하고 공손히 여쭙는다. 살인수가 묻는다.

"노형은 왜 들어왔나?"

"구라창고(사기도박)하다 들어왔습니다."

"도박이구먼. 피로할 텐데 꿀리슈."

새벽 기상나팔 소리에 곤하게 자고 있던 쪽제비가 벌떡 일어나서 이불을 개려고 하니까 살인수가 그만두라고 말린다.

"어이 도박 씨, 오늘은 그만두고 내일부터 하슈."

다른 재소자들이 이불을 개고 방을 청소한다. 배식이 치약을 일일이 짜 주고 각기 양치질을 하느라고 법석이다. 다른 방에서

　　　　　　　　　　　　　　　어둠의 자식들

도 청소하는 소리며 운동하는 소리가 요란스럽다. 하루 전에 들어온 식수가 물통에 조금 남아 있었지만 밥 식기로 뜬 물 한 그릇으로 여덟 명이 양치질을 한다. 느긋하게 양치질을 하던 살인수가 변기통으로 다가서자 물을 퍼서 들고 있던 재소자 하나가 깍듯이 두 손으로 물그릇을 올려 바친다. 입가심을 마친 살인수가 철창문을 잡고 운동을 시작하면서 다른 재소자들에게도 운동을 하라고 말한다. 그제야 모두들 팔다리를 흔들며 체조를 한다. 쪽제비도 마루 위를 뛰면서 조심스럽게 몸을 풀고 있다.

"세면 준비!"

복도로 뛰어다니며 외치는 소지의 말이 들리고 감방 문이 열리기가 무섭게 복도로 쿵쾅거리며 달려 나간다. 세면장에 한 번에 칠팔 명이 들어가서 세숫대야로 물을 뜨기가 무섭게 소지가 따라와 숫자를 세어 나간다.

"하나, 둘, 셋……"

열이 끝이므로 급히 얼굴을 씻느라고 바쁘게 움직인다.

"아홉, 열! 그마안!"

모두 우르르 밖으로 몰려 나간다. 한두 명이 한 번이라도 물을 더 발라 보려고 남아서 움직인다. 세면장 뒷전에 몽둥이를 들고 섰던 교도관이 호령을 친다.

"빨리 들어가 새끼들아. 빨리 안 나오면 죽을 줄 알아."

소지도 역시 세숫대야의 물을 확확 뒤집어 버리면서 그만하라고 보챈다. 성질 급한 교도관들은 열! 하는 숫자가 끝났는데도 세면장에서 나오지 않는 재소자가 있으면 입에 담지 못할 욕을 퍼붓고 구둣발로 마구 차면서 몽둥이로 개 패듯 하는 것이다. 세면 시간마다 어느 사방에서든지 매 맞는 소리가 거의 그치지 않는다. 비록 철창에 갇힌 신세지만 깨끗이 하려고 그러는 것이다. 각 사방마다 30분 정도에 250여 명이 세면을 마쳐야 하므로 급히 서두르지 않으면 얻어터지기 일쑤다. 왈왈구찌(성미가 무서운 자)라든가 교도관에게 잘 보인 사람만 예외다. 세면장에 들어가 천천히 목욕까지 하는 사람도 있고, 식수인 더운물로 머리까지 감고 느긋하게 지낼 수도 있다. 쪽제비가 있는 방의 살인수는 세면장에는 가지도 않고 떠다 주는 물로 뺑기통 앞에서 점잖게 세면을 한다.

세면이 다 끝나면 아침 점검을 할 채비를 하는데, 점검하기 전에 우측 벽에 붙은 태극기를 바라보면서 아침 행사를 한다. 전 재소자가 큰 소리로 "우리는 조국과 민족을 위해 이 나라에 충성할 것을 다짐한다"라고 외친다. 아침 행사를 마치면 네 줄로 나란히 마주 앉는다. 각 사방 담당인 교도관들이 큰 소리로 "점검 준비, 각 방 차렷!" 하며 외치고 관구부장이 각 방을 다니며 점검한다.

"찬 식기 준비!"

소지가 외치면 일제히 각 방에서 배식 보는 재소자들이 식구통을 열어젖히고는 밥과 찬을 받을 준비를 하는 것이다. 소지가 찬통을 구루마에 싣고 다니면서 식구통에 집어넣어 준다. 소지가 쪽제비 있는 감방 식구통 앞에서 말한다.

"찬 받고"

어둠의 자식들

배식이 식기를 내주며 말한다.

"어이 소지, 야마야마로(많이많이) 좀 주라."

"국 식기 내놔."

"야, 국물만 주지 말구 왕거니 좀 건져 주라."

"오늘은 왕거니가 부도났어."

"어이 소지, 정말 이럴 거야? 어저께 접견물 들어온 것 거의 다 줬는데 이게 뭐야 국물뿐이니."

"점심때나 더 주지."

곧이어 4등 가다밥이 들어온다.

"밥 받고."

배식이 잽싸게 밥그릇을 대어 주자 밥덩이를 하나씩 던져 준다.

"어이 소지, 두 개만 더 주라."

"취장에서 오늘 아침에는 범치기를 못했어. 조금 있다 짬밥(부스러기 밥)이나 더 주께."

"소지는 물건만 빼낼 줄 알지, 들어오는 건 없잖아."

"미안하다. 오늘 취장에 있는 새끼들이 얼마나 또박인지(정확한지) 미치겠던데."

"소지 니들이 범치기를 안 하니까 그러잖아."

"웃기지 마라. 범치기할래두 우리 사방 새끼들이 개털(면회 오는 사람 없는 가난한 죄수)들만 있으니 물건이 나와야지."

"임마, 우리 방에서 접견물 많이 나오는 편이잖아."

"바쁘니까 이따 와서 말할게."

쪽제비 방에는 아홉이 있었는데, 배식이 식사 자리를 세 팀으로 배정한다. 쪽제비는 아무 말 없이 앉아 있다. 소지가 복도로 뛰어다니며 "출정 준비"를 외친다. 쪽제비네 방에는 출정 갈 사람이 없는 모양이다. 출정 나가려는 사람들로 복도가 부산하다. 중간 점검 시간이 됐는지 다시 점검 준비와 차렷의 구령이 들린다. 여러 방에서 쿵쿵거리며 점검 대열을 갖추느라고 요란하다. 관구부장이 각 방으로 다니면서 감방 안을 들여다본다. 쪽제비네 방의 배식이 외친다.

"9명입니다."

중간 점검이 끝나자 배식 보는 사람이 쪽제비에게 말을 건넨다.

"당신, 보아하니 초짜가 아닌 것 같은데 방 사람에게 인사나 하슈."

쪽제비가 일어서서 철창문 있는 데로 걸어가 방 사람들을 마주 바라보며 신입 인사를 한다. 본적, 주소, 성명, 죄명, 생년월일을 대고 나서,

"구라창고에서 바람을 잡다가 내방들이 덮치는 통에 식구들을 살리려다 묶였습니다. 공범은 나까지 넷입니다."
하고 달린 이유를 덧붙였다.

신입 인사를 마치자 배식이 살인수를 정중히 손짓하며 쪽제비에게 말한다.

"저 형님은 양동에서 놀던 분인데, 두꺼비라는 분이지요. 이 방의 실장 형님이니까 인사 드리슈."

쪽제비는 양동서 놀았다는 말을 듣고는 머리를 갸우뚱한다. 어디서 많이 듣던 이름인 것이다.

"앞으로 많이 부탁하겠습니다."

쪽제비가 살인수에게 큰절을 올린다. 살인수 두꺼비는 머리만 끄덕이면서 시큰둥하니 대꾸한다.

"잘 지내봅시다."

쪽제비는 방 사람들에게 일일이 인사를 한 뒤 제자리로 돌아간다. 신입 인사가 끝나자 배식이 쪽제비에게 이 방의 생활에 대해서 말해 준다.

"형씨, 유근섭 씨라구 했죠?"

"네."

"빵이 몇 개요?"

"서너 개 됩니다."

"말 안 해두 잘 알아서 하겠지만, 이 방은 보다시피 징역 배뜸 (많이) 하는 사람이 여럿 있수다. 쏠리지 않게 살 수야 없지만 궁짜 끼게는 살지 말아야 되잖소. 이 방에 있는 사람들치고 개털 아닌 사람이 거의 없는 편이오. 하니까 유 형께서 잘 알아서 방 분위기에 맞춰 주슈."

"말 안 해두 잘 알고 있수다."

두꺼비가 그들의 말을 막으며 한마디 거든다.

"나 때문에 너무 신경 쓰지 마슈. 댁이 방 분위기 맞춰 주면 그만큼 징역 늘어지게 사는 거 아니겠수. 목래두 학교는 왕년에 소학교(소년원)부터 다 거쳤수다. 뚝 하면 뒷집에 호박 떨어지는 소리니까, 괜히 통밥 굴리지 말구 잘 지내봅시다."

쪽제비가 말을 받아 그에게 묻는다.

"형씨, 죄송하지만 동철이라구 아슈?"

쪽제비의 묻는 말에 두꺼비가 깜짝 놀라며 그를 바라보았다.

"댁이 동철이를 어떻게 아슈?"

"목래 친구 되는 사람인데 어제 들어왔수다."

두꺼비는 반가워서 어쩔 줄 몰라 하면서 중얼거렸다.

"짜식 갱꼬 왔구나. 동철이는 내 친구요, 몇 사에 있소?"

"5사 상 5방에 있수다."

"이거 몰라봤는걸."

두꺼비는 쪽제비에게 미안한지 자기 옆자리를 두드리며 말한다.

"이리 와 앉으슈."

"뭐 괜찮수다."

"사람 약 올리지 말구 말 놓지. 피차 친구 아냐?"

두꺼비의 말에 쪽제비는 선선히 말을 놓아 버린다.

"알았어."

두꺼비가 쪽제비에게 예의를 차리고는 얼른 일어나 패통(용무
가 있을 때 알리는 장치)을 친다. 곧 소지가 달려온다.

"무슨 패통이야?"

두꺼비는 얼굴을 창살에 갖다 대고 말한다.

"어이, 목래 친구 되는 사람이 5사 상 5방에 있다는데, 부탁
좀 하자. 4사 하 8방에 두꺼비가 있다구 전해 주고, 근섭이하
구……."

하면서 돌아보니 쪽제비가 말한다.

"쪽제비라구……."

　　　　　　　　　　　　　　　　　어둠의 자식들

"그래 쪽제비하구 같이 있다구 전해 주라."

"응, 알았어. 그뿐이야?"

"야 소지야. 그리구 이거 좀 갖다주라."

두꺼비는 사탕 몇 봉지, 계란 서너 개, 은단 한 갑, 사과와 빵을 한 보따리 꾸려서 내준다. 소지는 두꺼비가 내준 물건을 받아 들고 복도를 지난다. 두꺼비는 철창에 기댄 채로 5사 상 5방 쪽을 바라보며 기다린다.

소지에게서 두꺼비 소식을 전해 들은 나는 변소를 가서 철창 사이로 두꺼비가 있는 4사 하 8방 쪽을 내려다보며 외쳤다.

"두껍아. 나 동철이다."

"응 나다, 두꺼비다."

"우린 어제 왔다. 들어온 지 오래됐니?"

"3개월 전에 왔어. 느이들 하이방 까구 나서 나두 세월 좋았지."

우리가 큰 소리로 통방을 하려니까 4사 하 담당 교도관이 쫓아와 나를 바라보면서 악을 썼다.

"5방 너 이 새끼, 통방할래? 안 들어가! 이 상놈의 새끼."

나는 그치에게 인상을 북 그으면서 창에 매달려 있었다. 교도관은 약이 오르는지 큰 소리로 욕을 퍼부었다.

"너 요놈의 새끼, 내가 누군 줄 알구 감히 상다구를 쓰는 거야?"

나는 야코 죽을 수가 없었다.

"씨팔 새끼가 욕은 왜 해, 좋은 말루 할 수 없어?"

내가 마주 대고 욕설을 지껄이자, 약이 오른 교도관이 5사 상으로 쫓아 올라왔다. 두꺼비도 사태가 험악해질 것을 알고 담당을 부르며 악을 썼고, 관구실에서 여러 명의 교도관들이 몰려왔다. 내게로 쫓아 올라온 교도관이 방문을 열고 나를 끌어냈다.

"너 이 새끼, 좀 전에 뭐라구 욕했어?"

"어, 이러지 마슈. 나두 배뜸 징역 살아 본 놈인데 너무 야마 돌리지(약 오르게 하지) 마슈."

나는 뻣뻣이 서서 그의 팔을 뿌리치거나 가슴을 밀어 냈다. 나와 교도관이 타시락거리고 있을 때 보안과 직원 서넛이 들어왔다. 나는 허벌나게 깨지더라도 서부극을 벌일 작정으로 아우성을 쳤다.

"니들이 다구리 놔봤자 죽이겠니 살리겠니. 씨팔, 가까이 오면 생눈깔을 확 뽑을 거야."

나는 복도를 이리저리 뛰어다니면서 소란을 피웠다. 결국 나는 여럿에게 붙잡혀서 보안과로 끌려갔고, 입에는 방송구를 쓰고, 수갑으로 뒷결박을 당하고 포승에 묶여서, 떡사발이 되도록 터지고는 징벌방으로 들어갔다.

두꺼비는 그래도 살인수의 체통이 있어 놔서 계속 담당을 큰 소리로 부르고 있다. 담당 교도관이 달려온다.

"담당님, 좀 봐주슈. 우리 친군데 나하구 오래간만에 만나 반가워서 통방을 했수다."

"얘기 들으니까 두꺼비 추가 먹은 절도 공범이라며?"

"씨팔, 무기 받을지 사형 받을지 모르는 판국에 뿌러진 칼 추가는 생각두 안 해봤수. 우리 친구 징벌 먹는 모양인데 담당님이 좀 잘 말해 주슈. 그 애두 여기가 고향이나 마찬가지요."

어둠의 자식들

"아무리 그렇지만 나한테 욕을 하는데 가만둘 수 있겠어?"

"하여튼 내가 미안하게 됐수다. 나를 봐서 좀 봐주슈."

"알았어, 근무 교대 끝나면 내가 부장 만나서 잘 부탁해 볼게."

두꺼비는 시무룩하게 실장 자리에 앉았고, 쪽제비가 묻는다.

"그럼 동철이하구 태봉이하구 같이 공범이었냐?"

"그랬지, 그냥 맘잡구 틀어박혀 있었으면 나는 무사할 건데 말야. 씨팔, 사람 깨뜨리고 달리고 나니까 먼저 달렸던 수창이가 대질 받으러 나오잖아. 덕분에 우리는 오랜만에 속닥이를 맞췄다. 이제는 내 청춘도 완전히 흔들려 버렸지."

"누굴 깨뜨렸니?"

"쌕푼(남자를 좋아하는 여자)인데 코 발른다구 꼬장을 죽이길래 필로 후볐다."

"껀(재판)이 어떻게 걸릴지 콩팔이 새삼육이나 풀어 봐라."

"목래가 저 애들하구 헤어져서 하이방 깐 뒤에 뺑뺑이를 배웠지. 홀뚜룩(캬바레)에 다니면서 뭉치들에게 똥따리 붙어서 재미 좀 봤어. 직업적으루 살놈들에게서 오까네를 훌치는 뭉치들두 있겠지만, 목래가 물 본(노린) 건 빠구리에 궁짜 낀(성욕에 굶주린) 뭉치에다 오까네가 실린(돈 있는) 짜루 마부(정말 좋은 이)들이었지. 양동에서 순임이란 바이푼 하나 달구 있었는데 쪽이 강이라(얼굴이 못생겨서) 벌이가 시원찮았거든. 목래가 오까네 왕창 실린 뭉치들하구 어울리다 보니 양동 생활은 영 강이더라구. 양동에 발길을 끊어 버리구 나니까 자연히 순임이하구는 사이가 멀어졌지. 그냥 내질르기는 그렇구 해서 데부망(5만 원)에 신설동 바"

이뚜룩에 있는 삼태 포주 집에다 짱박아 두고 까네만 훑쳐서 새 버렸지. 그 뒤부터 마냥 뭉치들하구 빠구리 트면서 끝내주게 지 냈다구. 살뭉치(멍청한 아낙네)들만 트는 논다리들이 패를 지어서 다니지만, 목래는 독고로(혼자) 설쳤지. 오히려 까네 벌이는 독고 가 훨씬 나은 편이더라. 우연히 왕십리 쪽에 있는 홀뚜룩에서 뭉 치가 하나 걸렸어. 사십 정도 까먹었고(나이 먹고) 개비(남편)는 없는 과수푼이고. 꿀림집은 삼선동인데 오까네가 마부로 실린 뭉치란 말야. 몇 달을 자주 만나서 꿀림방을 옮겨 다니며 빠구 리를 텄지. 뭉치가 딸이 하나 있었는데 여섯 살 먹은 지집애였어. 딸아이 눈치 보느라구 집으로 가서 꿀리지는 않았는데, 목래가 이상하게 뭉치한테 마음이 쏠리더라 이거야. 처음에는 오까네나 적당히 훑치려구 똥따리를 붙었지만 결국 목래가 뭉치한테 빠지 게 됐거든. 별일 없이 안방 차지하구 서너 달 보냈지. 처음에는 끝내주게 대해 주던 뭉치가 가끔 외박을 하면서 목래를 헛바퀴 돌리는(속이는) 눈치더라구. 눈칫밥으루 청춘을 보낸 몸이라 척 하니 삼척으루 알았지. 통밥을 굴려서 뭉치를 꼬셔 봤더니 곁다 리놈(정부, 샛서방)이 생겼다는 거야. 듣는 순간 그 자리에서 깨뜨 려 버릴까 하다가 목래가 참았지. 깨뜨릴 용기가 나질 않더군. 오 히려 목래가 사정했지. 옛정을 생각해서라두 잘 지내자구 말이 지. 뭉치도 그 당시에는 눈물을 흘리면서 잘못했다구 사과하면 서 다음부터는 안 그러겠다고 목래를 달래더라. 그런데 며칠이 못 가 뭉치의 바람병이 도져서 곁다리놈을 만나구 다니는 모양 이야. 야마가 돌아서 드디어 깨뜨려 버리기루 작정을 했지. 우선

어둠의 자식들

도깡(강도)이 일을 치른 것처럼 위장하느라구 패물 몇 가지와 오까네 몇 푼을 치워 놓고, 장롱 문을 열어젖히고 옷가지를 방바닥에 이리저리 늘어놓은 다음에 마루까지 나와서 술 취한 뭉치를 부축했더니 팔을 뿌리치며 안방으루 들어가는 거야. 뒤따라 들어간 목래가 주머니에 찔러 넣은 필로 쑤셔 버릴까 하다가 마지막으로 다시 한 번 똥따리를 불어 봤더니, 옷장을 열어서 뭘 훔쳐 갈려구 했느냐면서 꼬장을 죽이지 않겠어. 그래두 목래는 뭉치를 달래면서 앞으로 다시 잘 지내보자구 사정을 했지. 목래는 속도 없이 야마가 돌아서 뭉치를 깨뜨릴려구 필까지 준비했다고 보여 주면서 곁다리놈과 헤어져 달라구 애원했다구. 뭉치가 더욱 악장을 쓰면서 꼬장을 죽이는데 죽어도 놈씨와 헤어질 수 없다는 거야. 순간 야마가 잔뜩 돌아 버린 목래가 방바닥에 던졌던 필을 집어 들어 뭉치의 배를 쑤셨지. 욱 하면서 뒤로 발랑 까진 뭉치를 목래는 발로 울대를 짓누르고는 정신없이 용을 썼지. 정신을 차리고 밑을 내려다보니까 뭉치 배에서 쪼록(피)이 쿨쿨 흘러나오더군. 뭉치가 몇 번 사지를 움찔거리더니 잠시 후에 늘어져 버리더라. 목래는 그길로 밖으로 뛰쳐나와 신설동으로 갔지. 순임이란 년두 1년 새에 많이 달라졌더군. 양동 있을 적에는 살티(바보 티)가 질질 흘렀는데 막상 만나 보니 까질 대로 홀렁 까졌더라구. 목래가 순임이에게 그동안 찾아보지 못해서 미안하다구 그러니까 오히려 그런 말은 치우라면서 좋게 대해 주더군. 순임이는 그동안 다른 기둥을 앉혔는데 넙치라구 신설동 논다리던데……."

쪽제비가 고개를 끄덕였다.

"맞어. 넙치라구 내가 잘 알지. 우리 밑에 밑이야. 그놈 의리 있는 놈이지. 꼬마 때부터 신설동서 놀던 놈인데 해골이 잘 돌아 간다구."

"그래, 순임이에게두 둥기가 생겼는데 목래가 어떻게 하겠냐. 껀수나 없다면 다시 순임이를 달구 하이방을 까겠지만, 달리면 작살나는 신세라 하는 수 없이 영등포루 나갔지. 영등포 돼지 네서 며칠을 신세 지구 있었어. 신문과 방송에서는 계속 범인을 추적 중이라는데 목래의 윤곽이 거의 드러나는 것 같더라. 불안 해서 오래 있을 수가 있어야지. 돼지한테는 아무 말두 없이 그 냥 슬그머니 새버렸지. 무허가 꼬방뚜룩(판자촌 하숙)으로 다니 면서 며칠 꿀렸는데 까네가 강이 되어 버리더군. 깨진 뭉치가 달 구 다녔던 노랭이 팔찌를 남대문 시계골목에다 나까마(중간 소개 업자) 시세로 떵겼는데 노름판 뒷전 꿈(시가의 2할로 쳐주는 노름판 의 담보 시세) 정도 받았어. 심심하기두 해서 제 버릇 개 못 준다 구 삥삥이를 돌렸지. 을지로에 있는 홀뚜룩에 갔다가 내 얼굴을 알던 논다리 하나가 보자마자 그냥 코를 발른 거야. 목래는 누 가 코 발른 것두 모르구 낯선 뭉치와 한참 돌아가구 있는데 곰 들이 착 덤벼들어 덮치는 거야. 이제 남은 건 목댕기(교수형) 달 거나 평생 징역을 사는 일뿐인데, 오히려 잘됐지. 사회에 있어 봤 자 쏠리고 몰리는 인생, 징역에서나 왈왈대구 살아가는 게 속 편할 것 같아. 처음에 달려올 때에는 곧장 깨지구 싶은 생각뿐 이더니 지금은 은근히 빵에서나마 오래 살구 싶어. 뭉치를 깨뜨

어둠의 자식들

리기 전에는 사람 한두 명 깨는 것은 좆두 아닌 줄 알았는데, 막상 뭉치를 깨버리구 나니까 늘 마음이 편하질 않단 말이야. 가끔 꿈자리에 보이는데, 그날은 영 기분이 뒤숭숭하구 언짢은 게 맥이 풀리더라구."

쪽제비는 어쩐지 다 포기하고 있는 두꺼비가 불쌍하게 여겨져서 고개를 숙이고 말한다.

"널 보니까 우리 징역은 병아리 오줌 싸는 시간두 안 되는구나. 아무래두 너보다는 내가 먼저 나가니까 징역 뒷바라지나 해주지."

"말만 들어두 고맙다. 목래야 옛날부터 징역 살 때마다 마냥 개털 아니겠냐. 우리 같은 개털은 몸으로 때우면서 징역 사는 수밖에 없지."

쪽제비가 두꺼비의 어깨에 손을 얹는다.

"오늘이라두 목래 푼이 면회 오면 니 앞으로 영치금 좀 넣어 달라구 할게. 걱정 말구 사는 데까지 살아 보자."

"나는 동철이나 태봉이 자식은 어디 가서 뒈진 줄 알았는데, 들통이 나긴 했지만 만나 보니 기분 좋네. 태봉이는 몇 사에 있다구?"

"6사 하 4방에 있을걸."

"오후에 운동 나갈 때 보구 와야지."

태봉이는 열여덟 명이나 되는 방에 배정되었으므로 세면 시간이나 식사 시간에 소란하고 불편했다. 세 평 남짓한 방에서 스무 명 가까이 생활해야 하니 아수라판이었다. 들어오던 길로 규율반장과 티격태격 입씨름한 태봉이는 다음 날 아침 식사할 때까지 아무 일도 없었다. 중간 점검이 끝난 뒤에 격식대로 신입 인사를 마친 태봉이는 실장 옆자리에 멋대로 주저앉아 버린다. 태봉이가 처음 방으로 들어올 때부터 못마땅하게 생각하던 규율반장이 인상을 쓰면서 한마디 한다.

"태봉인가 좀봉인가 너 말야, 멋대루 설치는데 사람 약 올리지 마."

"좆 까는 소리는 집에 가서나 하구 얌전히 앉아 있어. 괜히 허벌나게 깨지구 고향 생각하지 말구 짜샤."

"이러언 씹새끼가 있나. 일어나 상놈 새끼."

태봉이를 칠 기세로 벌떡 일어나 다가서는 규율반장을 피하면서 태봉이는 그의 턱을 올려 친다. 규율반장이 어이쿠 하면서 벌렁 자빠지자 옆에 있던 배식반장과 배식들이 우 하니 일어나 태봉이에게 달려든다. 쿠당탕 쿵쿵, 마루 울리는 소리가 요란하게 들리면서 치고받는 싸움이 벌어진다. 소란한 소리에 6사 하교대 담당 교도관이 달려와 키로 문을 따고는 다들 나오라고 호통을 친다. 정신없이 치고받으며 싸우던 재소자들이 교도관의 호통 소리에 싸움을 중단한다. 태봉이는 여럿에게 몰매를 맞아서 코피가 터지고 입술이 터져서 피투성이다. 태봉이는 씩씩거리며 숨을 거칠게 몰아쉬다가 분이 안 풀렸는지 담당 교도관이 보는 앞에서 배식반장을 발길로 내지른다. 교도관이 소리를 지르며 싸움을 말려서 그들은 관구 중앙으로 끌려 나간다. 그들은 관구 중앙 복도에 엎드려뻗쳐를 하고 있다. 그 위에 몽둥이가 사

　　　　　　　　　　　　어둠의 자식들

정없이 떨어진다. 서로 자기가 잘했다면서 변명하기에 여념이 없고 교도관은 아예 들은 척도 않는다. 교도관이 그들 모두를 관구 사무실로 데리고 가서 포승줄로 허리를 묶고는 한 사람씩 개처럼 끌고 갈 수 있도록 줄을 늘어뜨린다.

"느이들은 개처럼 밤낮 싸우니까 엎드려서 기어라. 만약 요령부리는 놈이 있으면 아예 때려잡아 버린다."

교도관이 지도들을 불러 한 사람씩 허리를 묶은 포승줄을 손에 쥐어 주면서 끌고 다니라고 지시한다. 싸운 사람들은 개처럼 네 발로 기어 다니고, 지도들은 줄을 잡고 뒤에서 따라다닌다. 사방 안을 기어 다니면서 빙빙 돌고 있는 그들의 뒤를 따라다니면서 지도들은 빨리 기어가라며 궁둥이를 내지른다. 태봉이는 관구 복도를 한 바퀴 돌더니 벌떡 일어나서 더 이상 못 기겠다고 버틴다. 지도가 턱을 젖히고 눈을 가느다랗게 뜨며 으르댄다.

"좋은 말 할 때 기어."

태봉이가 계속 버티니까 교도관이 달려와 포승줄을 휘둘러서 닥치는 대로 후려갈긴다. 꽈배기를 먹이는 것이다.

"야 임마, 여기가 어딘 줄 알고 깡다구를 부려, 도둑놈 새끼가. 빨리 못 기어?"

교도관은 태봉이의 머리카락을 움켜잡고 시멘트 바닥에 짓이긴다. 태봉이가 사람 죽는다며 악을 쓰고 계속 못하겠다고 버티자 교도관과 지도가 합세해서 포승줄로 더욱 단단히 묶어서 보안과 사무실로 끌고 간다. 보안과로 끌려간 태봉이는 악을 쓰면서 항의한다.

"사람 때리지 말구 말루 하슈. 내가 잘못한 게 있으면 행형법대루 처벌하든지 할 것이지 왜 사람을 개처럼 끌구 다니는 거요?"

태봉이가 악을 쓰며 항의하자 보안과에 근무하는 직원들이 여러 명 달려들어 입에다 방송구를 씌우고 보안과 창고 같은 사무실로 끌고 간다. 교도관 중의 한 사람이 발로 태봉이의 등을 짓누르며 말한다.

"야 도둑놈 새끼야, 여기가 니네 집 안방인 줄 알아? 니 말대루 행형법대루 해줄 테니까 걱정 마라, 도둑놈 새끼야."

입에 방송구를 물고 있기 때문에 말을 할 수 없게 된 태봉이는 몸만 버둥거리며 용을 쓴다. 교도관 여러 명이 합세해서 두 손에다 수갑을 채우고는 허리에다 밧줄로 상체 하체를 피가 통하지 않을 만큼 단단히 묶은 다음에, 등에서 수갑 찬 손목으로 밧줄을 넘기고는 양쪽 수갑 사이로 한 번 밧줄을 감는다. 구둣발로 어깨를 짓누르고 밧줄을 당기면 수갑 찬 두 손목이 허공으로 떴다가 어깨 너머로 뒤틀린다. 양쪽 팔꿈치를 포승줄로 감아 구둣발로 짓눌러 잡아당겨 묶은 다음에, 허리에 묶인 밧줄과 연결해 놓는다. 그런 다음 각목으로 뒷덜미와 팔꿈치 사이에다 끼우는데 턱이 앞가슴에 닿는 바람에 각목이 잘 들어가지 않는다. 교도관들이 억지로 각목을 밑으로 잡아당겨서 여자가 비녀를 꽂은 것처럼 만든다. 이것이 비녀꽂기다. 태봉이는 턱이 앞가슴에 꽉 끼자 호흡하기가 어렵다. 나무토막 위에 가죽으로 싸서 만든 방송구라는 것이 입안에 물려 있기 때문에 호흡하기가 더욱 어려운 것이다. 태봉이는 두 발을 허우적허우적거리며 시멘트

어둠의 자식들

바닥에 나뒹굴어 있다. 몇 분이 지나자 교도관 하나가 창고 같은 사무실 철문을 열고 들어와서 발길로 태봉이를 툭툭 건드린다.

"야 도둑놈 새끼야. 맛이 어때? 다음부터 얌전히 있을래, 계속 이러구 있을래? 얌전하게 있겠다면 발을 흔들어 봐라."

태봉이는 고통을 참기가 어렵지만 울화가 치밀어서 항복을 않는다. 교도관이 묻는 말에 그는 들은 척도 않고 죽은 듯이 누워 있다. 교도관은 코웃음을 치면서 발길로 태봉이의 궁둥이를 걷어차고는 밖으로 나간다.

원래 비녀꽂기는 일제 때에 왜놈들이 쓰던 고문이다. 비녀꽂기 상태로 10분 이상 놓아두면 질식하며 사지가 마비되어 병신이 된다는 것이다. 태봉이는 아무리 들볶아치지만 이 상태로 10분 이상을 놔두지 않는다는 것을 잘 알고 있었으며 계속 버텨야 옥살이하기가 편해진다는 것도 잘 알았다. 똑같은 재소자들이지만 그 가운데서 배짱으로 고문을 이겨 내며 깡다구로 매를 이기는 사람은 교도관들이 봐주는 사람으로 왈왈구찌라고 한다. 교도소에서 널리 통하는 말로, 돈으로 편하게 지낼 팔자가 못되면 몸으로 버티라는 말도 있는 것이다. 태봉이 역시 초짜로 사는 징역이 아니라서 돌아가는 사정을 훤히 알고 있다.

잠시 후에 교도관이 들어와 각목과 방송구를 빼주며 말한다.

"맛이 어때? 달콤해? 각서 쓰고 얌전히 있겠어, 아니면 공사를 다시 시작할까?"

태봉이는 팔과 상하체가 피가 통하지 않는 것처럼 온몸이 저리다. 방송구와 각목을 빼내자 호흡을 자유롭게 할 수 있게 된 태봉이는 긴 숨을 몰아쉬고 말한다.

"담당님, 생각해 보슈. 나두 가오가 있는 놈인데 좆만 한 새끼가 며칠 먼저 왔다구 쪼개니 성질 안 나게 생겼수?"

"임마, 그런 소린 나중에 하구, 어떻게 할래? 각서 쓸래, 아니면 이대루 하룻밤 더 잘래?"

"풀어 주슈."

"각서 쓰겠어?"

"각서를 쓰든 어쨌든 좀 풀어 주슈."

"좋아, 풀어 주지."

교도관이 포승을 풀어 주면서 말한다.

"야 임마, 나두 인정은 있는 사람이다. 니들을 고통 주기가 좋아서 이러는 게 아냐. 도둑놈들이 한두 놈이야? 통밥만 굴리면서 툭하면 소란을 피우니 수천 명이나 되는 재소자들을 어떻게 질서를 잡니. 섭섭하게 생각하지 말구 각서 쓰고 이걸루 끝내. 있는 동안 애로사항이 있으면 말해, 내가 봐줄 테니까."

포승줄을 다 풀고 그는 태봉이를 데리고 보안과 사무실로 나온다. 태봉이는 온몸이 나른한 게 눕고 싶다. 시멘트 바닥에 무릎을 꿇고 앉아 보안계장이 올 때까지 기다린다. 교도소 안에서는 재소자가 잘못이 있든 없든 간에 교도관 앞에서는 단정히 앉아 있어야 되는 법이다. 보안계장이 들어와 의자에 앉으며 태봉이에게 앞으로 오라고 말한다.

"너 말야, 다음에 또 지랄할 거야?"

"주의하겠습니다."

어둠의 자식들

"너 오늘 징벌방에 보낼려구 했는데, 반성하는 기미가 보여 봐주는 거니까 앞으로 조심해."

보안계장은 교도관에게 지시해서 방으로 데려다 주라고 한다. 태봉이는 교도관이 불러 주는 대로 각서를 쓴 뒤에 교도관을 따라서 방으로 들어간다. 각서 내용은 근무자인 교도관에게 행패를 부려 공무집행 방해를 했는데 차후로는 이런 일이 다시 없을 것을 서약한다는 것이다. 방으로 들어온 태봉이는 서슴없이 실장 자리에 털썩 주저앉는다. 실장은 끽소리 못하고 자리를 비켜준다. 태봉이와 싸웠던 배식반장 등 세 명은 다른 방으로 이미 전방을 가고, 태봉이는 실장으로 미결수 생활을 하게 되는 것이다.

어쨌든 태봉이는 수창이와 함께 주범 취급을 받아서 상습절도로 4년을 먹었고, 나는 폭력 전과 출신이며 절도는 초범이라 3년을 먹었다. 태봉이는 지방으로, 나는 안양교도소로 갔고, 우리가 복역하는 사이에 두꺼비는 댕기에 달려서 깨졌다(사형을 당했다)고 했다. 나는 안양에 가서부터 우연히 성경을 읽게 되었다. 책이라면 벌써 읽기도 전에 골이 터질 것 같던 나도 참을성을 가지고 들여다보기 시작했다. 나는 열네 번이나 읽었다. 그래서 함께 빵살이를 하던 징역 식구들은 나를 전도사라고 불렀다. 나는 가끔씩 그들에게 내 나름대로 생각한 성경 구절들을 읽어 주고 나서 구라를 풀고는 했다. 나는 변하고 있었다. 이제 가엾은 나를 알고 내가 무엇을 어떻게 하며 살아가야 하는가를 깨달아 가고 있었다

제9장
개털들

　우리 방에는 나까지 열두 명이 있었는데 이름과 죄명은 가지
각색이었다. 폭력범 세근이, 절도 육덕이, 택시강도 삐삐이, 조직
폭력배 망치, 히로뽕 밀매범 순식이, 노상강도 성호, 방치기 사기
도박범 외팔이, 약바우 네다바이 김상사, 소매치기 왕점백이, 마
취강도 주식이, 직업안정법 위반범 우현이 등이 있었다. 세근이
와 망치는 나도 제법 안면이 있던 애들이었다. 나는 자연스럽게
열외가 되어 그냥 좌상 비슷하게 망치에게 실장을 맡기고 지냈
다. 우리는 날만 새면 지루한 징역을 깨느라고 돌아가면서 사회
에서 일 저지르던 얘기를 나누면서 시시덕거렸다. 그러면서 서
로의 실력을 교환하고 견문을 넓혔던 것이다. 어째서 학교라고
그러는가는 징역을 두어 달만 살아도 알게 될 것이다.
　나는 정말로 학교에서 삶에 대해 여러모로 배웠다. 우리가 감
옥을 학교라고 부르는 것과 마찬가지로, 학삐리가 다니는 곳을
우리는 빵깐이라고 부를 용의가 있다. 도대체 거기서 가르쳐 주

　　　　　　　　　　어둠의 자식들

는 게 뭐란 말인가. 글자 한 자 더 배워서 자기보다 못한 놈을 여하히 억누르고 밟아서 출세하느냐 하는 방법만 가르쳐 주지 않는가. 글쎄 역설이라면 역설이겠지만, 나는 일단 두툼한 책을 끼고 몰려가는 대학생 애들을 보면 저것들은 이제 내 아우나 새끼들을 누르는 자가 되겠지 하는 생각을 한다. 또 여대생들이 지나가는 모습을 보면 저 애들은 우리 새끼를 억누를 자들을 낳아 기르겠지 하는 생각이 드는 것이다.

우리는 같이 밥 먹고 투덜대고 싸우고 욕지거리를 하다가 화해하고, 그러곤 살을 맞대고 잠들었다. 이 열두 명의 사내가 겪은 인생 사정은 세상이 어떻게 그들을 쫓아내 버렸는가 하는 것을 알게 했다. 우리는 각자의 역을 맡은 배우였다.

김상사 : 난 말야 왕년에 잘나갔었지. 팔도를 두루 다니며 그림을 그렸는데(화투를 쳤는데) 질라이(속임수가 능한 사람)로 유명했지. 열여섯 살부터 그림을 그리기 시작했지만 서른 살이 넘어서야 질라이로 이름을 날리며 지내다가 서울로 오게 되었는데, 그 후 구라창고에서 일을 봐주다가 타짜(도박꾼을 끌어들이는 수완이 좋은 사람)로 호구를 잡으러 다녔는데, 날이 갈수록 빠꼼이(약은 사람)들만 생기니 벌이가 돼야지. 하는 수 없이 옛날 손끝 맞추던 친구들과 통수를 굴려서 약바우(가짜 약으로 사기 치는 네 바다이)를 조직해서 전국 여러 도시를 다니면서 호구 많이 잡았지. 약바우는 말야, 호구 하나 물었다 하면 최하 100짜 이상이지. 이번에 겡꼬 오게 된 것은 호구 잡다가 달린 게 아니라, 옛날

같이 손끝 보던 친구가 코 푸는 바람에 달리게 된 거야. 공소장에는 2천만 원 먹은 걸로 나와 있지만 그보다 웃돌걸.

달리기 전에 호구 잡은 거 얘기해 줄까. 우리 식구 중에 물만 보는(사기 칠 대상을 찾는) 친구가 있는데 면목동에 살구 있거든. 물 보는 친구가 같은 동네에 살고 있는 사람을 점찍어 두었는데 물이 마부졌지. 물 보는 친구가 호구의 생활 형편을 세밀히 관찰한 뒤에 연락이 왔는데 양이라는 거야. 군바리 출신인데 그만두고 집에서 쉬고 있는 놈이고 욕심이 많대. 가끔 복덕방이나 동네 가게에 나와 내기 장기를 두곤 했는데, 얼마나 짠지 물러 달래기 일쑤구 10원 가지구두 벌벌 떨구 공짜는 되게 좋아하는 놈이라는 거야. 공짜 좋아하는 놈은 일을 해치우기가 쉬운 상대거든. 물 보는 친구는 호구 하나 물어서 일을 끝내면 그 즉시 저녁을 두 번 먹어야(야반도주를 해야) 하기 때문에 살림이 늘 천방지축이지.

물 보는 친구에게서 연락을 받고 나서 나는 즉시 식구들을 불러 모아 역할을 배당하고 일에 착수했지. 내가 먼저 물 보는 친구를 앞세워 호구에게 접근을 한 다음에 열을 올리게 했지. 내가 자가용을 타고 물 보는 친구네 집으로 가면 물 보는 친구는 호구를 데려다 미리 바람을 잡고 있는 거야. 내가 내숭을 떨면서 오까네를 물 보는 친구에게 두둑이 쥐여 주면서 생활에 보태 쓰라고 적당히 남수를 치면, 호구는 눈이 휘둥그레 커지면서 나를 쳐다보게 된다 이거야. 이때 물 보는 친구가 남수를 쳐주는데 그럴싸하게 접시를 돌리는 거야.

어둠의 자식들

"어휴 선생님, 정말 고맙습니다. 번번이 이렇게 신세를 지니 죄송하기 짝이 없습니다. 요즈음 김 선생님 사업이 잘되는 모양이지요."

"물건이 딸려서 미치겠습니다. 물건만 잘 나오면 한 달에 한두 번만 장사해두 몇백은 우습게 버는데, 워낙 물건이 딸려서요."

"먼젓번 그런 물건입니까?"

"예, 그렇지요. 내일 물건이 조금 나오는 모양인데, 하는 일 없으면 같이 놀러 갑시다."

"제가 따라가도 괜찮겠습니까?"

"뭐 어떻습니까. 내일 오전 11시쯤 올 테니까 집에서 기다리슈. 난 바빠서 그만 가봐야 되겠습니다."

"찾아오시는 것만두 감사한데 이렇게 돈까지 주시니……"

"원 별말씀을…… 제가 선생한테 은혜를 갚으려면 아직 멀었습니다."

이런 식으로 접시를 돌리고 나서 나는 자가용을 타고 싹 내치는 거지. 우리가 접시 돌리며 남수 치는 걸 호구가 옆에서 듣고는 내가 떠나자마자 궁금해서 물 보는 친구에게 묻게 되거든. 물 보는 친구는 슬슬 돋구는 거야.

"아까 내게 돈을 주고 간 선생은 장사하는 사람인데 옛날에는 가난하게 살던 사람이었지요. 그때 내가 조금 도와주었는데 은혜를 못 잊어서 지금까지 찾아다니면서 나를 도와주겠다는 거요. 나두 웬만큼 밑천이 있으면 조금 전에 왔다 간 사람한테 부탁해서 장사 줄을 잡아 달라구 할 텐데, 밑천이 있어야 말이지.

그런 장사는 몇 번만 해두 기백만 원은 우습게 벌던데."

이런 접시 돌리기에 호구가 열이 나서 무슨 장사냐고 묻게 되거든. 내일 같이 가보자면 호구가 호기심이 생겨서 쾌히 나서게 되어 있다구. 큰돈을 버는 방법을 보게 된다는데 안 간다는 호구 있겠냐 말야. 다음 날 약속대루 차를 몰구 찾아가면 호구가 물 보는 친구와 기다리고 있는 거야. 물 보는 친구가 내게 계면쩍은 표정을 짓는 척하면서 내숭을 까는 거야.

"선생님, 죄송스러운 부탁이지만 제 동네 친구와 같이 가구 싶은데, 허락하실 수 있습니까?"

"곤란하지만…… 모처럼 부탁하시는 건데, 좋습니다."

호구가 옆에 있다가 내게 인사를 꾸뻑 하면서 고맙다고 말하는 거야. 좋다고 하면서 차에 태우고 의정부로 가는 거지. 식구들이 여러 명이라 역할들이 다 있는데 의정부에서 역할을 맡은 식구가 미리 시간을 맞춰 대기하고 있는 거야. 내가 물 보는 친구와 호구를 데리고 다방에 들어가 10분쯤 기다리고 있으면 역할을 맡은 식구가 일당을 준 미국 놈을 데리고 와서 자리에 앉거든. 미국 놈은 아무 영문도 모르고 구라 약병이 담긴 보따리를 건네주고 나가 버리는 거야. 양놈들 돈 조금만 집어 주면 심부름 썩 잘해 주지. 호구가 보는 앞에서 의정부에서 역할을 맡아 본 식구에게 현찰로 200만 원을 건네주는 거야. 그러면서 계속 접시를 돌리는 거지.

"이 선생, 감질나게 조금씩 주지 말구, 돈은 얼마든지 갖고 올 테니까 물건을 많이 좀 빼주슈."

"약이 워낙 귀한 물건이라 어려워요. 아마 열흘쯤 있으면 20병 정도 나올 수 있을 거요. 돈이나 미리 준비해 두슈."

"돈은 염려 마십시오. 그럼 열흘 뒤에 꼭 좀 부탁합시다."

"알았습니다."

"돈 세어 보슈. 200만 원입니다."

"한두 번 거래합니까, 맞겠지요. 그럼 열흘 뒤에 만납시다."

의정부 일을 맡은 식구는 접시를 다 풀고 일어나 나가 버리는 거야. 나와 호구와 물 보는 친구는 함께 병원을 향해 차를 몰지. 의정부에서 일을 맡았던 식구는 곧바로 서울에서 기다리는 식구에게 연락을 하거든. 내가 호구를 데리고 떠났으니 서울 식구는 대기하구 있으라구 말야. 통밥이 척척 맞는 거지. 나는 호구를 데리고 병원이 있는 건물로 올라가지. 이때 병원 의사 역할을 하는 식구가 나를 보는 순간 후다닥 흰 가운을 입고는 의사처럼 내숭을 까면서 계단을 내려오거든. 나는 호구를 데리고 올라가고 의사 가운을 걸친 식구는 맞춰서 내려오니까 계단 중간에서 딱 마주치게 되는 거지. 나는 반가운 척 남수를 치는 거야.

"어이쿠, 의사 선생님 어디 가십니까? 오늘 물건을 갖구 왔습니다."

"그래요? 마침 기다리던 중이오. 요 앞 다방에서 기다리시오."

의사 역할을 하는 친구는 후다닥 계단 위로 다시 올라가 변소로 들어간 다음 가운을 벗어 가방에 쑤셔 넣은 후에 다방으로 오는 거야. 나는 의사 역할을 하는 식구가 계단으로 올라갈 때 잽싸게 호구를 데리고 다방으로 가는 거야. 그러니까 병원에서 의사 시늉으로 남수 치는 시간은 일이 분 정도밖에 안 걸리지. 의사 역할을 하는 식구가 다방에 들어와 우리 앞에 앉자마자 서로 접시를 돌리기 시작하거든.

"여보, 도대체가 당신 기다리다 눈 빠지겠소. 오늘은 좀 많이 갖고 왔겠지요?"

"죄송합니다. 두 병밖에 못 가지고 왔습니다."

"원, 이 양반…… 현찰을 주고 사는데두 이 모양이니 언제쯤이나 많이 갖고 올 수 있습니까?"

"열흘 후에는 20병 정도 나옵니다."

"겨우 20병이오? 더 갖고 올 수 없습니까? 요즈음 약이 많이 모자라요. 국산은 별루 신통치가 않습니다. 될 수 있는 대로 많이 갖구 오시오. 얼마든지 살 테니까."

"제가 돈 버는 일인데 약만 나온다면 갖고 오지요."

"두 병이라구 했지요?"

"예, 여깄습니다."

그럴싸하게 남수를 치고 나서 내가 약을 의사 역할을 하는 친구에게 건네주는 거지. 의사 역은 약을 받아서 가방에 넣고는 수표와 현금으로 500만 원을 보라는 듯이 내주는 거야. 그리고 그는 열흘 뒤에는 약을 좀 더 많이 가지고 오라고 신신당부하고는 꺼지거든. 내 옆에서 시종일관 지켜보고 있던 호구는 정신을 못 차리는 거야. 의정부에서 조금 전에 두 병에 200만 원 주고 사는 걸 봤는데, 몇 시간도 안 되어 500만 원을 받고 파는 걸 보고는 넋이 빠질 지경이지. 우리가 같은 일당이라는 걸 호구가

　　　　　　　　　　　어둠의 자식들

알 턱이 있나. 그저 황홀해서 정신없는 거야. 호구가 멍하고 있을 때 물 보는 친구가 남수를 쳐두면 더욱 안달이 나지. 내가 한 10만 원쯤 꺼내 물 대주는 친구에게 5만 원을 주고 호구에게도 선심 쓰는 척 5만 원을 주면서 슬쩍 능치는 거야.

"오늘 따라다니느라구 수고들 하셨는데, 저는 시간이 없어서…… 가시다가 약주나 한잔씩 하시지요."

호구는 졸지에 공돈 5만 원이 생겼으니 입이 딱 벌어지는 거야. 이때 물 보는 친구가 남수를 치면서 호구더러 들으라고 내게 접시를 돌려 주거든.

"선생님, 열흘 후에 나올 약이 20병이라는데 제게 몇 병만 양보해 주십시오. 셋방살이로 쫓겨 다니려니까 아니꼬워서 그래요. 조그만 오막살이라두 한 칸 장만할 수 있도록 몇 병만 양보해 주시면 은혜는 잊지 않겠습니다."

그러면 내가 듣고 있다가 내숭을 까면서 구라를 풀지.

"원 선생님두, 진작 말씀하셨으면 몇 푼 정도는 제가 꾸어 드리지요. 가만있어 보슈. 제가 선생 사정을 알았으니까 세 병만 양보해 드릴 테니까 딱 한 번만 해보시오. 세 병이래두 400 이상 벌 수 있습니다."

"정말 고맙습니다. 그럼 열흘 뒤에 어디서 만나 뵐까요?"

"제가 차를 갖구 가지요."

"그렇게 해주시면 더욱 고맙지요."

"난 바빠서 갑니다. 열흘 뒤에 만납시다."

우리 같은 식구들끼리 호구 보는 앞에서 열나게 남수를 쳐대니까 호구는 더욱 안달이 나서 꼽사리 한번 껴볼까 하고 눈치를 보거든.

호구에게 바짝 열을 올리는 바람 작업이 끝나면 마무리 작업은 물 보는 친구가 같은 동네에 사니까 서서히 해나가는 거야. 그 친구가 호구의 마음을 살랑하게 만들고는 기알이 먹혔나 안 먹혔나 통수를 재보다가 기알이 먹힌 것 같으면 나한테 연락을 해주지. 물 보는 친구가 호구와 같이 있을 때 내가 슬그머니 나타나는 거야. 호구 들으라구 접시를 돌리면서 물 보는 친구에게 남수를 쳐대는 거야.

"내일이 약 나온다는 날인데, 다른 데서 약이 나올 데가 생겨서 오늘 돈을 맞춰 주느라구 내일 약 나오는 것 중에 열 병 정도밖에 살 수 없는데 말요. 선생에게 제가 세 병 정도 양보한다고 했잖소. 제가 돈이 안 돼서 스무 병을 다 못 사니까 이번 장사는 저 혼자 하겠습니다. 다음에 제가 약 나올 때 연락해서 돈 벌 수 있게 해드릴 테니까 조금만 기다려 주십시오."

"제가 현재 300만 원은 갖고 있으니까 선생이 어디서 융통이라도 해서 돈 좀 벌 수 있도록 봐주슈."

"허허, 모처럼 부탁하신 건데 사정이 좋지 않아서 이거…… 미안하게 됐습니다."

가뜩이나 열이 나 있던 호구는 우리가 남수 치는 걸 보고는 가만있을 수가 없게 되지. 개 씹에 보리알 끼듯 꼽사리를 붙는 거야. 우리야 얼씨구나 하는 거지. 바로 호구가 그렇게 나오기를 유도하느라구 여태 남수를 친 거니까 말야. 아니나 달라, 호구가

어둠의 자식들

나머지 일곱 병을 자기가 맡을 수 없겠느냐고 묻는단 말야. 내가 내숭을 까면서 곤란하다고 고개를 흔들면 호구는 애걸복걸하면서 자기도 한몫 끼워 달라고 사정하거든. 못 이기는 척하구 승낙을 해주지. 호구는 얼싸 좋다며 돈을 구한다고 나가는 거야. 물보는 친구와 앉아서 내일 호구 잡는 전략을 대강 짜놓고는 식구들과 시내에서 만나 드디어 마무리 작업의 역할을 배당해 주고 헤어진다구.

다음 날 나는 약속한 시간에 자가용을 몰고 호구네 동네로 가서 두 사람을 태우고 의정부의 그 다방으로 가지. 잠시 후 전에 양놈을 데리고 나왔던 식구가 큰 약병을 보자기에 싸들고 나타나 우리 자리에 앉는 거야. 구라 약병을 받아 든 나는 호구에게 돈을 꺼내라고 말하거든. 호구는 급히 돈을 꺼내 내게 건네주지. 물 보는 친구가 준 돈과 내 주머니에서 꺼낸 구라 돈뭉치를 의정부 식구에게 건네주는 거야. 호구가 낸 돈은 700만 원이지. 구라 약병을 호구에게 건네주면서 조심해서 갖고 다니라고 일단 주의를 주는 거야. 구라 약병은 작은 링겔 병에다 소독 냄새가 나도록 약물을 섞은 맹물을 넣은 것이지. 호구는 구라 약병을 신주 모시듯 두 손으로 가슴에다 감싸고 조심스럽게 차에 타는 거야. 호구는 2천만 원이나 되는 구라 약병을 들었으니 황홀한 거지. 700만 원 투자한 것이 몇 시간 후에 병원에만 들어서면 천만 원 이상을 벌 수 있다는 생각에 호구는 들떠 있는 거야. 우리는 병원 앞에서 내려 그전에 의사 역할의 식구와 만났던 다방으로 몰려가는 거야. 이때 구라 약병을 깨는 역할을 맡은 식구가 기다리고 있지. 그는 우리를 보고는 신문지에 싼 아령을 들고 마주 오는 거야. 그가 호구 옆으로 지나치며 아령으로 약병을 툭 치는 거야. 약병을 싼 보퉁이가 떨어지며 박살이 나지. 호구는 정신없이 맹물에 젖은 땅바닥을 손으로 더듬는 거야. 나는 잽싸게 아령을 든 식구의 멱살을 잡고 흔들며 쑈를 벌이거든.

"야 임마, 너 죽을라구 환장했어? 술 취했으면 곱게 집에 가서 자빠져 자든지 할 것이지. 비싼 약병은 왜 깨구 지랄이야 이놈아."

아령을 든 식구는 술이 취한 것처럼 비틀거리고 해롱대면서 내숭을 까는 거야.

"이 짜아식들이, 우리 아들 줄려구 아령을 사가는데, 뭐 비싼 약병을 깨뜨렸다구? 얼마야? 내가 물어 줄게."

우리 식구끼리 남수를 치면서 싸우고 있을 때 호구는 하도 넋이 나가서 멍하니 서 있는 거야. 아령 든 식구는 계속 비틀거리며 중구난방으로 지껄여서 아예 말상대가 아니라는 것을 보여 주는 거지. 공돈을 단번에 벌어 보려던 호구는 울지도 웃지도 못하고 서 있지. 이때 내가 그의 팔을 잡으며, 다음 기회가 또 있으니 운수 나쁜 걸루 돌리고 오늘은 이만 가자고 호구를 끌면 그는 맥없이 끌려오는 거야. 사실 그가 보기에는 우리 돈도 그의 손에서 떨어져 박살이 난 형편이거든. 또 호구 자신도 약 나오는 것이 비합법적이라는 걸 잘 알거든. 울며 겨자 먹기로 호구는 돌아서는 거야. 700만 원을 감쪽같이 슈킹당한 호구는 본전 생각 때문에 집이라도 저당 잡혀 다시 하겠다고 설레발을 치게 되지.

　　　　　　　　　　　어둠의 자식들

우리 식구들이 모여 속닥이를 맞춰 보고 호구를 한 탕 더 쳐도 괜찮은지 통밥을 굴려 봐서 결정하는 거야. 호구를 쪽박 차도록 너무 비참하게 만들면 뒤탈이 생기니까 적당히 치고 손을 빼는 게 낫지. 손을 뺄 때도 탈이 없도록 통밥을 맞추어 기술적으로 해야 돼. 물 보는 친구가 호구에게 겁을 주는 거야.

"이거 큰일 났습니다. 먼젓번 약 산 거 말이죠. 중간에서 장사 하던 사람이 들통이 나서 형사들이 잡으러 다닌다구 합디다. 우리까지 문제가 된 것 같아요. 우리하구 동업했던 사람이 잡혀 들어갔대요. 당분간 나두 피해 있어야 되겠습니다. 아마 그 약이 마약인 것 같습니다."

물 보는 친구가 접시를 그럴싸하게 돌리면 호구는 당황해서 자기는 안 한 것으로 해달라고 오히려 발뺌을 한단 말이야. 깨끗이 700 먹는 거야. 뒤끝 깨끗하지.

뺀뺀이 : 공짜 좋아하는 놈, 쉽게 돈 벌려고 환장하는 놈, 잘 살면서도 더 잘살아 보겠다고 설레발 까는 놈의 돈은 왕창 긁어 먹어두 괜찮아. 씨팔놈들, 그 정도 가졌으면 느긋하게 살지 좆 빨았다구 설쳐? 하여튼 잘 긁어 먹었수다.

주식이 : 야, 이제 우현이 구라 들어 보자. 징역 좀 깨보자. 접 시도 괜찮으니까 귀 좀 즐겁게 해주라.

우현이 : 목래야 이빨이 강이라 구라가 시원찮아.

육덕이 : 쪼개긴 짜식. 임마, 접시두 돌려 보랄 때 돌려야지.

우현이 : 좋아, 있는 구라 없는 구라 다 동원해서 이빨을 까보지. 목래는 이번 징역 온 것까지 합쳐서 여섯 번이야. 한 번 길 닦아 놓으니까 삑하면 달리는데, 이젠 징역 귀신이 붙어 버린 모양이야. 이번 사건두 우습게 걸렸어. 용두동에서 바이푼 장사 하는 친구 놈이 푼 하나 달아 달라구 하잖아. 차순이(안내양)를 꼬신 게 있어서 접시를 돌려 300장에 땅겼거든. 이게 재수 옴 붙었는지 차순이가 하이방을 쳐서 내방간에 코 푼 거야. 이 사건으로 목래만 달리게 됐는데, 친구 놈은 멀쩡해. 그렇다구 목래가 친구 놈을 씹을 수도 없구 미치는 거지. 친구 놈이야 바이푼 장사 하니까 타상들한테 슈킹해서 곰들이나 내방들에게 기름칠을 해대니 껀수가 있어두 양이지 뭐. 죽는 놈은 우리 같은 엉성한 놈들 아니겠어. 목래두 왕년에 꼬마들 데리구 깨꾸 밀 땐(구두 닦을 땐) 오까네가 제대루 실렸었는데 빵에 드나들면서 청춘 금이 간 거야.

지난번에 징벌 먹은 것두 강아지 몇 모금 얻어먹다가 작살난 거야. 우리 방에 범털(돈 많고 빽 있는 죄수)이 하나 있었는데 강아지를 한 꼬치 달구 왔잖아. 목래가 짱박아 두었던 탁(라이터돌, 불씨, 성냥)을 꺼내 불을 댕겨 몇 모금 먹는데 지나가던 지도 새끼가 본 거야. 처음엔 목래가 사정했어. 사정을 아무리 해두 좆만한 지도 새끼가 기알이 안 먹히잖아. 야마가 돌아 씹었지. 야 씨팔놈아, 대대루 형무소에서 지도 해 처먹으라구 악살을 먹였더니, 지도 새끼가 보안과에다 코 푼 거야. 말이 나왔으니 한마디 하는데, 지도 놈들 보면 상말로 씹 같은 새끼들이야. 똑같은 도둑놈 처지에 마개비(교도관)에게 빌붙어서 쪼개는 꼴 보면 드러워서. 세상 태어나서 우리처럼 아예 법무부 자식들이 될려면 일찌감치 깨지는(죽는) 게 편하지. 목래 이빨은(얘기는) 이걸루 막장이다.

세근이 : 야 짜샤, 니 씀씀이(말)를 들으니까 졸음이 온다. 주식이 형이 영화 좀 돌리슈.

주식이 : 나두 씀씀이는 별루 안 좋아. 시간 깨는 거니까 한마디 구라를 풀어 볼까. 나는 마취강도로만 별이 셋인데, 이번 건두 도라이깡(마취강도)이야. 내 친구 놈 중에 규섭이라는 놈이 있는데 마취약 만드는 도사야. 화공약품 상회에 가서 몇 가지 재료를 사다가 혼합하면 그럴듯하게 마취약이 만들어지거든.

요번 껀수는 쪽발이 부부가 사는 가정집인데 몽짜루 털었지. 물 보러 다니다가 일본 상사 직원으루 고급 주택가에서 두 식구 단출하게 사는 쪽발이 부부를 점찍은 거야. 오까네두 마부구 패물도 마부루 실렸더구만. 밤 10시가 좀 지나서 월담했는데 두 연놈이 그때까지 자지 않구 속닥이를 맞추고 있잖아. 몸 짱박을 데를 찾았더니 정원이 그럴듯하더구먼. 밤 12시가 다 되어서야 정원에서 나왔지. 주사기로 문구멍에다 마취약을 쫙 뿌려 놓고 다시 광 속으로 들어가 짱박혀서 30분쯤 있다가 점잖게 문을 열고 들어갔지. 둘이 다 쥐 죽은 듯이 자구 있더구만. 우선 방문과 창문을 열어서 마취약 기운을 뺀 다음에, 둘을 빨랫줄로 손발을 묶는데 왜년의 쪽이 마부로 생겼잖아. 짝숭이가 고래가 되는(발기하는) 게 생각이 달라지잖아. 연놈이 팬티 하나만 입구 늘어졌는데 가관이더군. 남자만 묶어 두고 푼은 갖구 놀았지. 통금 해제 시간까지 기다리는데 지루하더군. 눈썹 그리는 연필을 꺼내 왜놈 얼굴과 배에다 짝승이와 뻑을 그리기도 하구 말야. 희한한 욕도 써보구 말이지. 놈이 꿈틀거리는데 일어날 것 같잖아. 코에다 마취약을 몇 방울 발라 주었더니 금방 잠들더군. 년의 코에도 미리 몇 방울 바르고는 마음 푹 놓구 기다렸지. 찬장을 뒤졌더니 양과자, 과일 따위와 싼토리가 나오더군. 새벽에 뚜룩치구 양주 마시는 맛이라니. 깨끗하게 한탕 친 거야.

그런데 김새게 내 친구 놈이 다른 식구와 한탕 칠려다가 달리게 됐는데, 짜니까 나를 코 풀어 버린 거야. 징역복 터진 놈 어차피 겡꼬 왔으니 잘됐지 뭐야. 이번 징역 살구 나가면 짜루 마붓집 한번 털어서 느긋하게 살아 봐야지. 도둑질 그만둘려구 마음은 여러 번 먹었지만, 있는 새끼들 흥청대며 거들먹거리는 게 배알이 꼴려서 도둑질을 안 할 수 없다니까.

내가 두 번째 징역을 살구 나올 때 마누라가 고무신을 거꾸로 신었어. 아들놈 하나 있었는데 데리고 갔는지 고아원에 버리고 갔는지 지금까지 소식을 몰라. 두 번째 징역 산 껀수는 사건이 일어난 지 4년이나 지나서 달렸는데, 그게 날 조진 거야. 두 번째 사고 치구부터는 나는 마음을 잡고 노동판에 다니면서 착실하게 살았어. 마누라두 내가 마음잡은 걸루 알구 열심히 살아 준 거야. 마누라가 빽새끼(아기)를 낳았는데 아들놈이었어. 사는 게 재미가 있더라구. 비록 노동 품팔이를 해서 먹구 살았지만 가정

어둠의 자식들

을 꾸리며 산다는 게 그저 즐겁기만 하더란 말야. 4년 전에 사고 저지른 건 까마득하게 잊고 열심히 살아가는데, 곰들이 들이닥쳐서 나를 달잖아! 연행되어 조사받는데 그야말로 까맣게 잊고 있던 4년 전 일이 아니겠어? 나는 사정을 하면서 애원을 했지. 4년 동안 마음잡고, 땀 흘리며 일하고, 아들 낳고 열심히 사는 놈 한 번만, 꼭 한 번만 봐주면 선량하게 살아가겠다구 말야. 사정한 내가 미친놈이지. 그런 말을 지껄여 봤자 곰들한테 기알이가 먹히지 않는다는 것을 다 알면서도 사정해 본 거야. 결국 겡꼬 가게 됐지. 의정부교도소에서 징역을 살았는데 마누라가 처음에는 면회를 몇 번 와주더니 소식이 없는 거야. 통밥을 맞춰 보니 하이방 친 것 같더군. 내 예감이 들어맞은 거지.

복역을 마치고 출소해 보니 셋방은 전셋돈하구 같이 없어져 버렸더군. 마누라는 보고 싶지 않았는데 빽새끼가 보구 싶어서 미치겠더라야. 빵에서 나가도 꿀림집이 마땅해야지. 나 같은 놈이야 당장 시다이 쪼고 꿀릴 데가 어디 있겠나. 시다이 한 그릇 얻어먹어 볼려구 빌빌 쏘다녀 봤지만 하늘에서 시다이가 그냥 떨어지는 것두 아니구 말야. 쏠리고 몰리니까 빽새끼 보구 싶은 것두 잠시더군. 우선 해골 굴릴 데라두 찾아야 되니까 할 수 없이 옛날 식구에게 찾아가 꼽사리 붙은 거야. 세 번째 징역은 두 번째 징역 살구 한 달 만에 달리게 된 셈이지. 더군다나 초짜도 아닌 꽈자가 붙어 다니니 징역복 터진 거지. 접시를 돌리지 못하니까 신세타령이 되었구만.

전도사 : 어디 속 썩는 사람이 하나둘인가. 평생 동안 빵에서 사는 사람두 있는데 우리야 양반이지.

외팔이 : 사회 나가서 별 볼일 없을 바에야 빵에서 왈왈구찌로 사는 게 낫지 뭘.

육덕이 : 좆같은 소리 하지 마 임마. 걸달아(동냥해) 먹더라두 사회가 데낄(제일)이지.

뺀뺀이 : 야, 세상에서 돈 많은 놈들이 우리보구 편안히 오까네 훔쳐 가라구 눈 감구 있을 줄 아니? 도둑질이나 사기두 옛말이야. 지나가는 놈 아무라두 잡구 깨뜨리지 않으면 이 짓두 해먹기가 어렵다구.

순식이 : 나는 히로뽕을 일본 놈들한테 밀매하다가 달렸는데 한마디루 웃긴다구. 일본 놈들한테 싱싱한 젊은 푼들 몸뚱어리 파는 건 괜찮구 히로뽕 파는 건 법에 걸린단 말야.

망치 : 임마, 빠구리 장사야 허가 낸 도둑이구. 너야 허가증 없는 도둑놈 아냐. 세상이 그런 거 아니냐. 니들두 억울하면 도둑놈 허가증 내라.

전도사 : 도둑놈 허가증은 그냥 얻을 수 있는 줄 알아? 공부를 많이 해서 시험을 쳐야 허가증을 얻는 거라구. 대학 다니는 학삐리들이 골이 비어서 공부하는 줄 아니? 다 허가증 때문에 그러는 거야. 깡패니 도둑놈이니 하는 것두 이제 다 옛말이야. 깡다구와 힘만으로 되는 게 아니라. 글발이나 읽구 글줄이라두 써야 허가 낸 깡패, 도둑놈이 되는 거라구. 니들두 억울하면 지금이라두 늦지 않았으니까 공부하라구 짜샤. 배워서 남 주냐?

성호 : 동철이 형, 스도 형님두 먹물(배운 사람) 아닌가?

전도사 : 짜샤, 스도 형님은 목공 데모도라니까. 개털들 틈에서 살다가 스스로 통밥을 굴려서 깨달은 거야.

성호 : 어쨌든 썰 풀어서 살았잖아. 씨팔, 우리네야 누굴 그렇게 기알이 먹히게 가르칠 수가 있나.

전도사 : 스도 형님은 보통 깡다구가 아냐. 그러니까 오히려 먹물들하구 로마 내방 군바리 등등이 못 박아서 깨뜨려 버린 거야. 이스라엘 삼국지(성경)에 다 나온다구.

왕점백이 : 외팔이 영화 좀 돌려라. 방치기가 뭘 하는 노름이냐?

외팔이 : 나두 쏨쏨이가 약해서 재미는 없지만 구라 한번 풀어 볼까. 방치기는 원래 약바우나 구라창고에서 일 보던 친구들이 함께 만든 건데, 결국은 그림 그리는 거(화투)요. 방치기두 물 보는 식구가 눈썰미가 빨라야 되지. 우선 물 보는 식구가 호구를 물색하는 거예요. 호구가 하나 걸리면 물 보는 식구가 접근해서 남수를 치는 거지요. "사업하는 사장들이 노름을 하구 싶다는데 장소를 빌려 주면 하루에 기십만 원씩 벌 수 있습니다" 하구 꼬시면 확 달라붙게 되거든요. 생각해 봐, 방 하루 빌려 주는 데 몇만 원에서 기십만 원까지 준다니까 안 넘어갈 호구가 있겠어?

사장 역할을 하는 식구들 댓 명이 자가용을 타구 호구의 집에 들이닥치는 겁니다. 첫날은 두세 명 정도가 왔다갔다 하면서 구라로 점잖게 도리짓고땡을 하지요. 슬슬 물 보는 식구가 호구에게 귓속말로 속닥이를 맞춰 주지요. "어이, 여기 밖에 나와 있지 말구 노름방에 들어가서 데라(돈 관리, 이자놀이)라두 봐주구 고리나 뜯어내슈. 그래야 수입이 더 많아질 거 아니오?"라고 남수를 쳐주면 호구는 얼씨구나 하면서 구라창고에 들어가지요. 같은 식구들끼리 구라로 그림을 그리니까 호구에게 고리를 줘두다 통밥을 맞춰서 적당히 주게 되지요. 이삼 일 동안 똑같은 방법으로 되풀이하면서 호구가 믿을 수 있도록 해주는 작업을 합니다.

다음은 식구들 중에 오까네가 가장 많이 실린 사장 역을 하는 식구가 오전 11시쯤 돈을 일부러 전부 잃은 척하는 겁니다. 사장 역의 식구가, 현금 가지고 온 것이 다 나갔으니 그만하자면서 일어나는 척하면 다른 식구들이 접시를 돌리지요.

"사장님이 그만두면 우리도 그만하지요."

물 보는 식구가 은근히 내숭을 깝니다.

"벌써 그만두십니까? 아직 시간이 많이 남았는데. 사장님이 그만두신다면 판이 깨지지 않소. 제가 심부름을 해드릴 테니까 더 하슈."

그 사장 역의 식구는 마지못해 그러는 것처럼 미적미적하다가 안주머니에서 저금통장과 도장을 꺼내 물 보는 식구에게 건네주면서 "100만 원만 찾아오슈" 하는 거예요. 물 보는 식구는 얼른 받아 들고 호구를 불러내 이르는 거지요.

"이보슈, 저 사장이 손을 털면 화투판이 깨진다 이 말이오. 판이 깨지면 당신이나 나나 수입이 적잖소. 그러니까 어떻게 해서

어둠의 자식들

든지 판이 깨지지 않게 당신과 내가 얼렁뚱땅 기분을 맞춰 줘야 하는 거요. 당신 빨리 이 통장을 갖고 은행에 가서 돈을 찾아오슈. 내가 그동안에 잘 구슬려서 판을 오래 끌도록 할 테니까요."

호구는 판이 깨질까 봐 잽싸게 은행으로 달려가게 되지요. 통장은 그때까지는 진짜로 돈이 예치된 통장이지요. 통장에 들어 있는 액수도 오륙백 정도 되는데 호구 사정 여하에 따라서 통장의 금액이 달라지게 됩니다. 우리네야 무슨 담보나 딸라빛을 내서라도 한 사나흘 그만한 돈은 이용할 수가 있거든요. 호구는 은행에 가면서 통장에 기록된 금액을 보게 되는데 틀림없이 진짜라는 것을 확인하게 되거든. 호구가 은행에서 돈을 100만 원 찾아 가지고 급히 달려와서 사장 역할을 하는 식구에게 돈과 통장, 도장을 건네줍니다. 사장 역의 식구는 심부름시켜서 미안하다면서 돈 만 원을 내줍니다. 호구는 좋아서 입이 째지는 겁니다.

사실 사장 역의 식구에게는 가짜 통장이 한 벌 더 있는데, 방금 호구가 심부름했던 진짜 통장은 물 보는 식구에게 호구가 안 볼 때 건네주고, 가짜 저금통장만 사장 역의 호주머니 속에 남는 겁니다. 진짜 통장을 건네받은 물 보는 식구는 적당히 분위기를 봐서, 호구가 눈치 못 채게 노름판을 빠져나가서는 은행에 가서 돈을 다 찾아 버리는 겁니다. 돈을 다 찾은 물 보는 식구는 오까네를 짱박아 두고 구라창고인 호구네 집으로 되돌아오지요. 그림 그리는 역의 식구들은 은행 문이 닫힐 시간까지 느긋하게 그림을 그리는 겁니다. 오후 5시가 넘을 때쯤 사장 역의 식구가 일부러 은행에서 찾아온 돈을 다 잃어 주는 겁니다. 구라로 판돈을 모두 털린 사장 역은 호구에게 한 번만 더 심부름을 해 달라며 가짜 통장과 도장을 꺼내 줍니다. 이때 식구 중의 하나가 말해 주지요.

"사장님, 지금 시간이 늦어서 은행 문이 닫혔을 겁니다."

사장은 낭패한 듯이 중얼거립니다.

"허어, 벌써 시간이 그렇게 됐나? 난 이제 현금이 없는데……."

이럴 때에 물 보는 식구가 호구를 밖으로 불러내지요.

"저 사장님이 손을 털면 어차피 노름판은 끝나는 거요. 한창 불이 붙었을 때에 판을 붙여 줍시다. 그러니까 당신이 통장과 도장을 맡고 돈을 꿔주시오. 화투판에서 돈 꿔주는 건 딸라로 이자를 받는 거니까 벌이도 괜찮을 거 아니오? 내일 은행 문 열자마자 돈을 받아 내는 걸루 하구 돈을 딸라 이자로 꿔준다고 제가 사장님에게 말해 보지요."

그러면 호구는 그냥 넘어가는 겁니다. 호구 자기 손으로 직접 은행에 가서 돈을 찾아왔지, 통장에 들어 있는 액수도 몇백 만 원이나 있지, 게다가 하루 만에 받는데도 8부 이자로 받을 수 있다지, 하니까 돈벌이에 환장한 호구는 오히려 사장이 노름 판돈을 더 많이 꾸어 갔으면 하고 바랄 지경입니다. 호구는 가짜 통장과 도장을 맡아 가지고는 돈을 융통해 주는 겁니다. 대부분의 호구를 물색할 때 몇백 정도는 쉽게 돌릴 수 있는 사람을 점찍기 때문에 언제나 삼사백은 먹을 수가 있거든요. 사장 역은 화가 난다는 듯이 판돈을 삽시간에 잃어 주는 겁니다. 그러나 호구에게 절대로 의심은 받지 않지요. 돈을 많이 잃은 사람은 거의 앞뒤

어둠의 자식들

재지 않고 판돈을 푹푹 가니까 호구도 사장의 심정을 알아주는 거예요. 물 보는 식구는 통장에 남아 있는 액수대로 딸라 이자를 뺀 나머지 금액이 몽땅 털릴 때까지 호구가 돈을 융통해 주도록 남수를 칩니다.

우리 식구들이 호구에게서 더 이상 나올 게 없다는 판단이 들면 노름판을 끝내는 겁니다. 호구는 가짜 통장과 도장만 믿고 우리 식구들을 마음 놓고 그냥 돌려보낸다 이겁니다.

사장 역의 식구가 말하지요.

"좋아, 오늘 밤에 다시 와서 시작합시다. 당신은 내 통장에서 모두 인출해서 계산을 끝내 놓으슈."

결국 우리가 남수 치느라고 며칠 동안 호구에게 주었던 몇 푼의 돈을 다 내놓게 하고 생돈까지 훔쳐서 하이방 치는 거지요. 대개 우리 방치기꾼들에게 걸려드는 호구들을 보면 1원 가지구 두 발발 떨면서 돈독이 잔뜩 올라 있는 녀석들이지요. 전국으로 다니면서 방치기를 하니까 구경하면서 놀러 다니는 격입니다. 우리 식구들이 최고로 방치기한 액수가 부산 출장 가서 먹은 건데 1천 500까지 해봤지요. 공소장에는 3천 정도 나왔지만 실제로는 웃돌 거요. 호구들이 피해를 봐도 대개는 신고를 안 하니까. 내 구라는 이걸루 끝이외다.

김상사 : 외팔이는 어떻게 달렸수?

외팔이 : 말 마슈. 옛날 식구 했던 놈이 코 풀어서 왔는데 방치기, 약바우, 구라창고, 시라창고(기술로 사기 치는 도박판)까지 찍어 줬는데 100명 이상이나 달려 왔수다.

뻔뻔이 : 범죄를 저지른 우리들도 문제는 있지만 사실 가만히 생각해 보면 세상 좆같아. 달려올 때는 한 구멍이지만 나가는 구멍은 열댓 구멍 되거든. 우선 따져 보자구. 영장기각, 불구속, 기소유예, 검사 벌금, 선고유예, 형 면제, 집행유예, 병보석, 금보석, 판사 벌금, 중통, 가석방, 형 집행정지 등등 수없이 나갈 구멍이 있지. 우리 같은 개털들이야 꿈이나 꾸겠어? 다 같은 범죄를 저지르고 징역을 사는데두 오까네만 있으면 편안하게 병동에서 나이롱환자로 지낼 수가 없나. 화원에서 꽃이나 키우면서 지낼 수가 없나. 테니스도 치고 말이지. 하여튼 누군 인삼 먹구 누군 무 뿌리도 못 먹으면서 징역을 살아야 하니 울화통이 터지는 거야. 그렇다구 내가 편안하게 병동에서 나이롱환자처럼 지내구 싶다는 게 아니야. 우리야 태어날 때부터 개털로 태어났으니까 호강하는 건 바라지도 않아. 그런데 문제는 툭하면 운동장의 뿔처럼 구둣발로 채이면서도 좆나게 일만 해야 되니 자연히 야마가 도는 거지.

망치 : 니 말두 일리가 있다. 그것뿐인 줄 아니? 몇십억 착복한 놈들 봐라. 병보석으로 다 나가잖아. 그러니까 기왕에 뚜룩을 칠 바에는 왕창 먹는 거야. 기왕에 여물을 돌렸으니까 계속해서 이빨에 땀 나는 소리 좀 해주지. 나두 세상에 태어날 때에는 뭉치나 개비짱에게 귀염을 받으며 자랐지. 집안 형편두 그리 째지는 집이 아니라서 시다이 재고 사는 데는 별걱정 없이 지냈수다. 공부도 못하는 편이 아니었구 고등학교까지 나왔지요. 그럭저럭

별일 없이 보내다가 뭉치가 병이 들어 살림 다 날리고 꼴깍했지요. 집안 살림이 궁짜가 끼게 되면서부터 개비짱은 허구한 날 기수고래(술고래)가 되어서 지낸 거요. 그 당시 나는 개비짱이 하던 딸딸이(자전거) 수리방에서 일을 봤지요. 자식이라곤 나밖에 없었어요. 나를 가장 아껴주던 뭉치가 없으니까 졸지에 처량한 신세가 된 거예요. 나는 고장 난 딸딸이를 수리해 주면서 살림을 꾸려 나갔어요.

어렸을 때부터 머리통이 길쭉해서 별명이 망치였지요. 어느 날 같은 동네에 사는 친구 또래 놈이 찌짜(시비)를 붙길래 야마가 돌아서 떡가래(턱 갈기기)를 먹였더니 옥수수 두 대가 나간 거예요. 나는 그 후 내방간에 달려갔는데 피해자 집에서 옥수수 두 대 나간 값을 30만 원 달라는 거야. 그러면 합의를 봐준다는 거예요. 우리집 살림살이가 엉망이라 까네가 어디 있겠수? 합의를 못 보고 겡꼬를 오게 됐는데, 내가 징역복이 있어서인지 초짜인데도 1년이나 먹었어요. 나는 항소를 포기하고 징역 살 준비를 했지요. 안양교도소로 팔려 오게 된 거요. 항소 포기한 지 얼마 뒤에 확정방에 들어가 시대가리(머리)를 밀구 팔려 갈 때까지 죽치구 기다렸지요. 개비짱은 완전히 타락했는지 기수중독이 되어 내 징역 뒷바라지는커녕 면회 한 번 안 옵디다. 확정방에 같이 있던 놈들 중에 미리 오까네를 마개비한테 써서 팔려 가도록 통밥을 맞춰 둔 놈들이 있습디다. 오까네를 여유 있게 기름칠한 놈은 그냥 서대문으로 빠져서 편한 데루 팔리구 개털들은 목포 같은 돌산 깨는 중노동판으로 팔리게 됩디다. 난 초짜에다 고등

학교라두 나왔으니까 오까네로 기름 치지 않아두 서대문으로 빠지겠거니 했는데, 안양으로 팔려 간 거예요. 처음 여기 와서 살 때 위생루 돌렸는데 고생 많이 했수다. 첫 징역 때에 오까네의 위력을 새삼 다시 느꼈지요.

나는 그 뒤로 날파리 년을 하나 물어서 둘이서 자해공갈을 하구 다녔수다. 주로 시간에 쫓기는 사람을 대상으로 했지요. 외국 나갈 사람, 공무원, 장사꾼 등을 물색하고는 적당한 장소에서 우리 푼이 이유 없이 시비를 붙는 거예요. 처음에는 해외개발공사 부근에서 벌이를 했수다. 처음 보는 여자에게 졸지에 망신을 당하게 된 호구는 멍청히 서 있지요. 처음에는 남수로 기알을 먹여 보다가 호구가 대꾸하지 않으면, 보기 좋게 귀싸대기를 후려갈기는 거예요. 아무리 마음이 좋은 호구라두 귀때기 얻어맞고는 가만있지 않거든. 성질 급한 호구는 같이 달려들어 쥐어박고 난리를 치지요. 푼과 호구가 한창 싸움을 하고 있을 때 나는 지나가는 사람처럼 내숭을 까면서 옆으로 다가서서 구경하는 척하지요. 싸움이 커지게 되면 내가 달려들어 말리기도 하지요. 이때 푼은 쓰고 있던 안경을 땅바닥에 던져서 깨뜨리는 겁니다. 호구를 잡기 전에 일부러 푼의 모가지 등에 미리 손톱으로 그어서 비벼 놓지요.

내가 싸움을 말리며 옥신각신하는 사이에 푼은 미리 봐두었던 내방깐에 달려가 내방을 데리고 오지요. 내방이 호구를 달고 갈 때 나도 목격자로 따라가서 진술을 해주는 겁니다. 푼과 미리 통밥을 맞춰 놓았기 때문에 통수가 딱 들어맞게 되지요. 목에 손자국을 내 비벼 놓아도 진단이 1주에서 열흘은 깨끗하게 떨

어둠의 자식들

어지지요. 의사도 오까네를 벌기 위해서 웬만하면 진단서를 끊어 주거든요. 하기야 의사두 도둑놈이니까 통밥을 맞추지 않아두 죽이 맞게 되어 있지요. 안경 깨졌지요. 진단 끊었지요. 호구가 꼼짝 못하고 당하게 되는 거요. 내방들도 합의 보는 걸 좋아하지요. 합의를 봐야 저희들도 생기는 게 있거든. 푼과 나 둘이서만 통밥을 굴려 잡아두 겐세이꾼인 의사나 내방들이 일을 다 치러 주게 되지요. 외국으로 나가게 되는 호구 하나 걸렸다 하면 부르는 게 값이오. 호구는 멀쩡하게 당하고도 울며 겨자 먹기 식으로 오까네를 바치고 사정사정하는 거요. 우리는 금액이 적당하면 오까네를 받고 합의를 해주지요. 한 달에 두서너 건만 통밥을 굴려두 살아가는 데는 충분합디다.

몇 달간을 계속해서 호구를 잡다 보니 통밥이 늘어서 더욱 크게 해먹게 되었지요. 실제로 푼의 이빨을 부러뜨리고는 호구를 잡았는데 가격이 댓금입디다. 이빨 하나로 여기저기 다니면서 호구를 두세 명씩은 잡았지요. 나두 이빨 두 대로 1년을 빵 살았으니 앙갚음 비슷한 거였지요. 교육공무원이 마부였는데 걸렸다 하면 보통 수십짜였지요. 내가 아는 다른 자해공갈단 중에는 식구 중에 의사까지 있어서, 마음 턱 놓고 삼삼하게 해먹습디다. 꼬리가 길면 밟힌다구 전문 자해공갈단이 깨지기 시작하면서 우리두 단속에 걸린 겁니다.

외팔이 : 어쨌든 오까네만 실리면 다 되는 세상이니 우린 벌써 틀렸어. 빵에 와서 쓸리고 몰리는 우리 같은 개털들 봐라. 주면 주는 대로 먹구 때리면 때리는 대로 그냥 몸으루 때우는 거

아니냐. 이건 자기 기분에 사는 게 아니라, 마개비 기분에 따라 깨지기두 하구 짜이기도 하는 거 아니냐.

뺀뺀이 : 외팔이가 제법 공자 빼갈 먹구 촛대뼈 가는 소릴 지껄이는구나. 좋아, 기분으로 육덕이가 이빨에 땀 나게 돌려 봐라.

육덕이 : 뿌러진 칼로 왔으니까 저 전도사 형하구 피장파장이지. 나는 좆만 한 때부터 퍽치기를 하면서 도둑질에 맛을 들여왔수다. 뭉치와 개비짱은 쪽두 못 보구 원(고아원)에서 자랐수다. 고아원에 있어 봤자 쏠리고 몰려서 열두어 살 때 하이방을 쳤지요. 깨꾸똘마니(구두닦이 꼬마)로 있으면서 찍새(구두를 모아 오는 일꾼)를 하고 있다가 대빵이 얼마나 악랄하게 구는지 하이방을 또 쳤지요. 중국집에서 배발이(배달꾼)로 있었는데 때국 놈이 하두 짠 바람에 나와 버렸지요. 중국집 배발이로 있을 적에 사귄 친구 놈이 있었는데 퍽치기꾼들이었지요. 목래는 친구 놈들과 어울려 퍽치기며 뚜룩이며 닥치는 대로 씹었지요.

무허가 꿀림방에서 친구 놈들과 꿀리고 있는데 방발이(방범)가 찾아와서 내방깐으로 끌고 갔어요. 내방깐에서 방발이한테 좆나게 까졌는데 우리보구 껀수가 있으면 말하라는 거야. 현장 겡꼬도 아닌데 무조건 짜는 거지요. 하두 짜길래 퍽치기 한 껀 불었더니 계속 짜는 거예요. 결국 서너 껀 불게 됐는데 엮어서 겡꼬 가게 됐수다. 서대문으로 넘어갔다가 땡감(검사) 손에서 소년원으로 빠진 거지요. 그 당시 내 친구 놈들은 보호자가 있었구 목래만 없었지요. 세 명이 함께 겡꼬 갔는데 목래만 오초루

찍히구 친구 놈 둘은 튀겼어요(불구속됐어요). 그때에 목래 나이는 열여덟이었는데 선생과 교장에게 잘 보여서 악대로 빠지게 되었지요. 악대에서 드럼을 배웠어요. 1년 이상을 살다가 나를 봐 주던 선생의 배려로 나오게 되었지요. 목래는 옛날에두 떡대(몸집)가 좋았는데 그래서 별명두 육덕이지요.

소년원에서 배운 드럼 솜씨인데 까지면서 배운 덕으로 사회에서 학원에 다니며 배운 놈보다 실력이 훨씬 나았어요. 명동 뒷골목의 당구장에 곁다리 붙어 지내다가 변두리 맥주홀에 취직이 되었수다. 그 당시에 까네가 강이라 순전히 빌붙어서 지냈지요. 목래는 더 이상 빵에도 가지 않구 마음잡고 살아야겠다는 생각으로 짜루 열심히 살았수다. 밤에는 맥주홀에서 일하구 낮에는 운전교습소에 나가 운짱(운전수) 기술을 배웠지요. 맥주홀에서 일할 때 3인조가 있었는데 기타, 아꼬, 드럼이었지요. 아꼬 보던 놈이 보증금을 걸고 일하는 바람에 나는 별수 없이 일당짜리였지요. 홀에 드나드는 손님들은 똥기마이(허풍 기분)가 좋았시다. 노래 한 곡 반주 맞춰 주면 오버리(수고비)를 보통 데비학구(500원), 야리생(1천 원)씩 던져 주었지요. 지금두 그렇지만 그 당시에는 후리망(2만 원), 가찌망(3만 원)만 기름칠하면 바로 면허증이 나왔거든요.

처음 운짱을 할 때에는 누가 붙여 주는 사람이 없어서 곤란도 많이 받았지요. 영업용 택시를 몰았는데 밥은 먹구 살았어요. 목래야 원래 부모 없이 타관 밥을 먹구 산 놈이라 짜게 노니까 오까네를 많이 벌 수가 있었지요. 6년 정도 운짱 생활을 했는데 교통내방들 보기 싫어서 못하겠습디다. 목래가 운짱 면허증 따게 된 것은 다른 사람보다두 훨씬 고생한 값이 아니겠수? 호적이 없어서 재건대에 빌붙어서 가호적을 하구, 밤일 하면서 좆나게 고생하면서 배운 기술인데 엉뚱한 교통내방이 슈킹을 하니 어디 드러워서 해먹을 수가 있어야지요.

　우리나라 교통내방은 사고 나기를 바란다니까요. 그래야 수입이 생기거든요. 지미 씨팔 새끼들이 사고를 미연에 방지하자는 예방 경찰이 되어야 하는데 눈이 시뻘겋게 껀수나 채울려고 설치니 한마디로 말해서 단속 경찰인 셈이지요. 단속하는 건 그래두 윗길이지요. 어느 놈은 싹 숨어 있다가 여우처럼 나타나서 잡는데 사람 환장하겠습디다. 순찰차두 불을 싹 끄고 숨어 있다가 왱 하구 나와서 덮치거든요. 마치 전쟁에서 기습공격 하듯이 덮친단 말이에요. 완전히 함정 파놓구 유인하는 것이지요. 교통내방이나 순찰차가 눈에 띄게 가만히 서 있기만 해두 어느 골 빈 운짱이 위반하겠수? 하루 종일 좆 빠지게 일해 봤자 휘발유 값, 입금액 공제하면 일당이 간신히 떨어질까 말까 하는데 그나마 교통내방한테 적발되어 딱지를 떼이거나 쇼부를 치면 일당은 고스란히 나가는 겁니다. 요즘은 쇼부 치는 데두 최하 데비생(5천원)이지요.

　목래가 단골 까까(이발소)에 다니면서 꼬신 면도사 아가씨와 살림을 차리게 되었습니다. 1년쯤 재미나게 살았수다. 전셋방이라두 얻을려구 제대로 쓰지두 못하고 푼푼이 모았어요. 집사람두 열심히 알뜰하게 살림을 해나갔지요. 겨우 전셋방 하나 얻을 돈이 모아졌는데 김새게 사고가 난 거예요. 좆만 한 새끼가 골목에서 뛰어나오는 걸 보고 잽싸게 브레키를 밟았지만 속수무책이 됩디다. 다행히 급히 브레키를 밟아서 깨지지는 않았지만 다리가 부러져서 진단이 4주가 떨어진 거예요. 회사에 사고처리반이 있어서 수습은 하지만 운짱들에겐 말짱 헛거지요. 갱꼬 보내 놓구 뒤처리를 해주니 죽는 건 운짱뿐이지요. 그리구 말이 사고처리반이지 순전히 도둑들이지요. 옛날 내방 출신들이 대부분 사고처리반에서 밥을 먹는데, 운짱 신변에는 신경 안 쓰구 피해 자들에게 한 푼이라두 덜 줄려구 해골을 짜는 겁디다. 의사란 녀석들두 말 마슈. 그 새끼들은 교통사고만 났다구 하면 봉 잡은 것처럼 엑스레이를 이리 찍고 저리 찍고 하면서 계산서의 액수만 불릴려구 혈안이 되는 거요. 요즈음 교통사고만 전문으로 하는 의사들치고 교통내방 안 끼구 해먹는 놈이 하나두 없습디다. 사실 피해자두 별루 먹지 못하면서 괜히 운짱만 물고 늘어지지요. 그래 봤자 의사, 교통순경, 회사 좋은 일 시키구 운짱만 밟아 죽이는 격입니다.

교통사고가 왜 많이 나는 줄 아슈? 대부분 운짱들이 난폭하게 차를 몰아서, 아니면 교통법규를 지키지 않아서 사고가 난다고들 하지만, 그보다 더 큰 원인은 목구멍에 풀칠하기가 언제나 달랑달랑 빠듯하구 어려워서 그렇수다. 생각해 보슈. 하루 종일 차를 굴려야 하는 거리가 450키로나 되어야 겨우 일당이 떨어지는데, 그나마 재수가 없어서 합승도 안 되는 방향이나 차가 많이 밀리는 혼잡한 쪽으로 가는 손님만 만나면 일당은커녕 죽쑤기 바쁘지요. 말이 450키로지요. 막상 차를 몰구 다녀 보슈. 밀리지요, 골목 빠져나가지요. 정말 힘든 겁니다. 그렇다구 450키로를 안 뛰면 일당이 못 떨어지는 거요. 그러니까 죽자 살자 사잣밥 싸가지구 교통 위반두 슬쩍 하구, 추월두 하구, 정차 위반두 하게 되는 거지요. 골목길로 가는 손님에게 운짱들이 투덜거린다고 불친절하다 그러지만, 일일이 손님들 하자는 대로 따라가면 일당 벌기가 힘들다구요. 결국 좆 빠지게 일하구 욕먹는 건 운짱들뿐이오. 일반 사람들한테 욕먹지요, 교통내방들에게 뜯기지요. 회사에서 냉혹하지요. 몸 붙일 데가 없어요.

애새끼가 4주 진단 나오는 바람에 알뜰히 모아 두었던 전셋방 들어갈 돈 징역살이에 다 날렸수다. 집행유예 먹구 몇 개월 만에 나오긴 했지만 그만큼 오까네만 작살난 거요. 운수노조니 뭐니 하는 것이 있긴 하지만 다 웃기는 놈들만 모여서 폼만 잡는 데라구요. 운짱들 당하는 고통은 대변해 주지도 못하는 새끼들이 오히려 일을 제끼려구(파업하려구) 하면 못하게 막으면서 노조비나 뜯어 처먹을려구 그러지요.

빵에 들어갔다가 나온 이후로 다시 운전대를 잡고 싶은 생각이 없습디다. 더군다나 집행유예를 10월에 2년을 먹구 나니까 운짱 생활 하기가 아예 이 갈립디다. 목래가 당분간 쉬고 있을 때, 마누라가 배운 도둑질이라구 다시 이발관으로 나갔지요. 마누라가 벌어다 준 돈으로 살아가려니까 밥 먹는 게 꼭 모래알 씹는 것 같습디다. 더군다나 우리 마누라는 뭇놈돌 상판대기를 비벼 주고 털 깎아 주고 심지어 사지를 주물러 주고 손톱까지 깎

어둠의 자식들

아 주며 손님들 기분 맞추는 직업이잖아요. 정말 상말로 뽕만 안 주지 할 건 다 해주는 거지요. 까까 주인 새끼는 손님들에게 기분 맞춰 주느라고 일부러 자극을 줘야 한다구, 짧은 치마나 허벅지가 다 나오게 입는 핫팬츠라는 건가 따위를 입으라구 들볶는다는 거예요. 다리를 주물러 줄 때에도 짝숭이를 슬쩍슬쩍 건드릴 정도로 입맛만 돋구어 주어야 째지게 좋아서 단골로 온다지요. 손님 중에 엉큼한 새끼는 똘똘이 목욕 좀 시켜 볼까 하구 만나자구 꼬신다는 거예요. 오까네 독이 오른 년들은 가끔 똘똘이 목욕시켜 주고 재미를 보기두 한다구 그럽디다.

빈둥빈둥 집에서 놀기두 그렇구 해서 바람이나 쐬러 간다구 빠방엘 갔는데 옛날 친구를 우연히 만나게 됐지요. 소년원에서 만난 친군데 제법 꼴복(양복)이랑 갯짱(시계)이랑 마부로 차리구 다닙디다. 붕어뚜룩(다방)에서 이 얘기 저 얘기 하다가 뭐 하느냐구 물었더니 자세히 말은 안 해주는데 내 짐작으로는 뚜룩질하는 것 같습디다. 목래야 옛날에 손 턴 거니까 관심 없이 다음에 만나기루 하구서 헤어졌지요.

놀구먹기두 지루해서 다시 운전대를 잡았지요. 어느 날 어떤 손님이 가방을 놓구 내린 거예요. 열어 보니까 빠딱빠딱한 야리망(1만 원)짜리가 50장이 들었구 무슨 서류 따위가 있습디다. 주인을 찾아 돌려줄까 하구 생각하다가, 니미 씨팔 내가 평생 가야 이런 목돈 벌기는 글렀다는 생각이 들어서 그냥 입 싹 씻은 거예요. 가방과 서류는 적당한 장소에다 버리구 현찰만 챙긴 거지요. 갑자기 오까네가 두둑이 생기니까 일할 생각두 안 납디다.

일찌감치 차고에다 차를 맡기구 집으로 왔지요. 나는 마누라에게 오까네를 꺼내 주면서 줏은 거라구 했더니, 잠깐 망설이다가 좋다구 받습디다. 다음 날 마누라두 일을 안 나가구 오랜만에 함께 백화점에 가서 그동안 사구 싶던 앵무새(녹음기)두 한 대 사구 양식집에 가서 양시다이두 쪼구 했지요.

며칠 후 택시회사에서 잘 아는 운짱이 찾아왔는데 나를 찾고 있다는 거요. 나는 그길로 마누라가 나가는 이발관으로 찾아가서 당분간 피해 있을 테니까 그렇게 알라고 말해 놓고는 하이방을 친 거지. 빵에 가는 게 지긋지긋했지요. 하이방을 친 나는 먼젓번 빠방에서 우연히 만난 친구 놈을 만나 볼려구 찾아다녔지요. 친구 놈이 잘 나오는 붕어뚜룩에 이삼 일 다니면서 죽치니까 과연 나타나더군요. 그 뒤부터 친구 놈하구 한패가 되어 뚜룩을 치러 다녔지요. 습득물 횡령으로 기왕 겡꼬 갈 바엔 몇 탕 화끈하게 더 쳐서 마누라나 살려 놓구 가겠다는 통빱으루 닥치는 대루 뚜룩을 친 거예요. 가끔 밖에서 전화로 마누라를 불러 내 뚜룩쳐서 번 오까네를 주곤 했지요.

오까네가 웬만큼 모아지자 다른 데로 방을 얻어 마누라와 같이 살았지요. 그러고도 친구 놈하구 가끔 만나서 일을 봤는데, 재수없게 어느 야당(앞잡이) 놈이 코 푸는 바람에 집에서 죽치고 있다가 달렸지요. 먼젓번의 가방 섭은 건수는 곰들이 몰랐는데, 우리 마누라가 들통을 냈지요. 내가 곰에게 느닷없이 달려가니까, 마누라는 내가 뚜룩친 건 모르고 옛날 가방 속에 들었던 오까네를 먹은 죄인 줄만 알고, 곰한테 변상해 보겠다구 사정한 거

어둠의 자식들

예요. 곰들이야 얼씨구나 하구 건수 하나 더 엮어서 목래를 겡 꼬 보낸 거지요. 세상살이란 억지루 산다구 되는 게 아니더라니 까. 내가 징역 사는 동안 마누라가 기다려 주면 다행이구, 고무 신 거꾸로 신으면 할 수 없구 그런 거지요.

전도사 : 목래두 옛날에는 잘못된 모든 것을 내 팔자로만 돌 리구, 가난과 못 배운 걸 내 탓으로 한탄하구 그랬는데, 세상 돌 아가는 사정을 이젠 좀 알지. 이미 오래전부터 위대한 성인들과 수많은 먹물쟁이(지식인)들이 평등한 세상을 세운다구 양심 있 는 행동과 말을 보여 주었는데, 지금에 와서 새삼스러운 것처 럼 먹물들이 헛갈리게 용어를 늘어놓구 똥 밟은 소리를 지껄이 구 있는 거야. 책을 보구 글줄이나 꿰었다구 접시 돌리는데, 그 건 어느 누구라두 책에 씌어진 얘기나 공부를 파면 할 수 있는 거라구. 당신네들이 아마 글줄이나 읽었다면 먹물쟁이로 인품 을 잡으며 뽀다구 잡는 놈들보다 백 배는 나을 거요. 그런 놈들 보라구. 모두가 중류 이상의 호화판 생활을 하면서 통밥을 굴리 는 거야. 어떻게 하면 기똥차게 폼 잡을 얘기를 할 수 있을까, 무 슨 접시를 돌려야 날카롭게 지적하는 사람이라구 존경받을 수 있을까 하면서 말 만들어 내는 데 용을 쓰구 있지. 우리네 따위 야 어떻게 하면 잘사는 새끼들처럼 편안히 살아 볼까, 권력을 잡 은 놈들처럼 언제 힘을 써볼 수 있을까 하구 생각하다가, 기알이 먹힐 것 같지 않으니까 돼지 같은 새끼들 재산을 난짝 뚜룩쳐야 지, 한탕 멋지게 다구리 안 까게 쳐서 알알하게 살아야지, 하는

개털들   441

생각으로 바뀌게 되는 거지.

접시나 돌리면서 똥 밟은 얘기 한다구 되는 것두 아니구, 이미 예전 성인들이 보여 준 양심 있는 행동만이 세상을 평화스럽게 만드는 지름길이거든. 뻔한 이치야. 행동의 기준은 이미 예전 사람들이 다 가르쳐 준 거야. 모니 형님이 부귀영화 다 던지고 가난한 사람들과 살면서 악에 가득 찬 욕심쟁이 무리들에게 응보의 법칙으로 겁을 주고 세상 물질에 너무 탐욕을 부리지 마라 말짱 헛거다, 라면서 자신의 모습과 행동으로 진리를 외친 거야. 공자 역시 어질게 살라고 외쳤지. 세상 새끼들은 석가, 공자가 외친 것에 대해서 말로만, 생각으로만 주접을 떨었지. 실제와는 거리가 멀면서 더욱 악랄하게 권력과 오까네를 끌어모아서 가난한 사람들을 개처럼 부려먹는 거야.

이제나저제나 본래의 인간으로 돌아올 때를 기다린 하늘 개비짱(하나님)께서는 참다못해 스도 형님을 이 땅 위에 내려보낸 거지. 모니 형님은 부자로 태어나게 했지만 이번에는 지지리 가난한 사람으로 스도 형을 내려보낸 거야. 스도 형을 냄새 나는 마구간에서 태어나게 해 세상 험악하게 살도록 내버려 둔 거지. 가난하고 찌든 살림 속에서 살던 스도 형은 쓴 맛 단 맛 다 보면서 범죄밥을 먹는 우리 같은 놈들하구 차이 없이 똑같이 산 거야.

스도 형은 우리들보다 잘난 게 없지만, 이스라엘 삼국지를 보니까 깡다구가 마부였더라. 세상을 순전히 깡다구로 버티면서, 권력 가진 로마인, 재산 많은 놈들이나 먹물쟁이들에게 꼬장을 죽이면서 죽기 아니면 까무러치기로 산 거야. 2천 년 전이지만 그 당시 뽀다구 잡는 사이비 학삐리나 먹물들이 권력 잡은 놈들과 속닥이를 맞추면서 우리 같은 놈들에게 가혹할 정도로 악살을 먹인 모양이야. 가난하게 살았던 스도 형님은 로마의 똘마니인 곰이나 마개비, 내방 들에게 뻑하면 허벌나게 까졌구, 도시 환경정리라는 미명 아래 철거되면 이리 쫓기구 저리 쫓기면서 꿀림방두 없이 난장꿀림두 하면서 시다이를 쪼기 위해 공돌이로 일했는데 겨우 입에 풀칠할 정도였지. 세상살이가 고달팠던 스도 형은 참다못해 권력자나 가진 놈들에게 꼬장을 죽이면서 기어 붙은 거지. 시다이를 못 쫄 때도 있지, 허벌나게 깨지지. 그러니까 몸이 쇠약해질 대루 약해졌어. 깡다구를 부려 봤자 힘이 없어서 까지기 마련이지만 스도 형님은 용기를 내서 꼬장을 죽인 거야. 스도 형이 우리하구 다른 게 있다면 바루 이런 거야. 결국 그들에게 쪽이 팔린 스도 형님은 찍히게 되어서 십자가에서 깨지고 만 거야.

비록 스도 형님은 깨졌지만 얼마나 멋진 사나이야. 물구 늘어져두 몽짜들만 물구 늘어지구 악살을 먹였으니 생각만 해두 멋있잖아. 그 당시 스도 형님과 함께 다구리를 붙으러 다니던 논다리들(예수의 제자들)도 스도 형이 깨질 때엔 약간의 야시는 먹었지만, 그분이 깨진 후엔 더욱 목숨을 걸구 다구리를 붙으며 살다가 거의가 갱꼬 가서 깨졌지. 세상에서 폼 잡으며 사는 먹물들이 신봉하는 사람이 바로 우리들같이 쏠리고 몰리면서 밤낮 까지고 짜이며 살았던 스도 형님과 그의 아우들이야.

그런데 요즈음은 예수쟁이며 교회들이 지들 멋대루 스도 형님을 만들어서 화려하게 뾰족집이나 지어 놓구 자기네끼리만 주접을 떠는 거야. 이유는 뻔한 거지. 저희들 지은 죄가 너무 많거든. 많은 사람들이 골고루 누릴 행복과 물질을 힘과 권세로 빼앗아 편하게 지내는 그들은 언제나 정신적으루 불안하거든. 그러니까 깡다구로 몸을 던진 가난한 스도 형님의 귀신이 악살이라두 먹일까 봐 돈 몇 푼 내놓고 그저 예수님, 예수님, 하면서 사이끼리 놓는(아첨하는) 거지. 그들은 원한 맺힌 죽음이 이스라엘 사나이 스도 형님 귀신밖에 없는 줄 아는 모양이지만 한마디로 잘못 통밥 잡은 거야.

나는 스도 형님의 귀신을 믿는 사람은 아니야. 그저 내가 본 이스라엘 삼국지에 나온 스도 형님처럼 살구 싶은 생각이 드는 것뿐이지. 나는 나가면 그걸 배울 거야. 우리끼리만 매일 죽이고 살리고 할 필요가 없어요. 나두 늦게나마 본정신 찾아서 분수껏 내가 처해 있는 입장에서 정직하게 살려구 그러지. 나두 사람이야. 우리는 사람이란 말야. 우리는 공부한 녀석들 앞에 서면 못 배운 걸 창피로 알구 열등감에 빠지는 수가 있는데 절대루 그럴 필요가 없다구. 배운 놈들과 부딪치면 아예 말을 안 하는 게 낫지. 그저 입 딱 다물고 상다구만 쓰구 있는 거야. 왜냐하면 그놈들은 구라 푸는 것과 뜬구름 흘러가는 소리만 배웠구 우리는 세상살이를 알잖아. 눈칫밥이란 게 뭐야? 바로 그게 스도 형님을 키워 준 배움이었단 말야. 우리가 눈 똑바로 뜨고 새로 살려고만 하면 무서운 깡다구와 지혜가 나올 수도 있다 이거야.

　　　　　　　　　　　　　　어둠의 자식들

제10장
변신

    3년의 세월은 허무했을까? 그렇지만은 않았다. 나는 여전히 절름거리며 꼬방동네로 돌아왔지만 다시는 범죄 밥을 먹지 않을 결심을 하고 있었다. 수창이는 먼저 출소했고 태봉이는 아직도 살고 있었으며 두꺼비는 이미 이 세상 사람이 아니었다. 순자며 경심이며 영애며 순임이 등등의 슬프고 정답던 티상들은 모두 어디로 흘러가 버렸는지 흔적도 없었다. 내가 어슬렁거리던 뒷골목에는 벌써 뒤를 이어 자라난 후배 아이들이 슬슬 터를 닦아 가고 있었으며 내 또래 친구 녀석들은 거의 겡꼬 가거나 어디론가 들어앉아서 보이지 않았다. 두려운 눈초리를 흘끔거리며 잘 길들여진 자나 비굴한 놈팽이로 전락해서 어느 길모퉁이에 짱박혀 있을지도 몰랐다. 그러나 나는 그들 모두를 사랑했고, 지금도 마주 달려가 껴안고 싶은 심정이다.

    나는 드디어 뭉치가 아닌 늙은 어머니와 다시 합류했다. 어머니는 신설동에다 방 두 칸짜리 작은 무허가 꼬방을 장만하고 있었다. 어떻게 해서든 어머니가 행상으로 못 나가게 하려면 내가 부지런히 뛰어다녀야만 했다. 나는 동대문 부근에서 노점을 시작했다. 리어카에다 수시로 물건을 바꿔 가면서 팔았다. 냉차와 미숫가루는 여름에 팔고, 겨울에는 군고구마를 팔았다. 여름과 겨울의 공백 기간에는 과일을 계절따라 떼어다 팔면서 요령 있게 장사를 했다.

처음에는 어려운 일이 많았다. 먼저 자리 잡고 하던 사람들이 텃세를 했는데, 예전 같으면 내 앞에서 어림도 없는 일이었다. 그러나 나는 노기를 꽉 꼬불치고 겉으로 드러내지 않았다. 나는 누구나 이 세상에 태어나서 밥 먹고 산다는 것은 아주 귀중한 일이라고 여겼고, 그 사람들이 자기네 이익을 위해서 새로운 경쟁자가 생겨나는 걸 원하지 않는 게 당연하리라고 생각했다. 그러나 시청 단속반, 구청 단속반, 동직원들, 방범, 경찰, 심지어는 시장 경비나 건물 경비들이 쫓는 바람에 피해서 달아나기가 바빴다. 나는 어머니의 고생이 피눈물 그 자체였다는 것을 알았다. 나는 몇 번이나 주먹을 부르쥐었고, 그들을 잡아 내동댕이치고 싶은 적이 한두 번이 아니었지만, 이를 악물고 다른 여러 힘없고 배짱 없는 행상들과 어울려 절뚝이며 리어카를 밀고 달아났다. 작은 것은 져주는 것이다. 큰 것에서 이겨야 한다고 생각했다.

오후 3시쯤에 장사를 나와 밤 11시까지 했는데 하루에 2천 원 남짓 벌기는 쉬웠다. 그러나 목돈이 좀 모일라치면 사고가 터져서 헛돈을 내버리는 수가 많아 도로아미타불이 되어 버리곤 했다. 가끔 단속반에 걸려서 리어카를 빼앗겼다. 일단 빼앗긴 리어카를 찾으려면 절차도 복잡했고 사람대접은커녕 짐승 취급에도 못 미치는 수모를 겪어야 했기 때문에 차라리 포기하고 말았다. 리어카를 뺏기면 수십 일 동안 헛장사를 한 격이었다. 한 달에 한 번씩 또는 두세 번씩 당하는 경우도 있는데, 즉결로 넘겨져 벌금 3천 원에서 5천 원을 물고 나온 적도 있었고 구류를 며칠 살고 나온 적도 있었다.

밤에 장사를 하기 때문에 카바이드를 사용하는 양철통을 준비하는데 툭하면 방범이나 순경에게 빼앗기기 일쑤였고 리어카의 바람을 뺀다거나 죄는 나사를 빼앗거나 했다. 타이어의 바람을 빼면 잘못 끌고 가다가 튜브가 찢어지는 수가 많았다. 냉차 통은 수없이 빼앗겼고 컵이나 주전자 등 장사에 필요한 비품도 빼앗겼다. 뺏기면 당장 또 사야 장사를 해먹을 수 있기 때문에 푼돈 모아 둔 몇 푼이 홀랑 나가 버리고 말았다. 악질 같은 자를 만나면 리어카에 있는 물주전자를 들어 연탄 위에 부어 버리는가 하면, 물건을 뒤집어서 길바닥에 흐트러 버리고 리어카는 압수해 가고 사람은 즉결에 넘겨 버리는 거였다. 목판에다 사탕, 과자, 껌 부스러기를 놓고 파는 아줌마, 할머니들의 물건은 발길질로 차버리고 양푼이나 목판을 구둣발로 짓밟아 버릴 때에는 죽이고 싶은 마음이 들었다. 단속반들이 느닷없이 들이닥치면 그렇게 속절없이 당해야 하기 때문에 노점상들은 물건을 팔면서도 눈은 언제나 좌우 앞뒤를 살피고 달아날 때에는 죽어라 하고 뛰어야 하는 것이다. 단속반들 중에는 악착같이 쫓아와서 리어카를 빼앗고 물건을 길바닥에다 던져 버리는 자도 있었다.

아무려나 경범인 것이다. 먹고 사는 권리는 하다못해 미물에게도 있는 법이다. 나는 여러 가지로 생각했다. 어째서 우리는 이렇게 무력하게 쫓기고 눌리면서 밥을 먹어야만 할까. 서로 싸우고 일러바치고 해치면서 우리끼리만 허덕여야 되는 것일까. 나는 예전의 그 뒷골목에서 여전히 서로 의심하고 노리면서 대가리 달아 주고, 조금이라도 힘이 있으면 약한 쪽을 억누르고 착취해 먹는 일이 날마다 벌어지는 것을 잘 알고 있었다. 우리는 약한 것들끼리 서로 돕지 않으면 헤어 나갈 수가 없는 게 아닌가.

나는 서서히 신설동 꼬방동네를 다니면서 논다리들과 펨푸와 깨꾸밀이 행상들을 모아 나가기 시작했다. 새마을 운동이 있다는데 우리끼리 어떻게든 잘살아 보겠다는 일이니 그렇게 내걸기로 했던 것이다. 꼬방동네를 다니며 돈을 걷어서 새마을 사무실을 만들고 그럴싸하게 일을 벌여 놓았다. 그런데 엉뚱한 외부 사람들이 뻔질나게 드나들면서 통밥을 치는데, 새마을 사무실이 선거 전략소로 변하는가 하면 엉성한 새끼들이 관과 결탁해서 새로운 인품으로 등장하는 굿거리 집으로 변해 갔다.

나는 처음부터 약자가 서로를 도우며 다시는 세상 잘난 놈들에게 이용당하지 않겠다는 생각으로, 새마을 사무실을 때려치우고 그 옆에다 집을 얻어서 꼬마들을 모으기 시작했다. 우선 논다리들을 기알이 먹히게 설득하고는 시장 주변에서 난장꿀림 하는 꼬마들, 뒤밀이하는 꼬마들, 꼬지, 대꼬지, 짱짱이, 구라 앵벌이, 딱새 등의 여러 꼬마들을 만나서 쏨쏨이를 돌렸더니(설명했더니) 일주일도 못 되어 120명 정도가 모였다. 나는 뒷골목 세계에서 가장 못마땅했던 것이 곰들이나 내방들과 손을 잡고 야당질 하면서 오까네를 벌어먹고 사는 놈들이었다. 야당하는 새끼들이 뒷골목에서 큰소리치며 군림하는 게 정말 구역질이 났다. 그렇다고 예전처럼 그런 자들을 찍어 두었다가 일일이 깨버리자니 폭으로 우습게 겡꼬 갈 것이 뻔한 노릇이었다. 나는 이 허접쓰레기 같은 나와 동류의 인생들과 얘기할 때 뭐 복잡하고 어려운 구라는 풀 줄도 모르니까, 그저 내 경험에서 우러난 얘기를 하곤 했었다.

"너희나 나나 배운 것 없구 한다는 게 겨우 논다리 짓이나 걸달아 먹는 건데, 이나마도 야당 새끼들이 곰들을 업구 설치는 바람에 뒷골목 세계가 서로 코 푸는 몰인정한 동네로 변했잖니. 우리가 서루 정답게 믿지 못하면 겨우 줏어 먹는 밥알까지 빼앗기는 거다. 너희나 나나 의리와 정이 없는 놈들이 아니었어. 친구놈 코 풀어 찍어 주는 야당이 되기는 싫구, 또 내일 당장 깨진다구 해두 이 세계에서 꼼짝없이 밥 먹구 살아야 할 우리 처지가 아닌가 말야. 그러니까 우리끼리 모여서 힘을 합쳐야 된다 이 말이야. 처음엔 고생이 되겠지만 모이기만 하면, 우리가 가진 게 날마다 차이고 까지던 몸뚱아리밖에 더 있냐, 무서운 힘이 나온다 그거야. 생각 있으면 나중에 찾아와."

나는 그렇게 쉽고 절실한 말로 얘기를 붙이곤 했다. 아마 댕기 맨 하이칼라나 독수리 날개짝 단 내방이 와서 구라를 풀었다면, 그 애들은 슬쩍 외면하고 돌아섰을 것이다. 아마도 저희끼리, 짜구 있네, 또 우리를 들먹거려서 무슨 사기를 칠려구, 했을 거였다. 그러나 그 애들은 내가 이 지역의 고참 논다리였다는 것을 잘 알고 있었고, 내가 예전과는 달리 1년이 넘도록 비가 오나 눈이 오나 바람이 부나 노점 행상으로 밥 먹고 있는 것을 보아온 터였다.

갑자기 식구가 100명이 넘게 되니까 당장 꿀릴 곳이 모자랐다. 나는 차차 스스로 회비를 내어 마련하기로 하고 우선 내 돈으로 무허가 꿀림방을 몇 칸 얻어서 당장 갈 곳이 없는 꼬마들을 숙박시켰다. 그리고 끼니는 시장의 간이식당에서 대놓고 먹었다. 우리는 각자 능력과 취미에 따라서 밥벌이가 될 만한 일은 무엇에나 나섰다. 밤에는 김밥, 삶은 계란 등속을 사방으로 팔러 나가고 구두닦이 터가 생기는 대로 일을 나가도록 했다. 나는 동대문시장 안에다 좌판을 잡아 메리야스와 속옷을 팔아 생계를 꾸려 나갔는데, 차츰 가게에는 소홀해질 수밖에 없었다. 골치아픈 일이 한두 가지가 아니었다. 벌이가 괜찮은 구두 터는 모두 임자가 있었다. 주전부리나 김밥 행상도 일정한 구역이 있어서 텃세 때문에 아이들이 깨지고 들어오는 날이 많았다. 나는 곰곰이 생각하다가 하는 수 없이 내방깐에 찾아가 내방 한 사람을 꼬셨다.

"김 순경님, 제가 불량한 애들을 100여 명 모아 놓았는데 힘이 벅차서 못하겠습니다. 그러니 김 순경님이 이걸 맡아서 운영해 주슈. 저는 손을 떼겠습니다."

그랬더니 그는 두말없이 승낙하면서 입에 침이 마르도록 칭찬을 늘어놓았다. 나는 나름대로 생각이 달리 있었다. 꼬마들

어둠의 자식들

중에서 제일 신임하는 몇 사람에게만 알리고 나는 완전히 손을 떼는 척했다. 김 순경은 또한 자기대로 꼬마들을 관할 구역의 야당으로 부릴 생각이었던 것이다. 그렇지만 우리는 이미 그전처럼 내방들의 무력한 밥은 아니었다. 어쨌든 김 순경이 손을 대면서부터 구두 터도 많이 생겼고 꼬마들이 사고가 나도 최대한으로 봐주었다.

내가 김 순경을 택한 것은 다 이유가 있어서였다. 김 순경이란 사람이 그 무렵에 꼬방동네를 담당했는데 꼬방동네의 통장을 찾아와서, 자기가 동네를 위해서 열심히 밀어줄 테니까 동네 주민들의 여론을 모아 상부에다 잘 말해 달라고 부탁을 하더라는 말이 있었다. 통장에게 김 순경이 찾아가 부탁했다는 말을 듣고, 나는 김 순경이란 사람이 공명심이 많고 출세욕이 있는 사람이라고 짐작했던 것이다. 그는 우리를 위해서 꼭 두 달 동안 여러 가지로 애를 써주었다. 얼마 후에 후리가리 기간이 돌아오자 그의 본색이 나오게 되었다. 그는 꼬마들이 모여 있는 집에다 정식으로 방발이를 파견해서 대가리를 달아 달라는 것이었다. 김 순경 본인도 틈만 나면 찾아와서 꼬마들을 설득해 대가리를 달러 나가라고 성화였다. 나는 뒤에서 믿고 있는 후배를 시켜서 끝까지 버티라고 일렀다.

어느 날 아이들이 숙소 겸 사무실로 쓰고 있는 시장 2층의 방에 올라가니 김 순경이 와서 뭐라고 떠들고 있었다.

"야, 너 잘 만났다. 느이들 어떻게 할 거야?"

나는 모르는 척하고 한쪽에 털썩 앉았다.

"동철아 임마. 너는 남자가 왜 그 모양이야? 손을 떼겠다구 했
으면 참견을 말아야지."

"무슨 소리요?"

"쩍 하면 입맛인지 모르는 줄 아니? 너 애들한테 대가리 달아
주지 말라고 그랬다면서?"

"그런 일 없수다."

"마. 다 알구 있어. 이러면 느이들 손해야. 구두 터두 그렇구 행
상두 마찬가지야. 다른 애들한테 넘겨줘야겠어."

"그건 맘대루 하쇼."

하고 나서 나는 내 대신 회장 노릇을 하는 후배 떡배에게 말했다.

"야. 너 애들한테 알려 줘라. 밝고 명랑하게 살려는 부랑아들
에게 관할 파출소에서 생활 근거를 주었다 빼앗았다 하면서 수
사에 이용하려 한다구 말야."

"너 이 새끼, 그게 무슨 말투야?"

"웃기지 마슈."

나는 김 순경을 쏘아보며 천천히 일어났다.

"우리가 당신한테 좀 봐달라고 부탁한 건 일을 하면서 새로
사는 걸 도와달라구 그런 겁니다. 우리와 같은 생각을 가진 범
죄꾼들이 있다면 그 사람들에게도 잘 말해서 일하구 먹구 살려
는 거요. 다 똑같이 달랑 불알 두 쪽에 밥통 하나씩 달구서. 괜
히 이리 몰리고 저리 몰리며 싸우기 싫다 그거예요. 우리는 우리
끼리 서로 돕구 사는 동네를 만들려구 그러는 거요. 사람 밑에
사람 없구 사람 위에 사람 없는 동네, 눌리고 천대받으며 날마다

452   어둠의 자식들

뜯기면서도 범죄꾼이라는 소리를 듣는 그런 좆같은 동네가 아니라, 수고한 대가를 평등하게 받으며 법의 보호도 평등하게 받을 수 있는 삼삼한 동네를 이루어 보려구 그런다 이거요. 우리는 우리처럼 수모를 당하며 사는 범죄꾼이 더 이상 나오지 않도록 서로 도와서 살기 좋은 동네를 이루는 데 끼워 줄 참이오. 어디에 대가리가 있다구 하더라도 새사람 만들어서 같이 살겠수다."

"어쭈 이 새끼, 이제는 썰까지 풀어 대는구나. 좋아, 동철이 너 우리를 이용했지. 어디 두고 보자."

"결과적으로는 좋은 일 하지 않았소?"

그 뒤로도 다른 곰이나 내방들이 구두 터나 행상 목에 찾아와서 대가리를 언제까지 달아 주지 않으면 옛날 껀으로 겡꼬 보내겠다며 겁을 주더라는 것이었다. 우리는 절대로 협조하지 않겠다고 각자가 다짐했다. 아니나 다를까. 내가 조직폭력단 두목으로 달리고 아이들도 여러 명 옛날 껀으로 달리게 되었다. 그 무렵 꼬방동네에서 설레발을 치며 다니는 놈들이 있어서 몇 방 손을 봤더니 2주 진단이 떨어졌던 것이다. 그들은 예전 식으로 적당히 통뼈나 잡고 다니며 꼬마들을 괴롭혀서 먹고 살려는 놈들이었다. 나는 다행히 어느 신문기자의 도움으로 사실이 밝혀져 검사 손에서 벌금형만 받고는 쉽게 나오게 되었다.

내가 아이들에게 늘 주장한 것이 있었는데 덩치가 크든 작든, 힘이 세든 약하든, 나이가 적든 많든 간에 똑같이 벌어서 똑같이 분배하라는 것이었다. 그리고 구두 터의 왕초 제도를 없애는 데 신경을 많이 썼다.

곰들과 내방들이 설쳐 대자 불안해진 아이들이 흩어지기 시작했다. 대부분 껀수가 있는 아이들이 옛날 껀수가 폭로될까 봐 내치는 거였다. 나는 궁리 끝에 교회 계통의 지원을 받기로 했다. 원래가 예수 믿는 사람들을 별로 좋아하지 않았던 나지만 운영상 어쩔 수가 없었다. 가까운 교회에 찾아가 요청을 했는데 반갑게 맞아 주었다. 나는 팔자에도 없는 교회에 다니게 되었다. 그 뒤 우리들의 모임에 이름을 짓기로 해서, 내가 하루 종일 옥편을 뒤져서 숨을 은(隱) 자, 이룰 성(成) 자, 은성학원이라고 지었다. 드러내지 않고 남모르게 좋은 일을 이루어 보자는 생각이었다.

그러던 어느 날 아이들 중 몇 명이 술에 취해 교회에 찾아가 주정을 한 모양이었다. 처음에는 목사가 관심을 갖고 아이들을 교회에 초청해서 식사도 대접하는 등 신문기자까지 불러다가 사진을 찍고 했는데 날이 갈수록 그들이 우리를 싫어하는 느낌을 받았다. 하기는 우리 같은 놈들이 일반 교인들에 섞여서 예배를 드리는 것이 차츰 불편할 뿐 아니라, 교회를 위해서도 별로 좋을 게 없다고 느낀 것 같았다. 우리는 눈칫밥에 세월 보낸 놈들이라 금방 알아차렸다. 아이들이 일부러 꼬장을 죽이기 위해 기수고래가 되어 찾아간 것이다.

이 사건 얘기를 목사가 파출소 순경에게 찔러박았다. 김 순경이 가뜩이나 은성학원 아이들이라면 씹어야겠다고 마음먹은 판에, 목사가 찾아가서 코를 풀었으니 얼씨구나 하면서 쫓아온 것이다. 그는 쫓아와서 공연히 아이들을 닦달하고 누가 그랬는지 밝혀지면 입건해 버리겠다고 으르댔다. 우리는 그냥 적당한 말

　　　　　　　　　어둠의 자식들

로 얼버무리면서 대답을 회피했다. 순경이 가버리자 옆에서 듣고 있던 아이들이 코 발른 목사를 다구리 놓으러 가자면서 설쳐대기에 내가 억지로 말렸다. 나도 그 위선적인 목사를 씹고 싶었지만 하도 더러워서 상대하기가 싫었던 것이다. 지금도 그렇지만 나는 스도 형님은 가슴속 깊이 사랑하지만, 예수쟁이들은 천성적으로 맞질 않는다. 교인이 아닌 사람보다 더욱 쩨쩨하고 야박한 것이 예수쟁이들이다.

우선 우리는 칠판에다가 큰 글씨로, 코 푼 목사는 작살을 내겠다. 오늘부터 코 푼 목사의 교회에는 안 나가겠다고 써놓았다. 몇몇 기독교 청년들이 우리들과 함께 야학을 하고 있어서 그들에게 여론이 돌기를 기대하고서였다. 칠판에다 코 푼 목사를 작살낸다는 글을 써두었더니 수업하러 들어온 야학 선생 청년들이 놀란 눈치였다. 아이들은 공부할 생각도 않고 그냥 정돈해서 앉아 있기만 했다. 결국 이 사건으로 그 교회 목사와는 영 결별하게 되었다.

우리는 우리끼리 예배를 보기로 했다. 나는 하나님이 사람을 만들었다는 데 대해서 은근히 불만이 있었다. 하나님께서는 나하구 무슨 감정이 있어서 나를 불구자로 만들었느냐 하는 것이다. 나중에는 불만이 풀려 버렸지만 말이다. 나는 빵에서도 그랬지만 은성학원 시절에도 장사를 나가서 틈틈이 성경을 되읽고는 했다. 은성학원 아이들은 여덟 살부터 스물일고여덟 먹은 애들까지 있었다. 그뿐 아니라 은성학원을 거쳐 간 꼬마들 중에는 여섯 살짜리도 있었다. 꼬마들은 교회에 나가서도 불만이 많았다. 교회 안에는 학생부가 있는데, 학생도 어른도 못 되는 자기네들은 무슨 부냐는 것이었다. 내가 농담으로 "임마, 느이들은 딱새부, 앵벌이부, 메밀묵부, 김밥부 등이니 얼마나 독특하고 좋냐"라고 말해 주었다. 그들은 입을 모아서 "우리끼리 예배 봅시다. 괜히 우리 같은 놈들이 교회 나가 봤자 구경거리밖에 안 되구, 눈깔에 뵈는 건 웃기는 놈들 폼 잡는 것밖엔 안 보인다구요" 하며 떠들곤 했다.

야학 선생들이 와서 영어다 수학이다 윤리다 하는 과목들을 가르쳐 주었지만, 아이들도 그랬고 나도 별로 달갑지가 않았다. 에이비시 한 자 더 안다고 구두 한 켤레 더 닦는 것두 아니고 윤리 배워서 양반 되는 것도 아니었으니까. 결국 교과목을 기계적으로 배우는 일에는 모두 싫증이 나서 흐지부지되어 버렸다. 가끔 여러 교회에서 명절이나 크리스마스 때에 우리들을 초청해서 식사 대접을 해주었지만, 우리 기분은 한마디로 쭈글스러웠다. 식사 대접을 하는 쪽에서야 저희들 기분 내느라고 하지만, 우리들이야 팔자 좋은 놈들 기분 내주는 역할밖에 더 하겠는가 말이다. 나도 처음 은성학원을 시작할 때에는 병신처럼 눌려 살기가 싫어서 시작했는데, 팔자 좋은 놈들 만나서 겪어 보니까 사람이 달라졌다. 예전 같으면 우리 팔자가 사나워서 이리 차이고 저리 차이면서 사는가 보다 했는데, 그게 아니었다.

그런 무렵에 나는 기똥찬 젊은 목사를 만나게 되었는데, 그는 보통 목사들과는 달리 아무 폼도 잡지 않았고 오히려 우리들 못지않게 초라해 보였다. 은성학원은 내방들이 설쳐 대서 거의 작살난 상태에 있었는데, 공 목사는 하루도 거르지 않고 내게 놀러 왔다. 그런가 하면 은성학원 아이들과 뒹굴며 같이 자고 친구처럼 대해 주는 거였다. 나는 차츰 공 목사가 좋아졌다. 그는 나를 만나면 설교와 예수 얘기는 꺼내지도 않고 그저 친구처럼 편하게 지냈다. 나는 그게 마음 편안하고 좋았다.

은성학원에서 생활하는 아이들과 티상들이 의남매를 맺었는데 가슴이 알알했다(저리도록 좋았다). 티상들이 명절 때나 합동 생일날에는 꼴복(옷)과 먹을 것을 사들고 찾아오곤 했다. 누나, 동생 또는 오빠, 누이 하면서 기차게 정을 나누었다. 티상들이 후리가리에 걸리면 은성학원 아이들이 찾아가 뒷바라지를 해주면서 서로 도와주었다. 그리고 재수 없게 수용소에 달려갈 때에도 끝내주게 뒷바라지를 해주었던 것이다. 시대가리가 큰 놈들은 아예 둥기로 주저앉기도 했다. 둥기라고 해야 그전처럼 뜯어먹는 게 아니라, 서로 도와 가는 식이었다. 꼬방 무허가 뚜룩을 다니면서 콧기름 발라 대던(밀고하던) 야당들과 가끔 충돌이 있었지만 쉽게 해결하곤 했다. 야당들이 오히려 우리에게 야시를 먹은 것이다. 야당들이야 기껏 일부 곰들과 손을 잡고 있을 뿐이지 그 이상 용빼는 재주가 있겠는가. 결국 야당들도 막판에는 깨지기 마련이었다. 우리들이야 콧기름 발라 주지 않고 일부 곰들이나 내 방에게 도전하며 엉겨 붙었던 것이다. 한번은 은성학원 아이들 중 두 사람이 내방깐에서 번갈아 가며 다구리를 맞은 적이 있었다. 나는 야마가 돌아서 물고 늘어졌다. 시경에다 직접 소장을 제기해서 씹었는데, 결국 일이 커지지는 않았지만 30만 원에 합의를 보게 되었다. 그때에 다구리를 깠던 방발이나 내방들이 서로 오리발을 내놓으면서 저희끼리 다투는 게 참 꼴불견이었다.

이래저래 나는 콱 찍혀서 툭하면 즉결로 넘어가기 일쑤였다. 내방들은 나를 겡꼬 보내려고 별짓을 다했지만 헛수고였다. 나는 내가 장사해서 벌었던 정당한 돈을 써가면서 일을 보았기 때문에 껀수를 잡힐 일이 없었다. 은성학원 아이들의 경력을 보면 거의가 별(전과)이 몇 개씩 되었고 부모 없는 아이들이 대다수였다. 어릴 적부터 아동보호소나 소년원을 드나들면서 잔뼈가 굵은 사람들이라 통밥을 굴리는 것이나 상황 판단에는 도가 터 있었다. 솔직히 말하자면 뒷골목에서 생활하는 놈이나 버젓하게 허가 낸 놈들이나 주머니 털어서 먼지 안 나오는 놈이 있겠는가. 법의 혜택을 받는 것과 받지 못하는 것뿐, 별 차이가 없는 것이다. 결국 법망에 걸리는 건 맡아 놓고 우리 같은 놈들뿐이었다.

언젠가 젊은 땡감이 노가리(논설, 훈계)를 까는데 한심한 소리를 했다. 범죄꾼들은 게을러서 범죄 밥을 먹는다는 거였다. 민주국가인 우리나라에서는 자기만 부지런히 벌고 능력을 발휘하면 누구든지 잘살 수 있다면서 게으른 놈들은 평생 동안 징역을 살려야 된다고 했다. 누가 그런 노가리에 대꾸할 말이 없어서 가만히 있겠는가. 쏠리고 몰리는 개털이라 찍소리 못하고 있을 뿐인 거다. 능력대로 부지런하게 양심껏 사는 놈치고 잘사는 놈을 보았던가. 다 빼앗고 훔치고 못된 짓을 해야 잘사는 세상 아닌가. 떵떵거리며 폼 잡고 사는 놈들이 모두 양심껏 벌어서 사는 놈들인가 말이다.

상말로 예전에는 좆 빠지게 궁짜 끼어 살던 놈들이 글줄이나 배워서 좋은 자리 차지해 허가 내서 오까네를 긁으면서, 만만한 게 홍어좆이라고 우리 따위에게나 게으르니 범죄꾼이니 하면서 이빨을 까대는 것이다. 내가 제일 듣기 싫은 말 중에 마음잡으라는 소리가 그것이다. 도대체 누가 마음을 잡아야 된다는 건지 아리까리한 게 헷갈리는 것이다. 잘사는 놈들이나 권세 있는 놈들이 우리에게 마음잡으라고 똥 밟은 얘기를 하는 것은, 저희들에게 찍짹 소리 하지 말고 순순히 말을 잘 들으라는 것이다. 노예로 마음을 잡으라는 거다.

사실 나는 공 목사에게서 큰 영향을 받았다. 사람대접을 받으며 살기 위해서는 자기의 조건을 정확히 볼 줄 알아야 한다는 것과 우리 처지에 있는 사람들은 서로 아껴야 한다는 것을 깨달아 갔다. 나는 간신히 맹목적으로 허겁지겁하던 오까네의 노예 상태에서 벗어날 수가 있었다. 결국은 내가 찍히는 바람에 은성학원이고 장사고 다 망조가 들어 버렸다. 공 목사는 대학원까지 나온 실력 있는 사람이었지만 편하게 살려고 통밥이나 재는 그런 사람은 아니었다. 오히려 자신을 밑바닥까지 낮추면서 겸손하게 봉사하며 사는 그런 사람이었다.

공 목사의 이름은 병수라고 했다. 나보다 다섯 살 위였다. 그의 아버지는 고등학교 때 돌아가셨고 모친과 남동생, 셋이서 살았다. 병수 씨 식구는 착실한 기독교인들이었다. 아버지도 돌아가시기 전에는 장로님으로 교회 일에 열심히 봉사하셨다. 가장이 병으로 돌아가시면서부터 어머니나 동생은 병수 씨에게 기대를 걸며 기둥처럼 여기고 살아왔다. 그러나 병수 씨는 집안 식구들이 바라는 대로 해주질 못했다. 때문에 식구들은 야속하게 여겼다. 신학대학에 다닐 때만 해도 자신은 졸업만 하면 좋은 교회나 사회사업체에 취직해서 어머니를 편안히 모시고 동생 뒷바라지나 해줘야겠다고 생각했다. 주일이면 세 식구가 착실히 교회에 나가면서 봉사도 아끼지 않고 하는 소문난 가정이었다. 집안에 벌어들이는 사람은 없었지만, 살아생전에 아버지가 남겨 놓은 재산으로 넉넉하진 못했지만 학교 다니고 생활하는 데는 별 어려움이 없었다.

대학교 2학년 때부터 병수 씨는 일주일에 두 번쯤 시간을 내어 친구들과 함께 빈민가에서 배우지 못한 청소년들을 가르치며 야학 교사를 했다. 병수 씨는 가난한 사람을 위해서 조금이나마 힘이 되고 있다는 걸 느끼면서 소신껏 야학 학생들을 지도했다. 야학에서 배우는 학생들이 30여 명이었고 여대생과 남대생으로 구성된 교사들도 열댓 명 정도 되었다. 그 야학은 어느 목사님이 판자촌에 사는 가난한 사람들에게 복음을 전파해야되겠다고 결심해서 오래전부터 교회를 운영해 오다 마당에 간이 건물을 지어 학교를 세웠던 것이다.

1년 이상을 야학 교사로 열심히 일하면서 병수 씨는 많은 것을 느끼게 되었다. 그는 일주일에 한 번씩인 교사 회의에 참석했다. 교사 회의에서는 일주일 동안 가르친 것과 학생들의 수업 태도 등을 분석한 다음에 효율적으로 대처하기 위한 의논을 했다.

어둠의 자식들

회의에 참석할 때마다 병수 씨는 자기도 모르는 사이에 많은 갈등을 일으키게 되었다. 가난한 민중, 교육 수준이 얕은 민중이 어쩌고저쩌고 하면서 말로만 수없이 되풀이되는 과정을 통해서 누가 배우고 누가 가르쳐 주느냐는 문제로 병수 씨는 혼자 고민에 빠졌다. 병수 씨는 우선 자신이 학생으로 교육을 받는 입장이니 배우는 입장에서 돌이켜 생각해 보았다. 과연 나 자신이 받는 교육과 배움이 올바른 것인가. 올바르게 배웠다는 자신을 갖고 가난한 사람들에게 교사라고 으스대며 일방적으로 가르치고 있는 것은 아닌가. 수많은 가난한 사람들이 못 배워서 저렇게 살고 있는 것인가. 아니면 누구에게 권리를 빼앗겼기 때문에 저렇게 가난하게 사는 걸까. 가난한 너희들도 빨리 배워서 부자가 되어 보라고 가르치는 것인가. 당신들이 가난한 것은 하나님이 주신 권리를 악마가 빼앗아 갔기 때문이라고 가르칠 것인가. 가난한 사람들이 자기 권리를 포기했기 때문에 가난하게 산다고 가르칠 것인가. 아니면 당신들이 의식이 없기 때문에 가난하게 되며 당신들이 의식을 갖지 못해서 사회 구조가 늘 이 모양이니, 교사인 우리 대신 당신들이 의식을 갖고 싸우라고 가르칠 것인가. 악마를 어떻게 찾는단 말인가. 병수 씨는 자신이 학교에서 악마 잡는 것을 배우고 있는지 아니면 악마 되는 것을 배우고 있는 건지 알 수가 없었다.

병수 씨는 고민하고 생각하면서 우울하게 시간을 보냈다. 날이 가면 갈수록 병수 씨는 가난에 대해서 깊이 생각하게 되었다. 예수를 믿고 하나님을 찾는 나 자신은 하늘나라의 청사진을 어디서 무엇을 기준으로 만들어 나가야 하는가. 물질을 독점하는 무리들, 권력을 독점하는 무리를 향해 분연히 일어서서 싸워야 되는 것인가. 병수 씨는 어떻게 감당할지를 모르고 야학 교사도 그만두었다. 악마와 같은 사람에게는 이길지 모르지만 악마 같은 소유욕에도 싸워 이길 수 있을까. 가난한 자들을 위해 일해야겠다는 나 자신은 악마의 소유욕을 떨쳐 버릴 자신이 있을까. 가난한 사람들도 기회만 있으면 악마 같은 사람처럼 소유를 많이 해서, 사람을 부려 가며 편안하게 떵떵거리며 살고 싶어서 몸부림치는 것은 똑같지 않은가. 모임에 모이기만 하면 으레 농민, 노동자, 빈민에 대하여 우리는 무엇을 어떻게 해야 되는가, 가난한 사람들을 위하여 어떻게 의식화 작업을 효과적으로 할 수 있는가, 이 나라의 장래는 어디까지 갈 것인가 등등 입끝에 겉도는 얘기들이 오가면서 제각기 열변을 토하기 마련이었다. 여러 학생들과 교회에 있는 사람들이 모였다 하면 말로만 계속되는 입씨름에 농민, 노동자, 빈민들의 귀가 가렵겠다고 생각한 병수 씨는, 자신의 결단을 위해 기도했다.

드디어 그는 목사로 교회에 가지 않고 청계천 둑방에 있는 판자촌에 방 한 칸을 얻어 놓고 자취를 했다. 편안히 살다가 얇은 판자 쪼가리로 엉성하게 지은 꼬방에서 살자니, 갑자기 바뀐 환경 때문인지 얼마 못 살고 뛰쳐나갈 것만 같았다. 방을 구하기 전에 단단하게 결단을 내리고 들어왔지만 병수 씨는 자꾸만 마음이 해이해졌다. 그는 마음이 약해질 때마다 기도하면서 나를 붙잡아 달라고 하나님께 애원했다.

판자촌에 사는 것도 실상 그렇게 어렵지는 않았는데, 주민들과 사고방식이 다른 그는 잘 사귀거나 대화를 나누기가 어려웠다. 그는 선배 목사를 통해서 몇 푼의 생활비를 받아 썼다. 병수 씨는 그저 뚝방동네를 빌빌 다니면서 살아가는 주민들의 모습을 쳐다보는 것으로 소일했다. 몇 달을 지내다 보니 조금씩 자신이 생겨났다. 병수 씨는 용기를 내서 몇 사람에게 말을 걸며 친해지려고 했는데, 도리어 사귀려고 했던 사람들이 이상하게 보는 것이었다. 뭐 하는 사람인지 몰라도 밤낮 놀면서 먹고 사는 게 용하다, 얼굴 생김이 이런 데 와서 살 사람이 아닌데 어디서 살았느냐, 하는 것이었다. 병수 씨는 당황했다. 그리고 자기의 실수를 알았다. 젊은 놈이 빈들빈들 놀면서 지내는 게 이상할 것은 당연한 노릇이었다. 그는 다음 날부터 장사라도 해볼 양으로 며칠을 알아보았지만 도저히 용기가 나질 않았다.

　병수 씨가 살고 있던 바로 옆집에 임씨라는 40대 남자가 살고 있었는데 하수도 공사를 하러 다니는 사람이었다. 병수 씨는 임씨에게 찾아가서 같이 일 좀 하게 해달라고 부탁했다. 임씨가 쾌히 승낙했고 병수 씨는 이틀 동안 땅을 파는 호리가다 일을 했다. 고작 이틀 일하고 나서 병수 씨는 그만 몸살이 나버렸다. 팔이 쑤시고 온몸이 맞은 것처럼 결리고 아팠다.

　나는 공부나 해야 되고 그 지식으로 도와주는 입장에서 편안히 봉사할 수도 있는데, 하다가 병수 씨는 벌떡 일어났다. 내가 지금 도대체 무슨 생각을 하는 거야. 공부라는 게 도대체 무엇이냐, 가난한 사람들과 못 배운 무식한 사람들에게 하나님의 동등

한 자녀라고 말하면서도 꼭 대접받으면서 도와줘야만 하는 것일까. 도움을 받는 자, 도와주는 자가 분리되어서, 도와주는 사람의 아량대로 도움 받는 자는 요청하지도 못한 채 일방적으로 은덕을 입으란 말인가. 하나씩 평등하게 가져야 할 것을 열 개, 백 개 이상씩 빼앗은 사람들이 가난한 자니 어쩌니 하면서 이웃을 사랑하라고 말할 수 있을까. 일용할 양식을 달라는 기도 내용은 있어도 가난한 자를 도울 것을 달라고 하는 기도 내용이 있단 말이냐. 이웃 사랑…… 이웃 사랑이 도대체 뭐란 말인가. 이웃에게서 빼앗아 기분 내키는 대로 적선해 주는 것이 이웃 사랑이란 말인가. 일용할 양식 외에는 이웃 것을 도둑질하지 않는 것이 이웃 사랑인가. 그렇다. 자기 몫의 일용할 양식까지도 털어서 도둑맞은 이웃에게 아낌없이 주는 게 진정한 이웃 사랑인 것이다. 일용할 양식을 도둑맞은 가난한 사람에게 다시 찾아 주는 것도 이웃 사랑임에는 틀림이 없다. 도둑맞은 일용할 양식을 찾아 주자고 외쳐 대는 사람은 먼저 자기 것 외에 가지고 있는 것이 더 없는가 자신을 살펴봐야 될 것이다. 그렇다면 뻔하다. 대접받는 입장에서 일용할 양식 외에 남의 것을 하나라도 더 갖고 싶어 하는 욕망이 있는 한 어떻게 민중이니 가난한 이웃 사랑이니 외치며 살겠는가. 민중이니 가난한 자니 하면서 진정 하나님의 부름을 받고 일하는 하나님의 자녀라면 자기 것 외에 더 가진 것이 있다면 다 버려라. 다 버려라. 다 버려라.

병수 씨는 몇 번이나 고개를 흔들고 귀를 막았다. 몸살 기운 때문에 열이 높아져서 그는 숨을 쉬기가 거북스러웠다. 병수 씨

어둠의 자식들

는 연신 하나님께 원망의 소리를 퍼부었다. 수많은 사람들 중에 하필이면 왜 나를 이렇게 괴롭게 만듭니까. 가슴이 터질 것만 같습니다. 미쳐서 뛰쳐나갈 것 같습니다. 어렵고 험난한 이 길을 나 같은 놈이 어떻게 갈 수가 있다는 겁니까? 병수 씨는 울음이 터졌다. 그는 자세를 바로잡고 두 손을 모으고 엎드렸다. 주여, 나에게 용기를 주십시오. 가난한 자를 위해서 무엇을 도와준다는 교만한 마음을 갖지 못하도록 지켜봐 주십시오. 제가 살아가는 동안 주님께서 제 곁을 떠나지 말고 지켜 주십시오. 병수 씨는 얼굴이 온통 젖었다.

이튿날 그는 생활비를 도와주던 선배 목사를 찾아가 이제부터는 생활비를 받지 않겠다고 통보했다. 그는 어안이 벙벙한 선배에게 말했다.

"제가 공연히 빈민을 위해서 일한다고 교만한 마음을 먹고 과장되게 떠들어 댄 죄를 용서하십시오."

선배의 충고를 듣는 둥 마는 둥 하고 돌아온 병수 씨는 책과 노트를 한 구루마에 싣고 고물상에 가서 헐값에 팔아 버렸다. 병수 씨는 이제 책이라고는 성경 한 권뿐이었다. 병수 씨가 언제나 부르는 노래가 있어서 나도 자연히 콧노래로 흥얼거리게 되었다.

"너는 매일 주와 함께 다니며 진실한 행동을 하는가. 어딜 가나 언제 무얼 하든지 십자가 붙들고 사는가. 어린 양 피로써 너의 죄 씻김을 받았다. 마음속의 더러운 죄 내놓아 너의 죄 씻김을 받았다."

병수 씨는 마음의 변화가 있은 다음부터는 어떤 모임에도 참석하지 않았고, 행상을 다니면서 뚝방동네 사람들과 하나둘씩 친해져 갔다. 그는 벌써 두 해가 되도록 살았는데 낮에는 뚝방의 골목골목을 다니며 번데기를 외쳤고, 밤에는 동네 꼬마들이나 청소년들과 더불어 옛날 얘기도 하고 예수님에 대한 얘기도 곁들여 가면서 아주 쉬운 설교를 하는 것이었다. 그와 내가 알게 된 것은 같은 구역에서 장사를 하다가 내방들에게 쫓겨 허겁지겁 리어카를 끌고 달아나다가 우연히 동행이 되고 나서였다. 나는 정말로 그가 목사인 줄도 몰랐었다. 그는 나를 알게 되었을 무렵에는 먹물쟁이의 때를 싹 벗었던 것이다.

은성학원이 내방들의 방해로 작살이 날 무렵, 꼬방동네에 철거 계고장이 날아들었다. 계고장이 나오기 얼마 전에도 철거가 곧 된다는 말은 있었지만 막상 계고장이 날아들자 동네는 술렁거리기 시작했다. 꼬방동네가 이 자리에 생겨난 것은 20여 년이 넘는다고들 했다. 비록 보잘것없는 게딱지 같은 판잣집이지만 20년 동안 비바람을 막아 주었고, 오순도순 식구를 모이게 해주었고 핏덩어리 자식들이 대가리가 커지도록 안식처가 되었던 꿈과 한이 얽힌 집인 것이었다. 주민들은 모여 앉기만 하면 하염없이 근심의 소리뿐이었다.

"판잣집 그냥 놔두면 무슨 지랄병이 걸리는지 못 부숴서 발광들이야."

"도대체 누가 철거하라구 지시하는 거여. 급살 맞을 놈들."

"그런 소리 하지 마슈. 남의 땅에서 20년씩이나 공짜로 살았으면 우리도 사람인데 땅을 내주어야지요. 죽을 때까지 여기서 살 수는 없어요."

"이런 병신 같은 여편네 보게. 그렇게 유순해 터져서 어떻게 모진 세상을 살아가누."

"이 땅이 누구 땅인데, 도대체 누가 주인이여? 20년 산 놈이 주인이라구. 20년 전에 언놈이 이건 내 땅이오, 하구 도장 찍어 놨었어? 그따위 바보 같은 소리는 다시 하지 말어. 먼젓번 통장 놈이 그따위 아가리를 벌리더니 임씨 여편네두 똑같은 소리를 하는구면."

"그럼 내가 통장하구 한패란 말유? 그래, 내가 말한 게 뭐가 잘못됐다구 그렇게 열을 올리며 이 여편네 저 여편네 하는 거유? 참, 별꼴 다 보겠네. 비록 가난하게는 살지만 양심은 있어야 될 거 아녜요. 길을 막구 물어봐요, 내 말이 틀렸나."

"댁에나 양심껏 살구려. 나는 못살다 보니까 양심이 뭔지 어떻게 생겼는지 모르겠수. 20년 동안 살아온 집 없는 사람을 한데루 내모는 게 양심인가."

"싸움은 무슨 놈의 싸움들이유. 당장 집을 부순다구 종이떼기가 날아왔는데 팔자들이 편해서 싸움질하구 있어요? 그만들 둬요."

"부수라면 부수구, 가라면 가구, 비키라면 비켜 줘야지. 괜히 잘난 척하구 떠들어 봤자 콩밥이나 먹기 딱 좋지."

"없는 놈은 이름두 없구 성두 없이 지내야지. 이것저것 다 신경 쓰다가는 말라서 죽을 거야. 말이 나왔으니 말이지, 우리 사는 게 어디 짐승들이 사는 거지, 사람이 사는 거요?"

철거할 시기가 임박해지자 세 든 사람과 집주인의 싸움이 여기저기서 벌어졌다.

"보증금을 내줘야지 다른 데라도 가서 알아볼 게 아니오?"

"답답한 소리 작작 하쇼. 내 집도 당장 뜯기는 판인데 뭘루 당신에게 방세 보증금을 주겠소? 절대로 못 줘요."

"그래두 주인장은 아파트 입주권이라두 타지 않소. 우리는 당장 어쩝니까."

"아파트 입주권? 정말 웃기는 소리 마쇼. 설사 아파트가 당첨이 된다 하더라도 돈이 없어서 들어갈 수가 없다. 그리구 당신이 아파트 입주권 타지 않느냐구 말하니 내가 한마디 하겠소. 뚝방동네 집들을 모조리 헐어 버리는데, 수만 세대가 될 거요. 이 많은 사람들을 살게 해줄 아파트는 어디다 지어 놓았답디까? 지금 아파트 몇 동 세운 거 가지구는 수많은 철거민들에게 나눠 줄 수가 없어요. 아파트 추첨이라는 말이 왜 나오는지 아쇼? 아파트 입주권을 주택복권 뿌리듯이 해놓고는 그걸 미끼로 손쉽게 철거한다 그거야. 그러니까 집을 헌 것을 확인하고 나서 입주권을 주지 않느냐구. 입주권을 뿌리긴 막 뿌려 놓았는데 그 입주권 가진 사람마다 다 줄 수 있는 아파트가 없단 것이지. 그러니까 추첨이라는 말이 나온 거요. 말이 나왔으니 말이지, 집 헐려 길잠 자게 생긴 놈에게 뺑뺑이 돌려서 추첨한다고 연극을 벌이니 당하면서도 웃음이 나올 판이오. 다른 데서도 시영 아파트를 준다면서 아파트 입주권을 철거민에게 주었는데 돈 없어서 브로커에게 판 사람이 많았다는군. 입주권 바람에 쉽게 철거된 모양

어둠의 자식들

이지만, 돈푼이나 서너 푼 모은 놈들이 설치고 다니면서 자진 철거하는 바람에 쉽게 헐린 거지. 그런데 이상한 건 말요. 잠실 시영 아파트, 암사 아파트, 월계 아파트, 장안 아파트, 도곡 아파트 등등 철거민들을 위해서 지었다는 아파트에는 진짜 철거민들이 불과 손꼽을 정도라는군. 그러고는 엉뚱하게 중산층으로 일어나게 되어 있는 월급쟁이 신혼부부들이 많이 살아 버린다더군. 잠실 시영 아파트는 말이지, 철거민이 두 세대뿐이고 나머지는 죄다 엉뚱한 놈들이 차지했다던데. 이건 내가 지어내서 하는 소리가 아니오. 잠실 시영 아파트에 한번 가봤더니 철거민은 몇 세대 없더구먼. 월계 아파트인가 뭔가 하는 데는 어느 시골 우체국장이라는 사람이 아파트를 여섯 채나 가지구 있다구 하더라구요. 그러니 우리가 모르고 있는 사이에 얼마나 많은 도둑놈들이 판자촌 철거 덕분에 잔치를 벌이면서 배때기를 두들기겠소."

철거장이 나온 뚝방동네는 술렁거리면서 여기저기서 싸움하는 소리로 시끌벅적했다. 한쪽에서는 어느 판자촌 동네가 되었든지 철거장 내보내고 철거 못한 데가 있느냐. 아파트 입주권이라도 타 내려면 자진 철거하는 게 현명하다고들 말했다. 그들의 얘기는 아파트 입주권을 갖고 있는 많은 주민들 중에 돈이 없어서 추첨이 되고도 못 들어가는 사람이나, 애당초 입주 신청금을 못 내는 사람들을 설득해서 아파트 입주권을 팔게 하자는 것이다. 소개비로 한 건당 1만 원에서 1만 5천 원까지 받을 수 있으며, 아파트 입주권을 사러 다니는 사람에게 많은 수의 입주권을 소개해 주는 대가로 당첨된 아파트를 하나 얻을 수가 있다는 거였다.

나는 여러 가지 생각을 해보았고 공병수 목사와도 의논을 했다. 나는 공 목사와 구역을 갈라서 대책 없는 철거는 하지 말자고 설득하기 시작했다. 아파트 입주권이 농간이 아니라면 시에서 떳떳하게 철거는 몇 동 하는데 아파트는 몇 동 지었다. 아파트 추첨 비율이 몇 대 몇이고, 당첨률은 어느 정도인지 밝혀야 된다고 주민들을 모아 놓고 설명했다. 피임수술 한 사람들에게 우선적으로 준다고 하면서 아파트 입주권의 권위를 세우는데, 도대체 어느 정도 믿을 수 있는지 알아볼 필요가 있지 않느냐고 외쳤다. 아파트 입주권을 팔라고 중간에서 소개하고 사러 다니는 사람들이 있는데, 이들은 과연 아파트 추첨에 자신이 있는 사람들인지, 아니면 자진 철거하도록 의도적으로 분위기를 조성하는 것인지 알아볼 필요가 있다고 우리는 주장했다. 며칠 동안 주민들을 찾아다니며 열심히 설득을 하는 중인데, 어느 날 낯선 사람이 나와 어머니가 사는 꼬방에 찾아왔다. 그는 자기와 함께 잠깐 가자는 것이었다. 나는 예전부터 곰이라면 척 알아보기 때문에 안 간다고 버티다가 따라나섰다. 역시 그는 나를 내방깐으로 데려갔다.

　"임마, 니가 전에 뭐 해먹던 놈인지 다 알구 있어. 너 이 새끼, 뚜룩에다가 폭력 전과자지? 누가 얼마 준다구 시켰나. 왜 자진 철거하려는 분위기를 망쳐 놓는 거야?"

　"내가 전과자라구 뭐 별다른 죄 저지른 거 있습니까? 나두 빵에서 나와 몇 년간 허리띠 졸라매구 일해서 먹구 살구 있수다. 나두 철거 대상자 중의 한 사람이오. 우리두 살아야 될 거 아닙니까. 그냥 맨손으로 쫓겨 나갈 수는 없어서 그럽니다."

"임마, 그러면 진작에 얘길 하면 너 하나쯤은 잘 봐줄 수도 있잖아."

"좋시다, 나 하나쯤은 봐줄 수 있다면 왜 정당하게 대책을 세우지 못하는 겁니까?"

"이 새끼, 너 정말 그 따위루 까불면 입건시킬 거야."

"맘대루 하슈."

나는 오기로 버텼다. 보호실에서 이삼 일 썩다가 그냥 나왔다. 나는 다시 주민들에게 찾아다니며 아무 일 없이 무사하게 나왔다고 알리고는 계속해서 부당한 철거에 항의해야 된다고 설득하고 다녔다. 저들이 나를 찍은 것은 최 반장이라는 사람이 찔렀기 때문이었다는 것도 알게 되었다.

그동안 부지런히 주민들을 설득했던 덕분인지 아니면 주민들 스스로가 결단해서인지는 모르지만, 어느 날 주민들 수백 명이 뚝방 공터에 모여들었다. 오후 3시쯤에 모여든 주민들은 해산할 생각은 않고 부당한 철거 정책에 어떻게 대처해야 될지에 대해서 여러 사람들이 서로 자기 의견들을 이야기하는 것이었다. 경동시장에서 지게질을 하고 있다는 정씨라는 사람이 목청을 돋워 흥분된 어조로 외쳤다.

"도대체 하꼬방을 헐지 않으면 금방 도시가 망할 것처럼 툭하면 철거하라고 떠들어 대는데, 환경정리두 좋구 미화두 좋지만 다 사람을 위해서 그러는 거 아니겠어. 우리는 뭐 이 나라 백성이 아니구 어디서 이민 온 거야 뭐야. 어느 놈이 철거하라구 지시하는 거냐구. 까짓것 이래두 헐리구 저래두 헐릴 바에야 철거하라구 지시하는 놈에게 찾아가서 욕이나 실컷 퍼붓고 오자구."

말이 끝나자 주민들은 서로 웃고, 박수 치고, 국회로 보냅시다 외치고, 옳소 옳소 하는 소리로 소란했다. 장 영감이라는 구멍가게집 주인이 "조용히들 하시오" 하고 여러 번 소리치자 다시 잠잠해졌다. 장 영감이 자세를 고치고 "내 말 좀 들어 보슈" 하고는 기침을 몇 번 하고 나서 말을 이었다.

"우리가 철거를 한다고 무작정 항의할 것이 아니라. 철거를 하더라도 충분하게 주민들과 타협해서 철거장을 발부하고, 추첨이라는 장난 하지 말고 철거 보상비를 올려 달라는 등의 이야기를 순리적으로 해야지, 무조건 왜 철거를 하느냐고 하면 오히려 감정만 사게 됩니다. 그러니 주민들 중에서 대표 몇 사람을 뽑아서 시청이나 구청에 찾아가 주민들의 의견을 말할 수 있도록 하십시다."

장 영감의 말이 끝나자 모인 사람들은 서로 웅성대기 시작했다. 나는 사람들을 헤치고 앞으로 나갔다. 주민들은 내가 누구라는 것을 대략 알고 있었다.

"나는 22통 1반에 사는 이동철이라구 합니다. 조금 전에 영감님께서 말씀하신 것에 저두 동감합니다. 그렇지만 수백 명이 모여서 의견을 일치시킨다는 것은 어려운 일이라구 생각합니다. 그렇다고 대표 몇 사람을 뽑아서 시청이나 구청에 찾아가 우리들의 사정을 아무리 하소연해 봤자 당국에서 들어줄 리도 만무합니다. 우리가 이렇게 모인 것은 의견을 모아 무슨 뾰족한 수를 찾자는 것이 아닙니다. 밤낮 우리는 못산다는 것 하나 때문에

472   어둠의 자식들

우리의 생각을 무시당한 채 멋대로 철거당하고 끌리는 대로 길 바닥에 내쫓기는 것입니다. 우리가 약하지 않고 강하다는 것을 보여 주어야만 합니다. 우리도 모이면 힘이 됩니다. 힘이 분산되 지 않도록 관리하는 대표 몇 사람을 이 자리에서 뽑아야만 합니 다. 관청에다 아무리 진정하고 항의해도 말싸움에서 승부가 끝 나게 됩니다. 철거 계고장을 보내는 사람은 법을 앞세우고 관권 을 총동원합니다. 우리들의 요구가 법이나 얕은꾀로는 이루어질 수가 없습니다. 법이라는 건 사람을 위해서 생긴 것이지 철거해 서 사람 골탕 먹이라는 게 아닙니다. 법의 혜택은 우리 철거민하 고는 거리가 멉니다. 법의 혜택을 못 받는다고 해서 얕은꾀로 법 의 보호를 받으려고 하는 것은 말도 안 되는 소리지요. 그러면 어떻게 해야 되겠습니까? 뻔한 이치올시다. 우리들의 힘을 보여 주어야만 합니다. 우리들의 힘은 다른 게 아니라 오늘 이 자리처 럼 모이는 것입니다. 모여서 담당 책임자를 부르는 것입니다. 우 리가 찾아가는 것이 아니라 철거하라고 지시한 사람을 직접 불 러서 이 자리에서 해결해야 됩니다."

내가 얘기하는 동안에 주위는 물을 끼얹은 듯 조용했다. 나 는 분이 일어난 김에 한꺼번에 뱉어 버렸는데, 내가 무슨 얘기를 지껄였는지도 잘 몰랐다.

전씨라는 사람이 나서서 말했다.

"글쎄 이동철 씨의 말두 일리는 있지만 일은 순리적으루, 타협 적으루 해야 됩니다. 관권의 힘이 막강한데 우리가 모여서 떠들 어 봤자 계란으로 바위 치기라 그 얘깁니다."

나는 다시 반박했다.

"계란이 바위를 깨뜨리지는 못하지만 바위를 얼룩지게는 할수 있습니다. 끈질기게 버티지 않으면 철거는 일방적으로 처리되고 맙니다."

사람들은 제각기 중구난방으로 내 발언을 놓고 논란이 벌어졌다. 여기서 죽치고 있으면 해결될 것 같으냐. 그 사람들이 어떤 사람들인데 짐승만두 못한 우리들이 몇 명 모였다고 무서워서 해결해 줄 듯싶으냐. 차라리 집에 가서 이사 갈 준비나 하는 게 현명하다는 둥의 얘기가 오가면서 시끌벅적했다. 50대로 보이는 배 영감이라는 사람이 이북 사투리로 떠들었다.

"나두 한마디 하갔시다레. 내레 오늘 암말 않구 듣기만 할라구 했디. 기런데 여러분들이 이렇게 모여 있으니끼니 꼭 한마디만 하구 들어가갔시요. 우리끼리 모였으니 말이디만 우리네가 무슨 힘이 있갔시요. 거저 답답하니끼니 서로 푸념이나 하는 거 아니갔수? 우리들이레 아무리 발버둥 쳐봤자 소용이 없디. 높은 놈들이 철거하라구 기러문 그대루 되는 거야요. 기렇다구 우리가 머 뾰죽한 수가 있는 것두 아니구. 내레 니북에 살 땐 집안이 괜찮게 살았디. 긴데 김일성 에미나이 새끼레 잘사는 놈은 나쁜 놈이라구 내쫓구, 이남에서는 못산다구 집 헐디, 내레 환장하갔구만. 기러니끼니 우리네 같은 약한 백성은 높은 녀석들 기분에 놀아나는 거 아니가. 우리 주민들이 합심해서 내쫓기디 않는 땅을 달라구 하자우. 이거야 원, 눈티 코티에 정신이 없구만."

배 영감이 말을 마치자 여기저기서 낄낄 웃으며 옳소 옳소, 하

어둠의 자식들

며 박수를 쳤다. 누군가 외쳤다.

"그러면 구름 위에다 집 짓구 삽시다."

결국 주민들의 전체 의견에 따라서 당국에다 진정을 내기도 하고 종교단체에다 호소문을 보내자는 결론이 내려졌다. 나는 화가 났다. 종이쪽지에다 도장이나 찍고 우는 소리를 적어 보낸 다고 철거를 결정한 사람들의 마음이 변할 리가 없다는 것이었 다. 종교단체도 역시 마찬가지로 제아무리 호소문을 보낸다고 한들 먹혀들어 갈 리가 없었다. 종교단체라는 것은 하늘나라와 극락세계를 빙자해서 장사하는 것들에 지나지 않으니 우리 같 은 철거민은 쳐다보지도 않았다. 우리 철거민들이 아무리 사정 해 봤자 천당이나 극락세계가 있으니 안심하고 있으라는 똥 밟 은 얘기나 해줄 것이다. 우리 요구는 관심 밖일 것이 뻔했다. 마 치 교도소에 근무하는 목사, 승려, 신부들이 사형수를 데리고 기도를 해주면서 폼은 잡지만, 사형수가 더 이상 생기지 않게 하 는 일에는 관심이 없는 것과도 마찬가지였다.

공 목사도 의견을 말했다.

"철거가 우리의 생활을 정면으로 위협하는 부당한 처사이니 연기를 하든가, 아니면 보상비 문제를 현실적인 수준에서 결정 하든지, 아파트 입주권의 정체를 명확하게 파악하도록 해주든가 하는 것이 아니라면 아무런 해답이 될 수가 없습니다. 우선 주 민 대표를 뽑아서 저쪽의 대답이 어떠한가 들어 보는 것도 방법 일 수가 있습니다."

우리는 주민 대표를 일곱 명 선출했고 구청과 시청을 방문하

여 구청장이나 시장을 만나서 철거 문제를 토의하자고 제의했
다. 시 당국이나 구 당국은 주민들의 제의를 묵살해 버리고 만
나 주지를 않았다. 여러 차례 면담을 요청했지만 번번이 거절당
했다. 거절당하면서도 주민 대표들은 끈질기게 면담 요청을 했
고, 구 당국에서는 마지못해 건설과장이 주민 대표들을 만나기
로 했다. 주민 대표들은 구청 건설과장실에 들어가 앉았다. 나를
비롯해서 장 영감, 지게꾼 정씨, 이북 사투리의 배 영감, 22통장,
반장, 새마을 회장을 지낸 전씨, 이렇게 일곱이었다. 건설과장은
40대 사내였는데 중키에 몸집이 건장했다. 건설과장이 친절하게
주민 대표를 맞으면서 웃음 띤 얼굴로 "잘 오셨습니다" 하고는
사무실에서 일하는 아가씨에게 차를 부탁했다. 생강차가 주민
대표들 앞으로 놓이고 건설과장은 차를 드시라고 권유했다. 지
게꾼 정씨가 먼저 말을 꺼냈다.

정씨 : 우리가 차를 얻어먹으러 온 게 아니라, 당장 집을 헐라
구 종이때기가 날아와서 좀 봐달라구 찾아왔습니다.

건설과장 : 막연하게 말씀하시지 말구 순리적으로 조용히 구
체적으로 말씀들 해주세요. (그가 몸을 돌려서 책상 옆의 벨을 누르
자 직원 한 사람이 들어온다.) 당신도 담당자니 들어 두는 게 좋을
거요. (직원은 통장 옆의 빈자리에 앉는다.)

장 영감 : 이렇게 찾아와서 먼저 죄송스럽다는 인사말씀 올립
니다. 나라에서 철거하라구 하는 것을 왜 마다하겠습니까마는,
저희들 사정이 당장 집이 헐리면 길잠 자게 생겼기에 사정하러

어둠의 자식들

왔습니다. 과장님께서 저희들을 불쌍하게 생각하셔서 철거를 연기해 주십사 합니다.

배 영감 : 기쎄 철거하는 것두 인정으루 해야디. 번갯불에 콩 볶듯이 두 달 안으루 철거하래니까 답답하디요.

건설과장 : 선생님들 말씀은 다 이해가 갑니다. 저희들도 최선을 다해서 여러분들을 도우려고 그러는 것이지, 무자비하게 하지 않습니다.

정씨 : 두 달 안에 철거하라는 게 도와주는 겁니까? 두 달 안으로 철거하라는 것은 도우려는 게 아니라 귀찮은 인간들이니까 마구잡이로 휘두르는 것이지요.

건설과장 : 선생께서 처음부터 흥분하시는데 조용히들 말씀하세요. 다 얘기할 수 있습니다. 진정하세요.

직원 : 저희 과장님도 과거에 가난하게 사셨기 때문에 고생하는 사람 누구보다 더 잘 이해를 하십니다. 저희들보고도 늘 가난한 사람들에게 잘 도와주라고 당부하고 계십니다. 걱정 마시고 기탄없이 말씀하십시오.

통장 : 그러시겠지요. 여부가 있겠습니까. 저희들이 찾아와서 무례하게 행동한 것 용서하십시오. 어이 정씨, 너무 큰 소리로 말하지 말아요. 순리적으로 합시다.

전씨 : 새마을 회장입니다.

건설과장 : 아, 그러십니까?

전씨 : 제가 뚝방동네에 산 지도 15년은 됐습니다. 그동안 뚝방동네는 형편없었지요. 제가 새마을 회장 직을 2년 전부터 맡

고 나서부터는 마을 정화 운동, 내 집 앞 쓸기 운동으로 뚝방동
네를 잘 가꾸어 나갔습니다. 그런데 철거장이 갑자기 나왔으니
이거 큰일 아닙니까? 과장님께서 철거를 연기해 주시면 새마을
사업을 열심히 해서 뚝방동네를 잘 가꾸어 나가겠습니다.

정씨 : 이 사람이 새마을 회장 유세를 하려구 왔나. 집 헐라구
야단인데 무슨 놈의 새마을 운동이야. 헌 집 부수고 새 집 짓는
게 새마을이지. 판잣집 헐어서 새 집을 짓는 게 새마을 운동이
야? 그런 소리 하려면 자넨 나가게나.

전씨 : 정씨는 왜 그렇게 혼자 똑똑허우. 가만히 좀 계슈.

동철 : 조용히들 해요. 우리가 찾아온 요점만 얘기합시다.

건설과장 : 싸우시려고 오셨습니까? 그러면 가십시오.

직원 : 정 선생은 화를 잘 내시는데 나가 계시고 나머지 분들
과 말씀을 나누지요.

통장 : 그게 낫겠구먼. 정씨, 잠깐 나가 계시구려.

정씨 : 내가 왜 나가. 결판을 내든지 해서 확실한 말을 듣구
가야 할 거 아냐.

동철 : 한 사람도 나가면 안 돼요. 그만들 두시고 요점만 말합
시다.

장 영감 : 우리끼리 싸울 게 아니라 애당초 여기 오기 전에 말
하자고 한 것만 얘기합시다.

배 영감 : 그러니까니 쓸데없는 말 집어치우구 동철 군 말처럼
요점만 얘기하자우요. 요점은 이거디요. 철거를 두 해만 연기해
주믄 그 댐에는 우리 주민들이 충분히 자진 철거를 할 준비를

어둠의 자식들

하갔쇠다. 어쩔 수 없어서 철거한다문 보상비를 30만 원으로 올려 달라 기거야요. 아파트 입주권 당첨돼두 못사는 우리에겐 그림에 떡이니끼니 우리가 살 수 있는 형편대로 해달라는 거디요.

건설과장 : 실은 저희들도 여러분께서 요구하시는 대루 다 해드리고 싶은 마음 간절합니다. 제 마음대로 할 수 없는 입장이고, 또한 우리야 집행하는 업무지 여러분들의 요구를 반드시 받아서 해결해 줄 수 있는 것두 아닙니다. 마음은 간절하지만 죄송합니다.

직원 : 국가에서 이미 법으로 무허가 건물을 철거하게끔 됐습니다만, 10여 년 동안 방치해 둔 것은 여러분들의 생활 형편을 고려해서 지금까지 묵인해 두었던 것입니다. 정부에서도 여러분들에게 조금이나마 도움이 되는 방향으로 정책을 세우는 것입니다. 하기야 옛날 자유당 시대에는 못사는 사람 위해서 집 지어 주는 것 봤습니까? 지금은 어떻습니까? 못사는 사람들을 위해서 아파트를 얼마나 많이 지어 놓았습니까. 철거하는 것두 그냥 하는 게 아니라, 아파트 입주권을 주어서 최대한의 편의를 봐드리고 있지 않습니까.

동철 : 과장님께서 조금 전에 우리는 집행만 한다고 그러셨는데, 그렇다면 철거 정책은 누가 만듭니까?

건설과장 : 그거야 시와 관계 당국이 충분히 검토해서 결정하지요.

동철 : 과장님은 철거 정책이 충분히 검토되어서 결정됐다고 보십니까?

건설과장 : 허허, 젊은 사람이 꼭 심문하는 것처럼 물어보는군요.

동철 : 제 질문에 답해 주시겠습니까.

건설과장 : 글쎄, 충분히 검토되었는지의 여부는 상대적으로 생각할 수 있겠지요.

동철 : 자유당 시대에는 못사는 사람 위해서 집 지어 주었느냐고 하셨는데, 수많은 무허가 건물이 자유당 때 지어진 것입니까, 후에 지어진 것입니까?

직원 : 글쎄요, 확실한 것은 조사해 봐야 알겠습니다만, 전후로 해서 지어졌겠지요.

동철 : 자유당 시대 서울시 인구와 요즈음 서울시 인구와의 차이는 얼마 정도입니까?

직원 : 그야 후에 인구가 급격히 증가했지요.

동철 : 인구가 급증한 것은 서울 사람이 자체에서 불어난 겁니까, 아니면 지방에서 이농한 사람들로 급증한 것입니까?

직원 : 젊은이 묻는 것은 이 자리에서 얘기하는 것과는 별 상관 없는 말인데…….

동철 : 선생께서 자유당이다, 10년 동안 철거를 보류했다는 등의 이야기를 하셨기 때문에 저도 상관없는 이야기로 묻게 된 것입니다.

직원 : 젊은이 혼자서만 말하지 말고 돌아가면서 이야기하십시다.

동철 : 저희들은 뚝방동네 주민 대표들입니다. 때문에 제가 말하는 것은 저 개인이 아니라 전체의 의견입니다. 몇 가지 더

어둠의 자식들

묻겠습니다. 직원 선생께서 말씀하길 못사는 사람들을 위해서 아파트를 많이 지어 놨다고 하셨는데, 전체적으로 몇 세대나 지었으며 현재 지어지는 아파트는 정말 못사는 사람들이 마음 놓고 살 수 있도록 지어 놓은 것인지 말씀해 주시기 바랍니다.

건설과장 : 철거 연기해 달라는 얘기를 하다가 이런 엉뚱한 질문을 하는 것은 무슨 의도요?

통장 : 동철이, 그런 따분한 얘기 하지 말구 철거 연기나 해 달라고 사정 말씀 드려야지.

반장 : 그게 좋겠구만. 과장님께 사정해서 철거나 연기해 달라구 합시다.

정씨 : 왜 이래, 동철이가 옳은 말 하는데 통장, 반장, 괜히들 그러지 말어.

통장 : 내가 도대체 뭐라구 했길래 정씨는 아까부터 난리요?

전씨 : 안 되겠구먼. 정씨, 밖에 좀 나가 계슈.

장 영감 : 그럼 이렇게 합시다. 철거 연기를 하는데 과장님한테 어느 정도 연기해 줄 수 있는지 확답을 들어 본 연후에 말합시다.

배 영감 : 그러니끼니 아까부터 요점만 얘기하라구 그랬는데 왜들 싸움만 하는 거요?

정씨 : 좋아, 그러면 나는 지금부터 입 딱 다물고 있을 테니 말들 허슈.

건설과장 : 소란 피우지 말구 조용히 말합시다. 여긴 관공서입니다. 저도 그렇게 한가한 사람은 아니고 시간에 쫓기는 몸입니

다. 될 수 있는 대루 빨리 끝냅시다.

동철 : 좋습니다. 과장님께서 저희들이 요구한 철거 연기는 가능합니까?

건설과장 : 조금 전에도 말씀 드렸습니다만, 저희들은 집행하는 업무라 확답은 해드릴 수가 없습니다. 그러나 여러분들이 찾아오셔서 말씀하신 것을 당국에다 건의해서 최대한으로 편리를 봐드릴 수 있도록 하겠습니다.

동철 : 철거 연기가 안 될 경우에는 아파트 입주권을 받고 집을 헐어야 됩니다. 이런 경우를 대비해서 묻겠는데요, 아파트 추첨을 하면 당첨률은 몇 대 몇으로 되는 겁니까?

건설과장 : 그야 아파트 입주 신청금을 낸 사람들에 따라서 비율은 달라질 수 있지요.

동철 : 철거 주민 전체가 신청을 할 경우를 가정해서 묻는 겁니다.

건설과장 : 젊은 분이 처음부터 질문하시는 게 꼭 심문하는 것처럼 하시는데 좋게 말씀하실 수 없소?

직원 : 저두 심문받는 기분이 듭니다.

동철 : 제 질문에 대답을 하시지 않고 엉뚱한 말씀으로 얘기를 돌리십니까?

직원 : 좋은 말로 기분 좋게 할 수 있는데 상대방에게 불쾌감을 주면서 말씀하셔야 됩니까?

정씨 : 젠장, 당장 집을 헐리는 놈이 좋은 말 나쁜 말 골라서 할 수가 있나. 가만히 있으려니까 울화통이 터져서 죽겠네.

　　　　　　　　　　　　　　어둠의 자식들

직원 : 싸움하시려면 나가십시오.

정씨 : 야, 이 염병할 놈들아, 아픈 놈한테 약은 못 줄망정 웬 놈의 개소리냐 벌리구 있냐.

통장 : 정씨, 왜 이러쇼? 우리가 싸움하려고 왔수?

정씨 : 너 통장 이놈 새끼, 과장한테 잘 보여서 자손 대대로 덕 봐라. 이런 거지 같은 새끼.

전씨 : 갑시다, 안 되겠소. 내가 애당초 뭐라구 했소. 점잖게 말할 수 있는 사람만 오라고 했잖소. 정씨처럼 저래 가지고 뭘 하려는 거요. 갑시다 가.

옥신각신 큰 소리가 나자 직원들이 우르르 몰려왔고, 건설과 장과 직원도 일어나더니 어디론가 가버렸다. 통장, 반장, 새마을 회장 등도 일어나더니 밖으로 휑하니 나가 버렸고 나와 배 영감, 장 영감 등만 그대로 앉아 있었으며 정씨는 섰다 앉았다 하면서 욕설을 퍼부었다. 건설과장을 만나서 반가운 소리는 듣지도 못 한 채 병신만 되고서 주민 대표들은 뚝방동네로 돌아왔다. 먼저 뚝방으로 온 통장, 반장, 새마을 회장 등은 정씨와 나 때문에 일 을 망쳤다고 온 동네에 소문을 퍼뜨렸다. 조금 늦게 돌아온 우리 네 사람은 뚝방을 천천히 걸으면서 통장, 반장, 새마을 회장 등 을 주민 대표로 잘못 선출했다고 얘기를 주고받았다. 우리가 동 네에 나타나자 주민들이 우 몰려와 어떻게 되었느냐고 궁금해하 며 물었다. 지게꾼 정씨가 잔뜩 흥분된 어조로 말했다.

"통장, 반장, 새마을 회장 놈들이 건설과장한테 어찌나 잘 보이려고 하는지 그저 굽실굽실하다가 왔지. 우리가 말을 하려고 하면 못하게 막으니, 도대체 통장, 반장, 새마을 회장 놈들은 뚝방동네에서 안 살구 다른 데서 온 놈들인가. 강 건너 불구경하는 식이더라구."

통장 부인이 길 건너편에서 가게를 보다 말고 뛰쳐나왔다.

"저런 육시랄 영감태기가 뭐가 잘났다구 극성을 부려?"

"이 여편네가 찢어진 아가리라구 함부로 말하네."

"누가 먼저 아가리질을 했니, 이 늙은 놈아."

"그래 이 젊은 년아, 늙은 놈은 왜 불러? 니 서방 놈은 젊었냐? 내가 비록 나이는 먹었지만 니 서방처럼 간사한 짓은 안 해."

구경꾼들이 장꾼처럼 모여들었다. 우리는 정씨를 말렸다. 통장 부인은 욕을 퍼부으며 악을 썼다. 동네 사람들이 말리는 바람에 통장 부인은 가게 방으로 들어갔고 정씨는 승식이와 배 영감, 장 영감과 동네 사람 몇과 뚝방 아래 공터로 갔다. 그곳에는 동네 사람들이 제법 많이 모여 있었다. 그들과 마주친 주민들은 구청 가서 높은 사람 만났다더니 어찌 되었느냐고 물었다. 뚝방동네에서는 두 사람만 모이면 철거 이야기였고, 철거되면 학교 다니는 아이들은 어찌 될 것이냐고 걱정하는 등의 철거병에 걸려 있었다. 나는 얘기했다.

"먼젓번에 제가 말씀 드렸듯이, 구청이나 시청에 찾아다녀 봤자 해결이 안 납니다. 결국 뾰족한 수란 주민 전체가 모여서 죽든지 살든지 같이 행동하는 수밖에 없는 것입니다. 개인적으로 한 사람이 말로 외쳐 봤자 들어줄 놈두 없구. 모여서 힘을 과시

　　　　　　　　　　　　　　어둠의 자식들

해야만 우리들의 요구가 관철될 것 같습니다. 그 외에 다른 방법은 없어요. 벌써 여러 세대가 이사하고 집을 뜯고 있는데, 이렇게 되면 죽도 밥도 안 됩니다. 하루라도 빨리 주민들이 합심해서 이사하는 사람, 집 뜯는 사람을 설득해서 말려야 합니다."

누군가가 말했다.

"저 밑에 있는 꼬방교회 말요. 어제 보니까 이사 갑디다. 우리 여편네가 교회를 나가는데 다음 주일부터는 새로 이사 간 건물에서 예배를 본다구 그러더군요. 헌데 기념식인가 헌당식인가 올리는데 헌금 낼 걱정을 집사람이 하길래 신경질이 나서 악을 버럭 질렀지요."

"그까짓 우리 일도 아닌 교회 얘기는 하지 말구 우리 얘기나 합시다. 배부른 놈들이나 교회 찾지, 우리처럼 똥줄이 타봐요, 아무 정신 없지."

"교횐지 가겐지 그놈들은 판자촌 아이들한테서 코 묻은 돈과 뼈 빠지게 일해서 번 돈 뜯어 가지구 돈 좀 벌었다 하면 좋은 동네로 이사 가두만. 판자촌 교회 몇 년 하구 나면 큰 건물 살 돈 모아지는 모양이더군. 먼젓번에두 용두동 살 때 철거됐는데 교회가 제일 먼저 이사 갑디다."

"며칠 전에 방이라두 하나 구해 볼까 해서 나가 봤는데 집이 허술한 동네마다 교회가 몇씩 있습디다. 교회는 궁전같이 크고 교회 주변에는 다닥다닥 붙은 게딱지 같은 집들이 있습디다."

철거 문제를 놓고 얘기를 주고받다가 교회 이야기로 화제가 바뀌자 너도 나도 질세라 한마디씩 하는데, 끝이 없을 것 같았다. 내가 교회 이야기는 그만하자고 하자 철거 문제를 놓고 다시 논의가 시작되었다. 밤낮 하는 말이 그 말이라 나는 자리에서 일어났다. 모였던 사람들도 해결 방안을 찾지 못한 채 헤어졌다.

공 목사와 나는 철거를 막을 수 있는 길은 오직 뚝방 주민들이 모여서 힘을 보여 주는 것밖에는 없다고 판단했다. 공 목사와 나는 우선 마음에 맞는 사람들을 찾아다니며 함께 행동해 줄 것을 당부했다. 우리와 뜻을 같이할 사람들이 1차로 모였다. 모인 장소는 이사 간 텅 빈 교회였다. 모인 사람은 나, 지게꾼 정씨, 배 영감, 내 친구 우섭이, 공 목사, 그 집 주인 김씨 등이었다. 우리는 먼저 행동할 날짜와 시간을 정했다. 그리고 주민들을 최대한으로 동원하는 방법을 논의했다. 철거 기일이 한 달 조금 넘게 남았으니 될 수 있는 대로 날짜를 빨리 잡아야 하며 시간은 주민들이 많이 동원될 수 있는 때로 정하자고 했다. 날짜는 그날로부터 사흘 뒤에 하기로 하고 시간은 아침 9시로 정했다. 모이는 장소는 뚝방에서 일단 모였다가 웬만큼 모이면 그대로 시청으로 향해 갈 작정이었다. 우리는 세부적인 일을 더 의논하고 나서 헤어졌다.

주민 동원을 맡은 배 영감, 김씨, 정씨 등은 친한 사람부터 찾아다니면서 사흘 뒤 아침 9시까지 쌀가게 이씨 집 앞 뚝방에서 모이자고 말을 하고 다녔다. 이런 기미를 알고 통장은 방해를 놓기 시작했다. 반장과 새마을 회장 등을 동원해서 나, 정씨, 배 영감의 말을 듣다가는 콩밥 먹기 십상이라면서 집집마다 돌아다녔다. 그들이 방해를 하는 데는 그만한 이유가 있었다. 아파트

어둠의 자식들

입주권을 브로커들에게 소개해 준 덕분으로 돈을 벌고 있는데 뚝방동네에서 일이 터지면 돈 벌 기회를 놓치기 때문인 것이다. 통장이 일을 방해 놓고 다닌다는 것을 알게 된 정씨가 술이 취한 김에 통장 집으로 쫓아가 대판 싸움을 벌였다. 정씨가 싸운다는 소식을 듣고 나도 즉시 쫓아갔다. 술 취한 정씨를 통장이 멱살을 잡고 흔들면서 떠들었다.

"야 이 늙은 놈의 새끼야! 콩밥 먹고 싶으면 너나 먹지 왜 남까지 끌어들이니? 빌어먹을 늙은이야."

술이 취한 정씨는 멱살을 잡혀서도 뭐라고 대구를 하는데 워낙 만취한지라 알아들을 수도 없었다. 구경꾼들은 많이 모였지만 선뜻 나서서 말리려고 하질 않았다. 그들은 거의가 통장을 별로 좋아하지 않기 때문에 정씨를 때리라고 내버려 두는 것이었다. 정씨에게 상처만 입히면 통장이 입건될 거라는 생각들이었다. 또는 섣불리 싸움을 말리다가 양쪽 사람에게 오해받기가 두려워서이기도 했다. 나는 달려들어서 그들을 떼어 놓으려고 했다. 그러자 통장은 잘 만났다는 듯이 내게 달려들었다.

"이놈 봐라, 너까지 덤빌 테냐? 오냐 좋다, 둘 다 덤벼라."

그가 내 뺨을 호되게 후려갈겼다. 나는 정말 여러 해 동안 꾹꾹 참고 살아왔다. 어떻게 해서든지 약한 자가 힘을 모아 피해당하지 말고 살아야 한다는 결심 아래서 은성학원과 뚝방의 일이라면 무엇이든지 할 참이었다. 그런데 나도 모르게 예전 성질이 확 터져 나오고 말았다.

"이런 씨팔놈이……."

나는 그대로 통장의 면상을 들이받았다. 참고 참았던 박치기에 퍽 하면서 뒤로 벌렁 나자빠진 통장을 나는 그냥 내버려 두지 않았다. 달려들어서 발길로 두어 번 걷어차기까지 했다. 지게꾼 정씨가 어느 틈에 달려들어 돌멩이로 통장의 머리를 때렸다. 아마도 공 목사가 있었더라면 그런 일은 일어나지 않았을 거였다. 통장 부인이 이 광경을 보고 두부 써는 칼을 들고 나와 정씨의 팔을 찍어 버렸다. 동네 사람 중 누군가가 신고해서 달려온 경찰에 의해 싸움은 수습이 되었다. 우리 셋은 경찰서로 연행되었다. 정씨는 진단 2주가 나왔고 통장은 3주가 나왔다. 쌍방 고소로 정씨와 통장 부인, 통장은 불구속 입건이 되었고, 나는 구속이 되었다.

　그 무렵에 고관들 부인이 관련된 밀수 보석 사건이 터졌었다. 시가 몇억 원이 넘는 반지와 보석들이 무더기로 압수되었다. 누구는 집이 헐려서 난장꿀림을 하게 생겼는데 몇몇 여편네들은 팔자 늘어지게 몇 억짜리 보석을 밀수해서 차고 다녔다는 거였다. 여하튼 차츰 세상을 볼 수 있는 새로운 눈이 뜨여 가고 있었다. 철거는 잠시 연기되었고, 나는 몇 달 만에 나왔다.

　시장에서 장사할 때 고생을 많이 한 말없는 아가씨와 사귀게 되었는데 지금의 마누라다. 마누라가 예전에 겪었던 얘기들은 별루 흥미가 없어서 그만둬야겠다. 공 목사가 내 결혼식에 주례를 서주었다. 나는 결혼한 지 20일도 못 돼서 부정 투표를 고발했다고 하여 다시 겡꼬를 가게 되었다. 내가 들어가서 이번에는 야릇한 껀수로 새로운 꽈자가 되어 가는 중에 결국 뚝방동네는 철거가 되어 버렸고, 어머니와 신혼의 아내가 길에서 한뎃잠

을 잤다고 했다. 공 목사가 방을 한 칸 얻어 주어서 간신히 난장
꿀림은 면했다는 것이다. 2심에서 집행유예를 먹고 10개월 만에
나왔는데 그동안 공 목사가 뒷바라지를 해주었다.

나는 나오자마자 중랑천변의 철거를 앞둔 꼬방동네로 다시
찾아들었다. 철거 문제라면 나는 깊이 맺힌 것이 있었다. 직접
겪었을 뿐 아니라, 빵에서 살고 있을 때 오갈 데 없는 어머니와
아내가 고생을 했기 때문이었다. 중랑천변에는 이미 철거가 이
루어져서 여유가 있던 주민들은 다른 곳으로 이사를 갔지만, 수
백 세대는 그 자리에 천막을 치고 난장꿀림을 하고 있었다. 나
는 예전에 뚝방동네에서 경험했던 것을 토대로 천막 주민과 접
촉하며 대책을 세워 나갔다. 나는 그때에도 반대했지만, 처음에
는 각계에 호소문을 내자는 의견으로 기울어져서, 진정서와 호
소문을 보내기로 결정했다.

철거되어 천막에 사는 어머니들의 호소

존경하옵는 시장님, 그리고 종교 지도자님들. 저희들의 생활
이 하도 딱하고 비참해서 아래와 같이 호소문을 올리오니 끝까
지 읽어 주시고 많은 위로가 있으시기를 바랍니다. 저희들 주부
들은 남편과 아이들의 뒷바라지에도 힘든 연약한 아낙네들입
니다. 매일같이 천막을 부숴 대는 당국의 무자비한 정책에 무능
한 남편을 원망해야 할지 아니면 당국의 높은 양반들을 원망해
야 될지 그저 암담하고 답답하기만 합니다. 남편들은 속상하다
고 술을 마셔 대고 어린 자식들은 불안에 떨며 아우성치니 저

변신

회 주부들은 누구를 믿고 어떻게 살아가야 합니까. 하루하루 목숨을 붙이고 산다는 게 정말 지긋지긋하여 죽고 싶은 심정뿐입니다.

철거반이 지나간 자리에는 찢어진 천막 쪼가리와 판자만 남고, 살림 가구들은 흙더미 속에 난장판이 되고, 새끼들은 울며불며 엄마를 원망하면서 땅바닥에 흐트러진 찢어진 천막과 나무 쪼가리를 들고는, "엄마 빨리 집을 지어 줘" 하면서 독촉할 때에는 가슴이 찢어지고 피눈물이 나옵니다. 하루하루 먹고 살 걱정도 문제지만 수십 번씩 철거를 당해야 하는 저희 주부들로서는 자녀들의 교육 문제는 아예 생각도 못하는 것입니다.

장차 다가올 저희들의 처지는 한심할 뿐 어떻게 손을 쓸 수가 없군요. 천막이나마 오순도순 가족끼리 마음 놓고 살 수 있도록 해주었으면 하는 생각뿐입니다. 천막에 사는 것마저도 허락해 주지 않는 당국의 처사는 돈 없고 가난한 우리 백성들은 사람이 아니란 말입니까?

먼젓번 신문에서 본 기억이 납니다만, 끔찍한 살인마 김대두의 기사를 읽고 이것이 마치 앞으로 닥쳐올 저희들의 일인 것 같은 생각이 들 때 온몸에 소름이 끼쳤습니다. 장차 저희들 자녀들이 그러한 끔찍한 살인극을 저지르지 않으리라고 누가 장담하겠습니까. 김대두 변호인의 말을 빌리면, '남산 위에 서서 서울 시가를 내려다보니 많고 많은 수많은 빌딩과 집이 있으나 내 집은 하나도 없구나'라는 기사를 읽을 때 저희 주부들은 다시 한 번 자식들을 쳐다보며, 빨리 돈을 벌어서 살인마는 만들

어둠의 자식들

지 말아야지 하며 다짐을 해보지만, 이런 암담한 현실 속에서는 도리어 힘들 것 같습니다.

정부 당국에서는 교도소는 몇십억 들여서 새로 단장하고 지으며 수사 기재도 과학화한다면서 막대한 자금을 투입하면서도 저희들 보금자리는 대책도 없이 마구 부숴 버리니 저희 남편과 자식들은 새로 단장된 교도소로 가야 된다는 말입니까. 아니면 살인마로 만들려고 하는 것입니까. 저희 남편들의 하루 노동 품팔이와 어린 자식들이 공장에 나가 벌어들이는 쥐꼬리만한 수입으로 근근이 살아가는 우리들은, 밥 먹듯 매일 부숴 대는 철거 때문에 입에 풀칠할 식량 값이 천막 구입하는 비용으로 쓰여지니 살아가기가 어려운 실정입니다. 밥은커녕 굶기가 일쑤고 자식들에게 원망의 소리를 듣는 것은 보통입니다. 식수마저도 당국에서 끊어 버려 자식들은 세수도 못하고 학교에 나가야 되며, 죽이라도 끓여 먹으려는 물마저도 구걸하다시피 잘사는 집에 가서 얻어다 먹는데, 이것마저 너무 거리가 멀어서 물 한 통 얻으려면 죽을 고생을 해야 합니다.

살고 싶은 생각은 하나도 나지 않고 눈물마저 메말라 버린 저희 주부들은 점점 체념 상태에 빠져드는 것 같습니다. 나중에 자식들이 형무소에 가든 살인마가 되든 우선은 당장 먹고 마실 걱정과 매일 부수고 찢는 일을 겪자니까 이제는 지쳐 버린 것입니다. 남자분들 몇이서 힘을 모아 종교단체와 당국에다 호소를 해보겠다며 분주히 다니기에 혹시 하면서 기대를 걸어 보았습니다. 저녁 무렵, 남자분들이 돌아오기에 달려가 결과를 물어 보았더니 코웃음을 치며 투덜대더니 대꾸를 하는데, 서울에서 제일 큰 교회에서 수위가 들어가지도 못하게 하더라는 것이었습니다. 저희들은 이미 모든 게 틀렸구나 생각했습니다. 가느다란 희망마저 묵살되어 버리니 저희들은 누구에게 답답한 심정을 말하겠습니까. 누구에게 애원해야 합니까. 누구를 잡고 매달려야 한단 말입니까. 저희들 남편들이 종교단체나 교회를 찾아간 것은 구걸 행각을 하려는 게 아닌 것입니다. 다만 저희들의 딱한 사정이 당국에 반영되지 않으니 우리의 딱한 사정을 대신해서 대변해 달라는 것이었습니다.

이 글을 받아 보신 당국의 높은 양반과 종교 지도자 선생님들, 저희 아낙네들의 피맺힌 애절한 호소를 들어 주십시오. 그리고 저희 주부들이 해야 할 일을 가르쳐 주십시오. 시키면 시키는 대로 하겠습니다. 죽으라면 죽겠습니다. 제발 살려 주세요. 자식들이 불쌍해서 정말 못 보겠습니다. 학교에서는 숙제를 안 해 온다고 야단을 쳐서 자식들이 학교마저 안 나가려고 합니다. 숙제할 방이 어디 있습니까. 허구한 날 철거반이 들이닥쳐 부숴 대니 자식들이 숙제할 겨를이나 있겠습니까.

어린것들이 무슨 죄가 있단 말입니까. 못난 부모 잘못 만난 죄로 이 고생을 시키니 얼굴을 들고 자식들을 볼 염치도 없습니다. 철거반만 나타나면 아이들이 놀다가도 정신없이 달려와서 "엄마, 철거반 아저씨들이 곡괭이와 쇠몽둥이를 들고 와, 빨리 나와" 하고 소리칩니다. 허겁지겁 맨발로 뛰어나와 살림을 챙기고 판자 조각이라도 부서질까 봐 주섬주섬 뜯어낼 때는 숨

어둠의 자식들

이 콱 막히고 심장이 뛰어서 견딜 수가 없습니다. 그나마 판자쪼가리라도 부서지면 당장 한데서 자야 하는 저희들의 신세고보니, 철거반에게 두 손을 모아 빌면서 애원도 해봅니다. "아저씨, 우리가 뜯을 테니 제발 부수지 말아요" 하면서 애타게 빌어 보지만 높은 사람이 위에서 보고 있으니 곤란하다고 하면서사정없이 찢고 부수는 것입니다. 저희 주부들은 정신이 다 나가고 앞이 캄캄해집니다. 오늘 저녁에는 할 수 없이 어린 자식들과 한데서 별을 보고 자야 하는구나 생각하면 가슴이 찢어지고 피를 토할 것 같은 심정입니다. 그나마 비 오는 날이면 옷이 흠뻑 젖어 추워서 도저히 견딜 수가 없습니다. 높은 분에게달려가 항의도 해보고 싶지만 "질서를 파괴하는 행동은 용납하지 않을 테니 그리 알고 순응해요" 하면서 밑의 사람들이 은근히 위협을 하니 무서워서 감히 말을 못하고 당하기만 합니다. 이 설움과 굴욕을 언제까지 당해야만 합니까.

시장님, 그리고 종교계 지도자 선생님들. 제발 저희들의 애타는 호소를 들어 주세요. 저희 남편과 자식들이 강도질과 도둑질을 해서 형무소에 가지 않도록 도와주세요. 무리하게 도와달라는 것은 아닙니다. 천막에서나마 마음 놓고 살 수 있도록 도와달라는 것입니다. 저희들의 간곡한 호소를 들어 주시기를 두손 모아 부탁드리면서 이만 그칠까 합니다.

진정서와 호소문을 위와 같이 작성해서 요로에 보내 보았으나, 내가 예견했던 것처럼 아무 반응이 없었다. 7월에 철거되어

다음 해 10월까지 난장에서 버티면서 싸웠지만 결국 해결은 나지 않았다. 그러나 끈질기게 싸운 덕으로 철거 보상비 외에 몇십만 원 더 받아 냈다. 철거민이 아닌 다른 사람들은 철거민들이 아파트 입주권을 받아 아파트에서 편히 살게 되는 줄 알고 있을 것이다. 아파트 입주권은 주지만 사실은 아파트에 들어가는 철거민은 거의 없는 형편이었다.

철거민들은 추운 겨울을 한데서 지내며 끈질기게 구청과 시청을 찾아다니며 농성도 하고 수위가 못 들어가게 했던 교회에 찾아가 악살도 먹이면서 들러붙었지만 큰 교회에서 봉변만 당하고 말았다.

야마가 돌아서 철거민 청년들 중 은성학원 출신 애들을 몇십 명 데리고 갔다. 큰 교회의 봉사부장이라는 작자가 나타나더니 돈 3만 원을 줄 테니 얌전히 돌아가라는 것이었다. 나는 소리를 질렀다.

"여보슈, 우리가 당신네 교회에 올 때 구걸하려구 온 게 아니오. 당신네 교회는 서울 장안에서도 가장 큰 교회니까 높은 양반들도 많이 올 것 같아서, 우리의 딱한 처지를 알려 볼까 하구 온 거요. 우리들이 비록 철거되어 천막에서 살지만 당신 교회에서 돈 3만 원 받는 그런 거지가 아니오."

봉사부장이라는 자가 경찰서에 연락해서 곰들이 나타났다. 철거민들은 그의 처사에 분개해서 욕설을 퍼붓고 나왔다. 큰 교회에 주일마다 찾아갔는데 설교 제목은 거창했다. '소외된 자의 친구', '마음 상한 사람들' 어쩌구저쩌구였는데 우리들에게는 얼

어둠의 자식들

음처럼 차갑게 대했다. 철거민들이 봉사부장과 목사를 향하여 한마디씩 지껄였다. 은성학원 나오던 정식이라는 친구가 침을 탁 뱉고는 떠들었다.

"씨팔놈들아, 동냥은 못 줄망정 쪽박이나 깨지 말랬다구, 우리 처지를 대변해 달라구 그랬더니 즉결에 넘기구 다구리나 까니, 나쁜 놈들아. 니들 예수 니들끼리 실컷 믿구 닐리리나 부르면서 지금 당장 깨져서 천당들 가거라."

나도 예전 식으로 이를 악물고 으르렁거렸다.

"집사, 설교 제목은 소외된 자의 친구라면서 니들은 주둥아리로만 복음 찾구 사랑 찾는데 좆 까는 소리 하지 말어. 교회만 크게 지어 놓구 돈푼이나 긁어모으는 장사꾼들, 나까마(중간소개업자) 같은 새끼들이 거룩한 척 목청을 높여 세상 죄는 지가 다 짊어진 것처럼 내숭을 떨어? 예수님이 다시 오면 이번에는 채찍으루 후려치는 게 아니라, 이런 장사꾼의 집은 아마 폭파시켜 버릴 거다."

우리가 그렇게 격노한 데는 이유가 또 있었다. 천막에서 난장꿀림을 하니까 모습이 초라하기가 이루 말할 수가 없었다. 큰 교회에서는 철거민들을 걸꾼으로 착각했던 것이다. 헌금 시간에 돈 바구니를 들고 슈킹하던 놈이, 철거민이 걸꾼인 줄 알고 내보내려고 젊은 청년에게 속닥이를 맞추는 것을 철거민 청년이 들었던 것이다. 그래서 주민들이 성이 나서 떠들게 되었던 거였다.

우리는 뜯기면 다시 천막을 세우고 밀리면 아무 빈터에나 찾아가 자리를 잡으며 완전히 지쳐 빠질 때까지 버텼다. 그리고 나는 그런 와중에 철거민과 은성학원 출신 아이들을 중심으로 우리 자신의 교회를 세웠다. 우리는 진실로 우리 같은 버림받은 자들을 위해서 존재하는 예수님의 교회를 세우고 싶었던 것이다. 나는 우리의 교회에서 내 식으로 썰도 풀고 간증도 했다. 그리고 드디어 세례를 받게 되었다. 내게 세례를 준 목사는 언제나 나처럼 빈손이던 공 목사였다. 개판이던 내가 막상 세례를 받는 날에는 나도 모르게 야시를 먹고 긴장이 되었다. 세례를 받고 나서부터는 인품을 좀 잡으려고 애를 썼다. 그런데 태생이 인품 팔자가 아니라서 그런지 어색하고 쑥스러웠다. 나는 그 뒤에도 우리들 따라지 인생들이 겪는 고초에는 늘 뛰어들어 몸으로 때우고는 했다.

요즈음은 나도 똥 밟은 소리를 많이 지껄이게 되었는데, 사실 앞으로는 그런 노가리 까는 것두 그만두고 고향으로 돌아가야겠다. 옛날 내 고향은 똥 밟은 소리가 없는 정직한 말만 했더랬는데 먹물동네에서 몇 년간 쪽 팔리며 살아 보니까 사람 버리겠다는 생각이 든다. 나는 빵깐엘 가든, 우리 같은 범죄꾼을 만나든, 동네에서 한담을 하든, 나도 모르게 전도사 비슷하게 되어서 말이 많아지고는 한다. 먹물들 앞에 가면 입을 꾹 다물어 버리는 나도 내 친근한 형제들이다 싶으면 참지를 못하는 것이다. 내 구라는 제법 뾰족하게 그들의 가슴에 찔러 들어가는 모양이다. 왜냐하면 나는 진심으로 그런 자들을 사랑한다고 믿기 때문이다. 사랑 없이 어떻게 변하리라고 생각하는가. 공 목사가 나를 변화시킨 것도 바로 그것, 사랑인 것이다.

_ 1979년 봄 기록